Liv Holland trägt seit Jahren ein Geheimnis mit sich herum: Sie ist in Arran Adebayo, den besten Freund ihres Bruders, verliebt. Als ihr Bruder und Livs beste Freundin sich verloben, ist klar, dass Liv und Arran bei der Planung helfen. Nachdem Arran bereits einmal am Altar sitzen gelassen wurde, meidet er ernste Beziehungen – und ignoriert seine Gefühle für Liv. Dass sie beide sich plötzlich bei einem Blind-Date gegenübersitzen, hat keiner von ihnen erwartet. Und noch weniger, dass es für beide das beste Date seit langem ist. Während die Hochzeitsplanung in vollem Gange ist, müssen Liv und Arran sich entscheiden, ob sie ihre Freundschaft für eine Chance auf die große Liebe aufs Spiel setzen wollen …

Zoe Allison ist Ärztin und Autorin. Auf ihrem Tiktok-Account postet sie regelmäßig humorvolle Einsichten in den Alltag als Autorin von Liebesromanen. Sie ist eine große Anhängerin des Genres. Zoe Allison lebt in Edinburgh.

Tanja Hamer, Jahrgang 1980, hat ihr Anglistikstudium in Mainz absolviert und arbeitet seit 2012 als selbständige Übersetzerin. Sie lebt mit ihrer Familie in München.

Weitere Informationen finden Sie auf www.fischerverlage.de

Zoe Allison

DICH HATTE ICH NICHT AUF DER *Gästeliste*

Roman

Aus dem Englischen
von Tanja Hamer

FISCHER
TASCHENBUCH

MIX
Papier | Fördert gute Waldnutzung
FSC® C014496
FSC
www.fsc.org

Deutsche Erstausgabe
Erschienen bei FISCHER Taschenbuch

Die englische Originalausgabe erschien unter dem Titel
»The Wedding Engagement« bei Berkley, New York.

Redaktion: Christiane Branscheid
Vignetten: Freepik.com
Satz: Fotosatz Amann, Memmingen
Druck und Bindung: GGP Media GmbH, Pößneck
ISBN 978-3-596-70842-0

Für all die Frauen, denen fälschlicherweise
beigebracht wurde, dass ihr Wert daran geknüpft ist,
wie still und fügsam sie sich verhalten.
Und für all die starken Frauen, an die sich alle anlehnen,
die aber im Gegenzug selten Unterstützung erfahren.

KAPITEL
eins

»So ist es super, Catherine, das Bein immer schön durchstrecken«, sagte Liv und deutete auf die Haltung ihrer jungen Schülerin. »Und Josh, denk dran, den Daumen außerhalb der Faust zu halten, nicht reingesteckt. Sonst könntest du ihn dir brechen, wenn du zuschlägst.«

»Ja, Sensei«, antworteten Catherine und Josh im Chor und korrigierten ihre Fehler sofort.

»Gut so.« Liv rückte sich den schwarzen Gürtel zurecht, bevor sie zum nächsten Schülerpaar weiterging. Die Kinder hatten sich schon deutlich verbessert, seit sie den Unterricht übernommen hatte. Sie war froh, dass ihr eigener Sensei sie dazu überredet hatte. »Wer könnte besser geeignet sein, diese Kinder zu unterrichten, als eine Schwarzgurtträgerin, die sogar noch ausgebildete Erzieherin ist?«, hatte er gesagt.

Sie ging weiter von Schüler zu Schüler und gab jedem ein paar hilfreiche Tipps.

Wieder vorne angekommen, verschränkte sie die Hände hinter dem Rücken. »Yame!«

Die Schüler hielten in den Bewegungen inne.

»Stellt euch auf«, wies sie die Gruppe an und beobachtete, wie die Kinder zügig vor ihr in Position gingen. »Ausgezeichnete Arbeit heute. Macht weiter so, und wir sind auf dem besten Weg zur nächsten Gürtelprüfung.« Sie verbeugte sich, und die Kinder taten es ihr gleich, dann verließen sie nach und nach das Dojo, um draußen von ihren Eltern in Empfang genommen zu werden.

Sobald Liv sichergestellt hatte, dass alle jemanden gefunden hatten, der sie nach Hause brachte, ging sie selbst in die Umkleide, um ihre Schuhe anzuziehen. In dem Moment vibrierte etwas in ihrem Rucksack, und sie zog ihr Handy hervor. Es war Arran, der sie per FaceTime anrief.

Wie üblich spürte sie beim Anblick seines Namens ein Kribbeln im Bauch. *Wie lange müssen wir noch Freunde sein, bis ich aufhöre, mich wie ein verliebtes Schulmädchen zu fühlen, sobald ich ihn sehe?*

Arrans Gesicht erschien auf dem Display, und ihr verräterisches Herz zog sich zusammen wie ein Akkordeon, das eine schnulzige Melodie spielte. Seine honigfarbenen Augen waren ungewöhnlich schmal und seine Stirn gerunzelt, während er mit den Fingern durch seine dunklen Locken fuhr.

»Was ist los?«, fragte sie, von seiner Anspannung alarmiert, die ihr durch den Bildschirm regelrecht entgegenschlug.

Er seufzte auf eine für Arran untypische Weise. »Das ist ein Notruf: Hilf mir, Obi-Wan Kenobi. Du bist meine letzte Hoffnung.«

Sie musste lachen. »Ich werde mein Bestes tun. Aber ich muss dich warnen, meine Kontrolle über die Kraft ist futsch.«

Er lächelte, aber es wirkte verhalten. »Hier gibt es ein kleines Problem. Ich bin gerade nicht in der Stadt, weil ich Malutensilien kaufen wollte. Und jetzt hat Jess mich angerufen, um mir zu sagen, dass sie Jayce nicht von seinem Streetdance-Unterricht abholen kann, wie es eigentlich geplant war, und ich schaffe es nicht mehr rechtzeitig. Ihre Eltern sind im Urlaub und meine habe ich gerade angerufen, aber die haben anscheinend mal wieder vergessen, ihre Handys anzuschalten.« Er verdrehte die Augen. »Wozu hat man denn ein verdammtes Mobiltelefon, wenn es ständig aus ist?«

»Genauso machen es meine Mum und Angus auch«, sagte sie. »Angeblich, um den Akku zu schonen.«

Er schnaubte. »Eltern.«

Liv grinste ihn an. »Du bist auch Vater, schon vergessen?« Er rieb sich mit der Hand über die dunklen Stoppeln an der Wange, und plötzlich überrollte sie ein unglaubliches Verlangen zu spüren, wie sie sich anfühlten. An ihren Lippen. *Benimm dich.*

»Ach, ja«, sagte er, schon fast geistesabwesend. Dann schnellte sein Blick nach oben. »Aber ich bin viel cooler.«

»Das bist du, natürlich«, erwiderte sie augenzwinkernd. »Und ja, ich kann Jayce für dich abholen. Soll ich ihn mit zu mir nehmen oder gleich zu euch nach Hause fahren?«

Arran zögerte einen Moment und wandte den Blick ab. »Danke dir. Es tut mir wirklich leid, dass ich dich um Hilfe bitten muss.« Er schluckte und sah sie wieder an. »Mal wieder.«

»Dafür sind Freunde doch da«, winkte sie ab. »Mach dir keine Gedanken.«

Sein geknickter Gesichtsausdruck verriet ihr allerdings, dass er sich sehr wohl Gedanken machte. Sie kannte niemanden, der so stolz war und so widerwillig Hilfe von anderen annahm wie er. Und sie wusste, dass er es hasste, darum bitten zu müssen. Deshalb hatte sie einfach ja gesagt, bevor er überhaupt Gelegenheit hatte, sie zu fragen.

»Es erschien mir am sinnvollsten, dich anzurufen. Immerhin weiß ich, dass du gerade in der Nähe bist«, erklärte er, als müsste er irgendwie rechtfertigen, eine gute Freundin um einen kleinen Gefallen zu bitten.

»Arran, es ist wirklich in Ordnung«, versicherte sie ihm mit fester Stimme. »Es würde mir auch nichts ausmachen, wenn ich gerade nicht in der Nähe wäre. Ich helfe dir immer gern. Dann hüpfe ich jetzt mal über die Straße zum Tanzstudio und hole ihn ab.«

Arrans Schultern entspannten sich merklich. »Danke dir. Fahrt einfach zu uns nach Hause, ich komme, so schnell ich kann, zurück.«

Sie salutierte mit zwei Fingern. »Kein Problem. Ach, warum kann Jess ihn eigentlich nicht abholen? Ich dachte, es wäre ihr Wochenende?«

»Ja, das dachte ich auch«, murmelte er, ehe er sich räusperte. »Erzähl ich dir später.«

Liv schnappte sich ihre Tasche und ging zur Tür. »Ich gehe mit ihm noch einen Milkshake trinken, dann hast du Zeit, in Ruhe deine Malsachen zu besorgen, bevor du nach Hause fährst.«

Dieses Mal wirkte sein Lächeln deutlich entspannter. »Du bist eine wahre Lebensretterin. Ich schulde dir was.«

»Du kannst mich gern in Scones bezahlen«, sagte sie, was seinen hübschen, weich aussehenden Lippen ein Lachen entlockte. »Gib der Tanzlehrerin nur schnell Bescheid, dass ich ihn abhole, damit sie nicht denkt, ich habe vor, deinen süßen Sohn zu entführen.«

»Mache ich.« Er zog die Augenbrauen auf eine Weise hoch, dass ihr Herz unwillkürlich einen Sprung machte. »Und übrigens, du musst dringend deine Scones-Sucht unter Kontrolle bekommen. Du, Maya und Elise, ihr habt echt ein Problem.«

Sie zuckte mit den Schultern. »Ach was, das ist kein Problem. Ich kann jederzeit damit aufhören, wenn ich will.«

Er lachte. »Ja, genau.«

Sie beendeten das Gespräch, und Liv zog ihre Brille mit dem violetten Rahmen aus der Tasche und setzte sie auf, ehe sie das Haargummi abzog, so dass ihr die dunklen Locken um die Schultern fielen. Dann machte sie sich auf den Weg zum Tanzstudio. Sie wusste, dass Jayce' Kurs in etwa zehn Minuten zu Ende sein würde, weil sie ihn ab und zu schon mit Arran oder Jess danach gesehen hatte.

Sobald sie im Studio war, ging sie zu der Gruppe aus Eltern, die auf ihre Kinder warteten und durch das kleine Fenster in der Tür spähten, um zuschauen zu können. Die Kleinen hatten einen Riesenspaß, auch wenn die Bewegungen teilweise nicht mal annähernd denen glichen, die die Lehrerin vorführte. *So niedlich.*

Ein paar Minuten später war der Kurs zu Ende. Liv hielt nach Jayce Ausschau und hoffte, er würde nicht enttäuscht sein, sie anstelle seiner Mum zu sehen. Kurz darauf tauchte sein kleines Gesicht mit den großen braunen Augen in der Menge der Kinder auf, die sandfarbenen Locken wippten. »Lib!«

»Hey, Kumpel!«, sagte sie und ging in die Hocke, während er auf sie zulief und sich in ihre Arme warf.

»Die Lehrerin hat gesagt, dass du kommst«, berichtete er aufgeregt. »Spielen wir bei dir zu Hause?«

Sie wuschelte ihm durch die weichen Haare. »Heute nicht, Kumpel. Ich hole dich nur ab, weil Mummy und Daddy es nicht schaffen.«

Er nahm ihre Hand, als sie sich aufrichtete. »Bringst du mich zu Mummy?«

Sie drückte seine Hand. »Wir fahren zu Daddy nach Hause. Ich glaube, es gab eine Planänderung, weil Mummy beschäftigt ist.«

Sie traten auf die Straße, und Jayce zeigte sofort in Richtung des im Fünfziger-Jahre-Stil gehaltenen Diners. »Holen wir uns Milkshakes?«

»Wow. Du kannst wohl Gedanken lesen«, sagte sie lächelnd. »Das hatte ich gerade vor.«

Er warf die kleine Faust triumphierend in die Luft. »Yippie!«

»Und was ist dann passiert?«, fragte Liv Jayce mit ernster Miene, während Jayce seine Phantasiegeschichte weiterspann.

»Dann habe ich alle vor dem Drachen gerettet und war der Held«, krähte er vom Rücksitz, einen stolzen Ausdruck auf dem kleinen Gesicht, wie sie beim Blick in den Rückspiegel amüsiert feststellte.

Sie wandte ihre Aufmerksamkeit schnell wieder der Straße zu und fuhr um die letzte Kurve auf Arrans Einfahrt zu. »Wow. Und das ist wirklich passiert? Bist du sicher, dass es kein Traum war?«

»Kein Traum«, schnaubte er empört. »Das ist echt passiert.«

»Okay«, sagte sie. »Ich glaube dir.« Sie parkte vor dem Haus und stieg aus dem Auto. Dann holte sie Jayce aus seinem Kindersitz. Sie konnte sich nicht mal mehr daran erinnern, seit wann sie Arrans Ersatzkindersitz im Kofferraum hatte; es musste irgendwann um Neujahr herum gewesen sein.

Jayce kletterte aus dem Auto, bevor sie ihm helfen konnte, und rannte an der von gelben Osterglocken und lila Krokussen gesäumten Grasfläche vorbei bis zur Haustür, wo er mit der kleinen Faust anklopfte. Als sie bei ihm ankam, drehte Liv sich noch einmal um und warf einen Blick zurück auf die grünen Hügel der Highlands, der sie optimistisch stimmte, dass der Frühling kurz bevorstand.

Die Tür ging auf, und Arrans lächelndes Gesicht erschien. Er ging vor Jayce in die Hocke, der ihm gewohnt stürmisch um den Hals fiel. »Daddy! Wir haben Milkshakes getrunken.«

»Was? Ohne mich?«, fragte Arran mit übertriebenem Schmollmund. Und sofort schoss Liv – mal wieder – der Gedanke durch den Kopf, wie es wohl wäre, ihn zu küssen. »Was für einen hattest du?«

»Schoko!«, kreischte Jayce und rannte in den Flur.

Liv lachte, als sie über die Schwelle trat. Arran streckte seine Hand aus, so dass sie einschlagen konnte. Obwohl das inzwischen zu ihrer Routine gehörte, wenn sie sich begrüßten, jagte ihr die Berührung seiner Hand jedes Mal wieder einen Schauer über den Körper. *So sollte ich mich nicht fühlen mit jemandem, der nur »ein Freund« ist.*

»Hast du noch Zeit für eine Tasse Tee?«, fragte er.

»Klar. Für Tee immer«, erwiderte Liv.

»Sehr schön. Darf ich bitten?«, forderte Arran sie auf, bot ihr übertrieben höflich seinen Arm an, und sie hakte sich lachend unter. Ihr fiel auf, dass sie mit ihm schon genauso viele Insiderjokes hatte wie mit ihren besten Freundinnen Maya und Elise. Und dennoch war Arran bis zum letzten Sommer nur der beste Freund ihres Zwillingsbruders gewesen. Der ziemlich heiße beste Freund, in den sie schon seit etwa zehn Jahren unfassbar verknallt war. Er schien davon allerdings noch nie etwas bemerkt zu haben.

Arran machte sich daran, den Tee zuzubereiten. »Bitte, verurteile mich nicht«, meinte er, als er den Blick kurz hob.

Sie zog die Jacke aus und sah ihn fragend an. »Wofür denn verurteilen?«

Einen Moment lang schwieg er, und als sie aufsah, ertappte sie ihn dabei, wie er ihren Körper in den Sportklamotten mit seltsamem Blick musterte. Unmerklich schüttelte er den Kopf, als wollte er mit den Gedanken zu dem Gespräch zurückkehren. »Für meine minderbemittelten Fähigkeiten, was die Teezubereitung angeht.«

Liv lächelte. Innerhalb ihrer Clique war sie bekannt für ihren guten Tee. Sie pustete auf ihre Fingernägel und tat so, als würde sie sie an dem weißen Tanktop polieren. »Nun ja. Man tut, was man kann.« Dann nahm sie am Küchentresen Platz und warf einen Blick über die Schulter, wo Jayce an seinem kleinen roten Kindertisch saß und wie wild etwas zeichnete, das aussah wie ein winziges Strichmännchen, das mit einem Drachen kämpfte. »Was ist denn bei Jess los? Haben sich ihre Pläne fürs Wochenende geändert?«

Arran schielte ebenfalls zu Jayce rüber, schob ihr eine dampfende Tasse hin und stützte sich mit den Ellenbogen auf den Tresen, um sich zu ihr zu lehnen. Livs Puls beschleunigte sich, als sie seinen Duft einatmete, und sie musste sich mit aller Macht zusammenreißen, den Blick von seinem ausgeprägten Bizeps loszureißen, der sich unter dem eng geschnittenen T-Shirt abzeichnete.

»Ja. Sie hat gestern gefragt, ob ich ihn abends zu mir nehme, damit sie mit ihrem Neuen zu irgendeiner Party gehen kann.« Arran nannte Rory immer »den Neuen«, und Liv war sich sicher, dass er noch nicht damit klarkam, dass Jess einen Freund hatte.

Er hob seine Tasse. »Wir hatten abgemacht, dass ich Jayce beim Streetdance absetze und sie ihn dann abholt und fürs restliche Wochenende bei sich behält. Doch dann hat sie mich vorhin angerufen. Offenbar hat sie es gestern Abend übertrieben und ist zu verkatert, um ins Auto zu steigen.«

»Aha«, machte Liv und nahm einen Schluck Tee. »Aber da warst du schon beim Kunsthandel?«

»Yep«, bestätigte er seufzend. »Ich bin eh schon zu spät dran für diese Auftragsarbeit. Dabei gibt es eine feste Deadline. Es ist ein Geschenk für einen Hochzeitstag.« Er senkte den Blick in seinen Tee, während er noch einen Schluck nahm.

Tröstend drückte sie seine Hand. »Warum machst du so ein langes Gesicht? Ich dachte, du liebst es, diese Porträts zu zeichnen?«

»Das tue ich auch«, erwiderte er, den Blick immer noch auf die Tasse gerichtet. »Das Problem ist nur, ich ...« Er brach ab und rieb sich die Stirn.

»Was ist das Problem?«, hakte sie nach, während sie ihn musterte.

Er räusperte sich. »Ich schaffe es nicht, alles auf die Reihe zu bekommen.« Er hob den Blick. »Versteh mich nicht falsch, ich liebe es, Jayce öfter hier zu haben. Aber Jess macht bei ihren Wochenenden immer häufiger einen Rückzieher, und das ist die einzige freie Zeit, die ich zum Malen habe.«

Liv merkte, wie schwer es ihm fiel, das zuzugeben. »Und wenn du deinen Job kündigst, um auch unter der Woche malen zu können?«

Er zuckte zusammen und schüttelte den Kopf. »Nein, noch nicht. Das kann ich mir nicht leisten. Dabei ist die Arbeit im Büro überhaupt nicht mein Ding. Keiner dort versteht meinen Humor.«

Sie zog die Augenbrauen hoch. »Was hast du denn dieses Mal angestellt?«

Er grinste. »Ich habe alle Bildschirmhintergründe durch Leonardo-Di-Caprio-Memes ersetzt.«

Sie seufzte und versuchte vergeblich, ein Lächeln zu unterdrücken. »Du bist so kindisch.«

Er stupste sie an. »Ich sehe genau, wie sehr du dich bemühst, nicht darüber zu lachen, Karate Kid. Versuch nicht, es zu verstecken.«

Ihr Mundwinkel zuckte.

»Wir haben den gleichen Sinn für Humor.« Er wackelte mit den Fingern und sprach mit gesenkter, verstellter Stimme. »Wir sind verwandte Seelen, du und ich.«

Das war der letzte Tropfen, der das Fass zum Überlaufen brachte. Sie prustete los.

Er stimmte in ihr Gelächter mit ein, doch als sie wieder verstummten, kehrte der angespannte Ausdruck auf sein normalerweise so entspanntes Gesicht zurück.

Liv beobachtete ihn. Es gefiel ihr nicht, ihren sonst so fröhlichen, lustigen Freund so gestresst zu sehen. Sie würde so gern etwas tun, um ihm zu helfen. »Ich kann doch für dich babysitten«, schlug sie dann vor, ohne groß darüber nachgedacht zu haben.

Er runzelte die Stirn. »Du kannst was?«

»Babysitten. An den Samstagen, wenn eigentlich Jess dran wäre. Ich komme nach dem Karate vorbei und passe nachmittags auf ihn auf, während du malst. Ich kann auch noch abends bleiben, wenn dir das hilft.«

Arran starrte sie an, seine Kiefer arbeiteten. »Nein.«

Sie wartete, dass er es weiter ausführte, doch er blieb stumm. »Nein? Das ist alles, was du dazu zu sagen hast?«

Er schluckte schwer und hob die Tasse vors Gesicht. »Nein, danke.«

Liv atmete hörbar aus. »Warum denn nicht?«

Arran schüttelte missmutig den Kopf. »Das ist mein Job, also kümmere ich mich auch darum. Du hast dein eigenes Leben.«

Sie zuckte mit den Schultern. »Ich habe Zeit.«

»Das liegt daran, dass du die Einzige von uns bist, die ihr Leben auf die Reihe bekommt«, meinte er mit einem Lächeln.

»Ja, genau«, murmelte sie in sich hinein.

Er legte den Kopf schief. »Wie bitte?«

»Ach, nichts.«

Sie schwiegen beide, und sie versuchte ihn mit der Kraft ihrer Gedanken umzustimmen. Allerdings wären dazu wohl tatsächlich Jedi-Kräfte nötig gewesen. Denn er trank nur weiter mit unbewegter Miene seinen Tee.

Sie seufzte. »Du bist so stur und nervig.«

Er grinste. »Du liebst mich wirklich, oder?«

»Hm«, machte sie, den Blick auf ihren Tee gerichtet.

»Irgendwelche Pläne für morgen?«, fragte er, offensichtlich bemüht, das Thema zu wechseln.

Sie beschloss, dass es das Beste war, es darauf beruhen zu lassen – fürs Erste. »Ja. Elise und ich gehen morgen Nachmittag zu Maya. Sam wird auch da sein.«

Er zog die Augenbrauen hoch. »Ach ja? Um wie viel Uhr denn? Sam ist nämlich mit Nico und mir bei Nicos Schwester zu Hause verabredet, morgen nach dem Mittagessen.« Er runzelte nachdenklich die Stirn. »Sam schien es ziemlich wichtig zu sein, uns zu sehen. Als Nico es verschieben wollte, weil er die Kinder seiner Schwester babysitten muss, meinte Sam, dass wir uns dann einfach dort treffen sollten.«

Sie zuckte wieder mit den Schultern. »Keine Ahnung, was

das soll. Aber unsere Verabredung ist erst am Nachmittag, also wird er sich erst mit euch treffen und dann zu uns kommen.«

Arran hob eine Augenbraue. »Spannend, spannend.«

Sie grinste. »Ja, in der Tat. Aber spätestens morgen erfahren wir ja, worum es geht.«

»Yep.« Er hob seine Tasse, und sie prosteten sich mit dem Tee zu, wobei sie sich wieder mal daran erinnern musste, dass es nicht gut ausgehen konnte, sich zu einem ihrer besten Freunde hingezogen zu fühlen.

KAPITEL
zwei

Liv zog den Lockenstab aus der letzten Strähne und hielt inne, um ihr Werk zu begutachten. Haare locken – erledigt. Smoky Eyes und Cat-Eye-Lidstrich geschminkt – erledigt. Kleines Schwarzes im Skater-Style mit darunter verborgener Spitzenunterwäsche angezogen – erledigt.

Arran gegenüber hatte sie ihr Blind Date absichtlich nicht erwähnt, als sie ihm vorhin Jayce gebracht hatte, weil sie sich ziemlich unsicher fühlte, was die ganze Sache anging. Glücklicherweise hatte er sie nur nach ihren Plänen für den nächsten Tag gefragt, nicht für diesen Abend, so dass sie sich gar keine Ausrede hatte ausdenken müssen. Sie war wirklich schlecht im Lügen und hasste es.

Zuerst hatte sie sich gegen die Idee gesträubt, als ihre Freundin Maya ihr von der neuen Blind-Date-App, namens BlindLove, erzählt hatte, doch als sie darüber nachgedacht hatte, wie lange ihr letztes Date her war, war ihr Widerstand gebröckelt. Es könnte lustig sein, mal wieder einen lockeren Flirt zu haben, und es musste ja nicht gleich etwas Ernstes daraus werden.

Sie hatte Maya und ihrer anderen besten Freundin, Elise, gesagt, dass sie auf das Date ging, sie aber darum gebeten, es niemandem weiterzuerzählen. Sie hatte keine Lust auf den unvermeidlichen Druck, eine ernsthafte Beziehung einzugehen, nur weil jeder in dieser Stadt wie besessen davon zu sein schien, den Beziehungsstatus einer Singlefrau auf »vergeben« zu ändern.

Das Vibrieren ihres Handys bedeutete, dass ihr Taxi sich näherte, also eilte sie die Treppe hinunter, schlüpfte in ihre schwarzen Highheels und ihre Bikerjacke und eilte zu dem bereits wartenden Auto nach draußen.

Auf dem Weg zu der vereinbarten Kneipe öffnete sie noch einmal die BlindLove-App. Deren Algorithmus basierte nicht auf Informationen wie Karriere oder Hobbys, sondern brachte Leute zusammen, indem anonym Themen wie Werte, Charaktereigenschaften und Lebensziele verglichen wurden. Das Profil ihres Dates verriet ihr, dass er Sketche und Slapstick lustig fand, genau wie Wortspiele (Häkchen), dass er Kinder mochte (Häkchen), und dass er gerade erst wieder anfing, auf Dates zu gehen und nicht auf der Suche nach etwas Festem war (fetter Haken). Er schätzte Ehrlichkeit, Loyalität, Familie und Freunde mehr als materiellen Besitz oder Reichtum. Er teilte auch ihren Traum, sich Zeit zum Reisen zu nehmen, um dann wieder nach Glenavie zurückzukehren, und sich hier niederzulassen. Beide hatten sie das Gefühl, ihre Heimatstadt immer im Herzen zu tragen.

Der Deckname ihres Dates war GlenavieTimelord, und sie würde seinen echten Namen erst erfahren, wenn sie sich persönlich trafen.

Liv ging die Nachrichten, die sie sich geschrieben hatten, noch einmal durch. Stets darauf bedacht, keine Details preiszugeben, die ihre Identität verraten würden, hatten sie herausgefunden, dass sie beide auf *Doctor Who* und Achtzigerjahrefilme standen.

Liv steckte das Handy wieder in die Handtasche und lugte durch die Windschutzscheibe, um zu sehen, wann sie da waren.

Sobald das Taxi hielt und sie dem Fahrer das Geld gab, begannen ihre Nerven zu flattern. Sie stieg aus und sah noch ein letztes Mal an sich hinab, ehe sie die Bar betrat.

Ob ihr Aussehen ihrem Date wohl gefallen würde? Als sie die Menge nach einem Mann absuchte, der wie sie einen selbstgemachten Anstecker mit David Tennants Gesicht darauf trug (darauf hatten sie sich als Erkennungszeichen geeinigt, da sie beide Whovians und sich einig waren, dass David einfach nur großartig war), hoffte sie, dass sie auch *sein* Aussehen mögen würde. Und dass ihre Spitzenunterwäsche vielleicht nicht umsonst zum Einsatz gekommen war …

Ihr Blick fand einen Anstecker mit einem lachenden David Tennant darauf, angebracht an einem dunklen T-Shirt, das sich über einer ansprechend muskulösen Brust spannte. Doch als sie den Blick hob, um ihrem Date ins Gesicht zu sehen, starrte sie geradewegs in vertraute honigfarbene Augen.

Arran blinzelte noch einmal, um das Trugbild zu vertreiben, für das er Liv hielt, die mit einem David-Tennant-Anstecker vor ihm stand und absolut umwerfend aussah.

Einen Moment lang rückte der Schock darüber, dass sie als sein Blind Date aufgetaucht war, in den Hintergrund, während ihn die Begierde wie ein Blitz traf. Ihr schwarzes Kleid reichte ihr nur bis zur Mitte der Oberschenkel und stellte ihre glatten Beine zur Schau, die endlos zu sein schienen, was die Highheels noch verstärkten, die ihre wohlgeformten Waden betonten. Das enganliegende Oberteil schmiegte sich an ihre Brüste, ließ die verlockenden Umrisse erahnen, die ihm schon am Nachmittag desselben Tages aufgefallen waren – als sie ihre Karatejacke ausgezogen hatte, und er unabsichtlich ihre Brust angestarrt hatte.

»*Fuck*«, murmelte er leise in sich hinein. Sein Herz hämmerte, während sie sich von dem Schock, ihn zu sehen, zu erholen schien, aus ihrer Starre erwachte und auf ihn zuging. Sein Blick blieb an ihren glänzenden dunklen Haaren hängen. Die Versuchung war schon fast übermächtig, als er sich vorstellte, ihre Locken um seine Finger zu wickeln, während er ihr in die sinnlichen Augen blickte und ihren Kopf zurückzog, um an ihrem umwerfend langen Hals zu knabbern. Seine Finger zuckten schon, als wollten sie seine Phantasie unbedingt in die Tat umsetzen.

»Sieh mal einer an«, sagte sie, als sie vor ihm stehen blieb. In Highheels war sie um einiges größer, aber dennoch reichte sie ihm gerade mal bis zum Kinn. Einen Moment lang stellte er sich vor, dass sie ihm in die Arme springen und diese wunderbaren Beine um seine Hüfte schlingen würde.

»Was für eine Überraschung«, fuhr sie fort und grinste ihn schief an.

Er räusperte sich, weil er das Gefühl hatte, an seiner eigenen Zunge zu ersticken. »Das kannst du laut sagen.«

Sie lachte, doch es klang irgendwie höher als sonst. Ihm schwirrte der Kopf, während er versuchte, die zutiefst verstörenden Gedanken der letzten Sekunden zu vertreiben. Sein Blind Date war Liv, die Zwillingsschwester seines besten Freundes. Die Frau, die ihm bei der Kinderbetreuung half. Die Frau, die bald die Erzieherin seines Sohnes werden würde. Die Frau, die er kannte, seit er etwa fünf Jahre alt war, und die er nie als etwas anderes als eine Freundin betrachtet hatte – bis vor ein paar Monaten, als plötzlich kleine Funken in ihm zu tanzen begannen, immer wenn sie seine Hand berührte, ihm zu tief in die Augen sah oder ihre Jacke auszog, um die eng anliegende Kleidung darunter zu offenbaren.

Nun, diese Funken waren mit einem Mal alles andere als

klein. Ihr Anblick an diesem Abend fühlte sich an, als hätte jemand Brennspiritus auf einen gemächlich vor sich hin glühenden Grill geschüttet. Bumm.

Sollte er es ansprechen?

»Los, komm«, sagte sie und nahm ihn am Ellenbogen, um ihn in Richtung Bar zu ziehen, während er nichts anderes tun konnte, als sie anzustarren. Ihre Lippen waren kirschrot geschminkt. Würden sie auch nach Kirsch schmecken, wenn er sie küsste?

Irgendetwas Hartes knallte an seine Brust, und er stellte fest, dass er gegen den Tresen gelaufen war. Wie in Trance beobachtete er, wie Liv den Barkeeper herbeiwinkte (der nicht lange zögerte, ihr seine Aufmerksamkeit zu schenken, ganz zu schweigen davon, sie anerkennend zu begaffen – verdammter Mistkerl), und sie bestellte zwei Flaschen Bier. Seine Lieblingssorte.

Arran versuchte verzweifelt, sein Gehirn wieder in Gang zu setzen, aber es schien sich in Brei verwandelt zu haben, eingeschmolzen beim Anblick von Olivia Holland mit sinnlichem Augen-Make-up und kirschrotem Lippenstift, in einem sexy schwarzen Kleidchen und Highheels. Er konnte sich nicht erinnern, sie jemals in einem solchen Outfit gesehen zu haben. Er wünschte, er wäre darauf vorbereitet gewesen, damit es ihm in dieser Situation wenigstens nicht die Sprache verschlagen hätte.

Er klammerte sich an der kalten Bierflasche fest, die der Barkeeper ihnen gereicht hatte, und hatte nicht einmal die Geistesgegenwärtigkeit den Geldbeutel zu zücken, ehe sie die Getränke bezahlen konnte.

Sie hob ihre Flasche zum Anstoßen, und er schaffte es, den lüsternen Nebel in seinem Kopf zu durchdringen, und entsprechend zu reagieren, indem er seine Flasche an ihre klirren ließ. Seine Gedanken rasten. Er sollte etwas sagen. Zum Beispiel, wie wunderschön sie aussah, und wie sich seine Gefühle entwickelt hatten, und dass es vielleicht ein Zeichen war, dass sie heute Abend gemeinsam hier waren, und es bedeuten konnte, dass sie in ihrer Beziehung einen Schritt weiter gehen sollten – vom Platonischen zum ... Intimeren. Die Probleme, dass sie eigentlich Freunde waren und dass sie sich um seinen Sohn kümmerte, rückten in den Hintergrund, als er wie hungrig ihren Mund anstarrte. Voller Schreck stellte er fest, dass sich ihre Lippen bewegten.

»... gut, dass wir uns wenigstens einig sind«, beendete sie ihren Satz.

Fuck. Was hatte sie gerade gesagt?

Er schüttelte leicht den Kopf, in der Hoffnung, dass es sein Gehirn neu starten könnte. »Sorry, Kumpel.« *Kumpel?! Ganz falscher Zeitpunkt, dieses Wort zu verwenden!* »Es ist ziemlich laut hier drinnen, und ich habe nicht richtig verstanden, was du gesagt hast.«

Sie lachte. »Dann bist du jetzt also schon zu alt, um dich in einem Pub zu unterhalten?«

»Hey«, erwiderte er und drückte sie sanft an der Schulter. Die Berührung ihrer nackten Haut ließ eine neue Welle der Lust durch seine Adern jagen, so dass sich ihm die Härchen auf den Unterarmen aufstellten. »Wir sind gleich alt.«

Sie zwinkerte ihm zu, und seine Haut glühte, als stünde sie in Flammen.

Was auch immer sie gesagt hatte, endete mit »Wir sind uns einig«. Also, hatte sie vielleicht das gesagt, was er gedacht hatte, dass sie es miteinander probieren sollten? Sein stotterndes Gehirn schickte eine Flut an Worten zu seinem Mund,

und er begann zu sprechen, als auch sie zu einer Antwort ansetzte. »Ich dachte, wir sollten vielleicht …«

»Ich habe gesagt, dass …« Liv hielt inne. »Sorry, was wolltest du sagen?«

Er schüttelte den Kopf, als ihm seine Unterbrechung bewusst wurde. »Nein, sorry, du zuerst.«

Sie lächelte, senkte den Blick und strich mit der Spitze ihres Stilettos über den Boden. »Ich habe gesagt, dass die Situation unangenehm ist. Keiner von uns hat erwartet, den anderen heute Abend hier zu sehen.« Ihr Lächeln wirkte ein wenig aufgesetzt. »Ich habe gesehen, wie du in dich hinein geflucht hast, als du mich gesehen hast, und es tut mir leid, dass ich deine Zeit verschwendet habe.«

Ach, verdammt. »Nein, Liv, es ist nicht so, wie du …«

Sie streckt ihm die Handfläche entgegen. »Schon okay, Arran. Es macht mir nichts aus. Ich habe auch gesagt, dass es mir genauso geht, also sind wir uns wenigstens einig.«

Sein Mund war plötzlich wie ausgetrocknet. »Mit ›Es geht dir genauso‹ meinst du …«

»Dass das ziemlich peinlich ist, und ich mir wünschte, es wäre nicht passiert.«

Arrans Herz schlug dumpf auf und sank dann wie ein Stein. »Ah, okay, verstehe.« All die möglichen sexy Szenarien, die er sich ausgemalt hatte, wirbelten durcheinander und verblassten dann, als würden sie die Toilette runter gespült. Verdammt. Wenigstens hatte er sich nicht um Kopf und Kragen geredet und sich völlig blamiert – und sie noch dazu. Kalte Enttäuschung dämpfte seine Emotionen, und der vernünftige Teil seines Gehirns übernahm wieder die Kontrolle über den von Lust getriebenen. Er stellte fest, dass selbst wenn Liv auf romantische Weise an ihm interessiert wäre, er niemals ihre Freundschaft aufs Spiel setzen würde. Er war schon immer mit Liv befreundet gewesen, aber in den vergangenen paar Monaten war sie zu einer seiner engsten Freundinnen geworden. Wenn er jetzt etwas mit ihr anfing und es schiefging, so wie es mit Jess passiert war, dann wäre ihre Freundschaft zerstört. Und die Vorstellung, Liv nicht mehr in seinem Leben zu haben, war viel zu schmerzhaft, um auch nur darüber nachzudenken. Außerdem würde es einen Keil zwischen ihn und Sam treiben.

Sie wirkte traurig, senkte den Blick auf ihre Füße, und sofort meldete sich sein Beschützerinstinkt.

»Hey.« Er stupste sie freundschaftlich an. »Mach dir keinen Kopf. Wenigstens können wir den Abend miteinander verbringen, stimmt's?«

Sie hob den Kopf und sah ihn mit diesen schönen grünen Augen lächelnd an. »Ja. Da hast du recht.« Sie stießen erneut mit den Bierflaschen an und nahmen beide einen tiefen Schluck. Liv seufzte. »Dann habe ich die sexy schwarze Unterwäsche doch umsonst angezogen.«

Arran umklammerte die Bierflasche so fest mit der Hand, dass es ein Glück war, dass er sie nicht zerquetschte. Sie trug unter diesem heißen kurzen Kleid auch noch sexy schwarze Unterwäsche? Etwa aus Spitze? Oder Seide? Die Sorte, die so dünn war, dass man sie dadurch an ihren empfindsamen Stellen berühren konnte? Er musterte sie von oben bis unten, stellte sich mit beeindruckender Klarheit vor, wie sie in ihrer Unterwäsche aussehen würde. Unglücklicherweise ließ ihn das hart werden – und das in aller Öffentlichkeit in einer Bar, vor seiner besten Freundin. Er zupfte unauffällig an seiner Jeans.

Liv schien nichts zu bemerken. »Wo ist denn eigentlich Jayce?«

Er holte tief Luft. »Bei meinen Eltern.«

»Cool.« Sie verlagerte das Gewicht von einem Bein aufs andere.

Er lächelte sie schief an. »Rückblickend frage ich mich, warum wir es uns nicht gleich gedacht haben. Die Sache mit *Doctor Who* … die Achtzigerjahrefilme?«

Sie grinste. »Ich bin mir sicher, dass es in Glenavie noch mehr Leute gibt, die auf so was stehen.«

Er schürzte die Lippen und schüttelte übertrieben langsam den Kopf. »Nee, das ist unser Ding.«

Sie lachte auf, was seine Stimmung sofort hob. »Ich hätte jedenfalls nie gedacht, dass du es bist, weil ich nicht in einer Million Jahren damit gerechnet hätte, dass du diese App benutzen würdest, Mr. Ich-will-nie-wieder-eine-Beziehung-haben.«

Er schnaubte. »Ja, okay. Aber das hier bestätigt mich doch wieder.«

Ihr Lachen erstarb, und er gab sich innerlich einen Tritt, dass er ihr schon wieder, wenn auch unabsichtlich, das Gefühl gegeben hatte, mit ihrer Gesellschaft unzufrieden zu sein. »Sorry, ich habe das nicht so gemeint, wie es geklungen hat.«

Sie lächelte wieder, aber es wirkte einen Hauch zu traurig, und er hasste es, sie unglücklich zu sehen.

Arran zog sein Handy aus der Hosentasche, weil er wusste, wie er sie aufheitern und ihr ein besseres Gefühl geben konnte. Außerdem würde er dadurch seine Gedanken von allem Unzüchtigen ablenken. »Willst du ein paar Fotos sehen, wie Jayce und ich uns heute Nachmittag als Disney-Prinzessinnen verkleidet haben?«

Sie bekam sofort große Augen. »Ja, auf jeden Fall!«

Er grinste, legte den Arm um die Schulter seiner Freundin und zog sie an sich, um mit ihr gemeinsam auf den Bildschirm sehen zu können. Verzweifelt versuchte er das Verlangen zu ignorieren, das ihn dabei durchströmte und das offenbar beschlossen hatte, nicht wieder wegzugehen.

KAPITEL drei

»Das ist totaler Quatsch, was du da erzählst«, sagte Maya und strafte Liv mit einem bösen Blick über den Küchentisch.

Als Antwort zog Liv die Augenbrauen zusammen. »Ist es gar nicht.« Es kam selten vor, dass sie sich mit jemandem stritt, aber das hier war ein ernstes Thema. »Wenn ich es dir doch sage«, wiederholte sie. »Die Marmelade kommt zuerst, dann die Sahne.« Sie hob ihr Scone und nahm einen großen, marmeladig sahnigen Bissen. »So machen sie es unten in Cornwall.«

»Aber in Devon nehmen sie zuerst die Sahne«, entgegnete Maya und biss in ihr eigenes süßes Brötchen, wobei ihr etwas Marmelade an der Nasenspitze hängenblieb.

»Ha!« Liv zeigte grinsend auf sie. »Deine Nase ist voller Marmelade. Das ist der Nachteil an der Marmelade-oben-Methode.«

Maya warf ihr einen gespielt finsteren Blick zu und versuchte dann, sich die Marmelade von der Nase zu lecken. Doch ihre Zunge kam nicht weit genug, also saß sie einen Moment lang da und reckte verzweifelt die Zungenspitze in die Höhe, bis Liv es nicht mehr länger aushielt und vor Lachen losprustete. Maya gab auf und wischte sich lächelnd die Marmelade mit dem Finger weg und leckte ihn ab.

Elise bedachte sie beide mit einem schiefen Lächeln vom Kopfende des Tisches. »Die eigentliche Frage ist doch, wie machen wir es hier oben in den Highlands?«

»Erst Marmelade!«, rief Liv, während Maya kreischte: »Zuerst Sahne!«

Elise schürzte die Lippen und nippte an ihrem Tee. »Das ist eine wirklich wichtige Diskussion, die, wie ich fürchte, heute nicht zu einem Ergebnis kommen wird.«

Maya schniefte, nippte ebenfalls an ihrem Tee und grinste Liv dann an. »Der entspricht aber nicht deinem üblichen Standard – mich dünkt, du bist abgelenkt, weil du dich nach einem bestimmten Gentleman verzehrst?«

»Ach, halt die Klappe«, grummelte Liv und hob ihre Tasse. Sie betrachtete Mayas feines Porzellangeschirr und stellte sich vor, tatsächlich in einem Austen-Roman zu sein. Vielleicht konnte sie so dem Gespräch entkommen.

»Ein bestimmter Gentleman?«, stimmte Elise mit ein. »Ich nehme an, du meinst Arran.«

»Yep«, antwortete Maya, die nicht sonderlich erfolgreich war, ihr Grinsen hinter der Teetasse zu verbergen.

»Grrr«, machte Liv. »Ich wünschte, ihr könntet einfach mal damit aufhören.« Dieses sich wiederholende Gespräch war schmerzhafter und unangenehmer als das eine Mal, als Liv auf einem Date mit einem heißen Typ gewesen war. Sie hatte ihn angestarrt, während er redete, fasziniert von seinem schönen Gesicht und sich die Brille hochschieben wollen. Nur, dass sie an diesem Abend gar keine Brille getragen, und sich also stattdessen ins Auge gepikst hatte.

Elise musterte sie über den Rand ihrer Teetasse hinweg. »Kannst du ihm nicht einfach sagen, wie du dich fühlst?«

Liv biss sich auf die Lippe und wich Elises Blick aus. »Wir sind nur Freunde. Ich will nicht, dass es kompliziert wird.« Sie spielte an ihrer Tasse, in der Hoffnung nicht weiter darauf eingehen zu müssen. »Wie auch immer. Er hat immer deutlich gemacht, dass er keine Beziehung mehr möchte, nachdem Jess ihn hat sitzen lassen.«

Sie versuchte, nicht zusammenzuzucken, als sie daran dachte, wie er in sich hinein geflucht hatte, als er sie erkannt hatte. Es machte die ganze Sache noch viel peinlicher. Auf ihr Drängen hin, hatte er zugestimmt, den anderen nichts davon zu verraten. Liv hatte Maya und Elise gegenüber so getan, als wäre ihr Date ein totaler Reinfall gewesen, weil der Typ einen ernsthaften Bauchnabelflusen-Fetisch hatte.

»Du kannst aber erst sicher sein, wenn du ihn darauf angesprochen hast«, beharrte Elise. Sie nahm ein Marmeladeplätzchen von der Platte in der Mitte des Tisches und tunkte es in ihren Tee. »Du musst immer alle anderen beschützen. Denk doch ausnahmsweise auch mal an dich. Und wenn er nicht das Gleiche empfindet, dann muss er eben damit klarkommen, wie ein Erwachsener. Es ist ja wohl kaum traumatisch, wenn eine attraktive Freundin dir sagt, dass sie sich in dich verguckt hat.«

Liv grübelte über ihre verworrenen Gefühle, was Arran anging. »Es ist komplizierter als das«, sagte sie, obwohl ihr bewusst war, dass sie auswich.

Maya zuckte mit den Achseln. »Wir denken immer, dass es komplizierter ist, dabei ist es das meistens gar nicht.«

Liv rührte in ihrem bereits gut gerührten Tee, stellte sich vor, dass die Worte, die sie versuchte weise zu wählen, plötzlich in dem kleinen braunen Strudel auftauchen würden, den sie in der Porzellantasse erzeugte. »Es *ist* ziemlich komplex. Er ist der beste Freund meines Bruders, und seit er nicht mehr mit Jess zusammen ist, auch einer *meiner* engsten Freunde. Und ich habe eine echte Verbindung zu Jayce. Ich will nichts tun, was das Gleichgewicht stören könnte – zwischen uns, zwischen seinem Sohn und mir oder zwischen unseren Freunden.«

Liv biss sich auf die Unterlippe und versuchte, dem Blick ihrer Freundinnen auszuweichen. Sie wünschte so sehr, dieses Gespräch wäre endlich vorbei.

»Was macht es denn sonst noch kompliziert?«, fragte Maya mit gerunzelter Stirn.

Liv zögerte einen Moment und suchte nach etwas, womit sie die anderen ablenken konnte. Sie konnte ihnen erzählen, dass sie panische Angst vor einer ernsthaften festen Beziehung hatte. Und was auch immer sie ihnen erzählen würde, durfte nicht gelogen sein, denn sie war in etwa so schlecht im Lügen wie Pinocchio. »Die Tatsache, dass Jayce nach Ostern in meine Kindergartengruppe kommt.«

Maya rümpfte die Nase. »Das ist doch kein wirkliches Problem.«

Liv beschloss das Gespräch weiter in Richtung Jayce und weg von Arran zu lenken. »Ich habe auch angeboten, Jayce regelmäßig zu babysitten, Samstagnachmittag für ein paar Stunden und am Abend.«

Maya und Elise zogen gleichzeitig die Augenbrauen hoch, und es entstand eine Stille, die Elise schließlich durchbrach. »*Jeden* Samstag?«

Liv schüttelte den Kopf. »Nein. Nur einmal im Monat, an dem Wochenende, an dem Jess ihn hätte. Arran braucht sein freies Wochenende jetzt dringender denn je, da seine Porträtzeichnungen gerade gut laufen, und er die Zeit zum Arbeiten braucht.«

Elise wirkte nicht begeistert. »Gibt es denn niemand anderen, der auf Jayce aufpassen kann? Seine Eltern vielleicht?«

Liv schüttelte den Kopf. »Sie haben ihn schon einen Tag in

der Woche, genau wie Jess' Mum. Arran will sie nicht um mehr bitten. Und ich bin die Einzige aus dem Freundeskreis, die kein Privatleben hat.« Sie grinste ihre Freundinnen an.

Maya hüstelte und murmelte: »Weil du zu beschäftigt damit bist, dich nach ihm zu verzehren.«

Liv bedachte Maya mit ihrem strafendsten Blick. Aber weil sie Maya so sehr liebte, war der gerade mal so hart wie Butter. »Ich meine – du und Sam, ihr habt euch, und Elise ist so beschäftigt mit ihrer Arbeit und dem kleinen Jack. Und Nico ...«

»Ist so beschäftigt mit allen Frauen in der Stadt«, beendete Elise den Satz mit hochgezogener Augenbraue, ehe sie ihren Tee schlürfte.

Liv runzelte die Stirn. »Ich wollte sagen, damit, sein eigenes Fitnessimperium aufzubauen, die regionale Pfadfindergruppe zu leiten und bei der Betreuung seiner Nichten und Neffen zu helfen. Aber auch gut.« Sie lehnte sich seufzend zurück. »Es ist sowieso egal. Ich habe es vorgeschlagen, aber Arran war nicht überzeugt. Zu stolz, um irgendwelche Hilfe anzunehmen.«

Maya stützte das Kinn in die Hand und betrachtete Liv prüfend. »Weißt du was? Du musst wirklich damit aufhören, allen anderen helfen zu wollen und etwas für dich selbst tun. Zum Beispiel mal auf ein richtiges Date gehen. Kein Blind Date, sondern eines, wo du weißt, worauf du dich einlässt.«

Liv wurde schwer ums Herz. »Mit wem denn?«

Hatte Maya endlich verstanden, dass Liv und Arran ein hoffnungsloser Fall waren? Aber sie mit jemand anderem verkuppeln zu wollen, war fast genauso schlimm.

»Wie wäre es mit Brodie?«

Liv hielt inne, um über den Vorschlag nachzudenken. Brodie war gut aussehend und freundlich, zudem noch lustig. Es gab keinen logischen Grund, nicht mit ihm ausgehen zu wollen, sollte er daran interessiert sein. Aber Logik war nicht das, was sie im Moment antrieb. »Weiß nicht.«

»Komm schon. Er hat diese schönen himmelblauen Augen, volles dunkles Haar.« Maya zwinkerte. »Ist Chef eines Skigeschäfts, wo du deiner besten Freundin tonnenweise Skikleidung zu Rabattpreisen besorgen könntest …«

Ein Lächeln spielte um Livs Lippen. »Ich werde darüber nachdenken.«

»Gut«, erwiderte Maya. »Denn deine letzte ernsthafte Beziehung war die mit Dean, und da warst du achtzehn, und selbst die hat nicht mal sechs Monate gehalten.«

Liv versteifte sich. »Ich hatte seitdem sehr wohl Dates. Bei dir klingt das gerade so, als hätte ich die letzten neun Jahre im Zölibat gelebt.«

Maya winkte ab. »Einfach nur auf Dates gehen, zählt nicht.« Sie seufzte. »Ich verstehe es nicht. Du bist so eine gute Partie. Und die Einzige von uns, die wirklich Dinge auf die Reihe bekommt.«

Liv biss sich auf die Zunge. Warum ging nur jeder davon aus, dass eine Frau, die nicht in einer Langzeitbeziehung war, sich nichts mehr als das wünschte? Niemand schien in Betracht zu ziehen, dass sie vielleicht *absichtlich* nichts Ernsthaftes suchte. Dass sie die Männer wegstieß, nicht umgekehrt. Aber zumindest stellte es eine angenehme Abwechslung dar.

Die widerwillige, ewige Singlefrau zu spielen, war eine gute Fassade und bedeutete, dass sie weiterhin vorgeben konnte, die einzige zu sein, »die ihr Leben auf die Reihe bekam«. Ihre Freunde hatten keinen blassen Schimmer, dass sie sich eigentlich ganz anders fühlte.

Die Haustür wurde geöffnet und wieder geschlossen, was

Sams Ankunft signalisierte. »Tut mir leid. Hab mich verspätet!«, rief er.

Seine Schritte hallten im Flur, und als er die Küche betrat, sprang Liv auf, um ihn zu umarmen.

»Alles gut, Zwillingsbrüderchen?«, fragte sie, als er sich nach vorne beugte, um ihr einen Kuss auf den Scheitel zu geben.

»Yep«, antwortete er und entließ sie mit einem Grinsen, ehe er zu Elise weiterging, die er mit einem Kuss auf die Wange begrüßte. Dann gab er Maya einen richtigen Kuss auf den Mund, der schon fast zu einem Zungenkuss ausartete, was Liv das Gefühl gab, als sollten sie und Elise schnellstmöglich das Feld räumen.

Liv räusperte sich. »Ich würde euch zwei ja raten, euch ein Zimmer zu nehmen, aber wir sind in eurem Haus.«

Maya löste sich und blies sich den Pony aus der Stirn. »Sorry. Hab mich mitreißen lassen.«

Liv bemerkte Mayas gerötete Wangen und die Art und Weise, wie Sam nervös von einem Fuß auf den anderen trat. Sie verengte die Augen zu Schlitzen. »Jetzt spuckt es schon aus.«

Sam warf Maya einen Blick zu. Sie zog an seiner Hand, um ihn dazu zu bringen, sich auf den Stuhl neben ihr zu setzen. »Du kannst es ihnen sagen«, meinte sie.

Er schüttelte den Kopf. »Ich habe es schon Arran und Nico gesagt. Jetzt bist du dran.«

Das Lächeln, das Livs Lippen umspielte, verwandelte sich in ein ausgewachsenes Grinsen. *O mein Gott. Ich weiß, worauf das hinausläuft.*

Maya schluckte. »Wir werden heiraten.«

In Livs Brust explodierte ein Sternenmeer aus Freude, das

sie kreischend aufspringen ließ. Sie drückte Sam fest an sich, ehe dieser richtig aufstehen konnte, und brachte ihn damit zum Lachen. Dann ließ sie ihn fallen wie eine heiße Kartoffel, um Maya zu umarmen. Doch selbst das reichte ihr noch nicht aus, also nahm sie Sam in den anderen Arm, bis Elise dazustieß und sie alle drei umfing – Maya und Sam mit Liv in der Mitte.

»Aah«, seufzte Liv und schloss für einen Moment die Augen. »Vierecksumarmungen sind toll.«

Da erklang eine andere Stimme hinter ihr, eine, die ihr eine Gänsehaut verpasste und dafür sorgte, dass sich ihr Herzschlag sofort beschleunigte. »Fünfecksumarmungen sind noch besser.«

Sie drehte den Kopf und sah Arran an, der hinter sie trat und die ganze Gruppe mit seinen Armen umfasste, was alle zum Lachen brachte. Sie musste wieder an den Moment denken, als sie am Vorabend den Blick von seinem David-Tennant-Anstecker zu seinem Gesicht gehoben hatte, und sofort begannen ihre Wangen zu glühen. Ihr Gesicht drückte sich an seinen Hals, als er sich nach vorne beugte, und sie atmete seinen herrlichen Duft ein – Sandelholz mit Orangenblüte. Der Druck seiner festen Brust an ihrer Schulter ließ ihre Haut vor Aufregung kribbeln.

Sam streckte die Hand über die Köpfe der anderen aus und wuschelte Arran durch die Locken. »Was machst du denn hier? Ich bin doch gerade erst bei euch weg. Vermisst du mich schon wieder?«

Arran grinste. »Ich war noch nicht fertig mit Feiern, und Nico musste sich wieder dem Babysitten widmen. Es gab einen kleinen Vorfall mit seiner Nichte Aurora und Strahlkotzen, deshalb habe ich ganz schnell das Weite gesucht.«

Liv lachte. »Du bist ja ein schöner Freund.«

Er zuckte mit den Schultern. »Kann nicht jeder ein so großartiger Freund sein wie du.«

Ihre Wangen glühten wieder. Um zu verhindern, dass er ihr Erröten bemerkte, löste sie die Umarmung auf, woraufhin sich alle wieder auf ihre Plätze setzten. Arran ließ sich auf dem Stuhl neben ihrem nieder, und Liv goss ihm und Sam einen Tee ein.

Arran zog eine Augenbraue hoch, als sie ihm die Tasse reichte. »Hey.«

Liv bemerkte erst da, dass er die Hand ausstreckte. Wie immer schlug sie ein, zog ihre Finger aber gleich darauf zurück, weil seine Berührung ein Kribbeln verursachte.

Sam hob seine Tasse, nahm einen Schluck und stellte sie wieder ab. »Genug jetzt mit diesem Tee«, verkündete er, stand auf und ging zum Kühlschrank. Nach kurzem Kramen zog er eine Flasche Sekt hervor und ließ den Korken knallen, was die anderen johlen ließ.

Er kam mit der Flasche und Sektgläsern zum Tisch und füllte jedem etwas ein. Als sie die Gläser zum Anstoßen hoben, ließ Arran die andere Hand über die Lehne von Livs Stuhl gleiten und streifte mit seinem Arm ihre Schulter.

»Prost!«

»Auf das glückliche Paar.« Liv lächelte und versuchte, die Hitze zu ignorieren, die sich von Arrans Arm aus in ihrem ganzen Körper auszubreiten schien. Sie warf Elise einen kurzen Blick zu, weil sie sich Sorgen machte, die Ankündigung einer Hochzeit könnte bei ihrer Freundin, die gerade im Jahr zuvor ihren Mann verloren hatte, schmerzhafte Erinnerungen wecken. Aber das Lächeln auf Elises Gesicht und das dazu passende Leuchten ihrer blauen Augen beruhigten sie.

»Erzählt uns alles«, verlangte Elise und beugte sich über den Tisch. »Wie war der Antrag?«

Maya und Sam warfen sich einen Blick zu, der Livs Herz zum Schmelzen brachte. Sie liebte die beiden unglaublich. Welch ein Glück sie doch hatte, dass ihr Zwillingsbruder und ihre beste Freundin ein Paar geworden waren!

Sam fuhr sich mit den Fingern durch die Haare. »Ich habe das Gefühl, die Frauen dieser Welt enttäuschen zu müssen, denn es war wirklich nicht sehr romantisch. Wir waren in einem Restaurant essen und haben angefangen, über die Zukunft zu sprechen. Dabei stellten wir fest, dass wir beide gern heiraten wollen und das eher früher als später.« Er lächelte Maya an. »Also hat Maya gesagt, wir sollten uns verloben und ein Datum für die Hochzeit finden, und ich habe zugestimmt.« Sein Lächeln verwandelte sich in ein Grinsen. »Und mit zugestimmt meine ich, dass ich ihr fast die Hand abgebissen hätte.«

Sam zog sie an seine Brust und gab ihr einen Kuss auf die Stirn.

»Okay«, sagte Arran und rieb sich die Hände. »Nun zum wirklich wichtigen Teil. Was machen wir am Junggesellenabschied?«

Liv zog die Augenbrauen hoch. »Dem *wirklich* wichtigen Teil?«

Elise lachte. »Aber echt. Der wichtigste Teil ist doch sicher, dass unsere Freunde eine lebenslange Verbindung zueinander eingehen.«

Liv schüttelte grinsend den Kopf. »Nein. Ich meinte, dass der wirklich wichtige Teil der Junggesellinnenabschied ist.«

Arran lachte auf, und der rumpelnde Klang erzeugte eine Wärme in ihrer Brust. »Punkt für dich«, sagte er.

»Keine Sorge«, wandte Sam lächelnd ein. »Die beiden Ereignisse werden zusammenfallen.«

»Eine gemeinsame Party für Braut und Bräutigam?« Liv machte große Augen. »Das ist eine tolle Idee!«

Maya nickte. »Wir wollen ein Wochenende wegfahren. Mit euch allen.«

»Cool«, sagte Arran und lehnte sich zurück, ehe er einen Schluck von seinem Sekt nahm. Er strich mit den Fingern über seine Bartstoppel, wobei er eine Augenbraue hochzog. »Alles ist lustiger, wenn die Ladys dabei sind.«

Liv warf ihm ein Lächeln zu, das er erwiderte, und sie ertappte sich dabei, wie sie sich kurz darin verlor und ihr Herz einen Sprung machte. Arran hatte die Art von Lächeln, die seine Augen leuchten ließ, wie ein Kristallglas voll Whiskey, das in der Nachmittagssonne steht.

Sie wandte sich Sam und Maya zu, die auf der anderen Seite des Tisches saßen. »Coole Sache, dass ich auf den Junggesellenabschied meines Bruder gehen darf. Muss ich wohl noch ein paar Dollarscheine besorgen, die ich den heißen Stripperinnen in die Höschen stecken kann.«

Arran verschluckte sich so an seinem Sekt, dass er husten musste.

Liv drehte sich zu ihm um und klopfte ihm auf den Rücken. »Hoppla. Du solltest das Zeug trinken, nicht inhalieren, Kumpel.«

Er brachte ein mühsames Lachen hervor und wischte sich mit dem Handrücken über den Mund, während er sie so eindringlich ansah, dass sie davon eine Gänsehaut bekam. »Die Vorstellung, dass du einer halbnackten Tänzerin Geld in die Unterhose steckst, hat mich abgelenkt.«

Etwas an der Art und Weise, wie er sich mit der Hand

über den Mund fuhr, törnte sie an. Doch andererseits törnte sie fast alles an ihm an. Sie verdrängte die Gedanken so gut es ging, schloss sie im Keller ihres Gehirns ein, stellte sich eine schwere Eisentür vor, die sie davorschob und verriegelte und zusätzlich noch mit einer Holzplanke verbarrikadierte.

Sie schürzte die Lippen. »Sei doch nicht so prüde.«

Maya stützte sich auf die Tischplatte, um sich an Liv und Elise zu wenden. »Da ist noch etwas, das ich euch zwei fragen wollte.« Sie hielt inne, um tief Luft zu holen, wobei sie für einen kurzen Moment unsicher wirkte. »Würdet ihr meine Brautjungfern sein?«

Liv riss vor Freude den Mund auf. Dieser Tag konnte gar nicht mehr besser werden. »Unglaublich gern!«

»Ich auch«, stimmte Elise mit strahlendem Blick zu. »Danke.«

Sam nickte in Arrans Richtung. »Ich habe schon dieses Arschloch hier gefragt, ob er mein Trauzeuge sein will, gemeinsam mit Nico.«

Arran zog die Augenbrauen hoch und hob sein Glas. »Obacht, Holland. Oder ich könnte *versehentlich* die Ringe verlegen.«

Sam grinste und zwinkerte Arran zu. »Es ist jedenfalls ausgeglichen. Zwei Trauzeugen und zwei Brautjungfern.«

Liv stützte aufgeregt die Unterarme auf den Tisch. »Was sollen wir denn tun?«

Maya schwenkte ihren Sekt im Glas. »Wenn ihr das Ausflugswochenende organisieren könntet, wäre das großartig. Was die eigentliche Hochzeit angeht, haben wir hoffentlich alles im Griff. Es wird sowieso eine eher kleine, aber feine Feier werden.«

Elise kramte in ihrer Handtasche und zog einen Notizblock hervor, auf dessen Deckblatt Blumen und Regenbögen prangten. Sie klappte ihn auf und zog einen glitzernden Stift aus der elastischen Halterung in der Innenseite der Spiralbindung. »Sagt uns, was ihr euch vorstellt, und wir fangen sofort mit dem Organisieren an.«

Liv lachte. »Hast du den Notizblock etwa immer parat? Deine Schreibwarensucht nimmt allmählich überhand.«

Elise lächelte schief. »Man weiß eben nie, wann man einen Notizblock brauchen kann.«

Maya schielte zu Sam. »Ich glaube nicht, dass wir so was wie eine Wunschliste haben.«

»Welches Reiseziel habt ihr euch denn vorgestellt?«, fragte Arran.

Sam rieb sich den Bart. »Keine Ahnung.«

Arran zog lächelnd die Augenbrauen hoch. »Also, reden wir hier von Ibiza oder Inverness?«

»Ich denke, eher Schottland«, meinte Maya. Sie sah Sam fragend an. »Ist das okay für dich?«

»Definitiv«, erwiderte Sam und sah sie so zärtlich an, dass Livs eh schon weiches Herz noch weiter dahin schmolz. »Sparen wir das Geld lieber für unsere Flitterwochen.«

Maya grinste. »Wahrscheinlich stehen die Chancen auf nackte Tänzerinnen in Schottland aber schlechter, im Vergleich zu den Balearen. Ist das in Ordnung?«

Sam musterte sie von oben bis unten. »Außer ich bekomme einen Nackttanz von dir.«

Achselzuckend hob Maya ihr Glas, um einen Schluck zu trinken. »Hängt davon ab, wie viel du bereit bist zu zahlen.«

Elise kritzelte eifrig auf ihren Notizblock. Sie nahm ihren Job als Organisatorin offensichtlich sehr ernst.

Liv linste über ihre Schulter, weil sie neugierig war, ob sie tatsächlich »keine nackten Tänzerinnen« notiert hatte.

»Wann soll es denn stattfinden?«, fragte Elise.

»Vielleicht im April oder Mai?«, schlug Maya vor. »Denn wir planen eine Juni-Hochzeit.«

»Wow«, rief Elise aus und sah auf. »Nur vier Monate für die Hochzeitsplanung! Ihr zwei habt es aber echt eilig, oder?«

Sam nahm Mayas Hand. »Yep. Wir hatten schon zu viele Verzögerungen und haben zu viel verpasst. Also werden wir es jetzt einfach tun.«

Maya beugte sich zu ihm und gab ihm einen Kuss auf die Wange.

Liv bemerkte, dass Elise einen vielsagenden Blick mit Arran tauschte. Vermutlich hielten die beiden Menschen im Raum, die tatsächlich schon einmal eine Hochzeit geplant hatten, Maya und Sam für naiv, weil sie die bevorstehenden Aufgaben so offensichtlich unterschätzten.

Arran lehnte sich zurück. »Was du heute kannst besorgen, das verschiebe nicht auf morgen. Lange verlobt zu sein, ist selten eine gute Idee.«

Liv schielte zu ihm rüber, und versuchte die unterschwellige Emotion zu entschlüsseln, die hinter seinem neutralen Gesichtsausdruck verborgen lag. Er und Jess waren vor ihrer Hochzeit schon etliche Jahre verlobt gewesen.

»Irgendwelche anderen Vorgaben von eurer Seite, außer dass es in Schottland sein soll?«, fragte Elise.

Maya und Sam schüttelten simultan die Köpfe.

»Okay«, entschied Elise. »Wir sollten am besten erst ein Wochenende auswählen und uns dann überlegen, wo wir hinfahren wollen. Dann können wir eine Liste an Unterkünften zusammenstellen und die Wahl eingrenzen, je nachdem, wo zur gewünschten Zeit noch etwas frei ist.«

Es klingelte an der Tür.

Sam stand auf und verließ die Küche. Kurz darauf war das Öffnen der Haustür zu hören und dann Nicos tiefe Stimme.

Liv bemerkte, wie Elise den Kopf in ihrem Notizblock vergrub und wie wild zu kritzeln begann, als Nico den Raum betrat.

»Hast du es geschafft, dich vor dem Kotzeaufwischen zu drücken?«, wollte Arran wissen.

»Nee. Ich habe alles aufgewischt, aber dann kam meine Schwester früher nach Hause als geplant, deshalb dachte ich, kann ich auch noch ein bisschen mit euch feiern.« Nico schälte sich aus seiner schwarzen Lederjacke, seine Muskeln wölbten sich unter dem enganliegenden Longsleeve. Elise sah von ihrem Notizblock auf, und ihr Blick schien für einen Moment an Nicos breitem Deltamuskel hängenzubleiben, ehe sie sich wieder dem Schreiben zuwandte.

Nico stützte sich auf den Tisch und betrachtete die vor sich hin kritzelnde Elise. »Kowalski.«

Sie nickte ihm erwidernd zu.

»Na, dann«, sagte er an die anderen gewandt. »Wie weit sind wir?«

»Wir suchen gerade ein Datum für das gemeinsame Ausflugswochenende vor der Hochzeit«, erklärte Maya. »Wir sollten vermutlich gleich ein paar Optionen aufschreiben, falls eine davon wegfällt.«

Liv zückte ihr Handy und öffnete ihren Kalender, die anderen taten es ihr gleich. Als sie zu Arran rüber schielte, bemerkte sie sein zugegebenermaßen überaus entzückendes Stirnrunzeln.

»Wann hat Jess denn den Kleinen?«, fragte sie ihn. »Lasst uns doch mit diesen Wochenenden gleich mal anfangen.«

Er nickte und gab Elise ein paar Daten, die sie notierte. Dann hob sie den Kopf. »Nicht gerade eine große Auswahl.«

Arran zuckte zusammen. »Ja. Jess hat viel zu tun.« Er sah Liv an, und plötzlich wurde ihr klar, wie sehr er ihre Unterstützung brauchte. Sie würde ihn dazu bringen, dass er ihre Hilfe annahm, koste es, was es wolle.

»Jedes dieser Wochenenden würde für uns passen«, sagte Sam und legte Maya einen Arm um die Schultern.

Elise nickte. »Für mich auch. Mum und Dad werden sicher mal ein Wochenende mit Jack klarkommen. Es ist egal, welches.«

Nico scrollte durch sein Handy. »Bei mir gehen auch alle. Wo fahren wir denn hin?«

»Dazu hätte ich einen Vorschlag«, sagte Arran und stützte die Ellenbogen auf dem Tisch ab.

»Ich auch«, sagte Liv und tat es ihm gleich.

Er zwinkerte ihr zu, und ihre Haut kribbelte. »Ladies first.«

Lächelnd wandte sie sich an die anderen. »Ich finde, wir sollten nach Skye fahren. Erinnert ihr euch noch an diesen Schulausflug …«

»Als wir in der sechsten Klasse waren?«, ergänzte Arran. Er grinste. »Dieselbe Idee hatte ich auch.«

Liv sah ihm in die Augen, und es war, als könnte sie die Verbindung zwischen ihnen förmlich greifen. Sie waren auf der gleichen Wellenlänge. Außer wenn es um romantische Gefühle ging, doch sie erinnerte sich daran, dass es das Beste war, dass er ihre Gefühle nicht erwiderte. Auch wenn es weh tat.

»Ja«, sagte Maya und klatschte in die Hände.

Sam nickte. »Der Ausflug war super. Und wir haben doch immer darüber gesprochen, dass wir mal wieder dorthin reisen wollen.«

»Perfekt«, entschied Elise und schrieb ein paar Dinge auf. »Hotel? Ferienwohnung?«

Nico meldete sich zu Wort. »Überlasst das mir. Ich habe eine Bekannte, die ein riesiges Anwesen auf Skye besitzt, ein Ferienhaus. Ich bin mir sicher, dass es frei ist, da sie gerade wie verrückt arbeitet.«

»Wie cool!«, rief Maya. »Danke dir.«

»Sie?« Elise bedachte Nico mit einem schiefen Lächeln. »Eine Ex von dir?«

Nico wich ihrem Blick nicht aus. »Ja. Ich bin mit allen meinen Ex-Freundinnen befreundet.« Er zögerte einen Moment lang. »Also, mit fast allen.«

»Sag einfach Bescheid, wenn du weißt, ob wir das Haus nutzen können«, sagte Elise ungerührt. »Und ich suche trotzdem noch ein paar Alternativen raus, nur für den Fall, dass es nicht klappt. Wann denkst du, kannst du sie erreichen?«

Nico zückte sein Handy und tippte eine Nachricht. »Gleich jetzt.«

»Wir müssen noch überlegen, was wir so unternehmen wollen«, meinte Liv und schob sich die Brille hoch. Sie funkelte Maya warnend an. »So, wie ich euch und euer Frühlingsprogramm im Skizentrum kenne, wollt ihr bestimmt eine Riesenwanderung machen.« Maya streckte ihr die Zunge raus.

»Keine Sorge«, sagte Arran und stupste sie mit der Schulter an. »Ich nehme dich huckepack, wenn du Blasen an den Füßen bekommst.«

»Danke.« Sie lächelte und versuchte sich nicht anmerken zu lassen, dass die Vorstellung, auf Arrans Rücken zu sein – selbst vollständig bekleidet – ihr eine Gänsehaut verursachte.

Elise lehnte sich zurück. »Ich will mal sehen, ob ich für den Samstagabend einen Tisch in einem schönen Restaurant reservieren kann.« Sie sah Nico fragend an. »Wo ist denn das Haus?«

»Portree«, antwortete er, warf einen Keks in die Luft und fing ihn mit dem Mund auf.

Elise schien kurz die Augen zu verdrehen, doch sie kehrte schnell zu ihren Notizen zurück. »Alles klar. Ich kümmere mich um Verpflegung, Nico um die Unterkunft, Liv, könntet du und Arran euch ein paar Aktivitäten ausdenken?«

Liv nickte zustimmend.

Elise klappte den Notizblock zu und sagte zu Nico: »Schreib mir, wenn du eine Antwort bezüglich des Ferienhauses hast, und ich suche etwas anderes, falls es nicht frei ist.«

Nico schüttelte den Kopf. »Ich schreibe dir, wenn ich was weiß. Aber wenn es nicht klappt, suche *ich* etwas anderes.«

Elise verschränkte die Arme vor der Brust und beäugte ihn stirnrunzelnd. »Traust du mir nicht zu, etwas zu finden, dass deinen Ansprüchen genügt?«

»Doch das tue ich«, erwiderte er, ohne den Blick abzuwenden. »Aber du hast genug um die Ohren. Also, kümmere ich mich darum.«

Elise stutzte erst, nickte dann aber. »Super.«

Arran stupste Liv an, als die anderen anfingen, über andere Dinge zu reden.

»Wir sollten uns bald treffen und über die Aktivitäten sprechen.« Er zwinkerte ihr auf diese sexy Art zu und jagte ihr schon wieder einen wohligen Schauer über den Rücken.

»Ja, lass uns das machen. Ich habe schon ein paar Ideen, was wir unternehmen könnten.«

»Ich auch.« Er stupste sie wieder an. »Lass uns unsere Listen vergleichen. Mal sehen, wer von uns oben liegt.«

Ihre Wangen glühten beim Gedanken daran, dass einer von ihnen auf dem anderen liegen könnte, also wandte sie den Blick schnell von seinen blitzenden honigfarbenen Augen ab. *Eine Aktivität zu planen, die mit einer Hochzeit zu tun hat, mit dem Typ, auf den ich seit Jahren stehe. Was sollte da schon schiefgehen?*

KAPITEL vier

Liv stellte einen Teller mit den Keksen, die sie erst vor kurzem aus dem Ofen genommen hatte, in die Mitte des Küchentischs und atmete den warmen, köstlichen Duft ein. Sie beäugte die Plätzchen und musste sich zusammenreißen, die Finger davonzulassen. Ein kurzer Blick auf die Uhr bestätigte ihr, dass Arran jeden Moment da sein sollte, und sofort hatte sie wieder Schmetterlinge im Bauch. Für ihr Wochenendplanungs-Date hatte sie extra seine Lieblingskekse gebacken. Natürlich war es eigentlich kein Date; ihr letztes und einziges war überhaupt nicht gut gelaufen.

Die vergangenen Tage hatte der Gedanke an die Hochzeit ihres Bruders und das Zusammentreffen der Familie unerwartet alte Erinnerungen aufgewühlt, an die Zeit, als ihr Dad mit einer anderen Frau nach Jersey abgehauen war, nachdem er ihre Mum zuvor jahrelang belogen und betrogen hatte. Am Ende war Liv nur noch erleichtert gewesen, dass er weg war. Dennoch hatte es ihr unglaublich leidgetan für ihre Mum. Und für Sam, der schon immer eine bessere Beziehung zu ihrem Dad gehabt hatte – wenn man es als Beziehung bezeichnen wollte. Eigentlich war es eher so, dass Dave Sam mehr wertschätzte, weil er der Sohn war. Als wäre er eine Art Trophäe, und Liv nur das fünfte – ungewollte – Rad am Wagen.

Die Türklingel riss sie aus ihren düsteren Gedanken, und Liv schüttelte den Kopf, um sie zu vertreiben. Sie ging zur Tür, um ihm zu öffnen, und ihr Puls beschleunigte sich, als sie Arran in seiner weichen, braunen Lederjacke erblickte. Die Farbe passte zu dem Kupferton seiner sepiabraunen Haut. Er lächelte und lehnte sich für ihren gewohnten Handgruß nach vorne, als er das Haus betrat. »Hey, Karate Kid.« Der Geruch nach Leder in Kombination mit seinem süßen, würzigen Eigengeruch trieb ihren Puls noch ein wenig mehr in die Höhe.

»Hast du was gebacken?«, fragte er und riss die Augen auf. »Es duftet herrlich.«

Liv zog eine Augenbraue hoch und machte eine Geste, dass er ihr in die Küche folgen sollte. »Das habe ich in der Tat.«

Arran zog seine Jacke aus, und Liv musste sich zwingen, den Blick von seinen wohlgeformten Armmuskeln abzuwenden. Sie hob die Teekanne und sah ihn fragend an. »Tee?«

»Ja, bitte«, erwiderte er und nahm Platz. Er schob zwei Teetassen zu ihr rüber und goss ihr dann den perfekten Schuss Milch in ihre. *Genau, wie ich es mag.* Ein wohliges Gefühl machte sich in ihrer Brust breit.

Er schielte in Richtung des Tellers mit den Keksen und leckte sich über die Unterlippe. »Ist es unhöflich, einen zu essen, ehe sie abgekühlt sind?«

Liv löste ihren Blick von seinem Mund und sah ihm in die Augen, während sie sich unwillkürlich vorstellte, wie sich seine Zunge auf ihrer Lippe anfühlen würde. »Ach, was. Ich habe gerade das Gleiche gedacht.«

»Ausgezeichnet.« Er rieb sich die Hände, nahm zwei Kekse und reichte ihr einen davon. Sie tat so, als könnte sie die Elektrizität nicht spüren, die seine Finger auf ihrer Haut zu erzeugen schien.

Liv mampfte ihren Keks und konzentrierte sich auf die zuckerhaltige Köstlichkeit, um alle mit Arran verbundenen Bilder aus ihrem Kopf zu verbannen. »Hast du noch mal über das nachgedacht, was wir neulich bezüglich des Babysittens besprochen haben?«

Er nahm einen Bissen vom Keks und leckte sich die Lippen. Verdammt nochmal. Sie konnte mit dem ganzen Lippenlecken nicht umgehen. Wie konnte es sein, dass eine so banale Handlung von ihm für sie an Pornographie grenzte? Vergesst Christian Grey und seine Peitschen und Ketten; sie brauchte nur Arran Adebayo und einen Teller krümeliger Kekse pro Tag.

Er fuhr sich mit den Fingern durch die Haare. »Ich weiß, es war deine Idee, aber ich habe das Gefühl, ich habe dir irgendwie ein schlechtes Gewissen gemacht, und du hast es nur deshalb vorgeschlagen. Ich hätte nicht so jammern sollen, dass ich die Porträts rechtzeitig fertig bekommen muss. Für dich ist das eine große Verantwortung, auch wenn es nicht lange ist.«

»Es geht doch nur um einen Tag pro Monat. Und überhaupt, hätte ich es nicht vorgeschlagen, wenn ich es nicht ernst gemeint hätte«, sagte sie und schob sich die Brille auf der Nase hoch. »Ich verbringe so gern Zeit mit Jayce, und es wäre mir eine Ehre, wenn ich dir helfen könnte, deine Porträts fertig zu bekommen.«

Als sich ihre Blicke trafen, war es, als würde der warme Honig seiner Augen in sie einsickern. »Ich will dich nicht ausnutzen. Schon gar nicht, wo du ihn sowieso bald jeden Tag im Kindergarten betreuen wirst.«

Liv setzte zu einer Erwiderung an, doch er streckte ihr die Handfläche entgegen, um sie zum Verstummen zu bringen, und hob lauschend den Kopf. »Hast du das gehört?«, fragte er.

Liv stutzte und lauschte ebenfalls. »Was denn?«

»Dieses Geräusch«, sagte er stirnrunzelnd. »Ich glaube, das war der seltene Haggis.«

Sie zog eine Augenbraue hoch. »Der seltene Haggis?«

»Mmm.« Mit ernster Miene hob er seine Tasse und setzte sich an den Esstisch. »Sogar noch seltener als das, äh, nicht so seltene Haggis-Tier.«

Sie lächelte liebevoll über seinen unbeholfenen Versuch, das Thema zu wechseln. Sie wünschte, er wäre nicht so stur, und es fiele ihm leichter, ihre Hilfe anzunehmen. Ihn dazu zu bringen, fühlte sich manchmal so an, als würde sie mit dem Kopf gegen eine Wand rennen.

Zugegebenermaßen barg es auch ein gewisses Risiko für sie, wenn sie noch mehr Kontakt miteinander hatten. Sie schaffte es schon kaum, ihm dabei zuzusehen, wie er Plätzchen aß.

Arran pustete auf seinen Tee und beäugte sie. »Was das David-Tennant-Date angeht, ist alles gut zwischen uns, oder?«

Dieses Mal wurden ihre Wangen nur leicht warm, das war schon mal eine Verbesserung. »Ja, alles gut.«

Er nickte und senkte den Blick auf seine Teetasse. »Übrigens würde ich dir gern sagen, dass ich nicht enttäuscht war, als ich so in mich hinein geflucht habe. Als ich dich gesehen habe, meine ich.«

Sie sah ihn an und ihre Blicke trafen sich wieder. Etwas in ihrer Brust zog sich zusammen. »Nicht?«

Er schüttelte den Kopf. »Ich war nur … überrascht, das ist alles.«

Sie lächelte. »Das ging mir genauso.«

Er erwiderte das Lächeln. »Erst überrascht, dich zu sehen, dann davon, dass du Lippenlesen kannst.«

Liv lachte.

Er fuhr sich mit der Hand durch die Haare. »Jetzt mal im Ernst. Ich will auf keinen Fall, dass du denkst, ich könnte jemals enttäuscht sein, dich zu sehen.«

Etwas flackerte in ihrem Kopf auf, als sie versuchte, die Bedeutung seiner Worte zu begreifen.

Sein Blick schien intensiver zu werden, und er schien mit den nächsten Worten zu hadern. Seine Stimme klang ein wenig gepresst, als er fortfuhr. »Du sahst wunderschön aus. Ich hätte es dir in dem Moment gleich sagen sollen.« Er schluckte. »Ich meine, du siehst immer schön aus, aber an diesem Abend warst du besonders hübsch. Ich glaube, ich habe dich noch nie so schick gesehen.«

Ihr klopfte das Herz bis zum Hals, und sie hätte schwören können, die Luft zwischen ihr und Arran knisterte vor Elektrizität. Wollte er damit sagen, dass … er sie attraktiv fand? Jetzt glühten ihre Wangen, als stünden sie in Flammen. Kein Wunder, dass er in diesem Moment dorthin schielte. Sie mussten so rot sein wie ein Pavianpopo. Er schenkte ihr ein aufbauendes Lächeln.

»Wie auch immer. Was ich sagen wollte, du kannst dich ganz gut herausputzen, Kumpel.« Er räusperte sich. »Okay. Dann lass uns mal mit der Wochenendplanung beginnen.«

Liv holte Luft, enttäuscht und verwirrt zugleich. Sie schob die Gefühle so gut es ging beiseite und versuchte, sich zu konzentrieren. »Ich bin so froh, dass Nico die Zusage für das Ferienhaus bekommen hat.«

»Ich auch«, stimmte Arran zu und zog die Augenbrauen hoch. »Und so vornehm. Ich dachte immer, die Häuser auf Skye hätten alle tiefe Decken und alte Backsteinmauern, keine Glaspergola oder riesige Terrassen. Aber Nico hat eben immer noch seine Kontakte in die Kreise der hochverdienenden Anwälte.«

Liv zuckte lächelnd mit den Schultern. »Hochrangige Freunde, wie wir.«

»Stimmt«, erwiderte er und ließ die Teetasse an ihre klicken. »Okay. Nico und Elise haben ihren Teil erfüllt, und wir haben freie Hand, was das Buchen von Aktivitäten angeht.«

Voller Eifer klappte Liv ihren Laptop auf. »Ich habe schon ein paar Sachen gefunden, die ich cool fände.«

Arran rutschte mit seinem Stuhl näher zu ihr, so dass sein Arm ihren streifte. Sie ignorierte es und öffnete eine Website, die sie sich gemerkt hatte.

»Ich bin gespannt, ob wir die gleichen Sachen gefunden haben«, murmelte Arran. Sie liebte den ruhigen, dunklen Klang seiner Stimme.

»Hier«, verkündete sie und zeigte ihm auf den Bildschirm.

»Ich wusste es.« Er grinste, als er die Bilder sah. »Ich will auch unbedingt zu den Fairy Pools.«

Ein warmes Gefühl machte sich auf ihrer Haut breit. »Ich dachte, wir könnten uns Neoprenanzüge besorgen und schwimmen gehen.« Sie scrollte die Fotos der malerischen Isle of Skye durch. Die kristallklaren, schimmernden Wasserbecken glitzerten einladend vom Bildschirm, unzählige Kaskaden aus sprühenden Wasserfällen ergossen sich aus dem felsigen Gestein. »Sam und Maya werden es lieben.«

»Ganz bestimmt.« Seine honigfarbenen Augen leuchteten, als er leise lachte. »Hey, erinnerst du dich an den Schulausflug, als Nico sich einfach nackt ausgezogen hat und reingesprungen ist?«

Sie lachte, als sie daran dachte, wie Nico danach Ärger von ihrem Lehrer bekommen hatte, und wie alle Mädchen ihn mit offenem Mund angestarrt hatten.

»Ich dachte, wir könnten auch zu Neist Point fahren«, sagte Arran und beugte sich über sie, um eine neue Seite zu öffnen.

Sein Duft drang ihr in die Nase, und sie versuchte das Kribbeln in ihrem Bauch zu ignorieren. »War auch mein Gedanke«, kam sie ihm zuvor und öffnete einen weiteren Tab, wo Neist Point, der westlichste Punkt der Insel abgebildet war. Die schmale grüne Landzunge fiel in steilen Klippen zum dunkelblauen Meer hin ab, ein weißer Leuchtturm stand stolz an der Kante des letzten Streifens Land und sah auf den Atlantik hinaus.

»Zwei Dumme, ein Gedanke«, meinte Arran lächelnd.

Sie warf ihm einen verstohlenen Blick zu und gönnte es sich, sich einen Moment lang im goldenen Ton seiner Augen zu verlieren. »Yep. Wir sind einfach auf derselben Wellenlänge.«

Kurz hielt er den Blickkontakt, dann räusperte er sich und setzte sich aufrecht hin. »Ich mache einen Zeitplan und schicke ihn dir per E-Mail zu.«

»Cool«, erwiderte sie und verlagerte das Gewicht auf ihrem Stuhl, sehnte sich schon jetzt wieder nach der Wärme seines Körpers. »Nico meinte, wir könnten Alessias Minivan borgen. Da passen wir alle acht rein.«

»Acht?«, fragte er und nippte an seinem Tee. »Ich dachte, wir wären zu neunt.«

Sie schüttelte den Kopf. »Mayas Freundin von der Uni, Kirsty, kann nicht mitkommen. Sie hat sich ganz fies den Daumen gebrochen.«

»Autsch.« Er zuckte sichtlich zusammen. »Wie ist ihr das denn passiert?«

Liv versuchte, eine ernste Miene zu wahren. Kirstys Schmerz war wirklich nicht zum Lachen. »Sie hat die Toilettenspülung betätigt.«

Arran hätte fast seinen Tee wieder ausgespuckt. »Was? Machst du Witze?«

Ein Lachen zuckte um Livs Mundwinkel. »Nö. Sie war betrunken und wollte mit dem Daumen den Knopf für die Spülung drücken. Aber der Alkohol muss ihre Koordination beeinträchtigt haben, denn sie hat ihn wohl blöd getroffen.«

Sichtlich um Fassung bemüht, schaffte es Arran gerade noch, das Lachen zu unterdrücken. »Wow. Sie muss aber wirklich fest draufgedrückt haben. Das war wohl ein Fall von ›Rage against the Latrine‹.«

Dieses Mal war es ein Prusten, das ihr entfuhr. »Die Arme. Offensichtlich wirkte sie danach etwas bedröppelt.«

Sein Mund verzog sich zu einem Grinsen. »Sie hätte einen Superhelden gebraucht, der ihr zur Rettung eilt. Vielleicht Flush Gordon.«

Inzwischen ließ Liv ihrem Kichern freien Lauf und klammerte sich an Arrans Schulter fest, der mit ihr zusammen in Gelächter ausbrach. Freunde, die ihre Liebe zum Herumalbern teilten, waren ihr die liebsten.

Schließlich versiegte ihr Lachen, und ihr fiel auf, dass sie sich immer noch an seinem Bizeps festhielt. Das Gefühl des festen Muskels unter ihren Fingern brachte ihr Blut in Wallungen, so dass sie schnell die Hand sinken ließ.

In diesem Moment klingelte Arrans Handy.

Er ging dran und hielt es sich ans Ohr. »Hey.« Es entstand eine Pause, während er dem Anrufer zuhörte, und sein Lächeln verwandelte sich in ein Stirnrunzeln. »Oh, okay. Ja. Ja, ich denke schon. Gut, geht klar. Bring ihn einfach vorbei, wenn du unterwegs bist.«

Liv drehte ihre Tasse in der Hand und beobachtete ihn mit wachsender Sorge. »Ciao.« Arran legte auf. Er lehnte sich zurück und hob seine Tasse. »Jess will, dass ich Jayce am Samstag nehme. Irgendwas von einer Feier beim Bruder des Neuen.« Seine Augenbrauen blieben zusammengezogen, ein Ausdruck, den man bei ihm selten sah.

»Und was ist mit dem Porträt, das du eigentlich fertig bekommen wolltest?«, fragte Liv.

Er seufzte und spielte mit seinem Handy, dessen Sperrbildschirm ein zuckersüßes Foto von ihm und einem grinsenden Jayce zeigte, der auf seinem Schoß saß. »Vielleicht kann ich noch eine Nachtschicht einlegen.«

Liv starrte ihn mit entschlossener Miene an. »Ich komme vorbei und babysitte Jayce am Samstag.«

Er öffnete den Mund, um zu einem Protest anzusetzen, aber sie hob nur die Hand und legte ihm den Zeigefinger auf die Lippen, was sie sofort bereute, als es sie wie ein Blitz durchfuhr. »Psst. Mund zu, Ohren auf!«, sagte sie mit ihrer besten Lehrerstimme. Er lächelte unter ihrer Berührung, seine Stoppel kratzten leicht an ihrem Finger und kribbelten auf ihrer Haut.

Sie ließ die Hand sinken. »Wir machen es so, Arran. Also, komm damit klar.«

Er schwieg einen Moment, seine Kiefer mahlten angespannt, und sie wusste, dass sie gewonnen hatte. »Ich werde dir etwas dafür zahlen«, sagte er mit leicht schroffem Tonfall.

Sie zog die Augenbrauen hoch. »Nein, wirst du nicht.

Freunde bezahlen sich nichts dafür, dass sie sich einen Gefallen tun.«

»Fühlt sich so an, als wärst du immer diejenige, die mir einen Gefallen tut, und nie umgekehrt«, erwiderte er leise.

Sie zuckte mit den Achseln. »Du kannst dich bestimmt eines Tages revanchieren. Vielleicht habe ich auch irgendwann mal ein Kind, das du dann babysitten kannst.«

Seine Augenbrauen zogen sich zu einem kurzen Runzeln zusammen, doch dann lächelte er. »Natürlich.« Er räusperte sich. »Ist es wirklich okay, dass du seine Erzieherin wirst?«

Sie nickte. »Klar, ist das okay. Der Kindergarten ist klein genug, dass wir oft Kinder in der Gruppe haben, die wir kennen, oder mit denen wir sogar verwandt sind.« Es war ihm anzusehen, dass sie ihn auf ihre Seite hatte ziehen können. Sie hob die Tasse, um mit ihm anzustoßen. »Sind wir uns einig?«

»Na, gut«, antwortete er und prostete zurück. »Abgemacht. Danke dir. Aber nur dieses Wochenende.«

Sie lächelte, als sie an ihrem Tee nippte. *Das denkst du.*

KAPITEL fünf

»Komm schon, Kumpel, nur ein kleines bisschen«, säuselte Arran, als Jayce den Broccoli auf seiner Gabel misstrauisch beäugte.

»Nein. Ich mag keinen Brocci, Daddy«, erwiderte Jayce voller Verachtung für das verhasste Gemüse.

Doch Arran gab nicht so schnell auf und versuchte weiter, seinen Sohn dazu zu bewegen, etwas Gesundes zu sich zu nehmen. Dabei wanderten seine Gedanken zu Liv, und wie sie bei Sam neulich von Stripperinnen gesprochen hatte, so dass vor seinem inneren Auge unweigerlich sie als nackte Tänzerin aufgetaucht war. Das Bild hatte bei ihm eingeschlagen wie der Meteorit, der angeblich die Dinosaurier ausgelöscht hat. Am Küchentisch von Maya und Sam hatte er sich deshalb dermaßen an seinem Drink verschluckt, dass er fast daran erstickt wäre.

Tod durch Sekt. Was für eine mittelklassige Art abzutreten.

Das Klingeln der Haustür riss ihn aus seinen Gedanken, und er warf einen Blick auf seine Armbanduhr. »Wer kann das denn sein?«

Während er überlegte, warum so ziemlich jeder Mensch auf der Erde sich diese Frage stellte, wenn es unerwartet klingelte, wo doch keine Antwort zu erwarten war, bis man die Tür geöffnet hatte, ließ er Jayce für einen Moment alleine am Tisch zurück, um durch den Flur zur Haustür zu joggen.

Sein Herz machte einen Sprung, als er Liv davorstehen

sah, in einem süßen engen T-Shirt mit der Aufschrift »Erzieherin, denn Superheld ist kein offizieller Beruf«, dazu ihre ausgewaschene Jeans, eine Bikerjacke und weiße Chucks.

»Hey«, grüßte sie und schob sich die Brille mit dem lila Gestell auf der Nase hoch, wobei sie gleich noch eine Welle dunkelbrauner Locken aus ihrer Stirn strich.

Einen Moment lang war er sprachlos. »Du bist zu früh.«

Sie lächelte. »Ja. Ich habe mich schon im Dojo umgezogen und bin direkt hierhergefahren. Dachte, ich gebe dir einen kleinen Vorsprung mit dem Malen.«

Der Ausblick über die grünen Hügel hinter ihr betonte das Grün ihrer Augen. Und die frühe Nachmittagssonne reflektierte in ihrem Haar, so dass ein rotbrauner Schein um ihren Kopf entstand. *Wie ein Heiligenschein.* Arran konnte sich genau vorstellen, welche Farben er in seinem Atelier zusammenmischen würde, um die warmen Wellen ihrer Haare zu malen. Seine Herbsttöne. Und der Glanz ihrer Augen käme aus seiner Farbpalette, die er als Seefarben bezeichnete.

Liv zog eine Augenbraue hoch. »Also, darf ich jetzt reinkommen, oder gibt es ein spezielles Passwort?«

Hastig räusperte er sich und bat sie herein. Als sie an ihm vorbeiging, wehte ihr Duft nach süßen Beeren, gemischt mit Vanille in seine Nase. Er kam sich vor wie eine dieser alten Cartoonfiguren, deren Füße vom Boden abhoben, während sie irgendwelchen köstlichen Gerüchen mit der Nase folgten. »Das ist echt super nett von dir«, brachte er schließlich hervor. »Danke, nochmals.«

»Kein Ding«, erwiderte sie und schlug ein, ehe sie durch den Flur in die offene Küche ging. Er ballte die Hand zur Faust, um das Kribbeln abzuschütteln, das die Berührung ihrer Haut verursacht hatte. Das Blind Date hatte ihm die

Augen geöffnet und zu der Erkenntnis geführt, dass er diese Begrüßung zwischen ihnen nur eingeführt hatte, weil er sie unbedingt berühren wollte.

Jayce erblickte sie, als sie die Küche betrat, und sein Gesicht hellte sich auf. »Heya, Lib!«

»Hey, Kumpel«, grüßte sie und gab ihm einen Kuss auf die rosige Wange. »Wie geht's dir? Oh, Broccoli! Mein Lieblingsgemüse. Wie wäre es, wenn wir zwei noch was von dieser Köstlichkeit essen, während Daddy schon mal zu malen anfängt?« Sie nahm die Gabel und setzte sich neben Jayce. »Hier kommt die Lokomotive ...« Sie machte »Tschu-tschu«-Geräusche und bewegte die Gabel vor und zurück, woraufhin Jayce automatisch den Mund öffnete und einen Bissen nahm, während Liv jubelte, wie sein persönlicher Cheerleader.

Lächelnd ging Arran in Richtung Atelier. Der Klang von Livs und Jayce' Lachen folgte ihm den Flur entlang.

Er öffnete die Tür, die in sein Atelier führte, das früher einmal die Garage gewesen war, schloss hinter sich und lehnte sich einen Moment lang dagegen.

Seine sich entwickelnden Gefühle für Liv schienen außer Kontrolle zu geraten. Sie war die Schwester seines besten Freundes. Sie waren in die gleiche Schulklasse gegangen. Mit zehn hatte er vor der ganzen Jahrgangsstufe so getan, als hätte sie Nissen in den Haaren, und hatte sich dafür einen Schlag in die Magengrube von ihr eingefangen, um Himmels willen.

Und dann war da noch die Tatsache, dass er gerade überhaupt keine romantische Beziehung gebrauchen konnte, egal mit wem. Es war erst ein Jahr her, dass er bis zum Hals in den Hochzeitsplanungen gesteckt hatte, und als seine Ex dann einfach so Schluss gemacht hatte, war er aus allen Wolken gefallen. Wie um alles in der Welt hatte er nicht merken können, dass sie ihn gar nicht mehr liebte? War er etwa so unsensibel? Er konnte seinen eigenen Gefühlen nicht mehr trauen, so viel war sicher. Genau genommen – das musste es sein. Seine Emotionen waren so verdammt durcheinander, dass es ihn irrational machte, was Liv anging.

Er wandte sich seinem aktuellen Projekt zu und begann mit den Vorbereitungen. Das Mischen der Farben hatte für ihn etwas Therapeutisches, auch wenn er es dieses Mal nicht ganz schaffte, seine wirbelnden Gedanken im Zaum zu halten.

Er war so entschlossen gewesen, sich auf Jayce und sein neues Geschäft zu konzentrieren, und er war positiv überrascht, dass beides so gut angelaufen war. So musste es bleiben. Jayce und das Malen waren seine zwei Prioritäten im Leben, und da blieb kein Raum für etwas anderes. Nicht, seit Jess ihn verlassen hatte. Sie hatte sonst immer an erster Stelle gestanden, gemeinsam mit ihrem kleinen Sohn.

Wie auch immer, Liv half allen immer gern, und sie hätte ihre Hilfe auch jedem anderen ihrer Freunde angeboten, der sie gebraucht hätte. Das war eines der Dinge, die er so an ihr liebte. Oder die er wirklich an ihr mochte, besser gesagt. Lieben war ein wenig extrem. Er *liebte* sie nicht. Nur weil sie seine beste Freundin war, die ihn voll und ganz verstand, und weil sie die Person war, mit der er am liebsten seine Zeit verbrachte, abgesehen von seinem Kind, und nur weil er total auf sie stand, bedeutete das noch lange nicht, dass er sie liebte.

Es war ihm wichtig gewesen, die Sache mit dem Blind Date anzusprechen, weil er nicht zulassen konnte, dass sie dachte, er sei enttäuscht gewesen, sie zu sehen. Und er hatte auch nicht widerstehen können, ihr zu sagen, wie schön sie ausgesehen hatte – er wollte sie wissen lassen, wie heiß sie war. Aber er hatte bemerkt, wie sie rot geworden war, wie diese hübschen Wangen zu glühen begonnen hatten, und deshalb hatte er schnell das Thema gewechselt, um ihr die Peinlichkeit zu ersparen. Auch wenn er sich bis zu diesem Zeitpunkt gefragt hatte, ob er nicht etwas Interesse in ihren grünen Augen hatte aufflackern sehen …

Er kam mit seinem Bild gut voran und beschloss, sich nicht mehr weiter mit diesem unerreichbaren Was-wäre-wenn zu quälen, was seine Beziehung zu Liv anging.

»Perfekt«, murmelte Arran in sich hinein, als er den letzten Pinselstrich setzte, einen Schritt zurücktrat und sich die Hände an einem Tuch abwischte.

Die Arbeit mit den Porträts stellte sich als ziemlich lukrativ heraus. Viele Kunden gaben sie für ihre Liebsten als Geburtstagsgeschenk oder für andere besondere Anlässe in Auftrag. Vielleicht konnte er eines Tages doch den Bürojob wieder loswerden, den er hatte aufnehmen müssen, nachdem das Geld von der Abfindung aufgebraucht gewesen war. Wenigstens war sein Atelier zu diesem Zeitpunkt bereits fertig gewesen.

Sein Puls beschleunigte sich, als er feststellte, dass es schon längst Zeit für Jayces Abendessen war. Er hatte sich in seiner Arbeit verloren, und der Tag war ihm durch die Finger geronnen wie Sandkörner. Die arme Liv war bestimmt mehr als bereit, wieder nach Hause zu fahren.

Mit großen Schritten eilte er durch den Flur, am Wohnzimmer vorbei und in die Küche, doch Liv und Jayce waren nirgends zu sehen. Aus dem Augenwinkel nahm er etwas

Farbiges durch die Terrassentür wahr, und als er darauf zuging, entdeckte er sie. Liv jagte Jayce durch den Garten, hob ihn hoch, so dass er freudig quietschte.

Ihm wurde warm ums Herz, wie immer, wenn er sie so zusammen sah.

Als Liv ihn bemerkte, winkte sie ihm zu und kam mit dem fröhlich auf sie einplaudernden Jayce auf der Hüfte auf ihn zu.

Arran öffnete ihnen die Terrassentür. »Hey, sorry, dass ich so spät bin. Ich war so vertieft, dass ich die Zeit vergessen habe.«

Sie trat ins Wohnzimmer und setzte Jayce ab, der rief: »Ich kriege dich, Drache!« Damit sauste er davon, um sich sein Holzschwert aus der anderen Ecke des Zimmers zu holen.

»Uff. Er ist schon so schwer geworden«, meinte Liv und rieb sich die Arme. »Und kein Problem, wir hatten Spaß. Ich hoffe, du bist gut vorangekommen?«

Arran nickte lächelnd. »Ich bin fertig geworden.«

Sie riss überrascht die Augen auf. »Das ist ja toll. Kann ich es mir nachher mal anschauen?«

Das war die andere Sache an Liv. Sie war so enthusiastisch, was seine Kunst anging, und fieberte richtig mit, seit er versuchte, damit Geld zu verdienen. Aber, rief er sich selbst in Erinnerung, so war sie auch mit ihren anderen Freunden. Es bedeutete nicht, dass er etwas Besonderes für sie war.

»Na klar, kannst du das«, sagte er und schob seine nervigen Gefühle beiseite. »Ich würde gern deine Meinung hören. Aber musst du nicht weg?«

Sie zuckte mit den Schultern. »Nö. Ich dachte, ich bleibe noch und mache Jayce sein Abendessen, während du dich umziehst.«

Sein schlechtes Gewissen nagte an ihm, und er fuhr sich mit der Hand durch die Haare, während er Jayce beobachtete, wie er einen der Küchenstühle mit seinem Schwert attackierte. »Darum kann ich dich unmöglich bitten. Du hast schon deinen ganzen Nachmittag für mich geopfert.«

Sie zog eine Augenbraue hoch und starrte ihn gespielt streng an, was ihn schon fast antörnte. »Ich wollte es, weil ich dir gern mit Jayce helfe. Und jetzt biete ich dir das an. Weil du ein Freund bist.«

Ein Freund. Mehr nicht. »Das wäre super. Aber nur, wenn du dir sicher bist.«

Sie hob die Hand und strich ihm über die Wange, was ihm den Atem stocken ließ.

Als sie die Hand zurückzog, entdeckte er silberne Farbreste an ihren Fingern. Liv lächelte. »Ich bin mir sicher. Denn du brauchst echt 'ne Dusche.«

Arran lachte, was das Glühen auf seiner Wange ein wenig vertrieb. »Wie charmant.«

Grinsend wischte Liv sich die Finger mit einem Papiertuch ab. »Es wundert mich, ehrlich gesagt, dass überhaupt Farbe auf der Leinwand gelandet ist, wo du doch alles an dir kleben hast.« Sie ging in die Küche. »Ich muss mich mal um Jayces Essen kümmern, also mach dich ruhig frisch.«

Jayce wandte seine Aufmerksamkeit dem nächsten Küchenstuhl zu, nachdem er den ersten »Drachen« offensichtlich besiegt hatte.

Arran blieb in der Küchentür stehen, und ihm wurde bewusst, dass Liv nun schon ein paar Stunden bei ihm zu Hause war, er sie aber kaum gesehen hatte. Und das gefiel ihm gar nicht. Er räusperte sich und lehnte sich an den Türrahmen. Auch wenn er wusste, dass er es eigentlich nicht vorschlagen sollte, konnte er doch nicht anders. »Hast du Lust, noch länger hier zu bleiben? Es wäre schön, noch ein bisschen Zeit zum Plaudern zu haben. Du könntest mir Karatemeistergedankenkontrolle beibringen.«

Sie lachte. »So etwas gibt es nicht.« Sie zögerte einen kurzen Moment und warf ihm einen Blick zu, während sie den Topf auf den Herd stellte. »Aber das wäre schön, ja. Ich würde gern noch bleiben.« Eine Sekunde schien ihr Blick an seinen verschränkten Armen hängen zu bleiben. Dann widmete sie sich hastig wieder dem Essen.

Arran verlagerte das Gewicht von einem Fuß auf den anderen und steckte die Hände in die Taschen. »Hast du Lust, was zu essen zu bestellen? Ich lade dich ein.«

»Ja, cool«, sagte Liv schnell. Sie hielt inne und rührte den Tee um. »Danke.«

»Super«, erwidert er und lächelte erleichtert. Das war in Ordnung. Zwei Freunde, die zusammen Essen bestellten – dagegen war nichts einzuwenden. »Okay. Dann mache ich mich mal besser sauber, nachdem mir mein Kumpel gesagt hat, dass ich stinke.«

»Stinkedaddy«, krakeelte Jayce, ohne den Kampf gegen den zweiten unsichtbaren Drachen zu unterbrechen, als wollte er ihn daran erinnern, dass der freche Bengel immer zuhörte.

Liv lachte. »Ich habe nur gesagt, dass du Farbe an dir hast. *Riechen* tust du sehr gut.« Ihr Lächeln verschwand, und sie wandte sich eilig dem Herd zu.

Arran verließ die Küche, um sie nicht weiter zu stören. Sie versuchte sich ganz offensichtlich auf etwas zu konzentrieren.

Er ging in sein Schlafzimmer, entledigte sich seiner Kleidung und stieg in die Dusche. Normalerweise duschte er gern sehr warm, aber aus irgendeinem Grund fühlte er sich heute mehr nach einer kalten Dusche. Er drehte die Temperatur runter. Komisch, im Februar war es in den Highlands nicht wirklich warm.

Er beendete schnell seine Dusche, trocknete sich ab und zog sich an. Während er ein frisches Hemd aus dem Schrank holte, dachte er über die Möglichkeiten fürs Abendessen nach. Er hatte Lust auf Pizza, Livs Lieblingsessen. Sie stand auf Pepperoni, und er liebte die mit Gemüse. Wenn sie mit ihren Freunden Pizza bestellten, teilten Liv und er sich meistens die zwei Pizzen, so dass jeder vom anderen eine Hälfte bekam. Zum Glück mochte sie nicht Pizza Hawaii, sonst hätte er ihre Freundschaft ernsthaft in Frage gestellt. Obst hatte auf einer Pizza schließlich nichts verloren.

Er lief die Treppe runter und lächelte über den Gedanken, dass es überhaupt je eine Situation geben könnte, in der er nicht mit Liv befreundet sein wollte. Er schüttelte den Kopf und betrat die Küche, wo Jayce, angefeuert von Liv, sein Essen verputzte.

»Alles klar«, sagte er und zückte sein Handy, auf dem er die oft benutzte Pizzaservice-App öffnete. »Eine Peperoni und eine vegetarische?«

Liv stöhnte hungrig. »Du kannst Gedanken lesen.«

Er tippte grinsend die Bestellung ein. »Siehst du? Sag nicht, ich wüsste nicht, wie man eine Frau befriedigt.«

Liv half Jayce mit dem Löffel. »Niemals.«

Ihre Wangen schienen bei seinen Worten ein wenig Farbe bekommen zu haben, aber sie saß von ihm abgewandt, also lag es vielleicht auch nur an seinem Blickwinkel.

Arran steckte das Handy wieder in die Tasche. »Erledigt!« Er ging zu Liv und gab ihr einen Schubs. »Mach mal Platz.

Du darfst jetzt mal die Füße hochlegen, bis die Pizza kommt.« Er schaffte es, sie von ihrem Stuhl zu schieben und sich selbst zu setzen, um weiter Jayces Abendessen zu betreuen. Jayce schlug mit seinem Kinderbesteck auf den Tisch und sang dabei »Old MacDonald had a Farm.«

Liv beobachtete sie noch einen Moment lang. »Spielverderber. Ich verbringe gern Zeit mit ihm.«

Arran grinste. »Mach dich ruhig nützlich. Du könntest für uns auch noch einen deiner berühmten Tees aufsetzen.«

Liv schnaubte. »Na, schön. Dann will ich aber danach das Porträt sehen.« Sie machte kehrt, marschierte zum Teekessel und stellte ihn auf den Herd.

Kaum war er fertig, nahm Arran die dampfende Tasse entgegen und beobachtete Liv, wie sie sich auf dem Stuhl neben ihm niederließ, und verlor sich in ihrer Augenfarbe. Jadegrün mit Meerglas vermischt. In Gedanken ging er seine Farbpalette durch und überlegte, welche Farbtöne ihren Augen gerecht werden würden.

Er blinzelte hastig, um sich auf das Hier und Jetzt zu konzentrieren. Sein Künstlerhirn ließ sich einfach zu schnell von diesen kleinen Gedanken ablenken. Manchmal ertappte er sich dabei, wie er auf einem Spaziergang innehielt und sich überlegte, wie er das Blau des Himmels wiedergeben würde und die Art und Weise, wie er sich in einem See spiegelt – oder wie er die Augen einer Freundin bewunderte und sich fragte, wie er deren Leuchten auf die Leinwand bringen konnte. Auch wenn aus irgendeinem Grund Liv die einzige seiner Freunde war, die er gern malen würde.

»Alles okay?«

Arran setzte sich aufrecht hin. Sie musterte ihn neugierig. »Ja, alles okay.« Er nippte an seinem Tee. »Wieso?«

Sie zuckte mit den Schultern. »Du hast gerade so weit weg gewirkt.«

Er stellte seine Tasse ab und begann, Jayces Teller und Besteck abzuräumen (der inzwischen eine ausgezeichnete Version von »Die Räder am Bus« darbot), in der Hoffnung, sie würde nicht merken, wie unangenehm es ihm war, dass sie ihn beim Tagträumen über sie erwischt hatte. Er stand auf, schnallte Jayce aus seinem Hochstuhl ab und hob ihn heraus, wobei er in das Lied einstimmte, was ihm ein entzücktes Lächeln von Liv einbrachte.

»Darf ich mir jetzt das Porträt ansehen?«, fragte sie, als sie aufstand.

Es erfüllte ihn mit Stolz, dass sie es so unbedingt sehen wollte. »Yep«, antwortete er und setzte sich Jayce auf die Hüfte. Dann ging er mit ihm voran.

»Kann ich den Tee mitnehmen?«, fragte Liv.

»Klar.« Er warf ihr einen Blick über die Schulter zu. »Aber verschütte nichts davon auf meine Malsachen, sonst muss ich dich züchtigen.«

Sie zog eine Augenbraue hoch, und in seinem Bauch kribbelte es unwillkürlich. Mit großen Schritten durchquerte er den Flur und hielt ihr die Tür zum Atelier auf, bis sie an ihm vorbeigegangen war. Jayce wurde unruhig auf seinem Arm, aber es war keine gute Idee, ihn zwischen den Farben und Utensilien abzusetzen, deshalb ließ ihn Arran in der kleinen Spielecke runter, die er am Fenster für ihn eingerichtet hatte. Der Kleine ging gleich ans Werk und baute einen Turm aus Bausteinen, den er ein paar Sekunden später wieder zum Einsturz bringen würde, wie Arran aus Erfahrung wusste.

»Das ist wunderschön«, sagte Liv staunend.

Er drehte sich zu ihr. Sie stand vor der Leinwand und betrachtete die mittelalte Frau mit den langen, silberblonden Haaren, an deren Porträt er die vergangenen Wochen gearbeitet hatte.

Er stellte sich neben sie und bemerkte ihren Gesichtsausdruck. Ihre Lippen waren leicht geöffnet, die Augen groß, während sie sein Werk begutachtete.

»Es gefällt dir?«, wollte er wissen. Ihre Meinung bedeutete ihm alles.

Sie hielt den Blick auf die Leinwand gerichtet. »Ich finde es großartig«, bestätigte sie leise. Sie stellte ihre Tasse ab und hob die Hand, um das Foto zu berühren, das neben dem Bild an die Wand geheftet war und das er als Vorbild für das Porträt genutzt hatte. »Sie ist wunderschön. Die Augen hast du besonders gut getroffen.«

Arran räusperte sich. »Die Augen mag ich auch am liebsten.«

Liv nickte, ohne den Blick abzuwenden. »Hat sie es selbst in Auftrag gegeben?«

»Nein. Das war ihr Mann. Als Geschenk zur Silberhochzeit«, antwortete Arran. Er sah den älteren Mann noch immer vor sich, als er persönlich vorbeigekommen war, um ihm das Foto zu bringen.

»Ah, ja. Ich erinnere mich, dass du gesagt hast, es wäre für einen Hochzeitstag. Wie romantisch!«, murmelte sie und berührte wieder das Foto, während ihr Gesichtsausdruck plötzlich nachdenklich wirkte.

Vorsichtig trat er näher und berührte sie am Arm. »Alles okay?«

Sie blinzelte und schob sich die Brille hoch, lächelte dann und sah ihm in die Augen. »Yep«, entgegnete sie mit einem

Seufzen. »Gute Arbeit, Mr. Adebayo. Sie sind ein talentierter Mann.«

Für einen Moment musterte er sie und fragte sich, wo sie eine Sekunde zuvor mit ihren Gedanken gewesen war.

»Ich und Lib haben eine Burg gebaut, Daddy!«, krähte Jayce aus der Spielecke.

Daraufhin schlug Liv sich mit der Handfläche an die Stirn. »Das hätte ich fast vergessen! Jayce und ich müssen dir noch die Burg zeigen, die wir im Wohnzimmer gebaut haben.«

Er lächelte, als sie zu Jayce ging, ihn aus dem Laufstall hob und dann seine Hand nahm, um mit ihm zur Tür zu gehen. »Komm, wir zeigen sie deinem Daddy.«

Arran lief zur Tür. Doch als er sie für Liv öffnen wollte, legte sie ihm eine Hand an die Brust. Sein Puls beschleunigte sich, als sie ihm in die Augen sah.

»Warte hier, bis wir dich rufen«, befahl sie, und ihr vertrauter Duft drang ihm in die Nase, als sie mit Jayce an ihm vorbeiging.

Er brauchte einen Moment, ehe er etwas erwidern konnte. »Warum denn?«

»Wir müssen noch den Burggraben ausheben«, rief sie ihm über die Schulter zu, als sie bereits mit Jayce im Wohnzimmer verschwand.

Die Tür schloss sich hinter ihnen, und er musste lachen. Er liebte es, wenn sie so wunderliche Sachen von sich gab. Unwillkürlich musste er an ihre rosafarbenen Lippen denken, als er in den Flur trat. Ihr Mund wirkte immer so weich, so gut zu küssen und …

»Fertig!«, rief sie aus dem Wohnzimmer.

Die Form von Livs Lippen noch vor Augen, griff er nach der Türklinke und öffnete die Tür. Er lachte laut auf, als er sah, was die beiden gebaut hatten. Blaue und grüne Decken waren über die gestapelten Kisten mit Jayces Spielsachen gebreitet, so dass eine Art Zelt entstanden war. Auf dem Boden lag glänzendes blaues Einpackpapier, das die glitzernde Oberfläche des Wassergrabens darstellen sollte. Ein Stück Pappkarton lehnte über der Öffnung, wo sich die Enden zweier Decken berührten.

Livs Stimme dröhnte aus der Burg. »Wer gehet da?«

Jayce kicherte.

Arran räusperte sich und verstellte die Stimme. »Ich bin es, Sir Paints-a-Lot.«

»Hmm. Sir Paints-a-Lot. Lasst mich mit meinem Herren sprechen. Was saget Ihr, Lord Jayce?«

»Nein! Keine Daddys erlaubt.«

»Hey!«, rief Arran, trat näher und versuchte, zwischen den Decken hinein zu linsen. »Ich will auch in der Burggang sein.«

Er konnte Liv immer noch nicht entdecken, hörte sie jedoch seufzen. »Ich werde versuchen, ihn zu überzeugen. Aber mein Herr kann ziemlich starrköpfig sein.« Sie hielt kurz inne. »Lord Jayce, Daddy Paints-a-Lot sagt ›Bitte, bitte‹.«

»Na, gut. Komm rein, Daddy!«, rief Jayce großzügig.

Es raschelte, ehe Livs Stimme erneut erklang. »Ihr dürft eintreten.«

Das Stück Karton wurde an zwei Schnüren auf den Boden herab gelassen. Arran grinste, als er auf die Knie ging, darüber hinweg krabbelte und durch den Vorhang aus Decken das Zelt betrat. Staunend sah er sich in dem gemütlichen Innenraum um, den Liv kreiert hatte. Lichterketten hingen an der Decke, und der Boden war mit weichen Kissen und einer hellblauen Fleecedecke ausgelegt. Er setzte sich rechts neben Liv, die ihn offensichtlich ziemlich stolz auf ihr Werk angrinste. Jayce fuhr mit einem Spielzeug-Lkw über die Kissen und machte »Brumm-Brumm«-Geräusche.

»Tolle Arbeit«, sagte er und lehnte sich an die Wand.

»Vielen Dank auch, Herr Ritter.« Sie machte eine halbe Verbeugung, die ihm ein Lachen entlockte.

Lächelnd lehnte sie sich zu ihm und raunte: »Wann kommt meine Peperoni-Pizza?«

Er zog die Augenbrauen hoch. »*Deine* Peperoni-Pizza? Ich dachte, wir machen wieder Halbe-halbe.«

Sie schürzte die Lippen und bedachte ihn mit einem vernichtenden Blick. »Tja, falsch gedacht.«

Er schubste sie mit der Schulter an und schob schmollend die Unterlippe vor. Einen Moment lang schielte sie auf seinen Mund und ihr Lachen verschwand, bevor sie ihm wieder in die Augen sah, und ihr Gesicht sich wieder aufhellte. »Na, schön.« Sie schniefte theatralisch. »Du und deine emotionale Erpressung.«

Triumphierend streckte er die Faust in die Luft, was sie zum Lächeln brachte. »Sie wird in etwa einer Stunde hier sein. Ich wollte noch Zeit haben, Jayce zu baden und ins Bett zu bringen, damit wir in Ruhe essen können, ohne dass Spielzeugautos über unsere Pizza geschoben werden.«

»Klingt nach 'nem Plan.« Sie strich sich die dunklen Haare aus dem Gesicht, und seine Augen folgten der Bewegung ihrer Hand. Er stellte sich vor, wie er auf einem Bild einfangen könnte, wie ihr weiches Haar sich lockte und die vornehme Blässe ihrer Haut umrahmte. Und dann noch die hellen Sommersprossen über ihrer Nase …

»Arran?«, sagte sie stirnrunzelnd. »Was ist los?«

Er räusperte sich und sah schnell weg. »Ach, nichts.« Verlegen legte seine Hand auf die weiche Decke neben sich und spielte mit dem Saum. »Dann will ich Jayce mal baden. Du kannst dich in der Zeit in der gemütlichsten Burg von ganz Schottland ausruhen.«

»Nee«, meinte sie und entfaltete die Beine. »Ich helfe euch. Ich mag Badezeit.«

»Badezeit?«, fragte Jayce und sah sie mit großen Augen an. Er liebte Baden. Arran nahm an, vor allem deswegen, weil er es liebte, jeden um sich herum pitschnass zu machen.

»Na, dann los, ihr Ritter«, verkündete Arran und krabbelte auf den Ausgang zu. Mit dem Kommando »Kompanie, Marsch!« verließ er die Burg, hob Jayce hoch und marschierte mit ihm aus dem Wohnzimmer und die Treppe hoch. Liv folgte ihnen im Gleichschritt, was Jayce vor Vergnügen quietschen ließ.

Oben am Treppenabsatz setzte er Jayce ab, schloss das Treppengitter hinter sich und ging ins Bad, wo er den Wasserhahn der Badewanne aufdrehte und einen Spritzer vom Babybadeschaum hineingab. Liv kam mit Jayce an der Hand hinterher und zog ihn aus, während sie mit ihm über die Burg plauderte und darüber, wie Jayce den Drachen besiegt hat, der versuchte, in die Festung einzudringen. Sie faltete seine Kleider und legte sie auf einem kleinen Stapel auf den Boden, während Arran mit dem Ellenbogen die Wassertemperatur testete. *Wir sind ein gutes Team.*

Arran hob Jayce ins Wasser und versuchte, ihn zu waschen, was ungefähr so gut funktionierte, als wäre er ein glitschiger Oktopus. Während Jayce um sich schlug, schien er plötzlich zusätzliche Arme und Beine zu bekommen. Außerdem stand er immer wieder auf und bewegte sich, oder setzte sich mit einem riesigen Platscher wieder hin. Auf einmal sah er Arran mit einem verschlagenen Grinsen an, das nichts Gutes verhieß. Doch ehe Arran eine Tsunamiwarnung rausgeben konnte, warf sich Jayce auch schon so schwungvoll ins Wasser, dass es zu allen Seiten aus der Wanne schwappte. Arran konnte gerade noch ausweichen, aber leider war Liv nicht so schnell, immerhin war sie nicht ganz so erfahren, was die Gefahren der Badezeit anging. Sie blinzelte hinter ihren mit Wassertropfen benetzten Brillengläsern, und die nass gewordenen Haarsträhnen lockten sich noch mehr.

Arran prustete los, schlug sich aber schnell die Hand vor den Mund.

»Ach, du«, rief sie und schubste ihn grinsend. »Lach mich nicht aus, wenn ich gerade dabei bin zu ertrinken.«

»Sorry«, entschuldigte er sich, brach jedoch ab, als er bemerkte, dass ihr T-Shirt bis auf die Haut durchnässt war. Der weiße Stoff klebte an den attraktiven Rundungen ihrer Brüste, so dass die Ränder ihres BHs sichtbar wurden. Fuck. Er sah schnell weg und räusperte sich. »Dein Oberteil hat es ordentlich erwischt.«

Aus dem Augenwinkel sah er, wie sie an sich hinabsah und offensichtlich ebenfalls feststellte, wie viel zu sehen war, denn sie schlang schnell die Arme um den Oberkörper.

Schnell angelte er nach einem Handtuch und reichte es ihr, ohne sie anzusehen. Erst als sie es sich um die Schultern gelegt hatte, wandte er sich wieder ihr zu. »Du kannst in mein Zimmer gehen und dir etwas von mir leihen, bis dein Shirt getrocknet ist.«

Liv stand auf, das Handtuch fest um sich gewickelt, die Wangen rosa. »Danke. Was soll ich mir denn nehmen?«

»Was du magst.« Er musste sich alle Mühe geben, das klare Bild ihrer wohlgeformten Brüste aus dem Kopf zu bekommen. »Shirts sind in der zweiten Schublade von oben.«

Sie verschwand aus dem Bad, und Arran schob den Gedanken beiseite, dass Olivia Holland gerade in seinem Schlafzimmer war und ihr nasses Oberteil auszog, um dann nur im BH in seinen T-Shirts zu kramen. Er knirschte mit den Zähnen, als er den Stöpsel in der Badewanne zog. »Reiß dich zusammen«, murmelte er unhörbar.

Er hob Jayce heraus, trocknete ihn ab und zog ihm seinen Schlafanzug an. Wie war es nur möglich, dass er Liv schon sein ganzes Leben lang kannte – und sie nur als die lustige Schwester seines Freundes gesehen hatte – und sich dann plötzlich alles verändert hatte?

Jetzt konnte er sie nicht mehr ansehen, ohne sich vorzustellen, wie gut es sich anfühlen würde, sie zu küssen oder die Finger in ihren Haaren zu vergraben. So viel zu seinem Vorsatz von vorhin, diese Art von Gedanken zu verbannen. Doch es war seine eigene Schuld, er hatte sie ja fragen müssen, ob sie noch bleiben und mit ihm Pizza essen wollte.

Er brachte Jayce ins Kinderzimmer und legte ihn in sein kleines Bettchen. Aus dem Augenwinkel nahm er eine Bewegung wahr, und als er aufsah, machte sein Herz einen Sprung.

Liv trug eines seiner Lieblings-T-Shirts, dessen grüne Farbe ihre Augen betonte, und er konnte nicht bestreiten, dass es sein Herz höherschlagen ließ, sie in einem seiner Shirts zu sehen. Er mochte, dass es an ihrem zierlichen Körper so übergroß wirkte, als würde ein Teil von ihm sie umgeben. Sie beschützen.

»Ist es okay, wenn ich das hier nehme?«, fragte sie verunsichert, da sie sein Starren offensichtlich falsch interpretiert hatte. Dabei war er ganz und gar nicht unzufrieden mit ihrer Wahl, im Gegenteil.

»Na klar«, erwiderte er und lächelte sie an. »Das ist eines meiner Lieblingsshirts. Es steht dir gut.«

Sie lächelte und zupfte nervös am Saum des T-Shirts. Dann hockte sie sich neben ihn. »Kann ich ihm eine Geschichte vorlesen?«

Er nickte nur, weil sein Mund wie ausgetrocknet war.

»Cool«, sagte sie leise und strich Jayce über die Haare. »Ich mag es, die verschiedenen Stimmen zu interpretieren.«

Grinsend setzte sich Arran ein Stückchen hinter ihr auf den Boden. »Ach, ja? Dann bleibe ich hier. Das will ich nicht verpassen.«

Liv zuckte mit den Schultern. Einen Zuschauer zu haben störte sie offensichtlich nicht. »Wir Kindergärtnerinnen müssen gut Stimmen nachmachen können. Sonst kommt man beim Vorstellungsgespräch gar nicht erst in die nächste Runde.«

Sie nahm die zerlesene Ausgabe des »Grüffelo« und begann vorzulesen. Jedes Tier stellte sie mit einem unterschiedlichen Akzent dar, und es war eine extrem gute Imitation der Schauspieler, die die Figuren im Zeichentrickfilm sprachen. Er war fasziniert von ihrer Darbietung und stimmte mit Jayce ein, als dieser die sich wiederholenden Zeilen mitsprach.

Sie konnte so gut mit Jayce umgehen, und der Kleine himmelte sie an. Doch das war nur ein weiterer Grund, die Finger von ihr zu lassen. Sollte er ihre Freundschaft versauen, dann würde er nicht nur Liv verlieren, sondern auch ihre Beziehung zu seinem Sohn kappen. Sich an sie ranzumachen wäre der Inbegriff des Egoismus.

Das Klingeln an der Tür verkündete die Ankunft ihrer Pizza, doch Arran verließ das Kinderzimmer nur widerwillig. Er gab Jayce einen Gutenachtkuss auf die Stirn und wuschelte Liv durch die Haare, als er aufstand, um zur Tür zu gehen. Allerdings bereute er selbst diese kurze platonische Geste ihr gegenüber gleich wieder, weil sie schon wieder seine Haut kribbeln ließ.

An der Haustür nahm er die warmen Pizzakartons entgegen, gab dem Mann Trinkgeld und brachte das Essen in die Küche, wo er zwei Teller aus dem Schrank holte. Einer Eingebung folgend beschloss er, dass sie die Pizza in der Burg essen würden. Also brachte er die Kartons und die Teller ins Wohnzimmer, dazu zwei Gläser Wasser und eine Tasse Tee für Liv. Sie war wirklich der einzige Mensch, den er kannte, der zu einem warmen Essen ein Heißgetränk zu sich nahm. Er lächelte, als er den Tee genau so zubereitete, wie sie ihn mochte, mit einem kleinen Spritzer Milch.

Schritte auf der Treppe kündigten Livs Kommen an, und er rief ihr zu, dass er im Wohnzimmer war.

»Bist du in der Burg?«, fragte sie und steckte den Kopf zwischen dem Vorhang aus Decken hindurch.

»Yep«, antwortete er und klopfte auf den Platz neben sich. »Komm rein.«

Sie nahm neben ihm Platz und angelte sich gleich ein Stück Pizza aus dem Karton. »Mann, hab ich einen Hunger.« Sie biss genüsslich hinein und zog einen Käsefaden von ihrem Mund zu dem restlichen Stück. Sie durchtrennte ihn mit dem Finger und leckte ihn ab.

Arran sah schnell weg und rutschte auf seinem Platz herum, als seine Jeans sich mit einem Mal zu eng anfühlte. Es war keine gute Idee gewesen, mehr Zeit mit ihr allein zu verbringen. Aber jetzt war es zu spät, es rückgängig zu machen. Außerdem war er ein erwachsener Mann. Er war in der Lage, seine Emotionen und seine körperlichen Bedürfnisse zu kontrollieren.

Sie verputzten die Pizza bis auf den letzten Krümel, wischten sich dann mit Servietten Mund und Finger ab und warfen diese in die leeren Kartons.

Arran rückte die Kissen hinter ihnen zurecht, so dass sie es sich gemütlich machen konnten. »Aah. Ich bin so satt, ich glaube, ich könnte an einer Käseüberdosis sterben.«

Liv seufzte. »Was für eine tolle Art abzutreten.«

Er wich ein Stück zurück, um sie ansehen zu können. »Finde ich auch.«

Sie erwiderte sein Lächeln. »Was wäre noch eine tolle Art zu gehen?«

»Hmm.« Er dachte einen Moment nach und versuchte, sich nicht in ihren Augen zu verlieren. »Eine Schokoüberdosis?«

»Ja, vielleicht.« Sie schürzte die Lippen, und er musste sich arg anstrengen, ihr nicht zu sehr auf den Mund zu starren. »Aber ich glaube, ich fände eine Scones-Überdosis noch besser. Nein, warte, eine Tee-und-Scones-Überdosis.«

Er lachte. »Ihr Mädels seid echt besessen von Scones.«

»Weil sie so leicht und fluffig und lecker sind«, erwiderte sie und ihre Augen waren dabei so groß, dass sie im dämmrigen Licht zu leuchten schienen.

»Das stimmt«, bestätigte er und verlor den Kampf gegen seinen Drang, ihr auf die Lippen zu starren.

»Was ist mit Arten, die nichts mit Essen zu tun haben?« Sie hielt inne und kaute nachdenklich auf der Unterlippe. »Eine Liebesüberdosis.«

Arran zog die Augenbraue hoch. »Wie könnte das denn funktionieren?« Er zögerte, als seine Gedanken unwillkürlich zu nicht jugendfreien Aktivitäten wanderten, besonders wenn sie so auf ihrer Lippe kaute. »Du meinst so was wie ein Herzinfarkt nach Sportsex?«

Sie musste so sehr lachen, dass sie sich die Brille abnehmen und die Augen reiben musste. »Okay, ich geb's zu, das war eine Steilvorlage.«

Lächelnd bewunderte er, wie ihr hübsches Gesicht gleich und doch ganz anders aussah ohne Brille. Er mochte beides an ihr. Er mochte sie einfach, Punkt. Ohne darüber nachzudenken, strich er ihr eine Haarsträhne aus dem Gesicht. »Was *hast* du denn gemeint?«

Ihre Blicke trafen sich, und sein Herz machte einen Sprung. »Ich dachte an die Frau von deinem Gemälde. Daran, wie sehr ihr Ehemann sie lieben muss, wenn er ihr ein solches Porträt malen lässt.«

Er lächelte. »Ja. Er liebt sie offensichtlich sehr. Das konnte ich ihm ansehen, als er mir beschrieben hat, was er sich vorstellt.«

Liv schluckte. »Was, wenn man sein ganzes Leben mit seiner wahren Liebe verbringen dürfte, und eines Nachts, wenn beide schon super alt sind, gemeinsam ins Bett ginge und nie wieder aufwachte?«

Arran runzelte die Stirn und bemerkte den ernsten Ausdruck in ihrem Blick. »Ehrlich gesagt ist das ein wenig morbider, als ich es erwartet hätte, als wir damit angefangen haben.«

Sie schüttelte lächelnd den Kopf. »Sorry. Ich erkläre es nur schlecht, fürchte ich. Es ist so, als wären die Seelen des Paars miteinander verknüpft. Und nach einem Leben voller Liebe füreinander kommt der Tod gleichzeitig zu ihnen, so dass sie friedlich einschlafen, in ihre Liebe eingehüllt wie in eine warme Decke. Und keiner von ihnen muss ohne den anderen weiterleben.«

Überrumpelt von seinen Gefühlen, stockte ihm der Atem, als er sich im Grün ihrer Augen verlor. Er hatte geglaubt, mit Jess alt zu werden wäre dieses Geschenk für ihn gewesen, doch es hatte nicht sein sollen. Sie hatten sich nach und nach voneinander entfernt, und es war ihm nicht einmal aufgefallen, bis sie die Hochzeit abgesagt und sich schnell anderweitig orientiert hatte. Sie hatte einen neuen Freund, in den sie zweifellos ziemlich verliebt war, denn sie waren schon nach ein paar Wochen zusammengezogen. Das leere Gefühl der Zurückweisung schlummerte immer noch in ihm, auch wenn die Zeit es weniger hohl gemacht hatte, da es zumindest zum Teil von der Liebe seiner Familie und seiner Freunde aufgefüllt worden war.

»Das klingt bestimmt ziemlich dumm«, meinte Liv und setzte ihre Brille wieder auf.

»Nein«, erwiderte er leise. »Das klingt gar nicht dumm. Ich verstehe, was du sagen willst. Und ja, es wäre eine gute Art zu sterben.«

Ihr sanftes Lächeln brachte sein Herz zum Schmelzen. Er wollte sie noch etwas fragen, doch in dem Moment vibrierte Livs Handy, und der Moment war vorbei.

Sie zog es hervor und sah auf den Sperrbildschirm. Ihr Stirnrunzeln verwandelte sich in ein Lächeln. »Maya schreibt, sie haben einen Termin für die Hochzeit im Schloss von Glenavie! Es ist kurzfristig etwas frei geworden.«

Arran hörte es mit gemischten Gefühlen. Um diese Zeit vor einem Jahr hätte er es sein sollen, der vor den Altar trat.

Doch dass sein bester Freund die Liebe seines Lebens gefunden hatte, linderte seine Trauer. »Im Schloss? Das ist großartig. Da haben sie ein Riesenglück, übrigens.«

»Ja, total«, sagte sie lächelnd. »Der beliebteste Ort für Hochzeiten in der ganzen Umgebung.«

Nun war es sein Handy, das eine Nachricht meldete, als Sam ihm dieselbe Neuigkeit verkündete. Arran fügte das Datum in seinen Kalender ein und tippte auch gleich eine Nachricht an Jess, um ihr zu sagen, dass sie an diesem Wochenende bitte unbedingt Jayce nehmen musste. Er konnte nicht nein sagen, wenn sie ihn bat, seinen Sohn doch zu übernehmen, hauptsächlich deshalb, weil er jede Gelegenheit nutzen wollte, Zeit mit ihm zu verbringen. Aber vielleicht auch deshalb, weil er Jess nicht gern eine Bitte ausschlug.

Liv musterte ihn von der Seite.

»Was denn?«, fragte er.

Ihre Stimme klang besorgt. »Geht es dir denn gut mit alledem?«

Er runzelte die Stirn und sah sich in der Burg um. »Mit *alledem*? Ich meine, Lichterketten sind normalerweise nicht so mein Ding, aber hier passen sie echt gut rein.«

Sie lachte leise. »Nicht die Burg und ihre Deko. Das mit der Hochzeit, meine ich. Macht es dich traurig?«

Arran zögerte. Niemand sonst schien bemerkt zu haben, dass er eine gewisse Traurigkeit empfand. Nicht, dass er es als gravierend empfunden hätte, er würde seinen Freunden auf keinen Fall etwas vermiesen wollen. Das war Sam und Mayas Moment, und er wollte das für sie. Außerdem waren Elises Gefühle auf jeden Fall wichtiger als seine. Schließlich war ihr Ehemann im vergangenen Jahr gestorben. Dagegen war es ja wohl nichts, dass er von seiner Verlobten sitzengelassen worden war. Dennoch bedeutete es ihm viel, dass Liv seine Gefühle bemerkt hatte.

»Schon ein bisschen. Aber ich freue mich so für sie, dass ich nicht wirklich viel darüber nachdenke.«

Sie nickte und sah ihm einen Moment lang in die Augen, als wollte sie noch etwas hinzufügen. Doch dann sah sie auf ihre Armbanduhr. »Ich sollte mal los. Ich hab dir lange genug auf der Pelle gesessen.«

Sie setzte sich auf, doch er verspürte Enttäuschung darüber, dass sie ging. »Ich habe dich eingeladen, mir auf die Pelle zu rücken«, entgegnete er. »Und du darfst da gern so lange bleiben, wie du möchtest.«

Lachend krabbelte sie aus der Höhle heraus, und er musste den Blick abwenden, um ihr nicht zu sehr auf den perfekt geformten Po zu starren. Als er hinter ihr herauskletterte, wuschelte sie ihm durch die Haare. »Es ist schön und gemütlich da drinnen, aber ich sollte besser mal heim fahren.«

Er folgte ihr zur Tür, wo sie ihre Jacke und ihre Chucks anzog. Dann beugte sie sich nach vorn, um ihm einen Kuss auf die Wange zu geben, was ihm einen wohligen Schauer über den Rücken jagte.

»Danke für deine Hilfe heute«, sagte er. »Ohne dich hätte ich dieses Porträt nicht fertigbekommen.«

Sie salutierte grinsend. »Kein Problem, Sir Paints-a-Lot. Stets zu Ihren Diensten.«

An den Türrahmen gelehnt beobachtete er, wie sie davon ging.

»Wann treffen wir uns wieder?« Er wusste, dass er nicht hätte fragen sollen. Aber nicht zu wissen, wann er sie das nächste Mal sehen würde, fühlte sich nicht gut an.

»Ich schreibe dir.« Sie winkte und stieg in ihr Auto. Arran

sah zu, während sie aus der Einfahrt bog und davonfuhr. Erst als sie außer Sichtweite war, konnte er wieder ins Haus gehen.

Es dauerte noch eine Weile, bis auch er beschloss, ins Bett zu gehen. Als er das Licht löschte und in der Dunkelheit lag, fragte er sich, warum er noch mehr an Liv denken musste. Es war fast so, als konnte er sie immer noch riechen.

Er blickte sich im Raum um und bemerkte, dass ihr Shirt noch über der Heizung hing. *Ich sollte es da wegnehmen. Das macht es wirklich nicht besser.*

Ein paar Sekunden lang starrte er es an, versuchte, sich dazu zu bringen, aufzustehen und es beiseitezulegen, aber er brachte es nicht über sich.

Stattdessen holte er tief Luft und ließ zu, dass seine Gedanken zu ihr wanderten, während er allmählich wegdämmerte.

KAPITEL sechs

Die Tür zum Café gab ihr vertrautes Klingeln von sich, als Liv hindurchtrat und sich nach Maya und Elise umsah. Sie erblickte sie an ihrem Stammtisch in der hinteren Ecke.

»Seid gegrüßt, Miss M. und Miss E. Wie geht es euch an diesem schönen Abend?« Sie hängte ihre Jacke über die Lehne des karierten Polsterstuhls und nahm Platz.

»Uns geht es vortrefflich, vielen Dank, Miss O«, sagte Maya und legte ein Scone auf einen Teller und reichte ihn ihr. »Ich fürchte, das Café hat keine Erdbeerkonfitüre mehr; es ist nur noch Himbeere im Angebot.« Maya rollte das *R* in Himbeere und summte das M, was Liv zum Lächeln brachte. Maya schürzte die Lippen. »Ich fürchte, das *passt* einfach nicht.«

Elise schüttelte den Kopf und lächelte, ehe sie an ihrem Tee nippte. Sie machte nie mit, wenn Liv und Maya sich im Jane-Austen-Stil unterhielten, aber es amüsierte sie trotzdem. Und Elise zum Lachen zu bringen, war seit letztem Jahr besonders wichtig.

Die Kellnerin mit der Rüschenschürze kam inzwischen gar nicht mehr an ihren Tisch; sie hatte ihre Bestellung quasi schon vor ihrer Ankunft am Mittwochabend bereit. Einen riesigen Teller voller Scones und eine Kanne Earl Grey. Milch für Liv und Maya, Zitrone für Elise.

»Okay«, sagte Maya und goss Liv eine Tasse Tee aus der blumenverzierten Kanne ein. »Kommen wir zur Sache.«

Liv horchte freudig auf. Das musste der Moment sein, wo Maya sie um ihre Hilfe bei der Hochzeitsplanung bat.

Maya hob bedeutungsschwanger die Tasse. »Also. Zu Arran und dir.«

Livs Mund blieb einen Moment offen stehen, dann klappte sie ihn wieder zu, während ihre Vorfreude verpuffte wie ein Lagerfeuer, das jemand auspinkelte. »Es gibt kein Arran und ich.«

Elise zog die Augenbrauen hoch. »Ach, ja? Selbst nach der Vereinbarung, sich jeden Samstagabend zusammenzukuscheln?«

Liv funkelte sie finster an. »Das ist nicht *jeden* Samstag. Und ich habe es letztes Wochenende geschafft, ihn dazu zu bringen, meine Hilfe anzunehmen, als einmalige Sache.«

Liv gab sich alle Mühe, ihren innerlichen Aufruhr vor ihren besten Freundinnen zu verbergen. Aber es brachte nichts, ihre Gefühle ihm gegenüber zu leugnen. Sie hatte ihn schon immer attraktiv gefunden, aber er war jahrelang mit Jess zusammen gewesen, und davor auch mit einer Reihe anderer Frauen, so dass sie nicht viele Möglichkeiten gehabt hatte. Jetzt war er Single, hing aber immer noch an seiner Ex und hatte Beziehungen im Allgemeinen abgeschworen.

Aber kam ihr nicht genau das eigentlich recht gelegen? Nur weil sie sich zu ihm hingezogen fühlte, hieß das noch lange nicht, dass sie wollte, dass etwas zwischen ihnen passierte.

Zugegeben, ihr verräterisches Herz hatte einen Sprung gemacht, als er sie gefragte hatte, ob sie zum Abendessen bleiben wollte, und sie war sich nicht sicher, ob sie diese Tatsache gut versteckt hatte – ihr war immerhin fast der Teekessel vom Herd gerutscht. Wie konnte es nur sein, dass der Anblick eines heißen Mannes, der sich mit verschränkten Armen an einen Türrahmen lehnt, ausreichte, eine Frau verrückt zu machen? Und wenn es dann noch ein Mann war, den sie schon seit Jahren anhimmelte, auch wenn er offensichtlich kein Interesse hatte, brachte es sie erst recht in Fahrt.

Er hatte sie immer bloß als Schwester seines besten Freundes gesehen. Und auch wenn er sie inzwischen selbst als enge Freundin betrachtete, war das die Grenze, die er für sich zog. Sie musste daran denken, wie intensiv sein Blick gewesen war, als er ihr gesagt hatte, wie schön sie auf ihrem Blind Date ausgesehen hatte, und ein leiser Zweifel meldete sich in ihrem Hinterkopf.

Sie blinzelte. »So oder so war es nicht gemütlich. Ich sehe ihn kaum, weil er die ganze Zeit in seinem Atelier ist und malt. Außerdem sendet er mir immer nur ganz eindeutige ›Wir sind nur Freunde‹-Signale.«

Elise verteilte etwas Marmelade auf ihrem Scone. »Mir ist aufgefallen, dass er viel davon redet, allein sein zu wollen.«

»Genau«, stimmte Liv zu und wedelte zur Betonung mit ihrem Scone in der Luft herum, ehe sie einen Bissen davon nahm. Himmel, dieses Brötchen war so lecker. Es schaffte es fast, ihr gestörtes, zerrissenes Herz zu trösten.

Maya runzelte hinter ihrem mit Sahne und Marmelade beladenen Scone die Stirn. Liv beäugte missbilligend die Sahne unter der Marmelade. Dabei wusste doch jeder, dass die Marmelade zuerst kam, um Himmels willen.

»Wenn es nicht gemütlich war, warum trägst du dann sein T-Shirt?«, wollte Maya wissen und verengte die Augen.

Liv schielte auf das verräterische grüne T-Shirt und wusste nicht recht, was sie sagen sollte. Sie hätte es nicht weiter tragen sollen, nachdem er es ihr geliehen hatte, aber sie hatte nicht widerstehen können. Vor allem, weil es nach ihm roch.

Grundgütiger, ich bin ein wandelnder Widerspruch. Ich will ihn nicht wollen, aber ich tue es.

»Woher weißt du, dass es seins ist?«

Maya zog die Augenbraue hoch. »Davon abgesehen, dass es dir viel zu groß ist? Weil es sein Lieblingsshirt ist.«

Liv warf ihr einen bösen Blick zu.

Elise lächelte schief, offensichtlich ebenfalls nicht überzeugt.

Liv seufzte. »Wie auch immer. Es gibt jedenfalls eine völlig unschuldige Erklärung. Und eine, die die Tatsache untermauert, dass er keinerlei romantischen Gefühle für mich hegt. Jayce hat mich pitschnass gemacht, als er in der Badewanne geplanscht hat, also hat Arran mir dieses T-Shirt geliehen, damit meins trocknen konnte. Aber dann habe ich vergessen, meins wieder anzuziehen, bevor ich gegangen bin.«

»Wie soll das denn irgendwas beweisen?«, fragte Elise und reichte Liv ein Scone.

»Du hättest Arrans Gesicht sehen sollen«, erwiderte Liv, und ihre Wangen begannen zu glühen, als sie daran dachte, wie schnell er weggeschaut hatte. »Ich stand da, mein Oberteil so durchweicht, dass es völlig durchsichtig gewesen sein muss, aber er hat mich nicht mal angesehen.« Sie seufzte wieder, in der Hoffnung, dass ihre Freundinnen sie als die arme Zurückgewiesene sehen würden und nicht als die Verwirrte, die sie in Wahrheit war. »Wenn er auch nur ein bisschen auf mich stehen würde, hätte er in diesem Moment bestimmt wenigstens mal kurz zu mir gesehen.« Vielleicht so was wie der flüchtige, bewundernde Blick, als er ihr gesagt hatte, dass sie schön ausgesehen hatte? Außer sie hatte sich das nur eingebildet. Er hatte immerhin hastig das Thema gewechselt.

Um sich abzulenken, belegte Liv ihr Scone – zuerst mit Marmelade, worauf sie mit dem Messer deutete und Maya mit einem passiv-aggressiven Blick bedachte, die ihr im Gegenzug die Zunge rausstreckte.

Elise beobachtete sie mit leisem Lächeln. Liv wusste, dass sie ihre Gefühle witterte, weil sie als Ärztin geübt war, Menschen zu lesen.

»Und du hast das T-Shirt weiter angezogen, weil du es magst, dass es ihm gehört.«

Livs Puls beschleunigte sich, und sie brach den Blickkontakt ab. Es stimmte. Es war gerade so viel von ihm, wie sie sich gestattete zu besitzen. »Ja. Ich weiß, es ist ziemlich traurig und irgendwie auch stalkermäßig.«

Elise drückte kurz ihren Arm.

»Nein, ist es nicht«, entgegnete Maya mit einem Lächeln. »Es steht dir jedenfalls gut. Bringt deine hübschen Augen zur Geltung.«

»Danke.« Liv nahm einen riesigen Bissen von ihrem Scone, so dass sie eine Weile nichts sagen konnte. Es war offensichtlich, dass ihre beiden besten Freundinnen sich mit der Tatsache abgefunden hatten, dass sie ein hoffnungsloser Freak war, wenn es um Liebe ging. Sie sollte versuchen, ihnen ihre wahren Gefühle zu erklären, aber ihr Problem, wenn es um Beziehungen ging, war so komplex, dass sie es sich nicht mal selbst erklären konnte. *Die Nachwirkung davon, einen Arschloch-Vater zu haben, der uns verlassen hatte, ohne groß darüber nachzudenken.* Wie dem auch sei, es war jedenfalls nicht fair, ihre liebsten Menschen damit zu belasten.

Maya sah sie mitfühlend an. »Das bringt mich zurück zu meinem Vorschlag.«

Liv runzelte die Stirn. »Welchem Vorschlag?«

»Dem Brodie-Vorschlag«, antwortete Maya nickend.

Liv hatte ganz vergessen, dass Maya vergangene Woche diesen Einfall gehabt hatte. Instinktiv öffnete sie den Mund, um nein zu sagen. Doch dann zögerte sie.

Vielleicht war es gar keine so schlechte Idee. Ein zwangloses Date, um ihre Freundinnen von dem Quatsch abzubringen, sie mit Arran verkuppeln zu wollen. Und dieses Mal würde sie sogar wissen, mit wem sie sich traf. Sie konnte mit Brodie ausgehen und etwas Spaß haben, und mehr nicht. Vielleicht würde es zu einer zwanglosen Affäre führen; damit konnte sie umgehen. Ihre Beziehung zu Dean war ihre bisher längste und ernstzunehmendste gewesen, aber auch diese hatte nicht länger als sechs Monate gehalten. Ein paar Jahre davor war ihr Dad ohne Warnung nach Jersey verschwunden.

Schaudernd dachte sie an die verletzenden Worte, die Dean ihr damals entgegen gefeuert hatte. Seitdem ließ sie es nicht mehr zu längeren Beziehungen kommen.

Ihr Herz sagte ihr, dass sie bereit war für mehr. Und gleichzeitig mahnte es sie zur Wachsamkeit. Es war keine bewusste Entscheidung; es fühlte sich auch nicht wie diese Herz-gegen-Kopf-Sache an, von der die Leute immer sprachen. Die entgegengesetzten Ansichten waren beide emotional, nicht logisch. Sie kamen beide vom Herzen, weshalb sie dieses besondere Organ auch als so widersprüchlich und verräterisch empfand. Es sehnte sich nach Arran, und doch schlug es voller Panik, wenn sie sich vorstellte, dass sie beide in einer anderen als einer platonischen Beziehung zueinander stehen könnten.

Liv war eifersüchtig auf die Menschen, die einen Partner gefunden hatten, dem sie ein Leben lang vertrauten. Sie wollte es, und hatte doch Angst davor. Sie konnte nicht nachvollziehen, wie jemand es schaffen konnte, diese Furcht zu überwinden. Deshalb war sie auch so besessen von der schönen Frau im Porträt und ihrem liebenden Ehemann.

Denn auch wenn sie immer mitspielte, wenn ihre Freunde sie als den ewigen Single hinstellten, oder so tat, als wäre sie auf der Suche nach Mr. Darcy, so war das alles nur eine Verschleierungstaktik. Eine ernsthafte Beziehung war etwas, das sie bisher absichtlich gescheut hatte, und vielleicht lag das zum Teil daran, dass die Hollands, was Beziehungen anging, keine großen Erfolge aufzuweisen hatten. Ihre Mum war jahrelang mit ihrem Mann, Livs und Sams Dad, zusammengeblieben, obwohl dieser sie seelisch misshandelt hatte, ehe er ihnen allen einen Gefallen getan hatte und eines Tages mit einer jüngeren Frau abgehauen war. Am Ende war keiner von ihnen der neuen Freundin böse, sie hatten nur Mitleid mit ihr, weil die Maske irgendwann fallen und die arme Frau dann feststellen würde, was für ein mieses Arschloch der Kerl war.

Nicht lange nachdem ihr Vater weg war, hatte Sam eine Beziehung zu einem Mädchen begonnen, die sich in jeder Hinsicht als weibliche Version ihres Arschlochvaters herausgestellt hatte – etwas, das vor allem Sam lange nicht hatte wahrhaben wollen. All dieses familiäre Trauma hatte Liv die Lust auf Beziehungen verdorben, und sie hatte alles vermieden, was über lockere Dates hinausging.

In der Tat hatten sie und ihr Zwillingsbruder genau entgegengesetzt auf ihre Bindungsängste reagiert. Sam hatte sich in eine Langzeitbeziehung gestürzt, während Liv es grundsätzlich vermieden hatte, sich zu binden. Dass Sams Freundin sich als ein Mensch mit ähnlichen Persönlichkeitsstörungen wie ihr Vater herausgestellt hatte, bestätigte Liv nur darin, dass ihre Art damit umzugehen, die richtige war.

Zugegeben, jetzt hatte Mum Angus, und Sam war mit Maya zusammen, und die beiden waren jeweils das Beste, was ihrer Mum und ihrem Bruder hatte passieren können. Aber irgendwas tief in ihr drinnen hielt sie immer noch zurück. Etwas, das ihr ein flaues Gefühl im Magen verursachte, wenn sie eine ernsthafte Beziehung in Betracht zog.

Eine unangenehme Erinnerung tauchte in ihrem Kopf auf, von ihrer Großmutter väterlicherseits, Agnes, die der achtjährigen Liv damals gesagt hatte:

»Sammy ist deiner Mutter wie aus dem Gesicht geschnitten. Aber du bist deinem Vater so ähnlich, Livvy. Du siehst genauso aus wie er, als er so alt war wie du! Die gleichen dunklen Haare und grünen Augen. Und weißt du was? Was das Naturell angeht, bist du auch genau wie er.«

Liv schauderte. Es war das erste Mal, an das sie sich erinnern konnte, dass ihre Großmutter ihre Ähnlichkeit zu ihrem Vater erwähnte, aber sicherlich nicht das letzte. Und jedes Mal hatte sich ihr der Magen umgedreht – auch als sie noch zu klein gewesen war, um zu wissen, warum. Sie begegnete Mayas fragendem Blick, und ihr fiel auf, dass sie ihr noch eine Antwort schuldig war, was Brodie anging. Sie konnte genauso gut zustimmen, dann würde Maya sie wenigstens in Ruhe lassen.

»Du kannst ja mal rausfinden, was er davon hält. Wenn er die Idee gut findet, frage ich ihn, ob er mit mir ausgehen will.«

Ein Grinsen breitete sich auf Mayas Gesicht aus, und sie boxte triumphierend in die Luft. »Ausgezeichnet.«

»Aber mal zu was anderem«, sagte Liv, mehr als bereit, ihr

Liebesleben als Thema hinter sich zu lassen. »Wie läuft denn die Hochzeitsplanung?«

Maya zuckte zusammen. »Wisst ihr was? Wie sich herausstellt, gibt es superviel zu organisieren.«

Elise grinste hinter ihrer Tasse.

»Ich weiß, wir haben gesagt, wir bräuchten nur Hilfe, das Wochenende zu organisieren«, fuhr Maya fort. »Aber es gibt so viel zu tun, und es ist nicht mehr viel Zeit. Ich dachte, wir würden mit dem Minimum auskommen, aber Mum und Dad sind wild entschlossen, uns das volle Programm aufzudrücken.«

Liv lächelte. »Braucht ihr Hilfe?«

Maya sah aus, als würde sie gleich vor Erleichterung kollabieren. »Wenn es für euch okay wäre? Ich habe mich gefragt, ob wir ein paar der Aufgaben vertrauensvoll in die Hände unserer Brautjungfern und Trauzeugen geben können.«

»Na, klar«, sagte Elise.

»Puh«, machte Maya. Sie rümpfte die Nase. »Ich meine, wer hätte gedacht, dass es so viel Arbeit sein könnte, eine Hochzeit zu planen?«

Elise lachte. »Keine Sorge. Wir helfen euch.«

»Auf jeden Fall«, stimmte Liv ein. »Du musst uns nur sagen, was wir machen sollen.«

Maya seufzte beruhigt. »Cool. Ich bespreche es mit Sam, und wir schauen, was wir delegieren können.«

Liv faltete Arrans T-Sirt zusammen und bedauerte schon jetzt, es zurückgeben zu müssen. Aber sie hatte es seit über einer Woche, und es war immerhin sein Lieblings-Shirt; Sie konnte es nicht ewig behalten, also hatte sie vor, es ihm vorbeizubringen. Wenigstens hatte sie damit eine Ausrede, ihn zu sehen. Es klingelte an der Tür, und sie ging den Flur entlang, um zu öffnen. In Gedanken noch ganz bei Arran, wäre sie vor Schreck fast umgekippt, als sie ihn plötzlich in Fleisch und Blut vor sich stehen sah. Zudem lehnte er wieder so verlockend mit verschränkten Armen im Türrahmen. Um Himmels willen, war ihm nicht bewusst, wie sexy diese Haltung war?

»Hey«, grüßte er, und der Klang dieser einen Silbe verursachte ihr ein Kribbeln im Bauch.

»Hey zurück«, sagte sie und räusperte sich, weil ihre Stimme seltsam kratzig klang. »Komm doch rein.« Er ging an ihr vorbei, und sie sog seinen himmlischen Duft ein.

Sie schloss die Haustür und führte ihn in die Küche, bedeutete ihm mit einer Handbewegung, am Küchentresen Platz zu nehmen. »Was führt dich zu mir?«

Er setzte sich und zog seine Jacke aus. Livs Blick blieb an seinen Muskeln hängen, die sich in seinen Armen anspannten, als er die Jacke an die Lehne des Barhockers hängte.

»Ich wollte dir nur etwas geben«, erklärte er.

»Ach, ja?«, sagte sie, abgelenkt von seinem Bizeps.

Er grinste kurz, und sie dachte schon, er hätte sie beim Starren erwischt. Doch dann zog er etwas aus seiner Jackentasche und hielt es ihr hin.

Sie nahm den kleinen stabförmigen Gegenstand entgegen, aber ihr Gehirn brauchen einen Moment, um zu begreifen, was sie sah, doch dann breitete sich ein Grinsen auf ihrem Gesicht aus. »O mein Gott! Ein Schallschraubenzieher!«

Er nickte, ein zufriedenes Lächeln auf dem Gesicht. »Yep.«

Liv drehte ihn in den Händen und bewunderte den silberglänzenden Griff und die blaue Spitze des Schraubenziehers. Um genau zu sein, handelte es sich um den Schallschraubenzieher des zehnten Doctors aus Doctor Who (verkörpert von David Tennant). »Phantastisch«, flüsterte sie staunend.

Während ihres Blind Dates hatte sie ihm gestanden, dass sie zu gern einen solchen Schallschraubenzieher hätte. Er hatte eigentlich gesagt, er würde ihr einen zum Geburtstag schenken, aber der war noch gar nicht.

Sie blinzelte, gerührt von seiner Geste. Es war kein super wertvolles Geschenk, aber es bedeutete ihr viel, dass er daran gedacht und ihr ihren Wunsch erfüllt hatte. Sie fiel ihm um den Hals und umarmte ihn auf dem Barhocker.

Er erstarrte kurz, schlang dann aber ebenfalls die Arme um sie und zog sie zwischen seine Beine und an seine Brust. Sie drückte ihr Gesicht an seinen Hals und erlaubte sich, tief einzuatmen, was ihren Puls sofort beschleunigte.

Arran strich ihr über den Rücken, und sie konnte einen lustvollen Schauder nicht unterdrücken. Sein Oberkörper war hart an ihrer weichen Brust, und seine Haut glatt, wo ihre Wange daran lag. Ihn so zu spüren erzeugte eine sirupsüße Begierde in ihr, die eine Hitze in ihr auslöste und es überall in ihrem Körper kribbeln ließ.

»Dankeschön«, sagte sie und ließ ihn nur widerwillig wieder los. »Aber ich habe doch noch gar nicht Geburtstag.«

Sie legte ihm die Hände auf die Schultern und sah ihm in die sanften Augen. Nur allzu bewusst nahm sie wahr, dass seine Hände an ihrer Hüfte liegenblieben.

»Ich weiß«, erwiderte er und sah ihr tief in die Augen. Was dieser Blick zu bedeuten hatte, konnte sie nicht sagen. Die Berührung seiner Finger verstärkte sich unmerklich und einen Moment lang stellte sie sich vor, auf ihm zu sitzen, seine starken Hände an ihrer Hüfte, während sie ihn ritt, und zwar wild. Ihr stockte der Atem, als das Blut schneller durch ihre Adern schoss.

»Ich wollte ihn dir aber früher geben, als Dankeschön«, sagte er mit festem Blick und seine Daumen kreisten über ihrem Hüftknochen. Ihre Haut kribbelte übersensibel und ihre Brustwarzen zogen sich zusammen.

»Wieso als Dankeschön?«, fragte sie mit heiserer Stimme.

»Mmm«, machte er und sein Blick blieb eine Sekunde lang an ihrem Mund hängen. »Fürs Babysitten.«

»Das war mir ein Vergnügen«, sagte sie und betonte unabsichtlich das Wort Vergnügen, während die Berührung seiner Finger ihr ein Vergnügen der besonderen Art bescherte. Sie verlagerte das Gewicht, weil ihr ganz warm wurde. In diesem Moment wusste sie mit absoluter Sicherheit, dass Arran großartig im Bett wäre. Und sie wollte ihn mehr denn je. *Aber dieses Mal fühlt es sich so an, als wollte er mich auch.* Sie musste an den kleinen Funken Zweifel denken, den sie am Tag zuvor mit Maya und Elise erlebt hatte, als sie daran gedacht hatte, dass er sie nur als Freund betrachtete. Der kleine Funke, den er in ihr geweckt hatte, als er ihr gesagt hatte, dass sie schön ausgesehen hatte.

Arrans Handy meldete eine neue Nachricht und riss sie aus ihren Tagträumen. Sie ließ die Hände sinken und wich einen Schritt zurück. Arran löste ebenfalls seinen Griff, allerdings ohne den Blick von ihr abzuwenden.

»Du kannst, äh, du kannst es ruhig lesen, wenn du willst«, sagte sie und fühlte sich ein wenig schwindelig.

Er schluckte. »Mache ich später.«

Liv hielt den Schallschraubenzieher an die Brust gedrückt. »Der ist so toll, vielen Dank. Aber du hättest mir nichts kaufen müssen. Ich habe gern Zeit mit Jayce verbracht. Und mit dir.«

»Ich weiß«, erwiderte er und lächelte sie an. »Aber ich mache auch gern Sachen für dich. Du bist immer für alle anderen da. Ich will, dass du dich auch wertgeschätzt fühlst.«

Wärme machte sich in ihrer Brust breit und brachte ihre Wangen zum Glühen. Sie riss den Blick von seinem perfekten Gesicht los und ging um den Tresen herum, um das T-Shirt von der Anrichte zu holen, wo sie es abgelegt hatte. »Hier, bitte schön. Ich wollte es dir vorbeibringen, aber jetzt bist du ja schon hier. Also ...«

Er betrachtete es einen Moment lang und sagte dann mit seltsamem Gesichtsausdruck. »Nee. Ich habe beschlossen, dass du es behalten kannst. Es sieht an dir sowieso besser aus.«

Liv zögerte. Sie wollte es wirklich gern behalten, aber das wollte sie ihn nicht wissen lassen.

»Bist du dir sicher?«

Er nickte und wandte den Blick ab, schlug sich dann mit der Handfläche an die Stirn. »Ach, Mist. Ich habe vergessen, dir dein Shirt mitzubringen. Das hängt noch über der Heizung.« Ein seltsamer Ausdruck huschte über sein Gesicht. Als ob er sich wegen etwas schuldig fühlte.

Er rieb die Hände an der Jeans. »Wie auch immer. Du hast mir damit jedenfalls einen Riesengefallen getan, denn das Geld für das Porträt hat mein Sparkonto ordentlich aufgefüllt.«

»Ach, ja?«, fragte sie. »Sparst du für etwas Bestimmtes?«

»Ja«, antwortet er und warf ihr einen unsicheren Blick zu. »Ich spare für eine Reise.«

Liv erinnerte sich an die Details aus seinem Profil in der BlindLove-App. Dort hatte er auch angegeben, Interesse am Reisen zu haben, allerdings hatten sie noch nie miteinander darüber gesprochen. »Wie schön!«

Der unsichere Ausdruck verschwand, und sein Lächeln wurde breiter. »Ich fühle mich ein bisschen dumm, das zu sagen, wo ich bisher gerade mal eine Pauschalreise nach Benidorm gemacht habe. Aber ich würde wirklich gern mal nach Japan reisen.«

»O Gott, ja«, stimmte sie begeistert zu und stützte sich auf den Tresen. »Ich will im Mai dorthin und die blühenden Bäume sehen.«

Sein Lächeln wurde breiter. »Ich auch. Ich will sie malen.«

Livs Begeisterung war überschäumend. »Das wäre grandios. Du würdest das bestimmt super machen.« Sie war so stolz auf sein Talent. Er war aber auch wirklich begabt.

Er fuhr sich mit der Hand durch die Haare, eine bezaubernde Röte auf den Wangen. »Ich habe es noch nicht vielen Leuten erzählt, abgesehen von Jess – weil ich Jayce irgendwann gern mal mit dorthin nehmen würde. Ich hatte das Gefühl, die anderen könnten es für ein Hirngespinst halten, oder noch schlimmer, dass ich es dann doch nicht schaffe und dadurch mein Gesicht verliere.« Er zuckte zusammen. »Ich habe vor ein paar Jahren den Fehler gemacht, meiner Mutter gegenüber zu erwähnen, was ich mir vorstelle, und sie meinte daraufhin: ›Ach, du Dundee United. Was musst du denn nach Japan fahren, um dir Blüten anzusehen? Beweg deinen Hintern einfach in meinen Garten und mal meine Kirschbäume.‹«

Liv kicherte. Arran konnte seine Mum ziemlich gut nachahmen. »Warum nennt sie dich einen Dundee United?«

»Das ist eine nigerianische Beleidigung, die so viel wie Idiot heißt. Sie benutzt sie hauptsächlich für mich.« Arran rollte mit den Augen, aber man merkte ihm an, dass er es liebevoll meinte. »Offenbar ist es in den siebziger Jahren entstanden, als der Fußballverein Dundee United eine desaströse Tour in Westafrika hatte und sich völlig blamiert hat.«

Liv lächelte. »Ich denke, das mache ich jetzt auch zu meiner Lieblingsbeleidigung.«

Er strich ihr mit den Fingern über den Handrücken und schon wieder bekam sie eine Gänsehaut. »Ich wusste, du würdest das mit Japan und den Maiblüten verstehen. Du verstehst mich immer.«

Er hielt ihrem Blick stand, und sie hatte das Gefühl, dahinzuschmelzen. Wie gebannt von seinen Augen dachte sie gar nicht richtig nach, ehe sie sagte: »Vielleicht können wir eines Tages zusammen hinfahren.« Sie bereute sofort, es gesagt zu haben. Das war zu viel.

Aber ehe sie es zurücknehmen konnte, schloss Arran seine Hand um ihre und drückte sie. »Das fände ich schön.« Er lächelte. »Wir könnten versuchen, deinen Mentor, Mr. Miyagi, zu finden.«

Sie lachte und hielt sich den Bauch, als sich ihre Bauchmuskeln verkrampften. »Bring mich nicht zum Lachen. Ich hab noch Muskelkater von meinem letzten Karatekurs.«

Er zuckte lächelnd mit den Achseln. »Das ist dann ein extra Workout für uns. Wer braucht schon Crunches?«

»Du brauchst kein Workout. Du hast eh schon ein Sixpack«, sagte sie, ehe sie es verhindern konnte.

Er zog eine Augenbraue hoch und musterte sie. »Woher weißt du das?«

Sie nahm ihre Hand unter seiner weg, um sich die Brille

hochzuschieben. »Von letztem Sommer, als du, Sam und Nico oberkörperfrei die Sachen für dein Atelier geschleppt habt.« Und auch von gerade jetzt, als sie an meinen Bauch gedrückt waren und ich mir vorgestellt habe, mit den Fingernägeln darüber zu kratzen. Sie räusperte sich. »Ihr alten Angeber.«

»Hey, es waren dreißig Grad.« Er lehnte sich zurück. »Wie auch immer, du brauchst jedenfalls auch kein Workout. Du hast selbst ein ganz schönes Sixpack, Karate Kid.«

Liv neigte den Kopf, um ihn über den Brillenrand hinweg anzusehen und die Tatsache zu verschleiern, dass ihr Puls vom Gespräch über ihre Körper raste. »Und wie, bitte schön, willst du das wissen? Ich bin keine, die oberkörperfrei herumstolziert.«

Er schien zu schlucken und öffnete dann den Mund, schloss ihn aber wieder, als sein Handy vibrierte. Er warf einen Blick auf den Sperrbildschirm und seine Miene verfinsterte sich.

Sie bemerkte die Veränderung in seinem Gesicht. »Was ist los?«

Seufzend steckte er das Handy wieder ein. »Es ist Jess. Sie wollte Jayce dieses Wochenende nehmen, aber sie schreibt, ihr ist etwas dazwischen gekommen.«

Sie musterte ihn. »Du hast dein Porträt doch fertig. Heißt das nicht, dass du Zeit mit Jayce verbringen kannst?«

Er rieb sich die Stirn. »Ich habe einen neuen Auftrag bekommen. Einen großen, und ich hatte gehofft, dieses Wochenende ein paar Stunden arbeiten zu können.« Er spielte mit seinem Handy. »Ich lehne nicht gern Aufträge ab. Schließlich bin ich immer noch dabei, mir einen Ruf aufzubauen.«

»Ach, verstehe.« Sie hielt inne, um ihn anzusehen. »Und du sagst nicht gern nein, wenn es darum geht, Zeit mit Jayce zu verbringen oder wenn Jess dich um etwas bittet.«

Ein unlesbarer Ausdruck huschte über sein Gesicht, und er nickte zustimmend.

Das Bedürfnis, zu helfen, war zu stark, um widerstehen zu können. »Ich komme einfach wieder vorbei.«

»Nein«, sagte er kopfschüttelnd. »Nicht zwei Wochenenden hintereinander. Du solltest dich erholen. Und letztes Wochenende war als einmalige Sache gedacht gewesen.«

»Wenn ich was anderes vorhätte, würde ich es dir nicht anbieten«, erwiderte sie. »Ich verbringe gern Zeit mit Jayce.« Sie grinste. »Und ich finde, mit dir ist es auch nicht so schlecht. In kleinen Dosen, offensichtlich.«

Arran lachte. »Mit dir auch nicht.« Sein Lächeln erstarb, als sich ihre Blicke trafen. Er zögerte ein paar Sekunden, und sie konnte sehen, wie es in seinem Kopf arbeitete. Sein Bedürfnis, niemanden zu enttäuschen – Jayce, Jess, seine Kunden – rang mit seinem Stolz, der ihn davon abhalten wollte, Hilfe anzunehmen. »Bist du dir sicher? Ich will nicht das Arschloch sein, dass dich ausnutzt.«

Sie verdrehte die Augen und hob ihre Tasse. »Du nutzt mich nicht aus. Jetzt hör mit dem Quatsch auf und trink deinen Tee.«

Er stutzte, nickte dann und trank einen Schluck.

Liv musterte ihn und sagte nach ein paar Sekunden Schweigen. »Hat Sam mit dir gesprochen?«

Arran sah auf. »Worüber?«

»Über die Hochzeitsplanung? Dass wir helfen sollen?«

Er räusperte sich. »Ah, ja.«

Sie zögerte. »Und – ist das okay für dich?«

Er nickte. »Klar.« Doch seine Stimme klang nicht so unbekümmert wie gewöhnlich.

Liv berührte ihn an der Hand. »Du musst dir keinen Stress machen. Elise, Nico und ich bekommen das schon hin.«

Arran schluckte, stellte dann seine Tasse ab und schüttelte entschieden den Kopf. »Nein. Elise hat schon genug um die Ohren, und niemand will, dass Nico, der Hochzeitsphobiker irgendetwas organisiert. Dann gäbe es nur ein schnelles Ja-Wort beim Standesamt und alle wären entlassen.«

Liv lachte.

Er warf ihr ein Lächeln zu. »Ich komme schon zurecht. Ich will gern helfen. Und wenn wir es zusammen tun, macht es auf jeden Fall mehr Spaß.«

Ihr wurde warm ums Herz, als sich erneut ihre Blicke trafen. »Ja, das stimmt.«

Er hob seine Tasse, um mit ihr anzustoßen. »Auf unsere Partnerschaft.«

Sie sah ihn mit hochgezogener Augenbraue an. »Partnerschaft?«

Er zwinkerte. »Ja. Unsere Partnerschaft als Hochzeitsplaner.«

»Ah, verstehe«, erwiderte sie und konzentrierte sich auf ihren Tee, um ihre Phantasie davon abzuhalten, sich als die Glückliche vorzustellen, die tatsächlich einmal die Partnerin an Arrans Seite sein würde.

KAPITEL sieben

Das Festnetztelefon klingelte, als Arran durch den Flur ging, was bedeutete, dass entweder seine ältere Nachbarin Agnes anrief oder sich jemand verwählt hatte. Ansonsten benutzte niemand mehr diese Nummer.

Er hob ab. »Hallo?«

Agnes Stimme drang durch den Hörer. »Denk dran, nicht die Kidneybohnen zu vergessen.«

Er lachte. »Habe ich etwa schon jemals etwas von deiner Einkaufsliste vergessen?«

»Tja, es gibt für alles ein erstes Mal«, entgegnete sie, doch er hörte ihrer Stimme an, dass sie lächelte.

»Sei unbesorgt. Ich werde deine Lebensmittel mit wehenden Fahnen liefern. Wofür brauchst du eigentlich so viele Kidneybohnen?«

»Sie sind gut fürs Herz«, erklärte sie.

Er grinste. »Aber weniger gut für deine Umwelt – jedes Böhnchen macht ein Tönchen, sage ich nur.«

Agnes kicherte. »Frechdachs. Dann bis morgen.«

Arran legte auf und ging in die Küche, um weiter zu kochen. Der Duft von Tomaten und Gewürzen hing in der Luft, als er im Topf rührte, und sein Magen knurrte vor Hunger und Vorfreude.

Da erklang Livs Stimme aus dem Flur, direkt nachdem die Haustür geöffnet worden war. »Liebling, wir sind zu Hause!«

»In der Küche«, rief er und versuchte, sich nicht einzugestehen, wie sehr es ihm gefiel, sie das sagen zu hören.

Ein Rascheln verriet ihm, dass Liv Jayce aus Jacke und Schuhen half, gefolgt vom Poltern seiner kleinen rennenden Füße auf dem Dielenboden.

»Daddy!«, rief Jayce, als er in die Küche gestürmt kam.

Arran nahm in hoch und gab seinem Sohn einen Kuss auf die weichen braunen Locken. Jayces Geruch verursachte ihm eine tiefe, seelische Zufriedenheit. »Hattest du einen schönen Spaziergang mit Liv?«

»Wir haben Häschen gesehen«, erklärte Jayce, die Augen groß vor Aufregung.

Liv kam ebenfalls in die Küche und hängte ihre Jacke über eine Stuhllehne. »Auf dem Feld war eine Hasenfamilie. Das muss der Osterhase gewesen sein.«

»Kann der Osterhase mir auch Schoko-Ostereier bringen?«, fragte Jayce.

»Na, klar, Kumpel«, antwortete Liv. Dann blieb sie abrupt stehen und schnupperte mit der Nase in der Luft. »O mein Gott, das duftet himmlisch.«

»Yep«, erwiderte Arran und machte ihr am Herd Platz, damit sie einen neugierigen Blick in den Topf werfen konnte. »Ich mache uns Jollof Reis und gebratenes Hühnchen.«

Wie sie so im Topf rührte und aussah, als würde sie am liebsten in den duftenden Inhalt eintauchen, war sie für ihn attraktiver denn je.

»Das Rezept stammt von meiner Großmutter«, fügte er hinzu. »Mum hat es von ihr gelernt, als sie Dad geheiratet hat, weil er in der Küche so unfassbar nutzlos ist.«

Liv lachte und öffnete einen der Schränke, um Teller herauszuholen. »Und du behauptest immer, du könntest nicht kochen. Also, wie kommt es dann, dass du dieses Rezept einfach so aus dem Ärmel schütteln kannst?«

Grinsend setzte er Jayce ab, da dieser sich auf seinem Arm wand wie eine Ringelnatter auf Koffein. »Das ist Teil meiner Tarnung. Wenn ich vorgebe, nicht kochen zu können, machen es andere für mich.« Jayce lief in Richtung Wohnzimmer davon, zweifellos, um in der Burg zu spielen, die zu einer festen Institution geworden war.

Sie zog missbilligend eine Augenbraue hoch, doch es tat seiner geweckten Libido keinen Abbruch. »Du kleiner Mistkerl.«

Lachend holte er Besteck aus der Schublade, um den Tisch zu decken. »Klappt mit anderen Sachen genauso.«

»Mm-hmm«, machte sie und holte ein paar Gläser, die sie mit Leitungswasser füllte. »Mit was denn zum Beispiel? Komm schon, verrate mir deine hinterlistigen Tricks.«

Es gäbe vieles, was ich dir gern verraten würde. »Wenn du die Spülmaschine falsch einräumst, dann wird jemand anderes kommen und es richtig machen. Und irgendwann werden sie beschließen, es immer selbst zu machen, weil sie dich für unfähig halten.«

Sie schüttelte in gespielter Empörung den Kopf. Doch selbst das fand er sexy.

Sie beluden ihre Teller mit Essen, und Arran bereitete für Jayce eine kleine Schüssel aus einem Topf, den er separat mit weniger Salz und Gewürzen gekocht hatte. Nur widerstrebend ließ sich Jayce im Wohnzimmer aus der Burg ziehen und zum Tisch bringen.

Liv nahm einen Bissen von ihrem Essen und stöhnte genüsslich auf. »Das schmeckt köstlich.« Sie zog die Augenbrauen zusammen und gestikulierte mit der Gabel in seine Richtung. »Ich fasse es nicht, dass du das noch nie für mich gekocht hast. Ein Jahr befreundet, und noch nie gab es mehr als eine Tassensuppe.«

Dieses Stöhnen! Er versuchte das Gefühl zu ignorieren, das es in ihm auslöste. Und die schmutzigen Bilder, die es vor seinem inneren Auge hervorrief. Er machte einen Schmollmund – inklusive Hundeblick.

»Ich habe es extra aufgespart für dich. Denn jetzt bist du mein *bester* Freund.« Eilig verdrängte er den Gedanken, dass er sie in Wahrheit beeindrucken wollte.

Liv zog die Augenbrauen hoch und mampfte weiter. »Lass das nicht meinen Bruder hören. Er war als Erster dein bester Freund.«

Arran zuckte mit den Schultern. »Maya ist jetzt seine beste Freundin, und das ist für mich in Ordnung. Wie auch immer, ich kenne dich schon genauso lange wie ihn. Wir waren nur nie so eng befreundet, bis …« Er brach ab. Liv war gemeinsam mit Sam und Nico einer der wenigen Menschen gewesen, die zu ihm gehalten hatten, nachdem Jess die Hochzeit abgeblasen hatte. Bei Sam und Nico hatte er damit gerechnet, die beiden waren sein Fels in der Brandung. Aber er und Liv waren vorher nicht so eng befreundet gewesen. Und doch konnte er sich jetzt nicht mehr vorstellen, dass es einmal anders gewesen war. Außerdem wollte er es auch gar nicht. Die Vorstellung, dass Livs Freundschaft nicht Teil seines Lebens war, erschien ihm inzwischen unerträglich.

Sie sah ihn mitfühlend an, offensichtlich wusste sie, wohin sein abgebrochener Satz hatte führen sollen.

Doch genau in diesem Augenblick durchbrach Jayce die Stille mit einer hervorragenden Darbietung von »Wenn du glücklich bist, dann klatsche in die Hand«, was sie beide aus ihrem gemeinsamen Moment riss. Sie stimmten ein, während sie ihr Essen aßen und klatschten zwischendurch.

Nach dem Abendessen beobachtete er sie, als sie die Teller

weggräumten, und ihm fiel mit einem Mal auf, dass sie zwar im vergangenen Jahr eine seiner Stützen in der schwierigen Zeit gewesen war, aber im Gegenzug nie etwas von ihm erbeten hatte.

Zuerst war er überzeugt gewesen, dass der Grund darin lag, dass Liv die einzige aus dem Freundeskreis ohne Beziehungsballast war, sei es nun manipulative Ex-Partner, Probleme mit Zurückweisung, verstorbene Ehemänner oder – wie in Nicos Fall – unheilbare Beziehungsphobie. Doch je besser er sie kennenlernte, desto weniger gelang es ihm, sie zu durchschauen. Hatte sie wirklich alles so gut im Griff? Oder war sie so wild entschlossen, für alle anderen da zu sein, weil sie ihre eigenen Probleme für sich behalten wollte? Es hatte in der Vergangenheit mehr als eine Situation gegeben, in der sie etwas Seltsames gesagt hatte, wie das mit den Seelenverwandten, die gleichzeitig sterben. Oder sie war in ihre eigenen Gedanken versunken, wie in dem Moment, als sie sein Gemälde der Frau betrachtet hatte.

Arran beobachtete sie, als sie zusammen die Spülmaschine beluden. Die dunkelbraunen Wellen ihrer Haare verdeckten zum Teil ihr Gesicht. Sie war wie ein geöffnetes und geschlossenes Buch gleichzeitig.

Ein Gedanke schoss ihm durch den Kopf. Liv sprach manchmal von Sams Problemen mit Zurückweisung, die daher stammten, dass ihr Dad die Zwillinge und ihre Mum verlassen hatte. Und doch verriet sie nie, was die Erfahrung mit ihr gemacht hatte. Es dämmerte ihm, dass er mehr als alles andere die Person sein wollte, der sie sich anvertraute. Der Mensch, an den sie sich anlehnen konnte.

Nachdem sie Jayce gebadet und ins Bett gebracht hatten – diesmal hatte Arran doppelt aufgepasst, dass während des Badens kein Tropfen Wasser auf Livs Kleidung gespritzt wurde – machten sie es sich wieder in der Burg im Wohnzimmer gemütlich. Er wusste, dass er nicht aussprechen sollte, was ihm auf der Zunge lag, aber er tat es trotzdem. »Bist du dir sicher, dass du kein Bier möchtest? Du könntest hier übernachten und morgen Früh heimfahren. Ich kann auf der Couch schlafen.«

»Nein, danke«, erwiderte sie schnell. »Ich fahre besser noch nach Hause.

Er nickte und musste seine Enttäuschung verbergen. »Kein Problem.« Sein Handy klingelte, also zog er es aus der Tasche und runzelte die Stirn, als er Jess' Namen auf dem Display erblickte. Er ging dran. »Hey, Jess.«

Ihre Worte klangen ein wenig undeutlich. »Wie geht es Jayce?«

»Gut, danke«, antwortete er leicht verunsichert. *Geht es ihr gut?* »Wie ist die Party?«

Sie lachte, und er entspannte sich. »Super. Rorys Freunde sind so krass drauf.«

»Okay ...« War das etwas Gutes? »Klingt gut.«

»Ich wollte nur sagen, dass es mir leidtut, dass du ihn schon wieder nehmen musstest. Rory wollte die Party einfach nicht verpassen, weißt du?«

Aus irgendeinem Grund machte ihm die Erwähnung von Rorys Namen diesmal nicht so viel aus wie sonst. »Kein Ding. Ich habe ihn gern bei mir, und ...«, er stupste Liv an, »ich habe meinen treuen Sidekick hier, um mir zu helfen.«

Liv sah von ihrem Handy auf, wo sie gerade durch ihr Insta scrollte, und grinste ihn an.

»Ehrlich gesagt«, flüsterte sie, »wirst du noch feststellen, dass du *mein* Sidekick bist.«

Er kicherte. »Auf keinen Fall, José. Ich bin Batman und du Robin.«

Sie hielt den Blick aufs Display gerichtet, aber ein Lächeln umspielte ihre Lippen. »Ach, halt die Klappe.«

»Arran?« Mist, er hatte ganz vergessen, dass Jess noch am Telefon war. »Wer hast du gesagt, ist da bei dir?«

Er beobachtete Liv, die weiter ihren Feed durchblätterte, während ihr die Locken in die Stirn fielen. »Liv. Mein treuer Sidekick.«

Liv stupste ihm in die Rippen. »Kein Sidekick. Ich bin ein verdammter Superheld, Baby.«

Jess schwieg eine Sekunde lang. »Liv ist wieder bei dir?«

Arran grinste Liv an. »Ja. Warum?«

»Ihr zwei verbringt ganz schön viel Zeit miteinander.«

Er stutzte. Ihr Tonfall klang ein bisschen zu vorwurfsvoll für jemanden, der ihn verlassen hatte und gerade mit dem neuen Freund auf einer Party war. »Ja, ich weiß. Wir sind gute Freunde.« Liv sah auf und warf ihm einen fragenden Blick zu. Er schüttelte den Kopf, als wollte er sagen, »Es ist nichts.«

»Läuft da was zwischen euch?«

Sein Puls beschleunigte sich. *Was geht dich das denn an?* Er zögerte, bemüht, nicht auszusprechen, was er dachte. »Wie gesagt, wir sind gute Freunde. Nicht, dass dich das irgendwas anginge.« Liv sah ihn mit großen Augen an, also tätschelte er ihr beruhigend den Arm und machte eine Geste, als würde er eine Bierflasche an den Mund setzen, um ihr zu sagen, dass Jess betrunken war. Liv lächelte, doch es wirkte nicht überzeugend.

»Es geht mich sehr wohl etwas an.« Jess' Tonfall war spitz. »Wenn sie hilft, sich um meinen Sohn zu kümmern.«

»Okay«, erwiderte er. Seine Geduld war allmählich am Ende. »Du bist betrunken und streitlustig. Liv ist Erzieherin und wird bald Jayce' Gruppenleiterin im Kindergarten sein. Also, wer wäre besser geeignet, mir mit ihm zu helfen? Ciao, Jess. Amüsier dich noch gut.« Er legte auf. »Herrje, diese Frau ist *keine* lustige Betrunkene.«

Er lächelte Liv zu, doch sie erwiderte das Lächeln nicht, sondern scrollte weiter durch ihren Feed und wirkte angespannt. »Hey«, sagte er leise. »Alles okay?«

Sie räusperte sich und warf ihm einen Blick zu. »Ich will dir keinen Ärger machen.«

Er lachte. »Du machst mir keinen Ärger. Sie hatte nur einen Bacardi zu viel, mehr nicht.«

Liv schob sich die Brille hoch. »Ist sie schon immer so eifersüchtig?«

Arran wollte schon verneinen, doch dann dachte er kurz nach. »Nicht, seit wir getrennt sind. Aber als wir noch zusammen waren, war sie schon ein wenig eifersüchtig.« Er runzelte die Stirn. »Seitdem hatte sie wohl keinen Grund zur Eifersucht, nehme ich an. Weil ich mit niemandem etwas hatte, und natürlich auch, weil sie mich vor dem verdammten Altar hat stehen lassen. Also, du weißt schon …« Er zuckte mit den Schultern und verzog das Gesicht, in der Hoffnung, Liv zum Lächeln zu bringen.

Es funktionierte. »Es war nicht vor dem Altar«, entgegnete sie lachend. »Es war zwei Wochen vorher, also sei froh, dass es dir nicht so ging wie Adam Sandler in ›*Eine Hochzeit zum Verlieben*‹.«

Er stimmte in ihr Lachen ein und schubste sie liebevoll.

»Sei froh? Von wegen *Eine Hochzeit zum Verlieben*; es kam mir eher vor wie eine Szene aus *Indiana Jones und der Tempel des Todes*, wo der Typ das Herz aus der Brust gerissen bekommt.«

Sie schubste ihn zurück und grinste breit. »Heulsuse.«

»Um Himmels willen«, erwiderte er, immer noch lachend. »Kann ich nicht mal von meiner besten Freundin ein bisschen Mitgefühl erwarten.«

Liv schenkte ihm ein Lächeln, was ihm sagte, dass es ihr gefiel, wenn er so von ihr sprach. Aber war er für sie auch ein so enger Freund? Er hoffte es. Er beobachtete sie und wünschte sich, sie würde ihm ein paar ihrer Geheimnisse verraten.

»Wie auch immer. Sobald Jess morgen ihren Kater ausgeschlafen hat, wird alles wieder in bester Ordnung sein, da bin ich mir sicher. Und vermutlich wird sie sich nicht einmal an unser Gespräch erinnern.«

Sie nickte und ließ das Handy sinken. »Ja. Alkohol macht mit unserem Gehirn seltsame Dinge. Einmal, als ich total besoffen war, habe ich eine Topfpflanze aus dem Pub geklaut.«

»Was?« Er lachte über die Vorstellung, dass die grundehrliche Liv so etwas tun könnte. »Olivia Agnes Holland. Ich bin schockiert und entsetzt von solch kriminellem Verhalten.« Er schnaubte und ließ den Kopf herumfahren, wobei er die Arme in gespielter Missbilligung verschränkte. »Ich bin mir nicht sicher, ob ich noch mit dir abhängen will, jetzt, da ich weiß, was für ein verbrecherisches Mastermind in dir steckt.«

»Hör auf«, sagte sie und schlug sich die Hände vors Gesicht, was sehr niedlich aussah. »Es ist mir immer noch peinlich. Am nächsten Morgen hatte ich so ein schlechtes Gewissen, dass ich die Pflanze zurückgebracht und behauptet habe, sie sei zufällig in meinen Rucksack gefallen.«

Arran prustete los. »Okay, das mit dem Mastermind nehme ich zurück. Das ist die mieseste Ausrede überhaupt. Haben sie es dir abgekauft?«

»Nö«, sagte sie hinter den Händen hervor. »Aber sie waren zu höflich, um es zu sagen. Die Person, mit der ich gesprochen habe, hat einfach nur gelächelt und mir gesagt, ich solle sie zurück auf den Tisch stellen.«

»Komm her«, forderte er sie auf und legte ihr den Arm um die Schultern, auch wenn ihm bewusst war, dass er das nicht tun sollte, solange er seine Gefühle in Bezug auf sie nicht unter Kontrolle hatte. »Ich verzeihe dir, Agnes.« Es fühlte sich so gut an, wenn sie so an ihn gekuschelt war.

»Hör auf, dich über meinen Zweitnamen lustig zu machen«, entgegnete sie und sah zu ihm auf, was seinen Herzschlag unwillkürlich beschleunigte.

»Sorry, Aggie«, erwiderte er und genoss das Funkeln ihrer Augen. »Wird nicht wieder vorkommen.«

»Halt die Klappe«, sagte sie und legte den Kopf an seine Schulter. »Kann eben nicht jeder so einen coolen Zweitnamen haben wie du.«

Er zuckte mit den Schultern. »Es ist einfach der Name meines Dads. Nicht gerade originell.«

»Schon, aber dadurch hast du die Initialen AAA. Arran Abeo Adebayo. Das ist schon verdammt cool.«

Er tat so, als würde er sich Staub von der Schulter schnippen. »Yep. So bin ich eben. Verdammt cool.«

Liv kicherte. Er liebte ihr Lachen. Es war süß, aber auch ein wenig sexy.

Er drückte sie fester an sich. »Also, wo kommt der Name Agnes bei dir her? Heißt jemand aus deiner Familie so?«

»Ja«, erwiderte sie, und ihr Atem kitzelte ihn am Hals. »Meine Oma väterlicherseits. Und Sam hat den vom Dad meiner Mum.«

»Meine Nachbarin heißt auch Agnes.«

»Die, für die du immer Lebensmittel einkaufst?«

»Genau. Sie mag ans Haus gebunden sein, aber sie ist noch äußerst scharfsinnig.« Er grinste. »Erinnert mich irgendwie an dich. Auch wenn sie kein Topfpflanzendieb ist, soweit ich weiß.«

Sie stupste ihn spielerisch an, und er nahm ihre Hand, fuhr mit dem Daumen über ihre Finger und genoss die Hitze, die die Berührung ihrer Haut verursachte. Er wollte sie dazu bringen, sich ein wenig zu öffnen. Sie fragte ihn immer aus, und er hatte das Gefühl, die Balance herstellen zu müssen – er sehnte sich nach einem Stückchen von ihr im Gegenzug.

»Kann ich dich was fragen?«

»Ja«, antwortete sie und legte den Kopf an seiner Brust ab. *Mann, fühlt sich das gut an.*

Er holte tief Luft. »Denkst du oft an ihn? An deinen Dad, meine ich.«

Ihr Griff um seine Finger wurde unmerklich fester. »Manchmal.«

Arran legte den Kopf an ihren und nutzte die Gelegenheit, ihren Duft einzuatmen. Sie roch tröstlich und aufregend zugleich. »Du redest nicht viel von ihm.«

»Es gibt nicht viel zu sagen. Er war ein manipulatives, narzisstisches Arschloch.«

Er drückte sie. »Hört ihr manchmal was von ihm?«

»Nö.« Sie drehte seine Hand und fuhr die Linien in seiner Handfläche nach, was ihm knisterndes Feuer über die Haut jagte. »Seit Ewigkeiten nicht mehr. Er hat uns früher ab und zu Nachrichten geschrieben, ich denke, weil seine Freundin, Georgie, ihn dazu gedrängt hat. Aber offenbar ist ihr Einfluss schwächer geworden, denn seit ein paar Jahren kommt nichts mehr von ihm.«

»Das tut mir leid«, sagte er und drückte sie. Von seiner Verlobten sitzengelassen zu werden, war nichts im Vergleich dazu, von einem Elternteil verlassen zu werden. Warum hatte er sie bisher noch nie nach diesen Sachen gefragt? Er war zu beschäftigt damit gewesen, sich in Selbstmitleid zu suhlen, genau wie die Heulsuse, als die Liv ihn scherzhaft bezeichnet hatte.

Sie zuckte neben ihm mit den Schultern. »Das muss dir nicht leidtun. Georgie sollte einem leidtun. Sie ist es, die jetzt mit dem Mistkerl leben muss. Mum sagt immer, die arme Frau hat uns einen Gefallen getan.« Sie seufzte. »Aber ich bin mir sicher, sie leidet genau wie Mum gelitten hat. Ein Narzisst ändert sich nicht.«

Ein flaues Gefühl meldete sich in seinem Bauch. »Sam hat erzählt, er sei auch ein notorischer Lügner gewesen.«

»O ja, allerdings«, sagte sie schnell. »Er bestritt so lange, dass der Himmel blau ist, bis er selbst blau im Gesicht war. Er nannte Mum verrückt, paranoid, eifersüchtig und was weiß ich noch alles, obwohl sie immer mehr Beweise dafür fand, dass er sie betrog. Und er hat es nie zugegeben, nicht einmal, als er seine Sachen gepackt hat und mit Georgie nach Jersey abgehauen ist.«

Arran schluckte. Sein Mund war plötzlich trocken. Das war mehr, als Liv ihm je erzählt hatte. »Ihr habt es wirklich nicht leicht gehabt mit ihm. Das muss schlimm gewesen sein für dich und Sam.«

»Ja, vor allem für Sam. Deshalb hat er sich auch auf Catriona eingelassen. Sie hat all seine Schwächen ausgenutzt.« Sie schauderte. »Zum Glück ist Maya, die Große, in die Stadt zurückgekehrt und hat den fiesen Dämon verjagt.«

Da war es wieder. Es ging ihr immer nur um Mitgefühl für Sam. Er gab ihr einen Kuss auf den Scheitel und genoss, wie sie sich an ihn kuschelte. »Für dich war es genauso schwer, Liv. Du hast auch Mitgefühl verdient.« Sie schwieg, und er fragte sich schon, ob er zu weit gegangen war. Aber er hatte das Gefühl, es noch ein letztes Mal versuchen zu müssen. »Es hat euch zwei sicher auf unterschiedliche Weise beeinflusst, aber das heißt nicht, dass es dich nicht auch getroffen hat. Vielleicht war es bei Sam offensichtlicher, weil er in die gleiche Falle getappt ist wie eure Mum.«

Sie sagte immer noch nichts, und Arrans Puls beschleunigte sich, aus Angst, er könnte sie verärgert haben. Sie verscheucht haben.

Doch da räusperte sie sich und sagte leise: »Vielleicht.«

Ihm lagen noch weitere Fragen auf der Zunge, doch er hielt sich davon ab. Es bestand das Risiko, dass er es aus egoistischen Gründen tat, weil er sich wünschte, dass sie sich ihm öffnete, und das war nicht fair ihr gegenüber. Sie musste das von sich aus tun. Also hielt er den Mund.

Schließlich sagte sie: »Wenn Jess dich fragen würde, ob du wieder mit ihr zusammenkommen willst, würdest du ja sagen?«

Die Frage traf ihn völlig unvermittelt. »Wenn du mir die Frage im vergangenen Jahr oder auch nur vor ein paar Monaten gestellt hättest, hätte ich sie mit ja beantwortet.«

»Und jetzt?«

Er hielt inne, um sich die Brust zu reiben. »Es ist irgendwie verwirrend. Ich habe es auf jeden Fall allmählich satt, dass sie ihre Zeit mit Jayce so wegwirft. Ich glaube nicht, dass ich sie tatsächlich noch vermisse.« Er stutzte. »Das ergibt bestimmt überhaupt keinen Sinn für dich.«

Liv rutschte etwas herum, und er genoss das Gefühl ihrer Wange an seiner Brust. Es lenkte ihn zu einem gewissen Grad von der Leere in selbiger ab, und er wünschte, er könnte es ohne die Lage Baumwollstoff dazwischen spüren.

»Ich kann es verstehen«, sagte sie.

Sie kann es immer verstehen. »Ich nehme an, alles wäre einfacher, wenn sie zurückkäme, für mich und für Jayce. Aber sie ist ... jetzt mit Rory zusammen.« Er holte tief Luft. »Und ich habe festgestellt, dass es zwischen uns nicht mehr gut war. Die Beziehung hatte sich verändert, seit wir uns verlobt hatten, und das ist das Risiko, wenn man sich schon so jung füreinander entscheidet. Manchmal entwickelt man sich auseinander. Also, ja, du hattest recht.«

Sie hob den Kopf, um ihm in die Augen zu sehen, und das Grün ihrer Augen glänzte wie Jade im sanften Licht der Lichterkette in ihrer Burg. »Mit was hatte ich recht?«

Er konnte nicht widerstehen, ihr eine Haarsträhne hinters Ohr zu streichen. »Dass es besser war, dass Jess es zu diesem Zeitpunkt beendet hat. Vor der Hochzeit war viel besser als hinterher. Dann hätten wir eine anstrengende und teure Scheidung durchstehen müssen. Ich konnte das nur damals nicht so sehen, weil ich so verletzt war.«

Liv lächelte ihn so sanft an, dass er das Gefühl hatte, es könnte all seine Schmerzen lindern. »Ich finde, das ist der richtige Weg, es zu sehen.«

Arran gab ihr einen Kuss auf die Stirn, genoss die Weichheit ihrer glatten Haut unter seinen Lippen, und widerstand dem Bedürfnis, den Mund weiter nach unten auf ihren Mund zu senken. »Komm her, Aggie.« Er kuschelte sie an sich. »Du bist es, die mir geholfen hat, es so zu sehen. Danke dir.«

Sie umarmte ihn fest, und er atmete ihren Duft ein. Es gefiel ihm, wie ihr zierlicher Körper sich an seinen schmiegte, trotz der Tatsache, dass er ein gutes Stück größer war als sie. Ihre weichen Haare sammelten sich an seinem Hals, kitzelten seine Haut, und er stellte sich vor, wie sie ihm damit über den nackten Körper streichen könnte, wenn sie ihm den Oberkörper hinab mit Küssen übersäte. Er schlang die Arme fester um sie, und sie drückte ihre Brust an ihn – was ihm sofort ein Kribbeln durch den Körper jagte, bis hinab in seinen Schoß. Er war sich sicher, ihre Brustwarzen durch ihr T-Shirt spüren zu können.

Seine Gedanken wanderten zurück zu dem Abend, als er bei ihr vorbeigekommen war, um das Geschenk bei ihr abzugeben, und sie ihn gefragt hatte, woher er wusste, dass sie einen durchtrainierten Bauch hatte. Er war kurz davor gewesen, zuzugeben, dass es daran lag, dass er sie angestarrt hatte, als ihr Shirt vom Wasser durchsichtig gewesen war, nachdem Jayce sie beim Baden nass gespritzt hatte. Was er gesehen hatte, war jedenfalls sehr nach seinem Geschmack gewesen. Aber das Klingeln seines Handys hatte sie unterbrochen.

Er musste daran denken, wie es sich angefühlt hatte, als sie unerwartet die Arme um ihn gelegt hatte, und wie eine Hitze zwischen ihnen entstanden war. Spürte sie es auch? Er glaubte, gesehen zu haben, dass sie das Gleiche empfand. Aber irgendetwas hielt sie zurück. War es etwa die Tatsache, dass sie sich schon ewig kannten und sie nicht genug auf ihn stand, die sie daran hinderte, einen Schritt weitergehen zu wollen? Er hatte nicht das Gefühl, dass das der Fall war; ihre Verbindung war zu stark. Vielleicht lag es auch daran, dass sie bald die Erzieherin seines Sohnes sein und damit in eine Art Interessenkonflikt geraten würde. Oder dass sie ihre Freundschaft nicht aufs Spiel setzen wollte, wenn sie sich so nah kamen.

Er konnte nicht umhin, zu ahnen, dass mehr dahintersteckte. Irgendetwas, das sie für sich behielt. Etwas, von dem er sich wünschte, sie würde es ihm anvertrauen.

Er musste in letzter Zeit ständig an sie denken. Aber vielleicht waren das, was er wollte, und das, was er brauchte, zwei unterschiedliche Paar Stiefel. Der Liebeskummer nach der Trennung von Jess war schrecklich gewesen, und es wäre falsch von ihm, seine enge Freundschaft mit Liv zu riskieren, wenn er emotional gar nicht bereit war – zudem wusste er nicht, was genau sie eigentlich zurückhielt.

Der Einsatz war zu hoch, er durfte Liv nicht verlieren. Sie war ihm viel zu wichtig. Wenn seine Zeit mit Jess ihn irgendetwas gelehrt hatte, dann war es, dass er sich vor Beziehung hüten sollte, die einen zu hohen Einsatz forderten. Die Mutter seines Kindes hatte ihn verlassen und war weitergezogen. Das durfte ihm auf keinen Fall mit seinen Freunden auch passieren. Vor allem dann nicht, wenn Jayce davon betroffen war.

Er küsste sie auf den Scheitel, genoss das süße Seufzen, das sie an seiner Brust hören ließ, und wünschte sich, sie könnten ewig in dieser gemütlichen Burg verbringen. *Wir, gegen den Rest der Welt.*

KAPITEL
acht

»Bitte schön, Liebes«, sagte Angus und goss Liv Tee aus der blumenverzierten Teekanne ein, die in seinen großen, schwieligen Händen winzig aussah. Die feminine Form der Kanne ließ Angus nur noch maskuliner erscheinen, was gar nicht so leicht war, er war ohnehin schon ein Bär von einem Mann.

»Danke«, sagte Liv und goss sich ein wenig Milch ein. Sie nahm einen Schluck und warf ihm einen beeindruckten Blick zu. »Nicht schlecht. Deine Fähigkeiten, was die Teezubereitung angeht, entwickeln sich stark in Richtung Olivia-Holland-Niveau.«

Angus salutierte mit zwei Fingern. »Danke, Ma'am. Ich habe die beste Lehrerin.«

Livs Mum gesellte sich am Küchentisch zu ihnen und gab Angus einen Kuss auf die Wange, als er ihr eine Tasse reichte. »Danke, Liebling.«

Es klingelte an der Tür, und Angus ging, um zu öffnen. Als er zurückkehrte, hatte er Sam und Maya im Schlepptau. Alle begrüßten sich herzlich und nahmen mit dampfenden Tassen um den Tisch herum Platz.

Liv nahm sich einen Moment Zeit, um sich der Tatsache bewusst zu werden, dass die Dreier-Einheit der Hollands sich über den Zeitraum von nur wenigen Monaten auf fünf erweitert hatte. Das war schön.

»Wie weit sind wir mit der Hochzeitsplanung?«, fragte Tara.

»Die wichtigsten Dinge sind erledigt«, antwortete Sam und

schielte zu Maya rüber. »Die Location ist klargemacht, der Empfang gebucht. Standesbeamte bestellt.«

»Es gibt aber immer noch super viel, um das wir uns kümmern müssen«, meinte Maya. »Band, Fotograf, Kuchen, Blumen …«

»Was ist mit deinem Kleid, Maya?«, fragte Tara. »Und die Outfits für Liv und Elise?«

»Dazu wollte ich euch noch fragen«, erwiderte Maya. »Ich habe einen Termin in einem Laden, wo ich unsere Kleider kaufen möchte. Sie sind nicht maßgeschneidert, weil die Zeit dafür zu knapp ist. Aber ich dachte, du und deine Mum hätten Lust, mitzukommen?«

Liv bemerkte, wie ihre Mutter vor Freude strahlte. »Da bin ich zu gern dabei«, antwortete Tara. »Danke, Liebes.«

Maya winkte ab. »Ohne dich wäre es nicht das Gleiche, Mama Holland.«

Taras Augen leuchteten, und Livs Herz machte einen Sprung. Sie drückte Mayas Knie und formte ein lautloses »Liebe dich«, was Maya mit »Ich dich auch« erwiderte und mit den Fingern ein Herz formte.

Sam ertappte sie dabei, und ein Lächeln umspielte seine Lippen. »Du solltest lieber nicht versuchen, mir die Verlobte auszuspannen, Sis.«

Liv zuckte mit den Schultern und nippte an ihrem Tee. »Sie hat schon viel früher mir gehört als dir, Mann.«

Maya nickte feierlich. »Olivia hat recht, Samuel.« Sam beugte sich vor und drückte die Nase an Mayas Hals, was sie unwillkürlich zum Quietschen brachte. »Hey, das kitzelte.«

Sam zog sie an seine Brust, so dass sie unter sein Kinn eingepasst war, und wandte sich an Liv. »Wie läuft es denn mit den Planungen für unseren Ausflug?«

»Super, danke der Nachfrage, werter Bruder.« Sie sah ihn über den Rand ihrer Brille an. »Ich werde trotzdem keine Details rausrücken.«

Er schüttelte grinsend den Kopf. »Kein Problem, ich liebe Überraschungen.«

Maya spielte mit Sams Fingern. »Ich mag gute Überraschungen. Wie, Überraschung! Hier ist ein cooles Geschenk. Nicht wie – Überraschung! Hier ist eine riesige Rechnung, die du vergessen hast zu bezahlen.«

Liv schürzte die Lippen. »Arran und ich werden wohl kaum eine schlechte Überraschung für euch organisieren, oder?«

»Gutes Argument«, erwiderte Maya augenzwinkernd.

»Übrigens«, sagte Sam, »wie geht es Arran denn damit? Ich hatte etwas Bedenken, ihn mit dem Organisieren für unsere Hochzeit helfen zu lassen, wo ich ihm genau vor einem Jahr bei der Planung seiner Hochzeit geholfen habe. Er sagt zwar immer, dass es okay ist, wenn ich ihn frage, aber er kann auch schlecht sagen ›Nein, mir bricht es das verdammte Herz, du unsensibles Stück Scheiße.«

Angus prustete los, und Tara warf Sam einen missbilligenden Blick zu, der ihn eindeutig an seine Manieren erinnern sollte.

»Sorry, Mum«, sagte er und wandte sich wieder an Liv. »Wie auch immer. Ihr beide habt doch gerade so viel miteinander zu tun, also dachte ich, er hätte dir vielleicht etwas erzählt.«

Liv räusperte sich. »Ja, wir sind gute Freunde.« Sie betonte das Wort »Freunde« und warf Maya einen vielsagenden Blick zu. »Und ich habe ihn auch gefragt. Keine Sorge, für ihn ist es in Ordnung. Er freut sich so für euch zwei, dass es seine unterschwellige Traurigkeit übertrumpft.«

Sam seufzte erleichtert. »Arran ist der Beste.« Er schielte zu Maya hinunter. »Sollte es mit uns mal nicht mehr gut laufen, tue ich mich einfach mit Arran zusammen.«

Maya runzelte die Stirn. »Ich glaube nicht, dass Nico das gefallen würde.«

»Hmm, gutes Argument«, erwiderte Sam und rieb sich den Bart. »Wir müssten es zu einer Dreier-WG machen. Wie bei den Golden Girls.«

»Golden Guys«, korrigierte Angus lachend. »Kann ich mitmachen und Sophia sein?«

»Na, klar«, sagte Sam und hob die Tasse in Angus' Richtung, der mit ihm anstieß.

Tara schüttelte den Kopf. »Das muss wirklich schwer gewesen sein für Arran. Armer Junge.«

»Ja.« Sam drückte Maya fester an sich. »Ihm ging es eine Weile echt beschissen. Um ehrlich zu sein, gehe ich Jess seitdem aus dem Weg, weil ich so sauer auf sie war.«

Dieser Kommentar löste irgendetwas in Liv aus, und ihr Mund begann sich zu bewegen, ehe sie sich auf die Zunge beißen konnte. »Was hätte sie denn tun sollen? Ihn heiraten, obwohl sie wusste, dass sie ihn nicht mehr liebt, damit sie sich beide bis zum Ende ihrer Tage unglücklich machen konnten?«

Es entstand eine unangenehme Stille, und Liv bereute es sofort, dass sie ihre Gedanken so ungefiltert ausgesprochen hatte. Sam betrachtete sie stirnrunzelnd. »Also, wenn man es so betrachtet …«

Liv schaute auf, und das Bedürfnis, Klartext zu reden, war stärker als ihre übliche Zurückhaltung. »Ich habe es satt, dass alle Welt so tut, als sei es das Schicksal der Frauen, sitzengelassen zu werden. Als dürften sie es nicht wagen, eine

Beziehung selbst zu beenden, sondern müssten wissen, wo ihr Platz ist, um nur daraus ›entlassen‹ zu werden, wenn es der Mann so will. Jess kann nichts für ihre Gefühle; das kann keiner von uns. Es ist ihr einfach passiert. Deswegen musste sie sich treu bleiben, um ihrer beider Willen. Du hast nicht willentlich entschieden, Maya zu lieben, oder? Es ist so passiert.«

Die Worte waren einfach aus ihr heraus geschossen wie Dampf aus einem Wasserkessel. Was unvermeidbar gewesen war, wenn man wie sie alles für sich behielt und es brodeln ließ, bis es den Siedepunkt erreichte. Wenn dann ein kleiner Stoß einen Riss in der Fassade verursachte, musste alles wie heiße Lava herausbrechen.

Doch als sie die überraschten Gesichter der anderen um den Tisch herum erblickte, verwandelte sich die Reue in schmerzhafte Schuldgefühle, die ihr schwer im Magen lagen, wie eine Blase, die immer weiter anschwoll.

Sie sah ihre Mum an und bemerkte die unvermeidliche Missbilligung in ihrem Blick. »Beherrsch dich mal, Liv.« Ein Aufblitzen von Wut ließ ihre Schuldgefühle verpuffen. Wie üblich missfiel es ihrer Mutter, wenn Liv irgendeine Art von Meinung äußerte, die nicht hundertprozentig aus Regenbogen und Einhörnern bestand. Wohingegen es bei ihrem Bruder völlig in Ordnung war, wenn er das tat – bei ihm hieß es, er ist ehrlich und direkt.

Liv presste die Lippen aufeinander und verkniff sich weitere Kommentare.

Maya rettete sie mit einem Nicken. »Ich finde, Liv hat recht.« Sie grinste Sam an. »Deine kleine Schwester hat dich grade plattgemacht«, sagte sie zu ihm.

»Weißt du was?«, erwiderte Sam achselzuckend. »Eigentlich tut mir Jess leid. Du hast recht, sie kann nichts dafür, dass sie Arran nicht mehr geliebt hat. Und jetzt kann sie nichts dafür, dass sie sich in ein Arschloch verliebt hat.«

»Wie meinst du das?« Liv horchte besorgt auf.

»Er ist die Art von Mann, die vor anderen Männern immer damit angibt, wie er hinter dem Rücken seiner Freundin mit anderen rummacht. Totale Kleine-Schwanz-Energie, wenn ihr mich fragt. Zumindest war er in der Vergangenheit so.« Er nahm einen Schluck Tee. »Obwohl man ja nie weiß. Vielleicht ist er mit Jess anders.«

Tara schüttelte den Kopf. »Die Katze lässt das Mausen nicht. Das ist eine Lektion, die Georgie mit Sicherheit auch hat lernen müssen.«

Liv schauderte unwillkürlich, als ihr Vater erwähnt wurde. »Wo wir es schon von Kleiner-Schwanz-Energie hatten«, murmelte sie und fing ein mitfühlendes Lächeln von Maya auf.

»Wie auch immer«, sagte Sam zu Liv. »Ich bin froh, dass du dich um meinen besten Kumpel kümmerst, wenn ich so beschäftigt bin mit dem Hochzeitskram.« Sam legte den Kopf schief. »Oder läuft da noch mehr zwischen dir und Arran?«

Liv sah Maya vorwurfsvoll an.

»Hey.« Maya hob abwehrend die Hände. »Sieh mich nicht so an, ich habe kein Wort gesagt.«

Sam lächelte. »Du hättest meinen Segen, weißt du. Also, wenn du etwas mit meinem Freund anfangen wolltest. Das habe ich mit deiner besten Freundin ja auch getan. Quid pro Po.« Sein Lächeln wurde zu einem Grinsen. »Sozusagen.«

»Igitt.« Liv verdrehte die Augen. »Bitte, halt die F.«

Sam lachte. »Du kannst ruhig vor Mum und Angus fluchen. Sie kennen alle F-Wörter.«

Liv versuchte, um Maya herum zu greifen, um Sam an den Arm zu boxen, doch er wich ihr schnell aus.

»Du nervst verefft«, raunte sie ihm zu und bedachte Sam mit einem tödlichen Blick, während sie gleichzeitig ein schlechtes Gewissen hatte, dass sie ihrem Zwillingsbruder ihre Gefühle für seinen besten Freund noch nicht anvertraut hatte, genauso wenig wie die verdrehten Gründe, warum sie diese Gefühle nicht zulassen wollte. Vor allem, weil sie und Sam sich erst vor kurzem versprochen hatten, sich alles zu sagen, nachdem seine furchtbare Ex-Freundin Catriona in den vergangenen Jahren einen Keil zwischen sie getrieben hatte. Doch nachdem sie Sam so lange nicht in ihre Gefühle eingeweiht hatte, fiel es ihr jetzt schwer, diese Gewohnheit zu ändern.

Sie warf Maya einen Seitenblick zu. Vielleicht sollte sie versuchen, offen mit Maya darüber zu reden, doch es war nicht fair, sie zu bitten, ihrem Verlobten gegenüber Geheimnisse zu haben.

Tara räusperte sich. »Wo wir schon beim Thema sind. Ich wollte dich fragen, ob du vorhast, euren Vater zur Hochzeit einzuladen.«

Es entstand eine sekundenlange Stille, und Liv merkte, wie ihr alles Blut aus dem Gesicht wich. Sie sah Sams Gesichtsausdruck, und sie wusste, ohne einen Spiegel zu brauchen, dass sie bestimmt genauso erschrocken aussah.

Sam knirschte mit den Zähnen. »Er ist nicht unser Vater. Dieses Recht hat er vor Jahren schon verspielt.«

»Ich wollte nur fragen«, sagte Tara und griff nach Sams Hand, um sie zu drücken. »Es ist deine und Mayas Entscheidung. Meinen Segen habt ihr so oder so.«

Liv hielt den Atem an, auch wenn sie am liebsten ihren

Senf dazu beigetragen hätte, nämlich, dass dieses Riesenarschloch auf keinen Fall in die Nähe seiner Hochzeit kommen sollte. Doch als sie ihre Mutter sah, musste sie an deren strenge Worte von zuvor denken. »*Beherrsch dich mal, Liv.*« Also überkreuzte sie die Finger und wünschte sich inständig, Sam würde sagen, was sie hören wollte. Sie unterdrückte das Bedürfnis, etwas zu sagen, doch es schmerzte schon fast in der Brust.

Sam schluckte. »Das ist nett gemeint, Mum. Aber die einzigen Eltern, die ich dabei haben will, sind du und Angus, und Omar und Yvonne.«

Liv atmete auf und blickte zu Angus rüber, der sichtlich gerührt war.

»Natürlich, Schatz. Wie immer ihr es wollt«, erwiderte Tara mit leisem Lächeln.

Maya beugte sich zu Sam und gab ihm einen Kuss auf die Wange. Liv lehnte sich erleichtert in ihrem Stuhl zurück und schickte einen Dank gen Himmel, dass Sam diesen furchtbaren Vorschlag abgeschmettert hatte.

»Also, Miss O«, meinte Maya und stupste sie mit dem Ellenbogen an. »Brodie hat grünes Licht gegeben, was dieses Date angeht. Was sagst du?«

Livs Schultern verspannten sich augenblicklich. *Kann ich nicht mal kurz durchatmen?* Aber Maya meinte es gut. Und es war ihre eigene Schuld, dass sie nicht ehrlicher war, was ihre eigenen Gefühle anging.

Sie versuchte, sich eine Ausrede einfallen zu lassen, aber dann dämmerte ihr: Wenn sie zustimmte, sich mit Brodie zu treffen, würde ihr das nicht nur Maya vom Hals schaffen, was diese Beziehungssache anging; es würde auch ihre Tarnung aufrechterhalten, auf der Suche nach jemandem zu sein. Außerdem würde es vielleicht die anderen ausbremsen, die ganze Zeit etwas hinter ihrer und Arrans Freundschaft zu vermuten.

Sie konnte sich mit Brodie treffen, sich amüsieren, ihm sagen, dass sie im Moment nicht bereit war für eine Beziehung, und damit hatte sich die Sache. Vielleicht konnte sie es sogar so drehen, dass Brodie nicht an ihr interessiert war, und Enttäuschung darüber vortäuschen. *Genial.* »Ja, klingt gut. Gib mir seine Nummer, dann schreibe ich ihm.«

Maya lächelte sie zufrieden an, und Liv war erleichtert, dass es vielleicht ein wenig Ruhe in die Diskussion um ihr Liebesleben bringen würde. »Dann zurück zur Hochzeitsplanung«, sagte Liv zum glücklichen Paar. »Ihr müsst uns sagen, was noch zu tun ist, damit wir die Aufgaben zwischen uns aufteilen können.«

Maya wirkte erleichtert. »Danke euch. Wenn ihr nichts dagegen habt, würden wir euch paarweise immer mit einer Sache betrauen, damit ihr euch nicht selbst etwas aussuchen müsst. Tara, würdest du dich mit Angus um die Blumen kümmern, wenn ich euch das Farbthema und das Budget nenne?«

Tara nickte. »Das machen wir gern. Und ich habe einen guten Freund, der ein hervorragendes Blumengeschäft leitet.«

Maya grinste. »Perfekt.«

Sam griff um Maya herum, und stupste Liv an der Schulter an. »Und wir dachten, wir lassen Elise und Nico einen Fotografen suchen, und du und Arran könnt euch um die Band kümmern.«

Liv zog die Augenbrauen hoch. »Um die Band? Ich finde, das ist eine ziemlich große Verantwortung. Bist du sicher, dass es dir nichts ausmacht, wenn ich das entscheide, Brüderchen?«

Sam zuckte mit den Achseln. »Dein Musikgeschmack ist sowieso viel besser als meiner.«

Liv straffte die Schultern und lächelte. »Alle mal herhören! Bitte, nehmt zur Kenntnis, dass mein Bruder endlich zugegeben hat, dass ich den besseren Musikgeschmack habe.« Sie erhob sich, als hätte sie vor, eine Rede zu halten, die Hände vor der Brust verschränkt. »Lasst diesen historischen Moment in die Annalen von Glenavie eingehen. Auf dass wir immer an diesen Tag denken werden, und ihn von Erwachsenen und Kindern gleichermaßen feiern lassen …«

Sie wurde von Sam unterbrochen, der ebenfalls aufstand und ihr einen liebevollen Knuff in die Seite gab, den sie umgehend erwiderte.

»Na, na«, machte Maya und streckte ihnen die erhobenen Hände entgegen. »Das reicht jetzt aber. Ich will hier keinen Streit sehen.«

Liv und Sam grinsten sich an und setzten sich dann wieder.

»Jetzt mal im Ernst«, meinte Liv. »Ich kümmere mich sehr gern um die Musik. Und Arran sicher auch.«

Sams Grinsen verblasste. »Pass auf ihn auf, ja? Ich will ihn nicht in eine unangenehme Situation bringen oder ihn traurig machen.«

Liv nickte. »Keine Sorge. Ich passe auf.«

Agnes Stimme drang durch die geschlossene Haustür, etwa eine Minute nachdem Arran geklopft hatte. »Wer ist da?«

»Dein Freundlicher-Nachbar-Lieferdienst«, rief er durch den Briefschlitz.

Es war die gleiche Routine wie jede Woche, auch wenn er

jeden Sonntagabend mit ihren Einkäufen vorbeikam. Er sagte ihr immer, sie sollte sich mal einen Schlüsselsafe zulegen, aus dem die Menschen, denen sie vertraute, mithilfe eines Codes den Hausschlüssel herausholen und sich selbst aufschließen konnten, doch sie war zu stur, um diese Möglichkeit auch nur in Betracht zu ziehen. Er hatte auch lange gebraucht, sie zu überreden, ihn für sie einkaufen zu lassen.

Jetzt hörte er ein Klappern auf der anderen Seite der Tür, als sie die Batterie an Schlössern öffnete, die sie daran angebracht hatte. Lächelnd wartete er geduldig, bis sie die Aufgabe gelöst hatte.

Dann zog sie die Tür einen Spalt weit auf, die Sicherheitskette noch vorgelegt, und beäugte ihn misstrauisch. Sie traute seiner Angabe immer erst, wenn sie ihn mit ihren kurzsichtigen Augen durch den schmalen Türspalt erkannt hatte.

Arran zwinkerte ihr zu, und auf ihrem faltigen Gesicht erschien ein Lächeln. Die Tür wurde geschlossen, gefolgt vom Geräusch der Kette, die zurückgeschoben wurde, ehe Agnes die Tür für ihn öffnete. Ihre blauen Augen strahlten.

»Hallo, mein Junge.« Sie hob das Kinn, um ihm die Wange für den Begrüßungskuss hinzuhalten.

»Hey, junge Dame«, sagte er und gab ihr den geforderten Kuss, ehe er die vollbeladenen Tüten über die Schwelle hievte. »Dann lass uns das Zeug mal wegräumen.«

Sie machte kehrt und hielt sich an ihrem Rollator fest, mit dem sie in Richtung Küche den Flur hinab schlurfte. Dort angekommen, nahm sie am Tresen Platz und gab von dort Anweisungen, wo jeder einzelne Gegenstand hin geräumt werden sollte. Und wehe ihm, wenn er etwas falsch machte – sie hatte eine spitze Zunge und keine Probleme damit, ihn zu schelten, wenn er einen Befehl missachtete.

Schließlich stellte er die letzte Dose in den Küchenschrank und schloss die Tür. »So, das hätten wir.«

»Guter Junge. Hier ist deine Bezahlung.« Sie schob ihm eine Tasse Tee und einen Teller Kekse über den Küchentresen zu.

Er stützte sich auf die Ellenbogen, nahm einen Keks und tauchte ihn in den Tee, während Agnes ihren eigenen Tee schlürfte.

»Also, dann«, sagte sie und musterte ihn neugierig. »Erzähl mir, was es Neues gibt.«

Jede Woche wollte sie von ihm hören, was in seinem Leben so passierte, obwohl sie es oft ohnehin schon wusste, dank ihres nicht so heimlichen Hobbys, allen Nachbarn durch ihre Netzvorhänge nachzuspionieren. Er wusste, dass sie auf dem Fensterbrett im Wohnzimmer ein Fernglas liegen hatte, das sie angeblich für Vogelbeobachtungen benutzte. Neugierige Krähe.

»Tja, ich helfe meinen Freunden bei der Hochzeitsplanung.« Sam hatte angerufen und gefragt, ob er eine Band für die Feier organisieren konnte. Offensichtlich hatte er diese Aufgabe mit Liv gemeinsam übertragen bekommen, was Musik in seinen Ohren war (wortwörtlich).

Agnes zog die Augenbrauen zusammen. »Ich dachte, das würdest du eh schon tun?«

Er schüttelte den Kopf. »Da ging es nur um das Wochenende vor der Hochzeit, an dem wir alle zusammen wegfahren. Jetzt geht es um die tatsächliche Planung.«

»Hmm. Und was noch?« Sie zog eine graue Augenbraue hoch. »Was ist mit deiner brünetten Freundin? Hast du sie diese Woche wieder gesehen?«

»Liv?« Er warf ihr einen mahnenden Blick zu. »Ja, sie war

am Samstag hier. Aber tu nicht so, als wüsstest du das nicht bereits, Mrs. ›Ich bin nur eine Vogelbeobachterin‹.«

Sie zuckte die Schultern. »Ich habe sie zufällig ankommen sehen, als ich gerade zwei Turteltauben beobachtet habe.« Ihre Mundwinkel zuckten.

Es entstand eine Pause, in der beide versuchten, ihr Kichern über die Doppeldeutigkeit zu unterdrücken. Sie mochten zwar einen Altersunterschied von sechzig Jahren haben, aber was ihren kindischen Sinn für Humor anging, lagen sie auf einer Wellenlänge.

Arran gab schließlich nach und lachte leise, während Agnes in ihre Tasse hinein lächelte. »Du magst dieses Mädchen«, sagte sie dann mit ernstem Tonfall. »Und ich meine, du *magst* sie, wie ihr es heutzutage nennen würdet.«

»Ja, okay. Vielleicht tue ich das. Ist aber auch egal, weil ich sie nicht haben kann.«

»Warum denn nicht?«

Er schüttelte den Kopf und nahm einen Schluck Tee. »Ich weiß nicht, ob sie mich auch auf diese Weise mag. Manchmal denke ich, sie tut es, aber es ist schwer, sie zu durchschauen.«

Sie verdrehte die Augen. »Dann frag sie einfach, Dummerchen.«

»Das geht nicht.«

»Und, wieso nicht?«

Er sah sie amüsiert an. »Weil es kompliziert ist, du neugierige alte Krähe.«

Agnes zog missbilligend die Augenbraue hoch. »Von wegen alt, du Jungspund.«

Er grinste. »Agnes, du bist achtundachtzig. Ich sage es dir nur ungern, aber du bist alt.«

»Pfff.«

Sie sahen sich an und lachten dann beide.

»Wie auch immer«, meinte sie. »Sag ihr einfach, wie du für sie empfindest. Was kann denn schlimmstenfalls passieren?«

»Äh, ich könnte unsere Freundschaft ruinieren, und dann wäre es immer seltsam zwischen uns, weil sie die Schwester meines besten Freundes ist, und außerdem wird sie bald die Erzieherin meines Sohnes im Kindergarten sein.«

Agnes zuckte bloß mit den Schultern, als wäre nichts davon erwähnenswert. »Wenn du mal in meinem Alter bist, wirst du feststellen, dass der Mist, um den du dir einen Kopf gemacht hast, als du jünger warst, nur unnötiger Quatsch gewesen ist.«

Er schüttelte den Kopf. »Vielleicht kannst du ihr mit deinem Fernglas noch ein bisschen hinterher spionieren. Mal sehen, ob du ihre Gefühle besser entziffern kannst als ich.«

Sie lächelte. »Ich habe keine Ahnung, wovon du redest.«

KAPITEL
neun

»Bist du bereit, Aggie?«, fragte Arran und rieb sich mit funkelnden Augen die Hände.

»Ich bin mir nicht sicher, um ehrlich zu sein«, erwiderte Liv. »Ich war seit 2015 nicht mehr unter der Woche aus.«

Er lachte. »Ich auch nicht. Deshalb ist es ja so aufregend.«

Es war gerade mal ein paar Tage her, dass sie als Bandbeauftragte eingeteilt worden waren, und schon waren sie kurz davor, die ersten Kandidaten auszukundschaften.

Sie beäugte den Pub, vor dem sie standen. »Sind wir uns sicher, dass die Gruppe geeignet ist? Ich meine, welche Hochzeitsband spielt denn in Pubs?«

Er grinste sie an. »Wer weiß? Shuggie hat sie uns empfohlen.«

»*Shuggie?*« Das waren keine guten Nachrichten. »Um Himmels willen. Mir war nicht klar, dass er der Freund ist, der die Hochzeitsband kennt. Der Typ fährt nackt Ski. Außerdem wurde er von jedem Job gefeuert, den er je gehabt hat, weil er aufs Gelände gepinkelt hat.«

Arran lachte. »Aber er hat einen sehr guten Musikgeschmack.«

Sie presste die Lippen aufeinander. »Gute Musik, um im Hinterzimmer Sex zu haben ist nicht das Gleiche wie gute Musik, die auf der Hochzeit meines Bruders und unserer beider besten Freunde laufen sollte.«

Er zwinkerte ihr zu, was ihre Knie weich werden ließ. »Bald wissen wir mehr.«

Sie schüttelte lächelnd den Kopf, als sie in der Schlange vorrückten. Wenigstens hatten sie freien Eintritt. Sams und Arrans Freund hatte ihre Namen auf die Gästeliste schreiben lassen.

Die Temperatur stieg um mindestens zehn Grad und die Luftfeuchtigkeit um hundert Prozent, als sie durch die Tür gingen, und Liv zog sich sofort die Jacke aus, um nicht zu überhitzen und umzukippen.

Der Pub lag in der Nachbarstadt und die Einrichtung war ziemlich rustikal. Im angrenzenden Raum, der eine alte, umgebaute Scheune war, war die Band gerade dabei, ihre Instrumente aufzubauen. Zugegebenermaßen war der Schuppen schon voller Zuschauer, also vielleicht war die Band doch ganz gut – auch wenn die Empfehlung von zweifelhafter Stelle kam.

Arran besorgte ihnen zwei Bier an der Bar, und sie kämpften sich durch die Menge bis zu einem runden Tisch im hinteren Bereich der Scheune. Es war ein Stehtisch, zu dem es keine Hocker gab. Sie stellten ihre Pints ab, und Liv schob ihre Jacke unter den Tisch, was Arran ihr mit seiner Lederjacke nachtat.

Er fuhr sich mit der Hand über die Haare. »Ich war schon seit Jahren nicht mehr in diesem Pub. Dabei habe ich hier mein allererstes Konzert gesehen.«

»Cool«, meinte Liv und nahm einen Schluck Bier. »Ich habe hier das erste Mal rumgeknutscht.«

Arran zog eine Augenbraue hoch, was ihr ein Kribbeln im Bauch verursachte.

»Wirklich?« Er musterte sie, als sie trank. »Ist das etwas, das du vorhast, heute Abend zu wiederholen?«

Liv hielt seinem Blick einen Moment lang stand und versuchte, herauszufinden, ob er mit ihr flirtete oder nicht.

Er machte eine Handbewegung über den Raum. »Hast du schon einen gesehen, der dir gefällt?«

Okay. Dann eben kein Flirten. Sie verrenkte sich den Hals, um sich umzusehen. »Nö.«

Er seufzte gespielt übertrieben. »Na, dann wirst du wohl für immer mit mir Single bleiben müssen.«

»Das stimmt wohl«, erwiderte sie, seufzte ebenfalls dramatisch und legte sich den Handrücken an die Stirn, während sie sich anlächelten.

Arran räusperte sich. »So, dann hoffen wir mal, dass diese Kerle das sind, wonach wir suchen, und wir Sam und Maya das Go geben können, sie zu buchen.«

Liv nickte und verschränkte unter dem Tisch die Finger. Vielleicht war es ein guter Tipp, auch wenn der Pub klein und stickig war und die Empfehlung vom unzuverlässigsten Kerl aller Zeiten kam.

»Wie viel verdienen denn solche Hochzeitsplaner wie wir eigentlich?«, fragte Arran grinsend. »Wir sollten Sam und Maya unsere Zeit in Rechnung stellen.«

Liv lachte. »Willst du sagen, du musst dafür bezahlt werden, mit mir Zeit zu verbringen? Bin ich eine solche Aufgabe für dich?«

Sein Lächeln war weich und in seinem Blick flackerte es. »Nein.«

In dem Moment begann die Menge zu jubeln, und Liv richtete die Aufmerksamkeit nach vorn. Vier bärtige Männer betraten von der Seite her die kleine Bühne und begaben sich auf ihre Plätze. Einer setzte sich hinter das Schlagzeug, einer hob den Bass auf, während ein anderer sich die Gitarre umhängte. Der vierte, offensichtlich der Sänger, schnappte sich das Mikro. »Hey. Wir sind Devil's Erection.«

Die Menge grölte, und Liv spuckte vor Schreck ihr Bier quer über den Tisch. *»Devil's Erection?«*

Arran lachte so sehr, dass er nicht sprechen konnte. »Ach, du heilige Scheiße«, brachte er schließlich hervor.

»Willst du mir etwa sagen, du wusstest bis jetzt auch nicht, wie die Band heißt?«, fragte Liv ungläubig, auch wenn ihr Grinsen ihr Gesicht in zwei Teile zu brechen drohte. Ihr wurde jetzt erst bewusst, dass sie auch noch nie nach dem Bandnamen gefragt hatte; sie hatten bisher immer nur von »der Hochzeitsband« gesprochen.

Arran schüttelte den Kopf, immer noch lachend, während die Band einen kurzen Soundcheck machte. »Ich fasse es nicht, dass uns gar nicht aufgefallen ist, dass wir den Bandnamen nicht kennen.«

»Allerdings«, stimmte Liv zu und trat neben ihn, um ihm ins Ohr brüllen zu können, weil die Musik angefangen hatte. »Aber ich nehme an, das kann leicht passieren, so wie niemandem auffällt, dass man den Namen von Edward Nortons Figur in *Fight Club* nicht kennt, oder den von Phoebe Waller-Bridge in *Fleabag*.«

Er nickte und schob nachdenklich die Unterlippe vor. Seine Lippen sahen weich aus und machten Lust, sie anzuknabbern. Liv musste sich dazu zwingen, den Blick abzuwenden.

»Wie auch immer«, sagte er. »Das sagt ja noch nichts über ihre Musik …«

»Fick dich und deinen verfickten, dummen Scheiß, wenn es dir nicht gefällt, leck mich doch einfach am Arsch!«, schrie der Sänger mehr ins Mikro, als dass er sang, was ein erwiderndes Grölen der Hardcore-Fans in der Pogo-Ecke ganz vorne zur Folge hatte.

Liv zog die Augenbrauen hoch und warf Arran einen hämischen Blick zu. Ihm waren die Gesichtszüge entgleist, der Mund stand offen, als hätte er den abgebrochenen Satz noch auf den Lippen. Er sah Liv an, schloss den Mund und schluckte. »Vielleicht ist das nicht ihr Hochzeitsrepertoire?«

Sie lachte, doch es klang eher wie ein Grunzen, und Arran prustete ebenfalls los, bis sie beide so sehr lachten, dass sie sich aneinander festhalten mussten.

Liv wischte sich mit einer Hand über die Augen, während sie sich mit der anderen an Arrans Oberarm festhielt. »Kannst du dir vorstellen, dass sie das im Zeremoniensaal von Glenavie Castle spielen?«

Er faste sie um die Taille und drückte sie freundschaftlich, während er sie angrinste. »Ja, ich glaube, das würde ich echt feiern.«

Sie schüttelte den Kopf und stellte sich vor, wie die Gäste in ihren schicken Klamotten für die Hochzeit zur Metalmusik die Haare schleuderten, so dass Hüte und Kopfputz nur so durch die Gegend flogen. »So lustig ich die Vorstellung auch finde, ich fürchte, das kommt nicht in Frage.«

Arran nickte. »Ich fürchte auch.« Er zog sein Handy heraus, als der Sänger gerade die zweite Strophe anstimmte, worin er originellerweise die Worte *Fuck* und *Innsbruck* reimte. »Ich muss aber auf jeden Fall noch Shuggie schreiben, ehe wir gehen.«

»Ich meine«, sagte Liv, die den Sänger beobachtete, wie er die Bühne rockte und die überraschend eingängige Melodie grölte, »sie sind echt nicht schlecht. Vielleicht nur nicht das, wonach wir für diesen Anlass suchen.«

»Ja, oder?«, stimmte Arran zu. Er sah vom Handybildschirm auf und grinste sie an. »Wir behalten die Band einfach im Hinterkopf, wenn wir mal was anderes planen, wie einen Kindergeburtstag oder so.«

Liv kicherte.

Er blickte wieder auf sein Handy. »Shuggie meint, ihr Hochzeitsrepertoire bestünde aus klassischen Hochzeitssongs, nur mit Metal-Einschlag.«

Sie zog die Augenbrauen hoch. »Metal-Einschlag? Klingt nach einem perfekten romantischen Ambiente.«

Er grinste breiter und seine Augen funkelten. »Wir sagen für dieses Mal nein, aber behalten es im Hinterkopf für den nächsten von uns, der sich traut.«

»Hervorragender Plan, Mr. Adebayo.« Sie prosteten sich mit ihren Pintgläsern zu und leerten ihr Bier.

Dann zogen sie ihre Jacken unter dem Tisch hervor und wandten sich zum Gehen, als Arran sie an der Hand fasste. Sie drehte sich zu ihm um, und er fragte mit schelmischem Grinsen: »Hast du Lust auf eine Runde Pogo, ehe wir gehen?«

Ein Lächeln machte sich auf ihrem Gesicht breit, als wäre seines ansteckend. »Na, dann los.«

Sie knüllten ihre Jacken in eine Ecke und Arran hielt ihre Hand, als sie sich durch die Menge nach vorne schoben und dabei zur Musik bewegten. Der laute Bass vibrierte in Livs Brust und ließ ihren Kopf wie automatisch nicken.

In der ersten Reihe standen die Fans dicht gedrängt, und Arran schob sie vor sich, um sie vor dem Gedränge zu schützen. Sie überlegte, dass jemand, der so zierlich war wie sie, tatsächlich niedergetrampelt werden konnte, und es deshalb von Vorteil war, einen so großen Mann als Schutzschild dabei zu haben. Und die Tatsache, dass er noch dazu sexy war, schadete auch nicht.

Sie wogten mit der Menge vor und zurück, ihre Bewegungen nicht mehr kontrollierend, sondern von der Menschenmasse geschoben und gleichzeitig gehalten. Sie wurden nach links und nach rechts geschubst, und plötzlich merkte Liv, dass sie und Arran in unterschiedliche Richtungen gezogen wurden. Doch ehe sie sich mit der Tatsache abfinden konnte, dass sie ihn verlieren würde, spürte sie seine starken Arme um ihre Taille, die sie an seine Brust drückten. Sie stand vor der Bühne, den Rücken an seine Vorderseite gepresst, seine beiden Arme um ihre Mitte geschlungen.

Eine Welle an Gefühlen überkam sie. Die Hitze seines Körpers an ihrem und die Kraft seiner Arme, die sie hielten. Die Berührung seiner Lippen an ihrem Ohr, als er ihr zurief: »Alles okay?« Jeder Zentimeter ihres Körpers, der in Kontakt mit seinem war (was eine Menge war), kribbelte vor Aufregung.

Sie brachte ein Nicken zustande, während sich ihr Puls beschleunigte, so dass sie schon fast befürchtete, ohnmächtig zu werden.

Ein junger Mann neben ihnen kletterte auf die Bühne, von wo aus er sich dann in die Menge fallen und von den Händen tragen ließ. Liv drehte den Kopf und stellte sich auf Zehenspitzen, um ihren Mund an sein Ohr zu drücken. »Das wollte ich auch schon immer mal machen, aber hab mich nie getraut, weil ich so klein bin.«

Er lächelte zu ihr runter. »Mach es, ich fange dich auf.«

Sie sah ihn aufgeregt an. »Meinst du wirklich?«

Er lächelte breit. »Vertrau mir.«

Das reichte ihr. Sie löste sich, wenn auch etwas widerwillig, aus seinem Griff und ging auf die Bühne zu, um raufzuklettern. Der Sänger bemerkte sie und zwinkerte ihr zu, während er ins Mikro sang/schrie.

Die Menschenmenge vor ihr war eine wogende Masse aus Gesichtern, und es war irgendwie faszinierend. Als wäre sie von einer Wolke aus Unwirklichkeit umgeben, drehte sie sich um und ließ sich rückwärts in die Menge fallen. Unzählige Hände hielten sie hoch, während die Decke sich über ihr bewegte. Sie spürte, wie sie sich von der Stelle fort bewegte, wo Arran gestanden hatte. Doch gerade, als sie überlegte, dass sie wieder zurück in die Menge gehen und ihn suchen musste, packten zwei Hände sie um die Taille und hoben sie runter. Sie wusste sofort, dass er es war. Lustig, dass sie ihn schon an seiner Berührung erkannte.

Er kam in ihr Blickfeld, als sie in seine Arme abgesenkt wurde, sein Kopf den Leuten zugewandt, die sie hochgehalten hatten. »Sie gehört zu mir.«

Etwas an diesem Satz gab ihr ein warmes, beruhigendes Gefühl. Er sah sie an, während er sie an seine Brust drückte. »Wie war es?«

Livs Füße berührten wieder den Boden, und sie sah zu ihm auf. »Es war toll. Ich dachte, ich hätte dich verloren und war schon etwas nervös, weil ich nicht wusste, wie ich dich wiederfinden soll, wo ich doch eine der Kleinsten hier bin.«

Er schüttelte den Kopf und zwinkerte ihr zu. »Nein, ich war die ganze Zeit bei dir und konnte es kaum erwarten, dich in die Hände zu bekommen.«

Irgendetwas pulsierte zwischen ihnen, und sie hätte schwören können, dass sich seine Pupillen unmerklich geweitet hatten. Doch dann nahm er sie an der Hand und führte sie an die Seite, wo sie ihre Jacken abgelegt hatten.

Als sie den Pub verließen, war der Kontrast zwischen der spaßerfüllten Hitze des Pubs und der kalten Nachtluft riesig.

Dazu kam noch eine leise Enttäuschung darüber, dass sie das Problem mit der Band noch nicht gelöst hatten.

»So sehr ich das genossen habe«, meinte sie zu Arran, als sie zur Bushaltestelle gingen. »Wir haben immer noch keine Band für Sam und Maya.«

Er schwieg einen Moment lang, bis sie beim Unterstand ankamen. Dort lehnte er sich an die Seite und sah sie ungewöhnlich nachdenklich an. »Schon okay. Ich denke, ich habe die Lösung.«

Sie zog die Augenbrauen hoch. »So lange Shuggie nichts damit zu tun hat. Ich habe keine Lust, dass die nächste Band, die wir ansehen, sich Satans Schwanz nennt.«

Er lachte. »Keine Sorge. Dieses Mal wird es anders. Was hast du am Samstagabend vor?«

Liv sah aus dem Wohnzimmerfenster und wartete auf Arran. Heute war sie schlauer gewesen und hatte sich geweigert, mitzukommen, ehe er ihr nicht den Namen der Band verraten hatte. Sie hieß Love to Love, was ihr ein gutes Zeichen zu sein schien.

Aus irgendeinem Grund hatte Arran bedrückt gewirkt, was seltsam war, denn wenn die Band wirklich so gut und am Hochzeitsdatum noch verfügbar war, dann wäre das doch perfekt.

Also, warum macht er so ein langes Gesicht?, fragte sie sich, als sie ihn mit dem Auto ankommen sah.

Sie verließ das Haus und stieg auf der Beifahrerseite ein. Lächelnd frage sie: »Macht es dir wirklich nichts aus, zu fahren?«

Er schüttelte den Kopf, als er auf die Hauptstraße einbog, die aus der Stadt herausführte. »Es ist viel einfacher als mit dem Bus. Und ich hab eh keine Lust, was zu trinken.«

Sie beäugte ihn misstrauisch. »Aber du hast von Anfang an gesagt, dass du fahren willst. Woher wusstest du denn vor ein paar Tagen schon, dass du heute Abend keine Lust haben würdest, etwas zu trinken?«

Arran lächelte sie an. »War nur so ein Gefühl.«

Er verheimlichte etwas, aber Liv spürte unterschwellig, dass er noch nicht bereit war, es ihr zu sagen, was auch immer es war.

Ihr Ziel war ein großes Hotel, draußen auf dem Land, zwischen Glenavie und einer anderen Stadt weiter im Süden. Die Band spielte auf einer Hochzeit (noch ein gutes Zeichen) und hatte ihnen erlaubt, während des abendlichen Empfangs vorbeizukommen und aus dem Hinterzimmer bei ein paar Songs zuzuhören. Liv war ein wenig nervös, weil sie nicht als ungebetener Gast gesehen werden wollte, aber Arran hatte ihr versichert, dass es gängige Praxis war und dass Jess und er es auch so gemacht hatten, als sie sich eine Hochzeitsband gesucht hatten.

Arran fuhr mit ihr über eine schmale, gewundene Landstraße, die sie schließlich auf das Gelände des Hotels brachte, vor dem sie parkten. Es war ein altes umgebautes Steinhaus, mit einem großen neuen Anbau, in dem der Festsaal untergebracht war. Das leise Pulsieren der Musik wummerte bis draußen, als sie aus dem Auto stiegen und über den Kiesweg auf den Haupteingang zugingen.

Ermutigt davon, dass die Musik, die immer besser zu hören war, je näher sie kamen, keinerlei Kraftausdrücke zu enthalten schien, lächelte sie Arran an. Er wirkte wieder ein wenig nachdenklich, als sie durch die große Eichentür in den Empfangsbereich gingen.

»Wusstest du, dass das eine Hotelkette ist?«, fragte sie ihn.

»Offenbar gibt es in dem Schwester-Hotel in Glasgow den besten Nachmittagstee aller Zeiten. Dort würde ich zu gern mal hingehen.«

Arran lächelte. »Du und deine Scones!«

»Yep«, erwiderte sie grinsend. »Komm damit klar.«

Sie wurden nach hinten ins Hotel geschickt, wo die Musik lauter wurde. Liv wusste jetzt schon, dass ihr die Band gefallen würde. Eine wunderschöne, tragende Frauenstimme sang ein Cover von Stevie Wonders »Superstition«, dazu erklang der tighte Beat des Schlagzeugs, ein obercooler Bass und zwei männliche Stimmen als Backgroundgesang.

Durch eine Glastür gelangten sie in einen großen Wintergarten, dessen eine Seite aus Glas bestand und einen Blick über die Hügel bot.

»Das ist wunderschön«, meinte Liv und sah sich staunend um. Arran wirkte immer noch angespannt, und sie versuchte, herauszufinden, was los war. Das war definitiv nicht der Ort, den sie für seine und Jess' abgesagte Hochzeit gebucht hatten, also konnte es das schon mal nicht sein.

Sie besorgten eine Cola für Arran und ein Glas Wein für Liv und blieben an der Bar stehen. Lächelnd betrachtete Liv die fröhlich Feiernden, ein paar schon sichtlich angetrunken, aber auf lustige Weise, wie sie tanzten und plauderten und die Hochzeit ihrer Liebsten feierten.

Die beiden Bräute trugen weiß, auch wenn die Stile sehr unterschiedlich waren. Die eine trug ein eng geschnittenes Kleid im Meerjungfrauenstil, die andere eine langärmlige Korsage, die in einen hübschen Faltenrock überging.

»Sie sehen so schön und glücklich aus«, murmelte Liv und war schon fast überrascht, als Arran zustimmte; sie hatte gedacht, sie hätte es so leise ausgesprochen, dass es wegen der

Musik gar nicht zu hören war. »Und die Band ist super«, fügte sie hinzu, und betrachtete die rothaarige Sängerin in ihrem grünen Samtkleid und ihre schick angezogenen männlichen Bandkollegen. »Ich meine, das ist für mich schon eine entschiedene Sache.«

Er schwieg.

Sie schielte zu ihm hoch, aber sein Blick war immer noch auf die Bräute gerichtet. »Was sagen Sie, Mr. A.?«

Er blinzelte und räusperte sich dann mit einem Lächeln. »Ich stimme zu. Ich schreibe Sam, um ihm zu sagen, dass wir sie für das Datum buchen sollten.«

»Wie bist du denn auf sie gekommen?«, fragte sie und beobachtete wieder die Tänzer.

Er zögerte einen Moment lang. »Ich habe sie schon mal spielen gehört.«

Sie sah ihn an und zog die Augenbrauen hoch. »Ach, ja? Auf einer Hochzeit?«

Er schluckte. »Ja, genau.«

Gerade als Liv ihn fragen wollte, was los war, tauchte die Meerjungfraubraut vor ihnen auf. »Hallo! Ich glaube nicht, dass wir uns schon mal gesehen haben. Seid ihr Freunde von Sarah?« Sie deutete auf ihre Frischvermählte.

»O nein, sorry«, antwortete Liv und hatte sofort ein schlechtes Gewissen. »Ich fürchte, wir stehen nicht auf der Gästeliste. Die Band hat uns gesagt, es sei okay, wenn wir kurz dazukommen und ein paar Songs anhören, weil wir überlegen, sie auch für eine Hochzeit zu buchen.«

Das Gesicht der Braut hellte sich auf. »Ihr beide heiratet auch? Wie toll!« Ehe Liv sie korrigieren konnte, winkte sie ihre Braut zu sich. »Sarah! Komm mal her!«

Liv sah Arran entschuldigend an, doch er lächelte nur. Sie

wandte sich wieder an die Braut. »Sorry, ich meinte damit nicht …«

»Die beiden wollen auch heiraten!«, erklärte die Meerjungfrau Sarah, die sie schüchtern anlächelte.

»Das ist ja schön«, meinte Sarah. »Seid ihr Freunde von Angela?«

»Nein«, antwortete Angela, die offensichtlich die kontaktfreudigere von beiden war. »Sie wollen sich die Band ansehen. Sie überlegen, sie auch für ihre Hochzeit zu buchen.«

»Wann heiratet ihr denn?«, wollte Sarah wissen.

»Oh, wir wollen gar nicht …«, setzte Liv an.

»Im Juni«, antwortete Arran und nahm ihre Hand, was ihr die Sprache verschlug.

Angela quietschte. »Das ist aber nicht mehr lange hin! Ihr seid ganz schön spät dran, oder?«

Arran legte ihr den Arm um die Schulter, und Liv dachte, sie würde gleich der Schlag treffen. »Ja, das stimmt wohl«, erwiderte er aalglatt. »Es ist nur so, dass es in Glenavie Castle eine Absage gegeben hat, und wir wollten es unbedingt dort machen.«

Liv schluckte, ihr Hals war wie ausgetrocknet. »Ja, äh, unbedingt«, wiederholte sie stumpfsinnig.

»Also, wir können sie jedenfalls nur empfehlen«, sagte Sarah und deutete auf die Band. »Die Tanzfläche war den ganzen Abend über voll. Sie wissen wirklich, wie sie die Leute mitreißen können.«

»Danke«, sagte Arran. »Wir haben gerade schon gesagt, dass wir sie buchen wollen, weil uns gefällt, was wir hören.«

Angela griff nach Livs Hand. »Ihr solltet mitkommen und mit uns tanzen. So bekommt ihr noch ein besseres Gefühl für ihre Musik!«

Ehe Liv etwas erwidern konnte, zog Angela sie und Arran schon in Richtung Tanzfläche, Sarah folgte ihnen. Sobald ihre Füße den Holzboden der Tanzfläche berührten, begann Angela sich zur Musik zu drehen. Schwungvoll wirbelte sie Liv und Arran herum, so dass sie ihr gegenüber standen, und zog Sarah neben sich, woraufhin die vier in einem Kreis tanzten.

Als sie zu Arran schielte, stellte Liv erleichtert fest, dass er sich endlich entspannt hatte und Angelas Instruktionen folgte, ihre Schritte imitierte und immer mal wieder etwas eigenes hinzufügte, um den Tanzstaffelstab an sie zurückzugeben. Angela warf den Kopf in den Nacken und lachte erfreut, während Sarah die Szene beobachtete und deutlich verhaltener tanzte.

Liv grinste, als Arran einen Moonwalk hinlegte, den Angela nachzumachen versuchte, was aber nur darin endete, dass sie auf den Saum ihres engen Kleides trat und ihrer Frau in die Arme stolperte. Die beiden küssten sich, als die Band Whitney Houstons »I Wanna Dance With Somebody« anstimmte, und Livs Herz endgültig dahinschmolz.

Sie wandte sich ab, um das glückliche Brautpaar in Ruhe tanzen zu lassen, und bemerkte, dass Arran im Moonwalk auf sie zukam. Er streckte ihr grinsend die Hand entgegen und sie griff zu, ignorierte, dass ihre Haut unter seiner Berührung kribbelte. Die ersten Takte des Songs gingen in die erste Strophe über.

Sie bewegten sich im gleichen Rhythmus, sein Arm um ihre Taille gelegt, während ihre Hand zu seiner Schulter reichte. Auf der anderen Seite hielten sie sich an den Händen. Ihre Sinne waren geschärft von seiner Nähe, als wäre sie sich jedes mikroskopisch kleinen Nervenendes bewusst, das mit seinem Körper in Kontakt war – und jedes einzelne bitzelte vor Aufregung.

Sein Gesicht wirkte zum ersten Mal an diesem Abend offen und völlig entspannt, und ihr Herz machte einen Sprung. Der Refrain setzte ein, und er ließ ihre Taille los, um sie zu drehen. Als er sie wieder einfing, hob er sie in die Luft.

Sie jauchzte vergnügt und streckte die Arme aus wie Kate Winslet am Bug der *Titanic*, während er sich mit ihr drehte. Sie hatte absolutes Vertrauen in ihn, dass er sie halten konnte und nicht fallen lassen würde. Der Raum drehte sich immer noch ein wenig, als er sie wieder auf dem Boden absetzte. »*With somebody who loves me*«, sang die Sängerin, genau in dem Moment, als sich Livs und Arrans Blicke trafen.

Ihr Herz hämmerte wie wild in ihrer Brust, weil sein Blick so intensiv war. Seine Pupillen waren groß und dunkel, so dass nur noch ein schmaler Ring seiner honigfarbenen Iris zu sehen war, als er den Blick zu ihren Lippen wandern ließ. Sie hielt sich an seinem Nacken fest, seine Hände lagen an ihrer Taille. Einen Moment lang glaubte Liv fast, dass sie beide wirklich das Pärchen waren, für das Angela und Sarah sie versehentlich gehalten hatten.

Die letzten Töne des Songs verklangen, und Arran senkte den Kopf, um die Stirn an ihre zu legen. Liv stockte der Atem. Sie bewegten sich langsam hin und her, und sie atmete zögerlich durch den geöffneten Mund aus, als hätte sie Angst, dass irgendwelche größeren Bewegungen dazu führen könnten, den Bann zwischen ihnen zu brechen. Sie schloss die Augen und hielt an dem Moment fest, während sie sich mit jeder Faser ihres Körpers wünschte, dass er sie küssen würde.

Doch der Moment verblasste mit den letzten Noten des

Lieds, und Arran wich von ihr zurück, sah ihr kurz in die Augen, ehe er sie schief angrinste und sich mit der Hand über den Kopf fuhr. »Du tanzt nicht schlecht, Aggie.«

Sie lächelte, aber es fühlte sich wackelig an. »Du auch.«

Liv blinzelte, als ihr jemand am Rand der Tanzfläche auffiel, ein Mann in weißem Hemd, das er in eine graue Hose gesteckt hatte. Er kam ihr bekannt vor, und er sah sie an. Für den Bruchteil einer Sekunde konnte sie ihn nicht zuordnen. Dann machte es in ihrem Kopf klick, und sofort machte sich eine Schwere in ihrem Bauch breit, die das magische Gefühl vom Tanz mit Arran vertrieb.

Liv versuchte, dem Mann ein schwaches Lächeln zuzuwerfen, doch er blinzelte nur und wandte sich ab. Ihr wurde flau im Magen.

Sie trat auf Arran zu und nahm ihn an der Hand. »Ist es okay, wenn wir jetzt gehen?«

Mit gerunzelter Stirn musterte er sie. »Klar. Ist alles in Ordnung?«

Liv nickte, drehte sich um und zog ihn von der Tanzfläche und in Richtung Ausgang. Er schloss zu ihr auf, immer noch ihre Hand haltend.

Erst, um die Tür für sie zu öffnen, ließ er sie los, und sie vermisste seine Berührung sofort.

»Was ist denn los?«, fragte er, als sie durch das Hotel zum Ausgang gingen.

Sie holte Luft und versuchte, ihre Übelkeit zu bekämpfen. »Hab nur gerade einen Ex von mir gesehen.«

Er zog die Augenbrauen hoch. »Jemand, den ich kenne?«

»Ja. Erinnerst du dich noch an Dean?«

Er zog die Augenbrauen hoch. »Der, mit dem du zusammen warst, als wir achtzehn waren?«

Sie nickte, trat in die Nachtluft hinaus und war dankbar für die kühlere Temperatur. »Genau der.«

Er berührte sie am Arm, als sie über den Kies gingen. »War es das erste Mal, dass du ihn gesehen hast, seit er mit dir Schluss gemacht hat? Das kann hart sein.«

»Mmm«, erwiderte Liv, die seine Vermutung nicht bestätigen wollte. Es war das erste Mal, dass sie ihn wiedersah, das war richtig. Aber sie hatte nicht vor, das Thema »wer mit wem Schluss gemacht hat« zu diskutieren.

Sie stiegen in Arrans Auto, und er ließ den Motor an. »Willst du darüber reden?«

Sie schielte zu ihm rüber. »Nicht wirklich, um ehrlich zu sein. Es ist damals nicht gut ausgegangen, und ich habe ihn seitdem nicht mehr getroffen. Ich war gerade nur etwas geschockt, ihn wiederzusehen. Er hat Glenavie vor Jahren verlassen, deshalb habe ich nicht damit gerechnet, dass er hier ist.«

Arran nickte. Er bog aus dem Parkplatz und fuhr auf die verlassene Straße.

»Wie auch immer. Davon abgesehen war es echt cool«, sagte Liv. »Das ist definitiv die richtige Band für Sam und Maya. Hast du ihm schon geschrieben?«

»Ja. Er wird sie gleich morgen früh anrufen.«

Sie sank in ihren Sitz, zufrieden, dass sie helfen konnten, dieses Problem zu lösen. »Super.«

Er lächelte.

Liv zögerte eine Sekunde, dann sagte sie doch, was ihr auf der Zunge lag. »Ich bin froh, dass es dir gefallen hat. Denn bis zu dem Moment, als wir die Bräute kennengelernt haben, hast du eher so gewirkt, als wolltest du nicht dort sein.«

Als er schwieg, dachte sie für einen Moment, er würde gar

nicht antworten. »Ich war nur ein bisschen angespannt, das ist alles.« Er hielt inne. »Love to Love war die Band, die Jess und ich uns für unsere Hochzeit ausgesucht hatten.«

Natürlich. Das erklärte alles, und sie verstand nicht, warum sie da nicht gleich drauf gekommen war. Sie berührte ihn an der Hand, die auf dem Schaltknüppel lag. »Tut mir leid.«

Arran schenkte ihr ein Lächeln. »Schon okay.« Sie fuhren ein paar Minuten, ohne dass einer von ihnen etwas sagte. Liv hielt seine Finger fest, er nahm ihre Hand.

»Ich habe ein schlechtes Gewissen, dass ich sie nicht früher vorgeschlagen habe«, gestand er. »Es ist die beste Hochzeitsband in der Gegend, deshalb dachte ich mir schon, dass sie auch für die abgesagte Hochzeit im Schloss gebucht gewesen waren und deshalb jetzt frei sein mussten.« Er seufzte. »Verdammt egoistisch von mir, sie Sam nicht früher vorzuschlagen.«

Sie drückte seine Hand. »Das ist doch nicht schlimm.«

Arran sah sie an und lächelte.

»War es so schlimm, wie du gedacht hättest?«

»Um ehrlich zu sein, nein. War es nicht. Ab dem Moment, wo wir da standen und mit den Bräuten geredet haben, hatte ich Spaß und ganz vergessen, dass sie meine Hochzeitsband hätte sein sollen.«

Ein Gefühl der Wärme überkam sie. »Das ist gut. Also denkst du, es ist für dich okay, wenn sie beim Empfang spielen?«

Er nickte entschieden. »Absolut.« Sie kamen an einer Kreuzung an, und er ließ ihre Hand los, um zu schalten. »Weißt du was?«

»Was?«

Sein Lächeln war herzlich. »Mit dir dort zu sein hat mir geholfen.«

Ihr Atem geriet ins Stocken, genau wie auf der Tanzfläche, als er sie an sich gedrückt hatte. »Ich fand es schön, dabei zu sein.«

Sie erlaubte sich, seinen zufriedenen Gesichtsausdruck noch einen Moment lang zu betrachten, ehe sie den Blick abwandte und in die Dunkelheit vor ihnen schaute.

»Übrigens«, sagte Arran, »was wünschst du dir denn zum Geburtstag? Es ist nicht mehr lang bis zum großen Tag der Zwillinge, und den Schallschraubenzieher hast du jetzt ja schon.«

»Ist schon okay, du musst mir gar nichts schenken.«

Er schürzte die Lippen und schüttelte den Kopf. »Oh, doch, das muss ich. Wir sind doch jetzt beste Freunde. Ich schenke Sam etwas, also bekommst du auch was.«

Liv lachte. »Es gibt wirklich nichts, das ich mir wünsche.«

Er lächelte wissend. »Dann werde ich mich wohl auf mein Bauchgefühl verlassen müssen.«

KAPITEL zehn

Arran stieg die Treppe in den ersten Stock hinauf und ließ den Blick über den Pub schweifen. Er entdeckte die Ehrengäste, die mit Maya, Elise und Nico um einen Tisch saßen. Sein Blick verharrte allerdings einen Moment länger auf dem weiblichen Geburtstagskind, was unwillkürlich dazu führte, dass sich sein Puls beschleunigte.

Er ging zu ihnen rüber und freute sich insgeheim, dass der letzte unbesetzte Stuhl neben Liv stand. Bei ihnen angekommen, legte er ihr eine Hand auf die Schulter, und sofort schickte die Berührung eine Hitzewelle durch seinen Körper.

»Ganz herzlichen Glückwunsch, Aggie.«

Sie schenkte ihm ein atemberaubendes Lächeln, und als sie aufstand, um sich zu ihm zu recken und ihm einen Kuss auf die Wange zu geben, machte sein Herz einen Sprung.

Arran ging weiter, um Sam zu begrüßen und versuchte, seine Fassung zu wahren. »Und dir auch alles Gutes zum Geburtstag, du kompletter Versager.«

Sam grinste. »Danke, Kumpel.«

Arran begrüßte auch die anderen Freunde, zog dann seine Jacke aus und setzte sich neben Liv. »Also.« Er rieb sich eifrig die Hände. »Was habe ich verpasst?«

»Einen Streit«, antwortete Liv und zog die Augenbrauen hoch.

»Einen *Streit*?« Er riss in gespieltem Entsetzen den Mund auf. »Am heiligen Geburtstag der Zwillinge?«

Liv schnaubte und funkelte ihren Zwillingsbruder finster an. »Sam behauptet, Matt Smith sei der beste Doctor Who.«

Jetzt war Arran wirklich entsetzt, und er sah Sam schockiert an. »Du machst Witze!«

»Nö.« Sam nahm einen Schluck aus seiner Bierflasche. »Matt ist der Beste.«

Liv sah Arran an. »Dabei weiß doch jeder, dass der beste Doctor …«

»David Tennant ist«, beendete Arran ihren Satz.

»Siehst du«, wandte sich Liv an Sam. »Du hast keine Ahnung, Sam Holland. Hiermit beanspruche ich deinen besten Freund für mich, weil wir uns besser verstehen als du und er.« Sie griff nach Arrans Arm, und verursachte ihm damit wieder einmal eine Gänsehaut.

Sam zuckte bloß mit den Schultern. »Du kannst ihn dir eine Weile ausleihen. Wie neulich schon gesagt, quid pro Po.« Er zog Maya an sich.

»Wie bitte?«, fragte Arran, während Liv Sam einen bösen Blick zuwarf.

»Ach, nichts«, erwiderte Liv schnell und ließ seine Hand los. »Sam hat nur gesagt, dass ich dich als besten Freund haben kann, als Wiedergutmachung dafür, dass er Maya als beste Freundin bekommen hat.«

Arrans Finger streckten sich wie automatisch nach ihr aus. »Bist du jetzt mein Zuhälter, Holland?«, sagte er und bemerkte, wie Livs Wangen sich unmerklich röteten.

Sam grinste ihn an.

»Nicht so eilig«, schaltete sich Nico ein. »Ich werfe meinen Hut in den Ring für die Rolle des besten Freundes, Liv. Du willst doch nicht Adebayo haben, wenn du auch mich haben kannst.«

Elise sah ihn mit hochgezogenen Brauen an.

»Ich habe es sowieso nicht nötig«, winkte Liv ab. »Ich habe das Glück, schon zwei beste Freundinnen zu haben.« Sie nickte in Richtung Elise. »Dr. K ist auf meiner Seite.«

»Ich schätze Dr. Kowalski braucht auch meine Dienste«, meinte Niko mit Blick auf Elise, während ein Lächeln um seine Lippen spielte.

Elise verdrehte genervt die Augen.

»Okay«, entschied Liv lächelnd. »Du oder Arran als besten Freund für Elise und mich. Aber wie entscheiden wir?«

»Wer auch immer dir das beste Geburtstagsgeschenk besorgt hat«, schlug Nico vor. »Apropos …« Er hob ein paar Geschenktüten hoch und reichte sie den Zwillingen. »Ihr solltet sie besser gleichzeitig aufmachen, da das Gleiche drin ist.«

Sobald er das gesagt hatte, stürzten sich Liv und Sam auf das Geschenkpapier in der Tüte, weil offenbar jeder von ihnen der Erste sein wollte, der das Geschenk entdeckte. Der Verpackung nach zu schließen, war es eine große Flasche von irgendetwas. Trotz ihrer Bemühungen zogen sie schließlich doch genau gleichzeitig die Flaschen heraus – eine Magnumflasche Champagner.

»Wow«, sagte Liv und beäugte das Getränk mit leuchtenden Augen. »Das ist meine Lieblingssorte. Danke, Nico.«

»Ja, danke, Mann«, fügte Sam hinzu und hielt die Hand über Mayas und Elises Kopf, um Nico ein High-Five zu geben.

Der verschränkte die Arme und warf Arran ein so selbstgefälliges Lächeln zu, wie es selbstgefälliger kaum sein konnte. Arran zog eine Augenbraue hoch und warf Nico einen Blick zu, der sagte: »Du hast keine Chance, Hadid.«

»Mit was konterst du?«, fragte Elise hoffnungsvoll, als wollte sie, dass Arran Nico übertrumpfte.

Arran zuckte mit den Schultern und zog zwei Umschläge aus der Tasche. Stumm reichte er Sam den einen und den anderen Liv. »Ihr müsst dieses Mal die Geschenke nicht gleichzeitig aufmachen. Es ist nicht das Gleiche drin.« Er bemerkte das aufgeregte Blitzen in Livs Augen, und das emotionslose Hochziehen einer Augenbraue bei Nico.

Dieses Mal war Sam schneller. »Ach, super! Ein Gutschein fürs Skigeschäft.« Er gab Arran einen Fistbump.

Liv zog die Karte aus dem Umschlag und las den Text. Dann sah sie mit großen Augen auf, und die Rührung, die er in den Tiefen ihres Blicks erkannte, ließ ihm das Herz aufgehen.

»Dankeschön«, sagte sie leise.

»Jetzt spann uns doch nicht so auf die Folter!«, beschwerte sich Maya und wippte auf ihrem Stuhl auf und ab. »Was ist es?«

Liv räusperte sich. »Es ist ein Gutschein für Nachmittagstee für zwei in diesem schicken Hotel in Glasgow, von dem ich so geschwärmt habe. Es soll total toll sein.« Sie begegnete Arrans Blick. »Ich habe Arran vor kurzem davon erzählt.«

»Das ist ein Wahnsinnsgeschenk, Arran«, sagte Elise und grinste Nico zu, der offenbar auch eingesehen hatte, dass Arran den Wettbewerb um das beste Geschenk gewonnen hatte.

Unbeeindruckt zwinkerte Nico Elise zu, die daraufhin etwas Farbe zu bekommen schien und schnell den Blick abwandte. Dann lächelte er Arran zu. »Du hast gewonnen, Bro. Also, Liv, wer wird der oder die Glückliche sein, den du mit zum Nachmittagstee nimmst?«

Liv sah zwischen Maya und Elise hin und her. »Ich bin mir

nicht sicher. Ich will keine Scone-Streitereien vom Zaun brechen.« Sie lehnte sich zurück und drehte sich zu Arran um. »Ich werde wohl dich wählen müssen.« Sie räusperte sich. »Um negative Auswirkungen zu vermeiden, meine ich.«

Arran riss seinen Blick vom hypnotisierenden Grün ihrer Augen los, um Mayas und Elises Reaktion zu betrachten. Doch sie wirkten nicht so, als hätten sie ein Problem damit, dem schon fast gerührten Lächeln auf ihren Gesichtern zufolge.

Er wandte sich wieder Liv zu und schluckte. Sein Hals war plötzlich trocken, bei der Vorstellung, sie auf etwas zu begleiten, was ihm plötzlich sehr wie ein Date vorkam. Ein echtes Date, im Gegensatz zu ihrem Blind-Date-Fiasko.

»Ich kann dir doch nicht etwas schenken und es dann für mich selbst benutzen.«

Sie zuckte mit den Schultern. »Doch, kannst du. Mein Geschenk, meine Entscheidung.« Sie sah ihn streng an, was er ziemlich sexy fand, und streckte ihm die Hand entgegen, um die Abmachung zu besiegeln. Er folgte ihrer Aufforderung und versuchte das elektrisierende Kribbeln zu ignorieren, das ihre Berührung auslöste. Jedes Mal, wenn sie sich berührten, schien die Auswirkung auf ihn intensiver zu sein, und er befürchtete, irgendwann in Flammen aufgehen zu müssen, wenn es so weiterging. Ihr Blick verharrte auf ihm, und er war ein paar Herzschläge lang darin gefangen, während seine Finger ihre nur widerwillig losließen. Sie schien es damit ebenfalls nicht eilig zu haben, was ihn erneut zum Zweifeln brachte … Vielleicht konnte sie die Spannung zwischen ihnen genauso spüren wie er.

Sams Stimme zerschnitt den Moment. »Ich habe heute einen Anruf von Dave bekommen.«

Eine Sekunde lang musste Arran überlegen, wen er meinte. Und als endlich der Groschen fiel, riss ihn das sofort aus den romantischen Sphären, in die ihn der Gedanke an das Beinahe-Date mit Liv katapultiert hatte. Er wandte den Blick von Liv ab, ihre Finger entglitten ihm. »Dave? Du meinst …«

»Unseren assozialen Vater, Mistkerl-Dave«, ergänzte Liv mit düsterer Miene.

Arran musterte sie besorgt, ehe er sich an Sam wendete. »Was wollte *der* denn?«

Nico und Elise beugten sich vor, ihre Mienen voller Sorge. Arran wurde bewusst, dass er genauso aussehen musste.

Maya legte Sam den Arm um die Schulter, als er fortfuhr. »Weiß der Teufel. Rief einfach so an und meinte, er hätte von unserem Onkel gehört, dass ich heirate. Hat mir Fragen dazu gestellt. Ich hab ihm gesagt, es geht ihn nichts an.«

Nico legte den Kopf schief. »Dumme Frage, aber könnte es sein, dass er aus ehrlichem Interesse angerufen hat?«

Liv schnaubte, was für Arran klang wie »verdammt unwahrscheinlich«.

Sam schüttelte den Kopf. »Ich habe das Gespräch schnell beendet. Dann hat Georgie kurz danach bei Mum angerufen und ihr erzählt, dass sie ihn rausgeworfen hat. Er hat sie genauso verarscht wie Mum, was wohl keinen überraschen dürfte. Hatte eine Reihe von Affären seit sie auf Jersey wohnen, und hat sie die ganze Zeit belogen.«

Arran blies den Atem aus. *Einmal ein Mistkerl, immer ein Mistkerl.*

Elise hatte ebenfalls die Stirn gerunzelt. »Also, denkt ihr, er hat dich angerufen, um sich wieder in die Familie hineinzudrängen, nun da Georgie ihm den Laufpass gegeben hat?«

Sam seufzte, und Maya küsste ihn auf die Wange. »Vielleicht. Ich versuche, nicht mehr darüber nachzudenken.«

»Tut mir leid, Mann«, sagte Arran, und Sam lächelte ihm dankbar zu.

Arran schielte zu Liv, die in sich zusammengesunken war, als läge ihr plötzlich ein unsichtbares Zehn-Tonnen-Gewicht auf den Schultern.

Arran wollte sie gerade fragen, ob alles okay war, als Liv Sam ein tröstendes Lächeln schenkte. »Keine Sorge, Sam. Es wird alles gut werden.«

Die Zwillinge tauschten einen solidarischen Blick, und doch fiel Arran auf, dass Liv wie immer das Mitgefühl der anderen auf ihren Bruder lenkte, wenn es um die Dave-Situation ging. Sie kümmerte sich immer um die Probleme anderer, aber er konnte sich nicht erinnern, dass sie mal irgendwelche Hilfe für sich selbst gebraucht oder angenommen hätte.

Sein Handy klingelte, ehe er den Gedanken weiterspinnen konnte. Es war Jess. Sie hatte ihn in letzter Zeit öfter angerufen, auch wenn es nicht um Jayce gegangen war. Es kam ihm allmählich etwas seltsam vor, doch er ging trotzdem jedes Mal dran, nur für den Fall, dass etwas mit dem Kleinen war. Deshalb nahm er den Anruf auch dieses Mal entgegen, während er ein tonloses *Sorry, es ist Jess* für seine Freunde formte.

»Hey«, grüßte sie ihn fröhlich. »Bist du aus, um Sams und Livs Geburtstag zu feiern?«

Er zögerte verwirrt. »Yep, stimmt. Wie ich es dir bei unserem letzten Telefonat erzählt habe. Was kann ich für dich tun? Ist mit Jayce alles okay?«

»Ja, ja, alles okay. Ihm geht's gut. Ich wollte dich nur fragen, ob du ihn noch ein zusätzliches Wochenende nehmen kannst.«

Er stutzte. Ihm fiel kein Wochenende mehr ein, an dem er seinen Sohn noch nehmen konnte. Er hatte schon so ziemlich alle von ihr übernommen, außer den beiden, die er blockiert hatte – für den Ausflug und für die Hochzeit. Aber davon wusste sie. »Welches Wochenende denn?«

Sie nannte ihm ein Datum, das er sofort als das Wochenende für den Ausflug nach Skye erkannte. Er hasste es, nein zu sagen, aber es ging nicht anders. »Sorry, das geht nicht. Das ist das Wochenende, an dem ich nicht da bin, weißt du noch?«

Sam sah ihn entsetzt an, und Arran schüttelte den Kopf, als wollte er ihm sagen, er sollte sich keine Sorgen machen.

Enttäuschung lag in ihrer Stimme. »Aber da ist diese Party, auf die Rory unbedingt mit mir gehen will. Er sagt, sie wird legendär.«

Arran holte tief Luft. »Jess, ich habe dir von diesem Wochenende erzählt. Frag stattdessen deine Mum.«

Ihr Tonfall war spitz. »Sie ist beschäftigt.«

Er schluckte sein schlechtes Gewissen hinunter. »Tja, tut mir leid, aber ich kann dir nicht helfen. Dieses Wochenende ist reserviert. Liv und ich haben die Aktivitäten organisiert, Elise hat das Restaurant gebucht, und Nico die Unterkunft klargemacht.«

Sie schwieg einen Moment, und er biss die Zähne aufeinander bei der Vorstellung, dass sie deswegen womöglich tatsächlich sauer war.

»Ist gut«, erwiderte Jess, auch wenn ihr Tonfall suggerierte, dass es das nicht war. »Ach, ja, hast du Sam ein Geburtstagsgeschenk von mir gegeben?«

Arran öffnete den Mund, schloss ihn dann aber wieder, weil er nicht wusste, was er mit dieser Frage anfangen sollte.

Mit »Warum zur Hölle sollte ich das tun?« zu reagieren, erschien ihm ein wenig zu heftig. Also sagte er: »Nein. Warum?«

»Wir haben unseren besten Freunden doch immer ein gemeinsames Geschenk gekauft.«

Er rieb sich angestrengt die Stirn. *Was ist da los?* »Ja, als wir noch ein Paar waren, Jess. Das sind wir aber nicht mehr.« Er kniff die Augen zusammen. So direkt zu sein, lag ihm eigentlich nicht, aber in letzter Zeit stellte sie seine Geduld wirklich auf die Probe.

»Okay.« Sie hielt inne, und die unangenehme Stille, die entstand, trieb seinen Puls in die Höhe. »Dann mach's gut.«

»Ciao.« Er legte auf. Ihm war flau im Magen.

Liv hatte die Augenbrauen zusammengezogen. »Was war das denn?«

Arran atmete langsam aus. »Keine Ahnung.« Seine Freunde sahen ihn mit einer Mischung aus Mitgefühl und Verwirrung an.

»Hat sie dich gefragt, ob du Jayce an dem Wochenende nehmen kannst, an dem wir wegfahren wollen?«, fragte Sam, mit ungläubigem Tonfall.

»Ja«, antwortete er und versuchte selbst noch zu begreifen, was in Jess' Kopf vor sich ging. Es war eine unerhörte Bitte, doch was es noch schlimmer machte, war, dass sie die Frechheit besessen hatte, auf ihn sauer zu sein, als er nein gesagt hatte. Und doch fühlte er sich jetzt schuldig.

»Verdammt nochmal«, murmelte Sam. »Sie weiß doch, was du an dem Wochenende vorhast.«

Liv stupste Arran an. »Was hat sie sonst noch gesagt? Als du ihr geantwortet hast, dass ihr kein Paar mehr seid?«

Er fuhr sich mit der Hand durch die Haare. »Sie hat mich

gefragt, ob ich Sam ein Geschenk von ihr gegeben habe. Weil wir unseren Freunden immer gemeinsam Geschenke gekauft haben.«

Liv nickte, als würde sie jetzt seine Antwort verstehen.

»Denkst du, ihr geht es gut?«, fragte sie. »Ich meine, normalerweise ist sie doch nicht so besitzergreifend, oder?«

»Besitzergreifend« war ein guter Ausdruck für Jess' aktuelles Verhalten. »Nicht seitdem wir getrennt sind. Aber warum sollte sie das sein? Wir sind seit einem Jahr nicht mehr zusammen, und sie war diejenige, die Schluss gemacht hat.«

Liv nickte stirnrunzelnd.

»Auf mich wirkt sie unsicher«, meinte Elise.

Liv und Maya nickten zustimmend, und Arran nahm ihren mitfühlenden Blick wahr. Vielleicht hatten sie recht.

Als seine Freunde begannen, wieder über andere Dinge zu sprechen, beugte sich Liv zu ihm. »Ich hoffe, Jess ist nicht wegen mir verunsichert.«

Er sah sie verwirrt an. »Wie meinst du das?«

In ihrem Blick lag Sorge. »Sie war neulich am Telefon so komisch, als sie erfahren hat, dass ich bei dir war. Jetzt ruft sie dich an, wo sie weiß, dass du mit uns Geburtstag feierst und versucht zu verhindern, dass wir gemeinsam wegfahren.«

Er öffnete den Mund, um etwas zu entgegnen. Warum sollte es Jess interessieren, mit wem er etwas unternahm? Doch er schloss ihn wieder, als ihm auffiel, dass Jess' seltsames Verhalten tatsächlich nach jenem Anruf angefangen hatte, bei dem sie von Livs Anwesenheit erfahren hatte.

»Ich frage mich«, fuhr Liv fort, den Kopf zur Seite geneigt und mit einem süßen Stirnrunzeln auf dem Gesicht, »ob Rory sie auch unter Druck setzt.«

Arran zog die Augenbrauen hoch. »Wie meinst du das?«

Sie schob sich die Brille hoch. »Er ist offensichtlich ein ziemlicher Partygänger. Vielleicht macht er ihr Druck, dass sie Jayce an dich abgeben soll, damit sie zusammen auf all diese Partys gehen können. Es klingt nicht so, als wäre er der Typ, der zu Hause bleibt und einen auf glückliche Familie macht.« Sie hielt inne. »Es muss schwer sein, genügend Zeit in eine neue Beziehung zu investieren, besonders wenn der andere so hohe Ansprüche hat, wie er.«

Arran hatte sich noch nicht die Mühe gemacht, all das einmal aus Jess' Perspektive zu sehen. Er war eingenommen gewesen von seinem eigenen Schmerz und hatte sich im Kopf ein Bild ausgemalt, wie Jess und Rory Hand in Hand davon laufen, hinein in ihr idyllisches gemeinsames Leben.

Mayas Stimme riss ihn aus seinen Gedanken. »Hast du nicht dieses Wochenende auch dein Date, Liv?«

Er brauchte ein paar Sekunden, um zu begreifen, was Maya gesagt hatte, doch dann fuhr er zu Liv herum, sein Puls sofort auf 180. *Welches Date?*

»Ja«, bestätigte sie und wandte den Blick ab. »Stimmt.«

»Na, schieß los«, sagte Maya mit hochgezogenen Augenbrauen. »Verrate uns die Details!«

Liv lachte, doch es klang ein wenig zu hoch. »Es gibt nicht wirklich was zu verraten. Wir gehen nur zusammen was trinken.«

»Und wo?«, fragte Elise. »Hier, im Pub?«

Liv schüttelte den Kopf. »In der neuen Cocktailbar an der Hauptstraße.«

Sam schenkte ihr ein Grinsen. »Schick, schick.«

Liv lachte wieder so gekünstelt. »Eigentlich nicht. Ich glaube, nichts in Glenavie kann man als schick bezeichnen.«

Arran hörte zu, und auch wenn er darauf brannte, zu fragen, mit wem sie auf das Date ging, versuchte er noch herauszufinden, wie er auf höfliche Art unterbrechen konnte, anstatt seinem Impuls zu folgen, der ihn einfach schreien lassen wollte: »Mit wem zur Hölle bist du verabredet?«

»Wer ist denn der Glückliche?«, fragte Nico in diesem Moment und rettete ihn aus seinem Dilemma.

»Brodie, Mayas Bekannter«, antwortete Liv und schielte zu Arran, sah dann aber schnell wieder weg.

»Ah, ja, er ist ein cooler Typ«, erwiderte Nico. »Ich habe am Samstag auch ein Date. Vielleicht sehen wir uns ja.« Er grinste Liv an. »Dann machen wir ein Doppeldate.«

Sie lachte wieder, dieses Mal klang es wieder normal. »Wir können uns gegenseitig retten, wenn es nicht gut läuft.«

Wenn es schlecht läuft, will ich derjenige sein, der sie rettet. Arran musste sich eingestehen, dass er *hoffte*, es würde schlecht laufen, und er bekam sofort ein schlechtes Gewissen. Also hob er seine Bierflasche und nahm einen langen Zug, um die brennende Eifersucht zu löschen, die ihn aufzufressen drohte.

KAPITEL elf

Liv legte ein Päckchen Kekse in den Einkaufskorb und ging weiter in Richtung des Gangs mit den Konserven, als ihr Handy klingelte. Sie zog es aus der Hosentasche, ohne stehenzubleiben.

Elises Stimme klang ein wenig panisch. »Liv, wir haben ein kleines Problem.«

Vor den Thunfischdosen blieb sie stehen. »Was denn für ein Problem? Ist alles okay bei dir?«

»Oh, ja, sorry. Mir geht's gut. Es ist ein Problem mit der Hochzeitsplanung.«

»Und was?«

»Du weißt doch, dass Nico und ich uns heute Nachmittag mit einem Fotografen treffen wollten, oder?«

»Ja.« Sie nahm eine Dose aus dem Regal.

»Wir schaffen den Termin leider nicht.«

Liv ließ den Thunfisch in den Korb fallen. »Keiner von euch?«

»Nein. Jack hat Fieber bekommen, deshalb will ich ihn nicht bei meiner Mum lassen. Und Nico hat sich Magen-Darm eingefangen.«

»Verdammt. Alle außer Gefecht.«

»Ja. Obwohl es bei Nico vielleicht auch ein Kater ist.«

Liv lächelte über Elises typische Negativität, wenn es um Nico ging. »Das glaube ich nicht. Er wäre am Abend vor seinem Date sicher nicht auf Sauftour gegangen.« Der Gedanke an ihr eigenes Date, machte sie nervös – und nicht auf positive Art. »Wie auch immer. Kein Grund zur Panik. Ich kann mich mit dem Fotografen treffen und habe trotzdem noch genug Zeit, mich für mein Date heute Abend fertig zu machen.«

Elise seufzte erleichtert auf. »Danke, danke, danke. Du hast was gut bei mir.«

»Kein Ding. Schick mir einfach eine Nachricht mit den Einzelheiten.«

Sie beendeten das Gespräch, und Liv nahm noch ein paar Dinge aus dem Regal, als ihr Handy wieder zu klingeln begann.

»Shit«, murmelte sie, und bemerkte aus dem Augenwinkel eine alte Dame, die ihr einen missbilligenden Blick zuwarf. Liv lächelte sie schwach an, während sie mit den Dosen in der einen und dem Korb in der anderen Hand versuchte, das Gespräch entgegenzunehmen. Dabei sah sie nicht, wer anrief. »Hallo?«

»Hey, Aggie. Ich brauche dich für einen Spezialeinsatz.«

Arrans Stimme verursachte ein wohliges Kribbeln in ihrem Bauch und Gänsehaut auf ihren Armen. »Ach, ja? Ich fürchte, für heute habe ich mich schon für eine Mission verpflichtet.«

»Hat Elise dich angerufen?«

»Ja. Warum?« Liv schaffte es, die Dosen in den Korb zu bugsieren.

»Aha. Mich hat Nico angerufen.«

»Also, ist es dieselbe Mission?«

»Das ist es in der Tat. Ich dachte, zwei Köpfe sind besser als einer? Obwohl es eigentlich drei Köpfe sind. Oder zweieinhalb, denn der dritte ist noch ziemlich klein.«

Ein Lächeln machte sich auf ihrem Gesicht breit. »Jayce kommt mit?«

»Ja. Ist das in Ordnung?«

»Logisch«, sagte sie und ging in Richtung Kasse.

»Perfekt. Wir holen dich um eins ab.«

Sie bogen in die Einfahrt des Hauses ein, dessen Adresse ihnen Elise gegeben hatte, und Liv drehte sich zu Jayce um. »Wir sind da, Kumpel. Bist du bereit, dir ein paar Fotos anzusehen?«

Jayce sah sie mit seinen großen braunen Augen an. »Ich will spielen.«

»Klar, wir können auch spielen, Kumpel.« Liv meinte, Arrans Blick auf sich zu spüren, doch als sie den Kopf drehte, sah er schnell weg. Sie stiegen aus dem Auto, sie holte Jayce aus seinem Kindersitz und ging mit ihm an der Hand auf das Haus zu.

Als sie die Haustür erreichten, streckte Arran die Hand aus, um Jayce zu übernehmen, doch der Kleine klammerte sich mit zwei Händen an Livs Hand fest und drückte sein Gesicht an ihren Arm. »Ich will aber Libs Hand.«

»Sehr nett«, meinte Arran in gespielt verletztem Tonfall, aber auf seinem Gesicht lag ein Lächeln.

Er klingelte, und ein großer Mann mit grauen Haaren öffnete. Er war elegant gekleidet, in karierter Hose, dazu Hemd und Weste. »Hallo, ihr müsst Elise und Nico sein.«

Liv schüttelte den Kopf. »Nein, wir sind die Vertretung. Die anderen beiden sind heute unpässlich.«

»Verstehe«, erwiderte er und betrachtete die drei interessiert.

»Ich bin Arran«, stellte Arran sich vor und streckte die Hand zum Gruß aus. »Und das sind Liv und Jayce.«

»Ich bin *Lord* Jayce von der Burg«, krähte Jayce mit ernster Miene auf dem kleinen Gesicht.

»Und ich bin Henry«, sagte der Mann lächelnd. »Freut mich, euch kennenzulernen. Kommt doch bitte rein.«

Henrys Akzent klang kultiviert. Wahrscheinlich verkehrte er in vornehmen Kreisen, vermutete Liv. Als er sie durch den hellen, weiß gestrichenen Flur führte, fiel ihr Blick auf die wunderschönen Fotografien der Highlands an den Wänden.

»Wow«, staunte Arran. »Sind die alle von dir?«

»Ja«, antwortete Henry. »Die Landschaftsaufnahmen sind meine zweite Leidenschaft, nach der Hochzeitsfotografie.«

»Hast du noch keinen Drachen fotografiert?«, wollte Jayce wissen, der die Fotos mit enttäuschter Miene betrachtete.

»Ich fürchte nicht, junger Mann«, erwiderte Henry lächelnd. »Es ist aber auch wirklich schwer, sie mit der Kamera zu erwischen.« Er öffnete eine Tür am Ende des Flurs und führte sie in einen großen modernen Anbau, in dem sein Studio untergebracht war. Gleich links befand sich eine gemütliche Sitzgruppe, wo sie sich niederließen, während er ihnen einen Kaffee aus dem Vollautomaten zog, der zwischen den weichen Ledersofas stand.

Liv bewunderte das große helle Studio, an dessen einer Seite sein Fotografenequipment aufgebaut war. An der Decke sorgte ein großes Dachfenster für ein weiches, natürliches Licht im Raum. »Das ist wirklich cool. Hast du das Studio schon lange?«

»Seit ein paar Jahren«, antwortete Henry. »Ich habe den Anbau bauen lassen, um mein Geschäft um Porträtaufnahmen erweitern zu können.«

Jayce wand sich auf Livs Schoß, um runtergelassen zu

werden. Sie setzte ihn ab, behielt ihn aber scharf im Auge, während er sich die ledergebundenen Fotomappen auf dem Tisch ansah. Sie brachte es nicht übers Herz, ihm zu sagen, dass dort mit großer Wahrscheinlichkeit auch keine Fotos von Drachen zu finden sein würden.

»Seht euch ruhig die Fotos an«, forderte Henry sie auf. »Das sind Beispiele von Hochzeiten, die ich aufgenommen habe.«

Arran nahm eine Mappe zur Hand, und Liv rutschte neben ihn, um mit reinzuschauen, während Jayce sich auf dem Tisch eine andere Mappe angelte, die er mit entschlossener Miene öffnete.

»Die Fotos sind wunderschön«, murmelte Liv, als sie die verschiedenen Aufnahmen betrachtete, die schicke Bräutigame im Kilt und hübsche Bräute im Kleid zeigten. Henry hatte in jedem Foto die Hintergrundszene perfekt eingefangen – grüne Hügel und blau schimmernde Seen.

»Ja«, stimmte Arran zu, ohne den Blick von den Fotos zu nehmen. »Und die Perspektive in diesen hier ist umwerfend.« Er sah Henry an, der gerade ihre Kaffeetassen auf dem Tisch abstellte. »Hast du dafür eine Drohne benutzt?«

Henry lächelte. »Genau. Ich habe erst vor kurzem angefangen, damit zu arbeiten. Damit lassen sich phantastische Aufnahmen von der Umgebung machen.«

Jayce klappte die Mappe zu. »Igitt, die küssen.« Er streckte angeekelt die Zunge raus.

»Ja«, sagte Henry mit geduldigem Nicken. »Diese Hochzeitspaare sind schrecklich nervig, die müssen sich dauernd küssen.«

»Küssen ist dumm«, sagte Jayce und lief zum Sofa, wo er mit einem Kissen zu spielen begann.

»Das hier finde ich toll«, sagte Arran zu Henry, und zeigte auf eines der Fotos. »Diesen See habe ich erst vor kurzem gemalt.«

Henry sah ihn erstaunt an. »Du bist Künstler?«

Arran nickte, ein bescheidenes Lächeln auf den Lippen. »Ich habe mich im vergangenen Jahr selbständig gemacht.«

Henry stellte Arran Fragen zu seinem Geschäft und gab ihm ein paar nützliche Tipps. Liv stand auf und folgte Jayce, der etwas in dem großen Raum entdeckt hatte.

Auch Arran sah von seinem Gespräch mit Henry auf und wollte aufspringen, als er sah, dass Jayce das Studio durchquerte und auf einen Haufen cremefarbener Sitzsäcke zusteuerte.

»Das ist schon okay«, sagte Henry. »Damit kann er spielen. Die benutze ich für Familienporträts.«

»Danke«, sagte Arran und ging zu Liv und Jayce, wie um sicherzugehen, dass Jayce keinen Blödsinn machte.

Liv berührte ihn am Arm. »Du kannst ruhig weiter mit Henry reden. Ich spiele mit Jayce.«

Sein Blick war sanft. »Bist du dir sicher?«

»Na klar«, bestätigte sie, nahm Jayce an der Hand und ging mit ihm zu den Sitzsäcken. Jayce ließ sich auf einen davon plumpsen und lachte über die weiche Landung. Liv nutzte die Gelegenheit, um ihm schnell die Schuhe auszuziehen, damit er nichts schmutzig machen konnte.

Also kehrte Arran zu seiner Unterhaltung mit Henry zurück. Sie sprachen über Sam und Maya und die Art von Fotos, die sie sich wünschten.

»Sie lieben solche Outdoorszenen«, erklärte Arran. »Diese Kulissen sind ganz nach ihrem Geschmack. Und die Aussicht vom Schloss wird großartig sein.«

»Ach, vom Schloss habe ich hier auch ein paar Aufnahmen«, sagte Henry und holte einen anderen Ordner.

Liv kitzelte Jayce, der im Sitzsack lümmelte, und der kleine Junge quietschte vergnügt auf.

Während Arran und Henry sich weitere Fotos ansahen, besprachen sie, dass das Paar, sowohl vom Empfang am Abend als auch von der Zeremonie am Tag Aufnahmen wollte. Am liebsten mit ein paar Nachtaufnahmen draußen, da Maya Mond und Sterne so liebte. Liv fiel auf, wie hilfreich es war, dass Arran hier war, auch wenn das nicht der ursprüngliche Plan gewesen war. Als Künstler war er perfekt dazu geeignet, Henry zu beschreiben, was gewünscht war. Sie verspürte einen gewissen Stolz, dass er mit der Situation so fachmännisch umging, und erschrak schon fast, als sie merkte, dass es die Art von Stolz war, die man für einen Partner empfand.

Sie versuchte, das Gespräch der Männer auszublenden und sich auf Jayce und sein Spiel auf den Sitzsäcken zu konzentrieren. Sie ließen sich abwechselnd hineinfallen und brachten den anderen damit zum Lachen. Dann blieb Liv in einem Sitzsack stecken und tat so, als käme sie nicht mehr heraus. Jayce lachte und kletterte auf sie drauf.

Sie bemerkte, dass das Gespräch am anderen Ende des Raums verstummt war, und dass Henry und Arran bei den Kameras standen. Offenbar zeigte Henry Arran seine Ausrüstung. Er nahm eine der Fotokameras und richtete sie auf Liv und Jayce.

»Ist es okay, wenn ich ein paar Fotos von dir und dem Kleinen mache? Ihr seid Naturtalente.«

»Kein Problem für mich«, antwortete Liv und sah Arran an.

Er lächelte. »Für mich auch nicht.«

Henrys Kamera begann zu klicken, während Liv und Jayce weiterspielten. Hin und wieder gab der Fotograf ihr einen Vorschlag, wie sie sich hinsetzen konnte, doch hauptsächlich machte er Schnappschüsse. Nach einer Weile wandte er sich an Arran. »Können wir vielleicht auch ein paar mit dir dabei machen?«

»Na, klar«, bestätigte Arran und ging zu den beiden rüber. Er machte bei ihrem Spiel mit, schmiss sich auf einen Sitzsack, was Liv und Jayce zum Lachen brachte. Dann zog er Liv zu sich und schnappte sich Jayce, und kitzelte ihn, bis der ganze Raum von seinem Kinderlachen erfüllt war.

Henrys Kamera klickte eifrig.

Der Sitzsack unter ihnen verschob sich, und plötzlich lag Liv dicht an Arrans Seite. Sie sah ihm in die Augen, während sich Jayce an seine Brust kuschelte. Einen Moment lang vergaß sie, dass Henry da war, als sie Arrans warmen Duft einatmete und die Form seiner Lippen bewunderte, die sich zu einem leichten Lächeln verzogen, das sich auch in seinem Blick spiegelte und seine Augen strahlen ließ.

Ihr Herz machte einen Sprung, als sie wieder seinen Mund ansah, und ihr wurde bewusst, dass ihre Sehnsucht nach ihm sich in den vergangenen Wochen noch weiter verstärkt hatte. Es fühlte sich nicht mehr nur nach etwas Körperlichem an, sondern nach … mehr.

Henrys Stimme kam wie aus dem Nichts, und sie zuckte regelrecht zusammen. »Ihr seid wirklich eine außerordentlich fotogene Familie. Ich dränge normalerweise meine Besucher nicht zu einem Fotoshooting, aber bei euch konnte ich nicht widerstehen.«

»Kein Problem«, murmelte Arran und klang dabei irgendwie abgelenkt. Sie nahm vage wahr, dass Henry sie als Familie bezeichnet hatte, aber sie war zu sehr von diesen neuen Gedanken über Arran beschäftigt, um es richtig zu begreifen.

»Ich schicke euch ein paar dieser Aufnahmen, für den Fall, dass ihr Interesse daran habt«, fuhr Henry fort. »Kostenlos, natürlich, weil ich euch so damit überrumpelt habe.«

»Das können wir nicht annehmen«, sagte Arran, der den Blick endlich von Liv losriss. »Ich gebe dir etwas dafür.«

»Nein, nein, ich bestehe darauf«, sagte Henry und beschäftigte sich mit dem Abbau der Kamera.

Arran drehte sich wieder zu ihr um. Sie lag noch in seinem Arm, wie gelähmt von dem warmen Gefühl, an ihn und seinen wunderbaren Sohn gekuschelt zu sein.

»Warte«, sagte er schnell. »Ich helfe dir hoch.« Er drehte sich und stand auf, ohne Jayce abzusetzen, und streckte dann die Hand nach ihr aus. Als sie neben ihm stand, legte er den Arm um ihre Schulter, als wäre es das Natürlichste der Welt.

»Ich denke, er ist definitiv unser Mann«, raunte Arran ihr zu, als er Jayce runterließ. »Was meinst du?«

Sie nickte mit noch klopfendem Herzen. »Ja, absolut.«

»Danke, Henry«, sagte Arran lauter, so dass Henry ihn hören konnte. »Dass wir vorbeikommen durften, für den Kaffee, den Rat und das Fotoshooting, und natürlich dafür, dass du bereit bist, auf der Hochzeit unserer Freunde zu fotografieren.«

Henry lächelte, als er rüberkam und ihnen nacheinander die Hände schüttelte. »War mir ein Vergnügen.«

Arran bückte sich, um Jayce wieder die Schuhe anzuziehen, während Henry sich Livs E-Mail-Adresse notierte, um ihr die Fotos zu schicken.

»Wir müssen dir wirklich was dafür geben dürfen«, sagte Liv.

»Ich mache euch einen Vorschlag«, meinte Henry. »Wie wäre es, wenn wir sagen, ich mache das kostenlos, doch dafür lasst ihr mich ein paar der Fotos für meine Mappe mit Familienporträts auswählen? Ich denke, euch drei da drin zu haben, wird mein Portfolio aufwerten. Solange ich eure Zustimmung dafür bekomme, natürlich.«

Liv fühlte sich geschmeichelt und spürte, wie ihre Wangen zu glühen begannen. Jetzt war endgültig klar, dass Henry sie und Arran für ein Paar und sie für Jayce Mutter hielt.

»Für mich geht das klar, so lange es Arran nicht stört«, sagte sie. »Aber ich sollte vermutlich klarstellen, dass wir nicht wirklich eine Familie sind. Nur gute Freunde.«

Arran stellte sich neben sie, mit Jayce an der Hand, der jetzt wieder Schuhe trug. »Ja, wir sind beste Freunde«, sagte er und legte den Arm wieder um ihre Schultern. »Und Jayce ist der Sohn meiner Ex.«

Henrys Augen weiteten sich unmerklich. »Oh, sorry. Da habe ich wohl vorschnell geurteilt.«

Liv winkte ab. »Ach, was, kein Problem. Wir haben uns auch nicht richtig vorgestellt.«

Henry lächelte und brachte sie zur Tür. »Lustig, denn ich muss sagen, eigentlich habe ich eine gute Menschenkenntnis, und ich war überzeugt, ihr seid ein Paar. Ihr habt jedenfalls eine besondere Verbindung zueinander, das sieht man.«

Livs Herz machte einen Sprung.

»Das stimmt«, erwiderte Arran, als Henry ihnen die Haustür aufhielt. »Um ehrlich zu sein, wüsste ich nicht, was ich ohne sie täte.«

Sie hob den Kopf und lächelte ihn an, während sie sich

verabschiedeten und etwas Neues in ihrer Brust zu blühen begann. Henry winkte ihnen, als sie Jayce ins Auto setzten, und Arran den Motor anließ.

»Ich werde Sam anrufen, sobald ich zu Hause bin«, sagte Liv. »Er soll Henry als Fotografen buchen.«

»Super«, erwiderte Arran. »Na, das wird doch alles.« Er hielt inne, räusperte sich dann und sprach mit etwas steifem Tonfall weiter. »Also, heute ist der große Abend.«

»Warum? Was ist denn heute Abend?«, fragte sie, immer noch ein wenig atemlos von ihren Gedanken und dem Gefühl, an ihn gedrückt gewesen zu sein.

Er warf ihr einen schnellen Blick zu. »Dein Date.«

Sie schrak regelrecht zusammen. »Oh, ja. Das hätte ich fast vergessen.« Sie wollte nicht auf ein Date mit irgendjemand anderem als Arran gehen.

Der schwieg eine Sekunde lang. »Trefft ihr euch dort oder holt er dich ab?«

Das Gespräch fühlte sich gestelzt und hölzern an. Wo war ihr gewohnter, lockerer Umgang miteinander?

»Treffen uns dort«, antwortete sie und bemerkte, wie tonlos ihre Stimme klang.

»Cool.« Er warf ihr ein schnelles Lächeln zu. »Ich hoffe, es läuft gut.«

Aus irgendeinem Grund verpasste ihr dieser Kommentar einen Dämpfer. Wenn Arran auf ein Date ginge, würde sie sich nicht wünschen, dass es gut lief. Sie würde gar nicht wollen, dass er mit anderen Frauen ausging.

»Danke«, sagte sie leise und versank in ihrem Sitz. Die restliche, kurze Fahrt nach Hause verbrachten sie schweigend.

»Du machst Witze«, sagte Liv und starrte Brodie mit offenem Mund an. »Das gibt es doch nicht, dass jemand so dämlich sein kann.«

Er schüttelte den Kopf und nippte an seinem Espresso Martini. »Doch. Wahre Geschichte. Ich habe ihr gesagt, dass ihre Skijacke nicht von unserer Ladenkette stammt und ich ihr deshalb keine Rückerstattung geben kann. Sie hat eine Beschwerde gegen mich geschrieben.«

»Das ist doch verrückt«, meinte Liv kopfschüttelnd. »So eine *Dreistigkeit.*«

Er nickte mit ernstem Gesicht. »Eine unverfrorene *Dreistigkeit.*«

Etwas an seinem Tonfall kitzelte sie, so dass sie nicht aufhören konnte zu lachen. Brodie stimmte ein.

Dann schüttelte er den Kopf. »Die Dienstleistungsbranche ist einfach so, man trifft auf jede Menge verrückter Leute.«

»Ja, gleichfalls«, sagte sie und beugte sich nach vorn. »Wir bekommen einen Haufen Mist ab von manchen Eltern, mit denen wir zu tun haben.«

Brodie verdrehte die Augen. »Ach, das kann ich mir gut vorstellen. Alle Erzieher verdienen eine Gehaltserhöhung, wenn man mich fragt. Und eine fette Medaille für ihre Geduld.«

Sie lachte. »Hervorragende Idee. Du solltest dich als Ministerpräsident zur Wahl stellen lassen. Meine Stimme hättest du.«

Er zwinkerte. »Danke dir. Vielleicht mache ich das.«

Mit Brodie Zeit zu verbringen, war angenehm; kein Wunder, dass Maya und Sam mit ihm befreundet waren. Hätte sie tatsächlich an ihm Interesse gehabt, wäre es schade, dass zwischen ihnen keine besondere Anziehung bestand. Doch da dem nicht so war, genoss sie die Freundschaft, die sich gerade zwischen ihnen entwickelte. Sie hob ihr Glas und nahm einen Schluck von ihrem French Martini. »Fühlt sich Glenavie denn schon nach Zuhause für dich an? Bist du nicht schon etwa anderthalb Jahre hier?«

»Stimmt. Und ja, ich mag es sehr, danke. Der Wendepunkt war für mich, als ich angefangen habe, Ski zu fahren und Maya und Sam kennengelernt habe.« Er grinste. »Also, nachdem ich Maya nur noch als Freundin betrachtet habe und Sam eingesehen hat, dass ich keine Bedrohung für ihn darstelle.«

Liv lachte. »Ja, sorry dafür. Er machte damals gerade eine schwierige Phase durch.«

»Das habe ich mitbekommen. Er hatte mein vollstes Mitgefühl, als er es mir erklärt hat.« Brodie lächelte. »Es ist jedenfalls nicht deine Aufgabe, dich für ihn zu entschuldigen. Das hat er schon selbst gemacht.«

Sie zuckte mit den Schultern. »Ich weiß. Das ist nur so ein Zwillingsding.«

»Ich bin froh, dass die beiden es hinbekommen haben. Es ist eindeutig, dass sie zusammen gehören.«

Liv wurde warm ums Herz. »Ja, finde ich auch. Ich wusste immer, dass zwischen ihnen etwas ist.«

Er zog die Augenbrauen hoch. »Zwillingsding?«

Liv zwinkerte. »Ganz genau.«

Er drehte den langen Stil seines Cocktailglases zwischen den Fingern. »Wo wir schon von Trennungen reden, wie geht es denn Ben? Ich habe gehört, er und Derek haben sich getrennt?«

Liv nickte. »Sam und Maya haben erzählt, dass es ihm ganz gut geht. Er ist als Chef allerdings ein wenig griesgrämiger als sonst. Die Beziehung war wohl schon länger nicht mehr gesund, aber es ist eben trotzdem schwierig, nach einer langen Zeit mit einem Partner wieder allein zu sein.« Sie sagte es, als wäre ihr das Gefühl vertraut, auch wenn sie keine Ahnung hatte, wie es sich anfühlte, aus einer längeren Beziehung herauszukommen. Dafür hätte sie länger als zwei Minuten mit jemandem zusammen sein müssen. *Nico Hadid, erblasse vor Neid!* Brodie räusperte sich.

»Hör mal, ich habe das Gefühl, an dieser Stelle was sagen zu müssen. Ich finde es wirklich lustig mit dir, und ich hoffe, wir können Freunde sein. Aber …«

Liv streckte ihm die Handfläche entgegen. »Du musst nicht weitersprechen. Ich sehe es genauso. Wir verstehen uns gut, aber es besteht keine Chemie zwischen uns.«

Brodie lächelte erleichtert. »Wir sind auf dergleichen Wellenlänge.«

Liv hob ihr Glas und stieß es gegen seines. »Das sind wir, mein Freund.«

Er nippte an seinem Cocktail und musterte sie zögerlich, ehe er sich zu ihr neigte. »Ich habe das noch nie jemandem erzählt, aber es gibt da tatsächlich jemanden, an dem ich Interesse hätte. Ich glaube, das ist ein bisschen der Grund, warum ich im Moment nicht wirklich auf der Suche bin.«

Sie zog eine Augenbraue hoch. »Interessant. Und wer ist sie?«

Brodie lachte. »Tja.« Er räuspere sich. »Es ist ein Mann.«

Sie nickte und trank einen Schluck. »Und wer ist der Glückliche?«

Er sah sie mit hochgezogenen Augenbrauen an. »Ich hatte gleich ein gutes Gefühl dabei, es dir zu erzählen. Die meisten Leute würden jetzt sagen, ›Oh, ich wusste gar nicht, dass du schwul bist‹, als ob es bisexuell gar nicht gäbe.«

Liv runzelte die Stirn. »Echt?«

»Yep. Deshalb habe ich es hier noch niemandem erzählt, weil ich in Glasgow so unterschiedliche Reaktionen erlebt habe. Ein Freund hat mich zum Beispiel ständig gefragt: ›Und, bist du noch bi?‹«

Liv verschluckte sich an ihrem Getränk. »Was? Ist derjenige hetero?«

Er nickte.

»Und schreibst du ihm regelmäßig, um ihn zu fragen, ob er noch hetero ist?«, fragte sie grinsend.

Brodie lachte und klatschte mit den Handflächen auf den Tisch. »Nein, aber von jetzt an werde ich das definitiv machen!« Er hob sein Glas, um mit ihr anzustoßen. »Um ehrlich zu sein, habe ich sogar eine gewisse unterschwellige Aggression vonseiten meiner schwulen Freunde erlebt.«

Sie schüttelte ungläubig den Kopf. »Wie ätzend.«

»Ja, oder?« Er lächelte sie an. »Also, gibt es bei dir auch jemanden, an dem du interessiert bist? Mann oder Frau oder was anderes?«

Liv schüttelte den Kopf. »Ich denke, ich bleibe lieber allein.« Sie hielt inne, um einen Schluck von ihrem Drink zu nehmen, als ihr auffiel, dass sie ihre Gedanken laut ausgesprochen hatte. Doch dann tauchte das Bild davon, wie sie sich an Arran kuschelte, vor ihrem inneren Auge auf. Irgendwie ließ es sie ihren Wunsch nach Einsamkeit hinterfragen, wenn sie mit ihm zusammen war.

Brodie sah sie an, als wollte er weitere Fragen stellen, aber in dem Moment meldete ihr Handy eine Nachricht.

Sie nahm das Telefon vom Tisch, und ihr rutschte das Herz in die Hose, als sie den Namen auf dem Display las. Ohne nachzudenken sagte sie: »Fuck. Das ist von Dave.«

Er zog die Augenbrauen hoch. »Wer ist Dave?«

Liv starrte die Nachricht an, mit dem Finger über dem Display, unentschlossen, ob sie sie öffnen sollte oder nicht. »Dave ist der Mann, dessen genetisches Material etwa fünfzig Prozent von meinem ausmacht.«

Brodie sah sie verständnisvoll an. »Ah. Ich nehme an, das ist ein Mann, von dem du nicht als Vater sprechen möchtest, was schon alles sagt.«

Sie schluckte. Ihr Mund war wie ausgetrocknet. »Ja, genau.«

»Ich schätze, du hörst nicht oft von ihm?«

»Nope«, erwiderte sie, den Blick immer noch auf den Namen auf dem Display geheftet – *Mistkerl Dave.* »Weil er ein absoluter Idiot ist.«

Er bedachte sie mit einem mitfühlenden Blick. »Du kannst die Nachricht ruhig lesen. Ich werde nicht weiter nachfragen.«

Sie versuchte, das Handy wegzulegen; immerhin war es bis jetzt ein wirklich cooler und lustiger Abend gewesen. Andererseits würde sie doch nur darüber nachgrübeln, was er ihr geschrieben hatte, was ihr ohnehin die Laune verderben würde.

Warum habe ich ihn eigentlich nicht blockiert? Oh, ja, stimmt. Weil ich insgeheim an der naiven Hoffnung festgehalten habe, dass er eines Tages anrufen und sich so verhalten würde, als wäre ich ihm nicht scheißegal.

Liv holte tief Luft und öffnete die Nachricht. »O Mann, das kann doch nicht wahr sein«, sagte sie. Sie konnte es in diesem Moment nicht für sich behalten, und Brodie war einfach ein zu guter Zuhörer, der ebenfalls etwas Persönliches von sich mit ihr geteilt hatte. »Er fragte, warum ich ihm nicht von Sams Hochzeit erzählt habe.« Sie sah Brodie an. »Und mehr nicht. Kein Wort zu mir. Ich könnte verstümmelt oder im Gefängnis sein, er wüsste es nicht.«

Er lächelte. »Ich kann mir nicht vorstellen, dass du für irgendwas ins Gefängnis gehen könntest.«

Liv schnappte sich ihr Glas und nahm einen aggressiven Schluck, wobei sie den Inhalt fast verschüttet und sich mit leckerem French Martini begossen hätte. »Keine Ahnung. Vielleicht Vater-Zid.«

Er streckte die Hand aus und drückte ihr tröstend den Arm. »Bitte, sag mir, wenn ich dir damit zu nahetrete, aber ist dein Dad der Grund, warum du lieber allein bleiben möchtest?«

Sie sah ihm in die Augen und merkte, dass sie nicht die Energie hatte, ihn anzulügen. Vielleicht lag es am Alkohol oder an der unerwarteten Welle an Emotionen, die Daves Nachricht in ihr ausgelöst hatte. Oder vielleicht lag es daran, dass mit Brodie zu reden sich sicher und objektiv anfühlte. Sie musste sich keine Sorgen machen, dass es ihn belasten würde, wenn sie ihm ihre Gefühle offenbarte, wie sie es bei allen anderen immer tat. »Vielleicht.«

Er lächelte sie sanft an. »Liegt es daran, dass du befürchtest, alle Männer könnten so sein wie dein Dad – ich meine, wie Dave?«

Liv erwiderte sein Lächeln. Es gefiel ihr, dass er sich korrigiert hatte. Sie überlegte kurz, um ihr Gedankenchaos zu entwirren. Es kam ihr vor wie das Vipernnest aus Kabeln, das sich hinter ihrem Fernseher versteckte.

»Ich bin mir nicht sicher.« Dean, ihr Ex, kam ihr in den Sinn. *»Verdammt, Liv. Du bist genau wie dein Dad.«* Eine Welle von Übelkeit überkam sie und ließ ihr Herz schneller schlagen. »*Genau wie dein Dad.*« Sie schloss die Augen, als sich Deans Stimme in die ihrer Großmutter und dann in die ihrer Mutter verwandelte.

Sie räusperte sich. »Wie auch immer, ich bin jedenfalls nicht an einer ernsten Beziehung interessiert.«

Er nickte und musterte sie von der Seite. »Du bist also nur für ungezwungene, lockere Sachen zu haben?«

»Ja.« Sie holte Luft. »Alle halten mich für einsam und verlassen und nach Liebe lechzend. Dabei bin ich einsam und verlassen und gehe der Liebe aktiv aus dem Weg.«

Brodie lachte leise. »Klingt für mich wie Selbstschutz.«

Nur leider kam sie sich nicht sonderlich geschützt vor. »Mm-hmm.«

»Was, wenn du dir jemanden aussuchen würdest, den du kennst? Dann wäre es sicherer.«

Arrans hübsches Gesicht tauchte vor ihrem inneren Auge auf, die weichen Locken und die sanften braunen Augen – das Bild beruhigte ihren innerlichen Aufruhr.

»Aber wenn ich jemanden nehme, den ich kenne und der mir wichtig ist, dann würde ich etwas Wichtiges, Wertvolles verlieren, sollte es schiefgehen.« Auch wenn sie diese Worte laut ausgesprochen hatte, war sie sich nicht sicher, ob sie für Brodie gedacht waren oder für sich selbst.

Und außerdem war zwischen Arran und Jess noch nicht alles geklärt, deshalb rief Jess ihn ständig an, als wollte sie ihn sich warm halten. Wahrscheinlich glaubte sie, dass zwischen Liv und Arran etwas lief, und das förderte ihre Eifersucht zutage. Liv hatte nicht vor, das fünfte Rad am Wagen zu spielen.

Überrascht bemerkte sie, dass Brodie sie verständnisvoll ansah. Dabei hätte sie eher damit gerechnet, dass er sie ungläubig anstarren würde. Würden ihre Freunde und Verwandte auch so reagieren, wenn sie sich ihnen anvertraute? Sie konnte sich nur zu gut die Missbilligung ihrer Mum vorstellen. *»Sei nicht so negativ, Liv.«*

Sie schüttelte den Kopf. Jeder hatte sein eigenes Päckchen zu tragen. Es war nicht fair, ihnen mit ihren Problemen in den Ohren zu liegen.

»Das verstehe ich«, sagte Brodie. »Hast du mal eine Therapie gemacht?« Er zuckte zusammen. »Ach, sorry, das sollte nicht so vorlaut klingen.«

Sie lächelte. »Schon okay. Ja, eine Weile. Aber das ist schon ein paar Jahre her. Es half mir damals, Dave besser loslassen zu können und zu verstehen, dass sein Verhalten nicht meine Schuld war. Aber diese Beziehungsangst habe ich noch nicht in einer Therapie besprochen.«

Er stupste ihre Hand an. »Und wieso nicht?«

Sie biss sich auf die Unterlippe. »Ich weiß nicht, ob ich dazu bereit bin.«

Er lächelte. »Vielleicht wirst du es eines Tages sein. Bis dahin werde ich dein Geheimnis bewahren, wenn du auch meines bewahrst.«

»Danke dir.« Sie seufzte, ein wenig nervös, weil sie mehr gesagt hatte, als sie vorgehabt hatte. Doch irgendwie beruhigte sie die Tatsache, dass sie gegenseitig ihre Geheimnisse wahrten. »Übrigens, das mag zwar eine Kleinstadt sein, aber die Leute sind nicht engstirnig. Du kannst hier du selbst sein. Besonders bei unseren Freunden.«

Sein Lächeln wurde breiter, so dass seine blauen Augen leuchteten. »Danke dir. Ich werde früher oder später so weit sein.«

Liv leerte ihr Getränk und deutete auf ihre Gläser. Er

nickte, um ihr zu bestätigen, dass sie noch eine Runde bestellen sollten. Sie winkte der Bedienung und machte eine Handbewegung, die ihr signalisierte, dass sie das Gleiche noch mal haben wollten. Dann wandte sie sich wieder an Brodie. »Du solltest es definitiv Maya erzählen. Sie ist total cool.«

»Ich weiß. Es ist nur so, dass es mir irgendwie leichter fällt, mich Leuten anzuvertrauen, die ich nicht so gut kenne.« Er warf ihr einen vielsagenden Blick zu.

Liv lächelte. »Da bin ich ganz deiner Meinung. Und es war ein wenig heuchlerisch von mir, dir das zu raten, wo ich ihr selbst noch nie so viel erzählt habe, wie dir gerade.«

Brodie hob das leere Glas. »In Erwartung unserer neuen Drinks, lass uns auf neue Freunde anstoßen.«

Liv grinste. »Auf neue Freunde und Hüter der Geheimnisse.«

KAPITEL zwölf

Das Hotel war modern und exklusiv, überall Glasoberflächen und glänzende Marmorböden. Der Gastraum, in den sie für den Nachmittagstee geführt wurden, erinnerte an ein gehobenes schottisches Herrenhaus – Mahagonitische und graue Polsterstühle, auf denen farbenfrohe, gemütliche Überwürfe lagen. Arran sah über den Tisch hinweg sein bildhübsches »Date« an und wünschte sich, dass sie wirklich miteinander ausgehen würden.

Er biss sich auf die Lippe und fragte sich zum gefühlt tausendsten Mal diese Woche, wie ihre Verabredung mit Brodie gelaufen war. Das war ihr erstes Treffen seitdem, und auch wenn er ein paar Mal angesetzt hatte, ihr eine Nachricht zu schreiben, um zu fragen, wie es gewesen war, so hatte er es doch nie über sich gebracht, den Text dann auch abzuschicken. Er wollte es wissen, und andererseits auch wieder nicht. Außerdem war er sich darüber bewusst, dass er sein Interesse an dem Thema besser runterspielen sollte, um seine Eifersucht zu vertuschen. Er würde Geduld haben und irgendwie einen Weg finden, das Gespräch darauf zu lenken.

Er konnte auch einfach nicht aufhören, an ihren letzten Ausflug zum Fotostudio zu denken. Daran, wie es sich angefühlt hatte, sie mit seinem Sohn gemeinsam im Arm zu halten. Sie waren zwar in der Wohnzimmerburg schon mal in einer ähnlichen Position gewesen, doch dieses Mal hatte es sich anders angefühlt – so, als wären sie eine echte Familie, und er wurde einfach das Gefühl nicht los, dass es ihr genauso gegangen war. Er war sich sicher, dass sie ihn attraktiv fand, und dass zwischen ihnen eine intensive Chemie herrschte. Und noch etwas anderes, etwas ganz Besonderes. Und doch hatte er immer das Gefühl, dass sie ihn auf Abstand hielt. Wieso nur? Und sie hatte sich mit Brodie verabredet. Hatte sie sich ihm gegenüber öffnen können, so wie sie es bei Arran nicht konnte?

Ihre grünen Augen musterten ihn eingehend durch die Fenster ihrer niedlichen schwarz eingefassten Brillengläser, während er sich Marmelade und Sahne auf sein Scone lud. Einen Moment lang befürchtete er, dass sie wusste, was er gedacht hatte.

»Warum siehst du mich so an?«, fragte er.

Ihr Gesicht verzog sich zu einem Lächeln, und ihm stockte der Atem. »Du hast die Marmelade zuerst drauf getan. Gott sei Dank. Jetzt können wir wirklich beste Freunde sein.«

Er lachte erleichtert auf. »Das ist dein Kriterium für einen besten Freund, Aggie? Wie man den Belag auf sein Scone streicht?«

Schnaubend hob sie ihre Tasse. »Natürlich. Dies ist ein höchst wichtiger Test, Mr. Adebayo. Miss Bashir hat ihn gleich mehrfach nicht bestanden, und nun dürft Ihr ihren Platz einnehmen.«

Er grinste, als er einen Bissen nahm und sich die Krümel von der Lippe leckte. Dabei ertappte er sie dabei, wie sie ihm auf den Mund starrte. »Großartig. Ich übernehme die Aufgabe sehr gern.« Er wischte sich die Finger an der Serviette ab. »Also, du willst mir sagen, Maya streicht zuerst die Sahne drauf?«

Liv nickte mit bierernster Miene. »Ganz genau.«

Er machte eine würgende Geste. »Das ist ja ekelhaft. Kein Wunder, dass du sie verstoßen hast.«

»Nicht wahr?«, ereiferte sich Liv. »Es ist wirklich eine Schande.«

Er zog sein Handy hervor. »Ich habe eine Idee.« Er öffnete Google und tippt etwas in die Suchzeile.

Liv beugte sich über den Tisch, um etwas erkennen zu können. »Was suchst du?«

»Wirst du gleich sehen.« Die Ergebnisse ploppten auf, und er grinste. »Aha! Da haben wir es ja.«

Sie konnte es offensichtlich nicht abwarten, denn sie stand auf und ging um den Tisch herum. Er nutzte die Gelegenheit, ihr auf die schönen Beine zu starren, auch wenn es ein Feuer in ihm entfachte. Sie trug einen kurzen Bleistiftrock, dazu eine weiße Bluse, die sie in den Rock gesteckt hatte, und schwarze Hosenträger, die die Wölbung ihrer Brüste betonte. Das Outfit wurde von einer schwarzen Schleife abgerundet, die sie um den Kragen gebunden hatte. Sie sah aus wie eine sexy Bibliothekarin.

Plötzlich tauchte das Bild eines geheimen Stelldicheins zwischen Bücherregalen vor seinem inneren Auge auf – ihre Beine um seine Taille geschlungen, während er ihr den Mund zuhielt, damit die Aufsicht ihre Schreie der Lust nicht hören und sie wütend auf das Schild mit der Aufschrift »Bitte, Ruhe« aufmerksam machen konnte. Sein Herzschlag beschleunigte sich als Reaktion auf das allzu deutliche Bild, während sich sein Blut an einer anderen Stelle des Körpers sammelte.

Liv setzte sich zu ihm auf das zweisitzige Sofa, ihre zierliche Figur passte perfekt neben ihn, und ihr Duft verstärkte seine unangemessenen Gedanken über sie nur noch mehr. »Was hast du gefunden?«

Er räusperte sich und verlagerte das Gewicht. »Hier, sieh mal. Die verstorbene Queen Elizabeth die Zweite hat ebenfalls zuerst die Marmelade auf die Scones gestrichen. Also, wenn Queenie das so gemacht hat …«

Liv schnappte sich sein Handy, und die Berührung ihrer Hand ließ seine Haut kribbeln. Er verlagerte wieder das Gewicht und bemühte sich redlich, die Gedanken bei der ehemaligen Königin von England zu behalten und sie nicht zur Phantasie der sexy Bibliothekarin abdriften zu lassen.

»Die gute alte Liz, Gott hab sie selig«, sagte Liv und gab ihm grinsend sein Handy zurück. »Warte nur, bis ich das Maya erzählt habe. Sie wird sich tierisch aufregen.«

Arran zwinkerte ihr zu und bewunderte, wie sich ihre Wangen leicht röteten. *Sie ist so wunderschön.*

Sein Handy vibrierte auf dem Tisch. Jess' Name blinkte auf dem Bildschirm auf und verpasste seiner Stimmung einen Dämpfer. Er wusste, dass Liv es auch bemerkt hatte, so wie sie sofort ein wenig von ihm wegrutschte. Er nahm sein Handy zur Hand, um nachzusehen, ob alles okay war. Die Nachricht bestand aus einem Foto von einem winkenden Jayce. Jess hatte ihn heute früher bei ihm abgeholt, damit er und Liv zum Sonntagnachmittagstee nach Glasgow fahren konnten. Auch wenn sie jede Menge Fragen zu ihrem Ausflug gehabt hatte.

»Wie geht es Jess?«, fragte Liv und griff über den Tisch, um ihre Tasse zu nehmen.

Ein seltsames Gefühl machte sich in seinem Bauch breit, als Liv den Namen seiner Ex aussprach. Dass Jess angefangen hatte, ihn ständig anzurufen, als wollte sie ihn sich warmhalten, verwirrte ihn. »Ihr geht es gut, denke ich.«

Liv nippte an ihrem Tee. »Ruft sie dich immer noch so oft an?«

Er fuhr sich mit der Hand durch die Haare. »Ja. Sie hat mich wegen heute ziemlich ausgefragt. Am Ende habe ich einfach das Thema gewechselt.«

Liv musterte ihn einen Moment lang, als würde sie überlegen, was sie sagen sollte. »Ich weiß, wie schwer die Trennung für dich gewesen ist. Aber für sie war es sicher auch nicht leicht.«

Er runzelte die Stirn. »Wie meinst du das?« Es hatte nicht so gewirkt, als wäre es schlimm für sie gewesen, als sie die Hochzeit abgesagt hatte und kurz darauf mit Rory zusammen gekommen und ein paar Wochen später sogar bei ihm eingezogen war. Er rieb sich die Brust, wo sich eine vertraute Leere meldete, die von der Erinnerung wach gerufen wurde.

Sie lächelte ihn an und streckte die Hand aus, um seinen Handrücken zu berühren. »Ich will deinen Schmerz nicht kleinreden. Ich habe nur das Gefühl, dass sie unsicher ist, so wie Elise neulich gesagt hat. Vielleicht hatte sie diese Tendenz schon immer, aber jetzt da sie mit Rory zusammen ist, muss es noch schlimmer sein. Sam sagt, er ist ein ziemlicher Playboy, der nicht dafür bekannt ist, besonders treu zu sein.« Sie sah einen Moment lang weg. »Vielleicht vermisst Jess das Vertrauen, das sie in dich haben konnte.«

Sein Herz machte einen Sprung. Sie vermisste ihn? Konnte das stimmen? Bisher hatte es nicht so gewirkt. »Wirklich? Sie schien von Anfang an ziemlich von Rory besessen zu sein.«

Sie nickte und sah ihn wieder an. In ihren grünen Augen lag ein seltsamer Ausdruck, den er nicht deuten konnte. War sie traurig?

»Manchmal brauchen Menschen einen Bezugsrahmen, um festzustellen, was sie vermissen. Ich frage mich, ob Rorys

Verhalten ihr den verschafft hat, und ob ihr jetzt dämmert, dass ihr nicht gefällt, was sie sieht.«

Vor ein paar Monaten hätte er sich gefreut, wenn jemand ihm diese Überlegung mitgeteilt hätte. Aber jetzt war es ihm eher unangenehm und stimmte ihn traurig. »Du denkst, sie ist unglücklich?«

Liv verzog das Gesicht. »Tut mir leid, ich wollte nicht, dass du dir jetzt Sorgen um sie machen musst. Ich denke nur, dass du dich der Möglichkeit öffnen solltest, dass sie eure Beziehung wiederaufleben lassen möchte. Ich meine, ich will nicht, dass du dir unnötig Hoffnungen machst, und es dann zu nichts kommt, aber wenn sich die Gelegenheit bietet, solltet ihr darüber reden.«

Sich unnötig Hoffnungen machen? Er hoffte auf nichts dergleichen. Kurz nach der Trennung hatte er noch versucht, es wieder hinzubekommen, aber sie hatte kein Interesse gehabt. Und jetzt war dieser Zug lange abgefahren. Er musterte Liv und spürte ihre Verbindung zueinander und seine seelentiefe Anziehung zu ihr. »Das kann ich nicht.«

Sie lehnte sich zu ihm, so dass ihr Geruch ihn ablenkte. »Arran. Lass dir das nicht von deinem Stolz verbauen. Wenn es eine Chance auf Versöhnung gibt und du sie noch liebst, dann darfst du dir das nicht entgehen lassen.«

Sie noch lieben? Er liebte Jess nicht. Nicht mehr. Aber ehe er es laut aussprechen konnte, gingen ein paar Frauen hinter ihrem kleinen Sofa vorbei, und Liv beugte sich zu ihm. »Siehst du die zwei Frauen da?«, fragte sie leise.

Er nickte, auch wenn es nicht so war. Er war von Liv so abgelenkt, dass es auch ein paar wilde Tiere gewesen sein konnten, die die Gegend durchstreiften. Auch wenn das in einem Fünf-Sterne-Hotel in der Stadt sehr unwahrscheinlich war.

Liv lächelte. »Ich habe gerade gehört, wie sie gesagt haben, du sähest aus wie Regé-Jean Page.«

Arran zog die Augenbrauen hoch. »Wie wer?«

»Du weißt schon.« Sie lehnte sich nach vorne, um ihm etwas ins Ohr zu flüstern. Wenn das die Art war, wie sie ihm etwas erklärte, was er nicht verstand, dann würde er sich von nun an immer dumm stellen.

»Der Duke of Hastings«, raunte sie ihm zu und warf ihm einen vielsagenden Blick zu.

Er sah sie immer noch verwirrt an. »Wer?«

Liv verdrehte die Augen. »Das ist ein Schauspieler. Er hat in der ersten Staffel von *Bridgerton* den Duke of Hastings gespielt.«

»Ich habe keine Ahnung, wovon du sprichst«, erwiderte er und genoss den entsetzten Ausdruck auf ihrem Gesicht.

Sie schnappte sich ihr Handy und tippte kurz darauf herum. Dann hielt sie es ihm vor die Nase. Arran betrachtete das Foto des gut aussehenden Mannes in einem schicken smaragdgrünen Anzug mit passender Weste unter dem Jackett. »Nicht schlecht. Mein Anzug ist aber dunkler und meine Weste ist nicht aus dem gleichen Stoff.«

Liv lachte und knuffte ihn in die Schulter. »Nicht dein *Outfit*. Dein Gesicht, Dummerchen.«

Er lächelte. »Ich denke, damit kann ich leben. Der Typ sieht ganz gut aus.«

»Und er ist sexy«, ergänzte Liv, riss dann aber die Augen auf, als sie die letzte Silbe ausgesprochen hatte, und ihr Gesicht lief rot an.

Er konnte nicht verhindern, dass sich sein Mund zu einem Grinsen verzog. »Also, ist *er* sexy oder ich?«

Sie räusperte sich, und er stellte fest, dass ihm ihr Unbehagen gefiel. Sie fing sich wieder und wischte sich eine dicke Haarsträhne aus dem Gesicht, das Kinn stolz vorgestreckt. »Ihr beide.«

Er hielt ihrem Blick stand, während sich sein Puls beschleunigte. Sie sah ihn an, als hätte sie ihre eigenen sexy Phantasien über ihn. Aber konnte das stimmen, wo sie ihm doch gerade noch vor ein paar Minuten gesagt hatte, dass er sich vorstellen sollte, wieder mit seiner Ex zusammenzukommen?

Ihr Handy vibrierte, und sie zuckte zusammen. Ihre Augen waren groß, fast, als hätte sie vor etwas Angst.

Er berührte besorgt ihre Hand. »Ist doch nur eine Nachricht.«

Sie starrte ihr Handy auf dem Tisch an, als wäre es eine Giftschlange.

Es machte ihn sofort nervös, dass sie so erschrocken aussah. »Liv? Was ist los?« Er rutschte näher, als sie sich nach vorne beugte, um ihr Handy in die Hand zu nehmen.

Sie schüttelte den Kopf und schauderte sichtlich. »Es ist …« Sie neigte den Kopf und sah sich um, ehe sie ihm zuraunte: »Es ist Dave, dieses Arschloch.«

Arran musste einfach darüber lächeln, dass sie erst nachgesehen hatte, ob die Luft rein war, ehe sie in der Öffentlichkeit ein Schimpfwort in den Mund nahm, auch wenn das zugegebenermaßen ein ziemlich schickes Hotel war, in dem sicherlich nicht oft Gäste unflätig vor sich hin fluchten. Doch sein Lächeln erlosch sofort, als ihm bewusst wurde, wen sie meinte. »Dein Dad? Was zum Teufel will der denn?«

Sie hielt ihr Handy zwischen sich, so dass sie gemeinsam lesen konnten. Arran genoss das Privileg, dass sie ihm das erlaubte.

Mistkerl Dave:

Warum antwortest du mir nicht? Ich bin dein Vater, Olivia. Erweise mir gefälligst Respekt!

Normalerweise hätte ihn die Tatsache, dass Liv ihren Dad in ihrem Handy als »Mistkerl Dave« gespeichert hatte, stutzig gemacht, aber die gemeinen Worte auf dem Bildschirm erzeugten eine Kälte in ihm, die ihn die Hände zu Fäusten ballen ließ.

»Wovon redet er?«

Seufzend lehnte sie sich an ihn, als hätte man die Luft aus ihr herausgelassen. Schützend legte er den Arm um sie.

»Er hat mir letztes Wochenende schon mal geschrieben. Und ich habe die Nachricht einfach gelöscht.«

Er hob die Hand und strich ihr eine Haarsträhne hinters Ohr. Das war eine große Sache. Dave hatte sich nie bei den Zwillingen gemeldet, und jetzt schrieb er Liv gleich mehrere Male, nachdem er sich auch bei Sam gemeldet hatte? »Was hat er denn geschrieben?«

Sie zuckte mit den Schultern. »Hat nach Sams Hochzeit gefragt.«

Stirnrunzelnd hob er ihr Kinn, so dass sie ihm in die Augen sehen musste. »Das ist alles? Nichts über dich?«

Etwas veränderte sich in ihrem Blick, und er wusste sofort, dass er einen wunden Punkt berührt hatte. »Nope«, erwiderte sie. »Kein Wort.«

»Mistkerl«, murmelte Arran.

»Ja.« Sie schmiegte sich an seine Seite. »Deshalb auch der Name in meinem Adressbuch.«

Arran lachte leise und drückte sie an sich.

Sie spielte mit einem der Knöpfe an seiner Weste. »Ich

meine, es überrascht mich nicht. Also, dass er sich bei uns meldet, schon. Aber nicht, dass er sich nicht für mich interessiert. Er hat sich noch nie für mich interessiert. Nicht, dass er Sam mehr Aufmerksamkeit geschenkt hat, aber ihn hat er immer als eine Art Spiegelung seiner Selbst gesehen. Wenn er mal gezwungen war, Vater zu sein und uns zum Beispiel zum Sportverein fahren sollte, hat er immer gesagt, er fährt Sam, und Mum sollte mich zu meinem Sport bringen. Er meinte, er hätte nicht so eine Verbindung zu mir, weil ich ein Mädchen bin.« Sie holte Luft. »Ich habe mich immer wie das fünfte, ungewollte Rad am Wagen gefühlt.«

Arran versteifte sich. »Was für ein Idiot.« Sollte er jemals das Glück haben, eine Tochter zu bekommen, würde ihm niemals einfallen, seinen Sohn zu bevorzugen. Er zog Liv näher an sich. »Er sollte sich glücklich schätzen, dich zur Tochter zu haben. Es tut mir leid, dass er es versaut hat.«

Ihre Stimme war so leise, dass er sich anstrengen musste, um ihre Worte zu verstehen. »Und mich hat er auch versaut. Aber immerhin hatte ich nicht wirklich das Gefühl, etwas zu verlieren, als er gegangen ist. Weil ich sowieso nie einen Dad hatte.«

Ihm war, als würde man ihm ein eisiges Messer ins Herz rammen. Schnell griff er nach ihrer Hand.

Sie drückte seine. »Für Sam war es schlimmer, wirklich. Weil sie zumindest so etwas Ähnliches wie eine Beziehung hatten, ehe Dave sich verdrückt hat.«

»Du machst es schon wieder«, sagte er und rieb ihr mit dem Daumen über den Handrücken. »Immer stellst du die Gefühle anderer über deine eigenen. Für dich war es genauso schlimm wie für Sam. Du hast auch Mitgefühl verdient, Liv.«

Sie schwieg, also drängte er sie nicht weiter.

Er gab ihr einen Kuss auf den Scheitel und hielt sie tröstend. »Los, komm, Aggie. Lass uns den Tee austrinken, dann besorge ich uns noch etwas Stärkeres, ehe wir wieder den Zug nach Hause nehmen.«

Liv ließ sich im Zug auf den Platz am Fenster sinken, während er die Papp-Kaffeebecher auf dem kleinen Tisch zwischen den Bänken abstellte. »O verdammt«, seufzte sie und pustete sich eine Haarsträhne von der Brille weg. »Dieser letzte Cocktail ist mir irgendwie zu Kopf gestiegen.«

Er setzte sich mit einem Grinsen neben sie. »Bist du sicher, dass es der letzte war und nicht die beiden davor?«

Sie schürzte die Lippen, was ihn nur dazu brachte, sie küssen zu wollen. »Nein. Definitiv der letzte.«

»Okay. Wie du meinst, Aggie«, sagte er und zog seine Jacke aus.

Auch sie schlüpfte aus ihrem Mantel und streckte sich. Arran musste sich zusammenreißen, die Augen von ihrer Bluse zu nehmen, unter der sich die Rundung ihrer Brüste abzeichnete. Es fiel ihm so schwer, dass er sich fragte, warum er eigentlich so wild entschlossen war, die Hände von ihr zu lassen. Jetzt, wo seine Hemmungen vom Alkohol gedämpft waren, kam ihm der Gedanke, dass er vielleicht aufhören könnte so vorsichtig zu sein und es versuchen. Die Karten offen auf den Tisch legen, und dann, wenn alles schief gehen sollte, waren sie sicher erwachsen genug, um auch weiterhin Freunde zu bleiben. *Aber so gut wie wir uns verstehen, würde es bestimmt nicht schief gehen …*

»Arran. Es hat wirklich Spaß gemacht, mit dir die Stadt unsicher zu machen.« Ihre Worte klangen leicht undeutlich, und er musste mit Enttäuschung feststellen, dass jetzt nicht der richtige Moment war, ihr seine Gefühle zu gestehen. Dafür brauchte er sie nüchtern und bei klarem Verstand.

Arran tippte sich an eine imaginäre Kappe. »Gern geschehen. Ich führe dich jederzeit gern wieder aus.«

Liv lächelte. »Danke, dass du dir mein Gejammer angehört hast.«

Ihm wurde warm ums Herz. »Auch dafür gilt: Immer wieder gern. Ich finde es schön, dass du mit mir reden kannst.« *Ich liebe es, um genau zu sein.*

»Ich auch.« Sie seufzte. »Ich bin in letzter Zeit eine ganz schöne Plaudertasche. Heute habe ich dir die Ohren vollgeheult, und letztes Wochenende sogar dem armen Brodie.«

Ihm war, als würde ihm das Blut in den Adern gefrieren. Jetzt war das Thema doch noch aufgekommen, und es hatte bei ihm eingeschlagen wie eine Bombe – sie hatte sich Brodie anvertraut? Wo sie den Kerl doch kaum kannte? Sein Herz wurde ihm schwer, und eine feurige Eifersucht fraß das warme, privilegierte Gefühl auf, das er empfunden hatte, als er dachte, er wäre der einzige, dem Liv so vertraute. Das Date musste gut gelaufen sein, wenn Liv sich ihm gegenüber geöffnet hatte. Er rieb sich die Brust, die Leere fühlte sich sogar noch größer an als sonst.

Arran spielte mit seinem Kaffeebecher, während der Zug sich in Bewegung setzte, und unterdrückte den Wunsch, sie zu fragen, was mit Brodie lief. Er war sich einfach nicht sicher, dass er auf sozial angemessene Weise auf die Antwort reagieren würde. Er wollte nach Hause, Brodie ausfindig machen, ihn an eine Wand drücken und ihm klarmachen, dass er sich von Liv fernzuhalten hatte.

Arran holte tief Luft und sagte mit angespanntem Tonfall: »Klingt, als hättet ihr euch gut verstanden.«

»Ja, sehr gut«, erwiderte sie und machte es sich auf dem Sitz bequem. »Er ist echt cool. Ich bin froh, dass er auf den Skye-Ausflug mitkommt. Hoffentlich kannst du ihn dann auch etwas besser kennenlernen, denn ich glaube, ihr würdet euch super verstehen.«

Arran knirschte mit den Zähnen. *Uns super verstehen? Wenn das bedeutet, dass ich ihm den Allerwertesten verdresche, dann ja.* »Ganz bestimmt.«

Moment, warum *wollte* Liv, dass er sich mit Brodie »super« verstand? Weil sie wollte, dass Arran, als ihr neuer »bester Freund« sich mit ihrem neuen Lover verstand? Ihm rutschte das Herz in die Hose. Das musste auch der Grund sein, warum sie versuchte, ihn wieder mit Jess zusammenzubringen. Sie wollte, dass ihr bester Freund genauso unter der Haube war wie sie selbst.

Fuck fuck fuck. Typisch. In dem Moment, als ihm der Gedanke kam, Liv seine Gefühle zu gestehen, musste das passieren. Er hatte recht gehabt, als er Agnes gesagt hatte, dies sei eine schlechte Idee.

»Wo wir schon von unserem Ausflug sprechen«, fuhr sie fort, seinen inneren Aufruhr offensichtlich nicht bemerkend. »Ich denke, wir sind mit der Organisation fertig.«

Er schluckte und versuchte sich zusammenzureißen. »Ja. Die Fahrt ist organisiert, die Unterkunft und das Restaurant sind gebucht, und«, er brachte ein Zwinkern zustande, »das Wichtigste, die Aktivitäten sind geplant.«

»Vom A Team«, sagte Liv und streckte ihm die Hand hin, damit er einschlagen konnte. Er tat ihr den Gefallen. Dann lehnte sie sich wieder zurück und kuschelte sich an seine Schulter. Arran holte ein paarmal tief Luft und versuchte, die richtigen Worte zu finden, um sie zu fragen, wie ernst die

Sache mit Brodie war, doch es fiel ihm schwer, eine lockere Formulierung zu finden. Warum er? *Warum nicht ich?*

Als er schließlich den Mund öffnete, um den Anfang eines Satzes zu stottern, hatte sie die Augen geschlossen und ihr Atem ging gleichmäßig. Sie war an seiner Schulter eingeschlafen.

Arran nahm seine Jacke und deckte sie damit zu. Er bemerkte ein älteres Ehepaar schräg gegenüber, das ihn freundlich anlächelte – offensichtlich unter der falschen Annahme, dass sie ein Paar waren. Das schien ihnen in letzter Zeit ziemlich häufig zu passieren. Erst bei Angela und Sarah, den beiden Bräuten beim Hochzeitsempfang. Und dann bei Henry, dem Fotografen. Offenbar sahen die Leute etwas, das nicht da war, denn Liv schien in einen anderen verliebt zu sein.

Dabei hatte er das Gefühl gehabt, dass Liv und er sich näherkamen, als würden sie in die richtige Position rutschen, die für sie gedacht war. Doch nun führten die Ereignisse sie in eine andere Richtung. Zogen sie voneinander weg.

Er versuchte, es sich in dem Sitz bequem zu machen, spürte, wie ihre Brust sich hob und senkte, und bedauerte die Tatsache, dass sie ihm entglitt. Aber er wollte, dass sie glücklich war, also wenn sie entschieden hatte, es mit einem anderen zu versuchen, dann würde er das respektieren. Und doch hatte sein störrisches Herz Probleme damit, sie gehen zu lassen.

Vielleicht war die Sache mit Brodie genau im richtigen Moment geschehen – als er kurz davor gewesen war, ihr zu sagen, dass er in ihr mehr als nur einen Kumpel sah. Als er sie am liebsten hatte fragen wollen, ob er sie küssen durfte. Denn es war keine gute Idee, schon wieder eine Beziehung anzufangen, und schon gar nicht, wenn es sich dabei um seine beste Freundin handelte. Noch dazu, wenn besagte Freundin die Erzieherin seines Sohnes werden würde. Da war es noch wichtiger, dass er ihre Freundschaft nicht gefährdete, indem er etwas Romantisches versuchte, das am Ende vielleicht schiefging. Er durfte nicht zulassen, dass sich sein Beziehungsstatus auf seinen Sohn auswirkte. Vielleicht war es so am besten. Er musste sich nur damit abfinden. Und vorerst war es besser, Livs Beziehung mit Brodie nicht anzusprechen, bis er sicher sein konnte, sich nicht in einen Feuerball aus Eifersucht zu verwandeln.

Er betrachtete ihr hübsches, schlafendes Gesicht. Der einzige Weg, der ihm einfiel, wie er sich emotional von ihr lösen konnte, war der, erstmal auf Abstand zu gehen. Er würde sie sicher nach Hause bringen und sich dann eine Weile von ihr fernhalten. Nur so lange, bis er sich vertrauen konnte, ihr Glück nicht zu zerstören.

KAPITEL
dreizehn

Liv starrte die zwei Tage alte Nachricht an, die sie Arran geschickt hatte:

> Hey, hätten du und Lord Jayce vielleicht Lust, mich dieses Wochenende zu Sams und Mayas Osterei-Wettrollen im Skizentrum zu begleiten?

Es war als gelesen markiert, aber bisher hatte sie keine Antwort erhalten. Er musste zu beschäftigt sein, um ihr zu schreiben. Sie verharrte mit dem Daumen über dem Display und überlegte, ob sie ihn noch einmal fragen sollte oder nicht. Am Ende entschied sie sich dafür; der Event war schon in ein paar Tagen, deshalb musste sie langsam die Tickets für sie besorgen, wenn sie mitkommen wollten.

> Schon eine Ahnung, ob ihr zu dem Ostereier-Ding mitgehen wollt? Vielleicht spendiere ich dir sogar ein Schoko-Osterei …

Sie legte ihr Handy auf dem Couchtisch ab und nahm wieder ihren E-Reader zur Hand, um weiterzulesen, doch sie konnte sich nicht auf das Buch konzentrieren. Warum wurde sie das Gefühl nicht los, dass Arran ihr seit ihrem Nachmittagstee in Glasgow aus dem Weg ging? Es war doch schön gewesen, und das erste Mal, dass sie beide einen Tag nur zu zweit verbracht hatten. Er schien auch Spaß gehabt zu haben, doch in der Woche danach hatte er sich nicht ein Mal bei ihr gemeldet, was untypisch für ihn war. Normalerweise schrieben sie sich regelmäßig kurze Nachrichten, auch wenn es nur irgendein Quatsch war, um den anderen zum Lachen zu bringen. Doch auch wenn sie ihren Part erfüllt hatte, so waren Arrans Antworten, wenn überhaupt, dann nur sehr zögerlich ausgefallen.

Sie sah von ihrem Buch auf und starrte nachdenklich die Wand an. Sie hatte doch nichts Falsches gesagt, als sie auf dem Heimweg betrunken gewesen war, oder etwa doch? Ihr lief ein kalter Schauer über den Rücken, wenn sie sich vorstellte, im betrunkenen Zustand etwas Dummes getan zu haben, wie ihm zu gestehen, dass sie seit Jahren in ihn verliebt war (und es sich jetzt nach etwas Größerem anfühlte), oder wie zu versuchen, ihn zu küssen.

Aber sie war nicht so betrunken gewesen, dass sie Dinge vergessen hatte. Nur ein wenig beschwipst; dann hatte sie auf dem Heimweg im Zug geschlafen, und Arran hatte sie bei ihr zu Hause abgesetzt und war mit dem geteilten Taxi weitergefahren. Obwohl … war er zu diesem Zeitpunkt nicht schon ungewöhnlich still gewesen?

Ihr Handy meldete eine Nachricht, und ihr Herz machte einen Sprung, als sie seinen Namen auf dem Display las.

> Sorry für die Verzögerung. War beschäftigt. Jayce hat schon nach dir gefragt, und er würde gern zu dem Osterei-Wettrollen gehen. Treffen wir uns dort.

Sie tippte eine schnelle Antwort, auch wenn ihr bewusst war, dass es ihm vielleicht verraten würde, wie verzweifelt sie darauf gewartet hatte, von ihm zu hören.

> Kann euch abholen, wenn du magst?

Ganz im Gegenteil zu seinen verzögerten Antworten in der vergangenen Woche, erschienen die drei Punkte sofort, gefolgt von:

Schon okay, danke. Hab vormittags was zu tun, wir treffen uns besser dort.

Sie ließ die Hand in den Schoß sinken und hielt inne, um nachzudenken. Arran war eigentlich nicht der Typ, der schmollte. Er hatte sicher nur viel um die Ohren. Das musste es sein.

Die Hügel waren grün und saftig, und die Luft war kühl, als Liv den Kopf reckte, um die Terrasse des Skizentrums nach Arran und Jayce abzusuchen. Sie seufzte. Bisher keine Spur von ihnen. Was auch immer er vorher zu tun gehabt hatte, es musste länger gedauert haben.

Jemand zupfte an ihrem Ärmel, und als sie sich umdrehte, stand Maya vor ihr, den einjährigen Jack, Elises Sohn, auf dem Arm.

Liv umarmte Maya und gab Jack einen Kuss auf die Wange. »Hey, mein Hübscher. Sorry, dass deine Mum es nicht geschafft hat.«

Maya lächelte. »Aber dafür hat er das Nächstbeste bekommen, seine Tante Maya.«

»In der Tat.« Liv lächelte ihn an und schlug sich dann die Hände vors Gesicht, um Kuckuck mit Jack zu spielen. »Wo ist denn Sam?«, fragte sie, als Jack über ihr Spielchen lachte.

»Da drüben.« Maya nickte in die Richtung, wo Sam mit seinen Kollegen plauderte, während sie noch ein paar letzte Vorbereitungen für das Ostereier-Rennen trafen, das auf dem Babyhügel stattfinden sollte. Die Teilnehmer würden ihre Eier von oben im Gras runterrollen lassen.

»Wo ist dein Ei?«, fragte Liv Maya.

Maya zog ein hartgekochtes Ei aus der Tasche, das in knallbunten Farben angemalt war, offensichtlich mit Jacks Hilfe. »Hier ist es. Wir nennen es Egg Sheeran.«

Liv prustete los, als sie bemerkte, dass die Spitze des Eis in Orange angemalt war, um die roten Haare des menschlichen Äquivalents, dem Popstar Ed Sheeran, darzustellen.

Maya riss die Hand mit Egg Sheeran weg, als wollte Liv ihn ihr wegschnappen. »Hey, versuch ja nicht, mein Nest zu räubern!« Sie zwinkerte Liv zu, offensichtlich sehr zufrieden mit ihrem Eier-Wortspiel.

Liv zog unbeeindruckt die Augenbrauen hoch und zückte ihr eigenes Ei, das mit Glitzerfarben bemalt war. »Keine Sorge, an Ei-di Klum kommt es nicht ran.«

Maya kicherte. »Nicht schlecht.« Sie schob Jack auf die andere Seite der Hüfte. »Sollen wir los und unsere Startpositionen einnehmen?«

Liv sah sich um. »Arran und Jayce sind noch nicht hier. Ich hoffe, sie kommen noch.«

Maya gestikulierte hinter Livs Schulter. »Da sind sie.«

Mit klopfendem Herzen drehte sich Liv um und erblickte Arran, der mit Jayce an der Hand durch den Hintereingang des Skizentrums trat. Sie hob die Hand, um zu winken, ein Lächeln auf dem Gesicht, doch ehe sie Arrans Blick einfangen konnte, packte sie jemand von hinten und hob sie hoch.

»Hallo, die Damen«, sagte Brodie hinter ihr.

Er setzte sie ab, und Liv drehte sich lächelnd zu ihm um. Er umarmte sie und dann Maya zur Begrüßung. »Hoffentlich denkt ihr nicht, ihr könntet mich schlagen«, sagte er und zückte ebenfalls ein Osterei, das abstrakt angemalt war.

»Nicht schlecht«, sagte Liv und schubste ihn freundschaftlich. Dann hob sie den Kopf, um zu sehen, ob Arran zu ihnen kam, doch zu ihrer großen Enttäuschung war er nirgends mehr zu sehen.

Brodie legte ihr den Arm um die Schultern. »Los, kommt, wir suchen uns einen guten Platz an der Startlinie.«

Sie gingen mit Maya und Jack gemeinsam den Hang hoch. Brodie sah Maya an. »Ist Ben auch hier?«, fragte er und suchte mit dem Blick die Menschenmenge ab.

»Ja, irgendwo«, antwortete Maya. »Er stapft schon die ganze Zeit grummelnd herum und hat an allem etwas auszusetzen.« Sie verdrehte die Augen. »Wir müssen ihm dringend einen neuen Freund suchen.«

Brodies Augen weiteten sich unmerklich, dann lächelte er. »Vielleicht kann ihn ein bisschen Eier-Rollen ja aufmuntern.«

»Hoffentlich«, murmelte Maya, als sie sich Sam näherten, der mit besagtem grummeligem Ben sprach.

Big Boss Ben, wie sie ihn auch nannten, fuhr sich mit der Hand durch die dunklen, mit Silber durchzogenen Haare, während Sam ihm die Hand auf die Schulter legte und drückte.

»Hey Männer«, grüßte Maya, die als Erste bei ihnen ankam. Sie gab Sam einen Kuss auf die Wange und stupste Ben an. »Alles klar, Triple B?«

Ben schnaubte, und Sam warf ihnen einen verstohlenen Blick zu, als wollte er sie warnen, nicht weiter nachzuhaken.

»Ja, wenn die Aktion hier endlich vorbei ist«, erwiderte Ben, den Mund zu einer schmalen Linie verzogen.

»Was ist denn los?«, fragte ihn Liv. »Kein Fan von Ostereier-Events?«

»Nee«, antwortetet Ben mit verschränkten Armen. »Diese ganze Sache zu organisieren, war eine Riesenarbeit.«

»Okay«, sagte Sam beruhigend und legte Ben einen Arm um die Schulter. »Warum holst du dir nicht einfach einen Kaffee, und ich kümmere mich hier um alles. Ich habe alles im Griff.«

Ben musterte die Menge an Besuchern. »Braucht ihr nicht meine Hilfe?«

Maya reichte Jack an Sam weiter und trat auf Ben zu. »Sieh mir in die Augen ...« Sie gestikulierte um ihr Gesicht und schnipste dann mit den Fingern, als wollte sie Ben hypnotisieren. »Und du bist weg. Du bist kein gestresster Chef mehr, sondern ein glücklicher Kerl, der jetzt einen Cappuccino im Café genießen darf ...« Sie schnipste wieder mit den Fingern. »Und du bist wieder da.«

Ein Lächeln umspielte Bens Lippen.

Maya drehte ihn um, so dass er den Hang hinab sah und schob ihn an. »Los, los! Aber nur eine Tasse – wir können es nicht gebrauchen, dass du dann auf Koffein bist.«

Kopfschüttelnd ging Ben den Hang hinab aufs Café zu. Liv meinte, ein leises Lachen von ihm zu hören. Als sie sich wieder den anderen zuwandte, sah Brodie Ben hinterher.

»Alles klar«, sagte Sam. »Lasst die Show beginnen.« Er setzte Jack bei Liv und Maya ab und schnappte sich sein Megaphon.

»Schönen Tag allerseits! Willkommen zum ersten jährlichen Ostereier-Wettrollen von Glenavie. Bitte nehmt alle eure Plätze an der Startlinie ein.«

Unter den Startern entstand ein Gedränge um die besten Positionen, und Liv stellte Ei-di Klum zwischen Egg Sheeran und Brodies Abstrakte-Kunst-Ei. Als sie die Reihe entlang blickte, entdeckte sie Arran und Jayce, und ihr Herz machte einen Sprung, als sie ihnen winkte. Jayce' kleines Gesicht erhellte sich vor Freude, als er sie erkannte, und er winkte begeistert zurück. Liv ging das Herz auf, als ihr auffiel, wie sehr sie es in letzter Zeit vermisst hatte, ihn zu sehen. *Ach, er ist so süß. Ich habe ihn wirklich zum Fressen gern.*

Arran sah auf, als er Jayce Blick bemerkte, und beim Anblick seiner warmen Honigaugen setzte ihr Herz einen Moment aus. Er lächelte sanft und hob seine Hand zum Gruß. Dann fiel sein Blick auf Brodie, der neben ihr hockte, und er sah schnell weg. Sam hob das Megaphon an den Mund. »Auf die Plätze. Fertig. Los!«

Liv gab Ei-di einen heftigen Schubs, und sie rollte hinter Egg Sheeran und Brodies abstraktem Ei her. Alle sprangen auf und feuerten ihre hartgekochten Eier an, von denen einige von großen Grasbüscheln aufgehalten wurden und andere rennbedingte Verletzungen in Form geknackter Schalen davontrugen.

Der Gewinner wurde ausgerufen – dummerweise keiner aus ihrer Gruppe. Aber zum Glück war es ein kleines Mädchen, das sich sehr freute, und sogar noch mehr, als Sam den Hang runterkam und ihr als Hauptpreis das größte Schokoladenei aller Zeiten präsentierte.

Die Menge begab sich wieder nach unten, um sich den Aktivitäten nach dem Rennen zu widmen, inklusive einer Hüpfburg für die Kinder und verschiedenen Ständen, in denen regionale Gerichte und Kunsthandwerk angeboten wurde.

Liv stand neben Maya und Sam und suchte die Menge nach Arran und Jayce ab. Brodie zupfte sie am Ärmel. »Ich werde mir mal einen Kaffee aus dem Café holen. Willst du auch was?«

»Nein, danke«, sagte sie abwesend, zu beschäftigt damit, einen heißen lokalen Künstler mit honigfarbenen Augen und seinen entzückenden Sohn mit Lockenkopf zu finden. Brodie ging davon, und Liv suchte weiter, während Maya und Sam mit Jack plauderten.

Eine Gestalt am Rande der Menge fiel ihr ins Auge. Ein einzelner Mann, der abseits der anderen am Rande der Bäume stand. Sie runzelte die Stirn. Warum hielt sich der Mann so entfernt aller Aktivitäten auf? Wartete er auf jemanden?

Ein seltsames Gefühl meldete sich in ihrem Bauch, als sie den Blick weiter wandern ließ. Etwas an diesem Mann störte sie. Machte sie nervös. Sie sah wieder zu ihm. Vielleicht lag es daran, dass er so still da stand? Und dass er in die Menge starrte. Das seltsame Gefühl entwickelte Stacheln und wanderte weiter in ihre Brust. Führte er etwas im Schilde?

Sie kniff die Augen zusammen. Irgendwie kam er ihr bekannt vor. Als würde er wie jemand aussehen, den sie aus ihrer Vergangenheit kannte, auch wenn er zehn Jahre älter und kräftiger wirkte.

Das stachelige Gefühl in ihrer Brust explodierte und Splitter aus Eis durchfuhren sie. Sie packte Sam am Arm, während sich ihr die Nackenhaare aufstellten und ihr Herz wie wild klopfte.

Sam sah sie an. »Was ist los?«

Einen Moment lang brachte sie kein Wort heraus, die eisigen Splitter schienen ihre Stimmbänder durchtrennt zu haben.

Sam folgte ihrem Blick und erblickte den Mann ebenfalls. Er versteifte sich. »Heilige Scheiße.«

Maya kitzelte gerade Jack. »Sam, nicht solche Ausdrücke, bitte. Es sind Kinder anwesend.«

Liv drehte den Kopf zu den beiden um. Sam starrte immer

noch den Mann an, und Maya riss entsetzt die Augen auf, als sie den Gesichtsausdruck der Zwillinge bemerkte. Liv wusste, dass sie selbst weiß wie die Wand sein musste. Sie hatte gespürt, wie ihr das Blut aus dem Gesicht gewichen war, als ihr klar geworden war, wer der beobachtende Mann bei den Bäumen war.

Maya hob Jack auf ihren Arm. »Was ist passiert?«

Sam nickte in Richtung des Mannes. »Dave ist hier.«

»*Was?*«, erwiderte Maya, und ihr Kopf fuhr herum.

Sam machte Anstalten, sich in Bewegung zu setzen. »Ihr zwei wartet hier. Ich gehe rüber und finde heraus, was er will.«

Liv hielt ihn am Arm fest, Maya packte gleichzeitig seinen anderen.

»Ohne mich gehst du nirgendwo hin«, sagte Liv entschieden.

»Ohne mich auch nicht«, stimmte Maya ein, ihr Tonfall ungewohnt streng.

Sam legte seine Hand auf Mayas und drückte sie. »Du musst hier bei Jack bleiben.«

»Ich bringe ihn zu Ben, er kann auf ihn aufpassen«, sagte Maya und sah sich um.

Sams Tonfall war flehend. »Bitte, Maya. Ich will nicht, dass er weiß, wer du bist. Er hat nichts in der Nähe meiner Beziehung mit dir verloren, sie ist mir zu wichtig.«

Mayas Gesichtszüge wurden weich, als sie ihm in die Augen sah. Sie schien hin und her gerissen zu sein, doch dann nickte sie und gab ihm einen Kuss auf die Wange. »Okay.«

Liv atmete auf, erleichtert, dass Sam darauf bestanden hatte. Sie durften nicht zulassen, dass Dave die guten Dinge in ihrem Leben vergiftete, die sie sich ohne ihn geschaffen hatten.

»Ich komme auf jeden Fall mit«, sagte sie zu ihm und hakte sich bei ihm unter. Er wirkte erleichtert.

Sie gingen los durch die Menge, als Maya ihnen noch hinterherrief: »Ich habe euch im Auge. Und meine Hemmschwelle, die Polizei zu rufen, ist ziemlich niedrig!«

Liv ging dicht neben ihrem Bruder, als sie aus der Menge heraustraten und auf ihn zugingen. Sie hatte das Gefühl, dass sie zu zweit wie ein emotionaler Schutzschild auftraten.

Daves Gesichtszüge wurden deutlicher, je näher sie kamen. Mehr Falten und weicher, doch noch dieselbe selbstgefällige Ausstrahlung. *Und die gleichen grünen Augen und dunklen Haare wie ich.* Übelkeit stieg in ihr auf, ließ ihren Puls in die Höhe schnellen und das Blut in ihren Ohren rauschen.

Sie blieben vor ihm stehen. Er sagte nichts, betrachtete sie nur voller Verachtung, obwohl Liv nicht entging, dass er ihr nur einen kurzen Blick schenkte und ihn dann auf Sam ruhen ließ.

Sie spürte, wie Sam neben ihr die Schultern straffte. »Was hast du hier verloren?«

Daves Blick war kühl. »Was glaubst du denn?«

Sam schnaubte verärgert. »Woher soll ich das wissen? Ich kann nicht hellsehen.«

Liv drückte seinen Arm, versuchte ihm damit zu signalisieren, dass er den Ball flach halten sollte.

»Ich bin hier«, erklärte Dave mit überheblichem Tonfall, »weil keiner von euch es für nötig erachtet, eurem eigenen Vater zu antworten, wenn er euch schreibt.«

»Grundgütiger«, murmelte Sam. »Warum sollten wir?«

Daves Augenbrauen zogen sich zusammen. »Weil ich euer Vater bin, Samuel. Und ich erwarte Respekt von euch.«

Liv konnte nicht anders, als kurz aufzulachen. Respekt? Der Mann verdiente keinerlei Respekt, von niemandem. Die Worte *Ich bin euer Vater* hallten in ihrem Kopf wider, und klangen dort verdammt nach Darth Vader. *Wie passend.*

Daves Blick flackerte kurz zu ihr und dann wieder zurück zu Sam. »Wenn mein Sohn heiratet, erwarte ich, dass nicht nur mein Segen eingeholt wird, sondern dass ich auch konsultiert werde, was die Planungen angeht. Was, wenn ich an dem von euch gewählten Termin keine Zeit habe? Dann müsste alles verschoben werden.«

Liv riss ungläubig den Mund auf. All die Jahre, und doch traf sie die Dreistigkeit dieses Mannes immer wieder wie ein Vorschlaghammer. Ein Seitenblick zu Sam bestätigte ihr, dass es ihm die Sprache verschlagen hatte, weil er von dieser lächerlichen Aussage so geschockt war.

Sie beschloss, für ihren Bruder zu übernehmen. »Wir werden nichts dergleichen tun. Du hast keinerlei Anrecht auf irgendetwas und nicht auch nur das Geringste mitzureden. Du bist auf Sams Hochzeit nicht willkommen. Oder auch nur irgendwo in der Nähe, um genau zu sein.«

Dieses Mal starrte er sie zwei Sekunden lang an, ehe er wieder zu Sam blickte, als wäre seine Tochter unsichtbar für ihn.

»Also?«, sagte er zu Sam. »Was hast du zu deiner Verteidigung vorzubringen?«

Verdammt nochmal, ich bin offensichtlich genauso unhörbar wie unsichtbar. Also alles wie gehabt.

Sam machte einen Schritt auf ihn zu und erwiderte durch zusammen gepresste Zähne. »Das Gleiche, was Liv gerade gesagt hat. Also, hör auf, so zu tun, als könntest du sie nicht hören, du elender Mistkerl.«

Daves Augen weiteten sich, und er trat ebenfalls vor, so dass die beiden Männer nur noch Zentimeter voneinander entfernt waren. »Wie kannst du es wagen, so mit mir zu sprechen.«

»Ich spreche so mit dir, wie ich will«, entgegnete Sam, und Liv fiel auf, dass er ein gutes Stück größer und muskulöser war als ihr Vater.

Etwas blitzte in Daves Blick auf, und er wich einen Schritt zurück.

Liv hatte das Gefühl, dass es an der Zeit war, sich zurückzuziehen, und zupfte Sam am Arm. »Los, komm. Wir müssen zurück zu unserer Veranstaltung.«

Sam rührte sich nicht, also zog sie etwas fester. Endlich setzte er sich in Bewegung.

»Verpiss dich, Dave«, sagte er. »Du bist in meinem Zentrum nicht willkommen. Und in unserer Stadt auch nicht.« Er wandte sich mit Liv zum Gehen, und keiner von ihnen sah sich noch einmal um, als er den Arm um sie legte und sie sich wieder unter die Besucher mischten.

Ein Gefühl der Leere löste die Kälte von zuvor ab. All die Jahre hatte sie angenommen, ein Showdown mit Dave würde bedeuten, dass sie ihm die Meinung sagen konnte und er ihr zuhören würde. Dass es eine Art von Abschluss für sie sein könnte. Doch das war nicht möglich, wenn der Kerl so tat, als würde sie gar nicht existieren.

Sie schoben sich durch die Menge und erblickten Maya, die bei Brodie stand und sie besorgt beobachtete.

Sam fuhr sich mit der Hand durch die Haare. »Fuck. Er schafft es immer noch, dass ich mich total aufrege.« Er drückte Livs Arm. »Geht es dir gut?«

Sie überlegte kurz, ihm zu erklären, wie sie sich fühlte –

nicht verärgert, aber leer. Doch dann beschloss sie, dass es egoistisch von ihr wäre, wo Sam gerade selbst so mitgenommen war. Sie lächelte ihn an. »Alles okay. Tut mir leid, dass er sich dir gegenüber so mies verhalten hat.«

Er zog sie an sich und gab ihr einen Kuss auf die Stirn, als sie bei Maya und Brodie ankamen. Maya umarmte sie, ehe sie sich an Sams Brust lehnte. Er schlang fest die Arme um sie und schloss die Augen. Er legte das Kinn auf dem Kopf seiner Verlobten ab, als würde er ihren Duft in sich aufsaugen, um seine Seele zu heilen.

Liv beobachtete die beiden nachdenklich. Dann überkam sie ein neues, seltsames Gefühl. Sie kam sich bei ihrem Bruder und ihrer besten Freundin vor wie das fünfte Rad am Wagen – so hatte sie sich bei ihnen noch nie gefühlt.

Verwirrt wandte sie sich ab, und Brodie legte ihr den Arm um die Schulter. »Ich hoffe, es macht dir nichts aus, aber Maya hat mir verraten, dass das Dave war.«

Sie schüttelte den Kopf. Ihr war ein wenig schwindelig. »Nein, das macht mir nichts.« Sie rang sich ein Lächeln ab und sah ihn an. »Ist er denn weg? Ich will ihm nicht die Genugtuung geben, mich nach ihm umzudrehen.«

Brodie reckte den Kopf, um durch die Menge etwas sehen zu können. »Yep. Ist weg.«

Liv ließ die Schultern hängen, als die unsichtbare Last von ihr abfiel, und dann erblickte sie Arran, der mit Jayce auf dem Arm auf sie zukam. Auf seinem hübschen Gesicht lag ein besorgter Ausdruck.

Ihr innerer Aufruhr legte sich mit seiner Ankunft und dem beruhigenden Klang seiner Stimme. »Geht es euch beiden gut? War das euer Dad?« Er sah von Liv zu Sam und wieder zu ihr zurück, ging einen Schritt auf sie zu, blieb dann aber stehen, als sein Blick auf Brodies Arm auf ihrer Schulter fiel.

»Hallo, Lib«, sagte Jayce mit leicht schläfrigem Blick und streckte die Ärmchen nach ihr aus. Ihr Herz schlug höher, als sie ihn Arran abnahm und ihm die weichen Locken küsste, seinen tröstlichen Duft einatmend. Jayce kuschelte sich an ihre Schulter, und sie lehnte ihr Kinn an seinen Kopf, wobei Arrans und ihr Blick sich trafen. Er blinzelte, seine Körpersprache wirkte ein wenig verkrampft, als er die Hände öffnete und wieder schloss. Er musterte Brodie, der ihre Schulter noch einmal drückte.

»Ja«, bestätigte Liv und wünschte, Arran würde sie umarmen. »Das war er.«

Arran fuhr sich mit der Hand durch die Haare. »Shit. Was wollte er?«

»Die Muskeln spielen lassen«, antwortete Sam mit zusammengepressten Kiefern. »Also, es hat sich nichts verändert in den letzten zehn Jahren.«

Arran atmete hörbar aus und sah wieder Liv an. »Was hat er denn für ein Recht, bei euch die Muskeln spielen zu lassen?«

»Keins«, erwiderte sie und drückte Jayce an sich. »Er hört sich einfach zu gern selbst reden. Hoffentlich war es das letzte Mal, dass wir ihm dabei zuhören mussten.« Sie sah Sam an. »Ich denke, er hatte ein bisschen Angst vor dir. Du bist viel größer als damals als Teenager.«

Sam brachte ein leises Lächeln zustande, als Maya den Kopf von seiner Brust hob und ihm einen Kuss auf die Wange gab.

»Im Gegensatz zu mir«, fuhr Liv fort und erwiderte das Lächeln. »Ich bin immer noch winzig.«

Sam schüttelte den Kopf. »Winzig, aber tödlich. Du bist es, vor der er Angst haben sollte.«

Arran schluckte, ohne den Blick von ihr abzuwenden. Seine Körpersprache wirkte immer noch seltsam, und er schien nicht zu wissen, was er mit seinen Händen machen sollte. Ihre Blicke trafen sich, und sie spürte ihre Verbindung zueinander. Sie wünschte, es wäre sein Arm um ihre Schulter.

»Okay«, sagte Sam seufzend. »Vergessen wir ihn einfach. Wir haben ein Ostereier-Fest zu feiern, und das sollten wir uns nicht von ihm vermiesen lassen.«

Maya ließ ihn los und schielte zu Jack rüber, der unter Bens Aufsicht auf der Hüpfburg tollte. »Lasst uns ein bisschen Spaß haben.« Sie lächelte Jayce an, der noch bei Liv auf dem Arm war. »Willst du mit mir und Jack ein bisschen hüpfen?«

Jayce nickte, sein schläfriger Blick hellte sich auf, und Liv ließ ihn runter, damit Maya ihn an der Hand nehmen konnte. Brodie nahm seinen Arm von Livs Schulter und begleitete Maya und Jayce zur Hüpfburg.

Sam stellte sich neben Arran, der ihn in eine Umarmung zog und ihm den Rücken klopfte. »Danke, Mann«, sagte Sam, als er sich wieder von ihm löste, und schenkte Arran ein Lächeln. Dann wandte er sich an Liv. »Und du gehst nicht ohne mich nach Hause. Ich will dich wenigstens zu deinem Auto bringen.«

Sie verdrehte die Augen. »Wer hat denn hier den schwarzen Gürtel, ich oder du?«

Er lachte auf und winkte ihnen zu, als er davon ging.

Liv rechnete damit, dass Arran sie ebenfalls umarmte, aber das tat er nicht.

Er rieb sich die Wange. »Bist du sicher, dass es dir gut geht?«

Sie nickte, und ihr war auf einmal kalt. »Ja, danke. Es war eher Sam, der sich aufgeregt hat.«

Etwas flackerte in seinem Blick auf, und er hob die Hand, hielt dann aber in der Bewegung inne und fuhr sich durch die Haare. »Wenn du dir sicher bist.«

Warum kam es ihr nur so vor, als würde sich ein Graben zwischen ihnen auftun? Sie öffnete den Mund, um die Frage zu äußern, aber da klingelte sein Handy.

Arran stöhnte auf und zog es aus der Tasche. »Sorry. Ich muss da dran gehen. Es ist Jess.« Er nahm das Gespräch entgegen und trat ein Stück beiseite. Liv wartete eine Minute lang und fragte sich, ob er zurückkommen und weiter mit ihr reden würde, sobald das Gespräch beendet war. Doch um was auch immer es ging, es schien eine größere Diskussion zu sein, weshalb sie beschloss, sich den anderen bei der Hüpfburg anzuschließen, bevor er sie dabei ertappen konnte, wie sie ihn dümmlich anstarrte.

Die Anrufe von Jess kamen offenbar immer noch häufig vor, und sie konnte spüren, dass Jess es bereute, ihn verlassen zu haben. Es war nur eine Frage der Zeit, bis die zwei wieder zusammen waren. Sie wusste, sie sollte sich freuen, weil es Arran glücklich machen würde. Und doch tat sie es nicht. Die Vorstellung machte sie unglücklich. Und welch schlechter Mensch war unglücklich darüber, dass der beste Freund seine Familie wieder zusammenbrachte?

KAPITEL vierzehn

Mit dem Kopf in den Kissen starrte Arran zu den Lichterketten hoch, die das Innere ihrer Wohnzimmerburg erleuchteten. Hier drinnen zu sein gab ihm das Gefühl, von Liv umgeben zu sein, auch wenn sie im Moment außerhalb seiner Reichweite war.

Die Ereignisse des Tages spulten sich erneut in seinem Kopf ab, und er kniff vor Unbehagen die Augen zu, als er daran dachte, wie der Arm eines anderen Mannes um ihre Schulter gelegen hatte, als es ihr nicht gut ging. Er hatte sie so gern umarmen wollen, aber er hatte sich mit aller Macht zurückgehalten, weil ihr neuer Schwarm ihr um den Hals gehangen hatte wie eine Gedenktafel auf der steht: »In Erinnerung an Arran Adebayos Herz, das ich entzweigerissen und in den Müll geworfen habe.«

Und wieder hatte sie von ihren Gefühlen abgelenkt, hatte davon geredet, wie schwer es für Sam gewesen war, Dave zu sehen, und doch hatte er den Schmerz in ihren Augen gesehen, als wäre es eine Sprache, die er gern noch besser lernen würde.

Er seufzte und versank tiefer in den Kissen. Das Schlimmste war, dass sie und Brodie gut ausgesehen hatten zusammen. Und Arran wollte, dass sie glücklich war. Er wünschte sich nur, er könnte derjenige sein, der sie glücklich machte.

Der Ausflug nach Skye war schon am nächsten Wochenende, und er würde seine Bemühungen verdoppeln müssen, um Distanz zu wahren und nichts Dummes zu tun, was ihre aufblühende Beziehung ruinieren konnte. Oder die neue Beziehung zwischen Liv und seinem Sohn, als Erzieherin und Kindergartenkind. Sie hatten für den nächsten Tag einen Besuch im Kindergarten geplant, so dass er und Jayce sich umschauen und die anderen Kinder und Eltern kennenlernen konnten, ehe nächste Woche der Kindergarten anfing.

Er hatte nicht vorgehabt, sie bis dahin zu treffen, doch dann hatte er nachgegeben und sich auf das Ostereier-Wettrollen eingelassen, weil Jayce es sich gewünscht hatte. Zumindest redete er sich das selbst ein, anstatt zuzugeben, dass er auch seinem eigenen Wunsch nachgegeben hatte, nämlich sie endlich wiederzusehen. Die Wahrheit war, dass Jayces Fragen nach Liv ihm eigentlich ein Warnsignal hätten sein sollen, sie auf Abstand zu halten. Wenn sie tatsächlich eine feste Beziehung mit Brodie einging, hätte sie sicher in Zukunft wenig Zeit für sie beide.

Er rutschte herum und drückte das Gesicht in die Kissen, in der Hoffnung, noch einen Hauch ihres Duftes darin vergraben zu finden.

Arran drückte Jayces Hand, als sie vor der Eingangstür des Kindergartens ankamen. »Alles okay, Kumpel?«

Jayce bestaunte den kleinen Spielplatz im Vorgarten, komplett mit Abenteuerspielturm. »Da will ich spielen, Daddy.«

»Klar, können wir machen. Aber erst müssen wir reingehen und uns mit Miss Holland treffen, okay?«

»Miss Lib«, korrigierte Jayce, als hätte das Gespräch, das Arran extra mit ihm geführt hatte, dass er Liv im Kindergarten so nennen sollte wie alle anderen Kinder auch, nie stattgefunden.

Arran drückte auf die Klingel, und eine ältere Dame mit

zurückgebundenen grauen Haaren öffnete ihnen die Tür. »Guten Morgen!«, grüßte sie so fröhlich, dass es Arran auch die letzten Spinnweben aus dem Gehirn pustete. »Und wer ist das?«

Sie trat beiseite, um sie ins Foyer zu bitten, wo Reihen von Kleiderhaken mit den Namen der Kinder darüber die Wände zierten.

»Ich bin Jayce«, antwortete Jayce und ging zu den Kleiderhaken, um sie sich anzusehen.

»Na, hallo, Jayce. Ich bin Mrs. MacKay. In wessen Gruppe bist du?«

»Miss Libs!«, rief Jayce freudig, drehte sich zu ihnen um und klatschte in die Hände.

Arran hustete. »Er meint, Miss Holland, nicht wahr, Kumpel?«

Jayce schürzte die Lippen. »Nein. Ich meine Miss Lib.«

Mrs. MacKay zog eine Augenbraue hoch, und es fühlte sich an, als würde sie mit ihnen schimpfen. »Folgt mir«, sagte sie in ihrer überfröhlichen Stimme, und führte sie den Flur entlang auf eine Tür zu, durch die der Klang von Kinderstimmen drang.

Jayce sauste vor ihnen her durch die Tür, und als Arran hinterherkam, lief Jayce auf Liv zu, die gerade mit einem Vater sprach. Ihr Blick hellte sich auf, als sie Jayce erblickte und als sie vor ihm in die Hocke ging, um ihn zu umarmen, fiel er ihr um den Hals.

»Hey, Kumpel«, sagte sie. »Willst du dir mal unseren Gruppenraum ansehen?«

»Ja!«, rief Jayce.

Während Arran auf sie zukam, stand Liv wieder auf und beendete das Gespräch mit dem Vater. Dann wandte sie sich ihm zu, und als sich ihre Blicke trafen, änderte sich etwas in ihren Augen, während das allzu vertraute Verlangen nach ihr in ihm aufstieg, das er immer verspürte, wenn er in ihrer Nähe war.

»Hey«, sagte er und wollte sie am liebsten umarmen. Doch er unterdrückte das Bedürfnis.

»Morgen«, sagte sie und spielte am Bügel ihrer Brille. »Kommt, ich zeige euch alles.«

»Danke«, erwiderte er. Ihm entging nicht, dass der Mann, mit dem sie gesprochen hatte, nicht weiterging, sondern neben Liv stehenblieb und sie auf eine Weise anstarrte, die Arran nicht gefiel. Er musterte ihn einen Moment lang, während Liv mit Jayce davon ging. Sein Blick fiel auf den Ehering des Mannes, woraufhin er ihm den finstersten aller finsteren Blicke zuwarf. Dann folgte er Liv und Jayce.

Der Gruppenraum war hell und luftig, mit farbenfrohen Gemälden und Bildern an den Wänden. Liv zeigte ihnen die Malecke, den Bereich fürs Freispiel, und die gemütliche Leseecke, wo Bücher die Wand zierten. Dann gingen sie in den angrenzenden Raum, wo sich eine unordentliche Spielecke befand und eine Tür nach draußen zu dem Spielplatz vor der Tür führte.

»Willst du mal mit Emily und Charlie hier spielen?«, fragte Liv an Jayce gewandt und zeigte auf einen kleinen Tisch, an dem zwei Kinder mit irgendeinem Wasserspiel beschäftigt waren, wofür jedes von ihnen eine Kinderschürze trug.

Jayce Gesicht hellte sich auf. Mit Wasser zu plantschen war genau sein Ding. Arran lächelte, als Liv ihm eine Schürze umband und ihn den anderen Kindern vorstellte. Die drei begannen fröhlich zu plaudern und zusammen zu spielen.

Liv kam rüber und stellte sich zu Arran. »Freut er sich denn auf seinen ersten Tag?«

»Ja, total. Ich denke, weil er weiß, dass er in deine Gruppe kommt, ist die Vorstellung für ihn nur positiv besetzt.«

Ihre Wangen röteten sich leicht, was er sehr süß fand. »Ich werde ein Auge auf ihn haben, aber ich denke, er wird es nicht brauchen. Er macht das bestimmt super.«

Trotz ihrer Nähe zu ihm, fühlte es sich an, als wäre sie ewig weit weg. Außerhalb seiner Reichweite. Aber er erinnerte sich selbst daran, dass es am wichtigsten war, dass sie für Jayce da war. Auch wenn ihre neue Beziehung dazu führen würde, dass sie nicht mehr so viel Zeit für ihn hatte, würde Jayce sie noch täglich ein paar Stunden im Kindergarten sehen. Dieser Gedanke hatte etwas Tröstliches, auch wenn er die Leere in seiner Brust nicht füllen konnte.

»Bist du dir sicher, dass alles in Ordnung ist, nach Mistkerl Daves Auftauchen?«, fragte er sie leise. Er hatte ihr schon geschrieben und sie das Gleiche gefragt, aber sie hatte nur abgewiegelt, dass alles gut war. Nur glaubte er ihr nicht.

Ihre Miene verfinsterte sich. »Mir geht's gut, danke. Alles okay.«

»Miss Lib!«, rief Jayce aus der Spielecke, und Arran zuckte zusammen.

»Sorry«, sagte er zu Liv und verzog das Gesicht. »Ich habe versucht, ihm zu erklären, dass er dich im Kindergarten mit Miss Holland ansprechen soll, aber er tut sich schwer mit der Umsetzung.«

Sie lachte, und er bewunderte, wie ihre grünen Augen leuchteten. Er würde ihr am liebsten den ganzen Tag dabei zusehen, wie sie lächelte und lachte. »Schon okay. Mir gefällt es. Vielleicht kriege ich die anderen auch dazu, mich Miss Liv zu nennen.«

»Ich bin mir nicht sicher, ob Mrs. MacKay das gutheißen würde«, meinte Arran, der an die hochgezogenen Augenbrauen der Kindergartenleiterin dachte.

»Ach, keine Sorge. Sie ist bei solchen Sachen einfach ein bisschen Oldschool«, gestand Liv.

Der schleimige verheiratete Dad tauchte im Türrahmen auf und starrte Liv wieder an, was Arran noch entschlossener machte, sie weiter in Beschlag zu nehmen. Dabei musste er an Brodie denken, und ihm wurde schwer ums Herz. »Freust du dich schon aufs Wochenende?«, fragte er zähneknirschend.

Ihr Gesicht hellte sich auf. »Ja. Das wird bestimmt lustig.«

Er nickte und nahm sich vor, sich bei dem Ausflug zurückzuhalten und ihr genug Zeit mit ihrem neuen Schwarm zu lassen.

Agnes' kornblumenblaue Augen musterten ihn durch den Spalt in der Tür. »Hallo, mein Junge.«

Sie ließ ihn rein, und er folgte ihr mit den Einkaufstüten durch den Flur. Wortlos begann er mit dem Ausräumen, wobei er ohne Widerworte hinnahm, als Agnes ihn kritisierte, weil er eine Dose Baked Beans zu den Kidneybohnen stellte.

Sie betrachtete ihn durch zusammengekniffene Augen. »Was ist los? Warum machst du so ein langes Gesicht?«

Er schloss den Küchenschrank und drehte sich zu ihr um. »Nichts.« Er nahm die Teetasse entgegen, die sie ihm hinschob und hob sie zum Mund, um zu pusten.

»Hmm. Für mich sieht das so aus, als hättest du Liebeskummer.«

Er brachte ein schwaches Lächeln zustande. Das konnte man wohl so nennen, immerhin wurde ihm jedes Mal schwer ums Herz, wenn er an Liv und Brodie zusammen dachte.

Agnes bedachte ihn mit einem mitfühlenden Blick. »Ach, Junge. Was ist denn passiert?«

Er fuhr sich mit den Fingern durch die Haare und seufzte. »Sie geht mit einem anderen aus.«

Sie nickte langsam. »Verstehe. Und das, obwohl du ihr gesagt hast, dass du sie magst?«

Er schüttelte den Kopf. »Nein, ich habe es ihr nicht gesagt.«

Agnes runzelte die Stirn. »Tja, da liegt dein Fehler. Ich bin mir sicher, sie würde nicht mit jemand anderem ausgehen, wenn sie wüsste, dass du sie magst. Ich habe doch gesehen, wie dieses Mädel dich angesehen hat.«

Er zog die Augenbrauen hoch. »Ach, ja? Du meinst, durch dein Fernglas zum Vögel beobachten?«

Sie nippte stumm an ihrem Tee, ein Lächeln auf dem Gesicht. »Hör mir gut zu. Hör auf, so ein Dickkopf zu sein und sei ehrlich mit ihr. Du weißt erst, wie sie sich fühlt, wenn du mit ihr gesprochen hast.«

Arran drehte seine Tasse in den Händen. »Ich will ihr aber nichts vermasseln.«

»Ach, Quatsch. Du versuchst nur, dein Gesicht zu wahren.«

Er entschied, nichts zu erwidern, weil er ziemlich sicher war, dass in ihrer Aussage ein Funken Wahrheit lag.

Sie seufzte. »Ihr Jungspunde. Ihr verschwendet Zeit wegen imaginärer Hindernisse, die ihr euch selbst in den Weg stellt.«

Ein Themenwechsel war dringend nötig. »Was hast du denn so vor, während ich auf Skye bin? Party machen?«

»Geht dich einen Scheißdreck an.« Aber ihr Lächeln strafte ihre Worte Lügen. »Meine Freundin Nancy will mich abholen, um mit mir für einen Nachmittagstee ins Café zu gehen.«

»Wie schön.« Nancy war Agnes geringfügig jüngere Freundin, die ein Auto besaß, das hoch genug war, damit Agnes bequem ein- und aussteigen konnte. »Dann habt Spaß, Mädels. Tut nichts, was ich nicht auch tun würde.«

Sie deutete mit dem Finger auf ihn. »Und du tust etwas, das ich tun würde. Sei kein Dummkopf und erzähl deiner Liebsten, wie du wirklich empfindest.«

»Ich werde darüber nachdenken.«

KAPITEL
fünfzehn

Liv schielte über ihre Schulter und versuchte, Arrans Blick zu erhaschen, der in der Sitzreihe hinter ihr saß – am anderen Ende des Autos, neben Maya und Sam. Es schien ihr, als würde er ihrem Blick ausweichen.

Sie drehte sich wieder um und lächelte Brodie an, der neben ihr saß, mit Ben auf der anderen Seite. Sie hatte versucht, es so zu arrangieren, dass sie neben Arran zu sitzen kam, aber er hatte getrödelt, als es darum gegangen war, ins Auto von Nicos Schwester einzusteigen, also waren sie getrennt worden.

Während sie Brodie beobachtete, wie er mit Ben plauderte, bemerkte Liv, dass Brodie immer wieder wegsah und lächelte, wenn Ben den Blickkontakt zu ihm hielt.

»Okay«, rief Nico vom Fahrersitz. »Pinkelpause.«

Elise, die auf dem Beifahrersitz saß, sah ihn mit hochgezogenen Augenbrauen an. »Schon wieder? Wir sind doch nur noch eine halbe Stunde entfernt. Kannst du es nicht einhalten wie ein großer Junge?«

»Nein«, erwiderte Nico und bog zum Rastplatz ab. »Ich hatte ’nen großen Kaffee, weißt du noch?«

Elise schüttelte den Kopf. »Ich glaube, du solltest mal deine Prostata checken lassen.«

Er warf ihr einen schiefen Blick zu. »Ist das ein Angebot?«

Elise fluchte in sich hinein.

Nico parkte, und alle stiegen aus. Einige gingen in Richtung Tankstellenshop, andere blieben und streckten die steifen Glieder. Arran war mit Nico und Ben in Richtung Toiletten verschwunden, ehe sie ein Gespräch mit ihm anfangen konnte.

Sie ging zu Brodie und stupste ihn an. »Hey.«

Er lächelte. »Selber, hey.«

»Also, Brodie, dieser Typ, auf den du stehst …« Sie sah sich um, um sicherzugehen, dass weder Sam noch Maya in Hörweite waren. Die beiden schmusten vor der Tankstelle zwischen den riesigen Kanistern mit Scheibenwischerflüssigkeit und dem Ständer mit billigen Zeitschriften. Elise war im Shop und stöberte die gesunden Snacks durch.

Liv drehte sich zu Brodie um. »Es handelt sich nicht zufällig um einen gut aussehenden Kerl mit silbernen Strähnen im dunklen Haar namens Ben, oder?«

Ein Lächeln umspielte seine Lippen, während er mit dem Fuß scharrte. »Vielleicht.«

»Aha!«, sagte sie laut, riss sich aber sofort wieder am Riemen und sah sich verschwörerisch um. »Ich *wusste* es. Dieser Hundeblick, den du ihm zugeworfen hast.« Sie fächelte sich mit der Hand Luft zu. »Zum in Ohnmacht fallen.«

Brodie lachte. »Psst. Maya und Sam hören dich noch.«

»Das macht doch nichts, oder?«, erwiderte sie achselzuckend. »Genau genommen sollten wir es ihnen erzählen, dann können sie euch verkuppeln.«

Er schüttelte den Kopf. »Ich warte besser ein bisschen ab, damit ich Ben erst auf den Zahn fühlen kann. Die Trennung von Derek ist noch nicht so lange her, deshalb will ich nicht gleich aufs Ganze gehen und ihn verschrecken.«

»Keine Sorge.« Sie tippte sich seitlich an die Nase. »Dein Geheimnis ist bei mir sicher.«

»Übrigens«, sagte er und warf ihr ein Lächeln zu. »Was ist

denn bei dir und Arran los? Wann auch immer ich ihn vorher getroffen habe, war er so ein offener Typ. Aber heute schreit alles an ihm ›Verpisst euch‹.«

Sie schürzte die Lippen. »Ich weiß nicht. Aber du hast recht, er verhält sich ziemlich seltsam. Ich habe das Gefühl, dass er mir aus dem Weg geht.«

Brodie schielte in Richtung des Shops. »Habt ihr Streit gehabt?«

»Nein. Zumindest nicht, soweit ich mich erinnern kann«, sagte sie mit einem Ziehen in der Brust. »Er hat angefangen, so komisch zu sein, nachdem wir zusammen zum Nachmittagstee gegangen waren, und zuerst dachte ich, ich hätte vielleicht etwas gesagt, das ihn verärgert hat oder so, weil ich ein bisschen betrunken war. Aber ehrlich gesagt, kann ich mich nicht daran erinnern.«

Die anderen kamen von der Raststätte zurück, also gingen sie zusammen zurück zum Auto, während sie sich weiter unterhielten.

»Warum fragst du ihn nicht einfach?«, wollte Brodie wissen.

Er nahm ihre Hand, um ihr ins Auto zu helfen, und als sie den Kopf hob, begegnete sie Arrans Blick über den Parkplatz hinweg, und es traf sie wie ein Blitz in die Brust. »Wenn ich ihn dazu bringen kann, ein richtiges Gespräch mit mir zu führen, werde ich es versuchen.«

Das »Ferienhaus« war in Wahrheit ein atemberaubendes, modernes, frei stehendes Haus direkt am Wasser, und die Wand des Wohnzimmers war eine einzige, riesige Glasscheibe, so dass sie über den Loch Portree schauen konnten.

»Nicht schlecht, Nico«, meinte Liv, als sie die Aussicht bestaunte. Es war windstill und das Wasser glatt und ruhig.

Das saftige Grün des gegenüberliegenden Ufers spiegelte sich in einem perfekten Abbild auf der Oberfläche.

»Was soll ich sagen?«, erwiderte Nico aus der Küche. »Ich habe eben Connections.«

Sie schaute über den offenen Wohn-Essbereich, wo die fünf Männer in der Küche umher wuselten, um das Abendessen für die Gruppe zu kochen. Sam hatte darauf bestanden, weil er meinte, sie müssten dem Klischee der Männer, die auf ihrem faulen Arsch saßen, während die Frauen das Essen zubereiteten, entgegenwirken. Dann hatten sie die drei Frauen gezwungen, sich hinzusetzen und ein Glas Wein zu trinken, während die Kerle sich in der Küche ans Werk machten. Liv hatte, natürlich, den obligatorischen »Five Guys«-Witz gemacht und gefragt, ob sie Burger und Pommes machen würden. Sie hatte allerdings nur lautes Stöhnen und Augenrollen geerntet, was wirklich nicht gerechtfertigt war, immerhin war es ein Eins-A-Witz.

Wie für Elise typisch, hatte sie mal wieder an alles gedacht und ihnen nicht nur fürs Abendessen am folgenden Tag einen Tisch im Restaurant reserviert, sondern auch einen Einkauf ins Haus bestellt, der kurz nach ihrer Ankunft schon eintraf.

»Es ist eine Schande, dass deine Schwester zu schwanger ist, um mitzukommen«, sagte Elise zu Maya.

»Ja, allerdings«, erwiderte Maya. »Aber ich dachte, du bist im Urlaub und wärst nicht allzu scharf drauf, ein Baby auf die Welt zu bringen.«

Elise nahm einen Schluck Wein. »O Gott, bloß nicht. Ich habe seit Jahren kein Baby mehr auf die Welt gebracht. Als Hausärztin kommt man dazu nicht oft.«

»Wie ist denn die Arbeit so?«, fragte Maya.

»Ganz okay«, antwortete Elise. »Aber ich arbeite immer

noch nur einen Tag pro Woche in der Praxis deines Dads, weil Mum nicht mehr als einen Tag mit Jack verkraftet. Es ist schwer für sie, weil sie doch so Probleme mit den Gelenken hat. Deshalb habe ich es auch so arrangiert, dass er dieses Wochenende bei Harrys Schwester in Edinburgh ist.«

»Was ist denn mit einem Krippenplatz für ihn?«, fragte Liv. »Dann könntest du ein bisschen mehr arbeiten?«

Elise zögerte. »Irgendwas in mir sträubt sich noch dagegen. Ich weiß, es ist blöd, aber ich habe das Gefühl, noch nicht bereit zu sein, ihn bei Fremden zu lassen. Ich bin mir sicher, das wäre anders, wenn Harry noch da wäre.«

Liv lief ein kalter Schauer über den Rücken. Jede Entscheidung in Elises Leben war von Harrys Tod überschattet, und es gab kein Entrinnen. Seine Schwester war zu weit weg, um ihr regelmäßig helfen zu können, und seine Eltern waren um einiges älter gewesen, als die der meisten anderen in seinem Alter. Traurigerweise waren sie schon ein paar Jahre vor ihrem Sohn verstorben. »Ich verstehe. Ich wünschte, ich könnte helfen. Aber es ist schwierig, da ich Vollzeit arbeite«, meinte Liv. Da kam ihr ein Gedanke. »Außer, ich könnte ihn am Wochenende nehmen, dann könntest du Patienten außerhalb der Sprechzeiten behandeln, wie Mayas Dad es tut.«

Elise lächelte. »Das ist lieb von dir. Aber ich versuche fürs Erste innerhalb der Sprechzeiten zu arbeiten. Außerdem kann ich nicht zulassen, dass du deine Wochenenden für mich opferst. Du arbeitest auch und brauchst deine Zeit zum Entspannen. Vor allem, wo du schon anderen bei der Kinderbetreuung hilfst.« Elise warf einen vielsagenden Blick in Arrans Richtung, der mit den anderen in der Küche beschäftigt war.

Ein Gewicht schien sich auf ihre Brust zu senken. »Das habe ich in letzter Zeit gar nicht mehr gemacht.«

Ihr Blick wanderte ebenfalls zu Arran, der gerade über etwas lachte, das Nico gesagt hatte, und schien an seinem hübschen Gesicht hängenzubleiben. Dann sah er rüber und ertappte sie beim Starren. Sie wandte schnell den Blick ab und tat so, als würde sie eine Vase am anderen Ende des Zimmers betrachten.

»Okay, die Damen«, rief Nico. »Das Essen ist angerichtet.«

Brodie und Ben hatten den Tisch gedeckt, und Nico und Sam stellten Teller mit Spaghetti Bolognese auf jeden Platz, während Arran die Weingläser für alle füllte.

Maya ging voran zum Esstisch. »Also, die Herren, das sieht phantastisch aus. Ich finde, das könnte man zu einem wöchentlichen Ereignis machen, oder?«

Elise nickte, als sie Platz nahm. »Jeden Freitagabend kochen die Männer für uns? Klingt super.«

Nico setzte sich Elise gegenüber an den Tisch. »Dr. Kowalski, es wäre mir eine Freude, Ihnen jedes Wochenende die Ehre meiner Gesellschaft zu verschaffen.«

Liv war sicher, dass sich Elises Wangen unmerklich gerötet hatten, ehe sie ihm einen genervten Blick zuwarf.

Wie nicht anders zu erwarten, hatte sich Arran am anderen Ende des langen Tischs positioniert, und Liv konnte die leise Hoffnung nicht mehr länger aufrechterhalten, dass zwischen ihnen alles in Ordnung war.

Was habe ich nur getan, dass er auf mich sauer ist?

Brodie beugte sich zu ihr und flüsterte ihr ins Ohr: »Arran verhält sich wirklich komisch mir gegenüber, und ich habe das dumpfe Gefühl, es liegt an dir.«

Sie drehte ruckartig den Kopf zu ihm. »An mir?«

»Yep«, raunte er ihr zu.

Liv konzentrierte sich, leise zu sprechen. »Wie kommst du darauf?«

»Weil mein Experiment funktioniert hat.«

Sie runzelte die Stirn. »Was denn für ein Experiment?«

»Dass ich mich neben dich setze und dir etwas ins Ohr flüstere. Seitdem starrt er mich finster an.«

Livs Herz schlug schneller, als sie kurz den Blick hob und Arran erwischte, wie er sie beobachtete, auch wenn er hastig wegsah und Sam zunickte, der gerade etwas gesagt hatte. »Das verstehe ich nicht.«

»Ich schon. Hast du ihm von unserem Date erzählt?«

»Ja, aber wir sind doch nur befreundet«, sagte sie und beobachtete Arran mit verstohlenem Blick, sehr darauf bedacht zu ignorieren, wie heiß er aussah, wenn er die Haare so zu einem kleinen Mini-Dutt auf dem Kopf zusammen gebunden hatte. »Warum sollte ihm das etwas ausmachen?«

»Er ist ganz offensichtlich eifersüchtig. Weiß er, dass wir beschlossen haben, nur Freunde zu sein?«

»Ja.« Moment, hatte sie diesen Teil auch erzählt? »Nein, warte … ich kann mich nicht erinnern, ob ich ihm das auch erzählt habe.«

Brodie lehnte sich zurück, ein wissendes Lächeln auf den Lippen.

Sie zog die Augenbrauen hoch. »Findest du das etwa lustig?«

»Irgendwie schon«, sagte er. »Ich scheine in dieser Clique ein Händchen dafür zu haben, unnötige Eifersucht zu schüren. Ich glaube, das gefällt mir.« Er hob sein Weinglas und nippte daran, wobei er den kleinen Finger abspreizte und die

Lippen schürzte wie ein fieser Bösewicht. Liv musste einfach lachen, und als sie dabei wieder einen Blick auf Arran erhaschte, beobachtete er sie wieder mit gerunzelter Stirn.

Sie senkte den Blick und konzentrierte sich auf ihr Essen. »Mmm, das ist echt lecker«, meinte sie mit vollem Mund.

Brodie nickte. »Nico hat gesagt, seine Mum ist Italienerin. Das Rezept ist wohl von ihr.«

»Ja, sie ist eine phantastische Köchin.«

»Wie auch immer, versuche nicht, vom Thema abzulenken. Magst du Arran?«

Ihr Mund war plötzlich trocken, also nahm sie schnell einen Schluck Wein. »Natürlich mag ich ihn. Wir sind Freunde.«

Er verdrehte die Augen. »Du weißt genau, wie ich es meine.«

Sie trank noch einen Schluck und schwieg, während sie über eine Antwort nachdachte. Dann raunte sie ihm zu: »Ja, ich mag ihn. Aber es ist kompliziert.«

»Vielleicht muss es das nicht sein«, erwiderte er leise.

Sie spürte, wie ihre Augen zu brennen begannen und sie einen Kloß im Hals bekam, wenn sie daran dachte, dass Arran wieder mit Jess zusammenkommen könnte. Warum tat ihr die Vorstellung nur so weh, wo sie es doch in der Vergangenheit so gut hinbekommen hatte, damit umzugehen, dass sie ein Paar waren? Sie blinzelte und warf Brodie ein schwaches Lächeln zu, weil sie nicht in der Lage war, etwas zu erwidern.

Brodie berührte sie an der Hand und lächelte ihr aufmunternd zu. Mit einem letzten Blick zu Arran füllte er ihre Weingläser auf.

KAPITEL sechzehn

Die Frühlingssonne wärmte Liv das Gesicht, als sie sich am Rand der Fairy Pools neben Brodie, Ben und Elise niederließ. Sie schloss einen Moment lang die Augen und genoss die leisen Geräusche der Wasserfälle, die am anderen Ende des Sees herabfielen.

Liv rieb sich mit einem Handtuch über die nassen Haare und wickelte es sich dann um den in einem Neoprenanzug steckenden Oberkörper. »Bist du sicher, dass du nicht reinwillst, Elise? Es ist wirklich erfrischend.«

Elise schielte auf das klare Wasser vor sich, durch das die Kieselsteine am Boden perfekt zu sehen waren – als wäre das Wasser aus Glas. »Es sieht wirklich schön aus«, gestand sie. »Aber ich bin so ein Weichei, wenn es um kaltes Wasser geht. Mein Kreislauf ist zu schlecht dafür, und letztes Mal, als ich in einem See geschwommen bin, haben mir danach die Hände und Füße so weh getan, dass ich ohnmächtig geworden bin.« Sie verzog das Gesicht. »Aber erzählt das bloß niemandem; es ist mir immer noch peinlich.«

Ben lachte. »Keine Sorge, Elise. Ich kann dich gut verstehen, und ich habe nicht mal einen schlechten Kreislauf. Ich hasse es nur zu frieren.«

Brodie stupste Ben an die Schulter und lächelte. »Aber du arbeitest im Skizentrum.«

Ben grinste. »Ja, aber ich sitze gemütlich mit meinem Kaffee am Schreibtisch und sause nicht draußen auf der Piste rum wie Sam und Maya.«

Brodie lachte, und seine blauen Augen leuchteten. Liv wünschte ihm, dass es funktionierte. *Komm schon, Ben, verliebe dich in Brodie. Du willst es doch auch.*

Brodie streckte sich in seinem Neoprenanzug, und Liv war sich sicher, Ben dabei erwischt zu haben, wie er Brodies Bizeps anstarrte. *Yes.*

Ein Platschen im See brachte sie dazu, den Kopf zu Sam und Maya umzudrehen, die allein im Wasser zurückgeblieben waren, als sie und Brodie rausgegangen waren. Arran war von einem Felsvorsprung über dem natürlichen Wasserbecken gesprungen und tauchte jetzt lachend wieder auf. Er fuhr sich mit der Hand über die nassen Locken und das Wasser glitzerte auf seinem Gesicht. Fröhlich drehte er sich zu Nico um. »Los, komm rein, Kumpel! Das Wasser ist herrlich.«

Nico warf ihm ein Lächeln zu. Er war der einzige von ihnen, abgesehen von Elise und Ben, der keinen Neoprenanzug trug, sondern noch in Shorts und Kapuzenpulli am Rand stand. »Noch nicht. Ich warte auf den richtigen Moment.«

»Für was?«, fragte Arran und ließ sich auf dem Rücken im Wasser treiben.

Nico schielte zu der anderen Gruppe rüber, die außer ihnen die einzigen an diesem Wasserbecken war. Die jungen Leute waren gerade aus dem Wasser gekommen und trockneten sich ab. »Werdet ihr gleich sehen.«

Liv war zu abgelenkt von Arran, der mit eleganten Schwimmzügen scheinbar mühelos durchs Wasser glitt. Sie war dankbar, ihn vom anderen Ufer des Sees beobachten zu können – so befand sie sich außerhalb seiner Sichtweite.

Dann, als er den flacheren Rand erreichte, erhob er sich

aus dem Wasser. Die Tropfen, die ihm über den Anzug liefen, betonten nur, wie eng der Stoff an seinem schlanken, muskulösen Körper anlag. Livs Augen glitten über jede Kontur und jeden Muskel, der sich abzeichnete, und prägten sich alles genau ein. Wenn sie jetzt die Augen schloss, konnte sie das Bild seines knackigen Körpers vor ihrem inneren Auge sehen. Dann wanderte ihr Blick tiefer, dorthin, wo der Stoff von der Ausbeulung zwischen seinen Beinen definiert war. In ihrem Bauch brach ein Feuer aus, das sich in heißen Wellen in ihrem Körper ausbreitete und sogar ihre Brustwarzen hart werden ließ. Das Wasser war kalt, weshalb es eigentlich nur logisch war, dass das, was sich da abzeichnete, kleiner sein sollte als normalerweise. Also, bedeutet die Tatsache, dass diese Beule ganz schön groß aussah, dass unter normalen Umständen … *Verdammt.*

Arran wählte genau diesen Moment, in dem sie schamlos darüber nachdachte, wie er bestückt war, um den Kopf zu heben und sie anzusehen. Sie schluckte.

»Das kann doch nicht wahr sein«, murmelte Elise neben ihr.

»Was ist los?«, fragte Liv und riss schuldbewusst den Blick von Arran los.

Elise hatte die Hand seitlich ans Gesicht gelegt, als wollte sie ihre Augen vor dem Blick auf den See schützen. »Nico schon wieder.«

Liv sah zu dem Felsvorsprung, auf dem Nico gesessen hatte und riss erstaunt die Augen auf. Er war jetzt vollständig nackt und zeigte seine beeindruckenden Muskeln. Nur eine Hand zwischen seinen Beinen verhinderte, dass die Show nicht mehr jugendfrei war. Der Arm, den er für die Selbstzensur benutzte, war wie von einem Ärmel mit Tinte bedeckt. Ein Tattoo zierte ihn, das von der Schulter bis runter zum Handgelenk reichte.

»Bitte, sag mir, dass die andere Gruppe weg ist«, flüsterte Elise mit gequälter Stimme.

Liv sah rüber und bestätigte, dass dies der Fall war. »Schon okay. Wir sind die einzigen hier.«

Elise seufzte erleichtert auf.

Nico sprang mit einem Riesenplatscher ins Wasser, was Arran, der noch im flachen Wasser stand, schließlich auch dazu brachte, sich umzudrehen. Doch in dem Moment packte ihn Nico schon an den Beinen und zog ihn wieder in die Tiefe.

Arran tauchte auf und lachte, als er sah, dass Nico nackt war. »Wie in alten Zeiten.«

Nico grinste und fuhr sich mit der Hand durch die nassen Haare, die Muskeln in seinem tätowierten Arm spannten sich unter der Tinte an. Liv hätte schwören können, dass Elise zwischen ihren Fingern hindurch gelugt hatte.

»Na, das nenne ich mal ein Spektakel«, meinte Ben anerkennend.

»Wenn du das sagst«, erwiderte Elise steif. »Ich sehe nicht hin.«

»Ich schon«, sagte Ben grinsend.

»Ich auch«, stimmte Brodie zu, was ihm einen neugierigen Blick von Ben einbrachte. Schwang da vielleicht ein Hauch Eifersucht mit?

Liv lachte. »Also, ihr werdet jedenfalls gleich noch mehr sehen. Denn sie müssen jetzt gleich mal da rauskommen.« Sie beugte sich nach vorne und rief den vier Freunden im Wasser zu: »Leute, es ist Zeit, nach Hause zu fahren, wenn wir uns noch fürs Abendessen fertig machen wollen.«

»Okay, danke«, antwortete Maya, die sich an Sams Schultern festhielt und von ihm durchs Wasser ziehen ließ.

Nico stützte sich am Rand auf und hievte sich seitlich aus dem Wasser, Arran tat es ihm gleich. Dem zustimmenden Murmeln von Ben und Brodie und Elises eisernem Schweigen zufolge, war dabei Nicos perfekt geformtes Hinterteil zu sehen. Sie selbst war allerdings zu sehr damit beschäftigt, Arran zu beobachten, wie er sich auf den Rand hochdrückte, Wassertropfen am hautengen Anzug, der das Dehnen und Anspannen seiner Muskeln betonte. Mit einer geschmeidigen Bewegung schwang er die Beine seitlich hoch und stand auf, wobei der Anblick seines knackigen Hinterns ein wahrer Augenschmaus war. Sie stellte sich vor, wie es wäre, ihm in die festen Pobacken zu beißen, schüttelte aber schnell den Kopf, um den Gedanken aus ihrem Kopf zu verbannen.

Irgendwie schien Arran zu wissen, wenn sie schmutzige Gedanken über ihn hatte, denn er drehte sich wieder genau in dem Moment und warf ihr einen Blick über seine Schulter zu, der ihr einen Schauer über den Rücken laufen ließ. Eine Sekunde lang dachte sie, er würde ihr ein leises Lächeln schenken, doch dann warf Nico ihm ein Handtuch zu. Er fing es auf und damit war der Blickkontakt zu ihr gebrochen und der Moment vorbei.

»Kannst du mir mal mein Schminkzeug rüberwerfen?«, rief Maya Liv zu. Die griff nach dem Täschchen und schmiss es quer durch den Raum. Maya fing es mit einer Hand auf.

»Gut gefangen, Miss M.«, sagte Liv, beeindruckt von den Reflexen ihrer Freundin.

»Vielen Dank auch, Miss O.« Maya drehte sich zu ihr um

und pfiff anerkennend durch die Zähne. »Wow. Du siehst umwerfend aus.«

Liv zwinkerte ihr zu. »Ich kann mich auch herausputzen, wenn ich will.« Ihr kleines Schwarzes war schick genug für ein nettes Abendessen, aber auch noch lässig genug, damit sie nicht overdressed wirkte. Die Saumlänge war grenzwertig, aber wenn es nicht gerade zu windig war oder sie sich zu sehr nach vorne beugte, sollte es in Ordnung sein. Heute Abend wollte sie dazu ihre roten Highheels und den roten Mantel anziehen, den sie als ihren Rotkäppchen-Mantel bezeichnete.

Maya zwinkerte zurück. »Du bist eine absolute Sexbombe. Hast du deine Kontaktlinsen drin? Deine Augen sehen noch größer aus als sonst. Total schön. Ich habe das Gefühl, du hypnotisierst mich mit deinen grünen Göttinnen-Augäpfeln.«

Liv lachte. »Das klingt seltsam. Als hätte ich einen Augapfel am Ende eines Fadens hängen und würde ihn hin und her schwingen wie eine dieser Hypnosetaschenuhren.«

»Iih.« Maya verzog das Gesicht. »Nicht gerade eine sexy Vorstellung.«

»Allerdings«, erwiderte Liv und kletterte aufs Bett, wo ihr E-Reader darauf wartete, dass sie ihren Liebesroman weiterlas, so dass Maya sich wieder ihrem Make-up widmen konnte.

»Danke, dass ich mich in eurem Zimmer fertig machen kann, Leute«, sagte Maya. »Als Arran und Nico mit dem Flachmann voller Whiskey in unserem Zimmer aufgetaucht sind, dachte ich mir, dass das nicht die geeignete Atmosphäre ist, um Eyeliner aufzutragen.«

Elise tauchte aus dem Badezimmer auf. »Kein Ding.« Sie ließ sich auf einem Stuhl am Schreibtisch nieder, um sich die

Haare zu machen. »Ist doch schön. Das erinnert mich daran, wie wir uns als Teenager immer zusammen fertig gemacht haben, ehe wir in den Pub gegangen sind.«

Maya machte das typische Gesicht zum Augen-Make-up Auftragen, nämlich mit geöffnetem Mund. »Ah, ja. Als Elise den Minderjährigen, Liv und Maya, Drinks gekauft hat. Es war echt cool, eine ältere Freundin zu haben.«

Liv lächelte und blätterte in ihrem E-Reader eine Seite um. »Das waren noch Zeiten.«

Elise sah sie über den Spiegel an. »Was liest du da?«

»Einen Liebesroman«, erklärte Liv. »Es geht um ein Paar, das sich hasst.«

Elise runzelte die Stirn. »Wie kann es denn ein Liebesroman sein, wenn sie sich hassen?«

Liv grinste. »Das Genre nennt sich Enemies to Lovers, und ich liebe es einfach.«

Kopfschüttelnd nahm Elise sich die Lockenwickler aus den Haaren. »Das ergibt doch keinen Sinn.«

»Doch, natürlich. Ich werde dir mal etwas Lesestoff besorgen, dann kannst du selbst *recherchieren.*«

Elise lachte. »Na, schön. Normalerweise stehe ich eher auf Cozy Crime, aber ich werde es ausprobieren. Sind solche Geschichten nicht ziemlich unrealistisch?«

Liv zog die Augenbrauen hoch. »Ach, und deine Detektivgeschichten sind realistisch, oder was? Eine Kleinstadt voller Leichen, bis die Bewohner ausgerottet sind, und die alte Dame, die das einzige Café im Ort besitzt, löst alle Fälle? Wie auch immer, wenn ich was Realistisches will, kann ich auch Nachrichten schauen. Außerdem sind Männer, die von Autorinnen erschaffen wurden, den meisten echten Männern haushoch überlegen.«

Maya hob die Hand. »Sam ausgenommen.«

Liv zeigte auf Maya. »Ausnahme bewilligt.« Sie hielt kurz inne. »Und Arran.«

»Und Harry«, fügte Elise leise hinzu.

Es war, als würde sich eine eisige Hand um Livs Herz legen. »Und Harry«, wiederholte sie sanft.

Elise lächelte sie über den Spiegel an, und fuhr dann fort, ihrem glänzenden blonden Haar mit dem Lockenstab ein paar Wellen hinzuzufügen. »Das sind aber alle Ausnahmen, soweit ich sehe.«

»Nico aber auch«, meinte Maya und steckte die Kappe auf den Eyeliner.

»Ja«, stimmte Liv zu, während Elise gleichzeitig ein »Nein« von sich gab.

Maya lachte. »Ach, komm, Elise. Er ist ein netter Kerl. Was hast du denn für ein Problem mit ihm?«

Elise zuckte mit den Schultern und zog den Lockenstab heraus, so dass ihre Haare zurück schnalzten. »Er ist einfach total nervig. Als wir noch auf der Schule waren, ist ihm alles zugeflogen, völlig ohne Aufwand, während ich mir den Arsch aufreißen musste, um für die Auszeichnungen überhaupt in Erwägung gezogen zu werden, die er mir dann sowieso jedes zweite Mal vor der Nase weggeschnappt hat.«

Liv zog die Augenbrauen hoch. »Eifersüchtige Rivalität zwischen dem schlausten Mädchen und dem schlausten Jungen der Schule?«

»Könnte man so sagen.« Elise seufzte. »Aber das Problem ist, dass die Messlatte für Männer niedriger angesetzt wird. Für uns gelten andere Maßstäbe, weshalb wir doppelt so hart arbeiten müssen, um die gleichen Auszeichnungen zu erhalten. Es ist einfach nicht fair. Einmal wurden wir für ein wissenschaftliches Projekt in eine Zweiergruppe eingeteilt, und ich musste ihn decken, als er seinen Teil nicht erfüllen konnte, weil er sich am Abend zuvor mit einem Mädchen getroffen hatte, anstatt zu lernen.« Sie verdrehte die Augen. »Und jetzt ist es noch genauso. Er schmeißt seine Jura-Ausbildung weg, um ein Fitnessstudio zu eröffnen, wo er zweifellos den ganzen Tag herum stolziert und die Ladys klarmacht. Und dabei hatte er noch nie eine längere Beziehung, immer nur kurze Affären.« Ihre Stimme bebte unmerklich. »Er hat keine Ahnung davon, wie es ist, Arbeit und Kind unter einen Hut bringen zu müssen, vor allem als Alleinerziehende.«

Liv wurde schwer ums Herz. Ihr war noch gar nicht aufgefallen, dass Nico für Elise all das repräsentierte, womit sie im Alltag zu kämpfen hatte. Der Mann, der in der Schule ihr Rivale gewesen war, hatte das »lockere« Leben, das sich Elise offenbar sehnlichst wünschte. Obwohl sie die Tatsache, die Mutter des kleinen Jack zu sein, natürlich gegen nichts auf der Welt eintauschen würde. »Ich verstehe dich«, sagte Liv zu ihr.

Maya nickte ebenfalls mitfühlend, und Liv wusste, dass bei ihr auch gerade erst der Groschen gefallen war.

»Tut mir leid, Elise«, sagte Maya. Sie hielt inne, offenbar ihre Worte sorgsam wählend. »Ich denke aber, so wie ich Nico inzwischen kennengelernt habe, dass sein Leben nicht so locker flockig ist, wie er es scheinen lässt.«

Elises Blick flackerte zu Maya. »Ach, ja?«

Maya nickte. Elise öffnete den Mund, als wollte sie weiter nachfragen, doch dann schien sie sich zusammenzureißen und konzentrierte sich stattdessen wieder auf ihre glänzenden blonden Locken. »Heute hat er jedenfalls ziemlich locker flockig gewirkt, als er nackt in die Fairy Pools gesprungen ist.« Sie schnaubte. »*Mal wieder*. Also, das hat sich schon mal nicht verändert seit der Schulzeit. Zumindest war dieses Mal kein Lehrer anwesend.«

Liv grinste. »Hoffentlich hast du den Blick abgewendet während des Striptease und des Aus-dem-Wasser-Steigens, wie Maya und ich es getan haben.«

Maya zuckte ungerührt mit den Schultern. »Vielleicht habe ich, vielleicht auch nicht.«

Liv musterte Elise einen Moment lang und bemerkte, wie ihre Wangen sich leicht rosa färbten. Sofort stellte Liv sie sich als Heldin in einem ihrer Enemies-to-Lovers-Romane vor. Und der männliche Protagonist wäre Nico. Ha! Das würde Elise vielleicht nerven.

Elise räusperte sich. »Wann hat sich Nico eigentlich dieses riesige Tattoo am Arm stechen lassen?«

»Vor ein paar Jahren«, antwortete Liv mit leisem Lächeln. »Aber ich dachte, du hättest nicht hingesehen.«

Nun glühten Elises Wangen regelrecht, und sie schwieg eisern, während sie ihre Haare bearbeitete. Liv beschloss, dass ihre Freundin für heute genug hatte einstecken müssen, und wandte sich wieder ihrem Buch zu.

»Liv?«, fragte Elise da

Sie sah wieder auf und hatte sofort ein schlechtes Gewissen, dass sie Elise aufgezogen hatte. Hatte sie deren Gefühle verletzt?

»Ja?«, sagte sie schnell, und wollte sich schon entschuldigen.

»Ist bei dir alles okay?«, fragte Elise und musterte sie über ihr Spiegelbild. »Nachdem dein Dad letzte Woche aufgetaucht ist, meine ich.«

»Ja, alles okay«, sagte sie schnell, um zu vertuschen, wie unangenehm ihr die Frage war. »Wir haben nichts mehr von ihm gehört, also hat er sich hoffentlich verpisst.« Vermutlich in die Hölle, um dort mit seinem besten Kumpel, dem Teufel, abzuhängen. Sie holte tief Luft und blinzelte. »Aber egal. Ich nehme an, ich muss euch nicht an die erste Regel des Junggesellinnen- und Junggesellenabschiedswochenendes erinnern?«

Maya und Elise warfen sich einen kurzen Blick zu und sagten dann wie aus einem Mund: »Wir reden nicht über Dave.«

Liv nickte und rang sich ein Lächeln ab. »Und die zweite Regel?«

Die zwei erwiderten ihr Lächeln. »Wir reden nicht über Dave.«

»Perfekt«, sagte Liv und wandte sich in dem Versuch, Dave aus ihren Gedanken zu vertreiben, wieder ihrem Buch zu.

Ein paar Sekunden lang schwiegen alle, ehe Maya sagte: »Danke noch mal, dass ihr das alles organisiert habt. Bisher fand ich es ganz großartig.«

Elise legte den Lockenstab beiseite und fuhr sich mit den Fingern durch das frisch frisierte Haar. Liv wäre am liebsten durchs Zimmer gelaufen und hätte mitgemacht, so verführerisch weich sahen die blonden Locken aus.

»Ich hoffe, euch gefällt das Restaurant«, sagte Elise und stand auf. »Sonst hätte ich echt ein schlechtes Gewissen.« Sie trug eine hautenge, glänzende schwarze Hose und ein glitzerndes silbernes Trägershirt, dazu zierliche schwarze Stiefeletten.

Maya erhob sich ebenfalls, und Liv legte ihr Buch beiseite, schlüpfte in ihre roten Absatzschuhe und ging um das Bett herum, um ihren Freundinnen aus dem Zimmer zu folgen.

»Ach, das Restaurant ist bestimmt toll«, sagte Maya zu Elise und hakte sich bei ihr unter. »Du hast einen exzellenten Geschmack, wenn es darum geht, Restaurants auszusuchen. Außerdem, mit dieser netten Gesellschaft fände ich es sogar gut, wenn wir zu McDonald's gingen.« Sie führte sie aus dem Raum, ihr weicher, eleganter Jumpsuit raschelte ihr um die in Stilettos steckenden Füße.

»O Mann«, erwiderte Liv, deren Magen schon knurrte. »Ich könnte jetzt wirklich einen Big Mac vertragen.«

Elise lachte und drehte den Kopf, um ihr einen belustigten Blick zuzuwerfen. »Ich fürchte, in diesem Restaurant stehen keine Big Macs auf der Karte.«

»Warum heißt der überhaupt Big Mac?«, fragte Maya, als sie die Treppe runtergingen. »Es heißt doch McDonald's, nicht *Mac*Donald's. Also sollten sie ihn doch eigentlich Big Mc nennen.«

Liv kicherte. »Guter Punkt, Miss M.« Sie sah nach unten, als sie hinter Maya und Elise auf dem Treppenabsatz ankam. »Verdammt, Elise. Trägst du Weltall-Hosen?«

Elise warf ihr einen verwirrten Blick zu. »Weltall-Hosen?«

»Ja«, grinste Liv. »Weil dein Arsch nicht von dieser Welt ist.«

Maya prustete los, als sie um die Ecke bogen, wo die Männer mit einem Getränk im Wohnzimmer saßen. Elise stimmte ein, und Liv wurde warm ums Herz, als sie bemerkte, wie sich ihr Gesicht aufhellte. Es war etwas, das sie seit Harrys Tod nicht so oft bei ihrer Freundin zu sehen bekamen.

Sam beobachtete sie neugierig, ein Lächeln auf den Lippen, und Liv war gerührt von dem bewundernden Blick, mit dem er Maya bedachte, als er ihr Abendoutfit sah. Mit einer Geste fragte sie die Frauen, ob sie auch etwas trinken wollten, und Maya nickte, während Sam sich erhob und ihr einen Kuss auf die Wange gab.

Elise drehte sich um und sagte: »Ja, bitte.« Als sie Anstalten machte, Liv bei der Zubereitung zu helfen, schüttelte diese den Kopf und scheuchte sie weg, damit sie sich hinsetzen und entspannen konnte.

Als Liv noch einmal zurücksah, ehe sie in die offene Küche ging, meinte sie, Nico dabei zu ertappen, wie er verstohlen Elises Nicht-von-dieser-Welt-Arsch anstarrte. Sie unterdrückte ein Lachen, und hielt den Kopf gesenkt, als sie um die Kücheninsel herum ging und drei Gläser aus dem Regal nahm.

Sie füllte sie mit Prosecco und stellte die Flasche in den Kühlschrank. Mit einem Lächeln auf den Lippen nahm sie die vollen Gläser und sah auf – direkt in die honigfarbenen Augen von Arran. Er starrte sie unverhohlen aus dem Wohnzimmer an.

Eine Sekunde lang war sie wie vor den Kopf gestoßen. Seine Haare waren offen, und er trug eine enge dunkelgrau karierte Hose, dazu einen weichen anthrazitfarbenen Pullover. Die dunklen Farbtöne seines Outfits schienen den grüblerischen Ausdruck auf seinem Gesicht noch zu betonen, und alles in allem war sein Anblick so sexy, dass ihr augenblicklich heiß wurde.

Mit trockenem Mund und klopfendem Herz bemühte sie sich, das Zittern ihrer Finger unter Kontrolle zu bekommen, als sie auf die Sofaecke zuging. Sie rechnete jeden Moment damit, dass er wie das ganze Wochenende schon hastig den Blickkontakt zu ihr abbrach, doch das tat er nicht. Stattdessen ließ er den Blick gemächlich über ihren Körper in dem kurzen schwarzen Kleid, bis hinunter zu ihren Füßen in den roten Highheels gleiten. An ihren Beinen schien er etwas länger zu verweilen. Es war, als hätte sein Blick einen direkten Effekt auf ihren Körper – jede Stelle, über die seine Augen gewandert waren, brannte wie von einer Welle aus flüssiger Hitze erfasst, die sich in ihrer Mitte sammelte. Er blinzelte träge und hob den Blick wieder zu ihren Augen. Dann lächelte er sie so strahlend an, dass sie fast gestolpert wäre.

Ihr Puls schnellte noch weiter in die Höhe, und sie brachte ein kurzes Lächeln zustande, ehe sie die Nerven verlor und den Blick abwandte. Sie reichte Elise, die auf einem Sessel saß ein Sektglas, und ging weiter zu Maya, die auf Sams Schoß Platz genommen hatte. Als sie sich zu Maya bückte, fiel ihr auf, dass sie Arran den Rücken zugedreht hatte. Er lümmelte mit Nico auf einem Zweisitzer-Sofa und musste von seiner Position aus einen guten Ausblick auf ihre Unterwäsche unter dem kurzen Kleid haben.

Sie richtete sich hastig auf und riskierte einen Blick zu Arran. Er beobachtete sie tatsächlich, den Mund leicht geöffnet, die Augen voller Feuer, was ihre Finger, die das Glas hielten, noch stärker zittern ließ. Nico plauderte mit Brodie, der neben ihnen auf einem breiten Sessel saß.

Liv nippte an ihrem Prosecco, um sich zu beruhigen, und musterte ihre verfügbaren Sitzmöglichkeiten, nur um festzustellen, dass alle Plätze belegt waren. Sie schielte zum Esstisch und beschloss, dass sie sich einen der Stühle rüber holen konnte. Aber ehe sie diesen Plan in die Tat umsetzen konnte, sah Brodie sie an und beugte den Finger, um sie zu sich zu locken.

Sie folgte seiner Aufforderung, und er rutschte zur Seite, damit sie sich neben ihn auf den übergroßen Sessel setzen konnte – gegenüber von Arran und Nico.

Es war eng auf dem für zwei Personen doch recht schmalen Sitz, weshalb Brodie den Arm hinter sie legte. In der anderen Hand hielt er sein Bier, während er mit Nico redete. Ohne Umschweife bezogen sie Liv in ihr Gespräch ein.

Sie lächelte gerade über etwas, das Nico gesagt hatte, als ihr Blick zu Arran wanderte, und ihr das Lachen auf den Lippen gefror, während ihr ein eisiger Schauer über den Rücken lief. Seine Augen waren auf sie gerichtet und sein Blick finster. Die zur Faust geballte Hand an den Mund gedrückt, während sein Blick zu Brodies Arm auf ihrer Schulter gerichtet war. Ihr stockte der Atem, und sie konnte nicht wegsehen.

Arran ließ den Blick über ihre Beine wandern, und es war, als würde er sie mit den Augen streicheln, als wären es seine Finger, die über ihre nackte Haut fuhren und ihr eine Gänsehaut verursachten. Sie überschlug die Beine und versuchte, die Hitze dazwischen unter Kontrolle zu bringen. Er biss die Zähne aufeinander, als er ihre Bewegung beobachtete.

Dieses Kleid hatte sie auch bei ihrem Blind Date getragen. Es war das, von dem er ihr gesagt hatte, dass sie darin hübsch aussieht. Ihr war das bewusst gewesen, als sie es eingepackt hatte, aber jetzt so im Fadenkreuz seiner Beobachtung zu stehen, war eine ganz andere Nummer – etwas schon fast schmerzhaft Schönes, das sie an jenem ersten Abend nicht erlebt hatte. Oder vielleicht war es ihr nur nicht aufgefallen, weil sie sich seiner Bewunderung nicht bewusst gewesen war, bis er es ihr in ihrer Küche gestanden hatte. Das war auch das erste Mal gewesen, dass sie die leise Ahnung bekam, dass er sich zu ihr hingezogen fühlen könnte.

Inzwischen war es mehr als nur eine leise Ahnung. Sie war

laut und *heiß*. Kein Mann hatte sie jemals so in Fahrt gebracht, nur indem er sie angesehen hatte. Arrans eindringlicher Blick war wie eine sinnliche Liebkosung.

Nico wandte sich an Arran, um ihn etwas zu fragen, und der riss den Blick von ihr los und ließ die Hand sinken. Er nickte Nico zustimmend zu. Dann sah er sie wieder an, und die Intensität ließ Liv schlucken.

»Okay, Leute«, unterbrach Elise den Moment zwischen ihnen. »Trinkt aus, wir müssen los, wenn wir es pünktlich zur Reservierung schaffen wollen.«

Liv musste sich kurz sammeln, ehe sie aufstand. Noch immer waren ihre Knie weich. Sie kippte den restlichen Prosecco in sich hinein, um ihr überhitztes Inneres abzukühlen. Alle beeilten sich, die Jacken anzuziehen, und Liv hakte sich bei Elise unter, als sie das Haus verließen, weil sie das Gefühl hatte, noch etwas wacklig auf den Beinen zu sein. Sie beschlossen, zu Fuß zum Restaurant zu gehen, da es nur fünf Minuten entfernt lag.

Ihr roter Mantel war gemütlich in der kühlen Luft, und sie kuschelte sich an Elises Felljacke, als sie nebeneinander hergingen und über die Fairy Pools plauderten und darüber, was in dem Restaurant auf der Karte stand, während Liv damit beschäftigt war, ihre lüsternen Gedanken in Schach zu halten.

Sie schielte nach vorne, wo Sam und Maya vor ihnen her gingen, und mit einem Mal wurde ihr bewusst, dass sie sich bisher unbewusst mehr an Elise und die anderen gehalten hatte, um zu Sam und Maya auf Abstand zu gehen. Der unangenehme Fünfte-Rad-am-Wagen-Komplex schien sich seit der enttäuschenden Auseinandersetzung mit ihrem Vater in ihrer Psyche eingenistet zu haben.

Liv bemerkte, dass Nico hinter ihnen ging, und hatte den Verdacht, dass es etwas mit dem Ausblick auf Elises sexy Hose zu tun haben könnte – die Felljacke war gerade kurz genug, um ihr Hinterteil nicht zu verdecken.

KAPITEL siebzehn

Das Restaurant lag so, dass man bis hinüber zum anderen Ufer des Loch Portree sehen konnte, an der sich einige pastellfarbene Häuschen in Hellrosa, Babyblau, Minzgrün und Zitronengelb aneinanderreihten. Wie kleine Süßigkeiten, die am Rand eines Spiegels aufgestellt waren.

Das Essen war hervorragend, und Liv nutzte die Gelegenheit, um sich ordentlich den Bauch vollzuschlagen. Zu Beginn des Essens hatte sich Elise zu ihr gebeugt, und sie gefragt, ob sie lieber eine Vorspeise oder einen Nachtisch zum Essen wählen sollte, woraufhin Liv sie ungläubig angesehen hatte. »Elise. Da gibt es kein *oder*. Da gibt es nur ein *und*.«

Sie hatte das Gefühl, dass Arran ihr nicht mehr absichtlich aus dem Weg ging, sondern sogar versuchte, am Tisch in ihrer Nähe zu sitzen. Allerdings waren Maya, Elise und Sam schneller gewesen. Arran saß nicht auf dem Platz, der am weitesten von ihr entfernt war, aber dennoch so, dass sie während des Essens kaum miteinander reden konnten. Doch jedes Mal, wenn sich ihre Blicke trafen, kribbelte es in ihrem Bauch.

Auf dem Heimweg beschlossen sie, noch in einem Pub einzukehren, den sie auf dem Weg zum Restaurant entdeckt hatten, und dort noch etwas zu trinken, ehe sie nach Hause zurückkehrten.

Der Pub war gemütlich, und die restlichen Gäste waren leger gekleidet, teilweise in Wanderkleidung. Ein paar von ihnen musterten mit hochgezogener Augenbraue ihre schicken Outfits. Wobei, auf den zweiten Blick musste Liv zugeben, dass es wohl eher Männer waren, die die Outfits der Frauen begafften. *Die Weltall-Hose schlägt wieder zu.*

Maya prostete Liv und Elise zu. »Danke euch, meine wunderbaren besten Freundinnen, für dieses phantastische Wochenende.«

Liv nahm einen Schluck von dem Sekt, den Nico ihnen spendiert hatte, und genoss das Prickeln der Kohlensäure auf der Zunge. »Es ist ja noch nicht vorbei. Vergiss nicht, dass Arran und ich für morgen früh noch einen Ausflug zu Neist Point geplant haben, ehe wir nach Hause fahren.« Sogar seinen Namen auszusprechen, hatte inzwischen einen Effekt auf sie. Jede Silbe auf ihre Zunge fühlte sich an, als würde sie ihn schmecken. Zumindest so, wie sie sich vorstellte, dass er schmecken würde – und sie wünschte sich verzweifelt, herauszufinden, ob sie recht hatte. Sie riskierte einen Blick in seine Richtung, wo er sich mit Ben und Nico unterhielt. Er wirkte entspannt, und sie fragte sich, ob er ähnliche Gedanken über sie hatte.

Maya lächelte. »Ich liebe Neist Point; es ist so romantisch dort. Danke.«

Liv hob ihr Glas. »Gern geschehen, Miss M.«

»Und danke für das tolle Abendessen«, sagte Maya zu Elise, und die beugte sich nach vorn, um Maya einen Kuss auf die Wange zu geben. Gleichzeitig legte sie einen Arm um Livs Taille. Maya hob die Arme um sie beide, so dass eine Dreier-Umarmung entstand. Liv kuschelte sich hinein, und ihre Freundinnen drückten sie. Sie wusste, dass es ihre Art war, ihr stumm zu sagen, dass sie für sie da waren, nach dem schlimmen Erlebnis mit Mistkerl Dave in der Woche zuvor, ohne dass sie Regel Nummer eins oder Regel Nummer zwei für dieses Wochenende brachen.

Sie lächelte in sich hinein, während die Zuneigung ihrer Freundinnen eine wohlige Wärme in ihr auslöste.

Als sie aus dem Kokon ihrer Beste-Freundinnen-Umarmung aufsah, dachte sie, einen der Männer vom Eingang zu erwischen, wie er schnell wegsah. Die Leute rechneten wohl nicht mit schick gekleideten Gästen. Es war immerhin ein ganz normaler Pub.

Sobald die Sektgläser geleert waren, wurden die Stimmen laut, die nach Hause gehen wollten, initiiert von Sam und Maya. Liv hatte den Verdacht, dass die beiden etwas Zeit zu zweit haben wollten, was ihr gutes Recht war.

Alle holten sie ihre Jacken, doch als sie in Richtung Tür gingen, meldete sich Livs Blase. Sie beschloss, noch schnell zur Toilette zu huschen, ehe sie den Heimweg antraten. »Ihr könnt ruhig schon losgehen, ich bin gleich wieder da«, sagte sie zu Elise.

»Ich warte auf dich«, erwiderte ihre Freundin und blieb neben der Ausgangstür stehen.

»Schon gut, ich hole euch ein. Ich fürchte nur, ich kann es nicht mehr einhalten, bis wir da sind«, sagte Liv und führte einen kleinen Volle-Blase-Tanz auf.

Elise lachte. »Keine Sorge. Wir gehen ganz langsam.«

Liv schob sich an der Bar vorbei in Richtung Toiletten. Als sie fertig war, beeilte sie sich, den Pub zu verlassen.

Doch als sie ins Freie trat, packte sie jemand aus der Dunkelheit am Handgelenk, so dass sie an der Schulter herumgerissen wurde und auf ihren hohen Absätzen ins Straucheln geriet. Sie fuhr herum und erblickte den Gaffer aus dem Pub, der neben der Tür gewartet haben musste und sie jetzt immer noch am Handgelenk festhielt.

Sie bemühte sich, ihr Gleichgewicht wieder zu erlangen

und schielte auf die Hand an ihrem Arm. Dann sah sie in sein hämisch lachendes Gesicht. Wut stieg in ihr auf. »Lass mich los.«

»Wo willst du denn hin?«, fragte er, ohne den Griff zu lockern.

Sie versteifte sich. »Geht dich nichts an.«

Er packte sie noch fester. »Warum kommst du nicht stattdessen mit mir, Schätzchen?«

Sie knirschte mit den Zähnen. »Kein Bedarf.«

Er kam näher, seine Finger drückten sich schmerzhaft in die weiche Unterseite ihres Handgelenks. »Ich habe ein Hotelzimmer gleich hier um die Ecke.«

Liv holte tief Luft. »Das ist deine letzte Warnung. Lass mich los.«

Er lachte und grinste sie verächtlich an, was ihre Wut erst recht entfachte. Doch er lockerte seinen Griff nicht.

In einer fließenden Bewegung trat sie mit dem rechten Fuß einen Schritt zurück und entriss ihm ihr Handgelenk, während sie ihm gleichzeitig mit der anderen Hand einen Schlag auf den Unterarm verpasste. Als der Kerl aufschrie und sich den Arm hielt, ließ sie ihren Handballen in sein Gesicht krachen, was ihn dazu brachte, nach hinten zu taumeln, während er mit den Händen seine Nase bedeckte.

Dann nahm er die Hände kurz weg, um sie anzusehen, und starrte das Blut an, das daran klebte. »Du verdammte Schlampe.«

In der kurzen Sekunde, die sie brauchte, um ihre Highheels auszuziehen, um besser davon laufen zu können, rauschte etwas an ihr vorbei und packte den Mann am Kragen.

Liv wollte gerade weglaufen, als sie bemerkte, dass sie die

Person kannte, die ihr zur Hilfe geeilt war. Jemand, dessen honigfarbene Augen im Mondlicht schon fast schwarz wirkten.

»Lass sie in Ruhe, oder das hier ist dein verdammtes Ende«, zischte Arran dem Mann zu. »Hast du mich verstanden?«

Der Widerling streckte wimmernd die Hände in die Höhe, und Arran zerrte ihn von der Wand weg und schleuderte ihn regelrecht auf die Straße, wo der Mann sofort das Weite suchte, die Hände immer noch an der blutenden Nase.

Arran drehte sich zu Liv um und nahm ihr die Schuhe ab. Der finstere Ausdruck in seinen Augen hatte sich in freundschaftliche Sorge verwandelt. »Geht es dir gut?«

Sie nickte und versuchte, wieder zu Atem zu kommen.

Er ging in die Hocke, um ihr die Schuhe an die Füße zu stecken. »Du kannst nicht ohne Schuhe laufen. Weiter die Straße runter liegen Glasscherben auf dem Gehweg.«

Sie hob schweigend einen Fuß nach dem anderen, und das warme Gefühl seiner Berührung an ihrer Wade, als er ihr die Schuhe anzog, ließ das Adrenalin in ihren Adern schnell verpuffen.

Arran stand auf und streckte ihr die Hand hin. Sie nahm sie und ließ die Finger in seine gleiten. Er hielt sie fest, so dass sie sich gerade richtig sicher und aufgehoben fühlte, während in ihrem Bauch gleichzeitig die vertraute Lust entfacht wurde. Während sie sich auf den Weg machten, rieb er ihr in langsamen, beruhigenden Kreisen mit dem Daumen über den Handrücken. Seine Berührung war tröstlich und doch sinnlich. Wieder kam ihr der Gedanke, dass er bestimmt gut im Bett war. Sie sehnte sich danach, von ihm auf sexuelle Weise berührt zu werden.

Er drückte ihre Hand. »Ich würde sagen, dass es mir leidtut, nicht früher da gewesen zu sein, aber du hattest die Situation eindeutig unter Kontrolle.« Er schielte zu ihr runter. »Also, stattdessen entschuldige ich mich, dass ich mich eingemischt habe. Ich weiß, dass du es nicht gebraucht hättest. Es war mir selbst ein Bedürfnis.«

Sie sah ihn fragend an. »Wieso denn das?«

Er schluckte. »Weil ich dem Typ schon die ganze Zeit eine reinschlagen wollte. Er hat dich im Pub angegafft, und das hat mir nicht gefallen. Deshalb habe ich vorne an der Straße auf dich gewartet.« Er holte Luft. »Ordentlicher Schlag, übrigens. Respekt, Aggie.«

Sie lächelte. »Danke.«

Die Anspannung auf seinem Gesicht löste sich und wurde durch ein Lächeln ersetzt. »Erinnere mich daran, dass ich mich nie mit dir anlege. Du bist echt knallhart.«

Liv lachte. »Die richtig fiesen Schläge habe ich für die Widerlinge reserviert. Du musst dir also keine Sorgen machen.«

»Gut zu wissen.« Sein Lächeln verblasste und er biss die Zähne aufeinander. »Ich wollte den Kerl am liebsten erledigen.«

Ihr Atem schien in ihrer Brust stecken zu bleiben. »Ich weiß. Aber es ist besser, es dabei zu belassen, und stattdessen die Polizei zu verständigen.«

Er sah sie an. »Willst du sie anrufen, wenn wir zu Hause sind?«

»Ja. Nur für den Fall, dass er auf die Idee kommt, das Gleiche noch mal mit einer Frau zu probieren, die zufällig keinen schwarzen Gürtel in Karate hat.«

Er nickte. »Ich bleibe mit dir auf, bis du alles erledigt hast.

Zumindest heute Nacht wird er nichts mehr anstellen können, mit der blutigen Nase, die du ihm verpasst hast.«

Sie lachte. »Yep. Außerdem macht es das der Polizei leichter, ihn zu erkennen. Wahrscheinlich laufen nicht zu viele andere mit platt gehauener Nase durch die Stadt.«

Arran schüttelte grinsend den Kopf. »Du bist nicht nur knallhart, sondern auch noch clever.«

Liv biss sich auf die Unterlippe und musterte ihn von der Seite. Das Bedürfnis, ihm noch näher zu sein, war überwältigend. Sie ließ seine Hand los und legte ihm den Arm um die Taille. Er reagiert sofort und legte ihr seinerseits den Arm um die Schultern. Und es fühlte sich so gut an.

»Trotzdem danke«, sagte sie und genoss die Wärme seines Körpers an ihrer Seite. »Dass dir der Kerl aufgefallen ist und du gewartet hast.«

Arran drückte ihre Schulter.

Sie räusperte sich und versuchte, sich auf ihr Gespräch zu konzentrieren, weil seine Nähe ihr Gehirn zu vernebeln drohte. »Wie kommt es, dass er dir überhaupt aufgefallen ist? Ich glaube nicht, dass ihn sonst noch jemand bemerkt hat. Sogar ich habe seine Aufmerksamkeit nur der Tatsache zugeschrieben, dass wir overdressed im Pub aufgetaucht sind.«

Ein dunkler Schatten huschte über sein Gesicht, und seine Kiefermuskeln spannten sich an. »Dein Kleid ist ihm allerdings aufgefallen. Er hat dich ununterbrochen angegafft, als du mit den Mädels geredet hast. Und nicht auf verstohlene, bewundernde Art und Weise, sondern wie ein Raubtier mit triefenden Lefzen. Es hat mich wahnsinnig gemacht.«

Liv kuschelte sich dichter an ihn, und spürte, wie er sich neben ihr entspannte.

Er holte tief Luft und seine Stimme bebte unmerklich. »Und, um deine Frage zu beantworten, der Grund, warum er mir aufgefallen ist, ist der, dass ich dich selbst den ganzen Abend nicht aus den Augen lassen konnte.«

Ihr Herz machte einen Sprung, und ihr stockte der Atem.

Seine Stimme vibrierte in ihrem Körper, als sie sich an ihn drückte. »Ich konnte dich schon länger nicht aus den Augen lassen, wenn ich ehrlich bin. Und ich spreche nicht bloß von diesem Wochenende.«

Ihr schwirrte der Kopf. Das fühlte sich verdächtig so an, wie das, was sie sich wünschte von ihm zu hören. Würde er noch einen Schritt weiter gehen, als an dem Abend, als er nach ihrem Blind Date vorbeigekommen war und ihr gesagt hatte, dass sie schön ausgesehen hatte? Vor Aufregung rauschte ihr das Blut in den Ohren.

»Und ich war mehr als nur ein bisschen eifersüchtig auf Brodie.« Er seufzte. »Ich weiß, dass mich das zum Idioten macht.«

Sie schluckte und versuchte, ihr Herzrasen zu beruhigen. Sie blieb stehen, legte auch den anderen Arm an seine Taille und drehte ihn zu sich. Mit den hohen Absätzen musste sie nur ganz leicht den Kopf heben, um ihm in die Augen zu sehen. »Du bist kein Idiot.«

Er hielt den Arm um ihre Schulter gelegt und strich ihr mit der anderen Hand über die Wange. Seine Berührung erfüllte sie mit einer intensiven Sehnsucht danach, ihn überall auf sich zu spüren.

»Bin ich doch«, erwiderte er grimmig. »Es geht mich nichts an, mit wem du ausgehst.«

»Stimmt«, sagte sie, was ihm ein Lächeln entlockte. »Aber Brodie und ich gehen nicht miteinander aus. Wir haben bei unserer ersten Verabredung beide festgestellt, dass zwischen uns keine Anziehung herrscht.«

Er stutzte und sah sie zweifelnd an. »Aber ihr zwei wirkt so … vertraut.«

»Ja, er ist ein Freund geworden. Aber mehr nicht. Er steht auf jemand anderen.« *Genau wie ich.*

Arran nickte und straffte die Schultern, als wäre ihm eine Last von den Schultern genommen. »Ich dachte nur … weil er dich so viel berührt hat …«

Sie musste daran denken, wie Brodie ihr am Freitagabend beim Abendessen zugeraunt hatte, dass er testen wollte, ob Arran eifersüchtig würde. Dann riss sie die Augen auf, als ihr dämmerte, was es mit der Einladung zu sich auf den Sessel auf sich gehabt haben konnte. Hatte er nicht nur aufmerksam sein wollen? Hatte er sie mit Absicht zu sich geholt, um Arran noch weiter eifersüchtig zu machen? *So ein ausgefuchstes Schlitzohr.* »Er ist einfach so ein Typ. Aber ich fürchte, es könnte sein, dass er es übertrieben hat, um deinetwillen.«

Er zog die Augenbrauen hoch. »Um meinetwillen?«

Tja. Das war peinlich. So sehr sie Brodie mochte, sie würde ihm einen wohlverdienten Tritt in den Allerwertesten verpassen, wenn sie ihn das nächste Mal sah. »Er … hat mir gesagt, dass er denkt, dass du, äh, auf mich stehst und eifersüchtig bist. Also hat er es darauf angelegt, um seine Theorie zu testen.«

Sie hatte schon befürchtet, ihn damit zu verärgern, aber ein Lächeln umspielte seine Lippen. »Hat er das?«

Arran war ihr so nah, dass sie von seinem betörenden Duft eingehüllt war. Jeder Atemzug trieb ihren Puls in die Höhe und ließ ihr den Kopf schwirren. »Er hat es nicht böse gemeint. Er ist ein netter Kerl.«

»Ich weiß, dass er das ist. Ich mag ihn ganz gern.« Er fuhr ihr mit den Fingern über den Wangenknochen, seine Stimme war plötzlich rau. »Ich mag es einfach nicht, wenn er dich berührt.«

Ein süßes Kribbeln machte sich in ihr breit. *Das ist neu. Und ich glaube, mir gefällt es.*

»Letztes Wochenende. Als du und Sam ... mit Dave gesprochen habt.« Er hielt inne und schluckte. »Ich wollte dich so gern in den Arm nehmen. Dich trösten. Aber Brodie hatte seinen Arm um dich gelegt, und ich dachte ...«

Sie stellte sich auf die Zehenspitzen, um ihre Stirn an seine zu legen und ihn zu trösten, und er neigte den Kopf zu ihr.

»Du dachtest, wir wären ein Paar«, sagte sie leise und fühlte sich schrecklich, dass sie ihm unabsichtlich ein schlechtes Gefühl gegeben hatte.

Er nickte und holte zittrig Luft. »Und dich nicht umarmen zu können, war echt beschissen.«

Ihre Stimme klang leicht kratzig. »Ich wollte, dass du mich umarmst.«

Arran hob ihr Kinn und küsste ihr sanft auf die Stirn, schien ihre Haut damit zum Leben zu erwecken. »Ich wusste, dass es dir nicht gut ging. Du hast vielleicht alle anderen hinters Licht führen können, aber nicht mich.«

Eine Hitze brannte in ihr, brachte ihren Puls zum Jagen. Sie wollte ihn noch näher haben.

»Ich habe es versucht«, sagte er heiser. »Das habe ich wirklich. Mich von dir fernzuhalten, meine ich. Dir und ihm Raum zu geben. Aber ich konnte es nicht, Liv. Nicht, wo du mich letzte Woche gebraucht hättest. Und nicht, als ich gesehen habe, wie dieser Widerling dich gepackt hat«, – seine

Stimme war hart – »und dich eine verdammte Schlampe genannt hat.«

Sie zog ihn an sich, wollte ihn richtig trösten. Sie gab ihm einen Kuss auf die Wange, und ihre Lippen streiften seinen Dreitagebart.

»Deshalb bist du mir aus dem Weg gegangen?«

Er nickte, sein Atem stockte, als sie ihre Lippen auf sein Kinn drückte. »Tut mir leid«, sagte er.

»Schon okay«, hauchte sie an seiner Haut, legte ihr Gesicht an seine Wange.

Sie standen beide ganz still da, die kühle Nachtluft dehnte sich stumm um sie herum aus, nur das Geräusch ihrer Atemzüge war zu hören. Er hob wieder ihr Kinn an, um ihren Blick aufzufangen, strich mit den Fingern über die Wange. Sie wollte seine Hände so sehr auf sich spüren.

»Deine Augen sind wunderschön.« Er ließ den Blick nach unten gleiten. »Ich liebe dieses Kleid an dir, du siehst umwerfend aus.« Er sah ihr wieder in die Augen. »Das wollte ich dir schon den ganzen Abend sagen.«

Ihr blieb die Spucke weg, so dass sie nur stumm nickte und einen seltsamen Quietschelaut von sich gab.

»Und ich liebe deine roten Schuhe und deinen roten Mantel.« Er hob die weiche, große Kapuze an und setzte sie ihr auf den Kopf, hielt sie an den Seiten fest und zog sie noch näher an sich. »Rotkäppchen«, flüsterte er, und ihr Puls beschleunigte sich weiter.

Mit bebender Stimme erwiderte sie: »So nenne ich den Mantel auch. Meinen Rotkäppchen-Mantel.«

Er lächelte sanft, und sie verlor sich darin, wie ein kleines Tier, das von den Scheinwerfern geblendet wurde.

»Ich liebe dein Lächeln«, sagte sie, ohne nachzudenken.

Er berührte sanft mit seiner Nasenspitze ihre. »Danke.«

Ihr Gehirn versagte den Dienst. »Du hast schöne Zähne.«

Was?

Arran ließ sich nichts anmerken. »Damit ich dich besser fressen kann.«

Es war, als würde ihr flüssiges Feuer durch die Adern schießen. Sie hielt sich an der Rückseite seiner Jacke fest, nicht mehr länger in der Lage, sich zurückzuhalten. »Arran.«

Er sah sie fragend an. »Ja?«

»Ich will …« Sie schluckte, ihr Herzrasen war mit Macht zurückgekehrt.

»Was willst du, Aggie?«, flüsterte er.

»Ich will, dass du mich küsst.«

Die Worte waren endlich heraus, nachdem sie sie jahrelang nur gedacht hatte. Ihr Herz schlug so schnell, dass sie befürchtete, in Ohnmacht zu fallen.

Er strich ihr mit dem Daumen über die Wange, zog zittrig die Luft ein, während er ihren Mund anstarrte. »Fuck! Gott sei Dank. Ich will dich seit Wochen küssen.«

Ein Feuerwerk explodierte in ihrer Brust.

Er fixierte sie mit diesen honigfarbenen Augen und schloss noch den letzten winzigen Abstand zwischen ihnen. Irgendwie kamen ihr diese zwei Sekunden wie Stunden vor. Doch als er mit seinen Lippen ihre berührte, loderte ihre Lust so heftig, dass in ihrem Bauch ein Feuer ausbrach.

Arran strich mit den Lippen über ihren Mund, das sanfte Kratzen seiner Bartstoppeln bildete einen Kontrast zur Weichheit seiner Lippen und intensivierte das Feuer nur noch weiter, das sich nach unten verlagerte, bis sich ihre Mitte zusammenzog und ihre Knie weich wurden.

Sie hielt sich an ihm fest, atmete ihn ein, als er sie küsste, die Angst, dass sie ihre wunderschöne, zarte Freundschaft für immer zerstören konnten, von ihrer brennenden Begierde versengt. Arran berührte mit der Zungenspitze ihre Lippen, und sie öffnete den Mund für ihn, während sie ihm die Arme um den Hals legte und sich an seine Brust drückte. Er ließ die Zunge hineingleiten, und sie empfing ihn mit ihrer. Sie ging auf die Zehenspitzen und spürte, wie ihre Brustwarzen schmerzten, als sie am Stoff ihrer Kleidung rieben, die zwischen ihren Körpern lag. Die samtige Wärme seiner Zunge berührte ihre in einem schmerzhaft intimen Geben und Nehmen, das so intensive Gefühle in ihr hervorrief, wie sie es zuvor nur beim Sex erlebt hatte.

Wenn Arran sie ansah, fühlte es sich an, als würde er sie küssen und streicheln zugleich. Wenn er sie küsste, fühlte es sich an, als wäre er schon in ihr. Die Vorstellung, mit ihm Sex zu haben, vernebelte ihr die Sinne. Er unterbrach den Kuss nur für den Bruchteil einer Sekunde, um ihren Namen zu hauchen, und sie zog ihn zu sich, die Finger in seinem Haar, um seinen Mund wieder an ihren zu drücken.

Da erklangen Schritte, und sie sprangen auseinander, beide deutlich schwerer atmend als noch ein paar Momente zuvor.

»Liv?«, hörte sie Elises beunruhigte Stimme, kurz bevor ihre Freundin um die Straßenecke bog, Nico im Schlepptau. »Ach, Gott sei Dank«, sagte sie und legte sich erleichtert die Hand ans Herz. »Ich habe mir Sorgen gemacht, als du nicht nachgekommen bist, aber wie ich sehe, hat Arran dich gefunden.« Sie lächelte sie beide an, und Liv straffte die Schultern und versuchte, nicht so auszusehen, als hätten sie gerade wild rumgeknutscht, während sie ihre Kapuze wieder abnahm.

»Alles okay, danke«, sagte sie atemlos und sah schnell Arran an, dessen Pupillen vor Lust geweitet waren. »Ich hatte noch eine kleine Auseinandersetzung mit einem der Gäste aus dem Pub, aber dann habe ich ihm die Nase gebrochen und Arran hat mich gefunden, also alles gut.«

Eilig ging sie los in Richtung Ferienhaus, ehe sie etwas verraten konnte.

Elise schloss zu ihr auf und sah sie besorgt an. »Was? O mein Gott, Liv. Geht es dir gut?«

Die anderen beiden folgten ihnen, so dass sie kurz darauf um die letzte Ecke in die Auffahrt zum Ferienhauses bogen. In der Hoffnung, dass die anderen es nicht bemerken würden, versuchte Liv, die intensiven Gefühle zu unterdrücken, die in ihr tobten.

»Natürlich geht es ihr gut«, sagte Nico hinter ihnen. »Liv ist die Taffeste von uns allen. Ich habe sie im Fitnessstudio schon in Aktion gesehen.«

Liv warf ihm ein Lächeln über die Schulter zu, wobei sie zufällig (oder vielleicht auch absichtlich) Arrans immer noch aufgeheiztem Blick begegnete. Er sah sie an, als wollte er sie mit Haut und Haaren verschlingen. *Ja, bitte, Mr. Wolf.*

Elise warf Nico einen missbilligenden Blick zu. »Darum geht es doch gar nicht, Nico. Ich weiß, dass sie sich verteidigen kann. Aber sie sollte es nicht tun müssen, vor allem nicht, wenn sie einfach nur einen lustigen Abend mit ihren Freunden hat.« Sie nahm Livs Hand, als sie auf die Haustür zugingen. »Bist du nervös deswegen? Sollen wir die Polizei gemeinsam anrufen?«

Liv drückte die Hand ihrer Freundin. »Danke dir. Das wäre cool.« Sie hatte den ekligen Kerl mit der gebrochenen Nase schon fast vergessen gehabt, so stark war die Ablenkung durch Arran gewesen. Doch als sie nun das Haus betrat, merkte sie, dass ihr der Schock noch in den Gliedern steckte und auf den Magen schlug. Erst spürte sie es nur ein wenig, doch als sie die Schuhe und ihren Mantel auszog und mit den anderen ins Wohnzimmer ging, schwoll das Gefühl an.

Liv nahm Platz, in der Hoffnung, dass es ihr dann wieder besser gehen würde. »Maya und Sam sind aber nicht mehr wach, oder? Ich würde es ihnen lieber erst morgen früh erzählen.« Alles andere wäre eine klassische Fünftes-Rad-am-Wagen-Aktion und einfach nur egoistisch von ihr.

»Nee«, erwiderte Nico lächelnd. »Sie haben sich nach oben verzogen, sobald wir zu Hause angekommen waren. Brodie und Ben sind auch ins Bett.«

Liv brachte ein Lächeln zustande. Sie hoffte für Brodie, dass sich die beiden ähnlichen Aktivitäten widmeten wie Sam und Maya. Punkt für Brodie, wenn dem so war. Obwohl sie ihm trotzdem den Hintern versohlen würde für die Eifersuchtsnummer, die er mit Arran abgezogen hatte.

»Ich bin aufgeblieben, weil ich gemerkt habe, dass die gute Dr. Kowalski beunruhigt war«, fuhr Nico fort.

»Was du nicht hättest tun müssen«, merkte Elise an. »Ich habe dir gesagt, ich kann genauso gut allein losgehen und nach ihr suchen.«

»Und ich habe dir gesagt, dass Arran zurückgeblieben ist, um mit ihr zu gehen. Deshalb wärst du die einzige dort draußen allein gewesen, weshalb ich darauf bestanden habe, dich zu begleiten.« Nico sah Elise geduldig an, was nur dazu führte, dass sie noch genervter war, ihrem dünnlippigen Gesichtsausdruck zufolge. Sie hasste es ganz offensichtlich, wenn er recht hatte.

»Wie auch immer«, durchbrach Arran die Spannung zwischen ihnen. »Wir sollten besser mal die Polizei anrufen und den Kerl anzeigen.« Er nahm ihre Hand und drückte sie und jagte ihr damit einen Schauer über den Rücken. »Soll ich einen Tee machen, während du mit ihnen redest?«

Ah, ein Mann, ganz nach meinem Geschmack. Sie schloss kurz die Augen, als ihr Herz zu rasen begann, während sich eine leichte Panik in ihr breit machte. »Ja, bitte.«

Was ist nur los mit mir? Sie atmete ein paarmal tief durch. Vielleicht hatte der Angriff ihr doch mehr zugesetzt, als sie gedacht hatte. Sie versuchte, ihre Gefühle zu analysieren, während sie sich an das Grinsen des Mannes erinnerte und dann an das Krachen ihrer Faust in sein Gesicht.

»Beherrsch dich mal, Liv.«

Sie holte wieder Luft.

»Du bist genau wie dein Vater, Liv.«

Sie schauderte. War es ein Fehler gewesen, sich zu verteidigen? War es ihr schlechtes Gewissen, das ihr zusetzte?

Arran machte Tee für alle, und Liv beobachtete ihn, während sie versuchte, ruhig zu atmen und ihren rasenden Herzschlag und die in ihr aufsteigende Übelkeit zu bekämpfen.

Arran nahm Livs Hand, als sie sich den beiden Polizistinnen gegenüber an den Esstisch setzten. Er beobachtete sie, während sie sprach. Sie beantwortete alle Fragen ruhig und eloquent, und er war so stolz auf sie.

Er hatte die Erinnerung an ihren Kuss vorerst beiseitegeschoben, um sich auf die Aufgabe zu konzentrieren, die vor ihnen lag. Aber er musste dazu all seine Willenskraft aufwenden, vor allem, wenn er sie ansah.

Als er an der Reihe war zu sprechen, erzählte er den Polizistinnen seinen Teil der Geschichte, auch wenn er es durch zusammengebissene Zähne tun musste, weil er immer noch so wütend auf den Mistkerl war.

Er hatte etwas weiter unten am Hügel gewartet. Als er Livs Stimme gehört hatte, hatte er kehrtgemacht und beobachtet, wie der Mann Liv am Arm gepackt hatte, kaum war sie in Sichtweite gekommen. Dann hatte sich Liv mit ihren Karatekünsten zur Wehr gesetzt. Also war er losgerannt, und gerade in dem Moment vor dem Pub angekommen, als Liv dem Widerling die Nase eingeschlagen hatte.

Arran wäre es vielleicht gelungen, seine Wut unter Kontrolle zu halten und den Mann nur anzubrüllen und Liv wegzubringen, hätte er nicht gehört, wie der Kerl sie als Schlampe beschimpft hatte. Da war es mit ihm durchgegangen, und er hatte ihn gegen die Wand gedonnert.

Er versuchte, so ruhig zu klingen wie Liv, als er erzählte, die Wut aus seiner Stimme rauszuhalten, aber er war sich nicht sicher, ob es ihm gelang. Die Polizistinnen warfen ihnen mitfühlende Blicke zu, während sie ihre Aussagen aufnahmen.

Als sie fertig waren, brachte er sie mit Liv zur Tür, während Elise und Nico noch im Wohnzimmer saßen. Die Polizistinnen meinten, der Mann müsste nicht schwer zu finden sein, und dass sie sich melden würden, wenn sie ihn hatten. Glücklicherweise würde es auch Aufnahmen der Sicherheitskameras außerhalb des Pubs geben.

Arran schloss die Tür hinter den Beamtinnen, und drehte sich zu Liv um. »Geht es dir gut?«, fragte er und berührte sie an der Schulter.

Sie nickte schnell und sah ihn mit einem Blick an, der sein Blut in Wallungen brachte, doch dann blinzelte sie und ein sorgenvoller Schatten huschte über ihr Gesicht, ehe sie den Blick abwendete.

»Ja, alles gut«, sagte sie, ohne ihn anzusehen. »Nur müde. Ich denke, ich sollte mal ins Bett gehen.«

»Los, komm«, sagte er. »Ich bringe dich nach oben.« Er legte den Arm um sie, als sie den Wohnbereich betraten. Sie lehnte sich an ihn, wie sie es auf dem Nachhauseweg auch getan hatte, bevor sie sich geküsst hatten. Doch dieses Mal spürte er eine neue Art von Spannung in ihr.

Elise stand auf, als sie Liv erblickte. »Wie geht es dir?«

Liv lächelte sie schwach an. »Ziemlich platt.«

»Ich komme mit dir nach oben. Ich muss auch ins Bett«, sagte Elise und nahm Liv an der Hand.

Arran ließ enttäuscht den Arm sinken. Er hatte sie nach oben begleiten wollen. Nicht, weil er wollte, dass noch etwas zwischen ihnen passierte. Also, eigentlich schon, aber nicht heute Nacht. Er hatte einfach dieses unerklärliche Bedürfnis, sie sicher ins Bett zu bringen. Am liebsten würde er sich neben sie legen und sie die ganze Nacht im Arm halten.

Aber sie teilte sich ihr Zimmer mit Elise, und vorzuschlagen, dass Elise noch hier blieb, damit er mit ihr gehen konnte, fühlte sich unangemessen an. Widerwillig ließ er Liv mit Elise ziehen. Sie sah sich noch einmal nach ihm um, als die beiden kurz vor der Treppe waren. Als sich ihre Blicke trafen, machte sein Herz einen Sprung.

»Nacht, Arran«, sagte sie.

Seine Stimme war kratzig. »Nacht.«

Liv riss ihren Blick von ihm los und sah Nico an, der sich gerade neben ihn stellte. »Nacht, Nico.«

»Bis morgen früh«, sagte Nico. Arran spürte Nicos Blick

auf sich, als er Liv und Elise hinterherschaute, bis sie oben auf dem Treppenabsatz verschwunden waren.

Nico stupste in an die Schulter. »Alles okay? Du siehst auch ziemlich mitgenommen aus.«

Arran schluckte und versuchte zu entscheiden, was ihn mehr aufgeregt hatte, dass Liv von dem Kerl angegriffen worden war oder dass sie sich geküsst hatten. »Ja, es war nur eine ereignisreiche Nacht.«

Nico legte ihm den Arm um die Schulter und drückte ihn freundschaftlich. »Dann sieh mal zu, dass du auch ins Bett kommst. Ich räume hier unten auf und schließe ab.«

Arran nickte und lächelte ihn dankbar an. »Danke, Mann.«

Nico wuschelte ihm durch die Haare und ging dann zum Tisch, um die Tassen wegzuräumen.

Arran stieg die Treppenstufen hoch und verlangsamte seine Schritte, als er an Livs und Elises Tür vorbeikam, ehe er zu dem Zimmer weiterging, das er sich mit Nico teilte.

Morgen am Neist Point musste er mit Liv über diese Sache zwischen ihnen sprechen.

KAPITEL achtzehn

Arran musterte Liv, die neben ihm saß und aus dem Fenster des Vans starrte, und versuchte herauszufinden, worüber sie nachdachte.

Zwischen ihnen gab es eine neue Spannung. Natürlich hatte es das ganze Wochenende schon eine Spannung geben – auch wenn die an ihm und seiner Eifersucht gelegen hatte. Doch jetzt hatte die Situation sich in etwas viel Intensiveres verwandelt, das er noch gestern nicht für möglich gehalten hätte.

Den ganze Morgen umkreiste er sie schon, als wäre sie so wertvoll, dass er sie nicht aus den Augen lassen durfte. Lächerlich! Sie hatte ihn noch nicht einmal gebraucht, um sich zu verteidigen. Und trotzdem hatte er das Gefühl gehabt, dass ihr seine Unterstützung gefallen hatte, und das war für ihn das Größte gewesen.

Seit dem Frühstück jedoch hatte er Sam als Konkurrenz, was die Rolle ihres Beschützers anging. Als Livs Zwilling erfahren hatte, was am Abend passiert war, war er fassungslos gewesen, dass ihn niemand geweckt hatte, um seiner Schwester beizustehen. Also versuchte er jetzt, es wettzumachen, indem er ständig um sie herum schwirrte. Nico hatte ihm ein Lächeln entlocken können, als er darauf angespielt hatte, dass sie alle wussten, dass er und Maya nicht geschlafen hatten, als Liv nach Hause gekommen war, und dass keiner von ihnen an ihre Zimmertür hatte klopfen und sie unterbrechen wollen, um nicht für immer traumatisiert zu werden.

Arran schielte wieder zu Liv, die weiterhin aus dem Autofenster starrte. Er wünschte sich sehnlichst, in ihren Kopf schauen zu können. Er brauchte Zeit mit ihr allein, um mit ihr zu reden.

Heilige Scheiße. Dieser Kuss.

Er hatte sich schon gedacht, dass es toll sein würde, sie zu küssen, aber er hatte sich nicht ausmalen können, wie atemberaubend es dann tatsächlich war. Die Intensität des Kusses hatte ihm komplett den Atem verschlagen und detaillierte Bilder in seinen Kopf gepflanzt, was er noch mit ihr machen wollte.

Seine Entschlossenheit, auf Abstand zu ihr zu gehen, war schon das ganze Wochenende anstrengend gewesen, als er hatte mitansehen müssen, wie Brodie ihr seine Zuneigung zeigte. Doch der Anblick, wie dieser Kerl vor dem Pub sie am Arm gepackt hatte, hatte seine verbleibende Willenskraft, mit der er seine Gefühle für sich behalten wollte, verpuffen lassen.

Sie saß immer noch von ihm abgewandt, und er wollte am liebsten ihre Hand halten, doch vor den anderen traute er sich nicht, diese Grenze zu überschreiten. Er hatte das dumpfe Gefühl, dass sie nicht wollte, dass die anderen wussten, was zwischen ihnen lief. Shit, er wusste nicht mal, was zwischen ihnen lief. Aber er wusste, was er sich wünschte, das passieren sollte. Wollte sie es auch? Gestern Abend war er sich dessen sicher gewesen.

Sobald sie beim Parkplatz angekommen und alle ausgestiegen waren, fiel ihm auf, dass Liv bemüht zu sein schien, nicht neben ihm zu gehen.

Touché. Das war genau das, was er die ganze Zeit mit ihr gemacht hatte, und nun hatte sich das Blatt gewendet. Aber wieso? Er war ihr aus dem Weg gegangen, um ihr Raum zu geben, als er noch dachte, sie wäre mit Brodie zusammen. Außerdem, wenn er ehrlich war, hatte es auch mit Selbstschutz zu tun gehabt, um sich vor den stärker werdenden Gefühlen für sie zu schützen. Aber dann war er nicht mehr in der Lage gewesen, sich zurückzuhalten – nach dem Adrenalinschub, als er sie in Gefahr gesehen hatte, und er war froh darum. Hätte er bloß früher auf Agnes' Rat gehört und offen mit Liv gesprochen, anstatt sich wie ein eifersüchtiger Idiot zu verhalten, dann hätte er viel früher erfahren, dass sie und Brodie nur befreundet waren. Agnes gegenüber würde er diese Erkenntnis allerdings niemals zugeben, die neugierige Nervensäge würde es ihm ewig unter die Nase reiben, wenn er ihr sagte, dass sie recht gehabt hatte.

Also, warum ging Liv nun so auf Distanz zu ihm? Sie hatte am Abend zuvor so gewirkt, als wollte sie ihm nahe sein. Was hatte sich an diesem Morgen verändert?

Arran geduldete sich auf dem zwei Kilometer langen Spaziergang zum Leuchtturm von Neist Point. Er wahrte den Abstand zu ihr und wollte die erste Gelegenheit nutzen, sie allein zu erwischen, um mit ihr zu sprechen. Doch vielleicht musste er Verstärkung anfordern, um das zu erreichen.

Von Neist Point, als westlichstem Punkt der Insel, hatte man einen spektakulären Ausblick auf die Äußeren Hebriden. Das Wetter war klar, und das tiefe Blau des Meeres erstreckte sich bis zum Horizont, wo es in das Hellblau des Himmels überging. Die salzige Meeresbrise brannte auf ihren Gesichtern.

Sie standen vor dem Leuchtturm, in einem Feld aus Steintürmen, die Spaziergänger dort errichtet hatten. Sam und Maya flankierten Liv, so wie sie es schon den ganzen Weg über getan hatten. Er ließ den Blick schweifen, auf der Suche nach Verbündeten, und erblickte Nico, der mit Brodie plauderte. Zeit, sich Verstärkung zu holen.

Er ging zu ihnen rüber und nickte ihnen zu. »Meine Herren. Ich brauche eure Hilfe.«

Nico zog die Augenbrauen hoch. »Ach, ja?«

Arran vergrub die Hände in den Hosentaschen. »Ich muss mit Liv sprechen. Also, mit ihr allein. Aber Sam und Maya boykottieren mich unabsichtlich.«

Brodie grinste. »Du willst es also endlich angehen, ja?«

Arran warf ihm ein Lächeln zu. »Ja. Danke für den Schubser.«

Brodie zwinkerte ihm zu.

Nico lachte. »Von wegen danke. Alle hier warten schon seit Monaten darauf, dass du mal den ersten Schritt wagst, du alter Feigling.«

Arran verdrehte die Augen, lächelte aber weiter. »Halt die Klappe. Helft ihr mir jetzt oder was?«

Nico sah Brodie an. »Ich bin dabei.«

Brodie verzog die Lippen zu einer entschlossenen Linie und nickte. »Lasst es uns angehen.«

Nico grinste. »Ich übernehme Sam. Du schnappst dir Maya.«

Sie machten beide kehrt und schlenderten zu dem Trio, bestehend aus Sam, Maya und Liv rüber.

Nico legte Sam einen Arm um die Schultern und gestikulierte in Richtung des Leuchtturms, während Brodie Maya am Ellenbogen nahm und ihr etwas ins Ohr flüsterte. Sie nickte und folgte ihm ein paar Meter weg.

Arran verschwendete keine Zeit. Mit ein paar großen Schritten war er bei der nun allein dastehenden Liv. »Hey.«

Sie zuckte zusammen. »Hi«, erwiderte sie leicht zögerlich.

Sein Selbstbewusstsein geriet ins Wanken. »Können wir uns mal unterhalten?«

Liv öffnete den Mund und zögerte eine Sekunde, ehe sie antwortete. »Klar.«

Er nahm ihre Hand und führte sie ein kleines Stück weg von den anderen Touristen. »Wie geht es dir, nach der Sache mit der Polizei gestern?«

Sie nickte. »Ganz gut, danke. Ich bin froh, dass die Polizei jetzt dafür sorgen kann, dass der Kerl niemand anderem weh tut.«

»Gut. Du kannst immer mit mir reden, das weißt du, oder? Wenn du wegen irgendwas ein schlechtes Gefühl hast.«

Sie lächelte, und ihre grünen Augen leuchteten. Für eine Sekunde verschlug es Arran die Sprache.

»Das weiß ich zu schätzen«, erwiderte sie. »Du bist ein toller Freund.«

»Ja. Wo wir schon davon reden.« Er holte tief Luft und fühlte sich, als würde er auf einen Felsvorsprung hinausklettern, dort wo die Klippen hinter dem Leuchtturm steil ins Meer abfielen. Er stellte sich vor, wie der Wind ihn umwehte, während die spitzen Steine und die raue See unter ihm lauerten. Er rieb sich die Brust. »Freunde küssen sich nicht so, wie wir es gestern Abend getan haben.«

»Ich weiß«, sagte sie schnell, und für einen kurzen Moment verspürte er Erleichterung. Würde sie sagen, was er hoffte, dass sie es sagen würde? Doch ehe sie fortfahren konnte, klingelte sein Handy in der Hosentasche. Und er wusste, dass es Jess sein würde. *Fuck*.

Liv sah ihm in die Augen, und er wusste, dass sie das auch dachte. »Du solltest da besser dran gehen«, sagte sie zu ihm. »Es könnte um Jayce gehen.«

Er zog das Telefon hervor, weil ihn natürlich die gleiche Sorge erfasste, doch er vermutete stark, dass es einer von den üblichen Testanrufen sein würde, die Jess sich angewöhnt hatte. Er ging dran, doch als Liv Anstalten machte, wegzugehen, hielt er sie an der Hand fest und schüttelte den Kopf. *Bleib*, formte er tonlos mit dem Mund.

Eilig beantwortete er Jess' übliche Fragen, wo er war und mit wem er zusammen war. Dann entschuldigte er sich und beendete das Gespräch.

Er holte tief Luft. »Was wolltest du gerade sagen? Über den Kuss?«

Sie musterte sein Gesicht ein paar Sekunden lang und blinzelte. Sie zitterte unmerklich, und ihm wurde bange. Liv öffnete den Mund, sah dann auf sein Handy, das er noch in der Hand hielt, und schloss ihn wieder. Nach ein paar Sekunden sprach sie mit belegter Stimme weiter. »Ich weiß nicht wirklich, was ich sagen soll, um ehrlich zu sein.« Sie blinzelte wieder, ihre Augen waren feucht.

Sein Herz machte einen Sprung. »Hey, schon okay.« Er streckte den Arm aus, um ihr eine Umarmung anzubieten, aber ihr auch den Raum zu geben, falls sie beschließen sollte, sie nicht anzunehmen. Sie fiel sofort an seine Brust, ließ ihn sie umarmen und kuschelte sich an ihn. »Was ist los? Habe ich etwas getan, das dich verletzt hat?«

»Nein! Nein, gar nicht«, sagte sie schnell und schüttelte den Kopf. »Alles, was ich gesagt habe, hat gestimmt, und ich wollte dich so sehr küssen. Aber als wir nach Hause gekommen sind, war mir plötzlich so schlecht und ich hatte eine solche Panik und … es war einfach … ich weiß auch nicht, was mit mir verkehrt ist.«

Er streichelte ihr über die Haare und wünschte, er könnte

alles gut machen. »Ist es wegen des Kerls von gestern Abend? Das war ein wirklich traumatisches Erlebnis. Und dann noch die Aussage bei der Polizei machen zu müssen, muss echt schwer gewesen sein.«

»Ja, vielleicht.« Ihre Stimme war leise. »Aber ich habe das Gefühl, als wäre da noch etwas anderes. Ich habe mich schon mal so gefühlt, als ...« Sie brach ab.

»Wann, Aggie?«

Sie seufzte. »Ist nicht so wichtig.«

Er zögerte. Er wollte ihr so gern helfen, aber sie auch zu nichts drängen. »Hat es etwas damit zu tun, dass du Jayces Erzieherin wirst? Ich möchte da keine Grenzen überschreiten, wenn du dich nicht wohlfühlst.«

»Nein, das ist es nicht.« Sie verstummte, und er wusste nicht, was er noch sagen sollte. Sein Instinkt sagte ihm, dass sie etwas vor ihm verbarg, ein Geheimnis, das sie für sich behielt. Aber vielleicht war es auch etwas Unbewusstes, etwas, das sie nicht in Worte fassen konnte. Er wollte sie nicht drängen, ehe sie bereit war, es zu versuchen.

»Ist schon gut, Süße, ich bin für dich da. Wann immer du dich bereit fühlst, darüber zu reden.«

Sie drückte ihn. »Danke dir. Das bedeutet mir viel.« Er spürte, wie sie an seiner Brust schluckte. »Tut mir leid, dass ich so kaputt bin. Ich hätte dich nicht küssen sollen, wenn ich so durcheinander bin.«

Arran zog sich zurück und hob ihr Kinn, um ihr in die Augen sehen zu können. »Du musst dich nicht entschuldigen. Du bist immer für mich und alle anderen da, und ich will, dass du weißt, dass ich gern das Privileg hätte, das Gleiche für dich tun zu können.«

Ihr Kinn bebte, während sich ihre Augen mit Tränen füllten. »Ich bin so froh, dich zum Freund zu haben.« Sie blinzelte ein paar Mal, offenbar, um die Tränen unter Kontrolle zu halten, und es brach ihm das Herz. »Ich will dich nicht verlieren. Bitte, sag mir, dass ich unsere Freundschaft nicht zerstört habe.«

Er schüttelte den Kopf und streichelte ihr über die Wange, um sie zu trösten. »Niemals.«

Sie schenkte ihm ein unsicheres Lächeln. Sein schönes, mutiges Mädchen. Er würde auf sie warten, bis sie bereit war, mit ihm zu reden. Egal, wie lange es dauerte.

KAPITEL
neunzehn

Arran zwang sich dazu, mit dem Malen anzufangen, doch dann seufzte er und ließ den Pinsel wieder sinken. Mit verschränkten Armen starrte er ins Leere. Seit sie von dem Wochenende zurückgekommen waren, hatte er sich nicht mehr richtig konzentrieren können, weil er sich Sorgen machte um Liv. Jedes Mal, wenn er ihr eine Nachricht schrieb, behauptete sie, dass es ihr gut ging und spielte alles runter. Er wollte sie unbedingt bald wieder treffen, weil er wusste, dass er ihre Verfassung besser einschätzen konnte, wenn er ihr ins Gesicht sehen konnte.

Aber sie hatte offensichtlich viel zu tun auf der Arbeit, und seine Arbeitslast, was die Porträts anging, hatte etwas nachgelassen, so dass er am Wochenende keine Hilfe mit Jayce mehr gebraucht hatte. Im Moment hätte er Liv ohnehin nicht fragen wollen, sie brauchte jetzt seine Unterstützung, nicht umgekehrt.

Er richtete sich abrupt auf und beschloss, dass er etwas frische Highland-Luft gebrauchen konnte.

Also verließ er sein Atelier und zog sich Turnschuhe und seine fellbesetzte Lederjacke an, ehe er in die späte Nachmittagssonne hinaustrat und zu seinem Auto ging.

Als er neben dem örtlichen Pub parkte und ausstieg, hatte er sofort das Gefühl, dass die Frühlingsluft, die in den Bergen immer noch ein bisschen frischer war, ihm einen klaren Kopf verschaffte. Er ging auf den Waldrand zu und betrat den schmalen Pfad, der unter den Bäumen hindurch zu einer

Lichtung und über ein Feld führte. Er blieb an einer Stelle stehen, wo ein Zaun das Feld umgab, hinter dem die Wiese in eine steile Böschung aus Felsen überging und ins Tal hin abfiel.

Er lehnte sich an den Zaun und sah in den blauen Himmel, der mit kleinen Schäfchenwolken übersät war. Die grauen, mit Schnee bedeckten Gipfel der Glenavie Mountains stachen in das Blau, während sich am Fuß der Berge das grüne Tal ausbreitete. Einem Impuls folgend zückte er sein Handy und machte ein Foto.

Er hatte diesen Ausblick schon einmal gemalt, als Nachtszene. Sam hatte damals das Foto für ihn aufgenommen, und die Stelle war zu Sams und Mayas Lieblingsort zum Sternegucken geworden.

Er ließ den Blick über das saftige Grün der Wiese schweifen, und ihm fielen sofort Livs Augen ein. Doch an sie zu denken, ließ ein Gefühl der Frustration in ihm aufsteigen. Er schaffte es nicht, ihr zu helfen. Und das, obwohl es ihr in der Vergangenheit immer gelungen war, für ihn da zu sein, wenn er sie gebraucht hatte.

Etwas zupfte an seinem Ärmel, und riss ihn aus seinen Gedanken. Ein süßes Highland-Rind musterte ihn durch sein langes, zotteliges Haar hindurch neugierig.

»Hey, Kumpel«, sagte er und kraulte das Tier hinter dem Ohr.

Hinter ihm ertönte ein Pfiff, und als er sich umdrehte, erkannte er Sam, der mit einem Grinsen auf ihn zukam. »Du siehst aus, als würdest du für einen Kalender posieren. Fellbesetzte Lederjacke, verträumter Blick ins Tal, während du an einem Zaun lehnst.«

Arran musste lachen.

Sam trat zu ihm an den Zaun und sah das Highland-Rind an. »Und einen neuen Freund hast du auch.«

Das Tier ließ den Blick zu Sam schweifen, ehe es ihnen den Rücken zukehrte und davon trottete.

Arran warf Sam einen belustigten Blick zu. »Ich glaube, er mag dich nicht.«

Sam schob schmollend die Unterlippe vor. »Er hat ja keine Ahnung. Ich bin doch so ein spaßiger Zeitgenosse.«

»Na, ich weiß ja nicht«, murmelte Arran lächelnd.

Sam knuffte ihn freundschaftlich in den Arm und lehnte sich dann neben ihn an den Holzzaun.

Arran musterte ihn. »Jetzt ist es eine doppelte Kalender-Pose.«

Sam runzelte die Stirn, stützte das bärtige Kinn auf Daumen und Zeigefinger, während er eine typische Model-Pose einnahm. Arran prustete los und zückte sein Handy, um einen Schnappschuss von ihm zu machen. »Das wandert direkt auf mein Insta.«

Sam grinste und entspannte sich wieder, während Arran das Handy wieder in die Hosentasche steckte. »Was machst du überhaupt hier? Ich dachte, du bist lieber bei Nacht hier.«

Sam nickte. »Bisschen Erkundung für den Ort der Hochzeitsfeier.«

Arran lächelte. »Überlegt ihr immer noch, die Zeremonie draußen abzuhalten?«

»Yep.« Sam deutete hinter sie. »Wir würden einen Pavillon aufstellen, falls das Wetter gegen uns ist. Danach gehts für den Empfang ins Schloss.«

»Cool. Ich hoffe, mein neuer Freund Hamish schafft es auch«, sagte Arran und nickte in Richtung des Rindes, das den Hügel hinab schlenderte.

Sam lächelte. »Du hast ihm schon einen Namen gegeben?«

»Ja«, sagte Arran. »Ich glaube, wir sind seelenverwandt. Und er sieht aus wie ein Hamish – Hamish, das Highland-Rind.«

Sam lachte. »Ich lade ihn ein. Ich habe gehört, im Kilt macht er richtig was her.«

Arran bemerkte die Vorfreude in Sams Blick, schob sie allerdings eher darauf, dass er heiraten würde, als darauf, einen Ochsen in Kilt als Hochzeitsgast zu haben. »Ich freue mich darauf«, sagte er zu seinem Freund.

»Ich auch«, antwortete Sam und warf ihm einen Seitenblick zu. Dann lehnte er sich zu ihm und gab Arrans Schulter einen Schubs. »Was ist los?«

Arran fuhr sich mit der Hand durch die Haare. »Was soll denn los sein?«

»In letzter Zeit wirkst du ziemlich bedrückt, was überhaupt nicht zu dir passt.«

Er schluckte und wich dem Blick seines Freundes aus. »Nein, stimmt nicht.«

»Hmm.«

Arran riskierte einen Blick zu Sam, der ihn ziemlich misstrauisch musterte. »Hör auf, mich anzustarren, Kumpel.«

Ein Lächeln umspielte seine Lippen, als Sam den Blick wieder ins Tal richtete. »Sorry. Du siehst einfach so verdammt gut aus, weißt du?«

Arran lachte leise.

Sam räusperte sich. »Geht es um Liv?«

Arrans Puls beschleunigte sich, sein Mund war mit einem Mal trocken. »Ich weiß nicht, was du meinst.«

Sam seufzte. »Komm schon, Mann. Ich warte schon ewig

darauf, dass du mit mir darüber redest, aber langsam bekomme ich das Gefühl, ich muss warten, bis wir neunzig sind und nebeneinander in unseren Sesseln im Altersheim sitzen. Also spreche ich es jetzt einfach an.«

Shit. Warum hatte er es nicht kommen sehen? Wäre es so gelaufen, wie er es sich gewünscht hatte, wäre er damit irgendwann sicher zu Sam gegangen. »Es ist ... kompliziert. Und ich wollte dir keine unnötigen Sorgen bereiten.«

Sam sah ihn an und zog die Augenbrauen hoch. »Du glaubst doch nicht ernsthaft, dass ich sauer sein könnte, oder?«

Er wusste nicht, was er sagen sollte. »Also, na ja. Irgendwie schon.«

Sam schüttelte den Kopf. »Fuck, Mann. Als wäre ich der Typ, der nicht will, dass seine Schwester ein Liebesleben hat.«

Arran holte tief Luft. »Ich weiß, Mann. Das sage ich doch auch gar nicht.«

Sam musterte ihn. »Und wenn sie mit meinem besten Freund zusammenkommt, dem coolsten Kerl auf dem Planeten, dann ist das doch phantastisch.«

Ihm wurde warm ums Herz, und eine Sekunde lang war Arran sprachlos. Sam lächelte. »Und vielleicht ist es dir entgangen, aber ich bin mit Livs bester Freundin zusammen. Also wäre es verdammt heuchlerisch von mir, etwas dagegen zu haben.«

»Gutes Argument«, sagte Arran, und die Anspannung fiel merklich von ihm ab. »Aber bevor du dich zu sehr freust, ich bin schon an der ersten Hürde gescheitert. Es ist etwas zwischen uns passiert, aber jetzt hat sie sich zurückgezogen.«

Sam runzelte die Stirn und nickte. »Auf Skye ist etwas passiert?«

»Ja, nur ein Kuss.« Auch wenn es sich nach deutlich mehr angefühlt hatte als »nur einem Kuss«. Er schluckte, um den Schmerz in seiner Brust zu vertreiben. »Woher wusstest du es?«

»Nur so ein Gefühl. So wie ihr euch beide verhalten habt seitdem.«

Arran sah Sam mit sorgenvoller Miene an. »Sie verhält sich anders?«

»Ja. Irgendwie niedergeschlagen.« Sam lächelte. »So ähnlich wie du. Daher habe ich eins und eins zusammengezählt, und hey, siehe da: Es ergibt zwei.«

Arran dachte, dass es in ihrem Fall eben nicht zwei ergab. Er wusste nicht, wie viel er Sam erzählen sollte. Das bisschen, das Liv ihm gestanden hatte, war vertraulich gewesen, außerdem wollte er Sam nicht aufregen und dazu bringen, dass er sich um seine Schwester Sorgen machte. Vor allem, wo er gerade mit der Hochzeitsplanung so viel um die Ohren hatte. Arran wusste aus Erfahrung, dass diese Zeit trotz aller Vorfreude sehr stressig sein konnte.

Sam schürzte die Lippen. »Seltsam, dass sie sich zurückgezogen hat. Ich war mir ziemlich sicher, dass sie auf dich stand. Und als ich sie darauf angesprochen habe, hat sie es nicht geleugnet. Außerdem hat Maya angedeutet, dass Liv es ihr erzählt hat.«

Arran nickte. Er bezweifelte nicht, dass Liv sich zu ihm hingezogen fühlte, er hatte es auch gespürt und ihr geglaubt, als sie sagte, sie wollte, dass er sie küsst. Ihre Verbindung zueinander war intensiv. »Ich glaube nicht, dass es an einem Mangel an Interesse liegt. Es ist nur … ich bin mir nicht sicher, was mit ihr los ist.« Er beschloss, nichts weiter zu verraten, um Livs und Sams Interessen zu wahren.

Sam zog die Augenbrauen hoch. »Also, um es mal zusammenzufassen, du hast sie geküsst, und jetzt will sie nichts mehr mit dir zu tun haben?« Er grinste. »Vielleicht küsst du einfach richtig schlecht.«

Arran musste lachen. »Pass auf, was du sagst, Holland. Damit du's weißt, ich küsse ganz hervorragend.«

Sam grinste. »Keine Sorge, das weiß ich doch längst. Hat mir Chloe Reid in der sechsten Klasse schon erzählt.«

»Wirklich?« Arran zog die Augenbrauen hoch.

»Yep. Sie hat ein Loblied auf dich gesungen, egal ob man es hören wollte oder nicht.«

Arran lächelte. »Wie schön.«

»Ich wette, wenn du etwas Zeit mit Liv allein verbringen könntest, würdest du herausfinden, was schiefgegangen ist.« Sam rieb sich über den Bart. »Sie ist so mies im Lügen, du würdest auf jeden Fall rausbekommen, was sie hat.«

»Vielleicht«, meinte Arran, der schon den gleichen Gedanken gehabt hatte. Er musste sie persönlich treffen.

»Ich sage es dir«, fuhr Sam fort. »Sie war die Erste von uns, der klar war, dass es den Weihnachtsmann nicht gibt, und dann hat sie es dermaßen schlecht vor mir verheimlichen können.«

Arran riss in gespieltem Entsetzen die Augen auf. »Den Weihnachtsmann gibt es nicht? Willst du mich verarschen, Mann?«

Sam lachte.

»Ich würde zu gern etwas Zeit zu zweit mit ihr verbringen«, gestand Arran dann wieder ernst. »Ich würde sie zu nichts drängen, nur für sie da sein und ihr Zeit lassen.«

Sam lächelte. »Ich hätte da eine Idee«, meinte er dann und lehnte sich zurück, die Hände in den Hosentaschen. »Da gibt es etwas, über das ich eh schon nachgedacht habe. Etwas, das ich Liv zum Geburtstag schenken wollte, aber es vor lauter Hochzeitsstress nicht geschafft habe. Und es könnte eurer Sache dienlich sein.«

Interessiert nahm Arran die Arme vom Zaun und sah ihn an. »Was denn?«

Sam holte Luft. »Sie liebt deine Porträts. Ich wollte eines von ihr in Auftrag geben.«

Arran sah sofort seine Palette mit Meeresfarben vor sich, als er sich vorstellte, Livs Augen zu malen, während seine Herbsttöne die glänzenden Locken ihrer Haare einfangen würden. *Das wäre ein Traum.*

»Du kannst den Auftrag annehmen und einfach sehen, was passiert«, meinte Sam. »Kein Druck. Nur du und Liv, wie immer. Und wenn etwas passiert, tja«, er zuckte mit den Schultern und sprach in säuselndem Tonfall weiter, »Bo-nus.«

Arran lächelte. Er würde endlich das tun dürfen, von dem er schon lange Tagträume gehabt hatte: die liebliche Olivia Agnes Holland porträtieren.

Nachdem er Jayce ins Bett gesteckt hatte, nahm Arran die von dem Jungen heiß geliebte Ausgabe des *Grüffelo* zur Hand und begann vorzulesen.

Doch als Jayce nicht wie üblich mitsprach, sah er vom Buch auf. »Was ist los, Kumpel?«

Jayce blinzelte. »Ich will Lib.«

Ein eisiges Gefühl machte sich in ihm breit. *Das wollen wir beide.* »Ich weiß«, sagte er tröstend zu seinem Sohn.

»Lib macht die Stimmen«, jammerte Jayce und deutete auf das Buch.

Arran zog die Augenbrauen hoch, als wäre er beleidigt. »Willst du damit sagen, Daddy kann die Stimmen nicht so gut nachmachen?«

Jayce sah ihn nur stumm an, mit der unverhohlenen Kritik eines Kleinkindes im Blick.

Arran seufzte. »Wow. Das triff mich hart, kleiner Kerl.«

Er las weiter, dieses Mal, indem er wie Liv versuchte, die verschiedenen Figuren anders sprechen zu lassen. Jayce schien mit seinen Bemühungen einigermaßen zufrieden zu sein, aber Arran wusste, dass er kein Ersatz für Liv war.

Als das Buch zu Ende war, gab Arran seinem Sohn einen Kuss auf die weichen Locken, hielt einen Moment inne, um seinen Duft einzuatmen.

Er sagte Gute Nacht und verließ das Zimmer. Ehe er die Treppe wieder runterging, lehnte er sich nachdenklich an den Türrahmen. Liv war im vergangenen Jahr zu einem festen Bestandteil ihres Lebens geworden und hatte dabei alle Leeren gefüllt, die gefüllt werden mussten. Auch wenn Arran immer behauptet hatte, nichts Festes zu wollen, war ihm gar nicht aufgefallen, dass er sich längst auf etwas eingelassen hatte – mit seiner besten Freundin.

Er verfluchte sich selbst, dass er (a) so begriffsstutzig gewesen war, was seine Anziehung zu Liv anging, und er mehr als zehn Jahre gebraucht hatte, zu bemerken, dass sie genau vor seiner Nase war – Vollidiot; und (b) dass er am Abend ihres Blind Dates nicht die Eier gehabt hatte, ihr zu sagen, was er wirklich wollte, auch wenn er damals noch nicht gewusst hatte, ob sie das Gleiche empfand. Was hatte er denn zu verlieren gehabt? Nur seinen verdammten Stolz.

Er musste die verlorene Zeit wiedergutmachen und ihr zeigen, dass er für sie da war. Um ihretwillen, seinetwillen und für Jayce.

KAPITEL zwanzig

Liv stieg aus ihrem Auto und holte tief Luft. »Komm schon, du kannst das. Du bist nur ein normales Mädchen, das ihr Porträt gemalt bekommt. Nicht jemand, der es nicht schafft, den Mann, den sie so verzweifelt begehrt, zu küssen, ohne einen mentalen Zusammenbruch zu erleiden.« Sie sah sich schnell um, um sicherzugehen, dass keiner der Nachbarn ihre kleine Ansprache an sich selbst mitbekommen hatte. Ironischerweise hätte das nur unterstrichen, dass sie verrückt geworden war. Für einen Moment hätte sie schwören können, dass sich die Gardine im Nachbarhaus bewegt hatte.

Als sie an der Tür klingelte, konnte sie es kaum erwarten, dass er ihr aufmachte. Als er es tat, musste sie sich kurz am Türrahmen abstützen, denn, o mein Gott, wenn der Mann nicht noch mal fünfzig Prozent heißer geworden war, als das letzte Mal, als sie ihn gesehen hatte. Wie war das überhaupt möglich, wo er doch sowieso schon hundert Prozent sexy gewesen war?

Arran Adebayo. Hundertfünfzig Prozent sexy.

Er lächelte, als sie sich an den Türrahmen lehnte und ihn anstarrte, bemüht auf ihren wackligen Beinen gerade zu stehen.

Sie räusperte sich. »Hi.«

Arrans Lächeln wurde noch breiter und brachte seine Augen zum Leuchten. Sie hatte das Gefühl, gleich in Ohnmacht zu fallen. »Willst du reinkommen, oder soll ich dich hier vor der Tür malen?«

Sie straffte die Schultern und schaffte es, das Haus zu betreten, ohne sich anmerken zu lassen, was sein Duft in ihr auslöste. Die Erinnerung daran, wie er ihre rote Kapuze nahm und sie damit an sich zog, tauchte vor ihrem inneren Auge auf. »*Damit ich dich besser fressen kann.*« Ein kalter Schauer lief ihr über den Rücken.

»Liv?«

»Mm-hmm?«

»Hast du mich gehört?«

Sie blieb im Flur stehen. »Äh, nein. Was hast du gesagt?«

Er lächelte immer noch amüsiert. »Möchtest du gern einen Tee trinken, bevor wir anfangen?«

»Oh, ja, bitte.« Sie zog Jacke und Schuhe aus und folgte ihm in die Küche, wo sie ihm half, zwei Tassen Tee zuzubereiten, die sie dann mit ins Atelier nahmen. »Kann ich mich noch kurz umschauen?«, fragte sie. Es gab ein paar neue Bilder, die sie noch nicht gesehen hatte.

»Klar, nur zu.« Er wandte sich dem Mischen seiner Farben zu, und ihr fiel auf, wie natürlich er sich verhielt. Nicht, als würde er sie für verrückt halten und kurz davor, davonzulaufen. Sie entspannte sich ein wenig und dachte wieder an seine tröstlichen Worte beim Leuchtturm. Die Lichter im Atelier waren hell im Dämmerlicht des Samstagabends und strahlten das Sofa an, auf dem sie sitzen würde, um gemalt zu werden.

Sie ging rüber und nahm Platz. »Es ist so cool von Sam und Maya, dass sie mein Porträt bei dir bestellt haben.« Sie nahm einen Schluck Tee. »Obwohl es ein bisschen komisch ist, mir ein Bild von mir selbst an die Wand zu hängen.«

Er lächelte. »Es wird wunderschön aussehen.«

Ihr stockte der Atem. Er sagte ihr immer wieder, dass sie

schön war, und er brachte sie dazu, dass sie ihm glaubte. Arran Abeo Adebayo war ein wirklich charmanter Mann. Sie seufzte innerlich auf. Er war zudem ein absoluter Hottie. »Ich dachte zuerst, du würdest mich von einem Foto abmalen.«

Er schüttelte den Kopf. »Es ist immer besser, vom lebendigen Model abzuzeichnen. Fotos nehme ich nur, wenn die Person nicht verfügbar ist oder nicht so lange sitzen kann.«

Sie machte es sich auf dem Sofa bequem und beobachtete ihn bei seinen Vorbereitungen. »Wie lange dauert es denn?«

Arran hielt inne in dem, was er gerade tat und fuhr sich mit der Hand über die Haare. »Hängt davon ab, wie es läuft. Normalerweise habe ich eine Deadline, die ich einhalten muss, also passe ich meinen Zeitplan so an, dass ich es schaffe. Aber wenn es nicht zu einem bestimmten Termin fertig sein muss, kann es auch mal sechs Wochen dauern.«

Sie schlürfte ihren Tee. »Na, dann ist es ja gut, dass ich kein Privatleben habe.«

Er lächelte liebevoll. »Ich kann jederzeit anfangen, wenn du so weit bist.«

Liv versuchte, mit dem Lachen aufzuhören, aber es fiel ihr nicht leicht. »Sorry. Ich bin nicht gut im Stillsitzen.«

Ein Lächeln umspielte seine Lippen. »Schon gut, ich mag es, dich lachen zu sehen.«

Ihr Herz machte einen Sprung. »Danke.«

Es entstand eine kurze Pause, in der er sich nur auf die Leinwand zu konzentrieren schien. Er sah sexy aus dabei. *Um Himmels willen. Ich finde einfach alles, was er tut, sexy. Sogar als er vorhin die Farbe verschüttet hat, fand ich das sexy.*

Sie räusperte sich. »Um fair zu bleiben, du bist derjenige, der mich zum Lachen bringt. Also …«

Er ließ den Blick zu ihr gleiten, was in ihr sofort einen kleinen Adrenalinschub auslöste. »Also … Ist es meine eigene Schuld?«

»Genau.« Sie grinste ihn an.

Arran lächelte, während er mit seiner Arbeit weitermachte.

Liv wand sich auf ihrem Platz. »Wann darf ich es sehen?«

»In einer Minute.« Er sah auf die Uhr. »Wir hören jetzt eh auf. Vier Stunden ist lang genug für heute.«

»Vier Stunden? Wow.« Liv schielte auf ihre eigene Uhr, um seine Aussage zu bestätigen. »Es hat sich nur wie eine halbe Stunde angefühlt.«

Er sah sie unter zusammen gezogenen Augenbrauen an. »Weil ich dich mit meinem geistreichen Witz unterhalten habe?«

»Ja.« Sie hielt seinem Blick für einen Moment stand, und ihr Herz fühlte sich an, als wollte es ihr aus der Brust springen. *Warum schmeiße ich mich ihm nicht wieder an den Hals? Ach, ja. Weil ich ein emotionales Wrack bin.*

»Okay«, sagte er, legte den Pinsel beiseite und wischte sich die Hände an einem Tuch ab. »Du darfst mal einen Blick drauf werfen. Aber denke dran, es ist noch längst nicht fertig.«

Liv sprang regelrecht von der Couch auf und eilte zu ihm rüber. Sie lehnte sich an seine Schulter, um auf die Leinwand blicken zu können. Mit feinen Linien hatte er die Umrisse ihrer Haare und Schultern skizziert, ihre Haare selbst waren in einer dunklen Masse aus Wellen dargestellt. Die Proportionen ihres Gesichts waren eingezeichnet.

Vor Staunen blieb ihr der Mund offenstehen. »Wow. Das sieht jetzt schon aus wie ich.«

Er deutete auf die Leinwand. »Als Nächstes fange ich an, Licht und Schatten in dein Gesicht zu bringen, dann die Farbtöne deines Haars. Danach definiere ich die Gesichtszüge und zeichne den Oberkörper. Die Augen hebe ich mir gern für den Schluss auf.« Er sah ihr eine Sekunde lang in die Augen, wandte den Blick dann wieder ab und räusperte sich. »Musst du gleich los, oder hast du noch Zeit für einen Tee?«

»Für Tee habe ich immer Zeit.« Sie half ihm dabei, seine Ausrüstung wegzupacken, und folgte ihm dann in die Küche. »Muss ich eigentlich jedes Mal, wenn ich herkomme, dasselbe Oberteil anziehen?«

Er lächelte. »Nein, ist nicht nötig. Wir können die Farbe auch auswählen, in der ich es malen soll.«

Sie machten Tee und setzten sich gemeinsam an den Küchentresen, um noch etwas zu plaudern. Sie dachte über die Tatsache nach, dass er heute sehr ruhig gewesen war und weniger Scherze gemacht hatte als sonst. Zunächst hatte sie Angst gehabt, dass es daran liegen konnte, dass sie ihn verärgert hatte, aber im Laufe des Abends war sie darauf gekommen, dass er nur versuchte, ihr Raum zu geben. Und das wärmte ihr Herz. Sie wünschte sich bloß, die richtigen Worte zu finden, um ihm zu sagen, was in ihrem Kopf los war – und in ihrem Herzen. Aber nachdem sie ihre negativen Emotionen jahrelang erfolgreich unterdrückt hatte, fiel es ihr jetzt extrem schwer, sie auszudrücken.

Ihr Blick wanderte zu seinem Mund, als er an seinem Tee nippte. Das Gefühl, seiner Lippen auf ihrem Mund war in ihr Gedächtnis wie eingebrannt. Geistesabwesend hob sie eine Hand und berührte ihre Unterlippe.

»Alles okay?«, fragte er und musterte sie besorgt.

Sie ließ die Hand sinken. »Ja, alles gut.«

Er lächelte, und sie erinnerte sich daran, wie er das auch an dem Abend gemacht hatte, als sie sich geküsst hatten, und ihr dann herausgerutscht war, dass er schöne Zähne hatte. *Wie peinlich.*

Trotz des peinlichen Moments verursachte der Gedanke an den Kuss ihr jedes Mal ein aufregendes Kribbeln im Bauch. Niemand hatte sie je mit nur einem Kuss so fühlen lassen.

Sie spielte an ihrer Tasse. Sie würde ihn zu gern noch einmal küssen. Doch jedes Mal, wenn sie darüber nachdachte, dieses Bedürfnis zu äußern, fiel ihr auch gleich wieder ein, was als Nächstes passieren würde. Sie würden nicht mehr länger »nur befreundet« sein. Sie hatte noch nie eine Beziehung, sexueller oder anderer Art, mit jemandem gehabt, der ihr emotional so nahestand. Sie wollte es, aber immer, wenn sie es sich vorstellte, ergriff sie eine tiefe, Atem raubende Nervosität. Sie schauderte und versuchte, ihren Atem zu kontrollieren.

»Bist du sicher, dass es dir gut geht?«, fragte er stirnrunzelnd.

»Ja, auf jeden Fall«, erwiderte sie schnell und schloss kurz die Augen, während sie einen Schluck Tee nahm.

Er beobachtete sie schweigend. »Kannst du morgen Nachmittag noch mal kommen? Jess wird Jayce nach dem Mittagessen vorbeibringen, aber wir können während seines Mittagsschlafs ein bisschen weiterarbeiten.«

Sie nickte. »Das wäre toll. Dann kann ich auch Jayce sehen, wenn er aufwacht.«

Seine Mundwinkel zuckten. »Also, nur wenn du dir sicher

bist, dass dir nicht langweilig wird, wenn wir das zwei Tage hintereinander machen.«

Sie brachte ein Lächeln zustande. »In deiner Gesellschaft? Das bezweifle ich sehr.«

Er lächelte sie leise an, was ihr das Gefühl gab, als hätte sie ihm Lotto gewonnen.

KAPITEL einundzwanzig

Arran verengte die Augen zu Schlitzen, während er sich auf die Leinwand konzentrierte. »Berge oder Strand?«

»Das ist leicht«, erwiderte Liv. »Berge.«

Er lächelte. »Ich auch. Du bist dran.«

Liv dachte einen Moment nach. »Okay ... Wenn du in einem Restaurant wärst und müsstest wählen, ob du eine Vorspeise oder einen Nachtisch isst, welches wäre es?«

Er hob langsam den Blick von der Leinwand und sah sie in gespielter Entrüstung an. »Das ist doch keine Oder-Situation. Ich würde beides wollen.«

Sie grinste und zeigte mit dem Finger auf ihn. »Korrekt. Das war eine Fangfrage, und du hast bestanden. Du bist dran.«

Ebenfalls grinsend wandte er sich wieder seinem Gemälde zu. »Scones oder Kuchen?«

Jetzt war es an ihr, Entrüstung vorzuschützen. »Das, Mr. Adebayo, ist eine lächerliche Frage.«

Er sah ihr in die Augen. »Aber was ist mit diesen winzigen Küchlein, die wir bei unserem Nachmittagskaffee gegessen haben? Die machen den Scones doch bestimmt Konkurrenz.«

Sie schürzte die Lippen. »Nichts kommt an Scones heran.« Ihr Handy piepste in ihrer Tasche und meldete eine neue Nachricht, doch sie ignorierte es. »Scones sind das Beste überhaupt.« Ihr Handy piepste noch zweimal hintereinander. *Ich bin ja heute beliebt.*

»Na, gut«, sagte er.

»Wie wäre es mit ... Han Solo oder Luke Skywalker?« Ihr Handy piepste wieder, und dieses Mal gewann ihre Neugier die Oberhand, und sie griff in ihre Tasche, um das Telefon zu zücken.

»Luke«, antwortete Arran und malte weiter. »Die Macht ist mit ihm. Außerdem hatte der Kerl einen schlimmen Vater-Komplex.«

Lächelnd entsperrte Liv ihr Handy. Doch das Lächeln auf ihren Lippen bröckelte, als sie den Namen des Absenders erblickte.

»Was ist los?«, fragte Arran und sah sie stirnrunzelnd an.

Sie ging mit den Augen den Strom an Nachrichten durch, und ihr gefror das Blut in den Adern und die Nackenhaare stellten sich auf. Sie brachte keinen Ton heraus.

Er legte den Pinsel ab und setzte sich neben sie, wischte im Gehen die Hände an einem Tuch ab. »Es ist doch nicht von ihm, oder?«

Sie nickte, ihr Mund war trocken. Es war unmöglich, die Nachrichten laut vorzulesen, weil ihr schon schlecht wurde, wenn sie die Worte nur ansah. Also hielt sie ihm einfach das Handy hin. Er schloss die warme Hand um ihre und sie hielten das Telefon gemeinsam, während er las.

Ich habe deine respektlose Art satt.
Es ekelt mich an. Meine Bedürfnisse konsequent zu ignorieren. Das ist so egoistisch.
Wenn ich dir schreibe, erwarte ich eine umgehende Antwort. So beschäftigt kannst du nicht sein.
Immerhin bist du nur eine bessere Babysitterin.
Dafür braucht man wohl kaum besonderen Grips.

Ich will das Datum der Hochzeit deines Bruders wissen, und ich erwarte eine Antwort von dir. Heute noch.

Arran legte ihr den Arm um die Schultern, zog sie an sich und gab ihr einen Kuss auf den Scheitel. Sie schloss die Augen, um das Brennen darin zurückzudrängen, ihre Hand mit dem Handy fiel in Arrans Schoß, wo sich seine Hand darüber legte.

»Tut mir leid«, sagte er leise.

Sie drehte das Gesicht an seine Brust und schluckte, doch der Kloß in ihrem Hals war zu schmerzhaft. »Ich hätte ihn blockieren sollen.«

Er legte auch den anderen Arm um sie und umarmte sie. »Sollen wir das jetzt gemeinsam tun?«

Sie versuchte, einen klaren Kopf zu bewahren. »Ja. Kannst du es vielleicht für mich tun? Ich will die Nachrichten nicht mehr ansehen müssen.«

Seine Stimme war zärtlich. »Klar, mache ich.« Er nahm seinen Arm nicht weg, während er ihr Handy nahm und schnell etwas auf dem Bildschirm tippte. Ein paar Sekunden später legte er es neben sie auf die Couch und schlang wieder die Arme um sie.

Sie verharrten einen Moment lang schweigend in dieser Position. Sie hielt das Gesicht an seine Brust gedrückt, und er streichelte ihr die Haare. Sie hoffte, die schmerzhaften Gedanken vertreiben zu können, wenn sie lange genug die Augen schloss.

»Ich habe die Nachrichten gelöscht«, sagte er, wobei seine Stimme beruhigend an ihrer Wange vibrierte.

Ihr Hals war immer noch wie zugeschnürt. »Danke.«

Der Basston seiner Stimme war tröstlich. »Denkst du, er könnte noch in der Stadt sein?«

Die Vorstellung war irgendwie weniger gruselig, wenn Arran sie im Arm hielt. »Glaub nicht. Es ist schon ein paar Wochen her und Sam hat ihn hoffentlich verjagt.«

Er küsste sie wieder auf den Kopf, schob sie dann vorsichtig von sich, um ihr in die Augen sehen zu können. Er strich ihr die Haare hinters Ohr. »Du bleibst genau hier sitzen. Ich hole uns einen Tee.«

Sie brachte ein schwaches Lächeln zustande. »Das klingt gut.«

Arran hielt inne, streichelte ihr mit seinem warmen Daumen über die Wange, und kurz hatte sie das Gefühl, als wollte er noch etwas sagen. Aber dann drückte er ihr schnell einen Kuss auf die Stirn und stand auf.

Als er zurückkehrte, schien es ihr, als hätte er das Zimmer gerade erst verlassen, und Liv fiel erst jetzt auf, dass sie die ganze Zeit die Wand angestarrt hatte, ohne irgendetwas zu denken.

Sie nahm die warme Tasse entgegen, als er sich wieder zu ihr setzte und den Arm um sie legte. »Wie geht es dir?«, fragte er.

Sie seufzte. »Ich versuche, nicht daran zu denken.«

Er drückte sanft ihre Schulter. »Hoffentlich hörst du von jetzt an nichts mehr von ihm.«

Blinzelnd holte sie tief Luft. »Ich hätte ihn schon vor Jahren blockieren sollen. Ich hätte wissen müssen, dass er sich nie melden würde, nur weil er Interesse an mir hat, sondern immer aus anderen Gründen.«

Er neigte den Kopf, um sie anzusehen, und sie lehnte sich an seinen Arm und erwiderte seinen Blick. »Daran ist nichts verkehrt, Liv. Es war nur natürlich, dass du an dieser Hoffnung festgehalten hast.«

Sie seufzte. »Natürlich oder naiv?«

Er lächelte. »Vielleicht ein wenig von beidem. Aber Naivität ist keine Schande. Es ist eine Reflexion davon, dass man im Herzen ein guter Mensch ist.«

Ihr wurde flau im Magen, und sie verspürte ein Gefühl der Beklemmung. »Glaubst du, dass wir selbst dafür verantwortlich sind, dass wir im Herzen gut sind? Oder ist es etwas, das uns von Geburt an gegeben ist? Also … genetisch vorbestimmt?«

Er runzelte die Stirn und musterte sie. »Ich glaube, das ist ein komplexes Thema. Ein bisschen von beidem, denke ich. Wie bei den meisten Dingen.«

Sie nickte, während sich die Übelkeit verstärkte und ihr den Atem raubte. Was, wenn es in ihrem Fall mehr Natur als Umwelt war?

»Was ist los?«, fragte Arran mit sorgenvoller Miene.

Deans Stimme hallte in ihrem Kopf wieder. *»Verdammt, Liv. Du bist genau wie dein Dad.«*

Sie schluckte. »Ach, nichts.« Sie nahm einen Schluck Tee. »Weißt du, Mum hat uns diese Geschichten erzählt, wie er sich benommen hat, als sie gerade frisch zusammengekommen waren. Damals schien er ein totaler Romantiker zu sein. Er überhäufte sie mit Zuneigung und Aufmerksamkeiten. Einmal waren sie auf einem Konzert, und er ist auf die Bühne gegangen, hat sich das Mikro geschnappt und vor allen Zuschauern verkündet, dass er sie liebt.« Sie holte tief Luft und bemerkte, wie aufmerksam Arran ihr zuhörte. »Und als er ihr einen Heiratsantrag machen wollte, hat er eines dieser kleinen Flugzeuge gemietet, das ein Banner mit der Aufschrift ›Heirate mich, Tara‹ hinter sich herzog.«

»Wow«, machte Arran, »das ist extrem.«

Sie nickte. »Ich habe es recherchiert. Psychologen nennen das ›love bombing‹, was bedeutet, dass eine narzisstische Person ihr … Opfer mit Liebesbekundungen überhäuft, um es an sich zu binden.«

»Shit«, sagte er leise. »Das ist krank.«

»Ja.« Sie holte tief Luft. »Catriona hat es mit Sam genauso gemacht. Sie war nicht ganz so auffällig damit, aber sie hat dieselbe Taktik angewandt. Sie hat ständig Situationen inszeniert, wo er am Ende verletzt wurde, so dass sie ihn wie seine Retterin trösten konnte. Bei der öffentlichen Zurschaustellung ihrer Zuneigung hat sie total übertrieben und so getan, als würde sie zu Hause alles für ihn tun.«

Er nickte. »Ich kann mich gut erinnern. Und es tut mir leid, sagen zu müssen, dass ich immer dachte, sie wäre nur schrecklich verliebt in ihn. Also, ich schätze, ich bin auch auf ihr love bombing reingefallen.«

Liv schüttelte den Kopf. »Das ist nicht deine Schuld. Keiner von uns hat es am Anfang bemerkt. Und die einzige Person, die man dafür verantwortlich machen sollte, ist Catriona.« Sie schob sich die Brille hoch und atmete zittrig aus. »Die Bekundungen der ›Liebe‹ werden entzogen, und dem Opfer wird das Gefühl gegeben, wenn es sich nur richtig verhält, bekommt es sie wieder zurück.« Ihre Stimme begann zu beben, also trank sie schnell einen Schluck Tee.

»Klingt, als hättest du dich eingehend damit befasst«, meinte Arran und strich ihr eine Locke hinters Ohr. »Deshalb, weil deiner Mum und Sam das passiert ist?«

Sie zögerte und schluckte, ehe sie antwortete. »Ja, ich denke schon.«

Er musterte sie. Sie konnte es beinahe in seinem Gehirn arbeiten hören.

»Tut mir leid«, sagte sie und schloss kurz die Augen.

Er zog die Augenbrauen hoch. »Was denn?«

Liv sah ihm in die Augen. »Dass ich das bei dir ablade. Sam ist dein bester Freund, also muss es dich doch traurig machen, all das zu hören.«

Er zögerte einen Moment und stellte dann die Tasse auf dem Boden ab, nahm ihr dann ihre ab und fasste sie an den Schultern. »Liv, du musst dich für nichts bei mir entschuldigen. Ich will, dass du mir Sachen erzählst, weil ich dein Freund bin. Das habe ich dir schon mal gesagt. Und ich will dir meine Unterstützung geben, egal, was ist, nicht nur, wenn du von so einem Widerling angegriffen wirst, wie neulich.« Er lächelte sie zärtlich an. »Ich habe das Gefühl, dass du dich immer zurückhältst, mich um Hilfe zu bitten. Oder jemand anderen. Ich glaube, du bist zu beschäftigt damit, auf die Gefühle aller anderer zu achten.«

Ihr stockte der Atem – weil alles richtig klang.

»Das Einzige, was mich geärgert hat«, sagte er langsam, »war, dass es bei dir immer nur um deine Mum und Sam geht. Nicht um dich.« Er sah ihr in die Augen. »Daves Verhalten hat dich auch betroffen, Liv. Genauso sehr wie Sam. Du verdienst es, deine Seite der Geschichte zu erzählen. Du verdienst Mitgefühl, als Ausgleich zu den Massen an Mitgefühl, die du allen anderen entgegenbringst. Du kannst mir alles erzählen, was du möchtest, ohne dir Gedanken zu machen, dass ich es vielleicht nicht hören will. Ich bin dein Freund, und ich will für dich da sein.«

Liv wurde ein wenig schwindelig, weil sie so überwältigt war. Seine Worte waren ein Seelentröster, und ihr fiel ein, dass Sam ihr an Weihnachten etwas Ähnliches gesagt hatte, als er versucht hatte, sie dazu zu bringen, sich mehr zu öffnen. Und doch hatte sie es nicht geschafft, sich ihm richtig anzuvertrauen. *»Sei nicht so negativ, Liv.«*

Sie nickte, und ihr traten Tränen in die Augen. »Danke.«

Arran lächelte, und sie umarmte ihn fest, als wollte sie ihm mit ihrem Körper ihre Dankbarkeit ausdrücken, weil ihr die Worte dazu fehlten.

Das Babyfon auf Arrans Schreibtisch meldete sich, als Jayce aus seinem Mittagsschlaf erwachte.

Liv hob den Kopf von Arrans Brust. »Darf ich ihn holen? Ich habe schon ewig nicht mehr richtig mit Jayce gekuschelt, und ich habe schon Entzugserscheinungen.«

Sein Gesichtsausdruck war zärtlich. »Na klar. Ich komme mit.«

Sie standen auf und verließen das Atelier in Richtung Treppe, Liv lief voraus, um die erste zu sein, die im Kinderzimmer ankam, damit sie Jayce überraschen konnte. Sie war voller Vorfreude, als sie oben am Treppenabsatz ankam. Ihn in einer Gruppe voller Kindergartenkinder zu sehen war etwas anderes, als ihn zu Hause allein zu haben.

Sie öffnete die Tür einen Spalt und wartete, dass er sie erblickte. Er saß in seinem Kinderbettchen, den Blick zum Fenster gerichtet. Sie drückte die Tür weiter auf, was ein Knarzen verursachte, das Jayce' Kopf herumfahren ließ. Das breite Grinsen, das sich auf seinem kleinen Gesicht ausbreitete, als er sie erblickte, war so herzerweichend, dass es alle Gedanken an Mistkerl Dave aus ihrem Kopf vertrieb.

Jayce setzte sich im Bett auf. »Miss Lib!«

Sie betrat grinsend das Zimmer. »Hey, Kumpel!« Sie streckte die Arme aus und hob ihn aus dem Bettchen, drückte ihn an sich und genoss seine bezaubernde Weichheit. Jayce beugte den Kopf zurück, um ihre Brille begrapschen zu können, und sie rieb ihre Nasenspitze an seiner.

Die Tür knarzte wieder, und sie drehte den Kopf. Arran lehnte mal wieder mit verschränkten Armen im Türrahmen, und der Anblick verursachte ihr sofort ein Kribbeln im Bauch. Er lächelte sie mit einem wehmütigen Verlangen im Blick an, von dem sie nicht wusste, was sie damit anfangen sollte, aber irgendwie mochte sie es.

KAPITEL

zweiundzwanzig

Die Kindergartenkinder wirkten auf Arran ziemlich gelangweilt. Es war Berufe-Tag in Miss Hollands Kindergartengruppe, und gerade lauschte die versammelte Mannschaft dem verheirateten Schleimer-Dad, der damit prahlte, wie wichtig seine Arbeit als Kieferchirurg war. Immer wieder schielte der Kerl zu Liv, offensichtlich um zu sehen, ob sie beeindruckt war. Der Typ sah nicht schlecht aus, und zweifellos brachte ihm sein Geschwafel normalerweise jede Menge Aufmerksamkeit ein. Trotz des silbernen Eherings an seinem linken Ringfinger.

Vollidiot.

Allerdings wirkte Liv bislang alles andere als beeindruckt. Ein Lächeln umspielte Arrans Lippen.

Das Wissen, dass Liv sich ihm bei der letzten Sitzung für ihr Porträt anvertraut hatte, machte ihm Mut, dass sie es schaffen konnten. Sie hatte zugelassen, dass er für sie da war. Hatte sich zumindest ein wenig an ihn angelehnt. Und es hatte sich gut angefühlt.

Offensichtlich steckte viel mehr dahinter, als er geahnt hatte. Und er war bereit, so lange zu warten, bis sie sich ihm weiter öffnen würde.

Liv schlich sich an ihn heran und stellte sich auf Zehenspitzen, um ihm etwas ins Ohr zu flüstern, während der verheiratete Kieferchirurg weiter schwadronierte. »Bist du bereit für deine Präsentation?«

Er nickte, atmete ihren verführerischen Duft ein, der sofort seinen Puls in die Höhe trieb. »Ja, aber meine ist etwas interaktiver als die von dem Typen da vorne.«

»Ein Glück«, raunte sie ihm zu und schauderte sichtlich, was ihn zum Schmunzeln brachte.

Er drehte den Kopf, um ihr direkt ins Ohr flüstern zu können. Seine Lippen berührten ihre Haut, was sofort seine Lust entfachte. »Wenn seine Arbeit so wichtig ist, wie er behauptet, wie kommt es dann, dass er ständig im Kindergarten rumhängt, wie ein schlechter Geruch?«

Er spürte, wie sie sich unmerklich anspannte, als sie ein Lachen unterdrückte. Die nackte Haut ihres Unterarms berührte seinen Handrücken. Sie bekam Gänsehaut.

»Offensichtlich«, raunte sie ihm hinter vorgehaltener Hand zu, »ist er von der Arbeit suspendiert worden, einer unabhängigen Quelle zufolge. Ist erwischt worden, wie er eine der Schwestern in der Besenkammer vernascht hat, obwohl er eine Operation gehabt hätte.«

Arran zog eine Augenbraue hoch, auf die Art wie es Mrs. MacKay getan hätte. »Sehr wichtige Arbeit, in der Tat.«

Liv grinste ihn an.

Der Besenkammer-Chirurg schwafelte weiter, irgendetwas von Marknagelung, was auch immer das sein sollte. Arran unterdrückte ein Gähnen. Welcher Trottel verwendete medizinischen Fachjargon, wenn er mit Vierjährigen sprach? Dieser offenbar.

Liv klatschte laut in die Hände, und unterbrach den Redeschwall des Mannes. »Vielen Dank an Charlies Daddy! Was für eine wunderbare Präsentation, nicht wahr?«

Die Kinder lärmten inzwischen unbeeindruckt vor sich hin, was dem Mann aber offensichtlich egal war, der fälschlicherweise davon auszugehen schien, Livs begeisterter Ausbruch wäre ein Zeichen wahrer Bewunderung anstatt einer Taktik, den Idioten zum Schweigen zu bringen.

»Okay, allerseits«, sagte Liv und brachte die Kinder nur mit dem Tonfall ihrer Stimme dazu, ihr zuzuhören. Arran war voller Bewunderung. »Nun ist es Zeit, in die Malecke zu gehen, wo Jayces Daddy uns seinen Vortrag halten wird. Und danach ist Emilys Mummy in der Spielecke dran.«

Es entstand Tumult, als die Kinder zu Arran liefen, der in der Malecke ein paar kleine Staffeleien aufgebaut hatte. Arran verteilte kleine Schürzen, und Liv half den Kindern beim Anziehen. Der Besenkammer-Dad stand mit skeptischem Blick an der Seite, Mrs. Mackay dicht neben ihm. Vielleicht hoffte sie auch auf ein Stelldichein in der Vorratskammer.

»Okay«, setzte Arran an und rieb die Hände aneinander. »Wer von euch malt denn gern?«

»Ich!«, rief die ganze Gruppe und alle reckten begeistert die Händchen in die Luft.

»Hervorragend«, sagte er und setzte sich vor seine eigene Staffelei. »Denn ich bin von Beruf Maler.«

Durch die Gruppe ging ein erstauntes Raunen, als ihnen bewusst wurde, dass etwas, das sie als Spaß ansahen, auch ein Beruf sein konnte.

»Ich will auch Maler werden«, sagte ein kleines Mädchen.

»Ich auch«, sagte der Junge neben ihr.

»Ich werde auch Maler wie mein Daddy«, sagte Jayce stolz, und Arran wurde warm ums Herz. Er warf Liv einen Blick zu, die zwischen den Kindern saß und ihm zulächelte.

»Also. Dann ran an die Arbeit, Kinder!«, sagte Arran. »Jeder von euch hat einen kleinen Spiegel an der Staffelei kleben. Wir werden uns an Selbstporträts versuchen. Dazu schaut ihr euch im Spiegel an und versucht, genau das zu malen, was ihr seht.«

Das Geplauder wurde wieder lebhafter, als die Kinder ihre Pinsel nahmen und anfingen, sie in die Farben zu tauchen, die sie dann aufs Papier brachten.

Arran zeichnete sich schnell selbst auf sein eigenes Papier und ging dann herum, um den Kindern der Gruppe zu helfen und Lob zu verteilen.

Immer wieder warf er Liv einen Blick zu. Sie beobachtete ihn mit dem gleichen liebevollen Lächeln wie zuvor. Es machte ihn nur umso entschlossener, für sie da zu sein, was auch immer sie von ihm brauchte.

»Na, los, erzähl schon. Was geht da zwischen euch?«, drängelte Brodie, seine blauen Augen blitzten sie vom Display ihres Handys neugierig an.

Liv stellte das Telefon auf den Tisch, wo sie es an eine Tasse lehnte, während sie ein paar Sachen in ihre Handtasche stopfte. »Nichts geht da. Er malt einfach mein Porträt.«

Brodie verdrehte die Augen. »Du willst mir sagen, dass meine ganzen Bemühungen, seine Eifersucht zu schüren, umsonst gewesen sind und bisher nichts passiert ist?«

»Nun ja …«, sie hielt kurz inne. »Etwas schon. Aber es war nur ein Kuss.«

Er schnaubte. »Um Himmels willen, Frau. Bespring den Kerl endlich.«

Liv zog den Reißverschluss ihrer Tasche zu und ignorierte den Kommentar. »Genug von mir. Jetzt bist du dran mit Erzählen. Was ist zwischen dir und Ben gelaufen? Ihr seid doch zur gleichen Zeit ins Bett gegangen. Aber am nächsten Tag waren wir alle zu sehr mit der Sache vor dem Pub und der Polizei beschäftigt, dass ich gar nicht dazu gekommen bin, dich zu fragen.«

Brodie runzelte die Stirn. »Ach, ja, geht es dir eigentlich gut? Nach allem, was passiert ist?«

»Ja, ja. Alles okay«, sagte sie schnell und unterdrückte die seltsamen Schuldgefühle, die immer auftauchten, wenn sie an die blutige Nase des Kerls dachte. »Die Polizei macht das schon. Jetzt hör auf, das Thema zu wechseln. Was war mit Ben?«

Ein Lächeln machte sich auf Brodies Gesicht breit. »Ein Gentleman schweigt und genießt.«

»Aha!« Sie zeigte auf das Display. »Das sagt doch alles.«

Brodie grinste nur weiter.

Liv schüttelte den Kopf. »Wie auch immer. Ich muss jetzt los zu Arran. Wir haben noch eine Sitzung für mein Porträt.«

Er zog die Augenbrauen hoch. »Klingt nach einer wunderbaren Beschäftigung für den Sonntagnachmittag. Was ist das eigentlich für eine Art Porträt, eine Aktzeichnung?«

Liv lachte schnaubend. »Ja, genau.«

Er zuckte mit den Schultern. »Ich sag ja nur, schließ die Idee nicht gleich aus.«

»Okay, ich gehe jetzt los«, verkündete sie, um seiner Neckerei ein Ende zu setzen. »Hoffe, mit Ben läuft alles nach Plan.«

»Danke dir. Ich arbeite daran, ihn zu bitten, mich zur Hochzeit zu begleiten.«

Liv grinste. »Nicht schlecht.«

»Wird Jayce heute auch da sein?«

»Nein, er ist bei Jess.«

Er lächelte wissend. »Ciao, Liv.« Er zwinkerte. »Ich hoffe,

deine Kleider fallen dir während der Sitzung nicht vom Leib.«

Liv saß regungslos da und genoss die Stille, während sie Arrans konzentrierten Gesichtsausdruck beobachtete. Er biss sich auf die Unterlippe und tupfte mit dem kleinen Pinsel sachte auf die Leinwand. Ihn so zu betrachten, erzeugte in ihr ein Gefühl der Ruhe.

Als er sein Modell wieder ansah, hatte sich etwas in seinem Blick verändert. Sie verhielt sich weiterhin still und sah weg, weil sie ihn nicht stören wollte, wenn er in seine Arbeit vertieft war. Sie sah es ihm inzwischen an, wenn er richtig vertieft war.

Als er etwas sagte, erschreckte es sie fast schon.

»Deine Augen sind so wunderschön.« Sie sah auf, und er betrachtete sie. Den Pinsel hatte er sinken lassen. Sie schluckte, als er weitersprach. »Ich habe schon so oft darüber nachgedacht, wie ich deine Augen malen könnte.«

Ihr stockte der Atem, und ihre Stimme klang piepsig. »Ach, ja?«

Er nickte.

Ihre Hoffnungen schwanden wieder. »Wobei … das ist sicher normal für einen Künstler.«

Er zögerte und spielte mit dem Pinsel. »Um ehrlich zu sein ist mir das bisher nur mit dir so gegangen.« Er hielt ihrem Blick ein paar Sekunden lang stand, und Liv hatte das Gefühl, ihr müsste das Herz zerspringen.

Arran räusperte sich und fuhr sich mit den Fingern durch die Haare. »Willst du was trinken?«

Sie wollte nicht, dass er in die Küche ging oder dass diese Unterhaltung von irgendetwas unterbrochen wurde, in der er diese süßen Sachen zu ihr sagte und ihr damit dieses schöne Gefühl gab. »Nein, danke. Ich brauche gerade nichts.« *Olivia Holland lehnt eine Tasse Tee ab? Alarmstufe Rot!* Sie biss sich auf die Unterlippe.

»Wie kommt es, dass du nur darüber nachdenkst, wie du *meine* Augen malen sollst?«

Er schien hin und her gerissen.

»Deine Augen haben die schönste Farbe, die ich je gesehen habe. Ich stelle mir vor, sie in Meerestönen zu malen.«

Sie musterte ihn, während ihr Puls raste, was noch schlimmer wurde, als er aufstand und sich neben sie auf die Couch setzte. Schweigend nahm er ihre Hand und drückte sie.

»Das ist ein sehr nettes Kompliment«, sagte sie leise. »Danke.«

Arran lehnte den Kopf an die Lehne, ohne den Blick von ihr abzuwenden oder ihre Hand loszulassen. »Es ist wahr.«

Als er ihr in die Augen sah, kehrten all die Gefühle jenes Abends auf Skye mit aller Macht zurück. Das Bild von ihm, wie er ihre rote Kapuze genommen und sie an sich gezogen hat. *»Damit ich dich besser fressen kann.«* Sie schauderte unwillkürlich bei der Erinnerung.

Er runzelte die Stirn und rutschte dichter neben sie. »Ist dir kalt?«

Sie schüttelte den Kopf, während sich auf ihrem Unterarm Gänsehaut bildete, als er sie berührte.

Er sah ihr ganz tief in die Augen, und ihr war, als könnte er ihre Gedanken lesen. »Was ist los?«

Liv schluckte. »Bin nur ein bisschen … verwirrt.«

Er sah sie sanft an und drückte ihre Hand. »Weißt du, Sam hat diese Porträt-Sache auch deswegen veranlasst, damit wir Zeit zu zweit verbringen können.« Er hielt inne, als wollte er ihre Reaktion abwarten. »Er meinte, er hätte sowieso vorgehabt, es dir zu schenken, aber unsere Situation hat ihn motiviert, es jetzt gleich zu tun.«

Sie zog eine Augenbraue hoch, aber um ihre Mundwinkel zuckte es verdächtig. »Hat er das, ja?«

Er lächelte und beugte sich zu ihr. »Diese Gelegenheit konnte ich mir nicht entgehen lassen – Zeit mit dir zu verbringen und dich malen zu dürfen.«

Instinktiv legte sie ihm die Hand ans Gesicht. Sofort schmiegte er sich in ihre Berührung und schloss für einen Moment die Augen. Als er sie wieder öffnete, lag eine Entschlossenheit in seinem Blick. »Liv …«

Doch in dem Moment klingelte Livs Handy, mit Aviciis »Hey Brother« als Klingelton.

Arran lächelte schwach. »Ich nehme an, das ist dein Klingelton für Sam?«

Sie nickte stumm, nicht in der Lage, den Blick von ihm abzuwenden. »Ich lasse einfach die Mailbox drangehen.«

Das Telefon verstummte, begann aber sofort wieder zu klingeln. Da stimmte etwas nicht. Schnell zog sie das Handy heraus und tauschte einen besorgten Blick mit Arran, ehe sie das Gespräch entgegennahm. »Sam?«

»Liv.« Er klang atemlos. »Tut mir leid, dass ich dich störe, aber wir haben hier ein Problem.«

Alarmiert richtete sie sich auf. »Was ist los?«

»Dave ist hier. Er ist bei Mum und Angus aufgetaucht und verlangt, mit mir zu sprechen. Ich fahre jetzt rüber.«

Ihr gefror das Blut in den Adern. »Shit.«

Arran sah sie besorgt an.

»Ich komme auch«, sagte sie zu ihrem Bruder.

»Das musst du nicht. Ich kümmere mich darum.«

Sie knirschte mit den Zähnen. »Ich lasse dich und Mum auf keinen Fall mit ihm allein.«

Arran zog die Augenbrauen hoch, als er offensichtlich eins und eins zusammenzählte.

»Angus ist auch da. Ist schon okay.«

Sie umfasste ihr Handy fester. »Ich fahre gleich los und komme so schnell ich kann dazu.«

Er seufzte. »Na, gut. Fahr vorsichtig, Sis. Bis gleich.«

»Bis gleich«, sagte sie und legte auf. Dann wandte sie sich zu dem besorgt dreinblickenden Arran um. »Dave ist bei Mum aufgetaucht. Er will mit Sam sprechen.«

»Shit«, machte Arran und fuhr sich durch die Haare.

Sie biss sich auf die Unterlippe und stand auf. Tausend Gedanken gingen ihr durch den Kopf, doch der wichtigste war: *Ich hoffe, Mum geht es gut.*

Arran erhob sich ebenfalls und nahm ihre Hand, ehe er sie aus dem Atelier und durch den Flur führte, wo er ihr ihre Jacke reichte und sich dann selbst seine anzog.

Liv schlüpfte in ihre Converse und runzelte die Stirn. »Was machst du da?«

Arran sah vom Schuhe Anziehen auf und erwiderte mit entschlossener Miene: »Wenn du denkst, ich lasse dich da allein hinfahren, hast du dich geschnitten.«

Ein warmes Gefühl machte sich in ihrem Bauch breit, das den Eisklumpen zum Schmelzen brachte, den Sams Anruf in ihr erzeugt hatte. »Das musst du nicht tun.«

Wieder nahm er ihre Hand, und sie verließen gemeinsam das Haus. Er steuerte auf sein Auto zu. »Ich weiß. Aber ich will es tun. Und ich fahre.«

Er schloss sein Auto auf, und sie stiegen ein. Liv versuchte gar nicht erst, ihm zu widersprechen, eigentlich war sie ganz dankbar, sich in ihrem aufgewühlten Zustand nicht auf die Straße konzentrieren zu müssen.

Die Fahrt verlief größtenteils schweigend, doch Arran griff immer wieder nach ihrer Hand und drückte sie beruhigend. Sie war so froh, dass er bei ihr war.

Als sie vor ihrem Elternhaus hielten, war der Impuls, das Treffen mit ihrem toxischen Vater noch aufzuschieben beinahe übermächtig. Nur das Bedürfnis, sicherzustellen, dass es ihrer Mum und ihrem Bruder gut ging, war noch stärker. Liv sprang aus dem Auto und lief zur Haustür, Arran dicht hinter ihr.

Die paar Sekunden, die es dauerte, bis jemand öffnete, kamen ihr wie Stunden vor. Es war Angus, der aufmachte, und sie sofort in seine Arme schloss. »Schon okay, Liebes. Es geht allen gut.«

Angus schaffte es, sie mit seiner wie immer ruhigen Art zu besänftigen, und sie spürte, wie sich ihre Anspannung ein wenig löste. »Ist er noch da?«

Angus nickte. »Lass ihn sagen, was er zu sagen hat, dann ist es schnell vorüber.«

Liv schob sich an ihm vorbei und eilte nach drinnen, ohne sich die Mühe zu machen, Jacke oder Schuhe auszuziehen. Angus warf Arran ein Lächeln zu.

»Hallo, Großer. Danke, dass du sie hergebracht hast.«

Arran erwiderte Angus' Lächeln. »Kein Problem.«

Liv griff instinktiv nach Arrans Hand, als sie durch den Flur in die Küche eilten, aus der sie Stimmen hörte, die zwar nicht laut waren, aber dennoch deutlich angespannt klangen.

Dave saß am Tisch, als wäre es sein Haus, einen Arm lässig über die Stuhllehne gelegt. Liv ignorierte ihn und ging direkt auf Tara zu, die mit Sam am Küchentresen stand, und fiel ihnen in die Arme.

Angus war der Einzige, der sich zu Dave an den Tisch setzte. Liv bemerkte sofort, dass er sich so positionierte, dass er zwischen ihm und den anderen saß. Ein weiterer warmer Blitz schoss in den Eisberg in ihrem Bauch.

Dave beäugte sie voller Hochmut. »Keine Umarmung für deinen alten Vater?«

Liv begegnete seinem Blick. »Nein.«

Arran rückte neben sie und legte ihr den Arm um die Schulter.

Dave verengte die Augen zu Schlitzen. »Wer zur Hölle ist das?«, fragte er mit einem Nicken in Arrans Richtung.

»Das solltest du eigentlich wissen, immerhin ist er der beste Freund deines Sohnes und das schon sein ganzes Leben lang«, entgegnete Liv und legte Arran den Arm um die Taille.

Dave blinzelte, wandte den Blick dann wieder Sam zu, als würde er vergessen wollen, dass Liv überhaupt da war. »Ich habe dich gebeten, deine Verlobte mitzubringen, damit ich sie kennenlernen kann. Es ist extrem unhöflich, dass sie nicht hier ist.«

Sam verdrehte die Augen. »Du bist nicht in der Position, hier Forderungen zu stellen.«

»Du hast mir noch nicht einmal ihren Namen verraten«, knurrte Dave.

»Das liegt daran, dass es dich einen Scheißdreck angeht«, erwiderte Sam.

Dave grinste und hob die Tasse mit Tee, den ihm jemand gemacht haben musste. Was für eine Verschwendung des guten Tees. »Ich nehme an, dann lerne ich sie eben bei der Hochzeit kennen.«

Sam lachte bitter. »Du kommst auf keinen Fall zur Hochzeit.«

Dave knallte die Tasse auf den Tisch. »Ich bin dein Vater. Ich habe ein Recht, dabei zu sein.«

Sam seufzte. »Warum interessiert es dich überhaupt. Bisher waren wir dir doch auch scheißegal.«

Dave knirschte sichtlich mit den Zähnen. »Ich bin der Vater des Bräutigams, und ich habe das Recht, anwesend zu sein.«

»Zur Hölle mit deinem Recht«, murmelte Liv.

Daves Blick schnellte zu ihr. »Das reicht jetzt mit deiner vorlauten Klappe, Missy. Du musst lernen, zu wissen, wo dein Platz ist.«

Arran machte unwillkürlich einen Schritt nach vorne, seine Miene finster und seine Hände zu Fäusten geballt. Doch Liv hielt ihn an der Taille zurück.

Jetzt trat Tara hinter Angus, legte ihm eine Hand auf die Schulter, und er griff danach, um ihr Halt zu geben. Ihre Stimme war fest. »Ich werde nicht zulassen, dass du so mit meiner Tochter sprichst, David. Schon gar nicht, unter meinem Dach.«

Dave beäugte Tara und danach Angus. Er murmelte etwas Unverständliches, ehe er wieder seine Tasse zum Mund hob. Liv schielte zu Sam und bemerkte, wie er die Zähne aufeinandergebissen hatte. *Wir müssen Dave irgendwie hier rausbekommen.*

Dave stellte die Tasse ab. »Vielleicht wären wir nicht in dieser Situation, wenn du meine eigenen Kinder nicht gegen mich aufgebracht hättest.«

Tara lachte auf, doch es lag keinerlei Freude darin. »Das musste ich nicht tun, das hast du schon allein erledigt.«

Dave richtete sich auf. »Du hast mich vertrieben. Du warst als Ehefrau völlig inkompetent, hast meine Bedürfnisse nie vorangestellt.«

»Genug«, sagte Angus und erhob sich von seinem Stuhl, was seine einschüchternde Körpergröße zum Vorschein brachte. »Dieses Gespräch ist nicht mal ansatzweise konstruktiv. David, es ist Zeit, dass du gehst.«

Dave blieb noch ein paar Sekunden in seinem Stuhl sitzen, weil er offensichtlich Angus nicht die Genugtuung gönnen wollte, zu tun, was er sagte. Schließlich stand er doch auf. »Ich muss sowieso los.« Er bedachte Sam mit einem finsteren Blick. »Ich melde mich wieder.«

»Bitte nicht«, murmelte Sam.

Dave machte kehrt und verließ die Küche, als hätte er nicht gehört, was Sam gesagt hatte. Angus folgte ihm.

Liv hatte kein gutes Gefühl, deshalb folgte sie den beiden Männern in den Flur. Sie spürte, dass Arran direkt hinter ihr war, und hörte Sams und Taras Schritte noch dahinter.

Dave öffnete die Tür und drehte sich noch einmal zu ihnen um. »Ich werde übrigens zu dieser Hochzeit kommen.«

Er trat aus der Haustür, und Livs Puls beschleunigte sich.

»Ich bringe ihn zum Auto«, raunte Angus ihnen zu und ging ihm nach.

Ihr siebter Sinn schlug Alarm, als sie sah, wie Dave Angus in der Auffahrt an sich vorbeigehen ließ. Schnell trat sie aus dem Haus und eilte hinterher, ignorierte die Rufe von ihrer Mum und Sam.

Gerade als sie zu den beiden Männern aufgeschlossen hatte, riss Dave den Arm hoch, um Angus von hinten anzugreifen.

Das Adrenalin befeuerte ihre Reflexe, und sie warf sich in

einem Rugby-Tackle auf Dave, so dass er zu Boden ging, ehe seine Faust Angus treffen konnte.

Kaum landeten sie auf dem Boden, rappelte sie sich eilig hoch, um auf seinen Rücken zu gelangen. Rasend vor Wut drückte sie ihn auf das Pflaster der Auffahrt.

Sie sah all die Taten ihres Vaters vor sich. Den Schmerz, den ihre Mutter wegen dieses Drecksacks hatte ertragen müssen. Wie Sam gelitten hatte, als er nach dem Trauma, das Dave verursacht hatte, in eine Beziehung geraten war, die auf ähnliche Weise toxisch war. Und wie er jetzt drohte, das Glück von Sam und Maya zu stören. *Wie er mich mein ganzes Leben lang schon ignoriert und mir das Gefühl gegeben hat, unbedeutend und ungewollt zu sein.*

All das trieb ihren Puls weiter in die Höhe, ließ den Zorn wie heiße Lava durch ihren Körper fließen und verlieh ihr Kraft.

Sie drehte ihm den Arm auf den Rücken und benutzte ihr ganzes Körpergewicht, um ihn unten zu halten und zu verhindern, dass er Angus oder einem anderen aus ihrer Familie weh tun konnte.

Liv war sich bewusst, dass ihre Familie und Arran im Hintergrund auf sie einredeten, aber das Blut in ihren Ohren rauschte lauter. Ihre Stimmen verschmolzen zu einem unverständlichen Gebrabbel, und sie nahm wahr, wie jemand sie am Rücken berührte, vermutlich, um sie dazu zu bewegen, Dave loszulassen.

Keine Chance.

»Geh von mir runter, Sam«, rief Dave.

Liv beugte sich nach vorne und erwiderte durch aufeinandergepresste Zähne: »*Ich* bin es.«

Sie verdrehte weiter seinen Arm, so dass er aufschrie.

Sie hockte sich noch tiefer auf ihn und flüsterte ihm ins Ohr. »Wage es *ja* nicht, Angus von hinten anzugreifen, du elender Feigling.«

Er zog hörbar die Luft ein. »*Ich* bin dein Vater, nicht er.«

»Von wegen«, entgegnete sie. »Er ist mir viel mehr ein Vater, als du es je gewesen bist.«

Sie spuckte ihm die Worte regelrecht ins Ohr. »Unterschätze mich nie wieder, *Dave*. Wenn du jetzt tust, was ich sage, werde ich deinen Arm nicht in zwei Teile brechen.«

Er versuchte, sich aus ihrem Griff heraus zu winden, doch sie drückte ihn nur fester zu Boden, hinderte ihn daran, sich zu bewegen.

»Hör mir gut zu. Wenn ich dich loslasse, verpisst du dich. Und zwar so weit, bis du die Stadtgrenzen hinter dir gelassen hast. Dann verpisst du dich noch weiter, bis du so weit weg bist, dass keiner von uns deine verdammte Fresse je wiedersehen muss. Und wenn du auch nur daran denken solltest, die Hochzeit meines Bruders noch ein einziges Mal zu erwähnen, werde ich dich vernichten.« Sie legte eine Pause ein, um ihre Worte wirken zu lassen. »Haben wir uns verstanden?«

Er antwortete nicht. Also drehte sie seinen Arm noch ein Stück weiter, was ihn erneut zum Aufschreien brachte. »Hast du mich verstanden?«, fragte sie gepresst. »Oder soll ich allen erzählen, dass du von deiner eigenen Tochter vermöbelt worden bist?«

Daves Stimme klang heiser. »Schon gut. Verstanden.«

Liv ließ ihn los und stand auf, ließ ihn aber nicht aus den Augen, während er sich erhob. Er wich ihrem Blick aus, als er sich die Schulter rieb und dann mit schnellen Schritten die Auffahrt hinab ging und um die Ecke verschwand. Liv ballte die Hände zu Fäusten. *Das konntest du nicht einfach ignorieren, was? Das hast du nun davon, Mistkerl.*

Jemand packte sie von hinten und umarmte sie fest. *Mum.*

»Liebling, geht es dir gut?«, sagte Tara mit bebender Stimme.

»Ja, alles gut«, antwortete Liv. Der abfallende Adrenalinspiegel hinterließ eine Leere in ihr.

Angus rieb ihr den Rücken, während Sam sie von ihrer Mum weg in die nächste Umarmung riss. Sie lächelte schwach an seiner Brust. »Bro. Ich habe doch gesagt, es geht mir gut.« Sie hörte, wie schnell sein Herz schlug.

Sam ließ sie los und beugte sich nach unten, um die Lippen an ihre Stirn zu drücken.

»Hey. Dein Bart kitzelt mich an der Nase«, beschwerte sie sich, im Versuch, seine Aufregung zu mildern.

Er lächelte und legte einen Arm um sie, während sie gemeinsam zurück ins Haus gingen, flankiert von Tara und Angus. Liv schielte hinter sich und begegnete Arrans Blick, der sie mit großen Augen ansah. Sie versuchte, mit einem Lächeln den Schuldgefühlen entgegenzuwirken, die sie in seinem Blick zu erkennen meinte.

Sie setzten Liv mit einer Tasse Tee an den Tisch, Sam an einer Seite und ihre Mum an der anderen, jeder hielt eine Hand, während Angus um sie herumwuselte.

Erst als sie ihnen mitteilte, dass sie ihren Tee nicht trinken konnte, weil sie keine Hand mehr frei hatte, ließen sie beide los. Liv sah immer wieder Arran an, der ihr gegenübersaß, während sie an ihrem Tee nippte und die anderen besorgt auf sie einredeten. Die Wärme in seinen Augen gab ihr Kraft. Tröstende Hände berührten sie an der Schulter und rieben ihr den Rücken, und jedes Mal, wenn sie gefragt wurde, ob alles okay war, antwortete sie mit »Mir geht's gut« und lächelte. Arran beobachtete sie stumm von der anderen Tischseite aus. Und es ging ihr gut. Wenn das bedeutete, dass da ein hohles Nichts in ihrer Brust war. Ein Abgrund, der weder Schuld noch Reue kannte. Eine Leere, der jegliche Art von Aufregung darüber fehlte, dass sie gerade ihren eigenen Vater zu Boden gerungen und ihm fast den Arm gebrochen hatte.

Die anderen sprachen jetzt über Daves Dreistigkeit und die Tatsache, dass sie ihn noch nie mit eingezogenem Schwanz hatten davonlaufen sehen.

»Ich sage dir«, meinte Sam, »nicht in einer Million Jahren hätte ich für möglich gehalten, dass ich ihn mal weglaufen sehen würde, ohne dass er einen Blick zurückwirft. Das war verdammt cool, Sis.«

Angus nickte zustimmend. »Ich habe nicht einmal geahnt, dass er vorhatte, mich anzugreifen.«

Doch ihre Mum runzelte die Stirn, und Liv wusste, was kommen würde. »Du hättest das auch allein geschafft, Angus. Liv hätte sich nicht einmischen müssen.«

Ihr Puls beschleunigte sich, aber sie biss sich auf die Zunge.

Angus zog die Augenbrauen zusammen. »Es wäre schwer gewesen, den Angriff zu kontern, wenn er mich von hinten überfallen hätte. Er hätte mich vermutlich niedergeschlagen, ehe ich etwas dagegen hätte unternehmen können.«

»Aber Sam hätte dir beispringen können«, sagte Tara und nickte in Richtung ihres Sohnes.

Sam wirkte verwirrt. »Nein, hätte ich nicht. Nicht rechtzeitig jedenfalls. Ich habe gar nicht bemerkt, was passiert, ehe es zu spät war.« Er warf Liv ein Grinsen zu. »Im Gegensatz zu ihr hier, die Gefahr wittert wie der verdammte Spider Man.«

Tara verschränkte die Arme vor der Brust. »Wir sollten uns nicht auf sein Niveau herablassen.«

Liv wurde übel.

Sam runzelte die Stirn und streckte die Handflächen hoch. »Also, wäre es für mich oder Angus okay gewesen, ihn zu attackieren, aber nicht für Liv? Obwohl sie die Einzige von uns ist, die eine Kampfsportausbildung hat?«

Taras Schweigen sprach Bände.

Liv erhob sich. »Arran und ich müssen jetzt los. Ich muss noch mein Auto bei ihm abholen.« Sie warf ihm einen flehenden Blick, und er sprang sofort vom Tisch auf und kam zu ihr, ergriff ihre Hand und führte sie in den Flur.

Die anderen folgten ihnen und verabschiedeten sich an der Tür. Niemandem schien aufzufallen, dass das Gespräch am Ende Liv viel mehr mitgenommen hatte als der Kampf mit ihrem Dad. Arran legte den Arm um sie und hielt sie fest, während sie den kurzen Weg die Auffahrt runter zu seinem Auto gingen.

Sobald sie saßen, zog er sie in seine Arme. »Tut mir leid. Das wollte ich schon die ganze Zeit tun. Aber ich wollte mich nicht einmischen, als deine Familie so um dich herum geschwirrt ist.«

Liv lachte leise. »Umarmung dankbar angenommen.«

Er löste sich lächelnd von ihr und ließ den Motor an.

Arran musste gespürt haben, dass sie nicht bereit war, zu reden, denn die Heimfahrt über schwiegen sie genau wie auf der Hinfahrt, und auch dieses Mal drückte er ihr nur hin und wieder tröstend die Hand.

Als sie ankamen, parkte er das Auto und sah sie an.

Liv holte Luft. »Kann ich noch mal mit reinkommen? Ich fände es schön, wenn du noch ein bisschen am Porträt weiterarbeiten könntest, wenn es dir nichts ausmacht. Ich will nicht, dass Mistkerl Dave es schafft, uns das auch noch zu vermiesen, und morgen ist eh Feiertag.«

Er nickte. »Kein Problem.«

Sie saß schon eine ganze Weile da und starrte ins Leere, während Arran malte, ehe ihr auffiel, dass er sie, seit sie zu Hause angekommen waren und er ihnen etwas zu Essen gemacht hatte, nicht einmal gedrängt hatte, ihm zu sagen, wie es ihr ging. Eine erfrischende Abwechslung zu der ständigen Fragerei ihrer Familie. Vor allem, da sie wusste, dass sie ihre Antworten zensieren musste, um nicht zu negativ oder zu forsch zu wirken oder was auch immer ihre Mum von ihr verlangte.

Maya hatte ihr eine Nachricht geschrieben und sie ebenfalls nach ihrem Befinden gefragt, worauf Liv geantwortet hatte:

> Mir geht's gut, ich erzähle dir und Elise alles morgen im Café x.

»Danke«, sagte sie zu Arran, so dass er von der Leinwand aufblickte.

»Wofür?«

Sie holte tief Luft. »Dass du mit mir zu meiner Mum gefahren bist und für mich da warst.« Sie lächelte schwach. »Dass du mich nicht ständig fragst, wie es mir geht wie alle anderen.«

Arran erwiderte ihr Lächeln. »Gern geschehen.« Er setzte den Pinsel wieder an. »Übrigens lagst du genau richtig, ihn Mistkerl Dave zu taufen.«

Sie lachte leise. »Ja, oder? Ich finde, er sollte seinen Namen offiziell ändern lassen.«

Der Klang seines Lachens beruhigte ihre flattrigen Nerven. Es war wie warmer Honig, genau wie seine Augenfarbe.

»Ich wollte ihm am liebsten eine reinschlagen«, meinte Arran mit angespannter Stimme.

»Das habe ich gemerkt.«

Er warf ihr über die Leinwand hinweg einen sanften Blick zu.

Sie verfielen wieder in ein vertrautes Schweigen, während er weitermalte. Liv rutschte ein wenig auf der Couch herum, und erst jetzt fiel ihr auf, dass ihr Knie schmerzte. Sie rollte die Jeans hoch und entdeckte einen großen blauen Fleck auf ihrer Kniescheibe. Den musste sie sich bei ihrem Rugby Tackle zugezogen haben.

Eilig zog sie die Jeans wieder runter, doch Arran hatte es schon bemerkt.

»Puh, das sieht fies aus«, sagte er mit verzogenem Gesicht.

Liv bedeckte die Prellung schnell wieder. »Ach, halb so schlimm. Tut gar nicht weh.«

Arran hielt ihrem Blick einen Moment lang stand. »Dein Knie oder die Situation?«

Instinktiv wollte sie wieder ihre Fassade hochfahren. Doch sie hatte es so satt, sich immer zu verstecken. Der Drang, sich ihm anzuvertrauen war zu groß, nachdem er schon für sie da gewesen war, als Dave sie mit seinen toxischen Nachrichten bombardiert hatte, und nach seinem tröstlichen Beistand an diesem Abend.

»Beides, um ehrlich zu sein.« Sie holte tief Luft, überwältigt von ihren Emotionen. »Kann ich dich mal was fragen?«

»Klar«, erwiderte er und stützte die Unterarme auf die Knie ab.

Ihr Puls beschleunigte sich. »Warum fühle ich nichts, obwohl ich meinen Dad angegriffen habe?«

Er sah sie an, als wollte er sie ermutigen, weiterzusprechen.

Das allzu vertraute Gefühl von Übelkeit stieg in ihr auf. »Ich habe meinen Vater zu Boden gerungen. Ich habe ihm weh getan. Und als mir das bewusst geworden ist, hat es mir nichts ausgemacht. Ich habe ihm nur weiter weh getan.« Sie hielt inne und musterte ihn ratlos. »Und trotzdem ist es mir egal.«

Arran ließ den Pinsel klappernd auf den Tisch fallen und stand auf, um zu ihr rüberzukommen. »Ich glaube, das bedeutet, dass du endlich damit abgeschlossen hast.« Er nahm ihre Hand. »Wieso? Was denkst du denn selbst, was es bedeutet?«

Der Kloß in ihrem Hals verhinderte, dass sie auch nur einen Ton herausbrachte. »Ich, ähm ...« Sie holte Luft und während der bedeutungsschwangeren Pause, die folgte, versuchte sie, die verwirrten Gedanken in ihrem Kopf in eine Art zusammenhängenden Satz zu bringen. Ihre Gedanken und Gefühle in Worte zu fassen, konnte doch nicht so schwer sein. Aber sie hatte es noch nie zuvor wirklich versucht, zumindest nicht, wenn es um dieses Thema ging.

Er drängte sie nicht, sondern hielt nur geduldig ihre Hand, während sie nach den richtigen Worten suchte. »Was, wenn es bedeutet, dass ich tief in mir drinnen ... dass ich wie er bin?« Ihre Stimme brach ab, als sie die letzte Silbe ausgespuckt hatte. Tränen traten ihr in die Augen. Tränen, die sie schon viel zu lange zurückgehalten hatte.

Arran zog sie an sich, hob eine Hand und wischte ihr die Tränen von den feuchten Wangen. »Süße, wie um alles in der Welt kommst du darauf, dass du wie er bist?«

Ihr Atem bebte. »Als wir noch klein waren, haben alle immer betont, dass Sam Mum wie aus dem Gesicht geschnitten war und dass ich Dad ähnelte.«

»Das sind doch nur Äußerlichkeiten, Liv«, erwiderte er sanft. »Es ist Genetik, nichts weiter.«

Ihr Herz schlug noch schneller, so dass sie sich atemlos fühlte. »Aber es ist doch mehr als das. Unsere Gene beeinflussen auch unseren Charakter, nicht nur unser Aussehen.«

Er schloss sie fest in seine Arme. »Ich verspreche dir, du bist kein bisschen wie er. Er ist ein egoistisches Arschloch, das nur an sich selbst denkt. Du denkst an alle anderen, Liv. Du stellst dich niemals an erste Stelle. Und zwar so sehr, dass ich mir ab und zu Sorgen mache, dass du dich nicht genug um dich selbst kümmerst.«

Es war, als würde etwas in ihr zerbrechen, und die Tränen flossen nun noch heftiger. Sie weinte stumm in Arrans T-Shirt und hatte sofort ein schlechtes Gewissen, dass sie ihn dabei nass machte.

Schließlich hatte sie sich so weit gefasst, dass sie wieder reden konnte, und sie war bereit, das auszusprechen, was sie noch nie jemandem verraten hatte, auch nicht ihrem Zwillingsbruder und ihren besten Freundinnen. »Erinnerst du dich noch an Dean?«

»Dein Ex, den wir auf der Hochzeit von Angela und Sarah gesehen haben?«

»Ja, genau. Mit ihm hatte ich meine bisher längste Beziehung, aber sie hielt auch nur sechs Monate. Alle denken, er hat mich sitzengelassen, aber die Wahrheit ist, dass ich mit ihm Schluss gemacht habe.«

Er streichelte ihr übers Haar. »Du darfst mit einem Mann Schluss machen, Liv. Du musst doch nicht mit ihm zusammenbleiben, wenn es nicht passt.« Er hob ihr Kinn, um sie anzulächeln. »Selbst ich weiß das, und ich war der Leidtragende, mit Betonung auf ›Leid‹.«

Sie musterte ihn zweifelnd. »Was hast du zu Jess gesagt damals? Als sie es dir gesagt hat, meine ich. Hast du sie angeschrien?«

Er runzelte die Stirn. »Nein, natürlich nicht. Sie war total fertig und hat geweint. Sie wollte mich nicht verletzen. Ich meine, ich war schon geschockt und mein Stolz war verletzt, also habe ich nicht allzu viel gesagt. Erst als wir uns dann das nächste Mal unterhalten haben, habe ich ihr jede Menge Fragen gestellt. Aber es war eine Diskussion, kein lauter Streit.« Er hielt inne und fuhr ihr mit dem Daumen über die Wange. »Warum fragst du? Hat Dean dich angeschrien?«

Sie schluckte schwer. »Ich wusste nicht, wie ich mit ihm Schluss machen sollte, ohne ihn traurig zu machen. Ich hatte schon ein paar Wochen nicht mehr das Gefühl, dass es richtig war, aber er schien noch in mich verliebt zu sein. Also, habe ich … ihn geghosted, wie man heute so schön sagt.« Sie zuckte zusammen, als sie daran denken musste, wie unreif und grausam ihr Handeln gewesen war. »Dann, als er mich zur Rede gestellt hat, habe ich so getan, als wäre ich nur zu beschäftigt gewesen und hätte Probleme mit meinem Handy gehabt. Ich habe es so dargestellt, als würde er es sich nur einbilden.«

Übelkeit stieg in ihr auf, und ihr Atem ging flach. »Das war Gaslighting, Arran. Und als er mich in eine Ecke getrieben hat, um zu erfahren, was los ist, habe ich mit ihm Schluss gemacht.« Sie verspürte eine Enge in der Brust, und in ihrem Kopf drehte sich alles. »Er … er hat mir gesagt, ich sei genau wie mein Dad.« Ihre Stimme versagte, und Arran zog sie an sich. »Er wusste, wie mein Dad sich immer verhalten hat, weil ich es ihm erzählt hatte.«

Sie holte tief Luft, bemüht ihre Worte nicht zu schnell und abgehackt herauspurzeln zu lassen. »Ich habe noch nie jemandem erzählt, was ich getan habe, weil es mir so peinlich war. Also habe ich behauptet, Dean hätte mit mir Schluss gemacht. Alle haben mir geglaubt, und als es sich herumsprach, dass unsere Beziehung vorbei war, hat er niemanden korrigiert. Ich denke, es hat ihm in den Kram gepasst, so zu tun, als wäre er derjenige gewesen, der es beendet hat.«

Arrans Stimme rumpelte in seiner Brust und schien bis in ihre Knochen zu vibrieren. »Es war nur sein Stolz, Süße. Nichts weiter. Sein Ego war angekratzt, also hat er um sich geschlagen.« Er seufzte. »Ich glaube, viele Männer können so sein.«

Es war, als würde sich eine unsichtbare Last von ihren Schultern heben. Arran hielt sie weder für irrational noch sagte er ihr, dass sie ein schlechter Mensch war. »Aber ich habe so getan, als wären seine Empfindungen und sein Schmerz nicht echt. Dass er es sich nur eingebildet hatte, genau wie Dad es mit Mum gemacht hat. Und Catriona mit Sam.«

»Es ist trotzdem nicht das Gleiche. Dir waren seine Gefühle nicht egal, im Gegenteil, du hast versucht, sie zu schützen. Vielleicht hast du den falschen Weg gewählt, aber du warst noch jung, und dein Dad hatte euch erst ein paar Jahre zuvor verlassen, das darf man auch nicht vergessen. Das Trauma war noch frisch.« Er gab ihr einen Kuss auf den Scheitel. »Außerdem glaube ich, dass die Reaktion immer gleich gewesen wäre, egal wie du mit ihm Schluss gemacht hättest. Er klingt wie die Sorte Mann, der immer um sich schlägt, wenn sein Stolz verletzt wird. Und er wusste genau, wie er dich am besten treffen konnte. Er kannte deine Schwachstelle.« Er drückte sie. »Er war der Böse, Liv. Nicht du.«

Sie schluckte. Erleichterung über seine Unterstützung spornte sie an. »Seit ich ein kleines Mädchen war, hat mir meine Großmutter, die Mutter meines Dads, erzählt, wie ähnlich ich meinem Dad bin. Sowohl, was meinen Charakter als auch mein Aussehen angeht. Und dann …« Sie brach ab.

»Und dann, was?«, fragte er leise.

Sie lehnte sich zurück, um ihm ins Gesicht sehen zu können. »Mum hat mich schon immer dafür zurechtgewiesen, dass ich zu direkt bin. Hat angedeutet, dass ich mich selbst zensieren und nicht zu viele negative Emotionen äußern soll, oder dass ich mich nicht zu laut oder auffällig verhalten darf. Wenn ich früher so war, gab es wohl immer Streit mit meinem Dad, und sie sagte immer, dass wir uns zu ähnlich seien und deshalb aneinander gerieten. Sie wollte, dass ich mich anpasse und den Mund halte, um den Frieden zu wahren.«

Arran hörte aufmerksam zu, hielt dabei ihre Hand mit sanftem, ermutigendem Druck.

»Dann bin ich einmal in der Schule in eine Prügelei verwickelt worden. Irgendein Kerl hat meinen Freund Olly gemobbt, und ich habe mich für ihn eingesetzt.«

»Ah, daran kann ich mich erinnern«, sagte er. »Hast du den Typ nicht von den Füßen geholt, indem du ihm ein Bein gestellt hast?«

Sie nickte scheu, als erwartete sie, von ihm verurteilt zu werden.

Arran hielt ihr die Hand hin, damit sie einschlagen konnte und nach einem kurzen Moment der Überraschung tat sie es.

»Das war grandios«, sagte er mit großen Augen. »Alle in der Schule haben darüber geredet, und ich war stolz, sagen zu können: Ja, Mann, das war die Schwester meines besten Freundes.« Ihm war der Stolz immer noch anzusehen, und sie war ihm dankbar dafür. »Warte mal«, sagte er, als er eins und eins zusammenzählte. »Hat deine Mum dich dafür ausgeschimpft?«

Liv nickte.

»O Mann«, sagte er langsam. »Warum das denn? Der Kerl war ein notorischer Mobber. Hat er deinen Freund nicht sogar einmal gewürgt?«

»Ja.« Sie seufzte. »Ich musste dazwischen gehen, weil Olly sonst ohnmächtig geworden wäre. Aber als Mum es herausfand, hat sie meine Erklärungen gar nicht hören wollen. Hat mir nur gesagt, dass ich mich nicht unter Kontrolle habe und genauso sei wie mein Vater.«

Arran schwieg einen Moment lang. »So wie vorhin, als sie dich dafür kritisiert hat, dass du Angus verteidigt hast.«

Liv nickte. Der Kloß in ihrem Hals war so groß, dass es weh tat.

»Komm her«, sagte er leise.

Sie brach regelrecht an ihm zusammen, vergrub das Gesicht an seinem T-Shirt. Er roch so gut. »Ich denke, das ist der Grund, warum ich angefangen habe, zu dem Thema zu recherchieren«, erklärte sie. »Narzissmus, meine ich. Vielleicht habe ich versucht, mich selbst davon zu überzeugen, dass ich nicht so bin.« Sie schluckte. »Aber vielleicht wiegen emotional aufgeladene Gedanken schwerer als logische, und insgeheim treibt mich die Sorge immer noch um. Ich weiß es selbst nicht.«

»Schon okay«, beruhigte er sie. »Ich verstehe dich.«

Sie fühlte sich mit einem Mal viel leichter, als hätte es einen inneren Dämon gebändigt, ihre geheimsten Gedanken auszusprechen. Aber es hatte ihr auch sämtliche Energie ausgesaugt, so dass sie nun körperlich und emotional völlig erschöpft war. »Ich bin so müde«, seufzte sie an seiner Brust.

Er rieb ihr den Rücken. »Ich kann dich nach Hause fahren, in deinem Auto. Ich nehme mir dann ein Taxi zurück.«

Sie schüttelte an seiner Brust den Kopf und hob ihn schließlich an, um seinem Blick zu begegnen.

»Kann ich bitte hierbleiben?«

Er wischte ihr die letzten Tränen von den Wangen, einen weichen Ausdruck auf dem Gesicht, als er nickte. »Natürlich kannst du das. Alles, was du möchtest.«

Sie sah ihn mit großen Augen an. »Kannst du bei mir bleiben? Ich will nicht allein schlafen heute Nacht.«

Seine Stimme war sanft, und er erwiderte ihren Blick. »Das mache ich.«

Er stand auf und zog sie auf die Beine, doch sie gaben unter ihr nach. Alles fühlte sich an, als wäre es zu Wackelpudding geworden, und plötzlich schien das Schlafzimmer meilenweit entfernt zu sein.

Arran hob sie in seine Arme und trug sie aus dem Atelier und die Treppe hoch in sein Zimmer, wo er sie sachte auf dem Bett absetzte. Dann holte er ein T-Shirt und ein Paar Boxershorts von sich für sie aus dem Schrank.

Er ging ins Bad, um sich umzuziehen und sich die Zähne zu putzen. Als er zurückkam, klopfte er an, um sicherzugehen, dass sie schon fertig umgezogen war.

Liv nahm unterbewusst wahr, dass er schwarze Boxer Briefs und ein dunkles T-Shirt trug, ehe sie ins Bad taumelte, um sich das Gesicht zu waschen und schnell die Zähne mit

Mundwasser zu spülen. Sie hätte schwören können, dass sie den Weg vom Bad ins Bett schon schlafend zurückgelegt hatte.

Arran löschte die Nachttischlampe und nahm sie in den Arm. Sein Oberkörper fühlte sich fest und muskulös an durch das weiche T-Shirt, und sie kuschelte sich an ihn. »Ich habe das noch nie jemandem erzählt«, sagte sie schon mit geschlossenen Augen.

»Ich weiß, Aggie«, flüsterte er. »Ich bin froh, dass du es mir erzählt hast.«

»Ich auch«, hauchte sie und fiel bereits in einen Dämmerschlaf.

KAPITEL dreiundzwanzig

Er konnte sie wieder riechen. Woran lag das? Durch seinen verschlafenen Nebel versuchte er sich zu erinnern, ob Livs T-Shirt noch auf seiner Heizung lag.

Er schlug die Augen auf und wurde vom wunderschönen Anblick einer schlafenden Liv begrüßt, ihr Gesicht nur Zentimeter entfernt, ihre warme Hand noch in seiner.

Arran hob den Kopf und berührte ganz sanft mit seinen Lippen ihre Nasenspitze. Das Gefühl, das seit Monaten in ihm geschwelt hatte und seit ein paar Wochen sprunghaft gewachsen war, war immer noch da. Das Bedürfnis, sie zu beschützen. Sie zu unterstützen und für sie da zu sein.

Jetzt, da sie sich ihm anvertraut hatte, konnte er kaum glauben, dass er nicht früher darauf gekommen war. Tief in ihrem Inneren hatte Liv Angst davor, so zu sein wie ihr Vater. Trotz der Tatsache, dass Liv und ihre mitfühlende Art das genaue Gegenteil zu dem Vollidioten Dave darstellten, überraschte es ihn irgendwie nicht. Nicht weil sie ihrem Dad tatsächlich in irgendeiner Weise ähnelte, sondern weil es typisch für sie war, sich um die Gefühle aller anderen zu sorgen und darum, wie ihr Handeln andere beeinflusste, bis zu dem Punkt, dass sie sich verantwortlich machte dafür, wie andere sich fühlten. Und das war auch der Grund, warum sie es noch nie jemandem erzählt hatte. Weil sie die Menschen, die ihr nahestanden, nicht verärgern wollte. Und dass ihre Mum Livs Instinkt, alle negativen Gedanken für sich zu behalten bestärkte, war auch nicht gerade hilfreich.

Liv war so stark und hatte ihr Leben so gut im Griff, dass keiner auf die Idee kam, sich um sie kümmern zu müssen. Ihm fiel ein Meme ein, das er vor kurzem auf Social Media gesehen hatte – *Denk dran, nach deinen starken Freunden zu schauen.*

Sie bewegte sich, und als sie die Augen aufschlug, schenkte sie ihm das schönste Lächeln, und ließ ihn nur so dahinschmelzen.

»Morgen.« Sie streckte sich, ohne seine Hand loszulassen. »Danke, dass ich bei dir übernachten durfte. Und dass du mir erlaubt hast, dir das halbe Bett zu klauen.«

Arran grinste, wobei er das Gefühl hatte, seit Wochen nicht mehr richtig gelächelt zu haben. »War mir eine Ehre, dich hier zu haben.«

Sie hob ihre Hände, um ihm einen Kuss auf den Handrücken zu geben, und das Gefühl ihrer weichen Lippen an seiner Haut verursachte ein glühend-heißes Kribbeln in seinem Bauch.

»Ich fühle mich so viel besser, nachdem ich dir alles erzählt habe.«

Mit seiner freien Hand strich er ihr die Haare aus dem Gesicht, und ließ die Finger dann in ihren weichen Locken verharren. »Ich auch. Danke, dass du dich mir anvertraut hast.«

Liv lächelte. »Ich hatte befürchtet, du könntest mich für verrückt halten oder für einen schlechten Menschen, und nicht mehr mit mir befreundet sein wollen.«

Er lachte. »Du hättest mir erzählen können, dass du jemanden umgebracht hast, und ich wäre immer noch dein Freund. Ich hätte sogar angeboten, dir beim Entsorgen der Leiche zu helfen.«

Sie stimmte in sein Lachen ein, und der Klang war wie ein

Sonnenstrahl auf seinem Gesicht. »Keine Sorge, wen auch immer ich umgebracht hätte, er hätte es nicht anders verdient.« Sie zog eine Augenbraue hoch, und er wusste genau, wen sie gemeint hatte. Dann erstarb ihr Lachen. »Kann ich dir noch was erzählen.«

Er nickte, und das privilegierte Gefühl, dass sie ihm vertraute, legte sich wie ein Kokon um sein Herz. Er streichelte ihr mit dem Daumen über die Wange, die Finger immer noch in ihren Haaren vergraben.

»Ich frage mich, ob das der Grund ist, warum ich so vor Beziehungen zurückscheue. Weil ich nicht verletzt werden will oder selbst niemanden verletzten will, so wie es Dad mit Mum getan hat. Oder Cat mit Sam.« Sie hielt inne. »Oder wie ich Dean verletzt habe.«

Es war für ihn unbegreiflich, dass sie sich deswegen immer noch fertig machte. Glück für Dean, dass er vor Jahren schon die Stadt verlassen hatte, sonst hätte Arran sich den unverschämten Kerl vorgeknöpft und ihm einen Arschtritt verpasst, dass er bis nach John o' Groats und dahinter in die Nordsee geflogen wäre.

»Du weißt, dass das nicht stimmt, oder?«, fragte er und sah ihr fest in die Augen. »Deine Absichten waren gut, und er war der Idiot, der deine emotionalen Schwächen ausgenutzt hat. Du könntest nie jemanden verletzen, so wie es Dave getan hat. Du bist das totale Gegenteil von ihm.« Er lächelte. »Der Anti-Dave.«

Sie lachte leise. »Das gefällt mir. Aber ich denke, das ist etwas, an dem ich arbeiten muss. Ich denke, was Beziehungen angeht, bin ich generell etwas gestört, nachdem ich Mums und Sams Trauma miterlebt habe.« Sie schluckte. »Jedes Mal, wenn ich jemandem auf romantische Weise näherkomme, bekomme ich dieses Herzrasen und Panikattacken. Doch anstatt mich damit auseinanderzusetzen und das Problem anzugehen, habe ich es verdrängt und jahrelang alle im Glauben gelassen, ich sei unglücklich verliebt oder verzweifelt auf der Suche. Aber in Wahrheit bin ich Beziehungen aktiv aus dem Weg gegangen.« Sie zog die Augenbrauen hoch. »Ich bin wie Nico, nur heimlich.«

Arran lachte. »Ich hätte nie gedacht, dass es mal einen Fall geben würde, wo wir dich mit Hadid in einen Topf schmeißen.«

Sie zog seine Hand wieder für einen Kuss an ihre Lippen, und die Hitze, die sich in seinem Bauch sammelte, brachte seine Morgenlatte dazu, sich gegen den Stoff seiner Unterhose zur Wehr zu setzen. Er rückte mit der Hüfte etwas nach hinten, damit Liv nicht aus Versehen dagegenstieß und schreiend das Weite suchte, traumatisiert von der Erektion ihres besten Freundes.

»Ich denke, deshalb habe ich mich nach unserem Kuss auch zurückgezogen«, sagte sie zögerlich. »Ich habe wieder diese Panik bekommen, die von der Auseinandersetzung mit diesem Widerling vor dem Pub noch verstärkt worden ist. Ich hatte Schuldgefühle, weil ich mich selbst verteidigt habe. Vermutlich deshalb, weil Mum mir immer sagt, dass ich mich nicht unter Kontrolle habe, wie Dad damals, wenn ich für mich selbst eintrete.«

Er zog sie an sich und gab ihr einen Kuss auf die Stirn.

Sie kuschelte sich an ihn und sah ihn schüchtern an. »Ich denke, was es noch schlimmer gemacht hat, war, dass ich, äh … dass ich dich wirklich gern mag.«

Eine unsagbare Freude brach in ihm aus, und die Zeltproblematik in seiner Unterhose verbesserte sich nicht gerade.

Sie sah ihn mit diesem intensiven Blick an, so wie sie es am Vorabend auch getan hatte, als er sie auf dem Sofa fast geküsst hätte, ehe sie von Sams Notruf unterbrochen worden waren. So wie sie ihn in jener Nacht auf Skye angesehen hatte. *Doch dieses Mal ist es noch tausendmal heißer.*

»Ich wollte, dass mehr zwischen uns passiert«, sagte Liv mit kratziger Stimme. »Ich habe nur Panik bekommen.« Sie räusperte sich. »Weil du mir so viel bedeutest.«

Er lächelte sie an, sein Herz kurz vor dem Platzen. »Tja, sieh mal einer an. Da dachte ich, ich wäre der gequälte, grüblerische Typ, der Beziehungen aus dem Weg geht. Dabei warst du es die ganze Zeit.«

Liv lachte auf. »Grüblerisch? Du?« Sie stupste ihn an. »Du bist doch ein wahrer Sonnenschein.« Sie grinste. »Na, das wird dir jedenfalls eine Lehre sein, an Gender-Stereotypen zu glauben.«

Er lachte leise. »Yep.«

»Ich muss dir noch etwas gestehen«, sagte sie im Flüsterton.

»Und was?«, fragte er, fasziniert von ihren Augen.

Sie schluckte. »Es könnte sein, dass ich dein T-Shirt zum Schlafen angezogen habe.«

Die Vorstellung war heiß wie ein Vulkan für ihn. »Es könnte sein?«

Sie lächelte. »Ja, okay, ich habe es getragen. Jede Nacht.«

Er lachte leise und fuhr ihr mit den Fingern durch die dunklen Locken. »Ich werde dich nicht anlügen. Das höre ich wirklich gern.« Er neigte den Kopf, um ihr einen federleichten Kuss auf den Mundwinkel zu geben, und sie schauderte. »Ich mag die Vorstellung, dass etwas von mir um dich gewickelt ist, während du schläfst.« Ihr stockte der Atem, und sein Blick fiel auf ihren Mund, als er sich daran erinnerte, wie es sich angefühlt hatte, ihre Lippen auf seinen zu spüren. Seine Augen wanderten weiter nach unten. Auf dem T-Shirt, das sie trug, prangte das Bild eines Dalek aus Doctor-Who. Der Stoff war schon ziemlich durchgewetzt, und wenn er sich nicht täuschte und Daleks doch Brustwarzen hatten, von denen er nichts wusste, dann konnte er die steifen Umrisse von Livs darunter erkennen. Jetzt war er kurz vor dem Explodieren. »Ich muss dir auch etwas gestehen«, sagte er mit belegter Stimme.

»Ach, ja?«, hauchte sie.

»Mm-hmm.« Er drückte ihr noch einen leichten Kuss auf den Mundwinkel, dieses Mal auf die andere Seite. Sollte niemand behaupten, dass er nicht auf Ausgeglichenheit aus war. Außerdem liebte er es, wie sie dabei erschauderte. »Ich will auch, dass mehr passiert zwischen uns. Ich mag dich auch wirklich gern, und ...«, er beugte sich vor, um mit den Lippen ihre Ohrmuschel zu berühren. Er konnte sehen, wie sie daraufhin eine Gänsehaut auf dem Arm bekam, »... ich habe auch mit deinem T-Shirt geschlafen.«

Er lehnte sich zurück, um ihren erstaunten Gesichtsausdruck zu genießen.

»Aber das passt dir doch niemals«, erwiderte sie.

Er lächelte und hob das oberste Kissen an, unter dem ihr T-Shirt zum Vorschein kam, ausgebreitet zwischen diesem und dem unteren Kissen.

»Ich kann die Gerüchte weder bestätigen noch leugnen, dass ich jeden Abend daran rieche, ehe ich einschlafe.«

Sie blickte auf das T-Shirt und dann wieder zu ihm, die grünen Augen flackernd vor Sehnsucht, bevor sie ihn zurück aufs Kissen zog.

Er hielt sie im Arm und betrachtete die grünen und goldenen Sprenkel in ihrer Iris. Er hatte das Gefühl, sie für immer ansehen zu können. Er ließ den Blick über die hübschen Kurven ihrer Wange gleiten, gab ihr einen Kuss auf die eine und dann auf die andere Wange. Sie begann in seinen Armen zu zittern, und er streichelte ihr mit der Hand über den Rücken, um sie zu beruhigen. Dann blieb sein Blick an ihrem Mund hängen. Ihre Lippen waren so voll und rosa. *So weich.* Mit dem Daumen strich er über ihre Unterlippe, erinnerte sich daran, wie sie geschmeckt hatte, und stellte fest, dass es ein gefährliches Spiel war, in Anbetracht der sich weiter zuspitzenden Unterhosen-Zelt-Problematik.

Dann biss sie ihm in die Daumenspitze, ohne den Blickkontakt abzubrechen. Er war verloren. *O mein Gott.*

»Arran«, flüsterte sie.

Eine Sekunde lang vergaß er jedes Wort in seinem Vokabular. Dann, als er seine Stimme endlich wiedergefunden hatte, klang er verdächtig heiser. »Ja?«

Ihre Augen waren groß und rund. »Darf ich dich küssen?«

Sein Gehirn kam zum Stillstand. Er brachte ein weiteres »Ja« hervor, ehe er sich nach vorne lehnte, um diese weichen, vollen Lippen mit seinen zu streifen, während er sämtliche logische Denkprozesse runterfuhr. Inklusive des Gedanken, der ihn daran erinnerte, seinen Ständer von ihr fernzuhalten. Stattdessen drängte er ihn an sie, als sie ihre Zunge in seinen Mund tauchte.

Das Gefühl ihrer Lippen auf seinen war so schmerzhaft schön. Seit diesem Kuss auf Skye sehnte er sich nach mehr. Und ihr Duft, Gott, er machte ihn wahnsinnig.

Eine verzweifelte Begierde sammelte sich tief in seinem Bauch. Aber er wollte, dass alles in ihrem Tempo ablief. Sie war so weit gekommen, sich ihm zu öffnen, ihm ihre geheimsten Schwächen zu offenbaren, und das musste sie verletzlich und entblößt zurückgelassen haben.

Also überließ er ihr die Kontrolle, ließ sich von ihr führen, wo sie ihn haben wollte. Er glitt mit der Zunge über ihre, als sie die Hände in seine Haare schob und ihre Hüfte an seine drückte, was ihn vor Lust aufstöhnen ließ. Dann rollte sie sich auf ihn drauf, und er ergab sich ihr voll und ganz, als sie seine Arme über seinen Kopf hob und ihm das T-Shirt auszog, dann ihre Finger mit seinen verschränkte, während sie ihn unablässig mit ihrem weichen, heißen Mund quälte. Er wollte diese Lippen auf seinem ganzen Körper spüren.

Ihr Kuss machte ihn atemlos, und jedes Mal, wenn sie von ihm abließ, suchte er wie hungrig wieder nach ihr, fiel mit der Zunge über sie her, sobald sie den Mund wieder für ihn öffnete. Bis sie sich schließlich aufrichtete, schwer atmend auf ihm sitzend.

Einen verzweifelten Moment lang dachte er, sie würde aufhören. Doch stattdessen griff sie an den Saum ihres T-Shirts – seines T-Shirts – und, lieber Gott, wenn Olivia Holland, die sich das Shirt über den Kopf zog, nicht der erregendste Anblick seines Lebens war, dann wusste er auch nicht.

Er war wie gelähmt – starrte ihre nackten vollen Brüste an, während sie das Shirt zu Boden warf. Seine Hände bewegten sich instinktiv. Als hätten sie einen eigenen Willen, glitten sie über die glatte Haut ihres Bauchs und legten sich an ihre weichen Brüste. Wieder beugte sie sich zu ihm, küsste ihn. Er strich mit den Daumen über die harten Spitzen ihrer Brustwarzen, und ihm kam der verrückte Gedanke, dass er sich die Hände hätte eincremen sollen, damit sie für ihre weiche Haut nicht zu rau waren.

Sie fühlte sich so gut an. Schmeckte so gut. Und jetzt schob sie sich die Shorts runter und küsste sich über seinen Bauch nach unten. *Heilige Scheiße.*

Liv zupfte an der Baumwolle seiner Unterhose, um sie ihm über die Beine zu streifen, und die Art, wie sie zu ihm hochsah, war unbeschreiblich. Als wollte sie immer nur ihn ansehen.

»Du bist so heiß«, flüsterte sie, und es raubte ihm den Verstand. Dann beugte sie sich nach unten, und umschloss ihn mit ihrem Mund. Lust überkam ihn so blitzartig, dass er stöhnend die Hüfte vom Bett anhob.

Er fuhr mit den Fingern durch ihre Haare, als sie an ihm auf und ab glitt; die weiche Hitze ihres Mundes verursachte ihm ein Ziehen im Bauch.

»Liv«, sagte er, weil er nicht glauben konnte, dass all das wirklich passierte. Dass er der Frau, die er schon seit einer gefühlten Ewigkeit begehrte, so völlig ausgeliefert war. Dass er nackt und nach mehr lechzend vor ihr lag.

Er wollte sie zum Stöhnen bringen.

Er drehte seine Finger in ihren Haaren, zog sanft daran, um ihren Kopf anzuheben. »Komm zu mir«, sagte er, doch seine Stimme klang mehr wie das Knurren eines wilden Tieres als seine eigene. Sie gehorchte, krabbelte zu ihm hoch, ihre glatte Haut streifte ihn dabei so köstlich. Sie legte sich auf ihn, so dass er mit den Händen über ihren nackten Körper fahren konnte.

Es fühlte sich an, als wäre sie genau dafür gemacht, unter seinen Händen zu liegen. So entworfen, genau an ihn zu passen und ihn zu umgeben. Er umfasste ihre wunderbaren Pobacken mit beiden Händen, und rieb sich an ihr, während er sie küsste und sanft in den Hals biss.

Ihr Atem ging bereits stoßweise, und es klang unglaublich erregend. Als er mit den Fingern zwischen ihre Beine fuhr und anfing, sie zu berühren, glitten sie leicht in sie hinein. Zu spüren, wie bereit sie für ihn war, beteuerte seine Lust ins Unermessliche.

Sie stöhnte seinen Namen an seinem Mund, und er wollte nicht, dass sie aufhörte. Er machte weiter, versuchte herauszufinden, wie genau er sie berühren musste, um mehr von ihren köstlichen Reaktionen zu erzeugen.

Liv bäumte sich unter seinen Fingern auf, also ließ er sie hineingleiten und entlockte ihr damit ein süßes Keuchen. Er rieb mit dem Daumen, während er gleichzeitig mit den Fingern in sie stieß, bis er spürte, wie sich ihre Hitze um ihn herum zusammenzog. Er hörte nicht auf, bis ihr Höhepunkt über seine Finger hinweg rollte und er ihr Gesicht mit Küssen bedeckte.

Schließlich blieb sie schwer atmend auf ihm liegen, ihre Haut feucht auf seiner.

Arran hielt ein paar Sekunden lang inne, barg ihren Kopf an seinem Hals. Dann rollte er sie vorsichtig zur Seite, sicherte sie mit seinem Gewicht, wartete, bis sie die Augen öffnete und küsste sie, ohne den Blick abzuwenden.

Lächelnd hob sie eine Hand und griff in seine Haare, während die andere an sein Hinterteil wanderte. Sie schob ihn an sich, bis seine Spitze ihren Eingang berührte.

»Warte«, sagte er und nahm ihr Kinn, um ihr erneut in die Augen zu sehen. Er wollte ganz sicher sein, dass es okay war, so kurz nachdem sie sich ihm emotional geöffnet hatte. »Bist du dir sicher?«

»Machst du Witze?«, erwiderte sie mit aufgerissenen Augen. »Wenn das nicht gleich passiert, sterbe ich.«

Er lachte leise, weil er genau wusste, was sie meinte, aber er beschloss dennoch, es weiter hinauszuzögern, die Gefühle noch zu intensivieren. »Ach ja? Du meinst, Tod durch Sex?«

»Nein«, entgegnete sie. »Tod durch fehlenden Sex.«

»Ein ernstzunehmendes Leiden«, murmelte er an ihrem Hals. »Lass mich nur schnell ein Kondom überziehen.«

Er griff in die Nachttischschublade, angelte ein Kondom heraus, kämpfte für einen Moment mit der Verpackung und zog es dann über.

Liv zog ihn an sich, und jetzt wollte auch er nicht mehr warten.

Er hielt noch einen Augenblick inne, um ihr wunderschönes Gesicht zu betrachten, dann stieß er in sie hinein und stöhnte auf. Sie war so heiß und eng und es erregte ihn, wie sie sich an ihn krallte und seine Stöße führte.

Es war, als hätten ihn alle seine bisherigen Entscheidungen zu diesem einen Moment geführt. Der Liebeskummer, den er im vergangenen Jahr durchlitten hatte, war auf einmal nur eine Erinnerung, die ihm so fern erschien, als wäre sie die eines anderen. Alles, was passiert war, hatte so sein sollen, weil es ihn auf den Pfad gebracht hatte, der ihn in Livs Arme geführt hatte. Und nun war er genau da, wo er hingehörte – in Olivia Holland, sowohl körperlich als auch emotional. Sie hatte ihn in ihre Gedanken gelassen, an Orte, an denen noch nie jemand hatte sein dürfen. Und er hoffte, sie würde ihn auch in ihr Herz lassen.

Sie rief wieder seinen Namen, und es war so heiß, dass er es kaum ertrug. Dann begann sie sich um ihn herum zusammenzuziehen, als ihr zweiter Orgasmus sich aufbaute, und er schaffte es gerade noch, sich zurückzuhalten, bis sie den Höhepunkt erreicht hatte, ehe er selbst kam.

Die Intensität raubte ihm den Atem. Es war nicht nur der beste Orgasmus, den er je gehabt hatte, sondern noch etwas anderes, tieferes. Eine Verbindung, die sich nur noch mehr verstärkte, je weiter sie ihn einließ, je verletzlicher sie füreinander waren.

Er hielt den Blickkontakt und versuchte, sich in dem Moment zu verankern, verlor sich im Meer ihrer Augen. Welle um Welle ergoss sich der Ozean über ihn, ließ ihn in Lust und Glück ertrinken.

Dann krachten die Worte nur so in seinen Kopf. Ich liebe dich.

Einen Moment lang dachte er, sie laut ausgesprochen zu haben bevor er realisierte, dass seine Gedanken nur in seinem Kopf durcheinander wirbelten und er sich fühlte, als wäre er von der Realität losgelöst. Die Worte trieben davon, als die Intensität seines Orgasmus sein Bewusstsein durchdrang und ihn beinahe alles vergessen ließ.

Er erlaubte sich, ein wenig in sich zusammenzusacken, stützte sich jedoch weiter auf den Armen ab, weil er befürchtete, zu schwer für sie zu sein.

Doch sie zog ihn runter, so dass er auf ihr zusammenbrach. »Ich will dir nicht weh tun«, sagte er.

»Schon okay«, erwiderte sie atemlos. »Ich spüre gern dein Gewicht auf mir. Ich mag es, dass du so viel größer bist als ich.« Ein Lächeln umspielte ihre Lippen. »Ich kann dich trotzdem mit meinen Karatekünsten von den Beinen holen. Also, pass besser auf, was du machst.«

Er legte lächelnd die Stirn an ihre. »In diesem Fall werde ich das wohl eher nicht tun. Denn die Vorstellung, dass du mich am Boden festnagelst, ist ziemlich heiß.«

Die drei kleinen Worte tauchten plötzlich wieder auf, und

nun, ohne dass sein Gehirn vom Orgasmus umnebelt war, wurde es ihm endgültig bewusst. Ich liebe sie. Ich liebe Olivia Agnes Holland.

Es war das Klischee aller Klischees – aber er hatte sich noch nie so gefühlt. Es war beinahe so, als hätte der physische Akt ein kleines Stückchen seiner Seele an sie geheftet. Er war mit ihr auf eine Weise verbunden, wie er es zuvor nicht gewesen war – weder mit ihr noch mit irgendeiner vorher. Ob sie es auch spürte?

Er hätte es alles laut aussprechen können, aber irgendetwas hielt ihn noch davon ab. Es war das Gleiche, was ihn davon abhielt, ihr zu verraten, wie lange er schon von diesem Moment geträumt hatte. Wie lange er sich schon wünschte, dass sie ihn so ansah, wie sie es jetzt tat. Wie sehr er wollte, dass sie zusammen waren.

Aber er wollte sie nicht drängen, sie nicht verschrecken. Nicht jetzt, wo sie es gerade geschafft hatte, sich ihm zu öffnen.

Sie streichelte ihm über die Haare. »Kann ich dich was fragen?«

»Was du magst«, antwortete er.

Ihre Augen waren groß. »Glaubst du wirklich, Dean hat diese Sachen zu mir gesagt, weil sein Stolz verletzt war? Nicht, weil er dachte, es sei wahr?«

Er versuchte, seine Gedanken neu zu ordnen.

»Ja, Liebling, natürlich glaube ich das«, sagte er leise und berührte ihre Nase mit seiner.

Sie musterte ihn skeptisch. »Aber du hast nie etwas Gemeines zu Jess gesagt. Und du bist auch ziemlich stolz.« Sie zog eine Augenbraue hoch. »Ich kenne niemanden, der so widerwillig um Hilfe bittet oder sie annimmt wie du.«

»Ich schätze, mir fehlt dazu das passende Ego«, erwiderte er und hob den Kopf, um sie anzugrinsen. »Obwohl ich das vermutlich haben sollte, wo ich doch so ein Sexgott bin.«

Sie lachte, und ihre Wärme durchdrang seine Brust.

»Dagegen kann ich nichts sagen.« Sie küsste ihn und flüsterte dann an seinem Mund. »Ich wusste schon immer, dass du super heiß im Bett sein würdest.«

»Oh, vielen Dank auch, Aggie«, sagte er und übersäte ihr Gesicht mit Küssen. »Das Gleiche gilt für dich.« *Und zwar sowas von.*

Ihr Gesichtsausdruck wurde weicher. »Ich mag, dass du wieder diesen Spitznamen benutzt. Du hast mich eine Weile nicht mehr so genannt, und ich hatte schon Angst, etwas von dir verloren zu haben.«

Er strich ihr über die Wange. »Du wirst mich nie verlieren.« Das war das Äußerste, was er sich erlaubte zu sagen, um die Tiefe seiner Gefühle anzudeuten, während er den Rest noch für sich behielt.

Wenn sie bereit ist. Dann werde ich ihr alles sagen.

KAPITEL

vierundzwanzig

Das heiße Wasser lief ihr über die Haut. Doch obwohl Liv es liebte, heiß zu Duschen, war die Wärme nichts im Vergleich zu der Hitze, die sie unter Arrans Berührung verspürt hatte.

Es war das erregendste sexuelle Erlebnis, das sie je gehabt hatte. Sie war noch nie beim ersten Mal Sex mit jemandem gekommen, weil sie zu verschlossen war, um sich gehen zu lassen. Und nun gleich zweimal? Das hatte sie nie für möglich gehalten.

Aber sie hatte sich bei ihm wohlgefühlt und erregt gleichermaßen. Sie fühlte sich mit ihm sicher, beschützt und wertgeschätzt.

Sie strich sich mit den Fingern über die Lippen und dachte an das Gefühl seines Kusses, ehe sie die Hand über ihren Körper gleiten ließ, um die Stellen nachzufahren, die er mit seinen Fingern auf ihrer Haut versengt hatte.

Die Verbindung, die sie zueinander gehabt hatten, war tief und intensiv gewesen, mit nichts zu vergleichen, das sie vorher erlebt hatte. Aber dieses Mal hatte sie keine Angst gehabt, und sie schrieb das der Tatsache zu, dass sie ihm ihr kompliziertes Chaos an Emotionen anvertraut hatte.

Sie stieg aus der Dusche, trocknete sich ab und zog sich an. Sie konnte nicht aufhören, an ihn zu denken, und sehnte sich ununterbrochen nach seiner Berührung. War das normal, wenn man mit einem Menschen Sex gehabt hatte, den man so sehr mochte, wie sie ihn? Sie hatte keinerlei Vergleichswerte, schließlich hatte sie bisher alle von sich gestoßen, mit denen sie sich eine Beziehung hätte vorstellen können. Wie sollte sie ihren emotionalen Aufruhr überhaupt verstehen?

Es war ziemlich schwierig gewesen, Arran an diesem Morgen zu verlassen, doch sie hatte sich umziehen wollen, ehe sie für die nächste Sitzung zu ihm zurückkehrte. Er hatte sie gebeten, noch ein paar Stunden am Porträt zu arbeiten und natürlich hatte sie zugestimmt.

Sobald sie wieder bei ihm ankam, tobten die Schmetterlinge in ihrem Bauch so heftig, dass sie ein paar tiefe Atemzüge nehmen musste, während sie vor seiner Haustür stand und sich wie ein Fisch auf dem Trockenen fühlte. »Entspann dich«, beschwichtigte sie ihre flattrigen Nerven.

Sie hatte kaum geklingelt, da öffnete er auch schon und gab ihr damit das schöne Gefühl, auf sie gewartet zu haben.

Sein Anblick löste einen Rausch in ihr aus – die vertraute Welle aus Adrenalin und Freude, aber dieses Mal vermischt mit einem Hauch Schüchternheit, womit sie nicht gerechnet hatte.

Sie wollte, dass Arran sie umarmte, doch stattdessen bat er sie lächelnd herein und fuhr sich mit der Hand durch die Haare, als wäre er nicht sicher, wie er sie begrüßen sollte. »Ich weiß, das klingt dumm, wo wir uns gerade erst vor ein paar Stunden verabschiedet haben, aber es ist schön dich zu sehen.«

Der kleine Stachel des Zweifels schmolz mit dieser süßen Aussage dahin. Liv entspannte sich ein wenig.

Sie folgte ihm ins Atelier und nahm Platz. »Dieses Sofa hat definitiv schon eine Livs-Arsch-Delle.«

Er sah auf und zuckte mit den Augenbrauen. »Ist mir recht.«

Sie lachte und zog die Beine auf die Couch, um sich im Schneidersitz hinzusetzen.

Er räusperte sich und begann mit der Arbeit. »Fühlst du dich okay, was heute Morgen angeht?«

Ihre Wangen wurden ein wenig heißer, und sie warf ihm ein Lächeln zu. »Mehr als okay.«

Sein Gesicht rötete sich leicht, und er schien noch etwas sagen zu wollen, wandte sich dann jedoch wieder seiner Leinwand zu.

Die Zeit verging wesentlich langsamer als normalerweise, und das lag eindeutig an der sexuellen Spannung im Raum. Jedes Mal, wenn sie ihn ansah, tauchten kleine Erinnerungsfetzen der *Ereignisse* des Morgens vor ihrem inneren Auge auf. Dazu das Gefühl seiner Hände auf ihrem Körper. Der Geruch seiner Haut. Die Art, wie er ihren Namen gestöhnt hatte, und der raubtierhafte Ausdruck auf seinem Gesicht.

All diese Gedanken erhitzten ihren Körper und sorgten dafür, dass sie unruhig auf der Couch herumrutschte. Wenn sich ihre Blicke trafen, wurde es nur noch schlimmer. Würde er sie wieder küssen?

Die Zeit verging, und Arran konzentrierte sich weiterhin eisern auf seine Aufgabe. Etwas, das Brodie vor kurzem gesagt hatte, brachte sie auf eine Idee. Vielleicht gab es eine Möglichkeit, ihn dazu zu ermutigen, auf sie zuzukommen. Es war nicht so, dass sie ein Problem damit hatte, den ersten Schritt zu machen, aber sie hatte es bereits am Morgen getan, und sie musste zugeben, dass sein Mangel an Körperkontakt, seit sie wieder bei ihm war, sie ein wenig verunsicherte.

Sie räusperte sich. »Sind wir denn für heute bald fertig?«

Er riss den Blick von der Leinwand los. »Ja … ich schätze

schon.« Sein Gesichtsausdruck wirkte ein wenig angespannt, und sie hoffte, das lag daran, dass er nicht wollte, dass sie schon wieder ging.

Sie sagte in möglichst lässigem Tonfall. »Cool. Denn ich habe mich gefragt ... ob du noch eine schnelle Kohlezeichnung von mir machen möchtest.«

Sein Gesicht entspannte sich sofort. »Klar, sehr gern.« Er wandte sich seinen Utensilien zu, um einen Block und einen Bleistift zu holen, und Liv nutzte die Gelegenheit, um ihren Masterplan zu enthüllen – wortwörtlich. Sie zog ihre Brille ab und begann ihre Bluse aufzuknöpfen.

Arran hob den Kopf, Bleistift und Block in der Hand. Er riss die Augen auf und hätte vor Schreck fast den Bleistift fallen gelassen. »Äh ... was tust du da?«

Sie blinzelte und schaffte es, einen neutralen Gesichtsausdruck und einen lässigen Tonfall zu wahren, während sie ihr Oberteil zu Boden fallen ließ und dann aufstand, um sich die Hose auszuziehen. »Hatte ich nicht erwähnt, dass es eine Aktzeichnung werden soll?«

Sein Blick verharrte auf ihren Händen, die ihre Jeans hinunter schoben. »Das ... äh ... das ...« Es schien ihm völlig die Sprache verschlagen zu haben, bis ihre Jeans neben ihrer Bluse auf dem Boden landete. Als er seine Stimme wieder unter Kontrolle hatte, klang sie heiser. »Das ist super.«

Sie lächelte ihn an, während sie ihren BH öffnete und ihn dann am ausgestreckten Arm baumeln ließ, ehe sie ihn auf ihr Häufchen aus Kleidung warf. Seine Kiefermuskeln zuckten, während er ihren fast nackten Körper anstarrte und auf seinem Hocker herum rutschte, als wäre seine Hose plötzlich unbequem. *Aha! Erwischt, Mr. Adebayo.*

Schnell entledigte sie sich noch ihrer Unterhose, und als sie sich wieder aufrichtete, sah Arran aus, als wäre er kurz davor, seine Zunge zu verschlucken. Er schnappte nach Luft.

Liv setzte sich auf dem Sofa zurecht, streckte die Beine zur Seite aus. »Okay«, sagte sie mit lässigem Seufzen. »Ich bin so weit.«

Er zögerte noch ein paar Sekunden, umklammerte so fest den Bleistift, dass sie schon fürchtete, er würde ihn entzweibrechen. Dann holte er wieder Luft und setzte sich zurecht, ehe er den Blick von ihr löste und mit dem Zeichnen begann.

Sie musste sich zusammenreißen, um nicht zu grinsen. »Hast du eigentlich schon mal Aktzeichnungen gemacht?«

Er hielt den Blick auf seinen Block gerichtet. »Ja. Ich habe mal einen Kurs besucht. Aber ich muss sagen, ältere nackte Männer zu zeichnen ist bei weitem ein anderes Erlebnis als *das* hier.« Er hob den Kopf und warf ihr einen erhitzten Blick zu.

Sie schielte auf die Stelle, wo sich sein Overall über seinen Schoß spannte, und meinte dort etwas auszumachen, von dem sie hoffte, dass es während seines Zeichenkurses nicht da gewesen war. »Das sehe ich.«

Er bemerkte ihren Blick und lächelte, was ihre Körpertemperatur gefühlt um ein paar Grad erhöhte. *Mein Masterplan funktioniert. Ich bin ein verdammtes Genie. Also, Brodie ist es, um genau zu sein.*

Stille senkte sich über den Raum, abgesehen vom leisen Kratzen des Bleistifts auf dem Papier. Sie beobachtete ihn, und mit der Zeit bekam sie raus, welchen Körperteil er gerade zeichnete. Seine Augen bewegten sich dann hektisch zwischen ihr und dem Papier hin und her, ehe er sich wieder aufs Zeichnen konzentrierte. Dabei hatte er die Lippen ein wenig geöffnet, während seine Wangen leicht gerötet waren.

Sie grinste. »Kommst du dir vor wie Leonardo in *Titanic*?«

Er hielt inne und lachte. »Das ist wirklich eine gute Analogie.« Lächelnd wandte er sich wieder dem Block zu. »Ich hoffe nur, dass das nicht heißt, dass ich am Ende des Tages ertrinken muss.«

Sie zuckte mit den Schultern. »Nee. Ich würde dich auf meine Tür klettern lassen.«

Sein Lächeln verwandelte sich in ein Schmunzeln. »Ist das ein Wortwitz?«

Liv schüttelte den Kopf. »Wenn, dann ein schlechter.« Ihre Mundwinkel zuckten. »Aber der Gedanke gefällt mir, wenn du weißt, was ich meine.«

»Aha.« Er zeigte mit dem Stift auf sie. »*Das* war jetzt aber eine Anspielung.«

Sie grinste. »Zeig nicht mit deinem Stift auf mich.«

»O Mann.« Er lachte. »Bitte, keine Stift-Vergleiche. Davon bekomme ich nur einen Minderwertigkeitskomplex.«

Sie zog die Augenbrauen hoch. »Da musst du dir wirklich keine Sorgen machen.«

Er grinste sie an und sah ihr ein paar Sekunden lang in die Augen, ehe er den Blick wieder über ihren Körper wandern ließ. Sein Lächeln erstarb, und einen Moment lang sah er aus, als wäre er kurz davor, alles hinzuwerfen und zu ihr zu kommen. Doch dann fuhr er sich mit den Fingern durch die Haare und kehrte zu seiner Zeichnung zurück.

Verdammt, wie lange dauerte eine solche Zeichnung eigentlich?

Sie lehnte sich wieder zurück und versuchte, geduldig zu bleiben. Obwohl sie zugeben musste, dass sie nicht damit gerechnet hatte, dass er so lange durchhalten würde. Das Ziehen zwischen ihren Beinen wurde schon fast schmerzhaft.

Schließlich legte er den Kopf zurück und warf den Bleistift auf den Schreibtisch. »Okay. Länger halte ich es nicht aus mit einem solch heftigen Ständer.«

Sie brach lachend zusammen, erleichtert, dass er endlich zugegeben hatte, dass er auch erregt war. Sie zog die Decke von der Couch und hielt sie sich vor den Oberkörper. »Dann lass mal sehen.«

Er warf ihr einen hitzigen Blick zu. »Die Zeichnung oder den Ständer?«

Ihr Puls wummerte in ihren Ohren, und ihre Lust meldete sich aufs Neue. »Hmm. Zuerst die Zeichnung, bitte.«

Er lehnte sich nach vorne, um ihr den Block zu reichen.

»O nein«, entgegnete sie mit hochgezogenen Augenbrauen. »Bring es zu mir.«

Er sprang auf und wäre in seiner Eile fast über die eigenen Füße gestolpert. Sie setzte sich aufrecht hin, und er nahm so dicht neben ihr Platz, dass sich ihre Körper an der Seite berührten.

Arran reichte ihr die Zeichnung, und ihre Absicht, nur einen symbolischen Blick darauf zu werfen, war sofort vergessen. »Wow, du hast mich wunderschön gezeichnet«, staunte sie.

Die Art und Weise, wie er Dunkel und Hell schattiert hatte, verlieh ihr eine beinahe ätherische Schönheit, den Blick in die Ferne gerichtet, als versuchte sie gerade, die Lösung auf die ewigen Fragen des Universums zu finden.

Er hob eine Hand an ihre Wange. »Ich habe dich nicht wunderschön gezeichnet, du bist es.«

Ihr stockte der Atem, als seine honigfarbenen Augen sie schon fast ehrfürchtig anschauten. »Was denkst du?«, wollte sie wissen.

Sein Blick huschte nach unten. »Dass ich wirklich froh bin, eine Wolldecke mit sehr großen Maschen gekauft zu haben.«

Ihre Mundwinkel zuckten, und sie hob den Arm, um sein Gesicht zu streicheln. Er hielt noch ein paar Sekunden länger den Blickkontakt und zog dann sanft an der Decke, die sie sich vor die Brust gedrückt hielt. Er ließ sie auf den Boden fallen, ehe er sich nach vorne beugte und sie küsste. »Du schmeckst so gut«, sagte er, biss leicht zu und ließ sie schaudern.

Die Weichheit seiner Lippen und das Kratzen seiner Bartstoppeln ließen ihre empfindliche Haut kribbeln, und jedes Mal, wenn er mit dem Mund weiter nach unten wanderte, war die neue Hautpartie noch empfindlicher als die vorherige. Als seine Lippen an ihren Brüsten ankamen, war die Empfindung so atemberaubend, dass ihre Brustwarzen steif wurden, noch bevor er sie in den Mund nehmen konnte.

Arran unterbrach den Körperkontakt und lehnte sich zurück, legte ihre Beine wieder auf die Couch. Er positionierte sich dazwischen und setzte seine Reise mit dem Mund fort, dorthin, wo sie heiß und feucht war.

Er leckte sanft darüber, so dass sie schon fast verzweifelt seine Haare packte. Sie brauchte mehr. »Bitte«, sagte sie zu ihm.

Sein Blick verdunkelte sich, und er vergrub das Gesicht zwischen ihren Beinen. Wie elektrisiert zuckten ihre Beine. Sie stöhnte auf.

Er hielt sofort inne. »Ist das so okay?«

»Gott, ja«, sagte sie und schob ihre Finger in seine Haare, um seinen Kopf zurückzuschieben, weil schon der kurze Moment ohne Kontakt für sie qualvoll war. Sie spürte sein leises

Lachen zwischen ihren Beinen, das sich in ein Stöhnen verwandelte, als sie ihn weiter nach unten drückte.

Er tauchte die Zunge in sie hinein, und sie hob ihre Hüfte vom Sofa.

»Ich bin froh, dass du die Sache mit der Aktzeichnung genauso erregend fandest wie ich«, sagte er, die Stimme heiser und tief. »Ich habe das Gefühl, in einer Art Montage von Leonardo-DiCaprio-Filmen zu stecken. Erst *Titanic*, und jetzt *Inception*, denn das ist ein absoluter Traum.«

Diesmal war es Livs Lachen, das in ein Stöhnen überging, als er mit seiner Zunge einen phantastischen Wirbel vollführte. Er legte sich ihre Beine über die Schulter und beschleunigte seine Bewegungen, reagierte auf ihr Seufzen, indem er sie immer weiter trieb, bis die Gefühle, die zwischen ihren Beinen bis in ihren Bauch hinauf pulsierten, sich zu einer riesigen Welle der Lust steigerten und sie sich in seinen Haaren festkrallte und seinen Namen rief.

Sie hatte keine Ahnung, wie viel Zeit vergangen war. Es hätten Sekunden oder Stunden sein können. Es war, als würde sie auf einer Art Wolke der Lust dahintreiben.

Er verharrte zwischen ihren Beinen, verteilte sanfte Küsse auf den Innenseiten ihrer Oberschenkel, ließ sie erneut erschaudern. Behutsam legte er schließlich ihre Beine zurück auf das Sofa, ehe er die Schnallen seines Overalls löste.

Er schüttelte ihn ab und legte sich in T-Shirt und Boxershorts auf sie. »Ich wollte nicht, dass die Schnallen dich kratzen«, murmelte er, als er sie küsste.

Sie lächelte an seinem Mund. »Du solltest den Rest besser auch noch loswerden.«

Ihm stockte sichtlich der Atem. »Dein Wunsch ist mir Befehl.«

Mit einer Hand packte er die Rückseite seines T-Shirts und zog es sich über den Kopf, ließ es dann auf den Boden fallen und fuhr fort, sie zu küssen, während er sich die Unterhose auszog. Sie half ihm, indem sie sie mit dem Fuß fing und wegkickte.

Arran senkte sein Gewicht auf sie, und sie genoss es, wie fest sich sein Körper auf der Weichheit ihres eigenen anfühlte. Sie hob die Hände und fuhr mit den Fingern über seinen Oberkörper, über die schlanken Muskeln, die glatte Haut und die kratzigen Brusthaare. Sie konzentrierte sich, um sich alles ins Gedächtnis einzubrennen. »Dieser T-Shirt-Move war heiß«, sagte sie.

»Danke.« Er lächelte. »Hab ich auf TikTok gesehen.«

Sie lachte und hielt seinen Kopf, als er sich nach vorne beugte und ihn an ihrem Hals vergrub.

Er seufzte. »Du riechst so gut.«

Lust erfüllte ihren Körper, und sie rutschte unter ihm herum, positionierte ihn so, wie sie ihn haben wollte.

»Warte«, sagte er und hob den Kopf. »Ich laufe noch schnell nach oben, um ein Kondom zu holen.« Er zog die Augenbrauen hoch. »Üblicherweise brauche ich die nicht im Atelier.«

Sie küsste ihm sanft das Gesicht. »Schon okay. Ich bekomme die Dreimonatsspritze, und habe keine Krankheiten. Also, von mir aus geht es so.«

»Ich auch«, sagte er, neckte ihre Haut mit seinen Zähen. »Also, keine Krankheiten, meine ich«, fügte er hinzu. »Nicht die Verhütungsspritze.«

Er hob eine Hand, legte sie ein paar Sekunden an ihre Wange und sah ihr in die Augen, während er sich zwischen ihre Beine schob. Er hätte einfach in sie hinein stoßen können, aber aus irgendeinem Grund schien er sich zurückzuhalten.

Ganz langsam, Zentimeter für Zentimeter, drang er in sie ein, mit gezielteren Bewegungen als beim letzten Mal. Er streichelte ihr Gesicht und blickte ihr weiter in die Augen. Mit der anderen Hand packte er ihre Hüfte, als wollte er sich und seinen Rhythmus verankern. Seine Bewegungen waren langsam und intensiv, seine Pupillen groß vor Lust.

Etwas in ihrer Brust zog sich fest zusammen, etwas, das ihr sagte, dass sie unwiderruflich zerbrechen würde, wenn das hier enden sollte. Liv suchte in seinen Augen und meinte, ihre Gefühle darin gespiegelt zu sehen. *Er muss sich genauso fühlen … oder nicht?*

Sie konnte nicht mehr logisch denken, es blieben nur noch die Gefühle. Die erregende Reibung seiner Haut an ihrer. Seine weichen Lippen, die Härte, mit der er rhythmisch in sie stieß, und das beruhigende Vibrieren seiner Stimme, als er ihren Namen murmelte.

Seine Bewegungen wurden abgehackter, als die Lust seinen Rhythmus übernahm, und sein Kopf fiel nach vorne, so dass seine Stirn ihre berührte. Sie schlang die Arme um seinen Kopf, um ihn an ihrem Hals zu vergraben, während er in lustvollen Schüben kam.

Sie war sich nicht sicher, wie lange sie still dalagen. Sie streichelte ihm die Haare, und er seufzte immer wieder und küsste ihr den Hals. Aber immer noch sagte er nichts über die Bedeutung dessen, was gerade geschehen war. Empfand er es als so weltbewegend wie sie? Oder war es nur körperlich? Er war seit einem Jahr mit niemandem zusammen gewesen, soweit sie wusste. Also vielleicht war es auch nur das Ergebnis davon, dass er untervögelt war.

Schließlich hob er den Kopf und sah sie an. Sie hielt vor Spannung den Atem an.

Er seufzte tief. »Ich glaube, ich verdiene einen Eintrag im Guinnessbuch der Rekorde.«

Sie zog fragend die Augenbrauen hoch. Das war nicht, was sie erwartet hatte. »Wieso?«

Er streichelte ihr übers Haar. »Für die längste Zeit, die je ein Mann mit einem Ständer in Maler-Overalls ausgehalten hat. Keine Ahnung, wie ich es geschafft habe, diese Zeichnung fertig zu bekommen, ohne in meiner Hose zu explodieren.«

Ihre Enttäuschung darüber, dass er nichts Tiefergehendes gesagt hatte, war noch da, doch ihr Lachen half ihr ein wenig. »Da könntest du recht haben. Aber ich denke, das würde dann in die Erwachsenen-Ausgabe gehören.«

Arran lächelte und gab ihr einen Kuss auf die Wange. »Kann ich dich mal was fragen?«

Sie nickte und streichelte ihm weiter die Haare.

Er stützte sich auf den Ellenbogen auf. »Hast du es je bereut, in Glenavie geblieben zu sein? Nachdem Maya und Elise zur Uni gegangen sind und sich woanders niedergelassen hatten, meine ich.«

»Nein. Ich habe es immer geliebt, hier zu sein. Auch wenn ich zugeben muss, dass meine Entscheidung, hier zu bleiben, auch damit zu tun hatte, dass Dad uns verlassen hatte und Sam mit Cat zusammen war. Ich wollte genauso wenig Mum allein lassen, wie ihn in Catrionas Händen, ohne dass ich vor Ort war und ein Auge auf ihn haben konnte.« Sie lächelte. »Ich weiß, dass Sam ähnliche Gründe gehabt hat, zu bleiben. Er wollte auf mich und Mum aufpassen. Ich habe ihm erst vor kurzem gestanden, dass ich insgeheim geblieben bin, um auf ihn achtzugeben.«

Arran lächelte. »Das überrascht mich nicht. Du bist immer für alle anderen da.«

»Ich habe meine Entscheidung trotzdem nie bereut. Ich hätte nirgendwo anders leben wollen. Was ist mit dir? Bereust du es, geblieben zu sein?«

»Nö. Ich liebe es. Ich finde es toll, dass Jayce hier in den Bergen aufwachsen kann. Aber ich würde trotzdem gern noch auf Reisen gehen. Ich hatte es schon früher vor, aber dann kam Jayce, und wir haben es erst mal aufgeschoben.«

»Du und Jess wolltet zusammen reisen?«

»Ja. Ihr war es nicht so wichtig wie mir, aber sie war bereit, mich zu begleiten.« Er hielt inne und strich ihr mit den Fingern über die Wange. »Ich hätte immer noch gern eine Reisebegleitung. Am besten jemand, der genauso gern Abenteuer erlebt wie ich.« Eine Sekunde lang schien es, als würde er noch mehr sagen wollen, doch dann schloss er den Mund und ließ die Finger über ihren Hals gleiten. »O Mist«, sagte er und hob die Hand.

Sie runzelte die Stirn. »Was ist?«

Er verzog das Gesicht. »Ich habe dich mit Farbe beschmiert. Tut mir leid, ich hätte mich erst waschen sollen.«

Sie wischte sich über den Hals, und als sie die Hand zurückzog, klebte etwas grüne Farbe daran. Ein kurzer Blick nach unten bestätigte ihr, dass auch an ihren Brüsten ein paar Streifen waren, genau wie an ihrer Hüfte und ihrem Hintern. *Überall, wo seine Finger gewesen sind.* »Ist nicht schlimm. Irgendwie finde ich es sexy.«

Arran küsste sie. »Wahrscheinlich wäre es noch sexier, wenn ich dir helfe, sie wieder abzuwaschen.«

Die Vorstellung erregte sie sofort wieder. »Klingt gut.«

Er stand auf und nahm ihre Hand, um ihr auf die Beine zu helfen. Dann führte er sie in sein Badezimmer und stellte die Dusche an.

Sein Blick war auf sie gerichtet, als sie die Duschkabine betrat. Sie spürte, wie er jeden Zentimeter ihrer Haut betrachtete, während das Wasser sie sauber wusch. Erst dann trat er hinter ihr hinein und schloss die Tür.

Er fuhr mit den Händen über sie, seifte sie ein und entfernte alle übrigen Farbreste. Dann stellte er sich hinter sie und rieb ihr den Seifenschaum über die Brüste.

Sie grinste. »Ich glaube, sie sind sauber, Arran.«

»Wollte nur sichergehen«, murmelte er an ihrem Hals.

Seine Haut war glitschig an ihrem Rücken, was einen Kontrast zum Kratzen seiner Brusthaare und der Härte seiner Erektion bildete. »Ruf besser beim Guinnessbuch der Rekorde an, denn dein preisgekrönter Bleistift ist wieder da.«

Er lachte an ihrem Hals, der Klang vibrierte bis in ihr Inneres. »Ich habe dir doch schon mal gesagt, dass du ihn nicht Bleistift nennen sollst.«

»Sorry.« Lächelnd neigte sie den Kopf, damit er ihren Hals besser küssen und daran knabbern konnte. »Preisgekrönter … sehr dicker Ast?«

»Schon besser.« Er packte sie und drehte sie um, ehe er sie an die Duschwand drückte und die Hand zwischen ihre Beine gleiten ließ. Sie schnappte unwillkürlich nach Luft. »Nur noch einmal.«

Dieses Angebot hätte keine Frau ablehnen können. Sie dachte kurz, dass es wahrscheinlich eine Weile dauern würde, schließlich hatte sie heute schon zwei Orgasmen gehabt. Oder, Moment – waren es schon drei gewesen? Aber Arran war offensichtlich wirklich eine Art Sexgott, denn nach einer peinlich kurzen Zeit rollte erneut ihr Orgasmus über seine Finger, und ihre Beine gaben unter ihr nach, während er sie aufrecht hielt.

Als er sich abwandte, um die Dusche auszuschalten, ging sie vor ihm auf die Knie und nahm ihn in den Mund. Sie genoss es, wie er überrascht nach Luft schnappte und dann lustvoll aufstöhnte.

Als sie schließlich die Dusche wieder verließen, fühlte sie sich, als wären alle ihre Knochen weich wie Pudding, und als hätte ihr Gehirn auf Tiefenentspannung geschaltet. Es brauchte noch einen Moment, um die leise Stimme des Zweifels zum Verstummen zu bringen, die ihr einreden wollte, dass etwas nicht stimmte, weil Arran immer noch kein Wort dazu verloren hatte, was ihm das alles bedeutete.

Sie trockneten sich ab, und sie beobachtete ihn, wie er sich frische Kleidung aus dem Schrank holte, ehe er sie, noch im Handtuch, zurück ins Atelier führte, wo sie ihre Kleidung zurückgelassen hatten. Immer wenn sie aufsah, beobachtete er sie, und er versuchte es nicht zu verhehlen.

Erst als sie wieder angezogen war, zog er sie in seine Arme, und einen Moment lang dachte sie, er würde nun etwas Bedeutungsvolles zu ihr sagen. Doch dann löste er sich mit einem Kuss auf die Wange wieder von ihr.

Arran strahlte sie an. »Bester Tag aller Zeiten.«

Ich schätze, das ist immerhin etwas. Sie erwiderte sein Lächeln und schluckte ihre Enttäuschung hinunter. Ein Blick auf ihre Uhr zeigte ihr, dass es Zeit war, Maya und Elise im Café zu treffen. »Ich muss mal los.«

Er nickte und folgte ihr zur Haustür, wo sie in Schuhe und Jacke schlüpfte.

»Sehen wir uns am Wochenende?«, fragte er in hoffnungsvollem Tonfall.

»Ja.« Sie küsste ihn. Dann wandte sie sich widerwillig zum Gehen. Doch er packte sie an der Jacke und zog sie so kraftvoll wieder an sich und drückte sie an die Wand, dass ihr die Luft wegblieb.

Erst küsste er sie stürmisch, die Bewegungen ungezügelt, was ihren Herzschlag beschleunigte und ihr das Blut in den Ohren rauschen ließ. Dann brach er den Kuss ab und streifte mit seiner Nasenspitze ihre. Als er sie erneut küsste, war das Tempo langsamer. Sein Kuss war gewissenhaft. Ohne Eile. Als wollte er den Moment auskosten. Als wollte er sich jede Einzelheit genau einprägen.

Dann wich er ganz langsam von ihr zurück, biss ihr dabei in die Unterlippe, und schickte einen Schauer ihren Rücken hinunter.

Als er sie schließlich losließ, ging ihr Atem ziemlich schwer, dafür dass sie schon vier Orgasmen gehabt hatte.

Er legte ihr die Hand an die Wange, ohne etwas zu sagen, die Augen dunkel, der Blick intensiv.

Sie räusperte sich. »Dann bis bald.«

Arran nickte und erwiderte mit heiserer Stimme: »Ja, bis bald.«

Sie trat aus dem Haus und stieg in ihr Auto, während er im Türrahmen stehenblieb und ihr nachsah, bis sie außer Sichtweite war.

Eines stand schon mal fest: Die sexuelle Chemie zwischen ihnen war perfekt. Aber empfand Arran noch mehr für sie? Sie ging im Kopf noch mal alles durch, was er von der Nacht ihres ersten Kusses auf Skye bis heute zu ihr gesagt hatte. Er hatte angedeutet, dass er körperlich mehr wollte, doch war da noch etwas anderes? Sie wusste es nicht.

Aber Arran war eigentlich nicht der Typ, der mit seinen Gefühlen hinter dem Berg hielt. Er hatte im vergangenen Jahr immer wieder betont, dass er keine Beziehung mehr wollte. Das hatte er deutlich gesagt. Und auch wenn es offensichtlich war, dass sie ihm etwas bedeutete – sie waren so enge Freunde geworden – hieß das noch lange nicht, dass er eine feste Beziehung mit ihr wollte.

Sie wusste einfach nicht, wie man eine Beziehung anfing, schließlich hatte ihr allein die Vorstellung in der Vergangenheit Herzrasen und Übelkeit beschert. Sie fühlte sich nicht wohl dabei, dieses Gespräch jetzt mit ihm zu suchen oder in der Lage, es zu führen.

Sie parkte das Auto in der Nähe des Cafés und schlenderte die Straße runter, bis sie beim Betreten vom Glöckchen über der Tür aus ihren Gedanken gerissen wurde.

Maya und Elise winkten ihr von ihrem Stammtisch aus zu, und Liv ging lächelnd zu ihnen und umarmte ihre Freundinnen zur Begrüßung, ehe sie Platz nahm.

»Tee und Scones sind schon unterwegs«, sagte Maya.

»Cool«, erwiderte Liv. »Wie läuft es denn? Haben wir schon einen Termin für die Anprobe des Hochzeitskleids?«

»Yep«, antwortete Maya, klang aber nicht so begeistert, wie Liv es erwartet hätte. »Ich habe für uns drei einen Termin zum Kleider anprobieren, und Mum und Tara kommen mit, um sich die Modeschau anzusehen.« Sie warf Elise einen besorgten Blick zu, der Liv verriet, dass sie vermutlich kurz vorher über den Vorfall mit Dave geredet hatten.

Elise schob ihren Stuhl näher an Livs. »Wie geht es dir denn? Nach gestern, meine ich. Ich hoffe, es macht dir nichts aus, dass Maya es mir erzählt hat.«

Liv schüttelte den Kopf. »Natürlich nicht.« Sie lächelte Maya zu. »Auch nicht, dass Sam es dir erzählt hat. Um ehrlich zu sein, macht es das für mich sogar leichter, weil ich euch nichts erzählen muss.«

Maya nahm ihre Hand und drückte sie. Genau in dem Moment kam die Bedienung mit einem Tablett voller Tee und Scones an ihren Tisch, so dass sie sich nach hinten lehnten, damit sie alles auf dem Tisch abstellen konnte. Sie bedankten sich, und die Kellnerin zog weiter.

Elise legte Liv ein süßes Brötchen auf den Teller. »Hier. Das hast du dir verdient.«

Maya goss ihnen Tee ein. »Erzähl uns, wie es dir geht.«

»Gut, um ehrlich zu sein«, antwortete Liv.

»Du musst nicht so tun, weißt du«, meinte Elise sanft.

Sie schüttelte den Kopf und lächelte Elise zu. »Tue ich nicht, aber danke dir. Mir ist es echt nicht wichtig, was mit Dave passiert ist. Er hat es nicht anders verdient, und ich bin froh, dass ich diejenige war, die ihm die Lektion verpasst hat.«

Die anderen schwiegen einen Moment lang. Dann nickte Maya. »Das kann ich gut verstehen.«

Anders als sonst, verspürte Liv das Bedürfnis, ihnen all das zu erzählen, was sie auch Arran erzählt hatte, und sie überlegte, ob sie ihm nachgeben sollte. Normalerweise würde sie es unterdrücken, aber heute war alles anders. Als hätte Arran die Schleusen in ihr geöffnet.

Sie musterte ihre besten Freundinnen und nahm all ihren Mut zusammen, um auszusprechen, was sie seit Jahren für sich behalten hatte. Ihr Instinkt, es in sich zu vergraben, kam zum Vorschein, und ihr Widerwillen, diejenigen, die sie liebte, zu belasten, meldete sich.

Doch dann erinnerte sie sich, wie gut es sich angefühlt hatte, sich Arran anzuvertrauen. Sie holte tief Luft, um ihre Nerven und ihr laut klopfendes Herz zu beruhigen. »Jedenfalls hat es mich dazu gebracht, mich meinen Problemen zu stellen.« Sie räusperte sich und versuchte, das Rauschen in ihren Ohren zu ignorieren. »Zum Beispiel, dass ich mein gesamtes Erwachsenenleben lang schon ein massives Problem mit Bindungsängsten habe.«

Sie hielt inne und konnte es nicht fassen, dass sie es endlich zugegeben hatte.

Ihre Beichte schien zwischen ihnen in der Luft zu hängen, während sie zu Maya und Elise schielte und versuchte, ihre Reaktionen zu deuten. Dabei merkte sie, wie ihr schlecht wurde, bei der Vorstellung, dass es egoistisch von ihr gewesen sein könnte, es ihnen zu sagen.

Maya beobachtete sie neugierig. »Bindungsängste? Du?«

Elise lächelte sanft. »Erzähl uns mehr.«

Liv schluckte schwer. »Ich habe euch nie davon erzählt, bis Arran und ich gestern darüber gesprochen haben. Aber diese Sache mit Dave ... nun, ja. Um eine extrem komplizierte Geschichte abzukürzen, ich habe mir immer Sorgen gemacht, dass Sam nach meiner Mutter kommt und ich nach meinem Vater.«

Maya runzelte die Stirn und griff nach Livs Hand. »Garantiert *nicht.*«

Elise hob eine Hand, um Liv eine Haarsträhne hinters Ohr zu streichen, und sie genoss die Wärme, die die Fürsorge ihrer Freundinnen in ihr auslöste.

Sie holte tief Luft. »Ich weiß, dass es dumm ist. Aber irgendwie ist da eins zum anderen gekommen, und über die Jahre hat es sich aufgebauscht, bis sich die Vaterkomplexe in meinem Herzen und meinem Kopf damit vermischt haben müssen. Vor allem, weil es zwischen mir und Mum noch ein paar Spannungen gab, und als ich dann mit Dean auf wenig konstruktive Weise Schluss gemacht habe, hat er mir gesagt, ich sei genau wie mein Dad.«

Maya verengte die Augen zu Schlitzen und sagte mit Liam Neeson imitierender Stimme: »Ich werde Dean finden. Und wenn ich ihn finde, bringe ich ihn um.«

Liv lächelte und drückte ihre Hand. »Schon okay. Ich lasse ihn leben.«

»Unsere Gedanken können uns manchmal einen Streich spielen«, meinte Elise mit sanftem Lächeln. »Und sie sind hinterhältige kleine Nervensägen, denn sie lassen uns Dinge glauben, die in tausend Jahren nicht wahr sein könnten. Was du uns erzählt hast, ist nicht dumm, aber ich kann dir versichern, es ist hundertprozentig nicht wahr.«

Liv hatte plötzlich einen Kloß im Hals, und ihr brannten Tränen in den Augen. Sie blinzelte ein paarmal schnell hintereinander.

Maya beugte sich zu ihr und gab ihr einen schmatzenden Kuss auf die Wange. Dann tat sie das Gleiche bei Elise. »Ihr zwei seid die besten Menschen auf der Welt, und ich habe euch so lieb.«

Liv blinzelte wieder, doch die Tränen liefen bereits, und Elise reichte ihr ein Taschentuch. »Danke dir.« Sie holte Luft, um ihre bebende Stimme unter Kontrolle zu bringen, und tupfte sich die Augen ab. »Ich habe euch auch lieb, Mädels.«

»Ich euch auch«, stimmte Elise lächelnd zu, ihre Stimme bebte ebenfalls verdächtig.

Maya lehnte sich zurück und zog Liv zärtlich an einer dunklen Locke. »Du kannst uns immer alles erzählen, weißt du? Wir würden dich niemals verurteilen. Und nur fürs Protokoll, ich stimme zu, dass es nicht dumm klingt. Ich verstehe es total, weil ich weiß, wie dein wunderschöner Kopf funktioniert.«

Liv musterte Mayas Gesicht. »Tust du?«

»Yep. Du bist so ein mitfühlender Mensch, dass du die Meinung anderer über dich immer ernst nimmst und dich damit quälst. Auch wenn es absoluter Quatsch ist.« Sie gab Liv einen Kuss auf die Wange. »Weil du einfach zu gut bist.«

Liv lachte. »Danke.«

Elise drückte ihre Schulter. »Ich bin echt froh, dass du es uns erzählt hast, Liv.«

Sie nickte und atmete noch einmal tief durch. »Ich auch.« Ihr fiel auf, dass sie sich irgendwie leichter fühlte. Als wäre sie so frei wie seit Jahren nicht mehr.

Die Scones auf ihren Tellern fielen ihr ins Auge, und sie beäugte Maya von der Seite. »Mir ist gerade wieder eingefallen, dass Arran eine äußerst wichtige Neuigkeit zu den Scones herausgefunden hat.«

»Ach, ja?« Maya zog die Augenbrauen hoch, während Elise lächelnd die Augen verdrehte.

Liv nickte und zögerte die Antwort hinaus, um es noch dramatischer zu machen. »Queen Elizabeth persönlich hat die Marmelade zuerst drauf getan.« Sie grinste. »Ich gehe davon aus, dass Liz die wichtigste Autorität ist. Also, bin ich die Gewinnerin des Scones-Streits.«

Elise lachte. »Ich glaube, da hat sie recht, Maya.«

Maya starrte Liv ein paar Sekunden lang an, dann verengte sie die Augen zu Schlitzen. »Dafür wird Adebayo bezahlen.«

Liv blinzelte. Das hatte er schon. Zweimal. Oder eher dreimal? Die Dusche zählte vermutlich als separate Aktion. Hitze stieg ihr in die Wangen, als sie daran dachte, und Elise sah sie neugierig an.

Maya hob ihr Scone und bestrich es trotzig zuerst mit Sahne.

Liv versteckte ihr Lächeln hinter ihrer Teetasse.

Maya lächelte zurück und legte den Kopf schief. »Irgendwas ist los mit dir. Du bist eben ganz rosa geworden, als wir Arran erwähnt haben.« Sie nahm einen Bissen von ihrem Scone und nuschelte mit vollem Mund: »Raus mit der Sprache.«

Liv sah sich verstohlen um. »Ich weiß gar nicht, was du meinst.«

Elise grinste. »Ich hab es auch bemerkt. Da war eindeutig ein leichtes Erröten.«

Ihr Herz schlug schneller, und Liv umklammerte ihre Tasse. Mit gedämpfter Stimme sagte sie: »Okay, aber reagiert jetzt nicht über. Wir hatten heute Sex.«

Maya quietschte, so dass sich ein Mundvoll Krümel über den Tisch verteilte und ein paar ältere Damen am Nachbartisch ihnen neugierige Blicke zuwarfen.

»Psst«, machte Elise und drehte sich zu den älteren Damen um, denen sie ein lautloses *Sorry* zuwarf.

Liv sah die Frauen entschuldigend an. Im Gegenzug lächelten sie wissend zurück, und Liv hatte das Gefühl, das gesamte Café wüsste bereits, dass sie heute Sex gehabt hatte.

»Ich habe doch gesagt, ihr sollt nicht überreagieren«, raunte sie Maya durch zusammengepresste Zähne zu.

»O. Mein. Gott«, sagte Maya leise. »Das sind ja Neuigkeiten epischen Ausmaßes.«

Liv beugte sich über den Tisch und bedeutete ihnen mit einer Handbewegung, dass sie es ihr gleichtun sollten. »Und das gleich zweimal. Heute Morgen und heute Nachmittag.«

Elise zog die Augenbrauen hoch. »Wow. Zweimal an einem Tag?«

Liv zögerte. »Ich schätze, es war eigentlich sogar dreimal.«

Maya schlug sich die Hand vor den Mund und quietschte wieder, dieses Mal gedämpft.

Elises Augen waren groß wie Untertassen, und Mayas Gesicht färbte sich schon blau. Sie lehnte sich weiter nach vorne und nahm endlich wieder die Hand vom Mund weg. »Du willst uns sagen, dass du direkt von einem Sextreffen hierhergekommen bist?«

Liv nickte und schob sich die Brille zurecht.

Maya streckte ihr die Hand hin und Liv schlug ein.

»Nicht schlecht«, meinte Maya und nickte ihr anerkennend zu, hob die Tasse und ließ sie an Livs und Elises klacken. Dann nahm sie einen Schluck. »Und was bedeutet das jetzt?«

Liv seufzte. »Ich hab absolut keine Ahnung.«

Elise zog fragend die Augenbrauen hoch. »Wieso?«

Sie rieb sich die Stirn. »Ich habe das Gefühl, dass da etwas echt Großes zwischen uns ist. Und als hätte ich endlich einen Durchbruch erzielt, was meinen emotionalen Ballast angeht. Aber er hat noch nichts Ernsthaftes dazu gesagt, außer dass er die ganz Sache eindeutig heiß findet. Ich weiß nicht, was er will, und ich hab Angst, ihm meine Gefühle zu gestehen, um ihn nicht zu verschrecken.«

Elise schüttelte den Kopf. »Das würde es sicher nicht.«

Liv biss sich auf die Unterlippe. »Nach der ganzen Sache mit Jess? Ich fürchte, das könnte schon passieren. Er war sich so sicher, dass er keine Beziehung mehr möchte, und ich muss immer daran denken ...« Sie brach ab und starrte in ihren Tee.

»Woran denken?«, hakte Maya nach.

Ihr Herz machte einen schmerzhaften Sprung. »Dass der Grund dafür, dass er noch nichts gesagt hat, der ist, dass er in Wahrheit immer noch sie will.«

»Das kann nicht sein«, erwiderte Maya. »Dann hätte er schon etwas unternommen, um sie zurückzubekommen.«

Liv schüttelte den Kopf, ihr Mund war plötzlich trocken. »Dafür ist er zu stolz. Sobald sie sich zurückgezogen hat, würde er sie nicht drängen. Schon gar nicht, wenn sie mit einem anderen zusammen ist.«

Maya pustete sich ihr Pony aus den Augen. »Du hattest recht, das ist wirklich kompliziert.«

»Yep«, erwiderte Liv grimmig. »Ich weiß nicht, was ich wegen Arran unternehmen soll. Also werde ich es einfach eine Weile aussitzen.«

Maya prustete los. »Das wirst du bestimmt.«

Liv lachte mit, und ertappte die Damen am Nachbartisch dabei, wie sie amüsiert zu ihnen rüber sahen. Sie brach ihr Lachen mit einem Räuspern ab und lächelte zurück.

Elise sah sich nervös im Café um, also berührte Liv sie an der Hand. »Tut mir leid, dass wir so laut waren«, sagte sie, weil ihr bewusst war, dass ihre Freundin immer darum besorgt war, was andere Leute dachten.

Doch Elise winkte ab. »Ach, nein, ist schon okay. Ich wollte nur sichergehen, dass keiner meiner Patienten gerade hier ist.« Ihr Lächeln wurde breiter. »Nicht dass sie am Ende das Gerücht verbreiten, dass Dr. Kowalski Sextherapie-Sitzungen im örtlichen Café abhält.«

Liv lachte, und Maya stimmte ein.

Maya wurde wieder ernst. »Sollen wir Sam mal fragen, was er dir raten würde?«

Liv schob die Brille auf der Nase hoch. »Du kannst ihm erzählen, was passiert ist. Ich glaube, ich finde es besser, wenn es von dir kommt. Es wäre mir etwas unangenehm, es ihm selbst zu erzählen. Aber was die Ratschläge angeht …

ich weiß nicht. Ich muss noch ein wenig darüber nachdenken. Arran etwas Zeit geben.«

Maya nickte. »Wie du meinst.«

Eine der älteren Damen vom Nachbartisch stand auf und kam zu ihnen rüber, und Liv befürchtete schon, dass sie ihr derbes Herumalbern nicht mehr länger amüsant fanden. Elise wirkte ebenfalls besorgt.

Die alte Dame beugte sich zwischen Elise und Liv an ihren Tisch. »Verzeihung, wenn ich störe, aber seht ihr meine Freundin Agnes dort drüben?« Sie zeigte auf ihre Begleiterin, die ihnen enthusiastisch zuwinkte, was sie erwiderte. »Also, sie kann ziemlich schamlos sein. Sie hat ihr Hörgerät so eingestellt, dass sie euer Gespräch mithören konnte, und sie möchte dir einen Ratschlag geben. Allerdings hat sie eine kaputte Hüfte, weshalb sie mich geschickt hat, um die Nachricht zu überbringen.«

An diesem Punkt musste die Dame aufhören zu reden, weil Liv so laut lachte. Auch Maya und Elise stimmten ein. Liv schob sich einen Finger unter die Brille, um sich über die Augen zu wischen. »Das ist phantastisch. Nicht das mit der kaputten Hüfte, sondern das mit dem Hörgerät. Ich finde Agnes jetzt schon toll. Mein zweiter Name ist übrigens auch Agnes.«

»Ach, ja?«, fragte Agnes laut vom Nachbartisch, die offensichtlich wieder mithören konnte. Sie winkte Liv zu. »Nur die Besten heißen Agnes!«

Liv machte ein Daumen-hoch-Zeichen und nickte ihr lachend zu.

»Wie dem auch sei«, fuhr Agnes Freundin fort. »Ich heiße übrigens Nancy. Sie hat mir erzählt, worüber ihr gesprochen habt, und wir sagen beide: Geh aufs Ganze! Sag ihm, was du fühlst.« Nancy beugte sich nach vorn und raunte: »Und hab viel Spaß dabei.« Sie zwinkerte Liv übertrieben zu, was zu erneutem Gelächter führte, während Nancy sich wieder auf den Weg machte, zur frechen Lauscherin Agnes zurückzukehren.

Maya nahm eine Serviette, um sich die Augen abzutupfen, und winkte den Damen damit zu. »Sie sind großartig.« Sie zeigte rüber. »Ja, du auch, Agnes. Ich weiß, dass du immer noch zuhörst.«

Agnes grinste breit.

Elise kicherte. »Du solltest den Rat von Agnes und Nancy definitiv berücksichtigen, wenn du darüber nachgrübelst, was du tun willst.«

»Absolut«, erwiderte Liv und trank kopfschüttelnd ihren Tee. »Das mache ich.«

KAPITEL
fünfundzwanzig

Es musste einen Fachbegriff dafür geben. Wenn etwas, wonach man sich schon lange sehnt und das man in seiner Vorstellung aufgebauscht hat, schließlich wahr wird, und es dann noch viel besser ist, als man es sich je hätte erträumen können. Denn so war es ihm mit Liv gegangen.

Arran fiel es schwer, sich aufs Malen zu konzentrieren. Livs Gesichtszüge auf der Leinwand einzufangen, war ein schwacher Trost, wenn er doch am liebsten wirklich ihr Gesicht gestreichelt und ihre Lippen geküsst hätte. Es war erst ein paar Tage her, seit sie sich gesehen hatten, aber die Zeit verging quälend langsam.

In den vielen Nachrichten, die sie einander geschrieben hatten, hatten sie ausgemacht, sich am Wochenende zu treffen. Doch selbst das Wochenende war ihm noch zu weit weg. Ein paarmal hatte er das Handy schon in der Hand gehalten, um sie anzurufen und zu fragen, ob er bei ihr vorbeikommen konnte, doch er hatte es sich jedes Mal anders überlegt. Wenn sie sich das wünschte, würde sie ihn bestimmt fragen. Er musste ihr Zeit lassen, damit sie selbst erkennen konnte, dass die Sache zwischen ihnen ernst war, und dass sie keine Angst davor haben musste.

Ist wirklich sie diejenige, die Angst hat? Oder bin ich es selbst? Er hatte auf jeden Fall Panik, sie zu verlieren. Jetzt war es Freitagabend, und nur noch zwei Tage, bis sie sich treffen würden. Am Samstagmorgen war sie mit ihrer Familie zum Frühstück verabredet. Nachmittags holte er Jayce bei

Jess ab und besuchte mit ihm seine Eltern, wo sie auch über Nacht bleiben wollten, also hatten er und Liv beschlossen, sich Sonntagabend zu treffen. Jetzt wünschte er sich, er hätte seine Eltern gebeten, den Besuch zu verschieben.

Arran hatte Sam angerufen, schon kurz nachdem Liv sich am Wochenende zuvor von ihm verabschiedet hatte, weil er das Gefühl gehabt hatte, dass es besser wäre, ihn auf dem neusten Stand zu halten. Schließlich hatte er die Sache mit dem Porträt eingefädelt, um die Sache ins Rollen zu bringen. Es war nicht ganz so peinlich gewesen, wie er gedacht hatte, seinem besten Freund die Ereignisse zu beichten, auch wenn er nicht ins Detail gegangen war, denn das wäre wirklich zu unangenehm gewesen.

Er hatte auch davon abgesehen, Sam zu sagen, dass er in Liv verliebt war, weil es sich nicht richtig anfühlte, es jemandem zu erzählen, wenn er es ihr selbst noch nicht gesagt hatte. Zum Teil aus romantischen Gründen, zum Teil aber auch aus Stolz, wie er sich eingestehen musste. Sollte sich herausstellen, dass Liv nicht dasselbe für ihn empfand, würde er es vorziehen, dass es noch niemand sonst wusste. Auf diese Weise konnte er seine Erniedrigung wesentlich besser verbergen, als vor einem Jahr, als die gesamte Stadt erfahren hatte, dass er ein paar Wochen vor der Hochzeit von seiner Verlobten sitzengelassen worden war. Er schauderte beim Gedanken daran.

Sam hatte ihn ermutigt, mit Liv zu reden und ihr zu sagen, was auch immer es war, das er für sie empfand, und ihr gegenüber offen seine Wünsche zu äußern. Aber Arran hatte das Thema an diesem Punkt beendet, weil er nichts verraten wollte, das Liv ihm anvertraut hatte. Sie musste es ihrem Bruder selbst sagen, wenn sie dazu bereit war. Sam, der immer schon ein verständnisvoller Typ gewesen war, hatte ihn nicht weiter gedrängt. Es klingelte an der Haustür, und Arran wurde aus seinen Gedanken gerissen. Sofort hoffte er, dass es Liv war. Er sprang auf und lief aus dem Atelier. Vielleicht war diese Arbeitssache abgesagt worden, die heute Abend stattfinden sollte.

Voller Hoffnung öffnete er die Tür und ließ enttäuscht die Schultern hängen, als er Jess erblickte.

Jess zog die Augenbrauen hoch, und ihm wurde bewusst, dass er sie finster anstarrte, ohne etwas zu sagen.

»Sorry«, stammelte er. »Du hast mich überrascht.«

Sie schwankte leicht im Türrahmen. »Kann ich reinkommen?«

Er versuchte, seine Gedanken zu sortieren. Hatte er vergessen, dass Jess heute Abend schon Jayce bringen wollte? Er sollte ihn doch erst morgen abholen. Ein Blick hinter sie bestätigte ihm, dass sie allein gekommen war.

»Arran?«

»Ja, sorry«, sagte er und trat beiseite, damit sie hineingehen konnte. Doch da fiel ihm noch etwas auf. »Wo steht denn dein Auto?«

Sie stolperte an ihm vorbei, und er bemerkte den Geruch von Alkohol an ihr. »Hab ein Taxi genommen.« Sie zog die Schuhe aus und wankte in Richtung Küche.

Er folgte ihr verwirrt. »Bist du betrunken?«

»Nee«, erwiderte sie und wühlte in seinem Küchenschrank. »Nur ein bisschen beschwipst.« Sie zog eine Tüte Chips heraus.

Das war seltsam.

»Setz dich, ich mach dir einen Tee«, sagte er und ging zum Herd.

»Danke.« Sie setzte sich und begann, die Chips zu essen.

Arran sah vom Wasserkocher auf. »Wo ist Jayce?«

»Bei meiner Mum«, antwortete sie mit vollem Mund. »Bleibt über Nacht dort.«

Das ist gut. Du bist ja auch total besoffen. Er kam mit zwei Tassen zum Tisch, reichte ihr eine und setzte sich mit der anderen ihr gegenüber. Sie mampfte weiter die Kartoffelchips. Als sie bemerkte, dass er sie beobachtete, hielt sie ihm die offene Tüte hin.

Arran winkte ab. »Nein, danke.« Er beobachtete sie noch ein paar Sekunden und wartete, dass sie ihre Anwesenheit erklärte. Aber sie aß nur geräuschvoll weiter. Er räusperte sich. »Hast du vor, mir zu erklären, was du hier machst?«

Ihre Augen füllten sich mit Tränen, und sie bekam Schluckauf, ehe sie mit der Sprache rausrücken konnte. »Ich hab mich mit Rory gestritten.« Sie nippte an ihrem Tee und blinzelte.

Arran hatte Mitleid mit ihr, aber ihm war schleierhaft, was ihn das anging. »Tut mir leid, das zu hören. Warum bist du nicht zu deiner Mum gegangen?«

Sie hickste wieder. »Ich wollte nicht, dass Jayce mich so sieht.«

»Hm-hmm.« Irgendwie verständlich, aber dennoch seltsam. »Und … warum kommst du dann zu mir?«

Ihre Stimme war brüchig. »Ich wusste nicht, wo ich sonst hinsollte.« Tränen liefen ihr über die Wange, und Arran kam sich vor wie ein Arschloch, weil er so direkt gewesen war.

»Hey, ist doch okay«, beruhigte er sie. Auch wenn sie eine ganze Reihe Freundinnen hatte, zu denen sie hätte gehen können.

»Danke«, sagte Jess und lächelte verheult. Sie streckte den

Arm aus und griff nach seiner Hand. Ihm war es sofort unangenehm, und er löste seine Hand aus ihrer, um seine Tasse zu nehmen.

»Kann ich bei dir übernachten?«, fragte sie.

Wie zur Hölle konnte er diese Bitte einer erschöpften, tränenüberströmten Frau ausschlagen? »Ja.« Er seufzte. »Kannst du machen.« Sie konnte sein Bett haben, er würde auf der Couch schlafen. »Ich fahre dich morgen früh zu deiner Mum, dann kann ich gleich Jayce mitnehmen.«

Sie schluckte. »Danke dir.« Sie nahm noch einen Schluck Tee und musterte ihn. »Willst du mich denn gar nicht fragen, warum wir uns gestritten haben?«

Arran fand das Ganze so seltsam, dass er sich am liebsten sofort aufs Sofa zurückgezogen hätte. »Nein. Geht mich ja nichts an.«

Jess ging darüber hinweg. »Es ging um dich.«

»Um mich?« Sein Puls beschleunigte sich. »Was zur Hölle habe ich denn damit zu tun?«

Jess sah ihn an. »Rory denkt, ich hänge immer noch an dir.«

Um Himmels willen. Das wurde allmählich schmerzhaft unangenehm. »Okay«, sagte er und legte die Handflächen auf den Tisch. »Ich mache mich jetzt bettfertig.« Er schob seinen Stuhl zurück und stand auf.

Jess erhob sich ebenfalls. »Ich auch.«

Sie folgte ihm die Treppe hoch und bog direkt in sein Schlafzimmer ab, während er zum Wäscheschrank ging, um sich eine Wolldecke herauszuholen, die er am Treppenabsatz ablegte, um sie später mit nach unten zu nehmen. Er musste nur noch sein Lieblingskissen holen. Ohne das konnte er nicht schlafen.

Die Schlafzimmertür stand offen, und das Geräusch von

fließendem Wasser drang aus dem Bad. Er schnappte sich das Kissen, doch als er sich wieder umdrehte, stand Jess im Türrahmen des Badezimmers – nur noch mit ihrer Unterwäsche bekleidet.

»Verdammt nochmal«, rief er und schlug sich die Hand vor die Augen, ehe er peinlich berührt zur Tür eilte.

»Warte«, rief sie ihm nach. »Wo willst du denn hin?«

»Ich übernachte auf dem Sofa«, sagte er in genervtem Tonfall. »Du hast doch nicht gedacht, dass ich jetzt hier mit dir schlafe, oder?«

Ihre fehlende Antwort sagte alles. Er schloss lautstark die Tür hinter sich, schnappte sich die Decke und stapfte damit ins Wohnzimmer, wo er sich aufs Sofa legte und sie sich über den Kopf zog, um diesen peinlichen Abend schnellstmöglich zu vergessen.

Das Samstagmorgenfrühstück lief nicht gut für Liv. Sam erzählte etwas, doch sie war nicht aufnahmebereit.

Er hielt inne und beäugte sie misstrauisch. »Liv?«

»Mm-hmm?« In Gedanken war sie bei den vielen intimen Nachrichten, die sie und Arran sich in den vergangenen Tagen geschickt hatten.

Sam warf ihr einen wissenden Blick zu, und sie ging davon aus, Maya hatte ihm von den Ereignissen erzählt, die Arran betrafen. Er schielte in Richtung Küche, wo Tara und Angus gemeinsam auf diese putzig verliebte Art das Frühstück zubereiteten. Er beugte sich zu ihr. »Ich weiß, woran du denkst. Oder sollte ich sagen, ich weiß, an wen du denkst?« Er warf ihr ein Grinsen zu.

Sie verdrehte die Augen. »Ich weiß, dass du es weißt. Weil ich Maya erlaubt habe, es dir zu sagen, weißt du?«

Er schüttelte den Kopf. »Maya hat es mir nicht gesagt. Also, schon. Aber ich wusste es schon, weil Arran mich angerufen hat.«

Sie spitzte die Ohren. »Und, was hat er gesagt?«

Sam wirkte hin und her gerissen. »Keine Sorge, er ist nicht ins Detail gegangen.« Er verzog das Gesicht. »Weil das seltsam gewesen wäre und einfach nur igitt.«

Liv boxte ihn an den Arm. »Außerdem geht es dich nix an.«

»Ja, ich weiß.« Er rieb sich den Arm und streckte ihr die Zunge raus. Dann lehnte er sich wieder in seinem Stuhl zurück. »Hast du denn Gefühle für ihn?«

Sie stutzte, weil sie nicht mit der Frage gerechnet hatte. »Ja. Aber ich bin mir nicht sicher, ob er sie erwidert.«

Er zog die Augenbrauen hoch. »Warum denn nicht?«

Ihr wurde das Herz schwer. »Er hat noch nichts darüber gesagt. Hat mir keinen Hinweis gegeben, ob es für ihn nur etwas Lockeres ist oder mehr.«

Sam drehte seine Tasse in den Händen. »Ich denke, Letzteres.«

Sie stupste ihn mit der Schulter an. Hoffnung keimte in ihr auf. »Woher weißt du das?«

»Tue ich einfach. So wie er sich verhält. Wie er sich nach dem Ausflug nach Skye nach dir gesehnt hat. So wie er über dich gesprochen hat, als er es mir erzählt hat.«

Sich nach ihr gesehnt? Ihr wurde warm ums Herz bei der Vorstellung, dass er sie genug mögen könnte, um sich nach ihr zu sehnen, doch dann stellten sich Schuldgefühle ein. Hatte er sich ihretwegen einsam gefühlt? »Hat er dir denn gesagt, dass er mich *mag*? Dass er eine Beziehung will?«

Er öffnete den Mund und schloss ihn wieder. »Nein, nicht

direkt.« Die Enttäuschung musste ihr anzusehen gewesen sein, denn Sam nahm ihre Hand und drückte sie tröstend. »Vertraue mir, Liv. Ich kenne ihn.«

Sie seufzte. »Was ist mit all dem, was er im vergangenen Jahr immer gesagt hat? Dass er noch nicht bereit ist für eine feste Beziehung. Außerdem hat er immer den Eindruck gemacht, als würde er sofort wieder mit Jess zusammenkommen, sollte sie es sich anders überlegen.«

Sam schüttelte den Kopf. »Das war mal. Seit diesem Jahr ist das anders. Und ich schätze, das hat mit dir zu tun.«

Mit mir zu tun? Ihr Herz machte einen Sprung, wenn sie daran dachte, dass er mehr für sie empfinden könnte. Er hatte ihr gesagt, dass er es zwar vermisste, eine Familie zu sein mit Jess, aber nicht mehr sie als Person. Das bedeutete bestimmt, dass er endlich über sie hinweg war. Und doch bereitete ihr die Vorstellung Panik, dass er sich mit Jess versöhnen könnte, wenn sich die Gelegenheit ergab. Wäre alles anders, würde Jess wieder mit ihm zusammenkommen wollen?

Sam nahm ihre Hand. »Hör zu. Du warst für mich da, als ich die Probleme mit Cat hatte.« Er schauderte unmerklich, als er ihren Namen aussprach. »Dann war es deine Weisheit, die mich auf den richtigen Weg mit Maya geführt hat.« Liv zog bei dem Wort Weisheit die Augenbrauen hoch, und er grinste sie an. »Halt mir ja nicht vor, dass ich dich als weise bezeichnet habe, sonst klaue ich dir all deine Kuscheltiere.« Das war die Drohung, die er als Kind immer verwendet hatte, doch anders als damals, als sie daraufhin immer in Tränen ausgebrochen und ihn an die Schulter geboxt hatte, brachte es sie dieses Mal zum Lächeln. »Wie auch immer«, fuhr er fort. »Jetzt bin ich an der Reihe *dir* zu helfen. Du musst dir nur helfen lassen.« Seine Stimme klang etwas gepresst. »Als wir uns kurz vor Weihnachten ausgesprochen haben, haben wir uns versprochen, uns nichts mehr zu verheimlichen. Aber ich weiß, dass du es trotzdem noch tust.«

Ihr rutschte das Herz in die Hose vor Schuldgefühlen. »Sam …«

Er streckte ihr die Hand entgegen. »Schon okay. Du musst dich nicht entschuldigen oder ein schlechtes Gewissen haben. Ich will dich zu nichts drängen. Aber wenn du bereit bist zu reden, bin ich für dich da.«

Tränen brannten in ihren Augen, und sie schielte schnell in die Küche, um sicherzugehen, dass Tara und Angus noch beschäftigt waren. Einem Familienmitglied gegenüber ihren Schmerz einzugestehen, war schwer genug; noch zwei weitere mit runterzuziehen war mehr, als sie ertragen konnte.

»Ich hatte nicht vor, es dir zu verheimlichen. Ich wusste nur nicht, wie ich es dir sagen konnte, ohne gestört zu wirken.«

Sam legte ihr einen Arm um die Schultern und gab ihr einen Kuss auf den Scheitel.

»Hat Maya was erwähnt?«, fragte Liv.

Er drückte sie an sich. »Sie hat etwas angedeutet, aber nichts Genaues rausgerückt, weil sie meinte, ich müsste es von dir hören.«

Liv ging das Herz auf. Sie senkte die Stimme. »Können wir uns nebenan weiter unterhalten?«

Sam nickte, stand auf und führte sie aus der Küche, wo ihre Mum und Angus ihr Fortgehen nicht bemerkten, weil sie gerade zu einem alten Disco-Song tanzten.

Sie gingen ins Wohnzimmer, und Liv nahm auf dem Sofa Platz, während sich Sam auf den Sessel daneben setzte.

»Es hat alles mit Dave zu tun«, fing sie an.

Sam zögerte einen Moment. »Das dachte ich mir schon.«

Liv holte Luft und wich dem Blick ihres Bruders aus. »Im Grunde habe ich seit ein paar Jahren eine Paranoia entwickelt, so zu sein wie er. Besonders nachdem Dean bei unserer Trennung so was gesagt hatte.«

Seine Stimme klang gepresst. »Was hat er gesagt?«

Sie lächelte ihn sanft an. »Ist jetzt nicht mehr wichtig. Nur so viel, ich war ein wenig im Unrecht, wie ich mit ihm Schluss gemacht habe, und daraufhin bin ich misstrauisch geworden. Dann hat sich dieses Misstrauen in Angst verwandelt, was zu einer Art Phobie wurde.« Sie schauderte. »Ich weiß, es klingt lächerlich. Aber wenn ich das Gefühl hatte, ein Typ, mit dem ich mich traf, empfand etwas für mich, dann bekam ich immer schreckliches Herzrasen. Mir wurde regelrecht schlecht. Dann habe ich es immer gleich wieder beendet.« Sie sah besorgt auf, weil sie befürchtete, von ihm verurteilt zu werden. Doch als sie in seinem Blick nichts als Mitgefühl erkannte, entspannte sie sich.

Er lächelte ihr zu. »Ich dachte immer, Dean wäre derjenige gewesen, der es beendet hat. Du warst so fertig.«

Sie nickte. »Tut mir leid, dass ich dich in dem Glauben gelassen habe. Ich war fertig, weil ich ihn so verletzt hatte, und weil ich ihm geglaubt habe, als er meinte, ich sei wie Dave.«

Seine Stimme war fest. »Das bist du nicht.«

Liv räusperte sich. »Ich habe nichts gefühlt, Sam. Nachdem ich unseren eigenen Vater praktisch verprügelt habe.«

Er drückte ihre Schulter und musterte sie. »Warum solltest du? Er hat von Anfang an, eure Beziehung sabotiert. Hat dir das Gefühl gegeben, klein und unbedeutend zu sein. Er ist für die Kluft zwischen euch verantwortlich. Deshalb hast du nichts empfunden.« Er sah sie eindringlich an. »Nicht weil du ein gefühlskaltes Monster bist wie er.«

Jedes Mal, wenn sie mit jemandem sprach, fiel ein Stückchen der Last von ihr ab. »Weißt du was?«

»Was?«

»Als wir sechzehn waren, und du mit Karate aufgehört hast, habe ich weitergemacht, weil ich mir ausgemalt habe, es eines Tages gegen Dave anzuwenden.«

Sam strich ihr eine Haarsträhne hinters Ohr. »Das ist gut.«

Sie musterte ihn. »Du findest nicht, dass mich das zu einem schlechten Menschen macht?«

»Niemals.« Er beugte sich nach vorne. »Die Tatsache, dass du dir solche Sorgen machst, wie er zu sein, bedeutet, dass du kein bisschen wie er bist. Glaubst du, Dave kümmert es, wie er ist? Wie sein Handeln andere betrifft? Das ist doch alles, worum du dich kümmerst, Sis.«

»Ich glaube, Mum sieht das anders.«

Sam schwieg einen Moment lang. Dann stand er vom Sessel auf und setzte sich zu ihr aufs Sofa, um sie zu umarmen. Er gab ihr einen Kuss auf den Scheitel. »Es tut mir leid.«

Sie schüttelte den Kopf an seiner Schulter. »Ist nicht deine Schuld.«

»Doch, ist es. Ich hätte für dich da sein sollen. Ich hätte es dir leichter machen sollen, mir all das schon vor Jahren zu erzählen.«

Sie zog sich zurück, um ihm in die Augen sehen zu können. »Ich meine es ernst, Sam. Ich habe dir das nicht erzählt, um dir ein schlechtes Gewissen zu machen.«

»Ja, ich weiß. Ich hätte von selbst drauf kommen können, anstatt so in meine eigene Scheiße verwickelt zu sein.«

Sie zog eine Augenbraue hoch. »In Scheiße verwickelt? Das klingt ziemlich stinkig.«

Ein Lächeln spielte um seine Lippen, als er sie anstupste.

»Du weißt schon, was ich meine.« Er hielt inne und strich sich über den Bart. »Denkst du, das ist auch ein Grund, warum du dich so ins Karate geschmissen hast? Vielleicht als unbewusste Taktik, um das ganze Zeug loszuwerden.«

So hatte sie es noch nicht gesehen. »Ja, kann schon sein. Als Möglichkeit, die Emotionen rauszulassen, die ich sonst nur in mich reingefressen habe.«

Er drückte ihre Hand. »Ich bin froh, dass du es mir erzählt hast. Jetzt kann ich dir versichern, dass du keinen Grund zur Sorge hast, weil du kein bisschen so bist wie unser Nichtsnutz von einem Vater. Und du kannst freiheraus sagen, was dich bedrückt. Egal, was es ist, ich bin für dich da.«

Ein warmes Gefühl machte sich in ihr breit und beruhigte ihre aufgewühlten Gedanken. »Alles, was du gesagt hast, spiegelt das, was Arran gesagt hat, wider. Ich bin echt froh, dass ich es ihm anvertraut habe.«

Sams Gesichtsausdruck wurde weich. »Du hast dich Arran anvertraut?«

Sie nickte.

»Und du hattest es vorher noch niemand anderem erzählt?«

Sie schüttelte den Kopf.

Sam lächelte. »Er hat dich dazu gebracht, dich zu öffnen, Liv. Und er hat dich ermutigt, es auch bei anderen zu tun. Siehst du nicht, wie bedeutsam das ist?«

Sie runzelte die Stirn. »Natürlich tue ich das. Er ist ein toller Freund.«

Sam drückte ihre Hand. »Es bedeutet mehr als das. Maya ist eine tolle Freundin. Genau wie Elise.« Er wischte sich unsichtbaren Staub von der Schulter. »Genau wie ich.« Sie boxte ihn leicht gegen den Arm, und er zuckte übertrieben zusammen. »Aber trotzdem hast du dich keinem von uns anvertraut. Zwischen dir und Arran ist etwas, Liv. Eine spezielle Verbindung.« Er zog die Augenbrauen hoch. »Und ich denke, du weißt, wie man die nennt.«

Ihr Stirnrunzeln verschwand, als sie begriff, was Sam ihr sagen wollte. Sie und Arran waren beste Freunde, aber mit ihren anderen besten Freunden hatte sie nicht die gleiche intensive Verbindung. Und der Schritt, den sie weiter gegangen waren, als sie etwas Körperliches miteinander angefangen hatten, hatte etwas anderes mit sich gebracht. *Liebe.*

Ihr fiel die Kinnlade runter.

Sam lächelte sie an. »Du hast es auch gerade erkannt, oder?«

Ihr Mund war trocken. »Ja«, sagte sie und ihre Stimme klang, als kratzte sie über Schmirgelpapier. »Das habe ich.«

»Du musst es ihm sagen«, ermutigte sie Sam.

Mist. Das muss ich wohl.

Sie erhob sich ruckartig. »Ich muss jetzt los. Bevor mich der Mut verlässt.«

Er nickte. »Dann düse mal los. Ich denke mir was aus für Mum und Angus.«

»Danke, Bro.« Sie gab ihm einen Kuss auf die Wange, ehe sie aus dem Wohnzimmer eilte, und den Flur entlang, zur Tür hinaus. Sie sprang in ihr Auto und brauste davon.

Irgendjemand musste die Straße, die vom Haus ihrer Mum zu Arran führte, heimlich verlängert haben, denn die Fahrt dauerte *ewig*. Sie warf einen Blick auf die Uhr im Armaturenbrett. Es war erst zehn Uhr. Hoffentlich war er noch nicht losgefahren, um Jayce abzuholen.

Was sollte sie sagen, wenn sie bei ihm ankam? *»Morgen. Ich liebe dich. Lust auf einen Tee?«*

Ihr Herz raste, als sie vor seinem Haus parkte. Sie blieb

noch eine Minute im Auto sitzen, während sie ihre Gedanken sammelte und ein paarmal tief durchatmete. Als ihr keine nützlichen Ideen kamen, und sie das Gefühl hatte, ihr Herz müsste ihr jeden Moment aus der Brust springen, weil es so wild klopfte, stieg sie aus und schaffte es irgendwie, an der Tür zu klingeln, ohne in Ohnmacht zu fallen.

Es schien länger als sonst zu dauern, bis jemand öffnete, und sie überlegte schon, ob es nur an ihrem gestörten Zeitempfinden lag, seit sie beschlossen hatte, hierher zu fahren und Arran ihre Gefühle zu gestehen.

Doch dann ging die Tür auf, und sie hielt den Atem an, in Erwartung sein hübsches Gesicht zu sehen.

Aber an Arrans Stelle stand dort Jess. Ihr langes, dunkelblondes Haar war verwuschelt, und sie trug ein T-Shirt, das definitiv Arran gehörte … und ansonsten offenbar nichts. Jess stützte sich am Türrahmen ab, so dass das T-Shirt ein wenig hochrutschte, und Liv einen Fetzen ihrer Spitzenunterwäsche aufblitzen sah.

Puh. Sie trägt immerhin noch Unterwäsche.

Liv schluckte schwer und riss den Blick von Jess' makellosen Beinen los, um ihr ins Gesicht zu schauen. Was zur Hölle tat sie hier? Quasi nackt, bis auf Arrans T-Shirt?

Die Erinnerung daran, wie sie auf Arrans Schoß gesessen und ihm das T-Shirt über den Kopf gezogen hatte, blitzte vor ihrem inneren Auge auf. Sofort wurde ihr übel.

Jess sah sie fragend an. »Willst du zu Arran?«

Liv räusperte sich und brachte ein Nicken zustande.

Jess rieb sich die Stirn, als hätte sie Kopfschmerzen. »Er ist nicht zu Hause. Meinte, er müsste irgendwas erledigen.«

Ihre Kehle war wie zugeschnürt. »Hat er … gesagt, wann er zurückkommt?«

Jess zuckte mit den Achseln. »Nö, hat er nicht gesagt.«

Ihr Gehirn schrie: »Rückzug, Rückzug!« Also stolperte sie rückwärts, murmelte etwas davon, dass sie wohin müsste und sich später bei ihm melden würde.

Jess runzelte die Stirn. »Alles okay bei dir, Liv?«

»Ja, ja«, stammelte sie und sah sich hektisch um wie eine Bekloppte, während ihre Handflächen schwitzten. »Schönen Tag dir.«

Jess sah an sich runter, hob dann wieder den Kopf und öffnete den Mund, als wollte sie etwas sagen, verkniff es sich aber offensichtlich.

Liv winkte unbeholfen, machte auf dem Absatz kehrt und eilte zurück zu ihrem Auto. Hastig stieg sie ein und fuhr davon.

KAPITEL
sechsundzwanzig

»Hallo? Erde an Arran.«

Arran blinzelte und sah von den Nachrichten auf, oder von den nicht vorhandenen, um sich seiner Mum zuzuwenden, die ihn über die Küche hinweg auffordernd anblickte.

Fiona zog eine Augenbraue hoch. »Ich habe gefragt, was du gern zu Abend essen würdest.«

»Oh, sorry.« Er fuhr sich mit den Fingern durch die Haare. »Mir ist es egal. Was auch immer du und Dad gern esst.«

Er senkte den Blick wieder auf sein Handy. Warum antwortet Liv nicht auf seine Nachrichten? Er hatte ihr eine geschickt, sobald er von seinem spontanen Morgenspaziergang zurückgekehrt war, zu dem er so überhastet aufgebrochen war, dass er sein Handy vergessen hatte. Jess war morgens die ganze Zeit nur in dem T-Shirt, das sie sich zum Schlafen ausgeliehen hatte und ihrer Unterwäsche herumgelaufen, und das war ihm äußerst unangenehm gewesen. Er hatte ihr mehrfach gesagt, sie könnte gern duschen und sich auch andere Kleidung von ihm leihen, wenn sie wollte, doch es schien nur auf taube Ohren zu treffen.

Schließlich, als er versucht hatte, in der Küche Frühstück zu machen, und sie sich ständig viel zu dicht an ihm vorbeigedrückt hatte, war es ihm zu viel geworden, und er hatte verkündet, etwas erledigen zu müssen. Dann hatte er fluchtartig das Haus verlassen, ohne irgendetwas mitzunehmen, damit sie nicht auf den Gedanken kommen konnte, ihm zu folgen, am besten noch in dem gottverdammten T-Shirt und Unterhose.

Liv hatte auf diese erste Nachricht vom Vormittag nicht reagiert. Und auch nicht auf die nächste, die er ihr nachmittags geschrieben hatte, nachdem er eine (endlich) vollständig bekleidete Jess abgesetzt und Jayce bei seiner Oma eingesammelt hatte und mit ihm zu seinen Eltern gefahren war. Beide Nachrichten waren nicht gerade jugendfrei. Er hatte in beeindruckenden Details erklärt, was er mit ihr am nächsten Tag vorhatte.

Wahrscheinlich war sie nur beschäftigt. Sie hatte mit ihrer Familie gefrühstückt, war dann bestimmt zu Maya rübergegangen, die zum Mittagessen bei ihren eigenen Eltern war. Oder vielleicht war sie auch Elise und Jack besuchen gegangen. Es war sicher nicht so, dass sie dasaß und auf ihr Handy starrte, bis er ihr schrieb. So wie er es tat.

»Dein Dad hätte gern Steak«, sagte seine Mum.

»Super«, erwiderte Arran geistesabwesend. Er fragte sich, was Liv wohl gerade tat.

Fiona setzte sich neben ihn. »Was ist denn los, mein Lieber? Du bist schon seit eurer Ankunft so abgelenkt. Ist denn mit Jayce alles gut?«

Er legte ihr die Hand auf den Unterarm und bereute, dass er ihr Sorgen bereitete. »Ja, alles gut. Absolut.«

»Ist es das Malen?« Sie verschränkte die Arme vor der Brust. »Ich weiß, dass etwas los ist. Du machst ein Gesicht wie drei Tage Regenwetter, Junge.«

Er musste lächeln. »Sorry, Mum.«

Sie seufzte. »Nicht entschuldigen, raus mit der Sprache.«

Arran zögerte. Er konnte schlecht sagen: »Ich mache mir Sorgen, weil die Frau, der ich Sex-Nachrichten geschickt habe, mir nicht antwortet.«

»Grr«, machte Fiona und schnaubte genervt. »Du bist

echt eine harte Nuss. Dann formuliere ich es mal anders. Was geht da mit Liv?«

Er sah sie geschockt an. »Was?«

Sie schüttelte den Kopf. »Ach, jetzt tu doch nicht so überrascht. Ich weiß, dass zwischen euch was ist. Jedes Mal, wenn ich mit dir rede, heißt es ›Liv dies, Liv das‹. Heute ist der erste Tag seit Monaten, dass du sie noch nicht einmal erwähnt hast. Also das, und dazu noch dein Verhalten, als wärst du kurz davor, in Tränen auszubrechen. Das ist auch ziemlich verdächtig.«

Arran verdrehte die Augen. »Na schön, Sherlock. Ja, es ist etwas passiert. Und jetzt ghosted sie mich.«

Fiona runzelte die Stirn. »Ghosted dich? Du meinst, sie hat sich ein weißes Bettlaken übergestülpt und macht ›Buh‹?«

Er lachte. »Das sagt man, wenn jemand alle Textnachrichten ignoriert.«

»Aha, verstehe.« Sie beugte sich verschwörerisch nach vorne. »Was hast du angestellt?«

Arran zog die Augenbrauen hoch. Die Dreistigkeit von Fiona kannte keine Grenzen. »Wie meinst du das? Ich habe gar nichts angestellt!«

Sie presste die Lippen aufeinander und schüttelte den Kopf. »Wenn eine Frau sich so verhält, bedeutet das meiner Erfahrung nach meistens, der Mann hat sehr wohl etwas getan, was sie verärgert oder traurig gemacht hat. Ob er es nun gemerkt hat oder nicht.«

Arrans Dad betrat den Raum mit Jayce an der Hand. Er hatte Fionas letzte Sätze wohl noch gehört, denn er warf Arran ein »Stimme ihr einfach zu«-Blick zu. Dann ging er mit seinem Enkel zur Keksdose, um sie zu plündern.

Arrans Herzschlag beschleunigte sich. »Mir fällt aber nichts ein, was ich getan haben könnte.«

»Hmm, das ist ganz typisch für euch Männer.«

»Ich finde es großartig, wie du einfach automatisch davon ausgehst, dass ich hier den Fehler gemacht habe, obwohl ich dein verdammter Sohn bin«, grummelte er.

Sie gab ihm einen sachten Klaps auf den Hinterkopf. »Das liegt daran, dass ich eine weise Frau bin.«

Er schüttelte den Kopf und musste unwillkürlich lächeln. »Na, gut. Erquicke mich mit deinem Rat, o weise Frau.«

Ihre Augen funkelten, als sie sich nach vorne beugte. »Kann ich ganz direkt sein?«

Jetzt musste Arran herzhaft lachen. »Du willst mir sagen, du warst in diesem Gespräch bisher noch nicht ganz direkt?« Er schnaubte. »Jetzt bekomme ich ein bisschen Angst. Okay, dann leg mal los.«

Sein Dad setzte sich ihnen gegenüber auf einen Stuhl, Jayce auf dem Knie. Ihn interessierte ganz offensichtlich, was für eine Weisheit seine Frau zu verkünden hatte. »Hör auf deine Mutter, mein Sohn. Ich kann dir sagen, sie hat immer recht«, meinte Abeo in seinem weichen nigerianischen Singsang, während er Jayce einen Schokokeks reichte. Dessen Augen wurden groß, als er seine Beute entgegennahm. Morgens, mittags, abends – egal, wann Jayce seinen Opa um einen Keks bat, die Antwort war immer ja.

Offensichtlich erfreut über die Aussicht, ihrem Sohn die Meinung sagen zu können, begannen Fionas Augen erst recht zu leuchten.

»Ich kenne Liv, und sie ist ein absoluter Schatz. Übrigens fasse ich es nicht, dass du so lange gebraucht hast, das herauszufinden.«

Arran schloss die Augen, doch sie fuhr fort. »Wie auch immer. Sie ist jedenfalls nicht der Typ Mensch, der Spielchen spielt und andere hinhält, wie bei diesem Gespenster-Ding, das du erwähnt hast.«

Er zog die Augenbrauen hoch. »*Gespenster*-Ding?«

Sie wedelte abfällig mit der Hand. »Dieses Nicht-auf-Nachrichten-antworten-Ding.«

»Das heißt *ghosten*, Mum«, erwiderte Arran, wobei er Jayce beobachtete, der sich die Schokolade beim Essen überall im Gesicht verteilte, als wäre sie eine Beauty-Maske.

»Was ich sagen will, ist: Wenn Liv nicht antwortet, obwohl sie es normalerweise tun würde, dann bedeutet das, dass sie wegen etwas sauer auf dich ist.« Sie warf ihm einen vielsagenden Blick zu. »Und da sie so ein wunderbares Mädchen ist, bedeutet das, du hast etwas falsch gemacht.«

Er öffnete den Mund, um zu protestieren, doch dann fiel ihm auf, wie logisch die Schlussfolgerung seiner Mutter war. Liv würde keine Spielchen spielen, so viel war sicher. Und normalerweise antwortete sie immer sofort. Also, entweder war sie sauer, oder irgendetwas Dringendes, das sie aufgehalten hatte, war ihr dazwischengekommen oder passiert.

Abeo zog den Atem durch die Zähne. »Ich glaube, sie hat den Nagel auf den Kopf getroffen. Du warst wahrscheinlich ein Dundee United.«

Arran bekam plötzlich Panik. Was, wenn ihr etwas zugestoßen war? Die Sorge verwandelte sich in eine Lawine, die ihn fast vom Stuhl geworfen hätte. Was, wenn sie einen Unfall gehabt hatte?

Er sprang auf. »Könnt ihr zwei kurz auf Jayce aufpassen, während ich Liv anrufe?«

Abeo nickte. »Natürlich können wir das. Los, geh schon.«

Fiona stand vom Tisch auf und ging in die offene Küche, wobei sie in sich hinein murmelte: »Das wird auch so was von Zeit.«

Arran verließ die Küche und ging in das vordere Zimmer, wo er ungestört war. Er wählte ihre Nummer, und es klingelte und klingelte. Enttäuschung machte sich in ihm breit, als er bereits damit rechnete, dass die Mailbox dran ging. Doch in der letzten Sekunde ging sie dran. Ihre Stimme klang gepresst.

»Gott sei Dank«, sagte er seufzend. »Ich hatte schon totale Panik, dass du verletzt bist oder so, und dass du deshalb nicht auf meine Nachrichten geantwortet hast.«

Sie holte hörbar Luft. »Wusste nicht, dass du dir Sorgen machst. Ich ... es war nur viel los. Sorry.«

Etwas stimmte definitiv nicht. »Kein Grund, dich zu entschuldigen. Ich erwarte nicht, dass du sofort springst, wenn ich rufe.« Die Tatsache, dass sie ans Telefon gegangen war und dass es ihr gut ging, war eine riesige Erleichterung. Aber das Wissen, dass sie etwas bedrückte, nagte an ihm. Was, wenn sie rausgefunden hatte, was er für sie empfand, und was, wenn sie diese Gefühle nicht erwiderte?

Er rieb sich die Brust und musste an ihre Geschichte mit Dean denken. Wie sie einen Rückzieher gemacht hatte, als es gerade ernst wurde.

Also, hatte sie ihn geghosted.

Ihm stockte der Atem, die Leere fühlte sich unerträglich an. »Kommst du trotzdem morgen vorbei? Oder kann ich zu dir kommen?« Er klappte den Mund zu, aus Angst, verzweifelt geklungen zu haben.

Sie schwieg einen Moment lang. »Du willst dich immer noch treffen?«

Es fiel ihm immer schwerer, sich keine Sorgen zu machen. »Warum denn nicht?«

Sie schwieg wieder. Als erwartete sie von ihm etwas. Aber was sollte er denn sagen? »Liv, wenn etwas los ist, würde ich mir wünschen, dass du es mir offen sagst.«

Sie räusperte sich, und ihre Stimme klang ein wenig spitz, als sie erwiderte: »Ja, das würde ich mir auch wünschen.«

Arran rieb sich übers Gesicht, seine Gedanken wirbelten nur so in seinem Kopf. Es klang, als würde sie noch mehr sagen wollen, doch dann hörte er im Hintergrund eine Stimme, die ihren Namen rief. Maya vielleicht?

»Hör zu«, sagte sie. »Ich muss auflegen. Aber ich komme morgen trotzdem vorbei, damit wir darüber reden können. Okay?«

Über was denn reden? Er hatte immer noch keine Ahnung. »Okay«, brachte er heraus.

»Ich komme morgen zu dir.« Sie beendete das Gespräch.

»Liv«, rief Maya durch die Badezimmertür. »Alles okay?«

»Ja«, antwortete sie. »Komme sofort.« Sie öffnete die Tür, und Maya umarmte sie.

»Ich nehme an, das war er am Telefon?«, fragte Maya.

Liv nickte an der Schulter ihrer Freundin.

»Los, komm. Lass uns in mein Zimmer gehen. Also, in mein altes Zimmer. Ich nehme an, ich kann es nicht mehr als meins bezeichnen, jetzt da ich bei Sam wohne.«

Maya nahm sie an der Hand und führte sie zu ihrem alten Schlafzimmer, wo sie Liv mit einem Haufen Kissen im Rücken auf dem Bett platzierte, ihr eine Fleecedecke zum Zudecken gab und einen Teddybär zum Knuddeln in den Arm drückte.

Liv lachte. »Danke dir.«

Maya lächelte fürsorglich und setzte sich zu ihr. »Hat er Jess erwähnt?«

Liv hatte einen Kloß im Hals. »Nee.«

»Hast du ihn nach ihr gefragt?« Maya streckte ihre Füße mit unter die Decke.

Anstatt einer Antwort verzog Liv das Gesicht.

Maya seufzte. »Und du willst mir erzählen, ich sei die Konfliktscheue?«

»Das ist es nicht«, erwiderte Liv, die den weichen Teddy unwillkürlich an sich drückte. »Ich wollte, dass er es ist, der das Thema anspricht, weißt du? Ich wollte ihn nicht in eine Ecke drängen. Ich wollte, dass er offen und ehrlich mit mir ist.«

Maya schwieg einen Moment lang. »Ich denke, ich weiß, was du meinst. Bist du dir sicher, dass wir nicht Sam anrufen sollten?«

»Ja, bin ich«, antwortete Liv schnell. »Ich will keinen Aufruhr verursachen. Lass mich erst mit Arran sprechen. Wenn er es morgen nicht von sich aus erzählt, frage ich ihn danach.« Sie lehnte sich in die Kissen zurück. »Ach, und sorry, dass ich bei dir und deinen Eltern so reingeplatzt bin. Ich wollte eure Familienzeit nicht stören, aber ich musste es unbedingt jemandem erzählen, und ich hatte das Gefühl, dass es besser nicht Sam oder Mum oder Angus sein sollten. Oder Elise. Die Frau hat weiß Gott genug um die Ohren.«

Maya musterte sie. »Denkst du wirklich, sie hatten Sex?«

»Nein. Vielleicht.« Sie holte tief Luft, weil ihr bei der Vorstellung schlecht wurde. »Ich hoffe, wirklich, wirklich nicht.«

Maya legte den Arm um ihre Freundin und strich ihr über

die Haare. »Ich kann mir nicht vorstellen, dass Arran so etwas tun würde.«

»Ich auch nicht. Aber es sah schon sehr danach aus. Und dazu noch die Tatsache, dass er es eben nicht erwähnt hat. Außerdem würde es erklären, warum er so zurückhaltend ist, seit wir miteinander geschlafen haben, wenn er noch Gefühle für sie hätte.«

Ihre Augen brannte, also schloss sie sie schnell, um die Tränen zurückzuhalten. »Es tut nur so weh, weißt du? Sie dort zu sehen, in seinem T-Shirt, wo er das auch mit mir gemacht hatte. Mir sein Shirt geliehen, das ich noch getragen habe, als wir ...« Sie brach ab, weil die Worte sich anfühlten wir winzige Messer, die ihr die Stimmbänder zu zerschneiden drohten, wenn sie sie aussprach.

Maya drückte ihre Schultern. »Ich weiß«, sagte sie leise. »Vielleicht solltest du ihn besser noch mal anrufen? Ihn gleich danach fragen?«

Liv schluckte, doch der Kloß in ihrem Hals wollte nicht weggehen. »Ich habe das Gefühl, ihn das persönlich fragen zu müssen. Ich will seinen Gesichtsausdruck dabei sehen. Das ist kein Gespräch, das man am Telefon führen sollte.«

Maya nickte. »Okay.«

»Maya?« Livs Stimme kratzte ihr im Hals.

»Ja?«

»Ich weiß nicht, was ich tun soll, wenn sie wieder zusammenkommen.«

Maya rieb ihr den Rücken. »Ich weiß. Es wird schon alles gut werden.«

Aber sie konnte nicht umhin zu denken, dass sie es vermasselt hatte. Sie hatte Angst gehabt, ihm ihre Gefühle zu gestehen, also konnte er nicht wissen, dass sie nicht nur etwas Lockeres suchte. Natürlich hat er die Gelegenheit ergriffen, wenn die Liebe seines Lebens zurückgekommen war und sich versöhnen wollte.

Arran tigerte im Flur auf und ab, hielt immer wieder an, um durch den Türspion zu linsen, weil er es nicht erwarten konnte, dass Livs Auto in die Auffahrt einbog. Er sah auf die Uhr. Sie sollte eigentlich jede Minute hier sein.

Das Motorgeräusch schreckte ihn auf, und er sauste zur Tür. Sie war es. Sein Handy klingelte, aber er ignorierte es in seiner Eile, die Tür zu öffnen, ehe Liv überhaupt geklingelt hatte. Sie kam auf ihn zu, in ausgeblichener Jeans, die Jacke mit Fellbesatz stand offen, so dass er die Aufschrift auf dem T-Shirt darunter erkennen konnte. »Headstrong Girl« stand dort.

Als sie das Haus betrat, brachte ihr angespannter Gesichtsausdruck seine Gedanken zum Rasen. Sie war offensichtlich nervös wegen ihres Gesprächs, und er musste sofort wieder an Dean denken, bei dem es Liv so schwergefallen war, Schluss zu machen. Und diese Verknüpfung bereitete ihm Bauchschmerzen.

»Tee?«, fragte er, weil ihm nichts Besseres zur Begrüßung einfiel.

Sie folgte ihm in die Küche, und half ihm, eine Kanne Tee zuzubereiten. Immer wieder warfen sie sich gegenseitig verstohlene Blicke zu, ohne etwas zu sagen, außer den praktischen Anmerkungen, wie »Hier, die Teebeutel« oder »Ich hab die Milch«.

Sobald sie saßen, sah er sie an, und sie begegnete seinem Blick. Es war, wie eine Art Wettbewerb im Anstarren, wo jeder darauf wartete, dass der andere anfing zu sprechen.

Schließlich sagte sie: »Gibt es da nicht etwas, das du mir sagen willst?«

Er zog die Augenbrauen hoch. »Das wollte ich dich auch fragen.«

Sie biss sich auf die Unterlippe und schob sich die Brille auf der Nase hoch. »Ich war gestern Morgen hier, um dich zu besuchen.«

Arran runzelte die Stirn und versuchte, sich daran zu erinnern, welcher Tag gestern gewesen war, denn die vergangenen vierundzwanzig Stunden kamen ihm vor wie zwei Jahre. Was hatte er gestern Vormittag gemacht? Er hätte zu Hause sein sollen. Wie kam es, dass er das nicht gewesen war? »Ach ja, ich war spazieren. Sorry, dass ich dich verpasst habe.«

Warum war sie so aufgebracht darüber, dass er nicht zu Hause gewesen war, als sie spontan hergekommen war? Er musterte ihr Gesicht, auf dem sich ihre Verletztheit spiegelte.

Dann fiel endlich der Groschen. Nur dass es weniger ein Groschen als vielmehr ein Vorschlaghammer von gigantischem Ausmaß war.

Jess.

Er schlug sich mit der flachen Hand gegen die Stirn. »Ach, Fuck.«

Sie zog die Augenbrauen hoch, als wollte sie sagen, »allerdings.«

Er stöhnte auf und kniff die Augen zu, während er sich die Stirn rieb, die ihm tatsächlich etwas weh tat, weil er so fest dagegen geschlagen hatte. »Sie hat die Tür aufgemacht, richtig? Und sie hatte bestimmt nur dieses gottverdammte T-Shirt an, weil sie immer noch nichts anderes angezogen hatte, als ich wieder zurückgekommen bin.«

Liv sah ihn an, als würde es ihr das Herz brechen, und sofort stürmten widersprüchliche Emotionen auf ihn ein – Hoffnung, dass ihre Niedergeschlagenheit bedeutete, dass sie in ihm mehr als einen Freund mit gewissen Vorzügen sah, und ein herzzerreißender Schmerz, dass er sie unabsichtlich verletzt hatte.

Er griff über den Tisch nach ihrer Hand. »Liv, es ist nichts passiert.«

Ihre Augen wurden groß, und er hatte das schon fast greifbare Gefühl, dass sie ihm glauben wollte. »Sie hat dir nicht gesagt, dass ich da war?«

Dieser Teil der Geschichte war ihm noch nicht bewusst gewesen, und er knirschte mit den Zähnen. »Nein, hat sie nicht.«

Liv sackte in ihrem Stuhl zusammen, als wäre ihr eine Last von den Schultern genommen, während sie weiter seine Hand hielt, und ihn erwartungsvoll ansah.

Er holte tief Luft. »Sie ist am Abend zuvor betrunken hier aufgetaucht. Meinte, sie hätte sich mit Rory gestritten, und dass sie nicht zu ihrer Mum fahren wollte, weil Jayce dort war, und sie nicht wollte, dass er sie in ihrem Zustand erlebte. Ich fand es seltsam, weil sie genügend Freundinnen hat, zu denen sie hätte gehen können, aber dann hatte ich Mitleid mit ihr, als sie anfing zu heulen. Also hab ich ihr ein T-Shirt geliehen und das Schlafzimmer überlassen, während ich mich mit der Couch begnügt habe. *Nichts* ist passiert.«

Liv nickte langsam. »Aber es klingt, als hätte sie gewollt, dass etwas passiert.«

Arran zögerte, während er ein paar Punkte zusammenzählte, die er bislang versucht hatte, zu verdrängen. Erstens hatte Jess ihm gesagt, beim Streit mit Rory wäre es um ihn gegangen. Zweitens hatte Jess ihm zu verstehen gegeben, dass sie wollte, dass er das Bett mit ihr teilte. Und drittens war da noch das ewige mit nackten Beinen nur in seinem T-Shirt um ihn Herumscharwenzeln am nächsten Morgen. Eigentlich war es offensichtlich, was sie gewollt hatte.

Aber im Auto, auf dem Weg zu seiner Mum, hatte er alle Versuche von ihr abgewiegelt, mit ihm darüber zu reden. »Ja«, seufzte er. »Ich glaube, du hast recht.« Ihm kam ein Gedanke, der seine Wut noch verstärkte. »Als du gestern hier warst, hat sie nichts gesagt, um die Situation aufzuklären? Nur, dass ich nicht zu Hause bin?«

Liv schüttelte den Kopf. »Sie sagte, du wärst weg gegangen. Dann schien sie zu bemerken, dass ich irgendwie … geschockt war.« Er drückte ihre Hand. »Dann wirkte es, als wollte sie noch etwas sagen, doch das hat sie nicht getan.«

»Fuck«, murmelte er voller Entsetzen.

Sie saßen beide ein paar Sekunden schweigend da. Arrans Gedanken kreisten um all die Fragen, die sich plötzlich auftaten. Hatte Jess es absichtlich so aussehen lassen, als hätten sie Sex gehabt, um einen Keil zwischen ihn und Liv zu treiben? Glaubte ihm Liv wirklich, dass nichts passiert war? Bedeutete die Tatsache, dass Liv davon so mitgenommen war, dass sie genauso Gefühle für ihn hatte wie er für sie?

Aber die erste Frage, die aus seinem Mund kam, war: »Wieso bist du gestern eigentlich vorbeigekommen?«

Sie wirkte von der Frage überrumpelt, drückte nur fest seine Hand und öffnete den Mund, schwieg dann aber. Ihm rutschte das Herz in die Hose. *Bitte, sag mir nicht, dass du hier warst, um mir zu sagen, dass es vorbei ist.*

Es klingelte an der Tür, und Arran stieß einen Fluch aus, der Fiona Adebayo veranlasst hätte, ihm einen ordentlichen Klaps auf den Hinterkopf zu verpassen.

Liv lächelte schwach. »Du kannst ruhig die Tür aufmachen.«

Er sah sie einen Moment lang an, versucht, einfach mit seinen Gefühlen herauszuplatzen. Aber zuerst musste er den Idioten, der gerade jetzt vor seiner Tür auftauchen musste, wieder wegschicken.

Seufzend ließ er widerwillig Livs Hand los und ging zur Tür.

Als er sie öffnete und Jess davorstehen sah, hatte er kurz den Gedanken, einfach davonzurennen, die Straße runter und quer durchs Land, Forrest-Gump-mäßig.

»Verdammt nochmal«, grummelte er.

Jess runzelte die Stirn. »Wie bitte?«

Er starrte sie an. »Ach, nichts.«

»Kann ich reinkommen?«

Er knirschte mit den Zähnen. »Warum?«

Sie starrte ihn an, als hätte er plötzlich zwei Köpfe. »Bitte, Arran.«

Er blieb regungslos stehen und stellte sich vor, er hätte Supermans Hitzeblick, mit dem er seine Ex einfach hätte weglasern können. »Liv ist hier.«

Sie besaß immerhin so viel Anstand, schuldbewusst dreinzuschauen. »Ich weiß. Ich habe ihr Auto gesehen. Aber ich will auch mit ihr sprechen.«

Natürlich wusste sie, wie Livs Auto aussah. Sie hatte es am Morgen zuvor erst gesehen, als sie Liv vergrault hatte.

Liv tauchte am anderen Ende des Flurs auf und lächelte ihm aufmunternd zu. Sie winkte ihm zu, dass er Jess reinlassen sollte. Aber ihr Lächeln wirkte nicht ganz echt.

Resigniert trat er beiseite, um Jess einzulassen, auch wenn er nur die nächste Katastrophe befürchtete.

Er folgte ihr in die Küche und wartete, bis sie sich an den Tisch gesetzt hatte, ehe er wieder neben Liv Platz nahm. Er rückte seinen Stuhl so dicht wie möglich an ihren heran und legte ihr den Arm um die Schultern.

Jess sah aus, als würde sie am liebsten im Erdboden versinken.

Liv sah in an und biss sich auf die Lippe. »Vielleicht sollte ich euch zwei besser allein lassen.«

Sie machte Anstalten aufzustehen, doch Arran legte ihr schnell die Hand auf den Oberschenkel, um sie auf ihrem Platz zu halten. »Tu das nicht.«

Sie sah ihn an, und einen Moment lang war er wieder zurück in seinem Atelier, als sie nackt auf der Couch gelegen und ihn immer wieder angesehen hatte, während er sie gemalt hatte.

Jess schüttelte den Kopf. »Ja, Liv, bleib doch hier.«

Arran richtete den Blick auf Jess, ohne die Hand von Livs Bein zu nehmen. Er fragte sich, was zur Hölle los war.

Jess räusperte sich. »Das betrifft euch beide.« Sie rutschte auf ihrem Platz herum und zupfte an ihren Nägeln. »Ich wollte mich entschuldigen. Für gestern Morgen. Ich, ähm, ich glaube, ich habe irgendwie einen falschen Eindruck vermittelt.«

»Irgendwie?« Arran schaffte es nicht, seine Wut zu verhehlen.

Liv legte ihre Hand auf seine, was ihn sofort beruhigte.

Jess sah auf, senkte den Blick aber schnell wieder. »Ja. Ich weiß, wie es ausgesehen haben muss. Und da ich das Gefühl habe, dass da zwischen euch beiden etwas ist, wollte ich nur sagen, dass es mir leidtut, und dass nichts gelaufen ist zwischen Arran und mir.«

»Natürlich ist es das nicht«, polterte Arran, und Liv rieb ihm mit dem Daumen über den Handrücken.

»Wenn du nichts dagegen hast, würde ich dich gern etwas fragen«, sagte Liv und warf ihm einen beruhigenden Blick zu. »Ich denke, du hast in dem Moment schon gemerkt, wie es auf mich wirken muss. Also, wie kommt es, dass du nichts gesagt hast?«

Jess hielt den Blick gesenkt. »Ich habe nicht vor, euch anzulügen. Ich bin zu Arran gefahren, weil ich gehofft hatte, dass etwas passiert, und als er nicht wollte, war ich wütend. Als du dann aufgetaucht bist, habe ich falsch reagiert.« Sie holte Luft, doch ihr Atem bebte. »Ich war schon seit einer Weile eifersüchtig auf euch beide, weil ihr so viel Zeit miteinander verbracht habt.«

Arrans Puls beschleunigte sich. »Du hast kein Recht, eifersüchtig zu sein.«

»Ich weiß«, erwiderte Jess und kniff die Augen zusammen, als hätte sie Kopfschmerzen. »Es tut mir leid.«

Liv streichelte Arrans Hand. »Warum warst du es dann?«

Jess sah Liv an. »Ich schätze, weil ... es zwischen mir und Rory nicht gut läuft. Und gerade als das anfing und ich mich gefragt habe, ob es auf lange Sicht mit ihm überhaupt funktionieren könnte, schient ihr zwei euch näher zu kommen. Das hat mich verwirrt, und ich habe mich gefragt, ob ich nicht einen Fehler gemacht habe.«

Arran fuhr sich mit der Hand durch die Haare. »Jess.« Er seufzte. »Nur weil deine Beziehung nicht gut läuft, hast du noch lange kein Recht, uns zu sabotieren.«

Der bedrückte Ausdruck auf ihrem Gesicht kühlte seine Wut ein wenig ab.

Sie saßen ein paar Sekunden schweigend da. Arran schielte zu Liv, die Jess mitfühlend ansah.

»Kann ich dir noch eine Frage stellen?«, fragte Liv Jess, und sie nickte und blinzelte schnell.

»Und ich frage das nicht, um dich zu verurteilen«, sagte Liv und sah Arran aufmunternd an. »Aber hast du … dich schon für Rory interessiert, als du noch mit Arran zusammen warst?«

Jess nickte wieder, den Blick gesenkt. Vor ein paar Monaten noch, hätte ihn ein solches Geständnis schwer getroffen. Aber inzwischen war es ihm egal.

»Weil du Abwechslung gebraucht hast?«, fragte Liv.

»Ja, vielleicht. Irgendwie konnte ich mich selbst nicht leiden. Zwischen Arran und mir war es nicht mehr wie früher, vor allem seit Jayce auf der Welt war.« Sie schielte zu ihm rüber. »Versteht mich nicht falsch, ich liebe Jayce über alles. Aber mein Leben hat sich völlig verändert, seit er da ist, und ich hatte manchmal das Gefühl, dass das für dich nicht so war. Dann war da plötzlich Rory mit seiner sorgenfreien Lebenseinstellung und seinem Partyleben.«

Liv nickte. »Aber es war nicht so, wie es gewirkt hat, oder?«

»Nein«, gestand Jess. »Anfangs war es toll und aufregend. Aber als das Gefühl des Neuen abgeklungen war, fiel mir auf, dass ich mit seinem ständigen Partymachen nicht mithalten konnte. Ich habe ein kleines Kind. Ich dachte, ich würde mir diesen sorgenfreien Lebensstil noch wünschen, aber das tue ich gar nicht.« Sie holte tief Luft. »Und ich denke, er betrügt mich. Aber als ich ihn zur Rede gestellt habe, ist er mir nur ausgewichen und hat mir vorgeworfen, noch nicht über Arran hinweg zu sein.«

Liv streckte den Arm aus und berührte Jess an der Hand. »Tut mir leid, dass es sich nicht so entwickelt hat, wie du es dir gewünscht hast«, sagte sie leise.

Jess' Gesichtszüge entspannten sich ein wenig und sie blinzelte wieder. Ihre Augen waren feucht. »Danke.«

Arrans Herz machte einen Sprung vor Bewunderung für Liv. *Sie versteht immer alle, und lässt alles gut werden.* Er schielte zu Jess und musste sich widerwillig eingestehen, dass seine Wut verpufft und von Mitgefühl und Bedauern für sie abgelöst worden war.

Liv lächelte Jess aufmunternd zu, und wandte sich dann an Arran. »Können wir uns kurz unter vier Augen unterhalten?«

»Klar«, antwortete er, ohne zu wissen, wohin das führen würde, aber froh, dass Liv da war, um als eine Art Mediator zu fungieren, denn ohne sie wäre es sicher ganz anders verlaufen. Sie standen auf, und er sagte zu Jess: »Bin gleich wieder da.«

Er folgte Liv ins Wohnzimmer und schloss die Tür hinter ihnen.

Sie drehte sich zu ihm um und nahm seine Hände. »Hör zu. Vielleicht solltest du ihr noch eine Chance geben.«

Er glaubte nicht richtig gehört zu haben. »Wie bitte?«

Ihre Augen waren groß und glänzend. »Hör sie einfach nur an. Ihr ging es nicht gut, sie war verletzlich. Klingt, als wäre ihre Stimmung schlecht gewesen. Sie hat mit Rory einen Fehler gemacht, wo sie stattdessen besser mit dir geredet hätte, um zu sehen, ob ihr die Dinge zwischen euch wieder gerade biegen könnt.«

Er hielt ihre Hände fest und versuchte, gegen das Gefühl anzukämpfen, dass sie ihm entglitt. »Das ist jetzt egal. Es liegt in der Vergangenheit.«

Sie fuhr mit der Hand an seinem Arm hoch, und er hatte das Gefühl, dass sein Herz gleich stehenbleiben müsste.

»Weißt du noch, wie fertig du warst, als sie dich verlassen hat? Du hast selbst gesagt, dass du sie zurückhaben willst. Was, wenn das hier der Moment ist, in dem sie zur Besinnung kommt?«

Arran schwirrte der Kopf. Sie berührte ihn, brachte ihn dazu, dass er sie küssen und ausziehen wollte und Dinge mit ihr auf dem Sofa machen wollte, die die Unversehrtheit des Möbelstücks nicht garantieren würden. Und doch klangen die Worte, die aus ihrem Mund kamen danach, als wollte sie, dass er wieder mit seiner Ex zusammenkam?

»Was, wenn ihr es hinbekommen könntet? Bist du es dir nicht selbst schuldig, es zu versuchen? Von Jayce ganz zu schweigen.«

Er schüttelte den Kopf.

Sie trat näher. »Wenn du es nicht versuchst, könntest du es später bereuen.«

Sie wollte seine Hand loslassen, doch er hielt sie fest. »Ich will ihr aber keine Chance geben. Ich will sehen, wo es mit *uns* hinführt.«

Etwas in ihrem Blick veränderte sich, und ihre Augen schimmerten hinter den Linsen ihrer süßen Brille mit dem lila Gestell. Sie blinzelte, und ihr stockte der Atem. »Das können wir nicht machen, Arran. Nicht, wenn all das hier noch möglich wäre.«

Er musterte ihr Gesicht. »Es ist aber nicht möglich. Es ist vorbei. Und man kann es nicht einfach zurückspulen; das ist keine DVD oder eine Videokassette.«

Sie lächelte schwach. »Hör ihr einfach zu. Um Jayces Willen. Dein Stolz hat dich vielleicht beim letzten Mal davon abgehalten, sie dazu zu bringen, bei dir zu bleiben.« Sie holte Luft, ihre Stimme klang brüchig. »Ich kann nicht diejenige sein, die sich euch in den Weg stellt. Ich weigere mich, hier das fünfte Rad am Wagen zu sein. Du solltest dir Zeit nehmen, um über alles nachzudenken, dann kannst du entscheiden, was du wirklich willst. Wenn du nach ein paar Monaten sicher bist, dass du doch mich willst, können wir uns wieder unterhalten.«

Er brachte kein Wort heraus. *Fühlt sich so ein Herzinfarkt an?* Er rieb sich die Brust und versuchte, den schmerzhaften Kloß in seinem Hals runterzuschlucken. Vielleicht hätte sie all das nie gesagt, wenn sie seine Gefühle für sie kennen würde. Dann dämmerte es ihm. Der Fünfte-Rad-am-Wagen-Komplex. Das hatte alles damit zu tun, wie ihr Vater ihr das Gefühl gegeben hatte, in ihrer eigenen Lebensgeschichte nur eine Nebenrolle zu spielen. Wie sie in ihrer Kindheit dazu erzogen worden war, sich kleinzumachen und andere Leute ihren Willen durchsetzen zu lassen. Nur weil sie es vor ein paar Tagen endlich geschafft hatte, es ihm zu erzählen, hieß das noch lange nicht, dass alles vorbei war. Dazu brauchte es wesentlich mehr. Mehr von ihm und seine Unterstützung, bis sie sich bereit fühlte, eine Therapie zu machen. Das war nicht die Art von Problem, die man mit einem Kuss vertreiben konnte. Außerdem hatte er das vergangene Jahr damit verbracht, nichts anderes zu tun, als zu betonen, dass er keine Beziehung mehr wollte – wie einer dieser Nice-Guys-Idioten, dem einmal das Herz gebrochen wird und der den Frauen dann auf ewig abschwört. Er hatte den Samen selbst gesät, dass er seine Ex zurückwollte, und er war im Kopf der Liebe seines Lebens aufgegangen, weil er ihn noch dazu genährt hatte wie ein verdammter Vollidiot.

Er musste ihr jetzt die Zeit und den Raum geben, um die sie ihn gebeten hatte. Nicht, um die Beziehung mit Jess wieder aufzunehmen – für ihn bestand keinerlei Zweifel, dass es mit ihr vorbei war –, sondern um Liv dabei zu helfen, zu akzeptieren, dass es für ihn echt war. Dass sie die Richtige für ihn war.

Er zog sie an sich und war froh, dass sie sich nicht sträubte, sondern bereitwillig das Gesicht an seiner Brust vergrub. Tief in seinem Inneren wusste er, dass sie ihn auch liebte. »Hör zu, es gibt so vieles, das ich dir gern sagen würde, aber ich weiß, dass du noch nicht bereit bist, es zu hören. Also werden wir es folgendermaßen machen.« Er strich ihr über die Haare. »Ich werde dir deine Zeit geben. Bestimmt nicht ein paar Monate, aber so lange, wie ich es aushalte. Und dann werde ich dir sagen, was ich für dich empfinde, und dass ich mir wünsche, dass wir zusammen sind. Okay?«

Sie schluchzte leise an seiner Brust.

Als sie sich von ihm löste, war ihr Gesicht feucht von Tränen und ihr Blick voller Zweifel. »Ich hoffe es.« Ihre Stimme brach ab, und er wünschte, er könnte sie dazu bringen, es ihm jetzt schon zu glauben. Aber er war selbst für den Schaden verantwortlich, zumindest zum Teil, und jetzt musste er sich ins Zeug legen, um es wiedergutzumachen. Worte reichten dafür nicht aus. Er musste ihr zeigen, dass er sie liebte, ihr seine Liebe beweisen, ehe er es aussprach.

Er gab ihr einen Kuss auf die Wange. »Ich werde jeden Tag im Hintergrund für dich da sein. Dir zeigen, wie ich empfinde. Genau wie du es für mich jeden Tag des vergangenen Jahres getan hast.«

In ihren Augen blitzte ein Funke Hoffnung auf, und das war alles, was er brauchte. Das reichte aus. Er wischte ihr die

Tränen von den Wangen und brachte sie zur Haustür, wo er sich vor sie hinkniete, um ihr die Schuhe anzuziehen, genau wie er es auf Skye getan hatte, nachdem sie von dem Kerl vor dem Pub angegriffen worden war. Sie legte ihm die Hand auf den Kopf, und er hoffte, dass das Symbolische daran, dass er vor ihr kniete, ihr nicht entgangen war.

Dann erhob er sich wieder, um ihr zum Abschied einen Kuss zu geben, wild entschlossen, dass es nur ein Abschied für den Moment war. Er drückte ihr einen schnellen Kuss auf die Lippen, fuhr mit den Fingern durch ihre weichen Locken und rieb ihr mit dem Daumen sanft über die Wange. Als er sie noch einmal küsste und mit der Zunge über ihre Lippen tastete, öffnete sie diese für ihn, genau wie er wusste, dass sie irgendwann ihr Herz für ihn öffnen würde – wenn er nur geduldig genug war. Als er die Zunge hineingleiten ließ, stöhnte sie auf entzückende Weise auf. Er hielt ihren Hinterkopf fest und massierte mit den Fingerspitzen ihre Kopfhaut, beruhigte sie, während er ihr mit seiner Zunge zu sagen versuchte: *Du gehörst mir, und ich gehöre dir.*

Als er sich von ihr löste, sah er ihr noch einmal fest in die Augen. »Wir sehen uns ganz bald. Und bis dahin, wirst du regelmäßig von mir hören.«

Mit großen Augen schluckte sie schwer und nickte fast unmerklich, ehe sie die Tür öffnete und ins Freie trat.

Er sah ihr nach, schloss schließlich die Tür und lehnte sich gegen das Holz. Dann kehrte er in die Küche zurück, wo Jess immer noch am Tisch saß.

»Tut mir leid, dass ich so reingeplatzt bin«, sagte sie leise. »Ich hatte nicht vor, Liv zu verjagen.«

Er nahm ihr gegenüber Platz und faltete die Hände, während er sie ansah. Er war zurückgetreten und hatte ihr erlaubt, weiterzuziehen, als sie ihn verlassen hatte, auch wenn sie zunächst eine lange Diskussion gehabt hatten, in der er sie gebeten hatte, zu ihm zurückzukommen und gemeinsam an der Beziehung zu arbeiten. Aber als sie deutlich gemacht hatte, dass sie das nicht wollte, hatte er es akzeptiert. Der Liebeskummer war schlimmer gewesen als alles, was er je durchgemacht hatte, aber mit Hilfe seiner Familie und Sam, Nico und Liv war er darüber hinweggekommen.

Seinen Stolz und seine Erniedrigung zu überwinden, war nicht leicht gewesen. Er hasste es, andere um Hilfe zu bitten, und die ganze Zeit war ziemlich traumatisch für ihn gewesen. Es war so vieles zusammengekommen. Er hatte seinen Job als Maler und Dekorateur verloren und versuchte, mit dem Atelier auf eigenen Beinen zu stehen. Sam hatte ihm finanzielle Hilfe aufgezwungen, wofür Arran sehr dankbar gewesen war, auch wenn es ihm unangenehm war, so etwas anzunehmen. Seitdem hatte er Sam jeden Monat etwas zurückgezahlt.

Aber trotz alledem konnte er es ihr nicht vorwerfen. Sie hatte das einzig Richtige getan, als er selbst noch blind gewesen war. Ihre Beziehung war schon vor längerer Zeit aus der Bahn geraten, doch weil sie Jayce bekommen hatten, waren sie dennoch zusammen geblieben, mehr aus Gewohnheit und Bequemlichkeit, als aus Liebe. Jess hatte ihm einen Gefallen getan, als sie ihn verlassen hatte, noch bevor sie den Fehler begehen konnten, zu heiraten. Außerdem hatte sie ihm seinen Sohn geschenkt, und ihn auf den rechten Pfad geschickt, um mit Liv zusammenzukommen.

All sein Groll und die Wut, die er vorher noch für sie empfunden hatte, als er sie im Verdacht gehabt hatte, ihn und Liv sabotieren zu wollen, war verpufft. Denn in Wahrheit war er es selbst gewesen, der die Sabotage betrieben hatte, indem er im vergangenen Jahr seine Einstellung bei Liv so deutlich gemacht hatte, dass es in ihr Zweifel an seinen Gefühlen für sie gesät hatte, als die Zeit gekommen war. Es war unbewusst geschehen, aber dennoch seine Schuld.

»Was willst du mir sagen?«, fragte er sanft.

Sie seufzte. »Ich ... ich bin einfach so verwirrt. Ich dachte, ich wüsste, was ich will. Ich war mir so sicher, dass unsere Beziehung nirgendwohin führte und ihr natürliches Ende gekommen war. Jetzt fühle ich mich mit Rory genauso.« Sie drehte an ihren Ringen. »Ich hatte das Gefühl, etwas zu dir sagen zu müssen. Wir haben Jayce, und das verbindet uns.« Sie brach ab, sah ihm in die Augen, und ihr kamen die Tränen.

Er fuhr sich durch die Haare und nahm dann ihre Hand. »Hör zu, ich glaube, ich weiß, was hier passiert. Es ist alles eine Reaktion auf deine Beziehungsprobleme mit Rory. Ich bin es nicht, nach dem du dich sehnst, sondern das Vertraute.« Er seufzte. »Versteh das nicht falsch, aber ich glaube, hätte ich in der gleichen Situation keinen neuen Partner in Aussicht, wärst du nicht hier und würdest mich bitten, wieder mit dir zusammenzukommen. Ich denke, unterbewusst hat die Vorstellung, dass ich mit jemand anderem zusammen sein könnte, mich in deinen Augen attraktiver gemacht. Aber das ist nicht echt; es ist eine Illusion. Verursacht durch deine Trauer darüber, was mit Rory passiert.«

Sie schwieg weiter und senkte den Blick, versuchte aber nicht zu widersprechen.

Er drückte ihre Hand. »Du warst noch nie gut darin, allein zu sein, Jess. Aber Single zu sein ist besser, als mit der falschen Person zusammen zu sein. Ich bin nicht die Lösung.

Du bist es selbst. Du musst Zeit mit dir selbst verbringen und herausfinden, was du wirklich willst.«

Ihr resignierter Gesichtsausdruck sagte ihm, dass sie einsah, dass er recht hatte. Sie starrte ein paar Sekunden auf ihre Hände und blinzelte. Ihre Stimme klang gepresst.

»Vielleicht.«

»Hör mal«, sagte er wieder und ließ ihre Hand los. »Ehe Rory ins Spiel kam, war unsere Beziehung schon nicht mehr gut, oder?«

Jess sah auf und nickte stumm.

»Er war nicht die Ursache dafür, dass wir uns getrennt haben, sondern die Konsequenz davon. Also hat die Tatsache, dass du und er nicht für immer zusammen sein werden, keine Auswirkung auf die Tatsache, dass du und ich auch nicht richtig waren füreinander.

Etwas schien ihn ihrem Blick aufzuflackern, und sie seufzte tief und rieb sich übers Gesicht. »Ich schätze … also, ich weiß, dass du recht hast.«

Er musterte sie einen Moment und bekam ein schlechtes Gewissen. »Ich muss mich bei dir entschuldigen.«

Sie riss überrascht die Augen auf. »Wofür denn?«

Er schluckte. »Was du vorhin gesagt hast, dass sich dein Leben völlig verändert hat, als du Jayce bekommen hast, aber meines nicht. Ich glaube, du hast den Nagel auf den Kopf getroffen. Ich glaube, eine der vielen Sachen, die zwischen uns nicht gestimmt haben, war, dass ich vieles von dem, was du getan hast, für selbstverständlich genommen habe. Ich hätte dir mehr abnehmen sollen. Mit ihm und mit vielen anderen Dingen auch.«

Er kniff die Augen zusammen, weil er daran denken musste, wie er Liv vor ein paar Wochen erzählt hatte, dass er die

Spülmaschine absichtlich falsch beladen hatte, um es nicht mehr machen zu müssen. Dass er so getan hatte, als wäre er in der Küche nutzloser, als es tatsächlich der Fall war. »Tut mir leid, dass ich es damals nicht habe sehen können. Aber ich habe selbst noch viel an mir zu arbeiten. Und ich werde es tun.«

Sie nickte langsam. »Danke, dass du das sagst.«

Er fuhr sich mit den Fingern durch die Haare. »Es tut mir auch leid, dass ich damals nicht bemerkt habe, dass es dir nicht gut geht. Das hätte ich sehen müssen.«

Sie lächelte schwach. »Und mir tut es leid, dass es so zu Ende gegangen ist. Ich hätte dir früher von meinen Zweifeln erzählen sollen. Mit Rory ist nichts passiert, so lange wir noch zusammen waren, aber dass ich mich zu ihm hingezogen gefühlt habe, hat mir den Schub gegeben, den ich gebraucht habe, um es zu beenden.«

Arran erwiderte ihr Lächeln. »Um ehrlich zu sein, sollte ich dir dafür danken. Ich habe offenbar den Wald vor lauter Bäumen nicht gesehen, wenn es um uns ging, und dass du etwas gesagt hast, als du es getan hast, hat uns eine Menge Unglück und Probleme erspart. Ist doch besser, es vor der Hochzeit zu beenden als kurz danach, wenn man dann noch eine Scheidung durchziehen müsste.«

Sie zog die Augenbrauen hoch. »Ich habe nicht damit gerechnet, dass du es je so sehen würdest.«

Er schüttelte den Kopf und bemühte sich um einen möglichst neutralen Tonfall. »Liv hat mir geholfen, es so zu sehen.«

Jess brachte ein leises Lächeln zustande. »Sie ist wirklich eine von den Guten. Halte sie bloß gut fest.«

Arran lächelte zurück. »Das habe ich vor.« Er holte Luft.

»Ich denke, wir sollten unsere Vereinbarung zur Kinderbetreuung neu überdenken, damit es wirklich halbe-halbe aufgeteilt ist. Es ist nicht fair, dass du den Hauptteil der Verantwortung trägst, das hätte mir schon früher bewusst sein sollen.«

Jess schluckte. »Für mich ist es übrigens in Ordnung. Dass Liv bei Jayce Betreuung hilft, meine ich. Sie wird eine tolle Stiefmama für ihn werden.«

Die Vorstellung, dass Liv die Stiefmutter für seinen Sohn werden könnte, ließ sein Herz höher schlagen. Sie war seine Familie und zwar schon während des vergangenen letzten Jahrs. Er war nur ein zu großer Idiot gewesen, um es zu sehen.

Sie brachte ein selbstbewussteres Lächeln zustande. »Okay. Lass uns bald mehr darüber reden.« Sie stand auf. »Ich denke, ich fahre besser mal zurück zu meiner Mum.«

Er musterte sie einen Moment lang. »Kannst du mir einen Gefallen tun?«

Jess nickte. »Nachdem ich hier kurz hintereinander zweimal uneingeladen reingeplatzt bin? Ich denke, da schulde ich dir mehr als einen.«

Er lächelte. »Kannst du mal darüber nachdenken, dir psychologische Hilfe zu suchen, damit es dir besser geht? Tut mir leid, dass ich nicht gemerkt habe, was du durchmachst, nachdem wir Jayce bekommen haben. Ich denke, ich habe es als normal für den Übergang zum Elternsein angesehen. Aber ich will, dass du glücklich bist. Um Jayces willen, aber auch für dich. Du bedeutest mir immer noch etwas, auch wenn wir kein Liebespaar mehr sind.«

Sie nickte, ihre Stimme bebte leicht. »Das mache ich.«

Sie standen auf, und Arran brachte sie zur Tür, wo er ihr noch zuwinkte und ihr aufrichtig nur das Beste wünschte.

Sein Festnetztelefon klingelte, also schloss er die Tür und ging zum Apparat. »Hallo?«

»Wo hast du gesteckt? Ich versuche dich schon seit vierundzwanzig Stunden zu erreichen.«

»Ich war bei meinen Eltern mit Jayce. Warum, was ist los, Agnes? Habe ich die Kidneybohnen an den falschen Platz gestellt?«

Sie schnalzte missbilligend mit der Zunge. »Nein, viel wichtiger als das. Deshalb habe ich dich schon früher angerufen. Ich habe gestern Morgen etwas beobachtet. Deine Freundin Liv wirkte unglücklich, und ich denke, deine ehemalige Verlobte, war dafür verantwortlich.«

»Schon okay, Agnes. Wir haben es alles wieder hinbekommen.« Er hielt inne. »Jedenfalls einigermaßen.«

»Wie meinst du das?«

»Liv denkt, ich liebe immer noch Jess, und ich muss sie davon überzeugen, dass das nicht der Fall ist.«

Es entstand eine kurze Pause. »Was hast du vor?«

Er fuhr sich durch die Haare. »Ich werde mir was einfallen lassen.« Er lehnte sich ein wenig zur Seite, um aus dem kleinen Fenster neben der Tür linsen zu können, und sah, wie der Vorhang in Agnes Fenster zuckte. »Übrigens, heißt das, dass du endlich zugibst, allen hinterherzuspionieren?«

Sie lachte in sich hinein. »Tja, vielleicht war ich dieses eine Mal ein wenig neugierig. Aber nur, weil ihr zwei jungen Leute mir ans Herz gewachsen seid.«

Er musste auch lachen.

»Alles klar, wir brauchen also einen Plan, um deine Süße zurückzugewinnen.«

Er zog die Augenbrauen hoch. »Wir?«

»Ja. Ich habe alle Liebesromane in der Bücherei von Glenavie gelesen. Ich bin Expertin auf dem Gebiet. Wir werden sie in Nullkommanix wieder haben.«

»Also, ich werde definitiv keine Hilfe ablehnen, wenn sie mir angeboten wird. Ich komme rüber.«

»Ich hole die Kekse raus.«

Arran legte auf und verließ das Haus, um einen Masterplan zu entwickeln, mit dem er die Frau, die er liebte, zurückgewinnen wollte.

KAPITEL

siebenundzwanzig

Am Montagmorgen fiel es Liv noch schwerer als sonst, sich aus dem Bett zu quälen. Sie hatte wieder in Arrans T-Shirt geschlafen und begann sich Sorgen zu machen, dass sich sein Geruch verflüchtigen könnte. Genau, wie sie befürchtete, er könnte allmählich aus ihrem Leben verschwinden.

Sie wollte gern glauben, was er darüber gesagt hatte, dass sie zusammen sein sollten. Aber immer, wenn sie darüber nachdachte, überkam sie ein übelkeitserregender Zweifel, der sie atemlos machte und sie ermahnte, sich keine Hoffnungen zu machen, weil sie nur enttäuscht werden konnte.

Am Ende zog sie sein Shirt nach dem Duschen wieder an, unter ihr Outfit, auch wenn sie sich dabei wie ein jämmerlicher Loser vorkam. Doch sie war so verzweifelt, dass sie sich an diesem letzten Fitzelchen von ihm festklammerte.

Sie brachte ihre morgendliche Routine hinter sich wie ein liebeskranker Zombie und ging schließlich zur Haustür, wo sie ihre Schuhe und ihre Jacke anzog. Sie nahm ihre Tasche und streckte die Hand nach der Türklinke aus, als ihr ein Umschlag im Briefschlitz auffiel. Darauf war ihr Name geschrieben – in Arrans Handschrift.

Einen Moment lang war sie wie gelähmt, ehe ein Adrenalinschub ihr neue Energie verlieh. Sie schnappte sich den Umschlag, riss ihn auf und faltete das Stück Papier auseinander, das darin steckte.

Liebe Aggie,

Ich habe dir gesagt, dass ich dir Zeit geben werde, und das war auch ernst gemeint. Aber ich habe auch angekündigt, dass es nur so lange sein würde, wie ich es aushalte, und ich fürchte, ich kann dir nur knapp zwei Wochen geben, denn wenn wir uns dann an Sams und Mayas Hochzeit sehen, werde ich nicht in der Lage sein, mich zurückzuhalten. Darauf kannst du dich schon mal einstellen, Süße. Der erste Tanz mit dir gehört mir.
In der Zwischenzeit sende ich dir ein kleines Erinnerungsstück von unserem ersten »Date«. Mann, du sahst so schön aus an jenem Abend. Ich wünschte, ich hätte es dir damals schon gesagt.
In Liebe
Dein Arran

Mit klopfendem Herzen lugte Liv in den Umschlag. David Tennants grinsendes Gesicht auf dem Anstecker, den Arran an ihrem Blind Date getragen hatte, begrüßte sie. Davids Gesichtszüge verschwammen vor ihren Augen, als ihr die Tränen kamen. Sie steckte ihn an ihre Jacke und spielte damit, als sie das Haus verließ und erfolglos versuchte, ihre aufgewühlten Gedanken zu beruhigen.

Der Dienstag kam und Liv hatte das Gefühl, Arrans Brief schon tausendmal gelesen zu haben, und dennoch bekam sie immer noch Herzklopfen, wenn sie es tat. Sie hatte es immer noch nicht geschafft, sein T-Shirt auszuziehen, als würde sie damit ein schlechtes Omen heraufbeschwören.

Ihr Gehirn war schon ganz wirr, weil sie permanent versuchte, seine Worte in diesem Brief zu analysieren. Konnte es bedeuten, dass er und Jess schon beschlossen hatten, es nicht noch einmal miteinander probieren zu wollen? War diese Entscheidung nicht ein wenig überhastet? Sie wusste nicht mehr, was sie denken sollte.

Noch mit einem Stück Toast zwischen den Lippen, ging sie zur Haustür und schnappte sich ihre Tasche. Im Briefschlitz steckte ein weiterer Umschlag. Ihr Mund klappte auf und das Brot fiel heraus und klatschte auf den Boden. Sie machte eilig einen Schritt darüber hinweg, um sich den Brief zu schnappen. Wieder stand vorne drauf ihr Name in Arrans Handschrift. Dieses Mal sauste sie zu dem Fenster neben der Tür, in der Hoffnung, ihn dabei zu erwischen, wie er sich aus dem Staub machte. Aber es war niemand zu sehen.

Sie riss den Umschlag auf.

Liebe Aggie,

Tag zwei. Ich habe das Gefühl, dich seit Jahren nicht mehr gesehen zu haben. Ich vermisse dich, Süße. Ich muss dir zwei Geständnisse machen.
Ich schlafe immer noch jede Nacht mit deinem T-Shirt,
um dich zu riechen (siehe beigefügtes Foto).
Ich liebe es, wie du in einem nassen T-Shirt aussiehst.
Ja, ich habe hingesehen.
In Liebe
Dein Arran

Liv steckte die Finger in den Umschlag und angelte ein Polaroidfoto heraus. Sofort schlug sie sich lachend die Hand vor den Mund. Auf dem Foto war Arran zu sehen, der schmollend in die Kamera blickte und dabei ihr T-Shirt trug. Es war so winzig an ihm, dass die Ärmel ihm oben um den Bizeps spannten, die Muskeln darunter wölbten sich. Das Shirt lag ihm eng um den Oberkörper, so dass seine Brustmuskeln sich darunter abzeichneten, und der Saum endete so weit oben, dass seine grandiosen Bauchmuskeln zu sehen waren.

Sie lehnte sich einen Moment an den Türrahmen, weil ihr plötzlich schwindelig war. Dann steckte sie das Foto in ihre Tasche, öffnete die Tür und ging zur Arbeit.

Am Mittwochmorgen sauste sie die Treppe runter zur Haustür, noch bevor sie geduscht hatte, weil sie unbedingt nachsehen wollte, ob ein weiterer Umschlag auf sie wartete. Und tatsächlich war wieder einer da, und wieder konnte sie Arran nicht entdecken, als sie aus dem Fenster sah.

Liebste Aggie,

Guten Morgen, meine Süße. Ich hoffe, du hast gut geschlafen. Tag drei, und ich wollte dich an unser gemütliches kleines Versteck erinnern und dir sagen, dass ich meinen Halbe-Halbe-Pizza-Kumpel vermisse.
In Liebe
Dein Arran

Das Polaroidfoto zeigte Arran in der Höhle im Wohnzimmer, und er tätschelte den freien Platz neben sich. In der anderen Hand hielt er einen geöffneten Pizzakarton mit einer halben Vegetaria und einer halben Peperoni-Pizza.

Sie lief nach oben und schnappte sich ihr Handy, um Maya eine Nachricht zu schreien.

Arran schiebt mir jeden Morgen Nachrichten und Beweise seiner Freundschaft durch den Briefschlitz. Was soll ich tun?

Maya schrieb zurück:

Das sind keine Beweise seiner * Freundschaft *, Dummerchen :). Und ich darf nicht mit dir darüber reden. Arran hat uns alle angewiesen, dir Zeit zu geben und dich zu nichts zu drängen.

Liv ging das Herz auf. Sie steckte sich das neue Polaroid in die Tasche zu dem von ihm im T-Shirt.

Der Donnerstag brachte ein signiertes Foto von Ralph Macchio (dem original Karate Kid persönlich), und Freitag eine CD von Devil's Erection – inklusive einer Hülle mit allen Songtexten darin, auf die Arran kleine Bildchen zu den Worten gekritzelt hatte. Liv musste sofort grinsen, wenn sie die CD-Hülle betrachtete, die sie zu den Polaroids in ihre Tasche gesteckt hatte, damit sie über Tag immer wieder heimlich einen Blick darauf werfen konnte.

Niemand konnte sie so zum Lachen bringen wie er, und bei niemandem fühlte sie sich so wohl.

Am Samstagmorgen war sie schon früh wach, einerseits weil es der Tag der Kleiderprobe für die Hochzeit war, aber andererseits, weil sie die letzten Tage schon immer früher und früher aufgestanden war, in der Hoffnung einen Blick auf ihren attraktiven Postboten zu erhaschen. Doch sie wurde wieder mal enttäuscht.

Dieses Mal war der Umschlag größer und ausgebeult.

Liebste Aggie,

Tag sechs. Erinnerst du dich noch daran, wie wir auf Angelas und Sarahs Hochzeit getanzt haben? Ich wollte dich so gern küssen. Jedes Mal, wenn ich das Lied höre, denke ich an dich. Um ehrlich zu sein, denke ich sowieso jede Sekunde des Tages an dich. Aber das Lied macht dich irgendwie greifbarer und erfüllt mich mit Hoffnung, dass wir sehr bald schon wieder miteinander tanzen werden. Ich will mit dir tanzen, nur mit dir, Liebling.
In Liebe
Dein Arran

Der Brief war um eine Single-CD von Whitney Houstons »I Wanna Dance with Somebody« gewickelt.

Liv flitzte durchs Haus, um ihren alten CD-Player zu suchen. Auch wenn sie den Song einfach auf ihrem Streamingdienst hätte abspielen können, wollte sie doch lieber die CD hören, die Arran ihr geschenkt hatte. Von der sie wusste, dass seine Finger sie berührt hatten. Sie drückte sich die CD-Hülle an die Brust, während sie die Lautstärke weiter aufdrehte und sich in ihrer Küche zur Musik drehte.

Der Laden, in dem sie sich trafen, war wie eine Schatzkiste voller wunderschön glitzernder Kleider in allen Farben des Regenbogens. Liv wäre am liebsten überall umhergerannt und mit den Fingern über die weichen Stoffe gefahren, doch sie vermutete, dass das in diesem schicken Brautmodengeschäft nicht gern gesehen war.

Sie war sehr gespannt, was Maya für sie ausgesucht hatte, wobei sie vollstes Vertrauen hatte, dass ihre beste Freundin ihr und Elise keine hässlichen Puffärmel-Kleidchen aufdrücken würde. Als Maya sie gefragt hatte, ob sie die Kleider vorab schon sehen wollten oder es eine Überraschung sein sollte, hatte sich Liv für die Überraschung entschieden. Sie hatte das Gefühl, Elise hätte lieber schon einen Blick darauf geworfen, da sie von Natur aus vorsichtiger war, aber sie hatte sich Livs Entscheidung angeschlossen.

Alles, was sie wussten, war, dass ihre Brautjungfernkleider nicht gleich waren. Maya hatte für jede von ihnen ein eigenes ausgesucht.

Tara und Mayas Mum – Yvonne – plauderten angeregt über ihre Outfits, die sie sich schon für die Hochzeit gekauft hatten. Liv lächelte in sich hinein und ließ sich von der allgemeinen Vorfreude von ihrer Besessenheit von Arran und seinen süßen Nachrichten und Geschenken ablenken. Der einzige Wermutstropfen ihres Ausflugs war, dass Elise sich verspätete, was ihr gar nicht ähnlich sah. Liv sah auf die Uhr. Das Geschäft lag in einem Industriegebiet außerhalb der Stadt, und sie hatte Elise angeboten, sie mit dem Auto mitzunehmen. Aber die hatte abgelehnt, mit der Begründung, dass sie nach ihrer morgendlichen Schicht in der Hausarztpraxis, wo sie samstags außerhalb der Sprechzeiten Patienten empfing, vermutlich etwas zu spät sein würde und sie Liv nicht aufhalten wollte.

Tara trat zu ihr und legte ihr den Arm um die Schulter. »Alles okay, Liebes?«

»Ja, alles gut. Danke«, sagte sie eilig. »Dieser Laden ist phantastisch.«

Tara nickte. »Ich liebe die Mischung aus östlichem und westlichem Design. Ich hätte nie gedacht, dass es in dieser Gegend so etwas gibt. Toll, dass Maya das Geschäft gefunden hat.« Sie räusperte sich. »Bist du sicher, dass es dir gut geht? Du wirkst irgendwie nicht wie du selbst nach dem Vorfall mit deinem Vater.«

Sie hatte in der vergangenen Woche kaum einen Gedanken an Dave verschwendet. Ein karamellfarbenes Kleid fiel ihr ins Auge, und sofort musste sie an die Farbe von Arrans Augen denken. Es war nicht einmal so, dass das Kleid die gleiche Farbe hatte wie seine Augen, aber es kam nah genug heran, dass es sie daran erinnerte. Andererseits bedurfte es dazu auch nicht viel, denn er lauerte immer ganz vorn in ihren Gedanken.

»Ehrlich, mir geht's gut, Mum. Das mit Dad macht mir nicht so viel aus.«

Tara wirkte nicht überzeugt. »Ich denke oft daran, dass ich ihn schon viel früher hätte rauswerfen sollen, bevor er uns verlassen hat. Aber leider muss ich gestehen, dass ich mich jahrelang von ihm habe blenden lassen.« Sie seufzte.

Liv nahm die Hand ihrer Mum in ihre. »Ich weiß. Das war aber nicht deine Schuld. Es war seine.«

Ihre Mum sah sie eine Sekunde lang an und nickte dann in Richtung einer Sitzgruppe vor den Umkleidekabinen. »Können wir uns mal setzen? Ich muss mir dir über etwas reden.«

»Klar«, sagte Liv überrascht.

Ihre Mum führte sie zu den Stühlen und sie nahmen Platz. »Mir ist klargeworden, dass ich dir unrecht getan habe.«

Liv runzelte die Stirn. »Wie meinst du das?«

Tara blinzelte. »Ich will mich bei dir entschuldigen für das, was ich gesagt habe, nachdem du Angus vor deinem Vater beschützt hast. Du hattest richtig gehandelt.«

Liv stockte der Atem, als sie versuchte zu verarbeiten, was ihre Mum gesagt hatte.

»Ich gebe auch zu, dass ich dich schon lange so falsch behandelt habe. Ich habe es nicht böse gemeint, aber ich habe dich daran gehindert, deine freie Meinung zu sagen und so zu sein, wie du bist. Und ich mache mir Sorgen, dass dir das geschadet hat.« Ihre Augen füllten sich mit Tränen.

Liv griff wieder nach ihrer Hand. »Mum«, sagte sie leise.

Tara schüttelte den Kopf. »Versuch jetzt nicht, mein Verhalten zu entschuldigen, Liebes.«

Liv lächelte sie schwach an, weil sie nicht wusste, was sie sagen sollte.

»Ich weiß, dass dein Dad der Bösewicht in unserem Leben war. Aber das heißt nicht, dass mich gar keine Schuld trifft.«

Livs Stimme war brüchig. »Ach, Mum.«

Tara drückte ihre Hand. »Du bist so ein toller Mensch, Liv. Und nicht nur, wenn du positiv und fröhlich bist. Auch an deinen schlechtesten Tagen bist du ein guter Mensch. Wenn du dich niedergeschlagen oder wütend fühlst. Und du musst diese Gefühle nicht verstecken. Du darfst rauslassen, was du rauslassen musst, und du sollst wissen, dass ich dich so liebe, wie du bist. Und du bist kein Stück so wie Dave, dieser Nichtsnutz von einem Vater.«

Liv schlang die Arme um ihre Mutter und ließ den Tränen freien Lauf. »Danke dir.«

Die Stimme ihrer Mutter war tränenerstickt. »Gern geschehen. Es war lange fällig.«

Liv löste sich von ihr und wischte sich über die Augen. »Hat Sam mit dir darüber gesprochen?«

Ihre Mum nickte zögerlich. »Ja, hat er. Er hat sich mit mir hingesetzt, und wir hatten ein langes, ehrliches Gespräch. Ich schäme mich, dass ich es erst nicht eingesehen habe. Aber dein Bruder kann sehr überzeugend und entschlossen sein, wenn er sich etwas in den Kopf gesetzt hat.« Sie lächelte. »Und Angus hat ihn unterstützt.«

Liv lachte leise. »Das ist ein guter Kerl, den du dir da ausgesucht hast.«

»Ich weiß«, sagte Tara. »Aber sollte das je wieder vorkommen, und ich hoffe, dass es das nicht tut, dann will ich, dass du damit zu mir kommst. Nicht zu den Männern in unserem Leben. Und ich verspreche, dass ich dir zuhören werde. Okay?«

Liv nickte. »Okay.«

Ihre Mum umarmte sie, und Liv musste zugeben, dass ihr Zwillingsbruder der absolut beste Bruder der Welt war.

Tara sah sie an. »Was liegt dir dann auf dem Herzen? Gerade eben hast du ausgesehen, als wärst du mit den Gedanken ganz woanders.«

Liv biss sich auf die Lippe. »Ach, nur ein kleines Problem mit einem Mann.«

Taras Gesichtsausdruck verriet, dass der Groschen gefallen war. »Arran?«

Liv warf ihr einen schiefen Blick zu. »Hat Sam auch darüber etwas zu dir gesagt?«

»Nein, ich habe es mir gedacht, weil ihr zwei euch so nah zu stehen scheint. Vor allem an dem Tag, als dein Vater aufgetaucht war und er dich zu uns gefahren hat.«

»Ja, das stimmt.« Ihr Herz machte einen Sprung. »Oder das waren wir. Ich weiß es nicht. Ich versuche, mir über ein paar Dinge klar zu werden.«

»Was ist denn passiert?«, wollte Tara wissen.

Liv lachte verbittert. »Ich bin passiert.«

Ihre Mum sah sie verwirrt an.

Liv rieb sich die Augen. Vor dieser Hochzeitsfeier würde

sie die ultimative Gesichtsmaske brauchen, so viel wie sie gerade heulte. Ihr Gesicht musste schon völlig fleckig und aufgedunsen aussehen. »Es hat ziemlich lange gedauert, bis ich es selbst rausgefunden habe. Aber ich hatte schon lange diese Phobie vor ernsthaften Beziehungen. Nachdem ich die Erfahrungen anderer damit miterlebt hatte.« Ihre Mum drückte ihre Hand, und Liv lächelte sie aufmunternd an. »Außerdem habe ich meine eigenen Dämonen erfolgreich ignoriert. Dann, als ich endlich das Gefühl hatte, Fortschritte zu machen, und mich Arran öffnen konnte, wurde ich richtig paranoid, weil ich dachte, er wollte wieder mit Jess zusammenkommen. Doch anstatt dass ich zugelassen habe, dass er mir Sicherheit gibt, bin ich vor ihm zurückgewichen und habe mich versteckt. Ich habe mir selbst – und ihm – gesagt, dass ich es tue, weil ich nicht diejenige sein will, die verhindert, dass seine Familie wieder zusammenfindet. Und auch wenn das die Wahrheit ist, lag es vielleicht auch ein wenig daran, dass ich höllische Angst davor habe, wie stark meine Gefühle für ihn geworden sind und was passieren könnte, wenn ich mich verletzlich mache und er dann doch seine Meinung ändert.«

Tara runzelte die Stirn. »Als dein Vater uns damals verlassen hat, hätte ich alles gegeben, ihn zurückzubekommen. Aber die Zeit hat mir gezeigt, wie falsch dieser Gedanke gewesen ist.«

»Das ist doch nicht das Gleiche, Mum. Jess ist im Grunde ihres Herzens ein guter Mensch.« Liv schob sich die Brille auf der Nase hoch. »Es ist nicht fair ihr gegenüber oder Jayce, wenn ich mich ihnen in den Weg stelle.«

Tara nahm ihre Hand, ihre braunen Augen glänzten. »Du machst dir immer Sorgen, dass du im Weg bist. Schon seit du ein kleines Kind bist. Und das ist die Schuld deines Vaters.«

Etwas tief in Livs Gedanken machte Klick.

»Du warst nicht diejenige, die im Weg war, Liebes«, fuhr Tara sanft fort. »Er war es. Du, dein Bruder und ich, wir waren das Team. Und dein Vater war der Stein in unserem Schuh.«

Liv blinzelte und versuchte die heißen Tränen zurückzuhalten. »Arran schickt mir gerade täglich eine Nachricht, Mum. Und ich will seinen Gefühlen für mich gern vertrauen, genau wie meinen für ihn. Aber ich habe solche Angst, und so sehr ich auch versuche, es zu verstehen, ich komme einfach nicht recht dahinter. Ich glaube, ich bin einfach kaputt.«

Ihre Mum schüttelte den Kopf. »Du bist nicht kaputt, Liebes. Höchstens ein wenig verbogen. Aber das kann man mit der Zeit reparieren.« Sie strich Liv eine Haarsträhne hinters Ohr. »Und nur weil du die Emotion nicht einordnen kannst, heißt das nicht, dass sie nicht ernst zu nehmen ist. Du wirst es schon schaffen; du musst nur dir selbst gegenüber nachsichtig sein und dir vertrauen.« Sie lächelte. »Und wenn du mich fragst, kannst du Arran auch vertrauen. Ich spüre einfach, dass du diesem Mann sehr viel bedeutest. So wie er dich ansieht, ist es, als wärst du der Mond und die Sterne in einem für ihn. Außerdem wäre ein Mann, dem es nicht ernst ist, nicht für dich da gewesen, als dein Vater bei uns zu Hause reingeplatzt ist.«

Liv wollte gerade noch etwas erwidern, als jemand vom anderen Ende des Geschäfts ihren Namen rief. Sie drehte den Kopf und sah, wie Elise durch die Reihen aus Kleiderständern auf sie zukam, den kleinen Jack auf der Hüfte.

»Hey«, grüßte Liv und stand auf, als sie ihren abgehetzten Blick bemerkte. »Alles okay?«

»Sorry, dass ich zu spät bin«, sagte sie so hastig, dass sich ihre Worte zu überschlagen drohten. »Mum hatte einen schlechten Morgen mit ihren Gelenken, und sie konnte Jack nicht wie geplant bis heute Nachmittag nehmen, deshalb musste ich nach der Arbeit rüberfahren und ihn abholen.«

Maya kam zu ihnen und umarmte Elise und Jack. »Kein Problem. Du bist nicht zu spät.«

Elise sah sich um. »Ich weiß, es ist nicht ideal, ihn hier dabeizuhaben, aber ich wusste nicht, wen ich sonst hätte fragen sollen.«

Tara lächelte und erhob sich ebenfalls. »Keine Sorge, meine Liebe. Ich würde ihn gern nehmen, während du und die Mädels eure Kleider anprobiert.«

»Ich auch«, stimmte Yvonne ein, die aus einer Umkleide kam. »Ich hatte schon seit Ewigkeiten keine Kuschelzeit mehr mit dem kleinen Jack. Wir spielen mit ihm, und dann kann er mit uns die Modenschau angucken.«

»Seid ihr euch sicher?«, fragte Elise, als Tara ihr Jack abnahm. »Er will gerade ständig an der Hand herumlaufen. Kein Wunder, dass meine Mum Probleme mit ihrem Rücken und ihrer Schulter hat.«

»Keine Sorge«, antwortete Tara und zwinkerte ihr zu. »Du weißt doch, ich hatte zwei davon zur gleichen Zeit.«

Elise lachte, ihre Schultern entspannten sich sichtlich.

»Los, kommt«, sagte Maya und nahm Elise und Liv an der Hand, um sie zu den Umkleiden zu führen. »Ihr zwei müsst mal ein bisschen umsorgt werden.« Sie nahm von der Verkäuferin zwei Gläser mit Sekt entgegen und reichte sie weiter. »Die Umkleidekabinen sind da drüben.« Sie lehnte sich zu ihnen und raunte ihnen aus dem Mundwinkel zu: »Kleckert mir nur ja keinen Sekt auf die Kleider, capisce?«

»Aye, aye, Captain«, erwiderte Liv und nahm einen extra

vorsichtigen Schluck aus dem Sektglas, ehe sie mit Elise nach hinten ging.

»Das da ist deine Kabine!«, wies Maya sie an. »Und Elise, deine ist gleich daneben.«

Liv stellte ihr Glas auf dem kleinen Tischchen in der Kabine ab und öffnete dann den Reißverschluss des Kleidersacks auf dem Bügel, der ihr Kleid enthielt, und ihre Aufregung wuchs.

Schnell entledigte sie sich ihrer Kleidung und schlüpfte in das Kleid, das Maya für sie ausgesucht hatte, ehe sie einen Arm über den Kopf streckte, während sie den anderen nach hinten verdrehte, um den Reißverschluss am Rücken zu schließen. »Komm schon, du rutschiges, kleines Biest«, murmelte sie ihrem neuen Erzfeind, alias dem Reißverschluss, zu. Schließlich gelang es ihr, und sie drehte sich triumphierend zum Spiegel um und zog zufrieden die Luft ein.

Das Kleid war ein ärmelloses seegrünes Cocktailkleid, das ihr bis zur Mitte ihrer Oberschenkel reichte, mit enger Korsage und A-Linien-Rock – ihr Lieblingsstil. Der Rock schwang richtig gut, als sie sich darin wiegte.

»Bist du so weit, Liv?«, rief Elise von nebenan.

»Yep«, bestätigte Liv und zog die hohen Schuhe an, die sie mitgebracht hatte. Sie trat aus der Kabine vor den wandhohen Spiegel. »Ich *liebe* mein Kleid.«

Elise trat hinter sie und pfiff anerkennend durch die Zähne. »Liv, du siehst absolut umwerfend aus.«

Liv wandte sich zu ihr, um sich zu bedanken, doch ihr verschlug es vor Staunen die Sprache. »O mein Gott. Du siehst *phantastisch* aus.«

Elise verschränkte ihre Arme. Ihr Kleid war aus hellblauem glänzendem Satin, der bis zum Boden reichte, hatte dünne

Träger und einen Wasserfallausschnitt. Es schmiegte sich verführerisch an ihre schlanke Figur. »Bist du sicher? Ich weiß nicht … Vielleicht ist es ein bisschen zu sexy?«

Liv zog die Augenbrauen hoch. »Sowas gibt es nicht. Du darfst ruhig sexy sein.«

Elise trat neben sie und musterte kritisch ihr Spiegelbild, wobei sie sich von einer Seite zur anderen drehte. »Ich meinte, ich weiß nicht, ob ich es mir erlauben kann, so etwas zu tragen.«

Liv riss den Mund auf. »Bitte, sag mir, dass du das nicht ernst meinst. Du, Dr. Kowalski, bist eine sexy Bitch.«

Elises Wangen färbten sich rosa. »Ach, ich weiß ja nicht.«

Liv legte einen Arm um ihre Schultern und zeigte auf den Spiegel. »Das da ist dein Beweis.«

»Hey!«, rief Maya aus der Richtung der Sitzgruppe. »Wo bleibt meine Modenschau?«

Sie lachten beide, und Liv nahm Elise an der Hand, um sie nach draußen zu führen, wo Maya, Yvonne, Tara und der kleine Jack auf sie warteten. Liv in ihren Mega-Absätzen und Elise in ihren Kitten-Heels waren fast gleich groß.

Die anderen verstummten und rissen staunend den Mund auf, als die zwei Freundinnen um die Ecke bogen.

»O mein Gott, ich bin ein Mode-Genie«, rief Maya und starrte die beiden gebannt an. »Ihr zwei seht absolut umwerfend aus.«

Tara tupfte sich die Augen ab, und Yvonne zog ein Taschentuch aus der Handtasche, das sie ihr reichte.

Maya stand auf und ging auf Elise zu. »Du bist eine so sexy Lady.« Sie gab ihr einen Klaps auf die Schulter und wandte sich an Liv, deren Hand sie nahm und sie wie zum Tanz drehte. »Und du bist ein absolut heißer Feger.«

Yvonne lächelte. »Ihr zwei seht wunderschön aus. Und jedes eurer Kleider passt perfekt zu den Augen der Trägerin.«

Liv sah an sich hinab und dann zu Elise. Das war ihr bisher gar nicht aufgefallen. Maya hatte den jeweiligen Stil ausgewählt, der perfekt zu ihnen passte, und die Farben, die sich in ihren grünen und Elises blauen Augen wiederfanden. Ihr kamen die Tränen. Schon wieder. Sie würde sich eine Kosmetikerin auf die Kurzwahltaste legen müssen.

»Los, zieh deins auch mal an, Maya«, schlug Yvonne vor.

Die quietschte auf, was ein allgemeines Lachen in der Gruppe auslöste, und verschwand dann um die Ecke, die Verkäuferin im Schlepptau.

Eine andere Verkäuferin tauchte aus dem Umkleidebereich auf und brachte Liv und Elise ihre Sektgläser mit. Liv nahm einen vorsichtigen Schluck, stets darauf bedacht, nichts auf ihr wunderschönes Kleid zu kleckern.

Es dauerte ein paar Minuten, ehe Maya um die Ecke bog, doch es lohnte sich. Ihr Kleid war schimmernd blaugrün. Die verschiedene Farbtöne mischten sich ineinander, ließ man den Blick am Kleid hinabwandern. Es war geschnitten wie ein moderner Sari, der aus einem kurzärmeligen engen Oberteil bestand, das sich in einen Stoff ergoss, der sich bis zu ihren Füßen um Mayas Körper zu wickeln schien; und an ihrer linken Schulter floss das Material über und ihren Arm entlang bis zum Boden.

Liv hätte fast ihr Glas fallengelassen. Sie schluckte. »Absolut phantastisch.«

Maya grinste und drehte sich vor ihnen. Liv schielte zu Elise, die sich die Hand vor den Mund geschlagen hatte. Ihre Augen glänzten verdächtig. Sie legte ihr den Arm um die Schulter und drückte sie an sich.

Yvonne ging zu Maya und umarmte sie. »Liebling, du bist so wunderschön.«

»Vielen Dank.« Maya deutete eine Verbeugung an. »Ich denke darüber nach, meinen Job im Skizentrum an den Nagel zu hängen und mich Vollzeit mit Styling zu beschäftigen.«

Yvonne lachte. »Schon wieder ein Berufswechsel?«

Maya zuckte mit den Schultern. »Wenn man eben begabt ist ...«

Tara wippte Jack auf ihren Knien. »Eure Kleider passen perfekt zu euch. Und ich finde es großartig, wie sie aufeinander abgestimmt sind. Das Grün von Livs Kleid und das Blau von Elises kommen in deinem zusammen, Maya.«

Maya blickte zu Liv und Elise und sagte mit untypisch ernster Stimme: »Wir drei ergänzen uns eben schon immer gut.«

Jetzt schluchzte Elise leise auf, und Liv hatte das Gefühl, der Kloß in ihrem Hals müsste sie ersticken, so groß war er. Sie nahm Elise an der Hand und führte sie zu Maya, wo sie sich zu dritt in die Arme fielen, auch wenn es sicher etwas seltsam aussah, wie sie ihre Sektgläser mit einer Hand wegstreckten, um keine Flecken auf ihre Kleider zu bekommen.

Am nächsten Tag war Sonntag, und dieses Mal hatte sich Liv ihren Wecker extra früh gestellt, um Arran dabei zu erwischen, wie er den Umschlag bei ihr ablieferte. Auch wenn sie keine Ahnung hatte, was sie in dem Fall tun würde. Vermutlich wäre sie hin und her gerissen zwischen zu ihm Laufen und ihm sein hübsches Gesicht zu küssen und dem Instinkt, sich hinter dem Vorhang zu verstecken und ihn heimlich zu beobachten.

Wie auch immer, sie musste sich gar nicht entscheiden, da bei ihrer Ankunft an der Haustür nichts im Briefschlitz zu finden war. Ihre Enttäuschung war endlos.

Sie schlurfte in ihren Plüschpantoffeln in die Küche, machte sich Tee und eine Scheibe Toast, und es sich dann damit auf dem Sofa bequem. Sie schaltete *Stolz und Vorurteil und Zombies* an, um sich aufzuheitern.

Gerade als sie an der Stelle ankam, wo die Bennet-Schwestern in Zeitlupe den Korridor in Meriton entlang gehen und dabei Zombies abschlachten, hörte sie ein Geräusch an der Haustür. Ohne groß zu überlegen, ob sie sich für die Kuss-Variante oder die Hinter-dem-Vorhang-versteckten-Variante entscheiden sollte, rannte sie zur Haustür und riss sie auf.

Doch davor stand nicht Arran, sondern ihr vor Schreck erstarrter Bruder.

Sie ließ die Schultern hängen. »Sam! Was tust du hier?«

Er zog eine Augenbraue hoch. »Ich freue mich auch, dich zu sehen, Sis.«

Ihr Blick fiel auf den weißen Karton zu seinen Füßen.

»Was ist das?«

Er fuhr sich mit der Hand durch die Haare. »Das hat nicht durch den Briefschlitz gepasst, also habe ich gerade entschieden, es vor der Tür stehen zu lassen.«

»Willst du damit sagen … dass du es warst, der die ganzen Nachrichten überbracht hat? Nicht Arran?« Sie verspürte Enttäuschung darüber, dass es nicht Arran gewesen war, der jeden Tag an ihre Tür gekommen war.

Sam nickte. »Ja. Er hat mich gebeten, sein Bote zu sein. Er hat sich nicht vertraut, weil er befürchtete, doch zu klingeln, wenn er es selbst gemacht hätte.«

Die Begründung ließ ihr Herz höher schlagen. Sie schielte mit wachsendem Interesse auf den Karton.

Also bückte sich Sam und hob ihn hoch. »Hier. Ich sehe dir doch an, dass du es kaum abwarten kannst reinzuschauen.«

Sie nahm den Karton entgegen. »Na los, jetzt kannst du auch mit reinkommen.«

Er folgte ihr ins Wohnzimmer und nahm neben ihr auf dem Sofa Platz. Sie löste die grüne Schleife, die um den Karton gebunden war. Er sah aus wie eine Kuchenschachtel.

»Was zur Hölle schaust du da?«, fragte Sam mit Blick auf den Fernsehbildschirm, wo das eingefrorene Bild von Lily James zu sehen war, wie sie in einem dunklen Ballkleid aus Satin ein Schwert schwang.

»*Stolz und Vorurteil und Zombies*«, murmelte sie geistesabwesend, während sie den Deckel der Schachtel anhob.

»Ach du Scheiße«, sagte Sam. »Ich wette, Maya würde das lieben.«

»Tut sie auch. Aber nicht so sehr wie die Neuverfilmung von 2005 mit Keira Knightley.« Liv nahm den Deckel ganz ab, und vor Staunen hätte sie fast Stielaugen bekommen. »Eine Auswahl an Scones vom Café!«

Sam lachte. »Ich würde sagen, dieser Kerl kennt den Weg zu deinem Herzen.«

»Magst du eins?«

»Klar, wieso nicht?«

Liv ging in die Küche und kehrte mit einem Tablett mit Tellern und einer Kanne frischen Tee zurück. Dann suchten sie sich jeder ein Scone aus. Im Karton befanden sich sogar Sahne und Marmelade, und Liv gab sich alle Mühe, den Blick abzuwenden, als Sam die Sahne zuerst auf sein Brötchen schmierte, genau wie Maya, die Scone-Verräterin.

»Übrigens«, sagte Sam mit vollem Mund. »Wie lief denn das Kleider-Shoppen?«

»Das geht dich nix an«, entgegnete sie.

Er schluckte seinen Scone runter und grinste. »Wie schön sah meine Verlobte aus?«

Liv spürte sofort wieder die Rührung in sich aufsteigen, als sie daran dachte, wie bezaubernd Maya ausgesehen hatte. »Lass es mich mal so sagen. Du solltest dir an dem Tag besser ein paar Taschentücher in deine Felltasche stecken, denn du wirst heulen wie ein Baby, wenn du sie siehst.«

Sein Lächeln verschwand, und er sah wehmütig drein. »Kannst du mir schon ein bisschen was verraten?«

»Vergiss es, Bro. Ich verrate gar nichts.« Sie machte mit der Hand die Geste, als würde sie den Mund mit einem Reißverschluss verschließen.

Er seufzte. »Ich hätte wissen sollen, dass ich mir an dir die Zähne ausbeiße.«

Sie lächelte. »Es wird es wert sein, wenn du sie siehst.«

Er lächelte das verliebteste Lächeln in der Geschichte des Universums. Liv rechnete schon fast damit, dass jeden Moment eine Celine-Dion-Ballade im Hintergrund erklang.

»Wie sehr freust du dich auf die Hochzeit auf einer Skala von eins bis zehn?«, fragte sie und kaute auf ihrem Brötchen.

»So elf etwa«, antwortete er und schlang den letzten Bissen seines Scones auf einmal hinunter. »Die sind übrigens echt lecker.«

»Ich weiß«, sagte sie seufzend. Ihr Blick sauste zu ihm, ehe sie sich wieder dem sahnig-marmeladigen Leckerbissen widmete. »Hat Arran eigentlich irgendwas über mich erzählt?«

Sam schüttelte den Kopf. »Ich darf nicht darüber reden. Arran hat gesagt …«

»Du darfst nichts sagen, weil ich Zeit brauche«, beendete sie den Satz für ihn. »Weiß ich schon von Maya.«

Sam zuckte mit den Schultern und nahm seine Tasse, um einen Schluck Tee zu trinken. »Regeln sind Regeln.«

»Hmpf.«

Er lächelte sie an. »Ich denke, tief in deinem Herzen weißt du, was du willst und was du zu tun hast.«

Wenn es nur so einfach wäre. Sie räusperte sich. »Ich verstehe nicht, warum es so schwer ist, über meine Gefühle hinwegzukommen, vor allem, weil ich es jetzt geschafft habe, darüber zu sprechen.«

Er sah sie mitfühlend an. »Ein paar Gespräche machen noch keine Lebzeit an Trauma wett, Liv. Erinnerst du dich noch, was du mir an Weihnachten gesagt hast – dass ich mich meiner Vergangenheit stellen und mit Maya daran arbeiten muss? Ach, und ich glaube, du hast noch gesagt. ›Mach eine Therapie‹«, fügte er lächelnd hinzu.

»Ich weiß«, sagte sie und spielte an der Wolldecke. »Aber das war etwas anderes.«

»Anders, wie in – mache, was ich sage, nicht was ich tue?« Er zog eine Augenbraue hoch.

Sie schwieg.

»Für andere stark zu sein, bedeutet nicht, dass man sich selbst vernachlässigen muss, Sis«, sagte er liebevoll. »Du hast eine Menge zu bewältigen.«

Sie biss sich auf die Unterlippe, um die Tränen zurückzuhalten. »Danke, dass du für mich mit Mum gesprochen hast.« Sie stupste ihn an. »Du bist schon in Ordnung für einen Zwillingsbruder.«

Er stupste sie zurück. »Gleichfalls, Zwillingsschwester.« Er warf einen Blick auf seine Armbanduhr. »Ich muss los.

Hab noch ein paar andere Sachen zu erledigen, außer Liebesbotschaften von meinem besten Freund an meine Schwester zu überbringen.« Er erhob sich.

Liebesbotschaften. Hatte Arran Sam gesagt, dass er sie liebte? Sie dachte an seine Briefe, die er alle mit *In Liebe, Dein Arran* unterschrieben hatte. Meinte er das wörtlich?

Sie versuchte sich an das letzte Mal zu erinnern, als sie ihn gesehen hatte. Er hatte ihr gesagt, dass er ihr seine Gefühle offenbaren würde, sobald sie dazu bereit war. Oder zumindest, wenn er es nicht mehr aushielt. Sie hoffte, er wollte damit andeuten, dass er genauso etwas für sie empfand wie sie, dass er nicht nur mit ihr ausgehen wollte, sondern sie sogar liebte.

Sie stand auf, um Sam zur Tür zu bringen, wo sie ihn verabschiedete.

»Danke, dass du deine Scones mit mir geteilt hast«, sagte er im Gehen. Dann winkte er ihr über seine Schulter zu. »Und mach dir keine Sorgen. Ich habe da so ein Gefühl, dass sich an der Hochzeit alles fügen wird.«

KAPITEL

achtundzwanzig

Am Montag machte sich Liv keine Mühe, früher als normal aufzustehen, da sie nun wusste, dass es nicht Arran selbst war, der ihr die Briefe und Geschenke vorbeibrachte. Sie ging aber trotzdem zuerst zum Briefschlitz, noch bevor sie duschte.

Der Umschlag enthielt ein Foto von Arran, der wie Regé-Jean Page als Duke of Hastings angezogen war. Liv schnappte vor Überraschung nach Luft. »Das ist grandios«, sagte sie laut. Er war extrem heiß. Sie faltete den Brief auf.

Liebste Aggie,

Ich hoffe, dir haben die Scones geschmeckt und sie haben dich an unseren gemeinsamen Nachmittagstee erinnert. Da hätte ich noch ein Geständnis – an jenem Nachmittag hat mich dein Outfit dazu gebracht, dass ich eine Phantasie über dich als sexy Bibliothekarin hatte, mit der ich es zwischen den Bücherregalen treiben konnte. Wo wir schon davon sprechen, ich habe die erste Staffel Bridgerton angesehen, zu Recherchezwecken, nachdem du mir gesagt hast, ich sähe aus wie der Typ aus der Serie. Ich denke jetzt darüber nach, mir eine Bibliotheksleiter zuzulegen …
In Liebe
Dein Arran

»Heilige Scheiße.« Er hatte für sie *Bridgerton* geschaut. Und er hatte sich auf diese Szene bezogen. Der Traum einer jeden Liebesromanleserin. Liv zog am Kragen ihres Shirts, als ihre Körpertemperatur sich um ein paar Grad zu erhöhen schien.

Den ganzen Tag über tauchten immer wieder Bilder dieser Szene in ihrem Kopf auf, nur dass sie es war, die auf der Leiter stand, und Arrans Kopf, der zwischen ihren Beinen vergraben war.

Als am nächsten Morgen der Umschlag ihre Aktzeichnung enthielt, wäre Liv fast zum Telefon gerannt, um ihn anzurufen und ihn zu bitten, zu ihr zu kommen. Aber etwas hielt sie noch immer davon ab – abgesehen davon, dass sie darauf brannte, zu erfahren, was der Rest der Woche noch an Überraschungen bereithielt. Es war eindeutig, dass er etwas für sie empfand. Aber reichte das aus? War sie genug? Verdiente sie ihn, wo sie doch so … verbogen war, wie ihre Mutter es ausgedrückt hatte? Sie öffnete den Brief.

Liebste Aggie,

dieses Bild hoffe ich sehr bald wieder live zu sehen. Dieser Tag war das heißeste Erlebnis meines Lebens. Du bist das Schönste, das ich je gezeichnet oder gemalt habe. Schöner als jeder noch so spektakuläre Ausblick in Glenavie oder in ganz Schottland. Auf der ganzen Welt gar. Ich will dich jeden Tag malen.
Dann will ich dich überall mit Farbe bekleckern und sie dir in der Dusche wieder abwaschen.
In Liebe
Dein Arran

Der Mittwoch brachte ein wunderschönes Foto der Maiblüten in Japan.

Liebste Aggie,

als wir das letzte Mal übers Reisen gesprochen haben, hätte ich dich fast gebeten, ob du mit mir schon etwas ausmachen und einen gemeinsamen Urlaub buchen möchtest. Ich weiß nicht, ob du dich daran erinnerst, aber in dem Moment waren wir beide nackt und lagen zusammen auf dem Sofa in meinem Atelier. Was verdammt großartig war, übrigens. Jetzt kann ich diese Couch nicht mehr ansehen, ohne sofort einen Ständer zu bekommen. Ich musste sogar verhindern, dass andere Leute ins Atelier kommen, nicht dass sie denken, ich hätte einen verrückten IKEA-Fetisch, wenn sie mich mit einem Ständer auf der Couch erwischen.
Wie auch immer, das beigefügte Foto ist als Einladung zu verstehen, mit mir und Jayce zu einem Abenteuer aufzubrechen.
In Liebe
Dein Arran

Am nächsten Tag war weder ein Umschlag noch irgendeine Spur von Sam mit einer Kuchenschachtel zu entdecken. Liv ging zur Arbeit und stellte fest, dass ihre Hoffnungen immer noch genauso leicht zu zerplatzen waren, trotz der Dichte seiner Nachrichten.

Sie kam beim Kindergarten an, hängte ihre Jacke auf und verstaute ihre Tasche. Als die Bringzeit begann, strömten nach und nach die Kinder ihrer Gruppe herein.

Jayces entzückendes Gesicht lugte um die Ecke, als er als

Letztes ankam. Seine Babysitterin war meistens so spät dran.
»Psst. Miss Lib.«

Sie lächelte. »Ja, Jayce?«

»Ich muss dir was zeigen.«

»Klar, Kumpel, bring es einfach her.«

Er schüttelte den Kopf. »Ist in meiner Tasche. An meinem Haken.«

Verwirrt stand sie auf. »Okay. Ich komme schon.«

Er sauste voraus um die Ecke, und sie folgte ihm in den Flur zur Garderobe; er stand vor seiner Tasche und sah sich verstohlen um.

»Was ist los?«, fragte sie und unterdrückte ein Lachen, weil seine ernste Miene so süß aussah.

Er öffnete den Reißverschluss seines Rucksacks, auf dem ein edles Ross abgebildet war. »Hier drinnen.«

Sie lugte hinein und erblickte ein Buch. Erstaunt zog sie es heraus und stellte fest, dass es kein normales Buch war, sondern ein Fotoalbum.

»Was ist das?«, fragte sie Jayce, musste jedoch feststellen, dass sie mit seinem Rücken redete, weil er bereits zurück zum Gruppenraum lief, wo ihre Gruppenhelferin die Kinder bestimmt gerade in der Leseecke zum Morgenkreis versammelte.

Ihre Neugier gewann die Oberhand, und anstatt Jayce zurück in den Gruppenraum zu folgen, setzte sie sich auf eine der Bänke unter der Garderobe und schlug das Album auf.

Unwillkürlich schlug sie sich die Hand vor den Mund und Tränen traten ihr in die Augen.

Es waren die Fotos, die Henry von ihr, Jayce und Arran geschossen hatte. Und sie waren wunderschön. Sie blätterte das Album durch und hielt immer wieder inne, um die Bilder zu bewundern. Einige zeigten Jayce und sie auf den Sitzsäcken, wie sie gemeinsam lachten, sich auf die Säcke fallen ließen oder darauf kuschelten. Und dann waren da Fotos von ihnen zu dritt – Arran, wie er sich comedymäßig auf den Sack fallen ließ, woraufhin Jayce lachte und Arran sie beide mit sich runterzog. Das erste Foto davon zeigte Arran, wie er Liv ansah, als wäre sie das Heiligste in seinem Universum.

Ihr stockte der Atem, und Tränen liefen ihr über die Wangen. Sie blieb noch ein paar Sekunden so sitzen und betrachtete weiter das Foto. Dann blätterte sie zurück dorthin, wo Arran auf die Innenseite des Deckblatts geschrieben hatte.

Liebste Aggie,

Ich hoffe, es macht dir nichts aus, aber ich habe Henry angerufen, ehe er dir diese Fotos per E-Mail schicken konnte, damit ich sie ausdrucken und in ein Album binden konnte. Ich wollte dieses Geschenk für den Schluss aufheben, weil es genau darstellt, was ich mir für die Zukunft wünsche. Unsere kleine Familie. Ich hoffe wirklich, dass du dir das auch wünschst.
Wir sehen uns morgen, Liebling.
In Liebe
Dein Arran

KAPITEL
neunundzwanzig

»Komm schon, Mann. Mach nicht so ein langes Gesicht. Das ist eine Hochzeit.«

Arran sah Nico mit hochgezogener Augenbraue an. »Ich mache doch kein langes Gesicht. Das *ist* mein Gesicht.« Er blickte übertrieben ausdruckslos drein.

Nico lachte. »Dann will ich dich nicht schlecht gelaunt erleben.«

Arran grinste und rückte einen Stuhl zurecht, der nicht zurechtgerückt werden musste, um sich selbst von seiner Nervosität abzulenken. Sie waren am Ort der Feier für die Zeremonie – unter einem Pavillon an Mayas und Sams Lieblingsplatz zum Sternegucken. Dort, wo Sam Arran vor ein paar Wochen gut zugeredet hatte, was Liv betraf. Der Pavillon war an einem Ende offen, so dass die majestätischen Berge den Hintergrund der Zeremonie bildeten.

Seine Augen blieben an dem sagenhaften Ausblick hängen. Es war einfach zu romantisch. Unter dem Pavillon waren die Stühle in ordentlichen Reihen aufgestellt, die Sitzpolster in hübschen Blau- und Grüntönen gehalten. Es wirkte wie Meereswellen, die über die Sitzreihen hinweg rollten. Sofort fielen ihm Livs Augen ein. Zwar bedurfte es dazu gerade nicht allzu viel, aber das hier erinnerte schon sehr an ihre Augenfarbe.

Drüben auf der Weide meinte er, seinen Kumpel Hamish, das Highland-Rind zu erblicken, das sich gerade an eine Kuhdame heranzumachen schien.

»Nicht schlecht, Hamish«, murmelte er in sich hinein.

»Hoffentlich bekomme ich auch mein Mädchen, noch ehe der Tag zu Ende geht.«

Nico kam zu ihm und sah ihn vielsagend an. »Redest du neuerdings schon mit dir selbst?«

»Nein. Ich rede mit meinem Freund Hamish.« Er nickte in Richtung der Rinder.

Nico seufzte theatralisch. »Jetzt bist du endgültig verrückt geworden.«

Arran schürzte die Lippen. »Bin ich gar nicht. Wir sind einfach Seelenverwandte.«

Ein Lächeln spielte um Nicos Mund, und er streckte die Hand aus, um Arrans grüne Krawatte gerade zu rücken. Arran versuchte, seine Hand wegzuschlagen, aber Nico ließ sich nicht davon abbringen. »Lass mich mal machen. Du solltest in Bestform sein, wenn deine Herzensdame eintrifft.«

Seufzend ließ er Nico an seiner Krawatte zu Werk gehen. »Ich hoffe wirklich, dass sie meine Herzensdame sein will.«

»Das will sie bestimmt«, beruhigte ihn Nico und runzelte konzentriert die Stirn. »Du hast eine Tonne Grundlagen gelegt. Ich würde dich schon fast selbst heiraten.«

Arran brachte ein Lächeln zustande, auch wenn seine Nerven blank lagen.

»Wie auch immer.« Nico wich zurück und betrachtete sein Werk an Arrans Krawattenknoten. »Du bist ein attraktiver Künstler, der auch ein Single-Dad ist. Als ich das letzte Mal nachgesehen habe, erfüllt das gleich mehrere Punkte auf der Liste der Voraussetzungen für einen Liebesromanhelden.«

Ein Geräusch am Eingang des Pavillons ließ Arrans Kopf herumfahren, in der Hoffnung, dass die Braut und ihre Freunde angekommen waren. Aber es war nur Sam, der noch einen Stuhl dazu stellte.

Nico beobachtete ihn stirnrunzelnd. »Alles okay, Champ? Ich dachte, es wäre nur Holland, den ich heute unter meine Fittiche nehmen müsste, nicht auch noch dich.« Er strich sich mit den Händen über die eigene dunkelblaue Weste und hielt sich dann an den Aufschlägen seines Jacketts fest. Sie trugen alle die gleichen dunkelblauen Westen und Jacketts, mit blaugrünem Schottenrock, schwarzen Socken zum Kilt und einem Sporran, dem zum Kilt gehörenden Fellbeutel. Nicos Krawatte war himmelblau und Arrans meergrün. Wie Livs Augen.

»Ja«, sagte Arran. »Ich war mir einfach so sicher, dass sie das Gleiche empfindet wie ich und überzeugt, dass ich ihr zeigen könnte, wie gut wir zusammenpassen. Aber jetzt ist der Tag gekommen, und ich mache mir absolut in die Hose, weil ich Angst habe, versagt zu haben.« Er rieb sich die Augen. »Vielleicht hätte ich meinem Gefühl nachgeben und sie anrufen sollen oder zu ihr fahren.«

Nico schüttelte den Kopf. »Du hast ihr versprochen, ihr Zeit zu geben. Und du hast ihr genau gesagt, wann ihr euch sehen und darüber reden werdet – nämlich heute. Du hast ihr alles klar und deutlich gemacht.«

»Ich hoffe, du hast recht.«

Nico zuckte mit den Schultern und lächelte schief. »Ich habe immer recht.«

Arran lachte auf.

Nico lehnte sich zu ihm und raunte ihm zu. »Übrigens muss ich dir sagen, wie stolz ich auf dich bin, Bro.«

Arran zog die Augenbrauen hoch. »Meinst du das ironisch?«

Nico verdrehte die Augen. »Nein, tue ich nicht. Ich bin stolz auf dich, dass du dich aufgerafft hast und mit Liv aufs

Ganze gehst. Du hast ihr deine Gefühle offengelegt, und das ist das verdammt Mutigste, das ein Mann tun kann.« Er stupste Arran an.

»Gut, dass du nicht zugelassen hast, dass dein Stolz dir im Weg steht. Du bist nicht wirklich Mr. Darcy, auch wenn Maya immer diese Parallelen zieht, dass Liv ihn angeblich nicht findet.« Nico warf einen Blick über die Schulter, als würde er nachsehen, ob ihnen jemand zuhörte. »Ich bin froh, dass du nicht die gleichen Fehler machst wie ich.«

Sie sahen beide auf, als die Gäste am Fußweg zum Pavillon eintrafen, wo Sam sie mit einem Lächeln und Handschlag begrüßte.

Arran runzelte die Stirn und musterte Nico nachdenklich. *Welche Fehler?* Doch ehe er ihn danach fragen konnte, lächelte dieser. »Na los, komm mit. Wir haben Pflichten zu erfüllen.« Er machte kehrt und ging zwischen den Stuhlreihen hindurch auf Sam zu, Arran eilte ihm hinterher.

Die Gäste saßen alle, und der Bräutigam und seine Familie und engsten Freunde warteten am Ende des Gangs. Sam stand vorne, flankiert von Tara und Angus, Nico und Arran dahinter. Sam und Maya hatten sich dazu entschieden, die Braut nicht wie traditionell üblich zu übergeben, weil Maya der Meinung war, nicht der Besitz ihres Vaters zu sein und auch nicht vorhatte, der ihres Ehemanns zu werden. Also war es eher ein Zusammenkommen beider Familien, wobei Sams Seite schon vorne wartete, bis Maya mit ihrer Familie und ihren beiden Brautjungfern ankam. Natürlich hatte Liv einen Platz auf beiden Seiten, auch wenn sie jetzt mit Maya kam. Aber das machte das Konzept noch ergreifender.

Arrans Gedanken rasten. Liv würde bald hier sein, doch er würde sicher erst nach der Zeremonie eine Gelegenheit bekommen, mit ihr zu reden. Also erst, wenn sie im Schloss waren. Und auch dort wahrscheinlich erst nach dem Abendessen, wenn das Tanzen begann. Er sollte Liv zum ersten Tanz geleiten, und Nico würde mit Elise gehen

Aber würde er wissen, wie sie fühlte, wenn er sie sah? Würde sie ihm etwas verraten, um ihn zu beruhigen?

Er dachte daran, was Nico gesagt hatte. Nico war nicht der Typ, der mit Komplimenten um sich warf, und Arran freute sich, dass sein Freund stolz auf ihn war. Vermutlich hatte er recht, dass sein Stolz auch ein Faktor gewesen war, warum er Liv nicht sofort gesagt hatte, dass er sie liebte. Natürlich hatte er sie vor allem nicht überrumpeln wollen, als sie so verletzlich gewesen war, aber ja, Selbstschutz war sicher auch ein Punkt. Wahrscheinlich hätte er es ihr einfach in dem Moment, als es ihm klar geworden war, sagen sollen, dann hätte sie seinen Gefühlen vielleicht mehr vertraut, als Jess seine Pläne durchkreuzt hatte. Obwohl er den Verdacht hatte, dass das Ergebnis dasselbe gewesen wäre – Liv brauchte zusätzliche Sicherheit, nicht nur durch Worte, sondern auch durch Taten. Und er war mehr als froh, ihr diese zeigen zu können. Er würde ihr alles geben, was sie wollte.

Der Dudelsackspieler, der am anderen Ende des Pavillons auf der Wiese stand, geradeso sichtbar durch den dünnen Stoff, begann mit seinem Lied. Das war das Signal, dass die Ankunft der Braut und ihres »Gefolges« kurz bevorstand. Arrans Herz machte einen Sprung, voller Vorfreude, Liv endlich zu sehen.

Er betrachtete den Musikanten, der sein Instrument an sich drückte. Arran war noch nie ein Fan des eher schrillen Tons des Dudelsacks gewesen. Genau in diesem Moment ertönte ein lautes Quietschen, als der Dudelsackspieler fast auf etwas im Gras ausgerutscht wäre. Ein Blick nach unten bestätigte, dass Hamish auf dem Boden ein kleines Geschenk für ihren krachmachenden Freund hinterlassen hatte. Arran sah rüber zur Weide, wo Hamish mit der flauschig aussehenden Highland-Kuh zu kuscheln schien.

Er lächelte in sich hinein. *Wenn ich Liv heirate, haben wir stattdessen ein Streichquartett.*

Fuck. Dieser Gedanke war ihm wie aus dem Nichts gekommen, weil er sich so natürlich und richtig anfühlte.

Arrans Blick richtete sich wieder auf das andere Ende des Pavillons, wo Omar und Yvonne, Mayas Eltern den Gang betraten. Den Rest der Brautgesellschaft konnte er noch nicht entdecken.

Als sie näherkamen, stellte er fest, dass er der Einzige in der ganzen Hochzeitsgesellschaft war, der sich nicht den Hals verrenkte, um die Braut sehen zu können. Es war Liv, auf die er sehnlichst wartete.

Maya betrat den Pavillon, flankiert von Hana – ihrer hochschwangeren Schwester – und ihrer zukünftigen Schwägerin Rosie, Hanas Verlobter. Maya sah wunderschön aus, in ein enges Kleid aus Türkis und Blau gewickelt. Doch diese Farbtöne erinnerten ihn nur an die eine Frau, die hinter Maya und ihrer Familie ging und Elises Hand hielt.

Elise sah ebenfalls umwerfend aus, in einem bodenlangen blauen Kleid, aber bei Gott, es hätte auch einer der heißesten und schönsten Stars sein können, der neben Liv ging, und sie hätte trotzdem im Vergleich zu Liv blass ausgesehen.

Arran konnte den Blick nicht von ihr abwenden. Die lange Linie ihres Halses und die glatte Haut ihrer nackten Schultern. Die Art, wie sich ihr meergrünes Kleid in einer engen Korsage an ihren Oberkörper schmiegte und sich dann in einen kurzen Rock ausbreitete, der ihr um die Oberschenkel schwang, so dass er sich unwillkürlich vorstellte, mit der Hand an der Außenseite ihres Beins emporzugleiten, während sein Mund an der weichen Innenseite in der gleichen Richtung unterwegs war …

Er verlagerte sein Gewicht, um die Kilt-Tasche so zu hängen, dass sie verbarg, was sich unter dem Rock regte. Ein wahrer Schotte trägt immerhin keine Unterwäsche unter dem Kilt. Dass dem wirklich so war, würde zweifellos noch im Laufe des Abends bewiesen werden, wenn einer von ihnen so besoffen war, dass er allen seinen nackten Hintern präsentierte. *Wahrscheinlich Nico.*

Dann hob Liv den Kopf, und ihre Blicke trafen sich. Es wirkte fast so, als wäre sie ein wenig aus dem Tritt geraten. Arran hätte sich fast an Nicos Arm festgehalten, weil er plötzlich so weiche Knie hatte.

Liv sah nicht weg, sondern hielt seinem Blick stand, während die Eltern des Brautpaares sich gegenseitig begrüßten. Er betete zu Gott, dass das ein gutes Zeichen war.

Schließlich schaffte er es, seinen Blick von Liv loszureißen und sich dem Brautpaar zuzuwenden. Sam standen Tränen in den Augen, als er Mayas Gesicht in die Hände nahm und sie küsste. Die Eltern nahmen in den ersten Reihen Platz, die Trauzeugen und Geschwister daneben.

Arran wurde warm ums Herz, als er Sam und Maya beobachtete, weil er mit absoluter Sicherheit wusste, dass sie perfekt füreinander waren. *Nicht wie Jess und ich*. Je mehr Abstand er dazu bekam, desto deutlicher wurde ihm, dass es nicht gepasst hatte. Arran schielte zu Nico rüber, der Elise in ihrem Satinkleid anzustarren schien.

Sam nahm Mayas Hand, und der Standesbeamte begann

mit der Zeremonie. Arran lehnte sich ein wenig nach vorne, um noch einen Blick auf Liv zu erhaschen. Sie hatte die nackten Beine überschlagen, während sie ihren Bruder und ihre beste Freundin ansah.

Nico beugte sich zu ihm. »Sieh dir mal Ben und Brodie an.«

Arran drehte sich zu den Sitzreihen hinter ihnen um und zu den beiden. Sie schienen Händchen zu halten. Er warf Nico ein Lächeln zu und sang leise: »Love is in the Air!«

»Ja«, erwiderte Nico ebenfalls lächelnd.

Arran hatte Mühe, den Blick auf Braut und Bräutigam gerichtet zu halten, weil er lieber die Brautjungfer im grünen Kleid betrachtete. Er bewunderte, wie Livs Augen strahlten, wenn ein zärtlicher Moment zwischen ihrem Bruder und ihrer besten Freundin entstand, und wie sie breit lächelte, wenn etwas Lustiges gesagt wurde.

Die Haare trug sie hochgesteckt und nur ein paar einzelne Locken umrahmten ihr Gesicht. Ihre Augen waren noch größer als sonst und leuchteten, eingerahmt von schwarzem Lidstrich und ohne ihre typische Brille. Sie musste ihre Kontaktlinsen drin haben, denn sonst wäre sie sicher den Gang entlang gestolpert. Er lächelte in sich hinein, gerade als sie zu ihm rübersah und ihn beim Starren erwischte. Sofort geriet sein Herzschlag ins Stocken.

Sam trug das Gelöbnis vor, das er sich aufgeschrieben hatte. »Ich verspreche, dir immer zu sagen, dass du viel besser Skifahren kannst als ich.« Die Hochzeitsgäste lachten. »Und ich verspreche, dich auf so viele Scones zu betten, wie du essen kannst.«

Maya lächelte. »Ich verspreche, dich anzulügen und dir zu sagen, dass du der bessere Skifahrer von uns bist.« Ein noch lauteres Lachen. »Und ich verspreche, dich zu lieben und zu unterstützen, egal, was kommt.«

Sam nahm ihre Hand. »Ich verspreche, dich zu lieben und zu beschützen, egal, was kommt.«

Arran schluckte schwer, sein Blick wanderte zurück zu Liv, die ihn ebenfalls ansah. Ohne den Blick von ihr abzuwenden, beugte sich Arran zu Nico. »Liv würde es nicht brauchen, dass ich sie beschütze. Sie ist so stark.«

Nico sah ihn an, und ihm fiel mit Sicherheit auf, dass er Liv immer noch anstarrte. Er raunte Arran zu: »Männer gehen immer noch fälschlicherweise davon aus, dass alle Frauen körperlich von ihnen beschützt werden müssen, obwohl sie doch eigentlich emotionale Bestätigung und Unterstützung von uns bräuchten.« Er schien kurz zu Elise zu sehen, als er den letzten Satz murmelte.

Arran ließ den Blick wieder über Livs schöne, in Grün gekleidete Figur wandern. Sie hatte ihn emotional reingelassen. Ihm ihre tiefste, innerste Verletzlichkeit anvertraut, Dinge, die sie noch nie jemandem verraten hatte. Sam hatte ihm gesagt, dass es ihr dabei geholfen hatte, sich daraufhin auch ihrem Bruder und ihren besten Freundinnen zu öffnen.

Er hatte ihr dabei geholfen.

Sein Stolz war geweckt, doch dieses Mal im positiven Sinne. Er war stolz darauf, der Frau, die er liebte, geholfen zu haben. Stolz auf sie, dass sie mutig genug gewesen war, ihm ihre Gefühle anzuvertrauen. Das war es, wo sein Stolz verankert sein sollte – in positiven Erlebnissen. Nicht darin, seinem eigenen Glück Grenzen zu setzen.

KAPITEL
dreißig

Liv musste sich konzentrieren, um nicht zum hundertsten Mal an diesem Abend über den langen Tisch hinweg zu Arran zu schauen. Er war so verdammt gut aussehend in diesem blau-grünen Kilt. Die schwarzen Socken betonten seine muskulösen Waden, und er hatte die Ärmel seines weißen Hemds hochgerollt, so dass die festen Konturen seines Unterarms zu sehen waren. Jetzt hob er gerade einen Arm, um die grüne Krawatte zu lockern, und ihr lief förmlich das Wasser im Mund zusammen.

Es stimmte wohl, dass ein Kilt jeden Mann mindestens fünfzig Prozent attraktiver machte, aber ein Mann, der eh schon so gut aussah wie Arran? Es war stratosphärisch.

Die Band baute gegenüber der langen Tafel ihre Instrumente auf, und die anderen Tische waren beiseite geschoben worden, um in der Mitte des Ballsaals mit den hohen Decken Platz für die Tanzfläche zu machen. Porträts von alten Herrschaften und Damen säumten den holzvertäfelten Saal, die jeden darin mit herablassendem Gesichtsausdruck zu mustern schienen. Die Gäste für den Abend trudelten ein, und Sam und Maya gingen umher, um alle zu begrüßen.

Liv wusste nicht mehr, wie oft sie sich Arrans süße Nachrichten und Fotos angesehen und jedes einzelne Wort zu analysieren versucht hatte. Das Fotoalbum war das Sahnehäubchen gewesen. Sie konnte es nicht ansehen, ohne rührselig zu werden. Sicher bedeutete es, dass Arran, so wie er gesagt hatte, mit ihr zusammen sein wollte. Und noch etwas anderes war ihr aufgefallen. In den vergangenen Wochen hatte Arran aufgehört, Rory in abfälligem Tonfall »den Neuen« zu nennen. Vielleicht war das ein weiteres Zeichen dafür, dass er endlich über die Beziehung mit Jess hinweg war. Und das war noch gewesen, bevor irgendetwas zwischen ihnen passiert war. Also, vielleicht war es für ihn sogar schon vorbei gewesen, ehe sie sich überhaupt geküsst hatten. Was bedeuten würde, dass seine Beziehung mit Jess so oder so keine Chance mehr gehabt hätte, ob Liv nun dazwischengekommen wäre oder nicht. Dann wäre sie gar nicht das fünfte Rad am Wagen gewesen.

Sie war sich inzwischen sicher, dass sie ihn liebte, und ihr kleiner Hoffnungsschimmer, dass er ihre Gefühle erwiderte, war von Arrans süßen Gesten genährt worden. Also blieb nur ein Hindernis übrig – würde sie mutig genug sein, eine Beziehung mit ihm einzugehen? Das Risiko war groß. Sie konnte ihren besten Freund verlieren – und Jayce. Und die Wahrscheinlichkeit, dass sie einen Fehler machte, war nicht gerade niedrig, immerhin brachte sie einiges an emotionalem Ballast mit und verfügte über keinerlei Erfahrung mit Langzeitbeziehungen.

Die Reden waren vorbei, und Liv war schwer beeindruckt, dass Sam es geschafft hatte, einen flüssigen und berührenden Vortrag zu halten, obwohl er während des Abendessens eine beachtliche Menge Wein getrunken hatte. Auch wenn es nicht schlecht war, dass er vor Maya gesprochen hatte, denn ihre Rede hatte die Gäste von den Sitzen gerissen. Niemand hätte danach dran sein wollen.

Jemand zupfte sie am Arm, und riss aus ihren Tagträumen. Elise beugte sich zu ihr. »Hör zu, die Band macht sich für den ersten Tanz bereit, also solltest du dich auch startklar machen, damit wir mit Arran und Nico gleich dazustoßen können.«

Livs Herz machte einen Sprung und sie schluckte schwer, ehe sie Elise ansah. »Ich habe Angst, Elise.«

Ihre Freundin umarmte sie. »Wovor hast du denn Angst?«

Ihr Puls beschleunigte sich. »Davor, es zu vermasseln. Ihn zu vergraulen.«

Elise seufzte. »Ich verstehe. Aber ich denke, du solltest es so sehen: Du hast nichts zu verlieren, wenn du dieses Risiko eingehst – nur ein Leben voller Glück zu gewinnen. Nimm doch Arran und Jess als Beispiel. Sie verstehen sich wieder gut, auch wenn ihre Trennung schlimm gewesen ist. Und den süßen Jayce haben sie auch noch.« Elise löste sich von ihr, um ihr in die Augen sehen zu können. »Aber wenn du meine Meinung hören willst – du und Arran, ihr gehört zusammen. Das sehen alle so.«

Liv wollte etwas erwidern, aber der Kloß in ihrem Hals verhinderte es.

Elise nahm ihre Hand und blickte auf ihre ineinander verschränkten Finger. Ihre Stimme war mit einem Mal bedrückt. »Oder nimm Harry und mich. Was hätte denn Schlimmeres passieren können, als dass er stirbt und mich alleine zurücklässt? Unser Sohn wird sich nicht einmal an ihn erinnern können.«

Liv zog scharf die Luft ein. Es brach ihr das Herz. Sie schloss schnell die Augen, um die Tränen zurückzuhalten, die darin brannten.

Elise schluckte, offensichtlich bemüht, ihre Stimme unter Kontrolle zu behalten. »Aber ich bereue nichts. Ich hätte nicht einen einzigen Tag mit ihm missen wollen, und ich werde die Zeit, die wir zusammen verbringen durften, für *immer* in Ehren halten.«

Die Band kündigte den Hochzeitstanz an, und Sam und Maya betraten die Tanzfläche. Liv aber hatte keine Augen für sie; sie war zu eingenommen von der Emotion, die in Elises blauen Augen schimmerte.

»Du musst es wagen, Liv. Vertraue darauf, dass egal, was passiert, eure gemeinsame Zeit es wert sein wird.«

Die Band rief die Brautjungfern und Trauzeugen dazu auf, sich zu Braut und Bräutigam auf die Tanzfläche zu begeben, doch Liv konnte sich immer noch nicht von Elise losreißen. Bis Nico neben sie trat und Elise die Hand entgegenstreckte.

Elise lächelte Liv ein letztes Mal zu, dann verschränkte sie ihre Finger mit Nicos und folgte ihm auf die Tanzfläche, wo sie sich zu Maya und Sam gesellten.

Einen Moment lang fühlten sich ihre Beine schwer und unbeweglich an.

Dann war Arran plötzlich da. Er nahm ihre Hand und zog sie auf die Beine, führte sie zur Tanzfläche und bewegte sich im gleichen Rhythmus wie sie zur Musik. Sie klammerte sich an seine starken Schultern, und er hielt sie sicher um die Taille, ihre Hand in seiner, als sie sich zu Louis Armstrongs »We Have All the Time in the World« durch den Raum schoben.

Sie hatte befürchtet, ihn davon abzuhalten, glücklich zu sein, weil sie ihn und Jayce zu sehr liebte, um es vermasseln zu wollen. Sie *liebte* ihn. Es hatte sie schwer erwischt. Aber das bedeutete, ein gewisses Risiko einzugehen, und endlich war ihr klar, dass sie bereit war, sich der Herausforderung zu stellen. Sie würde nicht länger zulassen, dass das Vermächtnis von Mistkerl Dave ihr die Chance auf ihr Glück verbaute.

Die Band forderte nun auch die übrigen Gäste auf, sich auf die Tanzfläche zu begeben, und es dauerte nicht lange, bis sich die Tänzer dicht drängten. Arran zog sie enger an sich. Mit ihren Highheels reichte sie mit dem Kopf gerade bis unter sein Kinn. Sie passten perfekt zueinander, in jederlei Hinsicht. Die Erkenntnis, zu der Elise ihr verholfen hatte, schien hell und erleuchtete ihre Seele, so dass jeder noch verbleibende Zweifel ausgelöscht wurde. Sie musste ihm unbedingt ihre Liebe gestehen.

Sie hob den Kopf, um ihn zu fragen, ob sie irgendwohin gehen konnten, um zu reden.

»Wir müssen uns unterhalten«, sagte er, ehe sie die Chance dazu hatte.

»Ja«, stimmte sie zu, und als das Lied zu Ende war, zog sie ihn an der Hand von der Tanzfläche und führte ihn aus dem Ballsaal heraus in Richtung der Bar. Liv sah sich suchend nach einem ruhigen Fleckchen um, doch überall waren Leute.

»Hier entlang«, entschied Arran und führte sie in Richtung der Wendeltreppe, die zur Eingangshalle führte, und passierte mit ihr das »Kein Durchgang«-Schild, das den Weg nach oben blockierte. Sie gingen die Treppe ganz nach oben, wobei ihre Schuhe auf den Steinstufen hallten, als würde die Höhe dadurch ausgelotet.

Die Stufen endeten in einem kleinen Turmzimmer, mit einem winzigen Fenster, das auf die Ebene hinausging. Es war kühl hier oben, nach der Hitze im Ballsaal, und Liv schlang fröstelnd die Arme um sich.

Arran zog sie gleich an seine Brust. »Ich hätte mein Jackett für dich mitbringen sollen.«

»Schon okay«, sagte sie und schmiegte die Wange an seine

Brust. Sie holte tief Luft. »Ich ziehe das hier dem Jackett vor.«

Er drückte sie an sich. Liv hob die Hand, um sein Gesicht zu berühren. »Ich muss dir etwas sagen.«

»Warte«, sagte er leise. »Ich muss dir zuerst etwas sagen.« Er holte tief Luft. »Ich hoffe, du hast inzwischen erraten, dass ich mir wünsche, dass wir ein Paar werden. Eine Familie mit Jayce.« Er spielte mit einem der Löckchen, die ihr Gesicht umrahmten. »Ich wünschte, ich hätte die Dinge, die du durchgemacht hast, früher gewusst, damit ich für dich hätte da sein können. Aber jetzt bin ich hier, Liebling, und ich gehe nirgendwohin. Ich werde dir so viel Zeit geben, wie du brauchst, um alles zu verarbeiten, was du verarbeiten musst. Ich kann so lange warten, wie es nötig ist, bis du bereit bist.«

Er hielt inne, und sie legte ihm einen Finger auf die Lippen. Sie waren so weich. »Du musst genau Null Sekunden warten. Denn das ist es ja, was ich dir sagen will. Ich will, dass wir es versuchen. Dass wir es miteinander versuchen.« Sie strich mit dem Finger über seine Unterlippe und bemerkte, wie sich sein Blick daraufhin intensivierte. »Ich liebe dich«, flüsterte sie. »Das war es, was ich dir sagen wollte, als ich an diesem Samstagvormittag zu dir gekommen bin, als Jess die Tür in ihren winzigen Unterhöschen geöffnet hat.«

Er lachte leise und schloss die Augen. Als er sie wieder öffnete, schien ihm das Mondlicht ins Gesicht und erhellte die goldenen Sprenkel in seinen Augen mit einem silbernen Schein. Ein Lächeln breitete sich auf seinem Gesicht aus, als er sie noch fester an sich zog und die Stirn an ihre legte, wie er es an dem Abend auf Skye auch getan hatte. »Das ist Musik in meinen Ohren. Ich liebe dich auch. Ich habe es bemerkt, als wir das erste Mal miteinander geschlafen haben, aber in Wahrheit liebe ich dich schon viel länger.« Er lehnte den Kopf ein wenig zurück, um ihr in die Augen zu sehen. »Du musst dir nie wieder Sorgen machen, eine Nebenrolle zu spielen, denn für mich stehst du immer an erster Stelle. Du und Jayce, ihr seid meine Welt, und ich bin für dich da. Okay?«

Sie nickte, und ihr traten Tränen in die Augen, als er sie sanft küsste. Doch schon in der nächsten Sekunde, jagten seine Küsse ihr Spuren aus Feuer über den Körper, so dass ihre Brustwarzen sich aufrichteten und in ihrer Mitte flüssige Hitze zu pulsieren begann.

Liv vergrub die Finger in den weichen Locken seiner Haare, führte seinen Mund zu ihrem und entzündete das Feuer, das sich schon den ganzen Tag in ihr sammelte, während sie ihn in diesem verdammt sexy Kilt beobachtet hatte.

Arran neckte ihre Zunge mit seiner, ließ seine Hand an ihrer Seite hinab und unter ihren Rock gleiten. Als seine Finger ihre nackte Haut berührten und an der Außenseite ihrer Oberschenkel nach oben fuhren, stockte ihr der Atem.

»Daran habe ich schon den ganzen Tag denken müssen«, raunte er, bewegte den Mund zu ihrem Hals und knabberte dann an ihrer Schulter. »Du siehst so schön aus. Und so verdammt heiß.«

Es war, als durchzucke sie ein Stromstoß, und sie drückte ihn enger an sich, spürte etwas Hartes an ihrem Oberschenkel. Seine Felltasche oder etwas anderes?

Arran schob sie rückwärts an die Mauer und glitt mit beiden Händen unter ihren Rock zu ihrem Po, dorthin, wo ihre winzige Unterhose ihr tief auf der Hüfte saß. Er hakte die Finger in den dünnen Stoff und zog sie ihr langsam die Beine runter, hielt ihren Blick gefangen. »Ist das okay?«

»So was von«, hauchte sie, und er grinste sie verschlagen an.

Arran ging auf die Knie und hob sich ihr Bein über die Schulter. Er ließ die Lippen langsam an der Innenseite ihres Oberschenkels nach oben wandern, was sie unkontrolliert zum Zittern brachte. Sie legte die Handfläche gegen die kühle Mauer hinter sich und wünschte, er würde sich schneller bewegen, dorthin wo sie seine Berührung haben wollte. Doch er blieb langsam, reizte sie, bis das Ziehen zwischen ihren Beinen schon fast schmerzhaft war.

Arran hielt inne, verharrte über ihrer Mitte, die Hitze seines Atems an ihrer Haut. Dann vergrub er sein Gesicht zwischen ihren Beinen, und sie schnappte nach Luft und erschauderte.

Er umfasste ihr Hinterteil und zog sie näher, leckte mit der Zunge über ihre empfindliche Haut und in sie hinein. Sie stöhnte auf, hörte, wie das Geräusch die Steintreppen hinab hallte. Doch es war ihr völlig egal, ob jemand sie hören konnte.

Liv vergrub ihre Finger in seinem Haar. Vielleicht würden sie sich darin verfangen, aber es war zu gut, als dass es ihr etwas ausmachen würde. Arran leckte mit der Zunge über sie, neckte sie, küsste sie, saugte an ihr. Er trieb sie immer weiter an den Rand, bis sie nur noch seinen Namen im Kopf hatte.

Aber sie brauchte mehr. Sie brauchte ihn.

Mit den Fingern in seinen Haaren schob sie seinen Kopf sanft von sich. Dann zog sie ihn auf die Beine und schob ihm den Sporran nach hinten, damit sie seinen Kilt anheben konnte. »Du solltest darunter besser ein wahrer Schotte sein.«

»Natürlich«, sagte er keuchend, als er sie an der Wand emporhob, so dass sie die Beine um ihn schlingen konnte. Seine harte Spitze berührte ihre Mitte, und sie schauderte vor Erregung. Er drückte sie an die Mauer und stieß in sie hinein, während sein Mund ihren bedeckte und ihr Stöhnen abfing.

»Ich hatte noch nie Sex im Kilt«, sagte er atemlos.

»Schade eigentlich«, erwiderte sie grinsend. »Ist doch ziemlich praktisch.«

Er lachte leise und stieß dann fester in sie hinein, ließ sie nach Luft schnappen, als sie von einer Welle der Gefühle ergriffen wurde. Er war so hart in ihr, sein Mund so heiß auf ihrer Haut, dazu der Nervenkitzel, in der Turmspitze Sex zu haben – aber was das Wichtigste war, war die Liebe. Sie liebte ihn mit jeder Faser ihres Körpers.

»Arran«, rief sie, als sie sich im Orgasmus um ihn herum zusammenzog.

Er stöhnte an ihrem Hals, sagte ihren Namen, als er kam. Er drückte sie beide an die Wand, hielt sie fest, ihre Beine noch um ihn geschlungen, als sie beide vor Intensität bebten.

Schließlich hob er den Kopf und küsste sie, ehe er sich vorsichtig von ihr löste und sie wieder auf den Boden stellte. »Ich könnte deine wunderschönen Beine den lieben langen Tag um mich gewickelt haben.«

Sie lachte. »Du kannst mich gerne so herumtragen, wenn du willst. An dich dran gekuschelt wie ein Koala. Wahrscheinlich bin ich ohne Absätze klein genug dafür.«

Er lächelte zu ihr runter. »Ich liebe es, dass du so zierlich bist. Zierlich, aber super stark. Dich sollte man nicht unterschätzen.« Er küsste sie. »Aber ich muss schon sagen, ich fand es ziemlich cool, dass du die Highheels angelassen hast.«

Sie lächelte an seinem Mund. »Das merke ich mir. Und ich muss sagen, ich liebe diese risikoliebende Seite an dir.«

Er grinste. »Jetzt wird es ernst, Baby. Ich gehöre nun ganz dir.«

Sie knabberte an seiner Unterlippe. »Das freut mich zu hören.«

Arran packte sie fester. »Vorsicht. Oder ich muss dich noch mal nehmen, bis sich alle fragen, wo wir stecken.«

Liv lachte. »Los, komm, wir müssen zurück.« Sie schnappte sich ihre Unterhose, schlüpfte wieder hinein und zog ihn zur Treppe.

Er stöhnte auf.

»Keine Sorge«, sagte sie. »Ich lade dich heute Abend in mein Zimmer ein.«

Er grinste und blieb oben am Treppenabsatz stehen, um ihr die Hand hinzustrecken. »Großartig.«

Sie liefen hinunter bis zu dem »Kein Durchgang«-Schild, was sie zum Kichern brachte.

Er zog sie an sich, während sie gemeinsam lachten. Liv beobachtete aus dem Schatten, wie sie möglichst unbemerkt wieder hinter der Absperrung hervortreten konnten.

Sie schafften es, auf den Treppenabsatz zu schlüpfen und gingen händchenhaltend in Richtung Bar. Arran schlenkerte ihre Arme und pfiff vor sich hin, als wäre er eine Comicfigur, die etwas ausgefressen hatte. Liv brach in Gelächter aus. Niemand konnte sie so gut zum Lachen bringen wie er. Sie sah ihn von der Seite an und bewunderte wieder einmal, wie grandios gut er in diesem Kilt aussah. Der Gedanke, dass er eines Tages auch einen zu ihrer Hochzeit tragen würde, schoss ihr in den Kopf und brachte ihr ein so wunderbares Gefühl von Zufriedenheit und Klarheit, in das kein Funken Angst gemischt war. Ihr Herz schlug nur deshalb höher, weil sie aufgeregt war.

Sie entdeckte Nico, der sie über die Bar hinweg beobachtete. Er grinste, und hielt sein Glas in die Luft.

»Sieh nicht hin, aber ich glaube, Nico hat uns durchschaut«, raunte sie Arran zu.

»Mm-hmm«, machte Arran in heimlichtuerischem Tonfall. »Und er ist nicht der einzige.«

Sie folgte seinem Blick und erblickte Elise, die sie sanft anlächelte. Liv winkte ihr kurz zu und grinste zurück.

Sein ganzer Körper schmerzte auf angenehme Weise. Als hätte er am Vortag ein energiereiches Workout im Fitnessstudio absolviert. Arran öffnete die Augen und nahm die altmodische Opulenz des Himmelbetts und des in Karo gehaltenen Zimmers um sie herum wahr.

Nur dass er nicht im Fitnessstudio gewesen war, sondern ein ziemlich persönliches Workout mit der lieblichen Olivia Agnes Holland hinter sich hatte. Die ganze Nacht.

Lächelnd fuhr er mit dem Finger über ihren nackten Oberschenkel und über ihre Taille zu ihrem Arm, der das Laken festhielt. Er liebte diesen Widerspruch von einer Frau. Süß, mitfühlend, und doch konnte sie vermutlich mit bloßen Händen jemanden umbringen. Ihm wurde warm ums Herz, und er stellte erfreut fest, dass das Gefühl von Leere in seiner Brust, das ihn so lange gequält hatte, verschwunden war.

Sie regte sich und schlug diese wunderschönen grünen Augen auf, die ihn sofort fixierten. »Morgen, du absoluter Sexgott.«

»Tja«, sagte er und legte achselzuckend die Hand hinter den Kopf. »Man tut, was man kann.«

Liv lehnte sich zu ihm und küsste ihn, wobei ihr Blick über seine Schulter auf die Digitaluhr auf dem Nachttisch fiel. »Shit, wir kommen zu spät zum Frühstück.«

Arran folgte ihrem Blick. »Fuck.«

Sie sprangen aus dem Bett und eilten in die Dusche. Eine Schande, dass sie keine Zeit hatten, zu wiederholen, was sie beim letzten Mal gemeinsam unter der Dusche getan hatten.

»Später«, flüsterte Liv, als er sich beschwerte, und das war alles, was er hören wollte.

Sie verließen eilig das Zimmer, und gingen händchenhaltend und lachend die breite Wendeltreppe runter, die von den Schlafzimmern zum Erdgeschoss des Schlosses führte. Obwohl sie spät dran waren, fanden sie immer noch die Zeit, über die Scherze des anderen zu lachen, und ihm wurde mal wieder bewusst, dass ihn nicht nur niemand so zum Lachen bringen konnte wie sie, sondern dass auch niemand seine dummen Witze so verstand und darüber lachen konnte wie Liv.

Er musste wieder daran denken, wie er im Hochzeitspavillon auf sie gewartet hatte und wie aufgeregt er gewesen war, gefolgt von dem beiläufigen aber sehr richtigen Gedanken, was den Dudelsackspieler anging – *wenn ich Liv heirate, haben wir stattdessen ein Streichquartett.* Dann kam ihm etwas in den Sinn, das Jess ihm mal gesagt hatte. *»Sie ist eine von den Guten. Halte sie bloß gut fest.«*

Liv wollte mit ihm um die Ecke biegen, doch er hielt sie zurück, sah ihr in die Augen, beobachtete, wie sich ihre Pupillen weiteten, als er sie küsste. Er löste sich von ihr und schob sie sanft gegen die Wand. »Ich muss dich etwas fragen.«

Ihre Lippen waren geschwollen, und ihr Blick noch verklärt von ihrem Kuss. »Was denn?«

Er holte Luft und merkte, wie sein Puls sich beschleunigte. »Nur so rein hypothetisch. Aber was würdest du sagen, wenn ich dich irgendwann fragen würde, ob du mich heiraten willst?«

Sie schnappte nach Luft und musterte ihn. »Meinst du das ernst?«

Er zog eine Augenbraue hoch. »Todernst.«

Sie lachte leise und hielt dann inne. »Wir sind gestern Abend erst zusammengekommen, weshalb dieser Gedanke mich vermutlich erschrecken sollte. Und doch …« Ihre Augen funkelten.

»Und doch, was?«, fragte er und strich ihr eine Haarsträhne hinters Ohr.

Liv lächelte. »Und doch fühlt es sich so richtig an.« Sie berührte sein Gesicht. »Ich habe sogar schon an das Gleiche gedacht.«

Er schmollte übertrieben. »Liegt das daran, dass ich in meinem Kilt so gut ausgesehen habe, dass du nicht anders konntest, als mich heiraten zu wollen?«

Sie packte ihn vorne am Hemd, zog ihn zum Kuss zu sich und raubte ihm den Atem. Dann unterbrach sie ihn, um zu flüstern. »Ja, so ungefähr.«

Arran lächelte an ihrem Mund. »Also, ist die Antwort auf meine hypothetische Frage …?«

»Ja«, flüsterte sie mit glänzenden Augen.

»Hervorragend«, erwiderte er und nahm ihre Hand, um sie den Gang entlangzuführen. »Du weißt, was das bedeutet, oder?«

Sie schüttelte den Kopf. »Und was?«

Er grinste. »Das bedeutet, dass wir fast verlobt sind.«

Liv lachte. »Vor-Verlobt.«

Sie kamen an der Tür zum Frühstücksraum an, und er drückte ihre Hand. »Willst du es den anderen sagen?«

»Dass wir ein Paar sind? Ja.« Sie lächelte breit. »Aber das mit der Vor-Verlobung sollte erstmal unser kleines Geheimnis bleiben.«

»Kein Problem, Aggie«, sagte er zwinkernd.

Der Frühstücksraum befand sich in der Bibliothek, wo die ganze Hochzeitsgesellschaft schon um Tische verschiedener Größe herumsaß und ein schottisches Frühstück verputzte.

Sam musterte die beiden, als sie sich ihm gegenüber an die lange Tafel setzten. »Morgen.«

Arran fuhr sich mit der Hand über die Haare. »Guten Morgen. Wie ist es so, verheiratet zu sein?«

Sam grinste und nahm Mayas Hand. »Super.«

Maya drehte sich zu ihm und gab Sam auf jede Wange einen Kuss, ehe sie sich wieder Liv und Arran zuwandte.

»Hallo, ihr zwei. Ihr seht aber ganz schön rosig aus heute Morgen.«

Arran spürte, wie sein Gesicht zu glühen begann, und als er Liv ansah, waren auch ihre Wangen gerötet. Er räusperte sich.

»Ja, also, verliebt sein, steht uns eben.«

Maya riss den Mund auf und quietschte laut los. Alle Köpfe im Frühstücksraum drehten sich zu ihnen um. Sie winkte mit der Hand.

»Nichts passiert, Leute. Einfach weiter essen, bitte.« Die Gäste lachten, und Maya schob ihren Stuhl näher an Sams, legte einen Arm um seine Schultern, um sich über ihn zu lehnen und sich an die beiden gegenüber zu wenden. »Es ist ziemlich offensichtlich, dass mein Ehemann und ich nicht die einzigen sind, die in unserer Hochzeitsnacht aktiv waren.«

Liv lachte und rutschte näher zu Arran, wobei sie ihre ineinander verschränkten Hände in ihren Schoß legte. Er hatte das Gefühl, sie wollte ihm nach der Neckerei durch Maya Sicherheit geben. Aber ihm war es nicht peinlich, er war einfach glücklich. Er sah sie an, und sie zwinkerte ihm zu. Ihr kleines Geheimnis wärmte ihm das Herz.

»Also, Mrs. M«, sagte Liv. »Du hast mir einmal gesagt, ich muss meinen Mr. Darcy an der Weste packen.«

Maya grinste. »Oder vielleicht am Kilt?«

»In der Tat«, erwiderte Liv und lächelte Arran an.

»Arran, ich schwöre, wenn ich jetzt stolpere und über einen Farbeimer falle, ist es nur deine Schuld.«

»Ich lasse dich nicht stolpern, Liv.«

Sie spürte, wie er sie ins Atelier führte. Seine Hände bedeckten ihre Augen. »Okay ... da wären wir«, sagte er. »Bereit?«

Ihr Herz klopfte wie wild vor Spannung. »Ja.«

Er ließ die Hände sinken und legte sie ihr an die Taille, so dass er sie rückwärts an sich ziehen konnte, während sie das Gemälde betrachtete.

Ihr Herz machte einen Sprung. »Das ist wunderschön«, hauchte sie.

Arran küsste ihr den Hals. »Das liegt nur an dir.«

»Ich liebe es«, sagte sie, ihre Seele randvoll mit Glück.

Elise rief aus dem Flur. »Können wir jetzt kommen und es auch sehen?«

»Yep«, rief Arran zurück. »Kommt rein.«

Elise und Nico betraten das Atelier, erblickten das Gemälde und überschlugen sich beinahe mit Lob für ihren Freund.

»Ich weiß«, sagte Liv und fasste nach oben, um seinen Kopf zum Kuss zu sich zu ziehen.

»Igitt«, machte Nico und verließ das Atelier mit einem Grinsen wieder. »Besorgt euch ein Zimmer.«

Liv lachte, als Arran so tat, als würde er Nico einen Tritt in den Allerwertesten verpassen, und sie folgten ihren Freunden zurück in die Küche, wo Jayce und Jack zusammen an Jayces kleinem Kindertisch saßen und malten.

Elise lächelte, als sie ihnen Tee eingoss. »Was denkt ihr, machen Maya und Sam wohl gerade?«

Nico zog die Augenbrauen hoch. »Gerade im Moment? In ihren Flitterwochen? Schande auf dein Haupt, Kowalski, dass du so schmutzige Gedanken hast.«

Elise funkelte ihn so finster an, dass es einen Bären in die Flucht geschlagen hätte. Obwohl, Nico war auch wie einer gebaut.

»So habe ich das nicht gemeint. Du bist derjenige mit der schmutzigen Phantasie.« Sie nippte an ihrem Tee und fuhr murmelnd fort, »aber das war ja wohl kaum anders zu erwarten.«

Ein Lächeln umspielte Nicos Lippen, und Liv musste unwillkürlich an ihre Idee mit dem Enemies-to-Lovers-Roman denken.

Arran zupfte an ihrer Hand und zog sie auf seinen Schoß. »Also, ich denke, sie kurven gerade die Pisten in den Alpen runter und machen danach ein bisschen Après-Ski.«

»Ich hoffe, sie haben ganz viel Spaß«, sagte Elise und starrte gedankenverloren ins Leere.

»Haben sie garantiert«, sagte Nico und schenkte ihr ein

Lächeln, das deutlich sanfter war als sein sonst ihr gegenüber übliches verschmitztes Grinsen.

Liv war kein bisschen überrascht gewesen, als Maya und Sam sich dazu entschieden hatten, in den Flitterwochen in ein Alpenhotel zu fahren, das hoch genug lag, dass man selbst im Juni dort noch Skifahren konnte. Die zwei waren besessen davon.

Elise und Nico fingen an, über die Vor- und Nachteile des Skifahrens in den französischen Alpen zu diskutieren. Wobei es eher ein Gezanke war als eine Diskussion.

Arran beugte sich zu ihr, und seine Lippen streiften ihr Ohr, was ihr einen wohligen Schauer über den Rücken jagte. »Könntest du mir nachher einen Gefallen tun?«, raunte er ihr zu.

»Und welchen?«, fragte sie.

Mit einem verstohlenen Grinsen flüsterte er ihr ins Ohr: »Nagele mich auf der Matratze fest und vögele mich bis zur Bewusstlosigkeit, Karate Kid.«

Lächelnd küsste sie ihn, und es kribbelte überall in ihrem Körper. »Dein Wunsch ist mir Befehl.«

KAPITEL

einunddreißig

Liv kramte im Regal in der Vorratskammer und fragte sich, warum Mrs. MacKay sich ihre verdammten Materialien nicht selbst suchen konnte. Die ältere Erzieherin war zwanzig Minuten vor Ende des Kindergartentages in Livs Gruppenraum gekommen und hatte sie gebeten, für sie farbiges Bastelpapier zu holen. Angeblich war die Kammer zu spärlich beleuchtet, als dass Livs Kollegin die Farben erkennen konnte.

Nach einer gefühlten halben Stunde, obwohl ihr ein Blick auf die Uhr bestätigte, dass es nur fünf Minuten gewesen waren, erblickte Liv das gesuchte Papier unter ein paar Schachteln mit Stiften. *Seltsam, dass sie jemand da drunter gelegt hat.*

Sie nahm den Stapel Papier und verließ die Kammer, löschte das Licht und schloss die Tür hinter sich. Als sie zu ihrem Gruppenraum zurück ging, winkte sie der pädagogischen Assistentin in Mrs. MacKays Raum zu. Die junge Frau winkte zurück und lächelte wissend. Das kam ihr komisch vor.

Arran tauchte in ihren Gedanken auf, und ihr Herz machte einen Sprung, wenn sie daran dachte, ihn in ein paar Stunden wiederzusehen. Sie hatten in den vergangenen paar Monaten jeden Abend bei ihm zu Hause verbracht, und es war schon fast seltsam, wie sich alles gefügt hatte – als wären sie nicht nur schon ewig ein Paar, sondern auch eine kleine Familie, mit dem kleinen Jayce im Zentrum.

Ihr Gefühl von Geborgenheit und Erdung war noch davon bekräftigt worden, dass ihre Mum und Angus ihr eine Therapie finanziert hatten, worin Arran sie von Anfang an unterstützt hatte. Auch wenn ihre Reise, was das anging, noch längst nicht beendet war, war sie doch auf einem guten Weg.

Sie bog mit einem glücklichen Seufzen um die Ecke und betrat ihren Gruppenraum. Seltsamerweise war die große Spielecke verlassen. Raschelnde Geräusche und Kichern drangen aus dem Hinterzimmer, wo sich die Malecke befand.

Stirnrunzelnd ging Liv nach hinten, in der Hoffnung, dass die Kinder Mrs. MacKay nicht auf der Nase herumtanzten. Obwohl sie sich das nicht vorstellen konnte, denn die Frau führte ihre eigene Gruppe mit fester Hand, und war jemand, der immer auf Regeln achtete.

Als sie den kleineren Raum betrat, erstarrten die Kinder und sahen mit verschlagenem Grinsen auf den kleinen Gesichtern zwischen ihr und Mrs. MacKay hin und her.

Liv sah sie verwirrt an.

»Was ist denn hier los?«, fragte sie und entdeckte hinter den Kindern eine Reihe aus fünf Staffeleien, die alle von ihr weggedreht waren.

Mrs. MacKay warf ihr ein vielsagendes Lächeln zu, nicht unähnlich dem, das ihre Assistentin ihr eine Minute zuvor geschenkt hatte. »Okay, Kinder. Nehmt es weg.«

Es entstand ein aufgeregtes Geschnatter und Tumult, als die Kinder sich um die Staffeleien scharten und sie dann gemeinsam umdrehten.

Liv stand mit offenem Mund da, während die Papierseiten der Staffeleien in den Blick kamen. Auf jeder stand ein Wort in bunten Farben in Kinderhandschrift. Und zusammen genommen ergaben die Worte den Satz:

Willst du mich heiraten, Liv?

Sie blinzelte und versuchte zu begreifen, warum ihre Kindergartengruppe ihr einen Heiratsantrag machte. Dann ließ sie ein Geräusch herumfahren. Ihr Puls beschleunigte sich, als Arran hinter dem Bücherregal hervorkam, wo er die ganze Zeit versteckt gehockt haben musste. Jayce war bei ihm, hielt auf einer Seite die Hand seines Dads, und in der anderen trug er eine kleine schwarze Schachtel.

Vor lauter Aufregung ließ sie den Stapel Bastelpapier fallen, so dass die Zettel in alle Richtungen über den Boden verteilt wurden und ein riesiges Durcheinander entstand. Aber es war ihr völlig egal.

Arran lächelte sie zärtlich an, als sie bei ihr ankamen.

Sie schluckte schwer, ihr Herz fing an zu hämmern. »Arran?«

Er sah zu Jayce runter und nickte ihm zu.

Jayce trat vor, ein ernster Ausdruck auf dem kleinen Gesicht. Er öffnete die Schachtel, und gleichzeitig ging Arran vor ihr auf die Knie.

Liv schlug das Herz bis zum Hals. Die Kinder brachen in aufgeregtes Geplapper aus.

»Psst, Kinder!«, machte Mrs. MacKay und grinste breit.

Jayce hielt die Schachtel in die Höhe, in der ein glänzender Silberring steckte, mit ihrem Geburtsstein als Schmuckstein darin. Jayce räusperte sich übertrieben. »Miss Lib, willst du uns heiraten?«

Freudentränen brannten ihr in den Augen, als sie den gut aussehenden Mann auf Knien vor sich betrachtete, in den sie so hoffnungslos verliebt war, und seinen bezaubernden Sohn neben sich, der für sie wie ihr eigener war. Sie blinzelte hektisch und schluckte gerührt.

»Natürlich will ich das«, brachte sie hervor.

»Ja!«, rief Jayce und zog sein Plastikschwert hinten aus seinem Pullover. Liv hatte nicht einmal bemerkt, dass er es dort versteckt hatte. Der Rest der Gruppe kreischte vor Freude auf, und Mrs. MacKay musste einschreiten und sie zur Ruhe mahnen, ehe sie alle vor Übereifer kollabierten.

Arran blinzelte hektisch, seine Augen glänzten, als Jayce ihm die Schachtel reichte. Er versuchte aufzustehen, doch Jayce zupfte ihn am Ärmel.

»Warte, Daddy.«

Arran hielt inne.

Jayce hob feierlich sein Schwert und berührte damit nacheinander Arrans linke und rechte Schulter. »Ich schlage Euch hiermit zu: Miss Libs Ehemann.«

Liv lachte mit Arran, der Jayce gerührt in seinen Arm zog. »Danke, Kumpel. Jetzt hilf deinem alten Vater mal auf die Beine.«

Jayce nahm Arrans Hand und dieser tat, als fiele es ihm übertrieben schwer, hochzukommen, stützte sich den Rücken, als hätte er Schmerzen und zwinkerte Jayce dann zu.

Er machte einen Schritt über die auf dem Boden ausgefächerten Blätter Bastelpapier, nahm den Ring und steckte ihn ihr an den linken Ringfinger. Er passte perfekt.

Sprachlos hob Liv die Hand. »Woher kanntest du meine Ringgröße?«

Er grinste. »Maya und Elise.«

Sie lächelte. »Natürlich.«

Arran hob sanft ihr Kinn und küsste sie zärtlich, was die Kinder zu einer Mischung aus Jubel und Igitt-Rufen veranlasste.

Er löste sich von ihr und fuhr ihr lächelnd mit dem Daumen über die Unterlippe. »Es ist nur ein vorübergehender Ring, bis ich genug gespart habe, um dir den großen Diamanten kaufen zu können.«

Sie schüttelte den Kopf und sah ihm in die Augen, deren Farbe an flüssigen Honig erinnerte. »Nein, ich mag diesen lieber.«

Sein Kiefer mahlte, und er nickte. Dann küsste er sie wieder, was dieses Mal zu so lauten Ekel-Bekundungen unter den Kindern führte, dass er ihn schnell abbrach.

»Okay, Leute«, sagte er an die Kindergartengruppe gewandt und rieb sich die Hände. »Danke an euch alle! Operation Heirate-mich-Miss-Holland war ein voller Erfolg.«

Jayce jubelte laut, während er um seine lärmenden Freunde herum galoppierte wie ein siegreicher Ritter auf seinem Ross.

Später an diesem Abend blinkten die Lichterketten in ihrer Burg und verbreiteten einen warmen Schein, der dem in Livs Brust entsprach. Der Fernseher lief leise am anderen Ende des Wohnzimmers und war durch die Öffnung der Burg zu sehen.

Sie kuschelte sich enger an Arran, und er schlang den Arm fester um sie und gab ihr einen Kuss auf den Kopf. Jayce schlief auf Arrans Brust, die kleinen Finger noch vom Einschlafen um Livs Zeigefinger geklammert.

»Ich sollte ihn besser in sein Bett bringen«, murmelte Arran, das sanfte Rumpeln seiner Stimme beruhigend an ihrer Wange.

»Nur noch fünf Minuten«, erwiderte Liv und seufzte zufrieden, ehe sie tief Luft holte, und den wunderbaren Duft von Arran und seinem niedlichen Sohn genoss.

Arrans Stimme war voller Liebe. »Okay, Aggie.«

Sie vergrub das Gesicht an seinem Hals, und spürte, wie er erschauderte. Sie schielte auf Jayce kleine Faust um ihren Finger und den Verlobungsring, der an der gleichen Hand glänzte.

Arran küsste sie auf den Scheitel. »Wann möchtest du denn heiraten?«

Sie drückte ihn. »Das ist mir egal. Solange ich dich für immer behalten darf.«

Er gluckste und streichelte ihr den Rücken. »Abgemacht. Ich dachte, vielleicht nächstes Jahr? Oder das Jahr danach? Ich würde gern genug Geld ansparen, um dir alles zu ermöglichen, was du dir wünschst.«

Sie schüttelte den Kopf. »Alles, was ich mir wünsche, sind du und Jayce. Aber mir macht es nichts aus, zu warten, wenn dir das lieber ist.« Sie hob den Kopf und sah ihn an. »Andererseits hast du doch gesagt, lange verlobt zu sein, sei keine gute Idee.«

Er lächelte. »Nicht, wenn es mit der richtigen Person ist.«

Ihr Herz floss über vor Liebe, und sie streckte sich, um ihn küssen zu können. »Ich liebe euch zwei so sehr. Unsere kleine Familie.«

Er erwiderte den Kuss zärtlich. »Wir lieben dich auch.«

Jayce regte sich, und Arran erstarrte mit erschrockenem Gesichtsausdruck, woraufhin Liv ein Lachen unterdrücken musste.

»Okay. Ich bringe ihn jetzt mal hoch ins Bett«, sagte Arran und drückte Jayce an sich, ehe er mit ihm aus der Burg heraus krabbelte und erhob wie ein Profi. »Du bleibst hier und denkst an mich, bis ich wieder da bin.«

Liv lachte leise. »Kein Problem. Ich kann sowieso den ganzen Tag nur an dich denken.«

Er zwinkerte ihr über die Schulter hinweg zu. »Braves Mädchen.«

Er verließ das Wohnzimmer, um mit Jayce auf dem Arm ins Obergeschoss zu gehen, und Liv legte sich auf den Rücken und blickte in die funkelnden Lichter, vollauf zufrieden mit ihrem Leben. Sie hatten bereits Pläne geschmiedet, nächsten Sommer mit Jayce auf Reisen zu gehen, und das erste Mal überhaupt freute sie sich auf ein gemeinsames Leben mit jemandem. Das Gefühl von Panik war verschwunden, das sie sonst immer überkommen hatte, wenn sie sich eine Zukunft mit einem Mann vorgestellt hatte, und stattdessen blühte in ihrem Herzen das Glück auf, immer wenn sie daran dachte, was mit Arran noch alles kommen konnte.

Er kehrte zurück und legte sich neben sie. Mit dem Arm über ihrem Bauch rollte er sie zur Seite, so dass sie sich gegenüber lagen. Er stützte den Ellenbogen auf und lächelte sie an. »Hi.«

»Hi«, erwiderte sie grinsend.

»Hast du mich vermisst?«

»Ja.« Sie küsste ihn und seufzte dann zufrieden. »Ich kann es kaum glauben, dass wir endlich zusammen sind. Nach allem, was passiert ist.«

»Ich weiß«, sagte er und küsste sie auf die Stirn. »Ich habe das Gefühl, der glücklichste Mann auf Erden zu sein. Ich sage es nur ungern, aber es gab eine Phase, wo ich das hier niemals für möglich gehalten hätte.«

Liv kicherte. »Eine Phase? Wie wäre es mit Jahren?«

Arran runzelte die Stirn und legte den Kopf schief. »Jahre?«

»Ja«, sagte sie. »Oder ist das der falsche Moment, dir zu gestehen, dass ich schon auf dich stehe, seit wir etwa zwölf waren?«

Er riss überrascht die Augen auf. »Du bist seit fünfzehn Jahren in mich verliebt?«

»Yep.« Arrans Blick wurde dunkel, und er drehte sie ruckartig auf den Rücken. Überrascht quietschte sie auf.

»Das ist irgendwie heiß«, sagte er mit rauer Stimme.

»Findest du?«, fragte sie, doch das letzte Wort kam als Luftschnappen heraus, als er ihr den Hals küsste.

»Aber so was von«, murmelte er und knabberte zärtlich an ihrer Haut. Er ließ eine Hand zu ihrem Oberschenkel und weiter zu ihrem Po gleiten, massierte ihn sanft. »Ich wünschte, ich hätte gewusst, dass du mich magst. Wir hätten viel mehr Zeit zusammen haben können.«

Sie schüttelte den Kopf. »Ich glaube, es hat so sein sollen. Denn auf diese Weise haben wir Jayce bekommen.«

Arran schluckte schwer und hob eine Hand, um ihre Wange zu streicheln. Seine Stimme war heiser. »Ich liebe dich so sehr. Ich würde Himmel und Hölle in Bewegung setzen für dich, weißt du das?«

Sie lächelte und bemerkte die Bewunderung in seinem Blick. »Ja, das weiß ich«, erwiderte sie leise. »Und ich liebe dich auch. Für immer und ewig.«

Ende

DANKSAGUNG

Vielen Dank euch allen, dass ihr Livs und Arrans Geschichte gelesen habt! Ich hoffe, es hat euch ein wenig Freude bereitet.

Ich muss mich bei meinem Mann, Mark, bedanken, der mein absoluter Fels in der Brandung ist. Seine unerschütterliche Unterstützung steuert mich auch durch den schlimmsten Sturm der Selbstzweifel. Er begleitet jeden meiner Schritte mit einem Daumen hoch, und macht sogar an seinem Arbeitsplatz Werbung für meine Bücher. Sorry, Kollegen von Mark. Ich hoffe, ihr mögt Liebesromane!

Vielen Dank an meine wunderbare Lektorin bei Berkley, Kerry Donovan, die immer ganz genau weiß, wo sie ansetzen muss, um meine Bücher auf Hochglanz zu polieren. Danke auch an Kerrys fabelhafte Assistentin, Genni Eccles, genau wie an Jessica Plummer und Kristina Cipolla, vom Marketing bei Berkley, die endlose Geduld an den Tag gelegt haben, wenn es darum ging, meine vielen bescheuerten E-Mails zu beantworten.

Ebenfalls bei Berkley geht mein Dank an die folgenden Leute, die an diesem Buch mitgearbeitet haben: Chelsea Pascoe, Elisha Katz, Christine Legon, Joi Walker, Caitlyn Kenny, Eileen Chetti.

Danke an meine wunderbare Lektorin Audrey Linton von HQ Digital für ihre tolle Arbeit an der UK Version, und an alle aus dem HarperCollins-Team, inklusive Korrektorin Helena Newton, Korrekturleserin Eldes Tran, Cover-Designerin Anna Sikorska, und Hanako Peace und Isabel Williams von Marketing und Öffentlichkeitsarbeit.

Des Weiteren will ich mich bei meiner phantastischen Agentin Hannah Todd und der wunderbaren Elinor Davies bedanken, beide von Madeleine Milburn Literary, TV & Film Agency. Danke dort auch an Valentina Paulmichl vom Team für Auslandsrechte und Hannah Ladds und Casey Dexter vom Team für Film und TV.

Danke an meine Schriftstellerkolleginnen Katherine Dyson und Emma Jackson, die eine frühe Fassung dieses Romans für mich gelesen und mir wertvolles Feedback dazu gegeben haben.

Ich bin wirklich dankbar für die Unterstützung der anderen Liebesromanautoren, besonders von der Romantic Novelists' Association Scottish Chapter, unter dem Vorsitz der phantastischen Maribeth MacMillan, und der »RNA Conference Ryanette's«-WhatsApp-Gruppe (benannt nach Ryan Reynolds, versteht sich). Für die Unterstützung der »Chick Lit und Prosecco«- und der »Writers' Dream House«-Facebookgruppe, die beide von der fabelhaften Anita Faulkner geleitet werden, bin ich ebenfalls dankbar. Die Gemeinschaft der Liebesromanschreiber ist so ein positiver Ort, und ich bin sehr froh, Teil davon sein zu dürfen.

Zoe Allison

Dich hatte ich nicht auf dem Wunschzettel

Im glitzernden Schnee versteckt sich die zweite Chance für die Liebe

Dass Maya Bashir auf der Weihnachtsparty einer Freundin den Mann wiedersehen würde, der ihr vor einigen Jahren das Herz brach, hatte sie nicht erwartet. Dass er beinahe nackt Drinks serviert, erst recht nicht. Ihrer kurzen gemeinsamen Vergangenheit aus dem Weg zu gehen, war lange kein Problem. Doch jetzt hat Maya ihren Job verloren und zieht vorerst zurück in ihr Heimatdorf Glenavie, wo auch Sam lebt. Als sie auch noch vorübergehend seine Kollegin an der Ski-Schule wird, sind die beiden gezwungen, Zeit miteinander zu verbringen.

Roman
Aus dem Englischen
von Tanja Hamer
448 Seiten, broschiert

Sarah Adams
When in Rome

Eine idyllische Kleinstadt, große Gefühle und eine Familie, die man ins Herz schließt
Amelia ist eine erfolgreiche Sängerin, aber sie ist einsam und ausgebrannt. Kurzerhand steigt sie in ihren Wagen, um aus ihrem Leben auszubrechen. Ihr Ziel ist die Kleinstadt Rome, doch es läuft nicht wie geplant: Sie landet im Vorgarten des mürrischen Kuchenbäckers Noah. Da die Reparatur des Autos dauert, muss sie bei Noah wohnen. Amelia gelingt es, hinter Noahs harte Schale zu schauen. Was sie dort entdeckt, lässt ihr Herz höherschlagen. Aber Amelias Auszeit endet bald. Dann muss sie sich von Rome verabschieden – und auch von Noah …

Roman
Aus dem amerikanischen Englisch
von Nicole Hölsken
400 Seiten, broschiert